Diogenes Taschenbuch 23317

Leon de Winter

Leo Kaplan

Roman

Aus dem Niederländischen
von Hanni Ehlers

Diogenes

Titel der 1986
bei De Bezige Bij, Amsterdam,
erschienenen Originalausgabe: ›Kaplan‹
Die deutsche Erstausgabe
erschien 2001 im Diogenes Verlag
Umschlagillustration: Egon Schiele,
›Stehendes Mädchen mit orangem Haarband
und gelbem Kleid‹, 1913
(Ausschnitt)

Veröffentlicht als Diogenes Taschenbuch, 2002

www.diogenes.ch
150/04/8/7
ISBN 3 257 23317 5

Inhalt

Zweiter Teil

Dritter Teil

Epilog

Prolog

Spui

Leo Kaplan, der Schriftsteller, rannte mit wehendem Mantel zur Straßenbahnhaltestelle an der Buchhandlung Athenaeum. Es war halb zehn Uhr abends, ein unfreundlicher Tag kurz vor Weihnachten. Gehetzt und außer Atem sprang er mit seinen handgefertigten englischen Schuhen in schmutzige Pfützen, wurde vom strömenden Regen bis auf die Haut durchnäßt, doch eisern jagte er weiter in Richtung Spui.

Kaplan war bei Jonneke gewesen, einer Niederländischstudentin, die ihn vor wenigen Wochen wegen ihrer Examensarbeit angerufen hatte. In ihrer Studentenbude hatte er zwischen abgewetzten Teddybären und Kleiderhaufen mit ihr über das Vatermotiv in seinem Werk gesprochen und ihren kindlichen Schreien gelauscht, als sie ihn geschmeidig und mit Genuß beritten hatte.

Sie hatten sich seit *Sinterklaas* an drei kalten Abenden getroffen, und an diesem hatte er ihr gesagt, daß sie sich jetzt besser nicht mehr sähen. Es langte. Er hatte die Nase wieder einmal in Unbekanntes gesteckt und wollte nun zu Bekanntem zurück. Außerdem paßte es Jonnekes Freund nicht, daß sie mit einem andern ins Bett ging, wie sie vor zwei Stunden munter erzählt hatte. Ein weiterer Grund für ihn, das Ganze zu beenden. Auf eifersüchtige Liebhaber konnte der Autor gut verzichten. Aber was für ein nachsichtiger Freund mußte das sein, hatte er gedacht, dem so etwas einfach nur »nicht paßte«? Oder wollte Jonneke damit andeuten, daß er demnächst mit einem Besucher rechnen konnte, der ihm betrunken und mit einem Brotmesser fuchtelnd nach dem Leben trachtete?

»Wieso hast du es ihm erzählt?« hatte Kaplan beunruhigt gefragt.

»Wieso nicht?«

»Vielleicht tut es ja weh, wenn man so etwas sagen muß, und noch mehr, es gesagt zu bekommen.«

»Ach, ein bißchen Schmerz ist nicht so schlimm. Wichtig ist nur, daß man sich alles sagt, alles«, hatte Jonneke im Brustton der Überzeugung gemeint und sich verliebt zu ihm herabgebeugt.

»Er würde dich gern mal kennenlernen«, hatte sie geflüstert. »Er ist sehr belesen und sehr lieb. Er findet's zwar beschissen, daß ich mit 'nem andern schlafe, aber als ich ihm erzählt hab, daß du es bist, fand er's schon nicht mehr ganz so schlimm. Er bewundert deine Bücher.«

»Das weiß ich sehr zu schätzen«, hatte Kaplan entgegnet.

Sie hatte an seinem Ohrläppchen gesogen und gefragt: »Was muß ich für meine Examensarbeit sonst noch wissen?«

Darauf hatte sie mit ihrer hohen, jungen Stimme schrill gelacht, ihre Mädchenhand war über seinen behaarten Bauch geglitten, und ihr Mund war dieser gefolgt.

Erschöpft erreichte Kaplan die Straßenbahnhaltestelle auf dem Spui. In seinem Kopf hatte sich unterwegs ein heftiges Dröhnen breitgemacht. Als einziger an der zugigen Haltestelle wartend, preßte er die Fingerspitzen an die Schläfen, die im Takt des Pochens hinter seinen Augen zu pulsieren schienen. Er gab der Straßenbahn noch drei Minuten. Wenn die verstrichen waren, würde er zur Rokin hinüberrennen und dort ein Taxi anhalten.

Er hatte mit Hannah, seiner Frau, verabredet, daß sie heute abend essen gehen würden. Sie würden, nachdem sie in den letzten Wochen so viel zu tun gehabt hatte, bei ›Dikker & Thijs‹ dinieren. Doch das Rendezvous mit Jonneke war ausgeufert. Kaplan hatte plötzlich gesehen, daß es schon Viertel nach neun war.

Hannah wartete zu Hause. Eine schöne Frau, fünfunddreißig, praktische Ärztin von Beruf, Tochter steinreicher Eltern, wartete wütend auf die Heimkunft ihres ehebrecherischen Gatten. Er betrog sie. Er fürchtete, daß sein Leben nun wie ein Felsblock auf den Grund des Ozeans gesunken war. In periodischen Abständen brauchte er Luft, verlangte ihn nach Sonne auf den Schultern. Und sobald sich die Gelegenheit bot, ein Verhältnis mit einer Frau anzufangen (kurz, heftig, heimlich), fühlte er sich so befreit, als hätte er die Schwerkraft abgestreift. Wie jeder andere Mensch brauchte er Illusionen. Kaplan brauchte die Illusion, nach Belieben aus dem auswählen zu können, was das Leben zu bieten hatte. Und nach einer gewissen Zeit entschied er sich dann aus dem unendlich großen Angebot des Lebens vorbehaltlos für Hannah. Ihm war klar, daß darin der eigentliche Kern des Ganzen lag: in der Freiheit, sich zum x-ten Mal für dasselbe zu entscheiden.

Mit Schuldgefühlen im Magen stand er unter dem Schutzdach der Haltestelle und sah auf der Straßenbahntrasse des Nieuwezijds Voorburgwal einen Radfahrer nahen. Der Mann schlingerte mit dem Rad über die glänzenden Schienen. Jedesmal wenn er hinzuschlagen drohte, gelang es ihm, das Gleichgewicht wiederzugewinnen und ein paar Meter weiterzufahren, bis es zu erneuten Problemen mit der Balance kam.

Kaplan empfand sofort Sympathie für diesen Radfahrer. Der Knabe war natürlich betrunken, aber er wußte seine Bewegungen noch gut zu koordinieren.

Als der junge Mann an Kaplan vorbeifuhr, stierte er ihn überrascht an. Kaplan lächelte ihm aufmunternd zu. Der junge Mann aber drehte sich ganz zu Kaplan um, und da war die Balance endgültig dahin. Kaplan entfuhr ein Schrei, während der Radfahrer wie in Zeitlupe zu Boden segelte. Im letzten Moment verstand er es gerade noch, die Beine so hochzureißen, daß er unversehrt vom Rad springen konnte, welches laut scheppernd auf die glatten Schienen fiel und ein paar Meter darauf entlangschlitterte.

Der junge Mann stand etwa fünfzehn Meter von Kaplan entfernt.

»He«, rief er, »du bist doch Leo Kaplan, oder?«

Er war ungefähr fünfundzwanzig, trug Jeans, Windjacke und weiße Turnschuhe und konnte sich nur mit Mühe auf den Beinen halten. Der Atem wehte ihm wie Rauchschwaden aus dem Mund.

Kaplan antwortete nicht. Wenn der junge Mann weitergeradelt wäre, hätte sich Kaplan vielleicht eine Notiz gemacht. *Radtour mit Symbolcharakter.* Doch er trug schon seit geraumer Zeit keinen Notizblock und keinen Stift mehr bei sich. Der junge Mann hob sein Fahrrad auf und kam zu ihm herüber. Noch ehe Kaplan den Entschluß hatte fassen können, jetzt sofort zur Rokin hinüberzulaufen, stand er schon vor ihm.

»Verdammt, du bist Leo Kaplan. Die Visage erkennt man doch gleich. Du hast aber abgenommen.«

Kaplan sah und roch die Alkoholfahne. Sinnlos, sich aufzuregen.

»Was würdest du davon halten, wenn dich einer belästigt, während du auf die Straßenbahn wartest?«

Der junge Mann setzte ein fieses Grinsen auf und ließ die Fahrradklingel fröhlich dazu bimmeln. »Ey, Leo, ich bin Henk«, sagte er mit vertraulichem Lächeln.

Kaplan fragte sich, ob er dieses Gesicht kannte, doch er war sich sicher, daß er Henk noch nie begegnet war.

»Ich bin Henk, Mann, Jonneke hat von mir erzählt, Henk Aalbers.«

Jetzt ging Kaplan auf, wen er da vor sich hatte. Jonneke, die mollige Studentin, die ihm im Interesse ihrer Examensarbeit soeben noch einen geblasen hatte, war die feste Bereiterin dieses Henk. Das hier war der Knabe, dem es »nicht paßte«, daß seine

Freundin mal kurz den Sattel gewechselt hatte. Ihm stand hier ein dankbarer Leser gegenüber, ein Bewunderer, machte Kaplan sich mit Mühe weis, einer, der aus Respekt sogar seine Freundin mit ihm geteilt hatte. Aber er hatte jetzt keine Zeit für ein Gespräch über literarische Strukturen. Ihm war kalt. Er mußte zu Hannah.

»Tja, also dann, Henk, nett, dich kennengelernt zu haben«, sagte Kaplan, halb erstarrt vor Kälte, und schickte sich an zu gehen. Doch Henk schob ihm rasch sein Rad in den Weg.

»Ey, so'n Zufall aber auch, daß ich dir hier begegne. Heut mittag hab ich noch von dir gesprochen.«

Kaplan wollte wegrennen, dachte an Hannah, die wütend im Haus auf und ab laufen würde, und machte sich Vorwürfe, daß er zu Jonneke gegangen war. Seine Kopfschmerzen nahmen zu, breiteten sich wellenartig aus, als atmete sein Gehirn und wäre sein Schädel zu klein für die nach Luft schnappenden Lappen.

»Tut mir leid, Henk, aber ich habe noch eine Verabredung, und da muß ich jetzt hin.«

»So spät noch? Wahnsinn, du läßt aber auch nichts anbrennen, Mann!«

Er stellte sein Rad jetzt quer und hielt Kaplan so in einer Ecke des Wartehäuschens gefangen. Hatte Jonneke gelogen? War ihr fester Freund doch nicht so erbaut über ihr Studium des Werks von Leo Kaplan?

»Mein lieber Henk, ich kann ja verstehen, daß es dir nicht gepaßt hat, daß Jonneke und ich... daß wir uns ein paarmal getroffen haben, aber wärst du jetzt bitte so nett, dein Rad woanders hinzustellen?«

Kaplan hörte, daß seine Stimme vor Nervosität zitterte. Auch Henk konnte das hören. Und seinem Grinsen nach zu urteilen, interpretierte er Kaplans unkontrollierte Gickser völlig richtig.

»Ach, es hat mir nicht gepaßt, daß du was mit Jonneke hattest? Hast du das gedacht?«

Kaplan holte tief Luft und suchte nach einer Antwort, die sich auch in den Ohren eines betrunkenen und betrogenen Liebhabers diplomatisch anhören würde.

»Sieh mal, Henk, Liebe ist etwas Bewegliches, Launisches, etwas, das du nicht in einen Schrank sperren und... nach einem Monat wieder hervorholen kannst, und dann ist es immer noch ein und dasselbe. Liebe kommt und geht und kommt wieder zurück. Jonneke und ich... wir empfanden plötzlich etwas füreinander und...«

»Sag doch ruhig, daß du scharf auf sie bist.«

»So möchte ich es nicht nennen.«

»Wieso bumst du sie dann?«

»Ich kann nicht leugnen, daß ich sie anziehend finde, und Liebe kann man auch körperlich miteinander teilen.«

»Verdammt, Leo, du siehst aus wie 'n Schriftsteller, du zitterst wie 'n Schriftsteller, und du faselst wie 'n Schriftsteller.«

»Es freut mich, das zu hören, Henk.«

Zornig faßte Henk mit der Hand über sein Rad und packte Kaplan beim Mantel.

Kaplan fragte sich, wie er möglichst rasch aus der Ecke herauskäme, in der er eingekeilt war. Doch sein gemartertes Hirn arbeitete nicht mit.

»Ich bin ein Bewunderer von dir. Echt, ich find's einfach irre, was du so machst. Die Bücher, die du geschrieben hast, sind für'n Arsch, aber dauernd ist deine Visage irgendwo in der Zeitung, bist du in der Glotze bei irgendeiner Sonja oder so, oder es kommt wieder ein Film raus, bei dem du die Finger drin hattest. Wie du das hinkriegst, das bewundere ich. Aber daß du so nebenher mal eben Jonneke anbaggerst, das schluck ich nicht. Was bildest du dir eigentlich ein, du Arsch? Meinst du etwa, Jonneke steht auf dein hübsches Köpfchen? Wenn ich berühmt wär, wär das ganz anders gelaufen. Für mich bist du ein Schwein, Kaplan, und ich sag dir, du...«

Kaplan trat mit voller Wucht gegen das Fahrrad, wodurch Henk zu Boden geworfen wurde. Sofort sprang Kaplan über ihn hinweg und rannte davon. Die hämmernden Kopfschmerzen schienen ihm den Schädel zu spalten. Hinter sich hörte er Henk schreien.

»Scheißschriftsteller! Jüdischer Saftarsch! Dreckiger Ficker! Mädchenschänder!«

Bevor er am anderen Ende vom Spui um die Ecke verschwand, blickte Kaplan noch einmal kurz über seine Schulter zu der zappelnden Gestalt zurück, die rücklings, das Fahrrad quer über sich, auf den Straßenbahnschienen lag und erbittert schrie:

»Kaplan! Du bist 'ne Null! Schriftsteller, daß ich nicht lache! Ein Vertreter für Luft bist du!«

Kaplan rannte weiter und sehnte sich nach Hannah, nach ihrem warmen Körper, nach ihrer ruhigen Stimme. Warum hatte er aus seinem Leben einen solchen Scherbenhaufen gemacht? Warum war er der, der er war? Ein Vertreter für Luft?

In die Rokin einbiegend, den Dampf aus seinem Mund wie eine weiße Feder hinten am Kopf, nahm er sich vor, Hannah ewige Treue zu geloben.

Erster Teil

I

Frans van Mierisstraat

In einem glutheißen Tal in der Umgebung von Assisi stand einmal das kahle Skelett eines Zirkuszelts. Die Plane des Zelts war bei einem Unglück verbrannt. Die für die Aufbauten zuständigen Männer hatten aber dennoch Mast und Pfähle aufgestellt und die Leinen gespannt, denn auch die Trapezkünstler wollten ja ihre Nummer zum besten geben.

Nackt ragten die Pfähle aus dem verdorrten Boden auf. Die Trapeztruppe bestand aus zwei Männern und einer Frau. Sie trugen enganliegende weiße Trikots, die ihnen auf der verschwitzten Haut klebten. Behende kletterten sie hinauf, kleine Silhouetten vor der gelben Sonnenscheibe. Der Zirkusdirektor stellte den älteren der beiden Männer und die junge Frau als Ehepaar vor. Der andere Mann, ein muskulöser, eleganter Casanova mit schnurgeradem Schnäuzer über den sinnlichen Lippen, fungierte als ihr Assistent.

Einige der Zuschauer spürten, daß von der Trapezarbeit des Casanovas und der Frau eine andere Art von Spannung ausging, als wenn die beiden Eheleute zusammenarbeiteten. Wenn die Frau in der flimmernden, diesigen Luft ihren Mann losließ und nach einer zweifachen Schraube die Hände des Casanovas faßte, war es, als flöge sie ihrem Gefängniswärter davon und landete in den Armen ihres Geliebten. Casanova und Bianca hielten sich anders fest, als es für ihre Sicherheit unbedingt nötig gewesen wäre. Während die Sonne sengend heiß auf die Köpfe einer gebannt zuschauenden Kindermenge, auf das rote Fruchtfleisch der Wassermelonen, die zwischen deren nackten Füßen lagen, und auf den Notizblock von Leo Kaplan, dem Schriftsteller, herabschien, machten dort oben, hoch über der Erde, Casanova und Bianca auf ihre Weise Liebe.

Kaplan notierte in wenigen Worten den Vergleich, den er später in einem Roman aufgreifen sollte: »Ehebruch = Trapezakt, schön, gefährlich, eine Herausforderung, verlangt körperliche Fitness und Geistesgegenwart, und wenn es schiefgeht, fällt man tief.«

In letzter Zeit kam Kaplan dieses Bild häufig wieder in den Sinn.

1985, zum Zeitpunkt, da die vorliegende Geschichte spielt, war Kaplan seit fünf Jahren mit Hannah d'Oliveira, seiner zweiten Frau, verheiratet. Die ersten drei Jahre waren in perfekter Balance verlaufen, ruhig, vertraut. Beide verdienten gut, unternahmen Reisen, kauften sich alles, was sie haben wollten. Sie befriedigten sich gegenseitig und sie befriedigten ihren Sinn für Schönes und Qualitätvolles.

Nach einer Ägyptenreise aber, auf die wir später noch ausführlich zurückkommen werden, begann Kaplan vom Trapez Gebrauch zu machen. Er redete sich ein, daß er seine Affären brauche, um sich desto bewußter darüber zu werden, wie sehr er Hannah liebte. Daß er damit sich selbst etwas vormachte, war ihm zwar klar, doch etwas Besseres fiel ihm nicht ein.

Kaplan, achtunddreißig, war mittelgroß und von kräftiger Statur, aber nicht zu dick (er achtete sehr genau darauf, sein Gewicht zu halten), hatte volles, dunkles Haar und ein jungenhaftes, arrogantes Gesicht, das Frauen anziehend fanden. Seine Augenbrauen hatten die Tendenz, über der Nasenwurzel zusammenzuwachsen, weshalb er die Härchen dort regelmäßig wegschneiden mußte, damit es nicht so aussah, als habe er einen schwarzen Balken über den Augen. Auch der Haarwuchs in seiner Nase und auf seinen Ohrläppchen erforderte seine Aufmerksamkeit. Es verging kaum ein Tag, an dem er nicht mit seiner speziellen Friseurschere herumhantierte.

Im Gegensatz zu Hannah sah er nicht wirklich jüdisch aus. Er fand, daß Hannah jüdisch aussah, zwar nicht gerade so wie Barbra Streisand oder Golda Meir, aber doch jüdisch. Kaplan selbst hatte eher etwas von einem Südfranzosen oder einem Norditaliener, etwas Mediterranes, während Hannah eindeutig semitische Züge besaß. In Kairo, Beirut oder Jerusalem hätte sie perfekt ins Straßenbild gepaßt. Sie hatte pechschwarzes Haar und große, melancholische Augen. Obwohl sie keineswegs klein war, wirkte sie zerbrechlich (sie selbst fand sich zu mager, doch sie wurde trotz ihrer enormen Eßlust einfach nicht dicker). Sie sagte oft, ihre Brüste seien zu klein. Aber ihr Hintern war in Ordnung. Sie hatte schön geformte Lippen, die Kaplan vom allerersten Moment an, kaum daß sein Blick darauf gefallen war, angezogen hatten. Diese Lippen hatte er küssen wollen.

Sie bewohnten ein Haus im Amsterdamer Concertgebouw-Viertel, ein vierstöckiges Haus ganz für sie allein. Darin unterhielt Hannah eine allgemeinmedizinische Praxis mit einem hohen Anteil an Privatpatienten. Diese befand sich im Erdgeschoß, das etwa einen Meter oberhalb des Straßenniveaus lag und über eine Treppe mit fünf Stufen zu erreichen war, was ältere Patienten regelmäßig vor Probleme stellte. Im ersten Stock befanden sich das weiträumige Wohnzimmer in Weiß-, Grau- und Schwarztönen und die maßgerechte Bauknecht-Einbauküche, im zweiten waren vier helle Schlafzimmer, wovon eines von Hannah als zusätzliches Arbeitszimmer benutzt wurde und zwei als Gästezimmer eingerichtet waren, und die oberste Etage bestand aus Kaplans Schreibkabuff und zwei großen, muffigen Rumpelkammern.

Bei einem Mittagessen im ersten Monat des Jahres 1985, an einem Tag mit nassen Schneeflocken, die Kaplan vor dem Fenster seines Arbeitszimmers auf die Dächer der Frans van Mierisstraat herabschweben sah, kündigte Hannah an, daß sie ihm etwas Wichtiges mitzuteilen habe: »Wir müssen heute abend mal miteinander reden. Ich meine, richtig reden.« Kaplan begriff sofort, daß es ihr diesmal ernst war.

Er befürchtete, daß Hannah irgendwie Wind von seinem letzten kleinen Abenteuer mit dieser Studentin bekommen hatte und ihn nun als Ehebrecher und gemeinen Schuft entlarven würde. Und das war er ja auch, mußte er sich eingestehen. Aber er war mehr als das. Kaplan, der Schriftsteller, der Ehemann, der Verführer, der Blender, der Zyniker. Nur, wer er wirklich war, wußte er noch immer nicht, und er wechselte seine Rollen wie seine Oberhemden. Sicherheit machte ihm genausoviel Angst wie Unsicherheit, er liebte Hannah, und er liebte andere Frauen, er nannte sich Jude, wollte aber nicht, daß andere ihn Jude nannten, er hatte ein Faible für gutes Essen, wollte aber nicht dick werden, er war Schriftsteller und haßte das Schreiben, er liebte die Einfachheit, war in seinem Verhalten aber höchst kompliziert.

An jenem Abend sprach Hannah aber mit keinem Wort seine letzte Liebschaft oder irgendeines der anderen Mädchen an, mit denen er geschlafen hatte, sondern ließ sich ausführlich über ihre eigenen Heimlichkeiten aus. Sie erzählte, daß sie verliebt sei, schon seit fünf Monaten ein Verhältnis habe.

Kaplan kam sich vor wie ein Trapezkünstler im freien Flug, der plötzlich, während er diesen Bruchteil eines Augenblicks still in der Luft schwebte, erfaßte, daß seine Partnerin die ausgestreckten Hände zurückziehen würde.

2

Keizersgracht

Wir alle wissen, daß viele Bemerkungen, Ausrufe, Fragen und Antworten, die wir im täglichen Leben ausstreuen wie Reis bei einer Hochzeit, sowohl Quelle für Mißverständnisse sein können als auch Kleinodien der Verständigung.

Nehmen wir zum Beispiel ein so unschuldiges Sätzchen wie: »Wollen wir noch was zusammen trinken?«

Irgendwer stellt einem anderen diese Frage. Eine Einladung, irgendwo etwas Flüssiges zu sich zu nehmen. Schauen wir aber einmal genauer hin, dann entdecken wir plötzlich das Umstandswort »noch«. Was hat es hier zu suchen? Dieses Umstandswort ist vertrackt, denn es kann alles mögliche heißen und sorgt dafür, daß der Satz, in dem es vorkommt, auf unterschiedliche Weise interpretierbar ist. Spielen wir mal ein paar Möglichkeiten durch.

Zwei verschwitzte Männer in einem Büro nach unergiebigen geschäftlichen Verhandlungen. Da sagt der eine plötzlich zum anderen: »Wollen wir noch was zusammen trinken?« Das »noch« schließt die Einladung ein, einen weiteren Versuch zu wagen, um zu einem befriedigenden Ergebnis zu kommen, vorzugsweise in einer anderen Umgebung, in der beide Männer gleichrangig sind. Als Trinkende sind sie Partner, warum sollten sie nicht auch als Geschäftsleute Partner werden?

Zwei schweigende Männer in einem Büro nach einem Streitgespräch. Der eine, der Chef, war verärgert und hat den anderen, seinen Assistenten, wegen Schlampereien gerügt. Doch dann sagt der Chef, nachdem er zwei Minuten lang stumm vor sich hin gestarrt hat: »Wollen wir noch was zusammen trinken?« Ein klarer Fall für ein »noch«, das Vergeben und Vergessen ausdrückt. Passiert ist passiert, und zur Versöhnung genehmigen wir uns jetzt einen.

Ein Mann und eine Frau nach ihrer Begegnung in einer Kneipe. Sie stehen draußen vor dem Lokal, und die Frau sagt: »Wollen wir noch was zusammen trinken?« Gerade erst haben sie eine Kneipe verlassen, in der sie etwas getrunken haben, da schlägt die Frau schon wieder vor, irgendwo einen Wein oder ein Bier oder einen Whisky zu trinken. Beide sind sich aber darüber im klaren, daß die Frau dem Mann die Tür zu ihrer Wohnung öffnen möchte und der in Aussicht gestellte Drink Synonym für Erotik ist. Was sie eigentlich meint, ist: »Kommst du mit zu mir, wollen wir ein bißchen schmusen?« Das »noch« heißt hier soviel wie: »Wir haben uns kennengelernt und stehen aufeinander, wieso sollten wir da jetzt nicht auch das tun, woran wir beide denken?«

Derjenige, an den dieses »Wollen wir noch was zusammen trinken?« gerichtet ist, hat die elegante Möglichkeit, das Angebot, mit dem andern zu schlafen, auszuschlagen, ohne daß von etwas anderem als einem Drink gesprochen wird.

Kaplan hatte ein Zimmer in einer dieser zu billigen Pensionen umfunktionierten Wohnungen in Amsterdam-Zuid bezogen, eine kahle Selbstmordabsteige mit krumm- und schiefgezogenen Sperrholzpaneelen an der Wand, braunen Klebeteppichfliesen, die nicht mehr klebten, auf dem Fußboden und einer schmutziggelben Nylontagesdecke mit dunklen Flecken auf dem durchgelegenen Bett.

Jeden Morgen begab er sich ungewaschen und unrasiert in das Haus, in dem er vier Jahre lang mit Hannah gewohnt hatte. Nach fünfhundert Metern Fußweg betrat er dort das blitzblanke Badezimmer, um zu pinkeln und zu duschen. Hannah zog sich schon früh nach unten in die Praxis zurück, so daß sie einander nicht vorwurfsvoll in die Augen zu blicken brauchten.

Als er an diesem naßkalten Morgen in der ersten Februarwoche in dem weißen Badezimmer mit den mannshohen Spiegeln unter die Dusche gehen wollte, sah er einen Rezeptzettel Hannahs auf dem Rand des Marmorwaschbeckens liegen. Mit einer Mitteilung an ihn.

Warum hatte sie die auf so einen Zettel geschrieben? Versuchte sie ihm damit zu verdeutlichen, daß sie ein Rezept gegen ihre Ehekrise gefunden hatte?

Kaplan wurde ganz schwindlig vor Eifersucht, wenn er sich vorstellte, wie der unbeschnittene Schwanz von Hannahs neuem Freund in ihren weichen Schoß glitt. Denn ihr Schoß war in den vergangenen Jahren doch mehr oder weniger zu seinem Schoß geworden. Darin hatte er sich genauso zu Hause gefühlt wie in diesem prachtvollen Haus und diesem Badezimmer in weißem Marmor und blitzendem Chrom mit seinen Ankleidespiegeln und dunkelblauen Handtüchern. Er stand unter der Dusche und blickte auf sein Geschlecht, das sich weinend klein gemacht hatte, und ihm kam zu Bewußtsein, daß es nie mehr Erlösung in der Wärme von Hannahs Körper finden würde.

Wie jeder andere brauchte auch Kaplan jemanden, der ihn liebte. Bei Hannah hatte er bedingungslose Unterstützung und grenzenloses Vertrauen erfahren. Mit schmachtend geöffnetem Mund jammerte er nun hier unter der Dusche über den Verlust dieser Frau. Sie war attraktiv, intelligent, sinnlich. Doch er hatte sie verloren, und das durch seine eigene Unfähigkeit. Er fürchtete, daß er außerstande war, die Liebe anderer (die er verzweifelt brauchte) in angemessener Weise zu erwidern. Wie? Mit erwachsener, ausgewogener Liebe.

Aber wie sieht so eine Liebe aus? Wie fühlt sich so eine Liebe an? Er tupfte sich das Gesicht mit einem weichen Handtuch ab, als wären ihm Tränen über die Wangen gekullert. Sie wollte jetzt noch ein weiteres Gespräch mit ihm, und er fragte sich gequält, ob sie ihm die Versöhnung oder die definitive Trennung anbieten würde. Er wußte es nicht. Auf dem Rezeptzettel stand: »Kannst Du heute abend um zehn vorbeikommen? Ich möchte mit Dir reden. Hannah.«

Der Schriftsteller rasierte sich an diesem Morgen naß, rieb sich die Haut mit Aftershave ein und nahm sich vor, nachmittags zu seinem Nobelfriseur zu gehen. Heute abend erhielt er eine letzte Chance.

Kaplan wollte sich ihr dann möglichst vorteilhaft präsentieren. Er zog sich an und legte den anthrazitgrauen Leinenanzug heraus, den er vor vier Jahren, 1981, in Rom hatte anfertigen lassen. Hannah hatte bei dem römischen Schneider in der Musterkollektion die Hand auf den Stoff gelegt. Der sollte es sein. Drei Tage später hatten sie den streng geschnittenen Anzug abholen können. In einer Umkleidekabine von der Größe eines Tanzsaals hatte er den Anzug angezogen, und auf der Stelle war er schlanker, waren seine Augen dunkler, war sein Haar voller geworden. Der Anzug verlieh ihm Selbstvertrauen. Mein Gott, wie sehr er das heute abend brauchte.

In seinem Arbeitszimmer im obersten Stock des Hauses fand er die Post vom Vortag auf seinem Tisch.

Diesmal schickte ihm ein Student einen großen, wattierten Umschlag, in dem Kaplan eine Arbeit über seine gesammelten Bücher fand. Meist beschränkten sie sich ja auf nur ein Buch, doch die hier faßte sein gesamtes Œuvre zusammen – als befände er sich bereits im fortgeschrittenen Stadium des Verfalls und könnte seinem Nachlaß nun endgültig ein Stempel aufgedrückt werden. In der Inhaltsangabe waren die neun Titel aufgeführt, die Kaplan veröffentlicht hatte. Den ersten, *Die leere Welt,* vor sechzehn Jahren, den letzten, *Hoffmans Hunger,* vor zweieinhalb Jahren. Seither hatte er nichts Nennenswertes mehr geschrieben.

In den letzten achtundzwanzig Monaten hatte er es versucht, verbissen, wütend. Wenn er die Buchbeilage von *Vrij Nederland* durchblätterte, staunte er über die mühelose Produktion mancher Kollegen, die seit zwanzig Jahren Saison für Saison ein passables Buch herausbrachten. (Nein, das hier ist nicht schon wieder so eine Geschichte über einen Schriftsteller, bei dem es einfach nichts werden will mit dem Schreiben – dies ist eine Liebesgeschichte. Dennoch muß auch von Kaplans Problemen mit dem Schreiben erzählt werden, denn daß da irgendwas nicht stimmt, sieht doch jeder.) Was konnten sie, woran es Kaplan fehlte? Viel, wenn man sich die nachfolgende Liste ansieht.

1. Er fürchtete sich davor, allein vor einem leeren Blatt Papier zu sitzen.

2. Er hatte die Fähigkeit verloren, sich beim Schreiben in die Figuren, die er heraufbeschworen hatte (er hatte sie zum Leben erweckt, doch kaum daß sie atmen konnten, wandten sie sich gegen ihn), hineinzuversetzen.

3. Er wußte nicht mehr, was so ein *Ich* oder *Er* eigentlich sein sollte (hierüber waren bedeutsame Abhandlungen geschrieben worden, doch was er benötigte, war eine Untersuchung über das *Es*, jenes unbestimmte bestimmte Fürwort, das ihm als die einzige Form erschien, in der er würde schreiben können).

4. Er konnte nicht mehr regungslos an seinem Schreibtisch sitzen und zufrieden sein, wenn er sich vor Augen hielt, daß währenddessen die energiegeladene, turbulente, leidenschaftliche Seite seines einmaligen Lebens verstrich.

5. Er sah, wie sich seine rechte Hand verkrampfte, wenn sein Stift das jungfräuliche Papier berührte.

6. Wenn er in einem Hotel an der Rezeption stand und auf dem Meldeformular auf die Frage »Occupation / Beruf« stieß, wagte er nicht mehr, »Schriftsteller« einzutragen.

7. Er wußte nicht, worüber er noch ein Buch schreiben sollte.

8. Er wußte, daß er, selbst wenn er das wüßte, nichts zu Papier bringen würde.

9. Er konnte nämlich nicht mehr schreiben.

Da saß Kaplan nun, auf seinem Schreibtischstuhl auf Rollen,

der mit einem Pedal ausgestattet war, mit Hilfe dessen er, wie beim Zahnarzt, die Höhe verstellen konnte. Sein Buchenholztisch lag voller Bücher, die er in den vergangenen Monaten ganz oder teilweise gelesen hatte. Er legte die Arbeit, die ihm, dem Schriftsteller, der nicht mehr schrieb, ein Doktorand aus Utrecht in einem dicken Umschlag zugeschickt hatte, auf einen Thriller von John Le Carré und eine Essaysammlung von Susan Sontag.

Der Studiosus hatte seine in ultramoderner Rechtschreibung geschriebene Arbeit in zehn Kapitel gefaßt: die neun Bücher plus eine vierseitige Schlußfolgerung.

»Das werk Leo Kaplans ist eine konsekwente ausarbeitung der grundtemen warheit – illusion und zwangsläufigkeit – zufall. Man könnte daraus folgern, er schreibe, um das kaos der wirklichkeit mit der illusorischen ordnung der literatur in den griff zu bekommen. Natürlich ist das eine vergebliche hoffnung. Obgleich sich seine bücher dank ihrer ausgewogenen strukturierung spannend und ansatzweise sogar ergreifend lesen, drängt sich, betrachtet man sie als ganzes, doch das bild eines verzweifelten mannes auf, der sich ausserstande fült, dem leben, um das er nicht gebeten hat, das er als lebender mensch jedoch als furchtbaren fakt erfärt, eine sinnvolle form zu verleien.«

Stimmte das? War er ein verzweifelter Mann, der außerstande war, seinem Leben Sinn, Inhalt, Form, Liebe zu verleihen?

Ein neunmalkluger Rechtschreibneuerer aus Utrecht schlußfolgerte, daß Kaplan eine Niete war, ein armseliger Hanswurst, der das Leben furchtbar fand. Bei seinem ausgetrockneten Hirn, seiner schmachtenden Seele und einer Ehe, die drauf und dran war zu zerbrechen, hätte er sich an diesem Morgen wahrlich einen anderen Forschungshungrigen gewünscht.

Und gaben seine Bücher denn wirklich Anlaß zu einer solchen Schlußfolgerung?

Ja, vielleicht schon. Hatte er es nicht immer als seine Aufgabe betrachtet, die Verzweiflung und Unzulänglichkeit des Menschen im allgemeinen (ja, er sah sich diesen Gedanken denken: der-Mensch-im-allgemeinen, ach, du lieber Gott!) in Worte zu fassen?

Er versteckte sich hinter diesem Menschen-im-allgemeinen. Der Studiosus aus Utrecht hatte sich nicht von Interviews in *De Groene Amsterdammer* und *de Volkskrant* an der Nase herumführen lassen. Nein, der ach so engagierte Kaplan, umgetrieben von seinem verzweifelten und unzulänglichen Mitmenschen-im-allgemeinen, schrieb im Grunde nur über seinen eigenen Nabel und seinen eigenen Stoffwechsel.

Einer der wenigen Leser, die begriffen, was ihn wirklich umtrieb, war sein Freund Rudy Kohn. Er hatte Rudy kennengelernt, als dieser vor Jahren, nach Erscheinen von Kaplans Erstling, mal ein Interview mit ihm gemacht hatte. Sie waren Freunde geworden und hatten beide Karriere gemacht. Rudy war jetzt ein bekannter Literaturkritiker, hatte eine Schickse geheiratet, mit der er zwei Kinder hatte, und schrieb komplizierte Essays über die Aufgabe des Schriftstellers in der heutigen Zeit. Nach Nietzsche und Musil und Adorno mußte alles anders werden – aber wie? Im vergangenen Sommer hatte Rudy sich abgesetzt. War einer Italienerin gefolgt, die er in Amsterdam kennengelernt hatte, und wohnte nun bei ihr in Rom. Kaplan entsann sich, daß Rudy ihn angerufen hatte, nachdem er einige Tage mit ihr in einem romantischen Hotelzimmer an einer Gracht verlebt hatte. Der Schriftsteller hatte den Kritiker gewarnt: »Überleg es dir gut, Rudy. Du kennst sie erst drei Tage. Überleg es dir also gut.« Aber Rudy hatte nicht auf ihn hören wollen: »Überlegen? Ich liebe sie! Sie liebt mich! Wieso sollte ich es mir überlegen? Ich muß nur dem folgen, was ich fühle! Ich hab genug von der ewigen Nörgelei und der ganzen Verantwortung! Boudewijn und Adriaan hängen mir zum Hals raus! Überlegen? Ich will nicht mehr überlegen! Ich will fühlen! Fühlen!«

Wenn Rudy in der Stadt gewesen wäre, hätte Kaplan jetzt mit

ihm über Hannah reden können, über seine Schreibhemmung, über den Mitmenschen-im-allgemeinen. Aber Rudy lag in einem lauschigen Appartement in Trastevere, nahe der Piazza di San Cosimato, den Bauch voll Chianti und Gorgonzola und Liebe zu der sechsundzwanzigjährigen Sandra.

Kaplan durchblätterte die fotokopierten Seiten, sah entlang der Plastikspirale, die sie zusammenhielt, Papierschnipsel, welche der Locher hinterlassen hatte, und stellte sich den Studenten vor, wie er im Schreibwarengeschäft gestanden, seine getippten Seiten vervielfältigt und dabei von einem akademischen Titel geträumt hatte, den er sich mit einer Untersuchung über den Schriftsteller Leo Kaplan zu erwerben gedachte.

Kaplans Name stand nackt da. Allzeit dem rauhen Wind, dem auslaugenden Regen, der unerbittlichen Sonne ausgesetzt. Vielleicht hätte er, damals vor langer Zeit, sein Studium abschließen sollen, dann hätte er Schutz unter einem Titel und einem richtigen Beruf gefunden. Was für einen einsamen Namen er doch hatte.

Der Schriftsteller litt an dem, was im Englischen *writer's block* heißt. Wollten wir seine Schreibhemmung anhand eines theoretischen Modells veranschaulichen, dann stellte sich das folgendermaßen dar: Wie jeder Schriftsteller benötigte Kaplan eine gewisse Distanz, um schreiben zu können. Diese Distanz setzt eine bestimmte mentale Disposition voraus. Man betrachte die eigenen Erfahrungen und Gefühle als Material. Entwerfe eine Geschichte. Stelle alles zur Diskussion. Steige wie ein Bergarbeiter zu seinen tiefsten Seelenregungen hinab.

Nun, und für all das fehlte ihm jetzt die Kraft. (Oder war es der Mut?) Er konnte die notwendige Distanz, die mentale Disposition nicht mehr aufbringen. Er schrieb Artikel, Kritiken, Reportagen, doch seit zweieinhalb Jahren, seit Vollendung seines letzten Buches und einem Besuch in Kairo, nichts Fiktionales mehr. Keine Distanz, keine Fiktion – so einfach lag das bei ihm.

Es gibt Autoren, die ohne die Distanz auskommen, doch Kaplan gehörte nicht zu denen, die bewußtlose *écriture automatique* betrieben.

Er wollte seine Arbeit machen, wurde aber von bohrenden Zweifeln gelähmt, wenn er zu einer Erzählung ansetzte. Vor einigen Monaten hatte er eine Liste mit neun Punkten aufgestellt, deren letzter lautete: »Ich kann nämlich nicht mehr schreiben.«

Kaplan verfügte über eine Fülle von Material, genug für zwei Schriftstellerleben, und er hatte mit seinem letzten Roman, *Hoffmans Hunger,* sicher noch nicht das Nonplusultra geschrieben. Doch ihm war das letzte Fünkchen Selbstvertrauen abhanden gekommen. Er traute sich nicht. Er konnte nicht. Seit der Reise nach Kairo, mit der letzten Version von *Hoffman* in seinem schwarzen Diplomatenkoffer, hatte er keine Zeile mehr geschrieben, die sich zu einer Geschichte hätte ausweiten können. Wirklich, nicht eine Zeile. Aus Ägypten zurück, hatte er sein Arbeitszimmer gemieden, seine obligatorischen Zeitungsartikel im Wohnzimmer im ersten Stock verfaßt und wochenlang, mit Stapeln von Videokassetten ausgerüstet, vor dem Fernseher gehangen. In einem Raum im Verlag hatte er mit seinem geduldigen Lektor an *Hoffman* gefeilt und gelogen, wenn er gefragt wurde, ob er an »etwas Neuem« arbeite. In Interviews hatte er beiläufig irgendwelche Buchtitel fallenlassen, weniger, um Journalisten und Leser zu täuschen – als wenn die so sehnlich auf ihn gewartet hätten –, als vielmehr, um sich selbst den Rücken zu stärken: Ja, da stand es, schwarz auf weiß, er arbeitete an einem neuen Roman, er mußte also gleich an die Arbeit. Kein Wort. Kein Komma. Als hätte er sich dort in Kairo eine mysteriöse Krankheit eingefangen, die seine Kreativität vergiftet hatte. Eine Art mentales Aids.

Dem Buch, das Kaplan das liebste war, *La Place des Vosges,* hatte der Studiosus das längste Kapitel gewidmet. Anhand von Punkten wie *fokalisazion, zeitbegriff, fabelrekonstrukzionen, erzählerintrusionen* zerlegte der Wissenschaftler in spe die Novelle in ihre Einzelteile. Kaplan konnte diese Begriffe nicht mehr ertragen und schleuderte das Ringheft mit dem hellblauen Einband verärgert quer durch sein Arbeitszimmer. Es prallte mit Wucht gegen eine Ecke des kostbaren antiken Bücherschranks, den Hannah von ihren Eltern geschenkt bekommen hatte, und fiel schlaff zu Boden. Kaplan sprang sofort auf, fuhr beschämt mit dem Finger über die Macke im Schrank und legte das Heft auf Sontag und Le Carré zurück. Der Utrechter konnte ja nichts dafür. Was Kaplan wurmte, ließ sich nicht durchs Zimmer werfen. Denn wie hätte er sich selbst am Schlafittchen packen und gegen einen Bücherschrank schmeißen können?

Er überflog die Examensarbeit und schrieb dem Verfasser dann einen kurzen Brief. Sehr interessant, gut ausgearbeitet, überdenken Sie doch bitte Ihre Rechtschreibung.

Es war bereits Nachmittag, als er in seinem dicken, schwarzen Wintermantel das Haus verließ. Er brachte seinen römischen Maßanzug in sein Selbstmordzimmer der Pension Alphons und ging gleich wieder in die Kälte hinaus. Im ›Wildschut‹ aß er an einem Tisch mit Marmorplatte ein belegtes Brötchen und las dabei in *Vrij Nederland* sämtliche Artikelchen unter der Rubrik Vermischtes, um sie gleich wieder zu vergessen. Zur Überbrückung des Nachmittags hatte er die Auswahl zwischen vier Betätigungen. Die hatten ihm auch über die zurückliegenden achtundzwanzig Monate Schreibhemmung hinweggeholfen. Lesen. Video. Zeitungsartikel verfassen. Kino.

Üblicherweise hatte er einen Tag, nach dem Frühstück mit Hannah, mit Lesen begonnen und sich dann, ab etwa elf Uhr, dem Zeitungsjob, meist der Rezension eines Buches oder Films, gewidmet. Wenn er dazu keine Lust gehabt hatte, hatte er weitergelesen oder eine Kassette in den Videorecorder geschoben. Das Mittagessen hatte er mit Hannah zusammen eingenommen. Regelmäßig hatte sie nach dem ersten Schluck Tee zu einem Notfall gemußt. Nach der Mittagspause hatte er seine Lektüre oder das Schreiben für die Zeitung oder das Videosehen fortgesetzt, war zur Abwechslung gelegentlich ins Kino gegangen, weil er in der Vergangenheit auch Filmszenarios geschrieben hatte und sich sagte, daß er auf dem laufenden bleiben müsse. Aber es war auch nicht ausgeschlossen gewesen – das hatte nach der Ägyptenreise angefangen –, daß er nachmittags oder abends ein Rendezvous mit einer Frau hatte und in einem fremden Bett einen Ehebruchssalto machte.

An diesem Nachmittag beschloß er, ins Kino zu gehen. Warum? Weil ihm das nicht die geringste Anstrengung abverlangte. Er saß in einem dunklen Saal und träumte die Träume eines anderen. Das Kino als Zufluchtshafen, so etwas in der Art. Doch *Mariage,* ein französischer Film über Ehebruch, scheuchte ihn in dem leeren, zugigen Kinosaal von einem Sitz zum andern. Er identifizierte sich ohne Einschränkung mit jedem der an dieser Dreiecksbeziehung Beteiligten. Mit der Frau, die außer ihrem Ehemann einem Liebhaber zugetan war. Mit dem Ehemann, der verrückt wurde vor Eifersucht. Mit dem Liebhaber, der außer einer Ehefrau einer Geliebten zugetan war. Natürlich endete der Film mit einem Blutbad.

Anschließend saß der Schriftsteller vor einem großen Spiegel in dem als Kunstgalerie eingerichteten Friseursalon. Von seinem gepeinigten Haupt rieselten die Haarschnipsel auf den gleichen Marmorboden, der auch zu Hause im Badezimmer lag. Die Aufmerksamkeit, die die Friseuse ihm angedeihen ließ, ihre sanften Handbewegungen, ihr wahlloses Geplapper über Filmstars und Fernsehmoderatoren, die sich, einem zeitgemäßen Kopf zuliebe, tagaus, tagein in ihrem oder dem Sessel einer ihrer Kolleginnen niederließen, und das freundliche Schnippen der Scheren linderten die verzweifelte Aufgekratztheit, mit der er aus dem Kino in das höllische Tageslicht hinausgetreten war.

Heute abend Hannah – er wollte bei ihr bleiben.

Der französische Film hatte mit einer Handvoll Morden geendet. Ein Entrinnen aus der Kette der Ereignisse, die sich die Drehbuchautoren von *Mariage* zurechtgereimt hatten, war nicht möglich gewesen. Philippe Noiret schlug ein blinkendes Beil in die warme Brust Michel Piccolis, Stephane Audran schoß Philippe Noiret in die pochende Schläfe, und Bernadette Lafont stach ein Messer in den erotischen Rücken Stephane Audrans, kam aber ungestraft davon. *Crimes passionels.* Ziemlich viel auf einmal, aber glaubwürdig. Kaplan wußte nicht, ob ihn der Film erleichterte oder deprimierte. So schlimm wie in dem Film war es bei ihm nicht. Noch nicht.

Mit frisch frisiertem Kopf und kribbelnden Härchen im Kragen begegnete er in seinem Klub ›Arti et Amicitiae‹ Antoinette Anema, einer rothaarigen Friesin, die seit einem Jahr Assistentin seines Verlegers war. Kaplan küßte sie zur Begrüßung und setzte sich zu ihr an den Tisch. Er begann Wodka zu trinken und fuhr sich andauernd mit ruheloser Hand unters Oberhemd, um die irritierenden Härchen wegzuwischen. Er tratschte über Harry Mulisch, über Mensje und Mischa, über Marga und Marja, und Antoinette gab nur zu gern ihren Senf dazu und stand ihm auch beim Trinken in nichts nach.

Kaplan hatte sie vor etwa zehn Monaten kennengelernt, als er im Verlag den Vertrag für die amerikanische Übersetzung von *Hoffmans Hunger, Hoffman's Greed,* unterzeichnet hatte. Man hatte danach eine Flasche Champagner entkorkt, sein Blick war auf die Titten der neuen Sekretärin, die ständig seine Gesellschaft suchte, unter ihrer weißen Seidenbluse gefallen, und er hatte sich mit ihr in einem Restaurant in der Reestraat verabredet. Nach dem Essen hatte er an einer dunklen Gracht ihre drallen Pobacken umfaßt und sie an sich gezogen. Auf einem dicken Teppich in ihrem Wohnzimmer an der Keizersgracht hatten sie sich ihrer Kleider entledigt. Über einen hohen Spiegel konnten sie sich zusehen. Antoinette war leicht pervers veranlagt, was ihn erregte. Sie hatte etwas von einem General, der eine Schlacht anführt. Sie kommandierte, gab genaue Anweisungen, sagte ihm, wie und wohin er zu marschieren hatte, rief, wann er anlegen und feuern sollte und wann ein Stillgestanden! angesagt war. Effizient und sachgerecht brachte sie sich selbst zum Orgasmus. Als sie den erreicht hatte, wurde sie wieder zu einer, die zärtlich und geil sein konnte.

Doch sie hatte mehr von ihm gewollt, als er ihr geben konnte. Nach diesem ersten war ein zweites Mal gefolgt. Und sie hatte ihm deutlich gemacht, daß sie eine dauerhafte Beziehung mit ihm wünschte. Eine Zeitlang hatte sie ihn jeden Nachmittag angerufen, und er hatte sich eine Ausrede nach der anderen einfallen lassen müssen, um sich einer neuerlichen Verabredung mit ihr zu entziehen.

Er verstand sie nicht. Wenn sie Kleider anhatte, wollte sie ihn ganz und gar besitzen; wenn sie nackt war, reduzierte sie ihn auf ein Instrument, mit dessen Hilfe sie zum Orgasmus kommen konnte. Sie spielte verschiedene Rollen, die sie ohne Vorwarnung im Handumdrehen wechselte – genau wie Kaplan. Doch bei Antoinette nahm die Verkleidung einen komplizierteren Verlauf. Nach einem Pullover zog sie sich eine Hose über den Kopf, oder sie streifte sich einen Handschuh über den Fuß. Im einen Moment war sie scheu, im nächsten selbstsicher; mal drückte sie sich treffend und intelligent aus und gleich darauf vage und beschränkt. Ihr Verhältnis zu ihrem mannshohen Spiegel hatte ihm zwar gefallen – doch auch hierbei hatte sie zwei Rollen kombiniert, war mal Beteiligte, mal Voyeurin gewesen.

Als Kaplan den Klub verließ, war es noch früh. Drei Stunden noch bis zu dem Gespräch mit Hannah.

Eine Viertelstunde zuvor war Antoinette von einer Frau mit Pennyshoes, Perlenkette um den Hals und über die Brust herabhängendem Seidenschal angesprochen worden. Sie waren, wie sich herausstellte, Schulfreundinnen gewesen.

Kaplan – überzählig, einsam, voller Selbstmitleid und ziemlich alkoholisiert – hatte sie daraufhin allein gelassen und stand nun im überdachten Eingang des ›Arti‹ an der Rokin und blickte über die breite Straße. Nein, nicht in die Pension Alphons. Und in seinem Haus war er nicht willkommen. Es war zu früh für sein Rendezvous mit Hannah. Wo konnte er hin? Es war kalt, feiner Nieselregen hing über der Stadt.

Jemand hakte sich bei ihm ein. Antoinette. Er war ihr dankbar, daß sie ihm mit ihrer vielsagenden Hand, ihrem warmen Körper, den sie an ihn drückte, Trost spendete.

»Wollen wir noch was zusammen trinken?« fragte sie.

Sie gingen zu ihr, in das neben einem italienischen Restaurant gelegene Appartement an der Keizersgracht. Schon auf der Treppe in den zweiten Stock küßten und befummelten sie einander.

Antoinette bewohnte einen großen, weiß gestrichenen Raum, der sich von der Vorder- bis zur Rückseite des Gebäudes erstreckte. Die Leuchtreklame des italienischen Restaurants warf mal rotes, mal grünes Licht über die weißen Wände. Nachdem sie sich ausgezogen hatten, knieten sie vor dem hohen Spiegel auf dem rauhen Berberteppich. Sie wollte, daß er sie von hinten nahm. Über den Spiegel sah sie ihn dabei an und erteilte Anweisungen, wie schnell oder langsam oder heftig er es machen sollte.

Kaplan konnte seine Betrügervisage im Spiegel nicht ertragen und schaute auf ihren glatten Rücken, der im Rhythmus der Neonreklame draußen mal rot und mal grün aufschimmerte.

3

Leidseplein

Kaplans neue Bleibe befand sich im dritten Stock, auf der dunklen Rückseite des Hauses, wo nie die Sonne hinkam, und war eines von zwei ursprünglich ineinander übergehenden Zimmern, das man durch ein paar Hartfaserplatten vom anderen abgetrennt hatte. Die Holzverkleidung des Zimmers war kackbraun gestrichen worden, das allerdings auch schon vor etlichen Jahren, als diese Farbe in bestimmten Kreisen »in« gewesen war. Die Farbschicht wies Risse und Blasen auf und war an mehreren Stellen völlig abgestoßen. An den Wänden klebte ockergelbe Papiertapete, und auch die war ziemlich lädiert. Spüle und Schränke in der Küche sahen dagegen nagelneu aus.

Kaplan vermutete, daß die Etage erst vor kurzem zweigeteilt worden war, ohne daß man sie dabei renoviert hatte. Wenn er das schäbige Zimmer betrat, kam es ihm vor, als hätte er zwanzig kostbare Jahre weggeworfen und stünde wieder in der Studentenbude, die sein Vater ihm einst gemietet hatte.

In der dritten Nacht in diesem Zimmer hatte er einen beklemmenden Traum gehabt: Er war wieder der wissensdurstige Student, gerade frisch in Amsterdam angekommen. Doch sein Körper war der eines achtunddreißigjährigen Mannes, das hatte er ganz genau gewußt: achtunddreißig. In dem Traum war ihm das unbegreiflich gewesen. Wie kam er zu diesem erwachsenen Körper, zu den rauhen Wangen, den grauen Strähnen im Haar, der dünnen, faltigen Haut um die Augen? Dieser Körper hatte ihn verrückt gemacht, er war sich wie ein Kind vorgekommen, das die Hilfe seiner Eltern benötigte, um die Welt begreifen zu können.

Ein Prof von seiner Fakultät hatte ihm erläutert, daß man, wenn man in eine andere Stadt ziehe, auch in einen anderen Körper ziehe. Er hatte laut aufgeschrien.

Als er schweißnaß aufgewacht war und auf die Armbanduhr an seinem behaarten Handgelenk geschaut hatte – sie hatte vier Uhr und das Datum angezeigt –, war ihm bewußt geworden, daß seine Eltern tot waren. Und er, Leo Kaplan, war ein erwachsener Mann.

Als er bereits mehrere Wochen in der Pension Alphons hauste, hatte ihm jemand angeboten, seine Etagenwohnung mit ihm zu teilen. Er hätte auch bei diversen Bekannten mit Eheproblemen logieren können, bis er eine neue Wohnung gefunden hatte, doch überall wäre er dann der zusätzliche Mann im Haus gewesen, der bei einem Ehestreit als Schlichter auftreten konnte, falls er nicht gar selbst zum Stein des Anstoßes wurde. Dann doch lieber wie ein Student in einem Zimmer mit Küche, hundert Meter von seinem ehemaligen Haus entfernt, wo Hannah und ihr Freund, ein gutaussehender, schlanker Ökonom, der auf Kaplan eine ziemlich ernüchternde Wirkung ausübte, die konjunkturellen Entwicklungen im Auge behielten.

Hannah fand Trost in den Armen ihres Ökonomen. Einziger Trostspender für Kaplan war seine erfahrene rechte Hand. Mit der hatte er sich schon als Dreizehnjähriger verbündet. Die Hand wußte, was er wollte. Damals mit dreizehn, kurz vor seiner Bar-Mizwa, hatte die Hand zum erstenmal zugeschlagen, an einem Freitagabend im Bad. Die Hand hatte an seinem Schniedel herumgefummelt und in die Praxis umgesetzt, worüber er von Klassenkameraden gehört hatte. Seine Eltern hatten ihn nicht aufgeklärt, er war Autodidakt. An jenem Freitagabend war sein Blick auf das Töpfchen Endenshampoo gefallen, das auf dem Badewannenrand stand – sein Vater versuchte sich damit die Schuppen aus den Haaren zu waschen. Und er hatte sofort gewußt, daß sein Schniedel hervorragend in dieses Töpfchen mit der festen, grünlichen Paste hineinpassen würde. Es war wundervoll und verwirrend, ja, erschütternd gewesen. Mitten in der Nacht war er dann wach geworden. Sein Schniedel hatte gebrannt und geglüht. Nur mit Mühe, er hatte kaum laufen können, war er zur Toilette gekommen, und was er dort in seiner Schlafanzughose gesehen hatte, hatte er als Persönliche Maßregelung vom Herrn im Himmel, *Adonái Elohénu,* aufgefaßt, für den er in wenigen Wochen im Beisein der gesamten jüdischen Gemeinde von Den Bosch in der Synagoge singen würde. Er würde singen, aber ohne Schniedel. Der würde ihm abfallen. Die Haut hatte in Fetzen von seinem Ding herabgehangen, das nur so glühte, und für ihn war es nur noch eine Frage von Stunden gewesen, bis er ein für allemal sein Schwänzlein verlieren würde. Mein Gott, war das eine Strafe! Konnte er es dem Doktor erzählen? Würde im Lexikon unten im Schrank etwas darüber drinstehen? Doch dann hatte er wieder das Töpfchen Endenshampoo vor sich gesehen und in einer erlösenden Sekunde begriffen, daß nicht der Herr im Himmel, sondern dieses giftgrüne Shampoo Verursacher des Brennens und Stechens und der wie Schuppen abschilfernden Hautfetzen war. Leise war er wieder in sein Zimmer zurückgeschlichen, war nach einer Stunde eingeschlafen und hatte es am nächsten Morgen verpaßt, seinem Vater im Badezimmer noch beizeiten das Töpfchen Endenshampoo zu entreißen. Der hatte sich schon die Haare damit gewaschen. Beim Frühstück an jenem Samstagmorgen hatte der Sohn schamvoll auf das glänzende nasse Haar gestarrt, das sich der Vater straff über den Schädel gekämmt hatte. Eine Stunde später hatte er dann in der Schul den Herrn über Himmel und Erde und über das gesamte Universum um Vergebung gebeten. Er wußte bis heute nicht, ob er die erhalten hatte.

In Umzugskartons hatte Kaplan die Bücher mitgenommen, die er um sich haben wollte. Sie standen noch unausgepackt und hoch aufgestapelt an der Wand neben seinem Bett. Kurz nach seinem Einzug in dieses Zimmer hatte ihm ein Makler ein geräumiges Appartement in der weitläufigen Reijnier Vinkeleskade angeboten, nur zwei Straßen von seinem einstigen Heim entfernt. Er konnte dort einziehen, sobald er die Sache mit der Hypothek geregelt hatte. Daher ließ er die Bücher fürs erste in ihren Kartons.

Ende dieses Jahres würde Kaplan über das Erbe verfügen können, das sein Vater, Moses Kaplan, für ihn zusammengeschuftet hatte. Sein Anwalt hatte ihn darauf hingewiesen, daß er mit dem anstehenden Erbe als Sicherheit von jeder Bank Kredit bekommen würde. Doch das lehnte Kaplan ab. Sein wohlhabender Vater hatte es seinem Sohn im Leben nämlich nicht allzu leicht machen wollen und in einer der aberwitzigen Klauseln seines Testaments verfügt, daß sein Sohn fünfzehn Jahre lang auf das Geld warten müsse.

Warum nicht fünf oder zehn oder fünfzig Jahre?

Der einzige Grund, den Kaplan sich denken konnte, war, daß sein Vater fünfzehn Jahre nach dem Tod *seines* Vaters, Leos Großvaters, 1950, seine ersten hunderttausend Gulden zusammengehabt hatte. Von da an hatte Moses dann nur immer noch mehr Geld verdient, so viel, daß sein schriftstellernder Sohn Ende dieses Jahres ein reicher Mann sein würde. Moses hatte Leo die Chance eingeräumt, seinerseits binnen fünfzehn Jahren nach dem Tod seines Vaters ein Vermögen zu verdienen. Doch Leo diente der Kunst, nicht dem Kapital. Trotzdem hätte er lieber sein eigenes Geld gehabt und das Vermögen seines Vaters mit großer Geste einer Wohltätigkeitseinrichtung in Israel gestiftet. Nun aber brauchte er die Kohle. Verdient hatte er sie nicht.

In einem halben Jahr würde sein Vater ihm von seinem Grab aus mehr als zwei Millionen Gulden und obendrein noch ein Vermögen an Immobilien in den Schoß werfen. Der Wert der Aktien und Obligationen, die Moses in den fünfziger und sechziger Jahren gekauft hatte, war von Jahr zu Jahr geradezu geschwulstartig gewachsen. Damit Leo keine Erbschaftssteuer zu zahlen brauchte, hatten sie es zwar so getrickst, daß er rein rechtlich bereits seit seines Vaters Tod Besitzer des Erbes war, anrühren durfte er das Geld aber erst im Oktober 1985.

Kaplan wäre gern in seinem bisherigen Haus geblieben. Leider war es aber auf Hannahs Namen eingetragen, und sie konnte mit ihrer Arztpraxis natürlich auch schlecht in eine Studentenbude umziehen. Für Kaplan reichte ja im Prinzip ein mittleres Wohnklo, solange er nur irgendwo sitzen und sich einen Schreibblock auf den Schoß legen konnte. Wenn er schrieb – was er, von seinen Kritiken und Artikeln und den obligatorischen Antworten auf Briefe von Studenten und Oberschülern abgesehen, schon dreißig Monate lang nicht mehr getan hatte –, schrieb er nämlich am liebsten mit der Hand. Hannah aber benötigte ein Wartezimmer und ein Behandlungszimmer und einen Raum für ihre Arzthelferin, und über all diese Räumlichkeiten herrschte sie wie eine Kaiserin. Kaplan konnte sich dagegen schon in einem Zimmer, das kaum größer war als ein Klo – und er wußte jetzt, wie klein die sein konnten, denn in der Küche, die zu seinem Zimmer gehörte, hatte man so ein Kompaktklo im ehemaligen Vorratsschrank untergebracht –, total verloren fühlen.

Natürlich war seine jetzige Bleibe unter aller Kritik. Das Zimmer war klein, in der Küche war gerade noch so viel Platz, daß man eine Mausefalle aufstellen konnte, nie schien die Sonne zum Fenster herein, die enge, nach Schimmel riechende Duschzelle mußte man sich mit den Bewohnern der anderen Wohnungshälfte (ein hinkendes junges Mädchen und ein älterer Alkoholiker) teilen, es war so hellhörig, daß man buchstäblich alles von ihnen mitbekam (»Pfoten weg! Ooh, ich komme!«), es müffelte nach Staub und morschem Holz und feuchter Unterwäsche; genügend Gründe, sich möglichst viel außer Haus aufzuhalten.

Neben Mäusen hatte Kaplan auch noch andere Haustiere. Ein Grüppchen Tauben ließ sich nachts auf den Fenstersimsen und dem schmalen Balkon nieder, der an der Küche klebte. Er hatte nie gewußt, daß Tauben so viel Krach machen konnten. Ihr Gurren hallte durch sein Zimmer und raubte ihm den Schlaf, den er so dringend brauchte. Nach zwei Wochen hatte es ihm gereicht. In einer Eisenwarenhandlung hatte er ein Paar Arbeitshandschuhe und eine Rolle teuflisch spitzen Stacheldraht gekauft, den er um und quer über die Simse und den Balkon wickelte. In der darauffolgenden Nacht hatte er lange wachgelegen und auf das Wimmern der Tauben gehorcht. Erst sehr spät, nachdem sich eine seltsame Stille eingestellt hatte, war er eingeschlafen. Er hatte von einer riesengroßen Taubenmutter geträumt, die ihre Kinder rächen wollte, mit ihrem Schnabel die Fensterscheiben einhackte, den Kopf hereinstreckte und wütend nach ihm pickte. Gegen Mittag war er von anhaltendem Klopfen an seiner Tür geweckt worden. Zwei bullige Polizisten in Blousons und mit imponierenden Pistolen auf der Hüfte wollten einen Blick auf seine Fenster und den Balkon werfen, ein aufgebrachter Taubenzüchter, der gleich hinter Kaplan wohnte, hatte sie alarmiert. Da hatte Kaplan gesehen, was er angerichtet hatte. Ein Dutzend Tauben hatte sich in Stücke gerissen, Flügel hingen lose an den scharfen Zähnen des Drahts, durchbohrte Taubenköpfe stierten mit starren Knopfaugen herein, als würde hier ein faszinierendes Theaterstück aufgeführt. Das Ganze war zu Protokoll genommen worden, und Kaplan hatte den Stacheldraht entfernen müssen. Würgend hatte er die Vogelreste daraus herausgeklaubt. Die Strafe war nicht ausgeblieben. Trotz der schützenden Arbeitshandschuhe hatte er sich eine etwa sechs Zentimeter lange Schnittwunde am rechten Unterarm zugezogen. Seltsamerweise mieden die Tauben von dieser Nacht an seine Fenster und seinen Balkon. Als würden die Geister der gemarterten Tauben weiterwimmern. An seiner Etagenhälfte klebte der Tod.

Das Aussehen seiner neuen Wohnung reimte sich nicht mit der etwaigen Vorstellung, ihm werde jetzt ein frisches Deodorant unter die Lebensachseln gesprüht. Dieses Zimmer mit Küche bedeutete Verlust, Niederlage, Abgrund. Was hatte er damit gewonnen, daß er von Hannah weggegangen war? Ein Klo in einem Vorratsschrank und ein mißgestaltetes Mädchen mit ihrem versoffenen Liebhaber als Nachbarn, die auf leicht sadistische Spielchen standen. (»Schneller! Höher! Tiefer! Weiter! Ooh, ich komme!«)

Ginge er geruhsam seiner Arbeit nach, dann hätte er die Zeit, die er hier verbringen mußte, als eine zwar schmerzliche, aber auch interessante Phase in seinen ausgehenden Dreißigern betrachten können. Doch er arbeitete nicht. Finito. Er hatte geschrieben, was er zu schreiben hatte.

Vor acht Jahren, mit dreißig, hatte er Evelien verlassen, seine erste Ehescheidung. Was er damals gesehen und empfunden hatte, war Material gewesen, das nach einem Roman schrie. Und damit hatte Kaplan öffentlichen Erfolg und persönlichen Haß geerntet. Der Roman rückte ihn für einige Zeit stärker ins Licht der Öffentlichkeit, als es seine vier früheren Bücher getan hatten, und brachte ihm durch die Veräußerung der Rechte für die Verfilmung, aus welcher übrigens nie etwas wurde, ein hübsches Taschengeld ein. Doch das Interesse war rasch verebbt, wenn er auch noch geraume Zeit ein geschätzter Gast bei Diskussionsrunden über Ehescheidung und Beziehungsprobleme blieb.

Sein Buch hatte einen Großteil des gemeinsamen Freundes- und Bekanntenkreises auf Eveliens Seite getrieben. Und das nicht ohne Grund. Er hatte eine lächerliche Karikatur aus ihr gemacht. Im Rahmen der von ihm beschriebenen Entfremdung zwischen den Ehepartnern hatte sie die Rolle der Hysterikerin, des egozentrischen Weibs erhalten, das aus Rache zum katholischen Glauben übertritt. Kaplan hatte dem Kampf zwischen Mann und Frau ein religiöses Mäntelchen umgehängt. Der Mann war ungläubiger Jude, die Frau fanatische Katholikin. Scheuchte er die Katze zu unsanft von seinem Schoß, warf sie ihm kreischend die Ermordung Christi vor. Weigerte er sich, gleich einen Scheck auszuschreiben, wenn im Fernsehen um Spenden gebeten wurde, und das geschah so gut wie jeden Abend, rief sie, er habe immer noch nicht die Mentalität der Geldwechsler im Tempel abgelegt.

Ihre Ehe hatte ein Jahr gehalten, von seinem neunundzwanzigsten bis zu seinem dreißigsten Lebensjahr. Evelien hatte, tatkräftig, klarblickend und rigoros, wie sie war, die Knoten durchgehauen, in denen er sich hoffnungslos verheddert hatte. Manchmal erhob er die läppischsten Fragen zu Problemen von existentiellem Ausmaß. Jetzt gleich das neue *Vrij Nederland* kaufen oder bis nach dem Mittagessen damit warten? Solche Fragen wuchsen sich bei ihm seinerzeit zu Angelegenheiten von weltbewegender Bedeutung aus. Evelien gab ihm dann einen Tritt in den Hintern und traf die Entscheidungen. Sie wußte, wie die Welt lief. Sie kannte sich aus in den Strukturen, den Klassenverhältnissen, den Ost-West- und Nord-Süd-Achsen auf dieser Erde, dem matriarchalischen Unterbau der menschlichen Gesellschaft – sie lieferte ihm die Zusammenhänge, die er selbst nicht entdekken konnte.

Trotz ihrer mit großer Überzeugungskraft vorgebrachten Weltanschauungen blieb er der ewige Zweifler, der er war, ja, der er sein mußte, um schreiben und sinnieren zu können. Und allem Anschein nach beeinträchtigte seine Unsicherheit Eveliens Sicherheit. Ihm wurde sehr bald klar, daß Evelien sich ständig etwas vormachte und sich im Kopf ein schlüssiges Weltbild zurechtzimmerte. Hinter der neomarxistischen, wissenschaftlich fundierten Lebenshaltung versteckte sich unverkennbar das ängstliche Töchterchen geschiedener Eltern.

In der Ehe mit Evelien hatte Leo als der kleine Junge fungiert, dem die Mama erklärte, wie man über die Straße geht. Evelien hatte diese Mutter mit ganzer Hingabe gespielt. Doch während Evelien die Mutterrolle nur angenommen hatte, war

Kaplan wahrhaftig der kleine Junge gewesen, für den alles neu ist. Im Grunde war sie genauso ein Kind gewesen wie ihr Ehemann: unsicher, staunend, schreckhaft. Doch sie hatte dieses Kind unter der Maske der selbstbewußten Frau versteckt, die die Welt mal eben neu definiert. Nach einem Jahr war ihre Ehe explodiert.

Schüler stellten ihm in ihren Briefen oft die Frage, wieso er Schriftsteller geworden sei, und dann antwortete Kaplan: Weil ich nichts Besseres kann. Und das war sein Ernst. Er hatte, nachdem sein erstes Buch veröffentlicht worden war, sein Studium nicht mehr zu Ende geführt. Das bedauerte er jetzt. In einer Lebensphase, in der er genügend Durchhaltevermögen gehabt hätte, um einen richtigen Beruf zu erlernen, hatte er sich aufs Schreiben gestürzt. Jetzt war es zu spät, um noch Polizist oder Feuerwehrmann zu werden. Aus Übermut, Ehrgeiz, Selbstsucht und Eitelkeit hatte er mit zwanzig zu schreiben begonnen. Jetzt war er beinahe doppelt so alt und trug schwer an dem Erbe des selbstbewußten Studenten, der beschlossen hatte, ein berühmter Schriftsteller zu werden. Auch Evelien hatte er diesem Beschluß geopfert. Eva hieß sie in seinem Roman. Sich selbst hatte er Louis genannt. Über die zwingende Frage hinaus, ob sie sich ein Kind zulegen sollten oder nicht, stritten sie über die Anschaffung von Frühstückstellern mit oder ohne blauem Rand, über einen Christbaum, den sie als Katholikin unbedingt und er als Jude keinesfalls im Haus haben wollte, über die mögliche Verringerung der Gaskosten, wenn sie sich im Winter eine zweite Jacke überzogen, über die ganze Palette täglicher kleiner Unstimmigkeiten, die Kaplan auch in Wirklichkeit mit Evelien gehabt hatte.

Der Roman war vor allem von Männern gekauft worden. In der Flut von feministischer Literatur hatte plötzlich Kaplans Buch dagestanden wie ein maskuliner Fels in der Brandung. Eva war eine Zicke, eine Frau, vor der man keinen Respekt zu haben brauchte und die vielen männlichen Lesern die Erleichterung verschaffte, die sie so bitter nötig hatten. Kaplan hatte niedergeschrieben, was Männer dachten. Er hatte es gewagt, sich gegen allerlei feministisches Gewäsch aufzulehnen, und war damit zum Verteidiger der männlichen Würde geworden. Sogar von so seriösen Magazinen wie *Panorama* und *Nieuwe Revu* war er um ein Interview gebeten worden.

All das war nie seine Absicht gewesen. Er hatte genau gesehen, wie Evelien und er sich auseinanderlebten, und hatte mit einer Mischung aus Professionalität, nagenden Schuldgefühlen und erbitterter Wut ein Buch voller Überzeichnungen geschrieben. Die meisten Leser empfanden es als knallhart. Was für heftige Reaktionen es auslöste, hatte ihn verblüfft. Daß es Evelien verletzen würde, hatte er schon erwartet, aber daß es sie beinahe umbrachte, damit hatte er nicht gerechnet. Das Ende des Romans, der von ihm symbolisch gemeinte Mord an Louis (Eva schnitt ihn in Stücke, steckte ihm den Penis in die röchelnde Kehle, kochte seine Eier und setzte sie, mit einer Handvoll Dosenfutter vermischt, Bonzo, dem Hund, vor, sie ließ ihm von der Katze die Augen auskratzen, stopfte ihm die abgehackten Zeigefinger in den Arsch, und so weiter), hatte Evelien vor allem als symbolischen Mord an ihr persönlich aufgefaßt. Das war ihm erst aufgegangen, als es bereits zu spät gewesen war. Seelisch gebrochen war sie zu Freunden auf den Hof gezogen, die zwei Jahre zuvor in den französischen Pyrenäen mit der Ziegenhaltung begonnen hatten, weil sie zur Natur und zum ursprünglichen Menschsein zurückfinden wollten. Zwei Jahre später war Evelien wieder in Amsterdam gewesen. Wettergegerbt, stark, mit offenem, unbefangenem Blick, in weiten, langen Kleidern, die sie »Gypsy-Look« nannte, mit einem sechs Monate alten Söhnchen in einem Tragetuch an der Brust und mit vergebungsbereitem Herzen.

Kaplan hatte sich zusammengerissen, als sie sich im ›Keyzer‹

wiedertrafen, und sich nicht ein abfälliges Wort entschlüpfen lassen, doch es war aberwitzig gewesen, wie Evelien sich verändert hatte. Mit Tränen in den Augen, von inbrünstiger christlicher Nächstenliebe erfüllt, hatte sie ihm die Absolution erteilt. Sie war gläubige Katholikin geworden, hatte Gott und Marx in einen Zylinder geworfen und DIE NATUR daraus hervorgezaubert. Hatte er schon so etwas geahnt, als er die Eva in seinem Roman zur Beichte geschickt hatte? Das war doch eigentlich nur ein literarischer Kunstgriff gewesen, um die Ehepartner noch deutlicher zu polarisieren. Und dennoch war Evelien wirklich ein wenig zu Eva geworden. Eine glühende Verfechterin von Beichte, Hostie und Heiligem Sakrament. Er hatte auch kurz ihr Kind in den Armen gehalten, ein robustes, dunkles Kerlchen, das dank Ziegenkötel-Urluft und dem reinen Wasser aus einem kristallklaren Bach prächtig gediehen war.

Er hatte nie ein Kind gewollt, Evelien schon. Ein Kind hätte vielleicht ihre Ehe gerettet, doch er hatte mit einer Vaterschaft nichts anfangen können. Evelien war Niederländischlehrerin und in ihrem Beruf unglücklich gewesen. Sie hatte sich ein Kind zur Lebensaufgabe machen wollen. Wozu denn sonst eine Gebärmutter, Brüste und eine regelmäßige Menstruation? Er hatte Evelien die Mutterschaft versagt, weil er fürchtete, womöglich ein überbesorgter, behütender Vater zu werden, der sich in der Liebe zu seinem Kind verzehrte; und natürlich hatte sie ihm mit zunehmender Heftigkeit vorgeworfen, daß er ja wie eine Mutter Bücher gebären könne, wohingegen sie gar nichts habe, keinen schönen Beruf, keine Bücher, kein Kind.

Fast sieben Jahre alt war ihr Sohn jetzt schon, der einen spanisch aussehenden Dorfarzt, welcher so entgegenkommend gewesen war, Evelien seinen Samen persönlich zu spenden, zum leiblichen Vater hatte. Evelien unterrichtete wieder und konnte ihrer Religiosität einmal die Woche in einer Basisgruppe frönen, in der die Gefahr eines drohenden Atomkriegs und der Stand der

Dinge in Lateinamerika besprochen wurden. Manchmal sah Kaplan sie viele Monate lang nicht, dann wieder zufällig ein paarmal hintereinander. Für Evelien war er ein Fall von dekadentem Zynismus, ein hoffnungsloser Mensch, um den sie sich als empfindende Christin aber dennoch sorgte. Kaplan glaubte zu verstehen, wie groß die Verzweiflung gewesen sein mußte, die sie in die Gewölbe der Kirche und die Zelte der Aktivistencamps getrieben hatte. Aber im Gegensatz zu Evelien, die unverblümt sagte, daß er in ihren Augen ein ungläubiger Hund sei, hielt er mit seinem vermeintlichen Einblick in ihre Seelenregungen hinter dem Berg. Doch er begriff: Dort in den Pyrenäen war der Kummer nicht mehr zu ertragen gewesen, und so war sie schließlich auf die Knie gesunken und hatte den Blick gen Altar gerichtet.

Evelien rief an, als er gerade den Staubsauger beiseite stellte. Nach einigen Wochen totaler Verwahrlosung war ihm klargeworden, daß sein einziger Halt »Gepflegtheit und Ordnung« hieß, und so putzte und wienerte er sein Zimmer mit Küche nun, bis kein Stäubchen mehr zu entdecken war. Die Mäusekötel irritierten ihn zwar maßlos, doch nachdem er einmal eine Falle aufgestellt und ihm das Quieken der sterbenden Maus dann quälende Schuldgefühle verursacht hatte, wischte er die Kötel mit einem Putzlappen von der Spüle und aus den Töpfen, vom Gasherd, vom Tisch und morgens aus seinen Schuhen. Evelien hatte seine Nummer von Hannah erhalten. Obwohl sie sich gut vier Monate lang nicht gesehen hatten, schlug sie einen Ton an, als hätten sie sich erst gestern noch gestritten.

»Hat Hannah dich verlassen?« Er meinte aus ihrer Stimme so etwas wie Schadenfreude herauszuhören.

»Ich dachte eigentlich, *ich* hätte *sie* verlassen.«

»Ach, komm, ich hab gerade eine Stunde lang mit ihr telefoniert.«

»Wieso fragst du mich dann? Willst du mich bei einer Lüge ertappen?«

»Du hast dich aber auch kein bißchen verändert, Leo. Willst immer noch den großen Unverletzlichen rauskehren.«

»Und wo, bitte schön, wohn ich jetzt?«

»Woher soll ich denn das wissen? In deiner neuen Wohnung!«

»Genau. Wer hat dann also wen verlassen?«

»Ach, hör doch auf! Hannah hat Schluß gemacht. Diesmal bist du der Dumme.«

»Das gefällt dir, was?«

»So würde ich es nicht nennen. Aber mir tut es auch nicht gerade leid, daß du nun mal am eigenen Leib erfährst, wie sich das anfühlt.«

»Das wußte ich schon.«

»Du bist doch gar nicht imstande, so was wie seelisches Leid zu empfinden. Ein kleines Monstrum bist du, eine Art Golem.«

»Der Golem ist ein echtes Gefühlswesen, meine Liebe.«

»Nein, er war aus Ton oder so.«

»Aus Lehm. Und sein Problem war, daß er fühlen konnte.«

»Wie kann etwas, das aus Lehm ist, fühlen?«

»Wie kann etwas, das aus Asche entsteht und wieder zu Asche wird, fühlen?«

Eine Anspielung auf die Bibel, im richtigen Moment und mit der nötigen Überzeugung vorgebracht, war das einzige, womit er ihr den Mund stopfen konnte. Sie verstummte kurz, rief sich ins Gedächtnis zurück, worum es eigentlich gegangen war.

»Na ja, aus Asche oder aus Ton, was weiß ich. Trotzdem weißt du nicht, was seelisches Leid ist.«

»Wieso rufst du eigentlich an? Hattest du etwa Angst, ich könnte vergessen haben, daß ich kein seelisches Leid empfinden kann?«

»Du hast damit angefangen.«

»O nein! Du hast mit einer suggestiven Frage angefangen.«

»Hannah hat dich rausgeworfen.«

»Das hat sie verdammt noch mal nicht!«

»Ich möchte nicht, daß du fluchst!«

»Ich fluche verdammt noch mal, wann es mir paßt!«

»Du bist verdammt, Leo, du bist verloren!«

Jetzt platzte ihm der Kragen. »Und du bist 'ne total bekloppte dumme Kuh! Gottverdammich! Hörst du! Gottverdammich!«

Wütend schmiß er den Hörer auf. Bebend vor Zorn schaute er sich um und suchte nach etwas, was er zerdeppern konnte. Er griff nach der beinahe leeren Wodkaflasche, besann sich aber. Nachher trat er womöglich noch barfuß in die Scherben. Wütend warf er die Tür zwischen Zimmer und Küche zu. Die stand immer offen, und er hatte schon daran gedacht, sie aus den Angeln zu heben und beiseite zu stellen, doch jetzt hatte er Verwendung für sie gefunden. Mit lautem Schlag fiel die Tür ins Schloß. Und sofort machte er sie wieder auf und warf sie ein zweites Mal zu: Wamm! Der Krach war das Echo seiner Wut. Dumme Kuh! dachte er, und wieder warf er die Tür zu: Wamm! Gottverdammte dumme Kuh! Warum bin ich nur so ein Idiot? Warum laß ich mich so auf die Palme bringen? Er wollte die Tür gerade noch einmal zuwerfen, als von der anderen Seite her gegen die Hartfaserplatten getrommelt wurde. Er hielt inne und stützte sich keuchend an der Tür ab.

»He, du Nervensäge, wenn du an einem neuen Buch zimmerst, dann mach das gefälligst in deiner Werkstatt, ja?« rief der versoffene Nachbar. Kaplan konnte hören, daß er Mühe hatte, seine schwere Zunge zu bewegen. »Sonst komm ich gleich mal mit'm Hammer rüber und helf dir«, schickte er nach perfekt getimter Stille hinterher.

Kaplan hätte am liebsten geweint. Aber so weit kam's noch, daß er hier vor sich hin flennte. Das war Evelien nicht wert. Nein, die nicht, aber seine schwer angeschlagene Eigenliebe. Allein in einem Zimmer mit dreihundert Mäusen, das Klo im Schrank, in dem früher die Marmelade und die Erdnußbutter gestanden hatten, vor den Fenstern die Geister toter Tauben und jenseits der Rigipswand ein monströser Klotz von Nachbar, der gern mit schwerem Werkzeug und Schnapsflaschen herumfuchtelte. Das war es, wohin ihn seine Entscheidungen gebracht hatten. Es war zum Heulen. Er machte sein Bett. Das hatte er zwar schon einmal, bevor er seine Besorgungen gemacht hatte, aber er mußte sich jetzt bewegen, ablenken, abreagieren. In Kürze würde er in ein großes Appartement an einem Kanal mit viel Grün ziehen, und dort würde er sich, das nahm er sich fest vor, ganz zu Hause fühlen. Er würde sich für dort ein Bett mit verstellbarem Kopfteil zulegen. Zum Lesen war das sehr praktisch. Und eine tolle Freundin, die er jetzt zwar noch nicht hatte, die bis dahin aber sicher vorhanden sein würde, würde sich mit ihrem schmiegsamen Körper wohlig auf diesem verstellbaren Bett ausstrecken und ihm die größten Wonnen seines Lebens bescheren. In diesem Zimmerchen hier wagte er keine Frau zu empfangen. Er konnte sich keine Frau vorstellen, die sich in höchster Erregung die Strümpfe herunterstreifte, während die Mäuse an den Fußleisten entlanghuschten und jenseits des Rigips die Freundin des Nachbarn eine Stunde lang »Scheiße! Scheiße! Scheiße!« brüllte wie in der vergangenen Nacht. Welche Frau würde bei so viel Trostlosigkeit noch unverdrossen nach seinem Hosenstall fassen?

Während er sorgfältig die Decke auf seinem Bett straff zog – seine alte Daunendecke wärmte jetzt den Ökonomen –, senkte sich der Kloß in seinem Hals, und der Tränendruck auf seine Augen verflog.

Mit einem Trommelwirbel auf dem Rigips machte sich sein Nachbar wieder bemerkbar.

»Na also, Kumpel, was 'n guter Zimmermann ist, der nimmt Rücksicht auf seine Nachbarn!«

Das gilt auch, wenn du ihr 'ne Bierflasche in den Arsch schiebst, während ihr nach 'ner Zweiliterflasche Cola ist, dachte Kaplan. Er rief zurück:

»Halt dich da raus, du alter Säufer!«

Es tat ihm auf der Stelle leid. So geht ein Intellektueller nicht mit seinem Nachbarn um. Sollte er jetzt rufen, daß es ihm leid tue, das gesagt zu haben? Der Mann hatte die Statur eines Gorillas und dazu einen labilen Charakter. Leise schlich Kaplan zur Hartfaserwand und legte ein Ohr dagegen. Plötzlich hörte er ganz laut – vermutlich stand der Nachbar genauso nah an der Wand wie er – die belegte Stimme des Flaschenfreunds.

»Scheißjude!«

Es hallte durch Kaplans Kopf, und ihn überkam eisige Wut. Er malte sich aus, dem Flaschenficker durch den Rigips hindurch voll ins Gesicht zu schlagen, und er sah seine linke Faust durch die weiche Pappwand brechen und ihm aufs unrasierte Affenkinn knallen. Aber er tat nichts dergleichen. Wut und Feigheit hielten sich die Waage. Er ging zum Tisch, um die Wodkaflasche an den Mund zu setzen, als erneut das Telefon klingelte.

»Leo? Ich bin's noch mal.«

»Wie nett, daß du anrufst, Evelien.«

»Wollen wir's jetzt nicht lassen?«

»Ich weiß nicht, ob es schon zu dir durchgedrungen ist, aber wir haben es bereits vor acht Jahren gelassen.«

»Witzbold. Wollen wir jetzt nicht mit diesen Albernheiten aufhören, Leo?«

»Was willst du eigentlich? Erst rufst du mich an, um mich zu beleidigen und zu provozieren...«

»Das ist nicht wahr!«

»Und dann willst du auf einmal, daß ich so tue, als wenn nichts gewesen wär. Von mir erwartest du, daß ich mich immer schön ausgeglichen und erwachsen verhalte, aber du, Evelien, bist so ungreifbar wie eine Schlange.«

»Eine Schlange?«

»Ja, eine Schlange.«

»Herrgott, warum denn eine Schlange?«

»Weil mir das Wort gerade in den Sinn kam! Darum!«

»Lächerlich. Aber gut, wenn du denn unbedingt dieses frauenfeindliche Wort benutzen möchtest…«

»Frauenfeindlich? Wer hat denn hier was Frauenfeindliches gesagt?«

»Schlange, Natter, ein bekanntes Bild für das Glatte und Heimtückische und Gefährliche der Frau, werter Herr Schriftsteller!«

»Das Glatte und Heimtückische und Gefährliche an dir!«

»Ich bin eine Frau.«

»Mein Gott!«

»Warum sagst du denn das jetzt wieder?«

»Ich rufe Gott an, weil es mir nicht gewährt ist, deiner Logik zu folgen, und ich flehe ihn an, mir Einblick zu verleihen, wie dein Geist funktioniert.«

»Es wundert mich nicht, daß du Frauen für minderbemittelt hältst. Das wußte ich längst.«

»Ich halte Frauen nicht für minderbemittelt!«

»Du bist schon derart festgerostet in deinen männlichen Denkmustern, daß es dir nicht mal mehr auffällt!«

»Wenn ich von dir spreche, spreche ich ausschließlich von dir und nicht, hörst du, nicht im gleichen Atemzug von deinen Milliarden von Schwestern, die zufällig auch noch auf diesem tragischen Planeten herumlaufen!«

Kaplan hörte sich schreien, ließ kurz den Hörer sinken und strich sich mit der Hand über die zugekniffenen Augen. Seine Kehle war schon ganz trocken von dem Geschrei. Er zog sich einen Stuhl heran und setzte sich. Allmählich wurde er zu alt für solche Spielchen.

»Halt doch mal die Schnauze, Scheißjude!« hörte er den sprechenden Glascontainer jenseits der Hartfaserplatten rufen. Wie erschlagen blieb Kaplan sitzen und drückte den Hörer ans Ohr.

»Was willst du, Evelien?« fragte er mit müder Stimme.

»Ich find's schlimm, daß wir so miteinander reden«, erwiderte sie versöhnlich.

»Ich auch.«

»Wollen wir uns nicht wieder normal benehmen?«

»Wir benehmen uns normal, Evelien.«

»Ist das jetzt normal?«

»Ja. Weshalb rufst du an?«

»Mein Babysitter ist krank, und ich kann auf die Schnelle niemand anderen bekommen.«

»So ein Pech.«

»Und da hab ich an dich gedacht, ob du kurz auf Bas aufpassen könntest.«

»Ich hab sehr viel um die Ohren, Lien.«

»Arbeitest du an was?«

»Ja«, log Kaplan und nahm endlich einen Schluck Wodka.

»Mensch, über Hannah, so wie damals über mich?«

»Nein, meine Liebe, so etwas macht man kein zweites Mal«, antwortete er mit wachsender Verärgerung.

»Ach, Leo, kannst du mir wirklich nicht helfen? Ich hab ein paar Freundinnen angerufen, aber bei dem schönen Wetter sind alle irgendwohin rausgefahren. Ich soll heute nachmittag den Vorsitz bei einer Versammlung führen und hab mich gründlich darauf vorbereitet, und jetzt weiß ich nicht, wohin mit Bas.«

»Um was geht's denn da?«

»Um den Klopapiermangel in Nicaragua. Wir haben vor zwei Wochen durch die Zeitung davon erfahren, und der Ortsverband unserer Partei hat gleich eine Eilsitzung anberaumt. Hast du den Artikel nicht gelesen?«

Kaplan dachte, er würde verrückt. Er nahm noch einen Schluck.

»Es ist verdammt unangenehm, wenn man kein Klopapier mehr hat, Lien. Klar, daß ihr da aktiv werden müßt.«

»Schön, daß du auch so darüber denkst. Das Klopapier in Nicaragua kommt überwiegend aus den USA, und die versuchen durch ihren Boykott die Hygiene der Nicaraguaner zu unterminieren. Eine Art bakteriologische Kriegführung. Ich finde, daß wir uns für eine Klopapierfabrik in Nicaragua stark machen müssen.«

Kaplan hatte vorsichtig die Hand auf den Hörer gepreßt und laut aufgeschrien. Der Gorilla von nebenan lallte lakonisch:

»Schnauze, Jude!«

»Was hast du gesagt?« fragte Evelien.

»Ich hab nichts gesagt«, antwortete Kaplan unsicher.

»Ich dachte, du hättest was gesagt.«

»Das war ein Knacken in der Leitung.«

»Wenn du auf Bas aufpaßt, würdest du also gewissermaßen unsere Klopapierkampagne unterstützen«, sagte Evelien voller Überzeugung.

Kaplan hörte, wie zufrieden sie über diesen Geistesblitz war. Er hielt es gleichfalls für ein schlagendes Argument. Wenn er jetzt auf Bas aufpaßte, konnten sie sich in Managua den Hintern wieder mit hygienischem Klopapier abwischen. Er hatte nichts zu tun, sie wußte nicht, daß sie ihn von einem unausgefüllten Samstagnachmittag erlöste. Anstatt untätig zu sein, half er nun den Nicaraguanern bei der Reinhaltung ihres Allerwertesten.

»Ja, du hast recht«, sagte er, »da kann ich wohl nicht nein sagen, auch wenn ich eigentlich arbeiten müßte. Auch in Nicaragua haben sie das Recht auf einen normalen Stuhlgang.«

»Pro Gang zur Toilette benutzen die Yankees siebenunddreißig Blatt Papier! Siebenunddreißig! Sie ziehen wie blöd an der Rolle und benutzen alles Papier, das sie dabei in die Hand bekommen. Was für eine Verschwendung! Wenn sie zum Beispiel bei jedem Mal nur ein Blatt weniger benutzen würden, und ich versichere dir, daß das gar nicht spürbar ist, bliebe schon genug für ganz Mittelamerika.« Ihre Stimme klang erzürnt.

»Das ist ungerecht«, antwortete Kaplan und verkniff sich jeden weiteren Kommentar.

Zwanzig Minuten später saß er neben Bas auf ihrem Ikea-Sofa. Evelien erklärte, daß ihr fester Babysitter ein unterernährter Kapverdianer sei, der nur drei Worte Niederländisch spreche. Der halbverhungerte Mann liege krank zu Hause im Bett, und sie wolle ihm noch etwas zu essen bringen, ehe sie zu ihrer Versammlung gehe. Damit bezog sie sich auf das Obst und den Käse und das Sortiment an Fleischwaren auf dem Naturholztisch.

»Wie lange ist er schon Babysitter bei dir?« fragte Kaplan angesichts des übervollen Tisches.

»Etwa fünf Monate«, sagte sie, während sie das Essen in Frischhaltefolie einwickelte und in einen Korb legte.

»Und er ist immer noch unterernährt, obwohl er sich bei dir mindestens einmal die Woche gut zwanzigtausend Kalorien einverleibt?«

Sie schüttelte mit herablassendem Lächeln den Kopf, drehte sich zu ihm um und stemmte die Hände in die Hüften – die Haltung einer entnervten Lehrerin, die einem begriffsstutzigen Schüler zum wiederholten Mal erklären muß, wo links und wo rechts ist. Doch wie früher schon sah Kaplan, daß sie die Lehrerin vor allem herauskehrte, um sich selbst zu bestärken und jeden Zweifel zu ersticken.

»Mein lieber Leo, die Unterernährung in der Welt ist Folge unserer imperialistischen Politik. Unterernährung ist ein Symptom von Defiziten, die auftreten, weil wir diese Länder immer noch im Würgegriff halten. Hast du dir je klargemacht, daß Unterernährung auch geistig auftreten kann? Auf der Insel, von der er kommt, leben sie unter der Knute Europas. Wir haben sie dort kulturell ausgehungert.«

»Wieso legst du ihm dann nicht einen Stapel original kapverdischer Literatur und Kassetten mit einheimischer Musik hin, um etwas gegen seine kulturelle Unterernährung zu tun?«

»Weil« – sie sagte das mit tiefem Seufzen, welches verdeutlichen sollte, wie sehr er sie mit seiner ewigen Fragerei nach dem bekannten Weg langweilte –, »weil erst das Fressen kommt und dann die Moral.«

Kaplan sah ein, daß es keinen Sinn hatte, mit ihr über die dritte Welt zu diskutieren. Kulturelle Unterernährung und erst fressen, bevor man mit Moral kommen konnte? Das klang in seinen Ohren nach dem totalen Stuß einer feministisch-marxistischen Katholikin mit Glaubenskonflikten.

Bas war aufgestanden und aus dem Zimmer gegangen. Evelien füllte den Korb (der so groß war, daß auch ein erwachsener Moses noch hineingepaßt hätte) mit den Lebensmitteln und erzählte in gedämpftem Ton, daß sie Bas ja sonst auch mitnahm, diesmal aber fürchte, daß ihm das Thema zu sehr nahegehen könnte. Das Kind mache sich große Sorgen um das, was in der Welt geschehe, und breche oft in Tränen aus, wenn es die Nachrichten im Radio höre. Der Junge kam wieder herein, nun in einem zu großen Superman-Anzug, der von Eveliens hausfraulichen Ambitionen zeugte. Bas kletterte wieder auf das schwedische Sofa mit dem Bezug aus ungefärbtem Leinen, und Kaplan sah, daß sich das Muster im Stoff des Superman-Anzugs in den losen Kissen, die auf dem Sofa lagen, fortsetzte. Er schaute sich um und entdeckte, daß auch die Vorhänge aus demselben Stoff gemacht waren. Evelien folgte seinem Blick und lächelte.

»Ich hatte noch was übrig, und da hab ich für meinen großen Jungen einen Superman-Anzug genäht, nicht, Schatz?«

Bas nickte ihr dankbar zu. Er wurde ausgiebig geherzt, als sie ging. Kaplan schob den schweren Korb hinten in den Renault 4 und winkte ihr mit dem kleinen Superman zusammen nach. Was sollte er bis sechs Uhr mit ihm machen? Der Junge kippte auf dem Fußboden vor dem Sofa eine Schachtel mit Puzzlestückchen aus und bat Kaplan, dabei zuzusehen, wie er das Puzzle zusammensetzte. Zufrieden über die Eigeninitiative des Jungen verfolgte Kaplan dessen Werk. Das Puzzle zeigte ein kompliziertes Bild mit lauter Phantasiegestalten: menschenartige Tiere unter Obstbäumen. In Windeseile setzte der Junge das verzwickte Bild von den vier Eckstücken her zusammen. Er hatte das Puzzle sicher schon sechshundertmal gelegt und konnte es nun ganz und gar auswendig, denn er hatte Kaplan die Schachtel mit der Abbildung gegeben, damit dieser kontrollieren konnte, was er machte. Bas war ein ernstes, in sich gekehrtes Kind, das mit gerunzelten Augenbrauen in der Welt stand.

»Du bist lieb«, sagte er plötzlich mittendrin. Überrascht schaute Kaplan ihn an. Das Kind starrte ihm mit aufrichtigem, ernstem Blick ins Gesicht.

»Und wie du das Puzzle so schnell zusammensetzt, das ist wirklich toll.«

»Du brauchst nicht zuzugucken, wenn du nicht willst«, sagte das Kind tröstend.

»Aber ich guck gern zu.«

»Wirklich?«

»Wirklich«, wiederholte Kaplan mit nachgiebigem Lächeln.

Der kleine Junge wandte sich wieder seinem Puzzle zu und griff sich blind die Stücke heraus, die er gerade brauchte.

»Ich finde dich lieb, weil du zuguckst«, sagte er voller Überzeugung. »Onkel Flip guckt nie zu.«

Aha, dachte Kaplan, treibt sie's jetzt also mit Onkel Flip?

»Und wie lange kommt Onkel Flip schon zu euch?« fragte Kaplan leichthin.

»Weiß ich nicht«, antwortete Superman, ohne von seinem Puzzle aufzusehen, »aber sie liegen dann immer in Mamas Bett. Er guckt sich nie mein Puzzle an.«

»Dann ist er ein Schlappschwanz!« sagte Kaplan mit gemeinem Grinsen. Der kleine Bas sah ihn bewundernd und erleichtert an und nickte.

»Wenn Onkel Flip nicht gucken will und immer nur an Mama rumfummelt, dann sagst du einfach: Onkel Flip, du bist ein Schlappschwanz, und ein Schlappschwanz von einsachtzig ist sogar für meine Mama zuviel. Glaubst du, daß du das behalten kannst?«

Superman schenkte Onkel Leo, der das schlimme Wort ohne Bedenken gleich mehrmals ausgesprochen hatte, ein strahlendes Lächeln. Kaplan wiederholte das Ganze langsam noch einmal.

»Onkel Flip, du bist ein Schlappschwanz...«

»...und ein Schlappschwanz von einsachtzig ist sogar für meine Mutter zuviel!« schrie Bas.

Kaplan lachte breit, und auch Bas kicherte ausgelassen über den komischen Satz.

Als das Puzzle zusammengesetzt war, breitete Bas andere Spiele vor Kaplan aus. Der Schriftsteller begriff, daß von einem Babysitter elterliches Interesse gefordert wurde, doch er war es nicht gewöhnt, mit einem Kind allein zu sein. Zum Glück war der Kleine ruhig und quengelte und greinte offenbar nicht gern. Er machte sich stumm an ein weiteres Puzzle, was Kaplan die Freiheit gab, in der *Volkskrant* zu blättern. Er las, daß in einem Kino am Leidseplein *Superman II* lief, und Bas fiel ihm jubelnd um den Hals, als er ihn fragte, ob er sich den Film ansehen wolle.

Sie kamen ein wenig zu spät und verpaßten die ersten Minuten. Nach einigem Rätselraten erfaßte Kaplan aber die Zusammenhänge und versuchte Bas die Geschichte zu erzählen, doch dieser schüttelte unwirsch den Kopf und flüsterte schroff, daß das doch längst klar sei. Wie in Trance folgte der Junge den rasant wechselnden Bildern, und auch Kaplan fand Ironie und Phantasie des Films ganz unterhaltsam. Als in der Pause das Licht anging, blieb Bas mit offenem Mund, den Blick starr auf die Leinwand gerichtet, sitzen, nicht willens, sich von der Filmwelt zu lösen. Kaplan sah, daß das Publikum an diesem Samstagnachmittag vorwiegend aus Vätern mit ihren Kindern bestand. Er schlug vor, ein Eis essen zu gehen. Bas erhob sich stumm. Kaplan entdeckte nun, daß Evelien an dem viel zu weiten Superman-Anzug, den Bas trug, einiges falsch gemacht hatte, aber das hielt die anderen Kinder im Foyer nicht davon ab, bewundernd auf Bas zu zeigen und zu rufen:

»Guck mal, Superman!« – »Hallo, Superman!« – »Boh, das ist aber ein toller Superman-Anzug!« – »Papa, ich will auch so 'nen Anzug!«

An seinem Eis leckend, genoß Bas die Bewunderungsrufe. Er tat, als hörte er sie nicht, aber Kaplan sah, daß er vor Stolz glühte. Der kleine Junge identifizierte sich vollkommen mit dem fliegenden Helden, und jetzt, in der Pause, wurde seine eingebildete Verwandlung mit einem Mal auch noch Wirklichkeit! Bas hatte eine konkrete Illusion! Ein wunderbar paradoxer Begriff, dachte Kaplan, eine konkrete Illusion! Bas ging im Grunde nur, um sich den Kindern zu zeigen, mit seiner Eiswaffel im Foyer umher, und die Lobesworte, die er dabei auffing, bescherten ihm die süßeste aller Illusionen, die er in diesem Moment auskosten wollte. Er wollte Superman sein, und er war jetzt Superman.

Kaplan machte sich bewußt, was ihn den kleinen Bas so genau beobachten ließ. Er bekam hier zu sehen, wie wundervoll es war, für einen Moment in einer funktionierenden Illusion zu leben. Ihm selbst war so etwas abhanden gekommen, und deshalb schaute er gerührt und mit leisem Bedauern auf Bas hinunter, der jetzt wieder neben ihm stand und ihm das letzte Stückchen von seiner Waffel zurückgab, weil er die nicht mochte. Bas faßte Kaplans Hand und flüsterte:

»Onkel Leo?«

Kaplan beugte sich zu ihm hinunter, um der vertraulichen Mitteilung zu lauschen.

»Was ist?«

Bas sah ihn besorgt an.

»Bist du traurig?« fragte der kleine Junge.

Kaplan lächelte überrascht. Dieses Kind sah mehr, als er gedacht hätte, dieser siebenjährige Junge in dem ulkigen Anzug hatte vielleicht mehr Feingefühl in seinem kleinen Finger als er selbst in beiden Händen. Er schüttelte den Kopf.

»Nein, ich hab viel Spaß, das ist ein schöner Film.«

Bas nickte und schien kurz nachzudenken. Dann drückte er erneut Kaplans Hand, und dieser beugte sich hinunter.

»Du dürftest sonst ruhig mal kurz meinen Superman-Anzug anziehen«, sagte Bas mit ernstem, verständnisvollem Blick.

Kaplan stieg plötzlich die Rührung in die Kehle. Er gab dem Kind einen Kuß und nahm es mit in den Saal zurück, wo er in der Dunkelheit einen Moment lang lautlos vor sich hin weinte, während der kleine Junge neben ihm atemlos mit Superman mitflog, großartigen Abenteuern entgegen.

4

Piazza del Popolo

In ganz Europa schien an diesem schönen Frühlingstag die Sonne. In allen Städten gingen die Menschen ohne Mantel aus dem Haus, bummelten entspannt an Geschäften entlang und machten Einkäufe oder zogen mit Picknickkorb in die Wälder und streckten sich unter freiem Himmel aus.

Die Kinos hatten einen schlechten Tag. Inklusive Kaplan und Bas zählte der Geschäftsführer des Amsterdamer Kinos, in dem *Superman II* lief, ganze dreiundvierzig Besucher.

Auch achtzehnhundert Kilometer weiter südlich, in Rom, war der Geschäftsführer eines Kinos, in dem zur gleichen Zeit *Superman I* gezeigt wurde, mit dem Echo nicht zufrieden. Ja, er war verzweifelt. Drei Karten hatte er verkauft, und er bangte um die Zukunft seines Theaters. Über drei Ecken hatte er gehört, daß der Besitzer plante, aus dem Kino eine Eishalle zu machen. In seinen Ohren klang das absurd: eine Eisbahn in Rom, wer würde da schon hingehen! Italiener, und Römer ganz besonders, fürchteten sich vor Kälte und Eis, das wußte doch jedes Kind!

Der Bruder des Geschäftsführers hatte einen besseren Job. Während die Römer vom Ins-Kino-Gehen offenbar genug hatten, war es kaum denkbar, daß sie auch irgendwann aufhören würden zu essen. Und der Bruder, ein gutaussehender junger Mann, war Kellner in einem hervorragenden Lokal in der Via del Corso, mitten im Stadtzentrum. Nur erstklassige Zutaten, erstklassige Speisen und erstklassige Gäste, darunter auffallend viele attraktive Frauen. Tagtäglich herrschte großer Andrang. Für einen Espresso und ein Croissant blätterten die Gäste dort mehr

Geld auf den Tisch als für eine Eintrittskarte für *Superman 1*, und das konnte der Geschäftsführer einfach nicht verstehen.

Sein Bruder, der Kellner, verstand das sehr wohl. Man saß schlecht in dem Kino, die Projektion war zum Heulen, es zog, und die stinkenden Klos waren dauernd verstopft.

In dem Lokal, in dem er arbeitete, ging es da ganz anders zu. Es hatte zwei Teile: einen großen, hohen Saal mit zwei Kronleuchtern und Messingstangen und -lampen, wo man von einem komfortablen Sessel aus auf die Passanten und den regen Verkehr draußen auf der Straße hinausschauen konnte, und, im rechten Winkel zu diesem Saal und offen mit diesem verbunden, einen großen Raum ohne Tische und Stühle, wo allerlei Delikatessen zum Mitnehmen verkauft wurden (Salate, Vorspeisen, komplette Gerichte, Weine) und wo an mehreren Theken Kaffee und Gebäck, Eis und diverse kleine Häppchen serviert wurden. Der Bruder arbeitete in dem Teil, in dem man sitzen konnte, und er brachte gerade eine Bestellung an einen Tisch mit zwei Frauen und einem Mann. Die beiden blonden Frauen unterhielten sich in einer Fremdsprache mit komischen Rachenlauten. Schwedisch oder so. Der dunkelhaarige Mann war unverkennbar Italiener, ein Bär von einem Kerl mit schickem Kurzhaarschnitt. Das erinnerte den Bruder daran, daß er an diesem oder am nächsten Tag auch zum Friseur mußte.

Eine der beiden Frauen an dem Tisch war Ellen de Waal. Ellen war mit einem niederländischen Diplomaten verheiratet und wohnte nach fünfzehn Jahren Afrika und Südamerika erstmals wieder in Europa. Doch in Kürze würden sie auch Rom wieder verlassen, um sich zu einem neuen Posten, vermutlich in Nordamerika, zu begeben. Vor drei Jahren, kurz nach ihrer Ankunft in Rom, hatte Ellen bei einem Empfang Lucie, die andere Frau am Tisch, kennengelernt, und sie waren Freundinnen geworden. Lucie wohnte bereits seit elf Jahren in Rom, wo sie für einen niederländischen Reiseveranstalter arbeitete. Sie war einundvierzig und hatte nach vielen Jahren heftiger, aber aussichtsloser Affären beschlossen, endlich Ruhe in ihr Leben zu bringen. Sie meinte damit: Es wurde Zeit zu heiraten. Sie war nun in Carlo verliebt, den italienischen Bären, auf dessen Knie ihre Hand ruhte. Ellen war zwei Jahre jünger und lebte schon seit siebzehn Jahren völlig monogam mit ihrem Mann Frank Jonker, Erster Botschaftssekretär. Der nächste Posten (sie träumte von Washington, aber es würde wohl Ottawa werden) würde ihm so gut wie sicher die Ernennung zum Botschafter bringen.

Ellen war eine modisch gekleidete Frau, die auf Menschen, welche sie nicht kannten (wie etwa den gutaussehenden Ober), kühl, distanziert und dadurch desto begehrenswerter wirkte. Die Jahre im diplomatischen Dienst hatten sie darin geschult, sich geschliffen auszudrücken und zu bewegen. Sie wußte genau, wie sie ein Diner für den britischen Botschafter zu organisieren hatte oder was sie am besten zum Empfang eines Ministers anzog. Sie kannte die Kodes. Sie hatte ein paar Jahre Niederländisch studiert, was ihr die Liebe zur Literatur nicht hatte vergällen können, sie las viel, ging regelmäßig in Museen und Galerien. Ansonsten lebte sie ganz für ihren Mann und ihren Sohn. Sie wollte eine gute, ebenbürtige Ehefrau für Frank sein, und von ihm erwartete sie das gleiche Bestreben. Er war vier Jahre älter als sie, was noch etwas ausgemacht hatte, als sie sich in jungen Jahren kennenlernten, doch dann hatte sie rasch entdeckt, daß sein väterliches, ausgeglichenes Verhalten der Deckel auf einem Topf voller Zweifel und Unsicherheiten war. Aus dem Topf hatte sie selbst auch zur Genüge gekostet, bis sie sich den Magen damit verdorben hatte. Jetzt wollte sie lieber so einen treuen, ruhigen Mann, und dafür war sie bereit, die mögliche Langeweile in Kauf zu nehmen. Der Deckel mußte auf dem Topf bleiben.

Natürlich hatten sie im Laufe der Jahre einiges an Krisen durchgemacht. Es war fraglich, ob ihre Ehe denen auch dann standgehalten hätte, wenn sie ein normales Leben in, sagen wir mal, Delft oder Zeist geführt hätten. Aber sie lebten überall nur »vorübergehend«, und das hatte ihre Ehe, wie es schien, gefestigt. Wenn sie sich irgendwo niederließen, rechneten sie schon mit dem Tag, da sie wieder wegziehen würden. Und da alle ihre Posten in unter- oder weniger entwickelten Ländern gelegen hatten, war jeder neue Tag eine Herausforderung an ihr Improvisationstalent und ihre Flexibilität und ihren Sinn für Verhältnismäßigkeit gewesen. Wenn an einem glutheißen Abend in einer ausgedörrten afrikanischen Wüstenstadt die Stromversorgung ausfällt und der Notgenerator nach fünf Minuten Stottern ebenfalls schweigt und es dann auch der kleine Generator für allergrößte Notfälle nicht tun will, dann kommt einem Menschen allmählich zum Bewußtsein, daß es nur wenige Dinge im Leben gibt, auf die man sich wirklich verlassen kann. Sie erkannten, daß auch ihr Alltag aus nichts anderem bestand als dem Hecheln von einem Ereignis zum nächsten, doch sie hüteten sich, diesem Tatbestand des Lebens und Arbeitens für das Außenministerium ihre Ehe zu opfern. Sie machten nicht mit bei den heimlichen Rendezvous und Bettgeschichten in den ›Hiltons‹ oder ›Meridiens‹. Im Gegensatz zu dem, was in vielen anderen Diplomatenehen ablief (eine Aneinanderreihung von Trapezakten aus Liebe und Verzweiflung), schafften sie es, das Ganze auf dem Boden einwandfrei in der Balance zu halten.

Ellen hatte natürlich auch ihre ungeäußerten, heftigen Verliebtheiten, die ihre Phantasie tagelang beschäftigten und die sie sich als imaginäre Trapeznummern ausmalte: der Salto des Ehebruchs, der labile Schwebezustand mit dem fremden Liebhaber, die Erleichterung nach Erreichen des sicheren Artistenstands und gleich darauf wieder das Verlangen nach einem neuerlichen Flug über den Abgrund – doch ihre Ehe setzte sie dafür nicht aufs Spiel. Manchmal fühlte sie sich schuldig wegen dieser stürmischen Tagträume und nahm sich vor, diese Region ihrer Phantasie zu fluten. Doch viel zu gern spazierte sie in dieser ganz eigenen, wild duftenden Landschaft umher, wo sie alles geschehen lassen konnte, was in der Realität nicht erlaubt war.

Ob Frank das auch hatte? Sie wußte es nicht. Ein Thema wie sexuelle Phantasien war in ihrem Eheprotokoll nicht aufgeführt. Kleine Verliebtheiten, geile Anwandlungen, Zweideutigkeiten – über so etwas sprachen sie so gut wie nie. Sie hatten vom Moment des Kennenlernens an zwei aufeinander abgestimmte Rollen gespielt, und manche Stücke paßten nicht in ihr Theater. Frank spielte den ruhigen, ironisierenden Mann, und Ellen mochte diese Version von Frank. Er war verläßlich, gescheit, witzig, lieb und meist auch ein hingebungsvoller Liebhaber, wenn sie einander in letzter Zeit auch kaum noch berührt hatten. Sie fragte sich gelegentlich, ob er wohl auch Phantasien hatte und scharf auf eine andere war. Natürlich, dachte sie dann, das muß bei ihm doch genauso sein. Nur wenn sie der Mut der Verzweiflung packte, brachte sie so etwas auch zur Sprache, und immer wimmelte er derartige Bemerkungen mit einem Witzchen ab und berief sich damit, ohne es beim Namen zu nennen, auf den Status quo. Sie mochte den verläßlichen, beständigen Frank, den er herauskehrte. Aber sie empfand auch eine bange Neugier hinsichtlich des Frank, den sie nicht kannte. Frank, der heimlich masturbierte. Nein, es war unmöglich, auf eine andere Art mit Frank zu leben, als sie es die vergangenen siebzehn Jahre lang getan hatte. Frank schien mit seiner Rolle glücklich zu sein, nein, sie war sich sicher, er *war* es – und sie selbst auch.

Trotzdem streifte sie in letzter Zeit immer häufiger durch diese spezielle Region ihrer Phantasie. Zum Beispiel merkte sie, daß der junge Ober, der an ihrem Tisch bediente, ihr jedesmal einen Blick zuwarf, und sie hatte auf seinen Hintern in der engen schwarzen Hose geschaut und auf den Hosenschlitz mit der Knopfleiste. Sie stellte sich vor, wie er sich mit seinem behaarten Körper auf sie legen und die Lippen auf ihren Mund drücken würde. Er hatte romantische Augen, mit denen er sie im Stil eines Latin Lover umgarnte. Heftig flammte die Begierde nach ihm auf, als sie einander kurz in die Augen schauten. Doch sofort wandte sie den Blick ab und dachte: Absurd, ein Kellner mit schönen Augen und dichten Locken, der vermutlich im ganzen Leben noch kein Buch gelesen hat und sehr versiert darin ist, Touristinnen mit goldenen Armbändern und schweren Klunkern an den Ohren zu becircen. Wie viele amerikanische Sightseeing-Witwen hat er wohl schon gebumst?

Ellen und Lucie hatten einen Einkaufsbummel rund um die Piazza di Spagna gemacht und viel anprobiert, aber wenig gekauft. Im Anschluß daran sollte Ellen nun den Mann kennenlernen, in den Lucie total verknallt war und den sie kichernd »mein Verlobter« nannte. Carlo hatte sie in dem Restaurant in der Via del Corso erwartet. Er hatte die Statur eines Schwergewichtsboxers mit muskulösen Schultern und Stiernacken, ein gutmütiges Gesicht mit lieben Augen, Hände wie Tabletts, Schenkel von einem Meter Umfang und das Denkvermögen eines Wellensittichs. Er sah aus wie ein gut genährter, durchtrainierter Zuchthengst. Lucie hatte erzählt, daß Erotik für Carlo so was Ähnliches wie Gymnastik sei. Mit der gleichen unverdrossenen Disziplin, mit der er morgens in der Schule Turnunterricht gab, wobei er sich selbst nicht schonte und alle Übungen mitmachte, arbeitete er sich auch nachts in Schweiß, bis Lucie gleichsam den Schalter ausmachte und ihm zuflüsterte, daß es nun gut sei. Lucie war verrückt nach Carlo, und er nach ihr. Ein liebes, schlichtes Gemüt mit muskulösem Körper und einem Herzen aus buntem Glas. In ihm hatte Lucie einen hingebungsvollen Mann und ein gehorsames Kind in einer Person. Ellen fragte sich, ob diese Beziehung wohl lange halten würde. Sie wußte, daß Lucie unter dem Älterwerden litt. Als sie vierzig geworden war, war sie tagelang depressiv gewesen und hatte sich zum Trost allabendlich irgendeinen jungen Knaben mit nach Hause genommen. Ellen hatte den Eindruck, daß sich die Sehnsucht nach Jugendlichkeit nun an diesem jungen Zuchthengst festgemacht hatte. Aber es war auch schiere Geilheit, was Lucie antrieb. Innere Unruhe, Angst vor den Wechseljahren, Frühlingsgefühle.

Lucie und Carlo warfen sich Koseworte zu, spielten wie zwei verliebte Schulkinder mit ihren Händen. Die von Lucie paßten beide zusammen in eine Handfläche Carlos. Waren sie die perfekte Ergänzung füreinander? Das war nicht die Art von Gleichgewicht, wie Ellen und Frank es unterhielten. Wenn Ellen wollte, daß der Deckel auf dem Topf blieb, und das wollte sie von ganzem Herzen, bloß nichts rauslassen, in die hintersten Winkel ihres Gedächtnisses damit, dann brauchte sie einen Frank aus rostfreiem Stahl, der sie so mühelos und verläßlich wie ein Mercedes durch die Welt fuhr.

Und das gab er ihr. Stets derselbe, konstante, unerschütterliche Mann, der selten überraschende Initiativen entwickelte – aber warum sollte man das auch, wenn man alle paar Stunden von spannenden, manchmal sogar sensationellen Ereignissen überrascht wurde? Das war zumindest in den Tropen so gewesen. Drei Jahre waren sie nun in Rom. Nach so unmöglichen Wohnorten wie Khartum und Lagos war Rom anfangs wahrhaft befreiend gewesen. Dennoch hatte nach einigen Monaten die Langeweile zugeschlagen. In Rom keine Stromausfälle, keine Sandstürme, kein Benzinmangel, keine Partys von Holländern, die sich in der Fremde aneinanderklammerten, kein Getuschel über Diktatoren mit umfangreichen Harems, keine Epidemien, keine Anekdoten über Wüstenstaaten, die von den Russen geschenkt bekommene Schneeräumfahrzeuge durch den Sand fahren ließen, keine Ausflüge zu Oasen, bei denen man eine Panne mit dem Jeep hatte und von Tuaregs gerettet wurde, keine Grenzkriege, keine Staatsstreiche, kein Gefühl tiefen Verbundenseins mit dieser unvorstellbaren, aberwitzigen Welt.

Aufgrund der Gefahren und Unsicherheiten waren sie an ihren früheren Wohnorten Rücken an Rücken zusammengeschmiedet worden. Dort hatten sie eine feste Einheit mit absolutem Vertrauen in die Loyalität des anderen gebildet. Das galt zwar auch jetzt noch, doch erforderte es immer größere Mühe und immer häufigere Tagträumereien. Frank hatte an diesem Mittag einen Empfang und abends ein Arbeitsessen, Ellen brauchte bei beiden Anlässen nicht in Erscheinung zu treten, und sie wußte, daß er beizeiten zu Hause sein und keine Frau angerührt haben würde. Auch er lebte wie selbstverständlich mit dem Vertrauen in sie, doch sie betrog ihn: Sie hatte Phantasien über bekannte und unbekannte Männer und leidenschaftlichen Sex in schmuddligen kleinen Pensionen.

Lucie und Carlo alberten herum und versuchten Ellen in ihre Ausgelassenheit einzubeziehen. Ellen schmunzelte über das verliebte Gekicher. Ununterbrochen neckten sie sich mit allen möglichen Scheinbewegungen, Scheinattacken, Scheinintimitäten, Scheinliebeserklärungen – um einander auf die Probe zu stellen, zu testen, inwieweit sie einander trauen konnten? Ellen schaute kurz zu dem Ober hinüber, der ein Stück weiter weg bei einem dicken Italiener mit aristokratischem, aber wenig vertrauenerweckendem Gesicht abrechnete. Die Sinnlichkeit des jungen Mannes übertrug sich durch seine Kellnerkleidung hindurch, sie glaubte, die Muskeln seines Rückens und seines Hinterns spüren zu können. Manchmal war sie insgeheim scharf auf den Ehemann einer Freundin oder auf einen Kollegen von Frank. Männer, mit denen sie sich unterhielt und an einem Tisch saß und die sie kannte, die aber auf Distanz blieben, in solche Männer verliebte sie sich, ohne den Mut zu haben, es ihnen zu sagen oder gar mit ihnen zu schlafen. Der Ober weckte in ihr die Lust auf ein Abenteuer, keine Verliebtheit, und als er sich von dem dicken *barone* wegdrehte und ihren Blick auffing, las sie in seinen Augen die gleiche Geilheit, die sie selbst verspürte. Sie sahen sich ein wenig länger an, als bei einem flüchtigen Blickwechsel zwischen Fremden üblich. Als sie den Blick abwandte, empfand sie außer

Geilheit auch Angst, daß sie der Aufforderung in den Augen dieses jungen Mannes folgen könnte: Komm mit! Zieh dich aus! Küß mich! Sag mir, wie du's möchtest! Ja, schrei ruhig! Laß dich gehen!

Sie erhob sich und sagte, sie gehe jetzt nach Hause. Aus Höflichkeit drängten Lucie und Carlo sie, noch ein wenig zu bleiben, aber es war nicht schwer zu erkennen, daß sie sie nicht vermissen würden. Sie sah, daß der Ober sich näherte, griff sofort zu der Plastiktragetasche mit der Bluse, die sie bei Benetton gekauft hatte, und verließ hastig das Lokal. Auf Lucie mochte sie damit zwar hysterisch wirken, doch sie mußte sich unbedingt von diesem jungen Lockenkopf mit den glutvollen Augen fernhalten. Mein Gott, sie hatte das Gefühl, daß er in ihr tiefstes Inneres blickte! Als könne er genau lesen, was sie dachte und sich ausmalte und träumte, wonach sie sich sehnte und wonach sie gelüstete und wovor sie sich fürchtete! Was wollte sie von ihm? Und was wollte sie von sich selbst?

In Rom machten die Geschäfte am Samstagnachmittag zu, die aufgeregte Geschäftigkeit vom Vormittag hatte sich verflüchtigt. Ellen lief in Richtung Piazza del Popolo, schaute einmal kurz über ihre Schulter zurück, ob der junge Mann ihr nachkam, was natürlich nicht der Fall war, und dachte plötzlich daran, daß sie gar nicht bezahlt hatte. Carlo, als stolzer Italiener mit allen dazugehörigen männlichen Attributen, hätte ihr das vermutlich ohnehin nicht gestattet, doch sie hätte es zumindest anbieten müssen. Sie wollte ein Stück zu Fuß gehen und sich dann an der Piazza del Popolo ein Taxi nehmen. Ihr eigener Wagen, ein Fiat Mirafiori, war gerade zur Inspektion, und auch Frank hatte sich heute morgen ein Taxi genommen. Sie ging weiter, hielt hin und wieder die Luft an, wenn ein Stadtbus im Vorüberfahren Wolken von Auspuffgasen um sich spie, und sagte sich, daß sie Frank liebe und ihn niemals verraten würde – denn es wäre doch so was wie Verrat, oder? Sie wollte ihm nicht weh tun, das war das letzte, was geschehen durfte. Denn er hatte sie immer beschützt, er hatte sie auf Händen getragen.

Vor siebzehn Jahren hatte er sich ihrer angenommen. Das klang so sentimental, wie sie es empfand. Sie hatte damals einen Beschützer gesucht, einen Mann, an dessen Schulter sie sich anlehnen und bei dem sie vergessen konnte. In einer Haager Kneipe hatte sie Frank drei Wochen nach ihrer ersten Begegnung erzählt, daß sie ein Kind habe. Frank hatte ihr still zugehört und ihr die Hände geküßt, als sie in Tränen ausgebrochen war. Sie hatte um den Tod eines anderen Mannes geweint, und trotzdem hatte Frank sie getröstet. Ihr Sohn Maurits war damals gut ein Jahr alt gewesen, ein dralles Kerlchen mit wachem Blick und einnehmendem Lachen, mit dem es jedes Lebewesen begrüßte.

Auf diesen Sohn werden wir später noch ausführlich zurückkommen, denn der Schriftsteller Leo Kaplan war sein Vater. Mit ihm hatte Ellen zwischen ihrem achtzehnten und zwanzigsten Lebensjahr eine leidenschaftliche Beziehung gehabt. Ihre Liebe hatte unschön geendet. Ellens Sohn wußte nicht, daß sein wirklicher Vater Leo Kaplan hieß; ebensowenig wußte Leo Kaplan, daß er einen Sohn hatte. Nur Ellen wußte das. Und sie hatte beschlossen, es für sich zu behalten und mit einer tief verborgenen Lüge (die wir später eine »versteinerte Lüge« nennen werden) zu leben.

Der Vater ihres Sohnes, Johan Rooks, sei passionierter Bergsteiger gewesen, hatte sie in einer Ecke der Haager Kneipe mit gefaßter Stimme erzählt, und daß Johan ein Student gewesen sei, mit dem sie zusammengewohnt habe.

Das entsprach nicht der Wahrheit, sie *wollte* nur, daß es wahr wäre, denn über Leo Kaplan konnte sie nicht reden. Wahrheitsgemäß war jedoch ihre Geschichte von Johans Tod.

Sie erzählte Frank vom Herbst ’66, als sie mit Johan und seinen Bergsteigerfreunden im Haus von Bekannten seiner Eltern in Bergen in Norwegen gewesen war. Beim Aufstieg an einer

Steilwand am Finfjord war Johan abgestürzt. Sie hatte gesehen, wie es passierte, das Püppchen in der Ferne, das sich plötzlich von der Wand löste und wegzufliegen schien, aber es prallte auf den massiven Felsen auf, machte einen halben Überschlag und purzelte immer weiter und weiter hinunter, wobei sich seine Gliedmaßen während des endlosen Sturzes bogen und verdrehten, als wären sie in alle Richtungen hin beweglich. Ellen war nicht nachschauen gegangen, es war nichts mehr von Johan übrig gewesen, da hatte es nichts zu sehen gegeben. Wie immer, wenn sie die Geschichte von Johans Tod erzählte, hatte sie leise zu weinen angefangen (sie weinte um Johans Tod, aber auch um den Verlust von Leo), und Frank hatte ihr später erzählt, er habe in jenem Moment gewußt, daß er dieses Mädchen heiraten wollte. Diese Ausdruckslosigkeit in ihrem Gesicht, während ihre Augen in Tränen schwammen, die ihr an den Nasenflügeln entlang langsam zum Mund hinabkullerten! Ein kleines Zittern ihrer Lippen, ein plötzlicher Ruck mit dem Kopf, um seinem gerührten Blick auszuweichen. Mit gequältem Lächeln hatte sie zum Tresen geschaut, wo ein angetrunkener Haager ein Lied anstimmte. Sie hatte sich zu diesem Lächeln gezwungen und fortwährend mit den Augen blinzeln müssen, um die Tränen zu unterdrükken, während sie dem Schmachtfetzen lauschte. Da hatte Frank einfach ihre Hände an seine Lippen drücken müssen.

Er hatte sich bis über beide Ohren in sie verliebt. Und in Maurits. Acht Monate später hatten sie geheiratet und waren nach Rabat, auf ihren ersten afrikanischen Posten, gezogen. Kurz vor ihrer Abreise hatte Frank in einem An- und Verkauf eine 78er-Langspielplatte mit einer hervorragenden Version jenes Schmachtfetzens, in der Interpretation eines gewissen Rocco Nelson, gekauft. Mit größter Behutsamkeit legten sie die zerbrechliche Platte alle drei bis vier Jahre mal auf, wenn sie bei einem Umzug wieder auf sie stießen. Eigens deswegen hatten sie noch ihren alten Plattenspieler aufbewahrt, denn auf dem ihres neuen Hi-Fi-Turms konnte man keine Platten mit 78 Umdrehungen mehr abspielen.

Wenn Ellen nicht vierzig Minuten lang dem verliebten Pärchen gegenübergesessen hätte (aber das hatte sie) und der schöne *ragazzo* sie nicht mit seinen betörenden Augen angeschaut hätte (aber er hatte geschaut) und Frank bei ihr gewesen wäre (aber das war er nicht), dann hätte sie sich, als sie diese Schuhe sah, vermutlich gar nichts Besonderes dabei gedacht.

Welche Schuhe?

Die an den Füßen der Frau in dem hellblauen Kleid, die direkt vor Ellen aus einer Seitenstraße kam und ebenfalls in Richtung Piazza del Popolo ging.

Kannte Ellen die Frau?

Ja, sie hatte sie oft im Botschaftsgebäude gesehen. Die Frau hatte glänzendes, langes, dunkles Haar, war relativ klein und hatte einen kurvenreichen Körper. Sie hieß Maria, kam aus Süditalien und arbeitete in der niederländischen Botschaft im Kaffee-Ausschank.

Wie sahen die Schuhe aus?

Sie waren spitz, hatten hohe Absätze (höher, als Ellen es für akzeptabel hielt), waren knallrot und hatten über dem Spann drei schmale weiße Riemchen. Auffällige, ordinäre Stöckelschuhe, auf die Frank sie hingewiesen hatte, als sie vor zwei Wochen, an einem Samstagmorgen, Schuhe für Ellen kaufen gegangen waren. Ellen hatte gesagt, daß sie häßlich seien, Frank hatte das anders gesehen.

Wie denn?

Hatte er Marias Füße darin gesehen? Die Stöckelschuhe hatten im Schaufenster eines sündhaft teuren Ladens in der Via Barberini gestanden, und Ellen konnte sich nicht vorstellen, daß diese Maria sich bei ihrem Gehalt solche Schuhe leisten konnte. Irgendwer mußte sie ihr geschenkt haben. Mit ihren kurzen, energischen Schrittchen trippelte Maria dem Platz entgegen, und Ellen folgte ihr in einem gewissen Abstand.

Wieso dachte Ellen, was sie dachte?

Wahrscheinlich wollte sie, daß Frank sie betrog, damit sie die Freiheit hatte, die Ehe mit einem Betrug ihrerseits wieder ins Gleichgewicht zu bringen. Ein Analytiker würde sagen: Sie projizierte ihre eigenen Phantasien auf ihren Mann und wollte sich auf diese Weise von den Schuldgefühlen befreien, die ihre Phantasien bei ihr hervorgerufen hatten.

Haha!

Ja, lachen Sie nur. Es bleibt aber dabei, daß Ellen dieser Frau mit Angst- und Eifersuchtsgefühlen und, jetzt kommt's, mit einer gewissen Erleichterung nachging. Es schien, als habe Frank ihrer Loyalität nun selbst ein Limit gesetzt. Sie brauchte ihm seine Zuwendung und Liebe nicht mehr bis zu ihrem oder seinem Tod zu entgelten. Er genehmigte sich eine Affäre, und damit genehmigte er ihr eine Affäre. Er gewährte ihr den Freiraum, nach dem sie verlangte.

Und was dann?

Maria erreichte den schönen Platz und lief zur Terrasse des Ristorante Dal Bolognese. Dort saß Ellen immer gern. Die Piazza del Popolo ist ein weiter, runder Platz mit einem ägyptischen Obelisken als Mittelpunkt. Trotz seiner zentralen Lage wird der Platz nicht von Verkehrsadern gekreuzt. Sein eines Ende dient als Parkplatz, und die Ostseite, auf die man blickt, wenn man draußen vor dem ›Dal Bolognese‹ sitzt, zieht sich über einen Brunnen und Terrassen als geschlossene Anlage zu dem auf dem Pincio gelegenen Park hinauf. Der gesamte Platz ist von Bäumen eingerahmt. Die Atmosphäre dort war immer entspannt und beinahe ländlich, Ellen saß regelmäßig mit Frank auf der Restaurantterrasse. Und erneut dachte sie: Das ist zu teuer für Maria, fünftausend für eine Tasse Kaffee muß für sie aberwitzig sein.

Was bestellte sich Maria?

Nichts. Denn sie setzte sich nicht ins ›Dal Bolognese‹. Ellen folgte ihr bis dorthin und erwartete, daß Maria sich setzen würde. Rasch suchte sie nach Franks Gesicht, aber er war nicht da. Doch Maria ging an der Terrasse vorbei auf eine Tür neben dem Restauranteingang zu. Sie stieß sie auf und verschwand in einem dunklen Flur.

Ach, sie wohnte dort!

Nein, nein. Neben der Tür hing ein Schild, auf das Ellen nun verdutzt blickte. Sie wußte natürlich, daß die Schuhe und das Schild nichts zu bedeuten brauchten, aber die eine Vermutung paßte zur anderen. Frank hatte gesagt, daß er nachmittags und abends Verpflichtungen habe, er stand auf die Stöckelschuhe, saß gern auf dieser Eckterrasse und wußte, daß sich über dem Restaurant eine Pension befand, denn er hatte mal eine Bemerkung darüber gemacht, als er zuviel Grappa getrunken und das Schild gesehen hatte: »Eine prima Pension für einen Quicky mit Blick auf einen echten Obelisken.« Komischerweise wurde Ellen jetzt unruhig und verspürte wachsende Angst, daß Frank sie mit dieser Kaffeemamsell betrog.

Es war ein sonniger, warmer Tag, doch ihr wurde plötzlich kalt, und ein Frösteln überlief sie. Sie löste sich aus dem Schatten des Restaurants und stellte sich vor der Kirche der Heiligen Maria in die Sonne. Santa Maria del Popolo. Maria stieg dort oben aus ihrem hellblauen Kleid und ließ sich auf ihren roten Stöckelschuhen von einem Sünder nehmen. Ellen sah es vor sich, wie Frank die Heilige Jungfrau gegen die schmutzige Wand preßte und die Hände um ihre runden Pobacken schloß, um sie in die richtige Höhe zu bekommen; die Stöckelschuhe stemmten sich an zwei Stühlen ab, Maria hing wie eine Akrobatin dazwischen, hielt kurz die Luft an, als Frank Jonker in sie eindrang, klemmte die Schenkel um seine Hüften und schlug Arme und Beine um ihn; jetzt hing sie an ihm, die Bleistiftabsätze bohrten sich in seinen Hintern. Ave Maria.

Ellen Jonker-de Waal drehte sich um und rannte quer über

den Platz. Das Herz schlug ihr bis zum Hals, während sie den Serpentinenweg hinaufeilte, der zu dem Aussichtspunkt oberhalb des Platzes führte. Dort, am Rande des Parks, waren Fernrohre aufgestellt, mit denen Touristen zur Kuppel der Peterskirche oder zu den gigantischen Museumsbauten des Vatikan hinüberspähen konnten – oder auch zur Heiligen Maria, die in einem Zimmer der Pensione Del Popolo in Sachen Befleckte Empfängnis tätig war. Zu diesen Fernrohren rannte Ellen, vorbei an verfetteten Amerikanern und quirligen Japanern.

Giuseppe Valadier (1762-1839) hatte Platz und Terrassen und auch den Park auf dem Pincio angelegt, um ein wenig mehr Ruhe ins Stadtbild zu bringen. Von der Aussicht versprach er sich eine wohltuende Wirkung. Bei Ellen schlug dieses Konzept fehl. Mochte sie selbst auch Phantasien von geilen Begegnungen mit bekannten und unbekannten Männern hegen, der Gedanke, daß Frank eine Kaffeemamsell aus Kalabrien bumste (und, verdammt, sie war noch nicht mal hübsch! Bei einer gedrungenen Süditalienerin mit Hängebusen und Schwabbelarsch fand er also in letzter Zeit seine Befriedigung, deshalb rührte er seine Frau nicht mehr an!), war ihr unerträglich.

Aber was ist denn nun eigentlich der Unterschied zwischen Phantasie und Wirklichkeit?

Na, dazwischen liegen doch Welten! Oder spielt es etwa keine Rolle, ob dir jemand im Geiste den Schädel einschlägt oder ob er es tatsächlich tut?

Äh...

Na, also. Ellen erging sich in Phantasien und erlegte sich zugleich gewisse Beschränkungen auf, weil sie ihren Mann nicht betrügen wollte. Aber wenn ihr Mann sie nun tatsächlich betrog? Und das ohne die Skrupel, mit denen sie sich herumschlug? Eine widerliche Angst befiel sie jetzt. Keuchend erreichte sie den Aussichtspunkt, wo entlang einer breiten Balustrade eine ganze Batterie gußeiserner Fernrohre stand, welche den Einwurf einer

Hundert-Lire-Münze mit lautem Klicken und der Freigabe des Okulars beantworteten. Eine Gruppe deutscher Touristen hatte die Fernrohre mit Beschlag belegt, und Ellen mußte warten. »Sprechen Sie Deutsch?« wurde sie gefragt. Sie nickte. »Könnten Sie mir sagen, wo die Piazza Venezia ist?« Ellen zeigte in die entsprechende Richtung. Sie lehnte sich erschöpft an das Geländer, blickte unter halb geschlossenen Lidern hervor über die Dächer Roms und sah in der Ferne die Peterskirche und unten den schönen Platz mit dem Obelisken, den Bäumen, der Reihe gelber Taxis und der vollbesetzten Terrasse des ›Dal Bolognese‹. Eines der Fernrohre wurde frei. Nervös suchte sie nach einer Münze, schob diese in den Schlitz und hörte das Klicken.

Mit einem Mal sah sie einen Teil eines Daches, sie wußte nicht, von welchem Haus, und sie bewegte das Fernrohr nach links. Verwirrend rasch flitzten Fenster und Häuserwände und Dachziegel vorüber. Sie schaute mit bloßem Auge am Fernrohr entlang und suchte einen Orientierungspunkt. Die Terrasse natürlich. Sie ließ das Rohr hinabtauchen und suchte die Terrasse. Da war sie. Hochnäsige Römer, die schwitzenden Amerikaner, an denen sie unterwegs vorübergekommen war, Liebespärchen. Und jetzt ganz langsam aufwärts. Sie wanderte über die ockergelbe Hauswand oberhalb des Restaurants und suchte ein Fenster. Ihre Hände zitterten, und das Ganze ging zu schnell, sie schoß übers Ziel hinaus in eine Baumkrone hinein. Ganz ruhig! flüsterte sie sich ein, doch ihr schwindelte der Kopf, und sie wankte auf den Beinen. Ich schnappe über, dachte sie, ich laß mich von einem Paar ordinärer Stöckelschuhe verrückt machen, ich mach mich selbst verrückt, warum tu ich mir das an?

Sie sah Maria. Einer der beiden hellblauen Läden vor dem Fenster stand offen und bot Aussicht auf sie. Sie stand in einer Ecke des Zimmers, zwischen einem leeren Tisch, einem einfachen Holzstuhl und dem Fußende eines Eisenbetts. Nackt, eine Hand in der Seite, in der anderen eine Zigarette, die Waden über den roten Bleistiftabsätzen angespannt, lächelte Maria jemandem zu, der im Zimmer war, für Ellen jedoch unsichtbar blieb. Plötzlich wurde es sehr hell in dem Zimmer, Blitzlicht wahrscheinlich, und Maria lachte und änderte die Haltung. Sie stellte ein Bein auf den Stuhl, stützte den Ellenbogen auf ein Knie und das Kinn in die Hand. Blitzlicht. Jetzt hob sie anpreisend eine ihrer Brüste an und lächelte geil. Sie war hübscher, als Ellen gedacht hatte. Ein voller, fester Körper, der sich gewandt um einen Mann schmiegen konnte. Blitzlicht. Aber der Fotograf war nicht zu sehen.

Hatte Frank eine Kamera mit Blitzlicht?

So ein Ding besaß ja die halbe Welt. Ellen war sich zwar sicher, daß Franks Pentax keinen Blitz hatte. Aber sie hatten ein manuelles Blitzgerät.

Klick! Das Okular wurde schwarz, und Ellen richtete sich auf. Sofort wurde ihr Platz von einem feisten deutschen Jungen in zu knappem T-Shirt eingenommen. Ein etwas jüngeres Mädchen begann an seinem Arm zu ziehen: »Nein! Ich war dran! Mama, ich war dran!« Eine Frau schickte den Jungen weg: »Uli, jetzt kommt erst deine Schwester.«

Blöde Kuh! Mach dich nicht lächerlich! Warum sollte Frank der blitzende Fotograf sein? Welche paranoide Anwandlung hatte sie bloß dazu geführt zu denken, Frank könnte sich mit einer kalabrischen Kaffeeausschenkerin verlustieren? Was hatte sie um Himmels willen dazu bewogen, in heller Panik auf den Pincio hinaufzurennen und durch ein Fernrohr auf eine Angestellte der niederländischen Botschaft zu spähen, die es antörnte, nackt vor einem Amateurfotografen zu posieren? Im Grunde deutete doch nichts darauf hin, daß Frank der Mann war, der von Blitzlicht einen Ständer bekam?

Sie lehnte sich, ihre Handtasche und die Benetton-Tüte an sich gedrückt, bäuchlings gegen die warme Brüstung und blickte hinab. Wie der überdimensionale Zeiger einer Sonnenuhr warf der Obelisk seinen spitzen Schatten auf den Platz. Neben Ellen löste der dicke Uli seine Schwester ab. Schon jetzt wölbte sich sein Bäuchlein bedenklich über dem Gürtel, der ihm die Jeans auf dem Hintern hielt.

Aber da...

Na?

Aber da sah sie unten auf dem Parkstreifen des Platzes den kleinen schwarzen Volvo von der Botschaft. Frank fuhr manchmal damit, wenn Ellen den Fiat brauchte. Oder wenn der Fiat in der Werkstatt war. Sie starrte auf den Volvo, blieb sekundenlang stocksteif da stehen, ehe sie sich regte. Doch sie mußte auf Uli warten. Der Junge schien ganz Rom neu kartieren zu wollen. Nach zwei Minuten wurde es Ellen zuviel. Sie schob Uli beiseite und steckte vor dem verblüfften Gesicht des Kindes eine Hundert-Lire-Münze in den Apparat. Ganz nah hatte sie nun das CD-Schild vor Augen. Die Regenjacke, die Frank heute morgen sicherheitshalber mitgenommen hatte, lag achtlos hingeworfen auf dem Rücksitz.

Eine überwältigende Angst schoß ihr plötzlich in die Augen. Umringt von lauten deutschen Touristen preßte sie die Hände ans Gesicht und drängte die Tränen zurück. Uli, die Hände hinter den Gürtel seiner Hose geschoben, beobachtete sie von einer gewissen Entfernung aus mit verwundertem Blick. Sie wollte nicht wissen, wer der Muttergottes die nuttigen Stöckelschuhe geschenkt hatte, wer in dem Zimmer der Pensione Del Popolo zwischen kalabrischen Schenkeln lag, wer mit Blitzlicht die Titten der Kaffeemamsell fotografierte.

5

›Alemagna‹, Via del Corso

Er hieß Dino und war ein erfahrener Aufreißer. Das merkte Ellen seinen Gebärden an und den schwülen Blicken, die er ihr zuwarf. Er schien sich nicht eine Sekunde im Zweifel zu sein, was ihre Rückkehr ins Restaurant ›Alemagna‹ zu bedeuten hatte, und fing sofort an sie zu bearbeiten.

»Hello, Madam, it is nice to see you back.«

Er sprach Madam auf Französisch aus, hatte aber ansonsten keinen merklichen Akzent. Seine Stimme war volltönend und selbstbewußt. Ellen sah ihn an, seine Augen versprachen Leidenschaft und Romantik, wie in einem Werbespot für einen süßen Aperitif.

»And it's nice to see you again«, erwiderte Ellen mit vor Nervosität zugeschnürter Kehle. Woher nahm sie den Mut? Der Ober zauberte ein überraschtes Lächeln hervor und ließ sie seine kräftigen, weißen Zähne sehen. Angeber, dachte sie.

»When we are both happy to see each other, perhaps we should meet more often«, sagte der Ober, während er Tassen und Gläser vom Tisch auf ein Tablett stellte. Sie sah, daß er auf ihre Beine schaute und die unwiderstehlichen Augen taxierend über ihren Körper wandern ließ.

»What do you think – tonight?« fragte Ellen, als wäre es das Natürlichste von der Welt, obwohl ihr das Herz beinahe aus dem Brustkasten sprang.

Nun machte er etwas, was er zu Hause einstudiert hatte. Sie sah ihn schon vor dem Schlafzimmerspiegel die ganze Aktion proben: Er ließ eine zerknüllte Papierserviette fallen, bückte sich danach und fuhr mit dem Arm an ihrem Schienbein entlang, während er die Serviette aufhob. Die Berührung war elektrisierend.

»My job ends at 7.30«, sagte er leise und legte sein ganzes sängerisches Potential in diesen kleinen Satz: tief, ein wenig heiser und melodiös. Vermutlich war er ein ausgezeichneter Interpret neapolitanischer *canzoni.* Er richtete sich auf und legte die Serviette aufs Tablett.

»The ›Plaza‹, you know it?« fragte Ellen. Sie war gerade daran vorbeigekommen – es lag ganz in der Nähe, in der Via del Corso – und hatte dort ihr Make-up aufgefrischt.

»Of course.«

Natürlich, dachte sie, er hat dort bestimmt schon etliche lüsterne Ausländerinnen, die eine Stadt mit so vielen Sieges- und anderen Säulen ganz verrückt machte, nach Wunsch bedient.

»Eight thirty in the lounge«, befahl sie mit eiserner Stimme. Sie lernte es allmählich, das war ihr schon ohne einen Zitterer über die Lippen gekommen. Und wieder sein charmantes Lächeln! Ein überlegener, ironischer Augenaufschlag, die Augenbrauen fragend hochgezogen, die Lippen zu einem selbstbewußten, offenen Lächeln gekräuselt. Dieser Kellner verstand etwas von seinem Fach.

»What can I bring you, Madam?« fragte er nun. Sie mußte über die Zweideutigkeit seiner Frage lachen. Er lachte ebenfalls, und sie schauten sich in die Augen. Die Erregung fuhr ihr durch den ganzen Leib.

»The strongest you have«, sagte sie. Gleich würde ihr Herz vollends durchgehen. Sein Lächeln machte einem entschlossenen Blick Platz.

»You have to wait for that«, versprach er, *»but you can start with a sambuca.«*

Sie hätte am liebsten laut aufgeschrien und ihn besprungen und von Kopf bis Fuß Besitz von ihm ergriffen.

Und dachte sie gar nicht mehr an Frank?

Doch, natürlich. Aber sie hatte begriffen: Genau wie beim Trapezakt ist auch in der Ehe das Gleichgewicht von allergrößter Bedeutung.

6

Nicaragua

Ein frappierender Bericht aus Nicaragua hat in Kreisen von Hochschule und Politik weltweit große Erregtheit ausgelöst. Die *Prawda* vom vergangenen Samstag erschien anläßlich dieses Berichts mit einer Extrabeilage, und Verlautbarungen gemäß hat in Moskau eine Sondersitzung des Zentralkomitees stattgefunden, bei der die Auswirkungen des in dem Bericht angeschnittenen Sachverhalts erörtert wurden. Man hat die revolutionären und konterrevolutionären Aspekte von Toilettenpapier – und hierum geht es – nämlich viel zu lange aus dem breiten Horizont progressiven Denkens ausgeklammert.

Unruhen in Nicaragua infolge Toilettenpapiermangels. Krawalle, Demonstrationen, aufgebrachte Volksmengen, die der sandinistischen Regierung deutlich machen sollen, welch wichtige Rolle das Toilettenpapier im Alltagsleben spielt. Veränderte wirtschaftliche Verhältnisse, die Neudefinition der Rolle der Frau, der Aufbau des verwüsteten Managua, der Krieg gegen die Kontras, die Blockade durch die USA, das alles rückte in den Hintergrund, als das Volk mit einem Klopapiermangel konfrontiert wurde. Ob Marx, Lenin, Gramsci, Trotzki oder Mao, keiner der großen Revolutionäre hat sich auch nur mit einer Zeile über diese eine, so zentrale Rolle ausgelassen. In Nicaragua haben Regierung und FSNL-Führung denn auch vergeblich nach einem richtungweisenden Artikel über die Rolle von Fäkalien in einer Volksdemokratie gesucht. Vom Priester-Dichter Ernesto Cardenal ist unterdessen ein poetischer Text mit dem Titel »Am Kreuz hing keine Klopapierrolle« erschienen, doch wie von ausländischen Diplomaten in Managua zu vernehmen ist, hat die Bevölkerung den Artikel nicht gelesen, sondern sich den Hintern damit abgewischt.

Wie soll es nun weitergehen?

Die großen Sammelaktionen in der westlichen Welt dürften die Probleme des gebeutelten nicaraguanischen Volkes wohl nur vorübergehend lindern können. Man wird eine strukturelle Lösung für dieses unerträgliche Problem finden müssen. Aber wie?

Sogar in Großbritannien sieht die konservative Regierung die Gefahr eines möglichen Papiermangels und hat, ihrer sonstigen Politik zuwider, mit einem Eilgesetz zur Verstaatlichung der Toilettenpapierindustrie darauf reagiert. Warum haben die unterdrückten Massen in England, Wales und Schottland nie ihre Ketten abgestreift? Weil es bei ihnen für die Entwicklung eines revolutionären Bewußtseins noch zu früh war? Nein. Weil sie, auf dem Klo sitzend, nach Herzenslust an der Rolle ziehen und sich mit einer ganzen Handvoll Papier die Kackreste vom Schließmuskel abwischen konnten. Dieser bemerkenswerte Umstand tritt erst jetzt ans Licht – auch in dieser Hinsicht geht das mutige nicaraguanische Volk uns voran. Psychologen weisen darauf hin, daß die »anale Fixierung« zwar längst zu ihrem Vokabular gehöre, die sogenannte politische Übersetzung dieses menschlichen Phänomens jedoch bisher gefehlt habe. Bis vor kurzem.

Die Verfügbarkeit von Klopapier scheint ausschlaggebend für Ruhe und Ordnung in einem Land zu sein. Terroristen und andere Revolutionäre werden sich bei ihren Aktionen von NATO-Stützpunkten auf Toilettenpapierfabriken verlegen. Indes hat der große Führer des volksdemokratischen Albanien, so berichten einige geflohene Albaner in Athen, die definitive Lösung gefunden. Seiner Meinung nach beginnt das Fäkalienproblem im Mund. Was dort hinein wandere, komme, wenn auch in qualitativ veränderter Form (man beachte diese glänzende Probe dialektischen Denkens!), auch wieder heraus. Ergo: Wenn der Mund geschlossen bleibt, bleibt der Anus sauber. Enver Hoxha hat diese Theorie sofort in die Praxis umgesetzt: Die Nahrungsmittelproduktion wurde stillgelegt, die Vorräte in Geschäften und Verteilungszentren wurden verbrannt, und das Land braucht nun nicht mehr zu befürchten, daß infolge von zuwenig Toilettenpapier Unruhen ausbrechen könnten. In Albanien hat Klopapier seine Funktion verloren. Auf großen Volksversammlungen in Tirana dankt man Hoxha für seine geniale Lösung, und massenhaft finden spontane Nähaktionen statt: Mit extrastarkem Nähgarn in den albanischen Nationalfarben werden Münder ein für allemal zugenäht. Der neue Mensch ist Fakt geworden.

Hoffen wir, daß nicht nur die Regierung in Managua den Mut haben wird, diesem Vorbild des weisen Mannes aus Albanien zu folgen. Wenn auch unsere PPR diese »Albanische Variante« in ihr Parteiprogramm aufnehmen würde, könnte ich ihr einen historischen Sieg bei den nächsten Wahlen prophezeien.

(*Geschrieben von Kaplan, abgedruckt auf der Meinungsseite der* Volkskrant.)

7

Albanien

Sehr geehrter Herr Kaplan,

Ihr Artikel in meiner Zeitung war mir eine große Freude. Ihre scharfe Attacke gegen die kommunistische Tarnorganisation PPR hat genau ins Schwarze getroffen, und ich kann nur hoffen, daß Ihre vortreffliche Epistel vielen Lesern die Augen geöffnet hat. Gerne möchte ich Sie darauf hinweisen, daß die Spalten meiner Zeitschrift *Die Rote Gefahr* (sie erscheint 6 x im Jahr, das Abonnement kostet hfl 30,00) von heute an für Sie offenstehen. Wie Sie der letzten Ausgabe entnehmen können (ich war so frei, Ihnen mit separater Post ein Exemplar zu senden), mache ich in meinem Artikel »Wie das Weiße Haus zu einer Dependance des Kreml wurde« auf die weltweite rote Verschwörung unter der Anführerschaft von kommunistischen Freimaurern und Juden aufmerksam und zeige auf, daß der sogenannte Widerstand der USA gegen die Machtübernahme der Kommunisten in Nicaragua nur ein Ablenkungsmanöver ist, um der öffentlichen Meinung vorzugaukeln, die US-Regierung sei noch unabhängig. Das ist natürlich längst nicht mehr der Fall! Die Kommys sitzen überall, Herr Kaplan, und ich betrachte es als meine heilige Aufgabe, sie auszuräuchern und ihnen das Fell über die Ohren zu ziehen! Ich würde mich gerne einmal mit Ihnen darüber austauschen, wie wir unsere Kräfte gegen die kommunistisch-jüdische Verschwörung bündeln könnten, und gehe davon aus, daß ich Ihren Artikel vorab schon einmal in meiner Zeitschrift abdrucken darf.

Hochachtungsvoll
Jonkheer de Vos van Weesel

Lieber Leo,

Deine kleine Satire hat uns wieder einmal deutlich gemacht, daß sich progressive Politik nicht von Slogans blenden lassen darf. Dein Artikel zeugt davon, daß Dir das Wohl und Wehe der Welt ein aufrichtiges Anliegen ist. Auch wir tendieren zunehmend zu der Auffassung, daß das Selbstbestimmungsrecht der Völker auch auf die Gefahr hin, daß das (leider!) Menschenleben kosten könnte, nicht mehr durch eine wie auch immer geartete Hilfe von außen unterminiert werden darf. Die Abhängigkeit von modernen Luxusartikeln wie Toilettenpapier ist der Anfang vom Ende. Wir hoffen, daß Du Dich in nächster Zeit einmal mit uns zusammensetzt und mithilfst, einen Aktionsplan zu erarbeiten, wie die niederländische Gesellschaft zu ihren natürlichen Wurzeln zurückgeführt werden könnte.

Bis dahin
Lebens- und Selbsthilfegruppe »Die Eichel«

Werter Herr,

Die Direktion der Toilettenpapierfabrik »Die Hilfe GmbH« möchte Ihnen zu Ihrer köstlichen Glosse in der Zeitung vom vergangenen Montag gratulieren. Sie bittet Sie zu erwägen, ob Sie sich nicht am neuen Werbefeldzug unserer Fabrik (zur Vermarktung von Toilettenpapier in den Farben und mit den Emblemen der Flaggen aller führenden Länder) beteiligen möchten. Wäre es Ihnen zum Beispiel möglich, etwas für einen linksdenkenden Verbraucher zu schreiben, was ihn dazu bewegen würde, sich seine Notdurft an der amerikanischen Flagge abzuwischen? Und desgleichen für einen rechtsdenkenden Konsumenten in bezug auf die sowjetische Flagge?

In Erwartung Ihrer baldmöglichen Antwort

Hochachtungsvoll
Frl. Mag. R. de Braaker

Kaftan, du dreckiges Judenschwein, Kommunistensau, dein Geschmier steht wieder in der Zeitung, dein Auswurf klebt wieder in den Augen unserer Kinder, du Scheißkerl, räudiger Hund, wart nur, bald werden wir deinen beschnittenen Schwanz den Ratten zum Fraß vorwerfen, deine Teufelshände werden nie wieder einen Stift anfassen, das rote Geschwätz aus deinem Schandmaul wird endlich verstummen. Dein letztes Stündlein hat geschlagen!

Die Schwarze Hand.

Kaftan, dein faschistisches Gewäsch hat uns jetzt lange genug genervt. Du bist eine Säule der jüdisch-kapitalistischen Kriegsindustrie, und dafür wirst du büßen, du dreckiger jüdischer Ausbeuter. Wir werden deine jüdischen Eier den Ratten vorwerfen, aber selbst die werden sich schaudernd abwenden, du fieser, verdorbener Faschist. Nein, wir werden die Ratten verschonen und Feuer legen an dein stinkendes schwarzes Fleisch, deine krumme Nase, deine wulstigen Lippen, deine Glupschaugen. Nieder mit dem jüdischen Faschisten!

Die Rote Hand.

Sehr geehrter Herr Hoxha,

Könnten Sie mir bitte Prospekte über Ferienmöglichkeiten und Exkursionen usw. in Ihrem Land zusenden? Ich hätte gern ein Einzelzimmer mit Dusche (WC natürlich nicht nötig). Ich leide seit Jahren unter Übergewicht und glaube, daß ich das bei Ihnen loswerden könnte. Wäre das nicht vielleicht auch eine Idee für Schlankheits-Gruppenreisen?

Im voraus herzlichen Dank
E. Bakker, Witwe

(P. S. Ich lasse Ihnen diesen Brief über Herrn Kaplan in Amsterdam zugehen!)

(Ein weiterer Artikel von Kaplan auf der Meinungsseite. Von seinem Vorhaben, in dieser Art die ganze Welt durchzunehmen, rückte er wieder ab. Zwei solche Artikel genügten, um seiner Verzweiflung über die Weltpolitik Luft zu machen.)

8

Via Paolo Emilio

Angenommen: Du triffst mit jemandem ein Übereinkommen. Zum Beispiel: Wir geloben einander Treue. Du ersparst demjenigen, mit dem du dieses Übereinkommen triffst (und er dir) die Demütigung, allerlei bange Vermutungen in bezug auf abendliche Termine und obskure Kurzreisen anstellen zu müssen, indem du vom ersten Moment der Beziehung oder Ehe an aufrichtig und vor allem treu bist.

Warum triffst du ein solches Übereinkommen?

Weil du den anderen liebst, lautet die erste Antwort, weil du ihn oder sie gern immer ohne Hintergedanken berühren und ansehen möchtest.

Dennoch ist die Beantwortung dieser Frage komplizierter, als es auf den ersten Blick scheint. Denn zu bedenken ist auch folgendes: Weil du ihn oder sie liebst – das ist die tragische Seite der Liebe –, fürchtest du dich vor dem Tag, da er oder sie nicht mehr dasein könnte. Jemanden lieben heißt auch: die Furcht kennen, welches Schicksal ihn oder sie ereilen könnte. Möge all das Unheil auf der Welt niemals den Pfad des innig geliebten Menschen kreuzen, so beten wir, aber da nicht sicher ist, daß das Unheil auch wirklich fernbleibt – was ist denn im Leben schon sicher? –, wird uns bang ums verliebte Herz, wenn wir an den Lebensweg des oder der Teuersten denken. Deshalb treffen wir möglichst viele Übereinkommen, versuchen uns daran zu halten und hoffen, daß das Schicksal es ebenfalls tut.

Wir sind gegenseitig voneinander abhängig, wir, die wir einander lieben. Ohne dich sterbe ich, und du stirbst ohne mich.

(Na ja, das sagen wir zueinander, um die Intensität unserer Gefühle zum Ausdruck zu bringen. Vor Jahren, als das Strahlen ihrer Liebe noch die Sonne hatte erblassen lassen, hatten auch Leo Kaplan und Ellen de Waal zueinander gesagt, daß der eine ohne den anderen sterben würde. Doch, wie wir wissen, atmen beide noch – Leo Amsterdamer Luft, Ellen römische.) Die Liebe zueinander macht aus uns, aus zwei Individuen, plötzlich ein Paar. Und als Paar sind wir voneinander abhängig, empfinden uns aufgrund unserer Liebe jeder als Hälfte einer Einheit, du als die eine Hälfte, ich als die andere. Deshalb ängstigt es uns so, wenn der innig geliebte Andere nicht greifbar anwesend ist. Wir wollen, daß er oder sie in der Nähe ist, denn nur, wenn er oder sie in Hörweite ist (sie steckt vermutlich die äußerste Grenze ab: Wir wollen sie oder ihn noch hören können, im Garten oder im Schuppen, wir wollen das Beil in den Stamm fahren hören, wenn sie einen Baum fällt, wir wollen die Wäscheklammern in den Korb fallen hören, wenn er die trockene Wäsche von der Wäscheleine nimmt), empfinden wir uns nicht als die schmachtende Hälfte, die ohne die andere Hälfte nicht ganz ist. Das erklärt auch das gegenseitige Besitzenwollen Liebender: Als Hälften einer Einheit erheben wir Anspruch auf die jeweils andere Hälfte. Leider kann die Angst vor dem Verlust der anderen Hälfte so groß werden, daß sie die Freude, eine Einheit miteinander zu formen, übersteigt; dann wird der eine zum Bewacher des anderen.

Liebe ist also fast immer mit Angst gepaart. Diese Angst entspringt nicht nur unserem Sinn für die Realität, denn wir sehen ja, daß die Liebe genauso kaputtgehen kann wie die Waschmaschine und der Mixer, sondern auch den Vorstellungen, die wir uns von den vielen unschönen Ereignissen machen, welche unsere Liebe noch zu überstehen haben könnte, also unserer Phantasie.

Ist das nicht verrückt?

Wir setzen unsere Phantasie in Gang und stellen uns zum Beispiel vor, wie der andere auf unseren Tod reagieren würde. Wir wollen den Kummer des anderen spüren, wir wollen die Abhängigkeit des anderen empfinden, weil wir unsere eigene Abhängigkeit kennen und diese nur zu ertragen ist, wenn der andere sich ebenfalls abhängig fühlt. Wir wollen also Ausgewogenheit, ein funktionierendes Gleichgewicht: ein Übereinkommen.

Damit keine Mißverständnisse entstehen: Ein solches Übereinkommen braucht nicht schwarz auf weiß in Verträgen festgelegt zu sein. Meist handelt es sich um unausgesprochene Verhaltensregeln, die auf die Anfangsphase der Beziehung mit ihrer blind machenden Hitze (jener Abwärme, die bei der Verschmelzung zweier Individuen zu einem Paar frei wird) zurückgehen. Demnach sind Übereinkommen ein ebenso fester Begleiter der Liebe wie die Angst. Sogar in einer solchen Nebensächlichkeit wie warmer Milch im Kaffee (der eine sorgt dafür, daß der andere beim Sonntagsfrühstück Kaffee mit warmer Milch zu trinken bekommt) spiegelt sich der Mechanismus des liebevollen Übereinkommens wider; das werden wir am Ende dieses Kapitels noch zu sehen bekommen.

In der Regel erleben wir die Momente als die glücklichsten, in denen die Angst von uns abgefallen ist. Und wann fällt sie von uns ab? Wenn wir unsere Phantasie aus dem Spiel lassen und unsere Gedanken nicht mehr die Zeit durchpflügen lassen, auf unruhiger Suche nach möglichem zukünftigen Unheil, damit wir es rasch erkennen und ihm ausweichen können. Wenn also die Zeit gleichsam wegfällt und wir uns ganz dem Augenblick widmen, erfahren wir mit dem geliebten Menschen alles, was an Freude, Erregung und Genuß zum Paarsein dazugehört, und scheren uns nicht darum, daß wir jeder für uns nur eine Hälfte darstellen.

Stellen wir uns einmal die folgende Frage: Kann man beispielsweise gleichzeitig zwei Menschen lieben? Hier sind natürlich nicht auf reiner Triebbefriedigung basierende Verhältnisse gemeint, deren Zahl bis ins Unendliche ansteigen würde, wenn wir nur lange genug lebten, sondern die tiefen, wahrhaftigen Lieben. Glauben Sie, daß das geht? Vermutlich ja – aber mit folgender Einschränkung: Jemand, der zwei Menschen gleichzeitig von ganzem Herzen liebt, ist außerstande, die Wonnen des (bedaure, konkreter läßt es sich kaum benennen) »zeitenthobenen Paarseins« zu erleben. Denn während er oder sie zusammen mit dem einen geliebten Menschen die wundervolle Einheit bildet, ist er oder sie zugleich auch die unganze Hälfte, die sich nach dem anderen geliebten Menschen sehnt. Er oder sie kann sich so schwerlich dem Augenblick widmen, immer ist seine oder ihre Phantasie aktiv und irrt durch die Zeit, wo doch – wir haben das ja oben schon gesehen – die Zeit der Bösewicht ist, wenn wir Glück erleben wollen, denn die Zeit macht das Unheil möglich.

Dergleichen, wenn auch nicht gerade in diesen Worten, beschäftigte Ellen, als sie im Plaza Hotel auf Dino wartete. Sie war drauf und dran, die Übereinkommen mit Frank zu brechen. Frank wußte nichts davon, er hatte keine Zeit, so etwas in Erfahrung zu bringen, denn er hatte ja schon alle Hände voll mit Maria di Calabria zu tun. Und damit brach er die Übereinkommen mit Ellen. Er dachte, Ellen wüßte das nicht. Aber Ellen wußte es sehr wohl. Frank betrog sie, und jetzt würde sie ihn betrügen. Ein Paar auffälliger Stöckelschuhe hatte sie Franks Ehebruch auf die Spur gebracht. Dem Anschein nach hielt er sich an ihre Übereinkommen. Nie gab sein Verhalten Anlaß, auch nur im geringsten daran zu zweifeln, daß er treu an deren Unverbrüchlichkeit festhielt. Und doch übertrat er sie, indem er eine ungebildete Botschaftsangestellte bumste.

Das vorliegende Kapitel wird unter anderem den rituellen Gebrauch heißer Milch am Frühstückstisch beleuchten. Dieses Detail verdient deswegen eine so ausführliche Behandlung, weil uns, wenn wir uns die Frühstücksgewohnheiten von Ellen und Frank einmal näher ansehen, auch die Beziehung zwischen den beiden klarer wird.

Ellen saß in einem Ledersessel in der klassisch-prunkvollen Lounge des Hotels. Sie hatte sich umgezogen, sorgfältig geschminkt und ein paar gezielt ausgesuchte kleinere Schmuckstücke angelegt. Sie sah aus, wie sie sich am liebsten gab: wie eine reife, selbstbewußte Frau. Sie konnte sich in dem Spiegel sehen, der an einer der Säulen im Saal hing, und immer wieder wanderten ihre Augen zu ihrem Spiegelbild und zogen die Linien ihrer schlanken Beine, ihrer von Ärmeln bedeckten Arme, ihrer schmalen Schultern, ihres angespannten Gesichts nach. Bedeutete ihre Anwesenheit hier Kapitulation oder Sieg? Hatte sie Ideale aufgegeben, oder hatte sie eine neue Freiheit erlangt? Saß sie hier aus Wut oder aus Geilheit? Sie stellte sich Fragen, die sie nicht beantworten konnte, und klammerte sich an die scheinbare Unvermeidlichkeit der Ereignisse dieses Tages.

Eine Kette von Begebenheiten hatte sie in die gute Stube eines schicken Hotels verschlagen, wo sie auf einen jungen Kellner wartete, den sie zwischen ihre Schenkel klemmen wollte. Was machte es schon für einen Unterschied, ob ihr Schicksal nun von ein paar betagten Herren in einem Haager Ministerium oder von einem Paar roter Stöckelschuhe in einer römischen Straße gelenkt wurde?

Ellen schaute auf ihre Beine und die Pumps aus grauem Wildleder, die sie vor zwei Wochen gekauft hatte und die ein wenig drückten. Als sie den Blick verlagerte und über den Spiegel einen Mann hinter sich an der Rezeption stehen sah – er hatte Dinos Figur, trug einen eng geschnittenen Anzug und wandte ihr den Rücken zu, weil er vermutlich die Drehtür am Eingang nicht aus dem Auge ließ –, entfuhr ihr plötzlich ein gerührter Schluchzer. Dort ein Mann, männlich gekleidet und frisiert, hier eine Frau in ihrer weiblichsten Aufmachung; der Gedanke, daß sie in der Mitte ihres Lebens noch solcherlei Rituale erleben durfte, die tiefen Augenaufschläge, die zitternde Zigarette zwischen den nervösen Fingern, die erste zaghafte Berührung, die heftige, explosive Umarmung, entzückte sie wie ein junges Mädchen. Am liebsten hätte sie aufgeschrien und eine Weile still vor sich hin geweint.

Sie sah, daß er regungslos dort stehenblieb, offenbar in der Annahme, daß sie noch nicht da sei. Ein Blick auf ihre Armbanduhr sagte ihr, daß auch er früher gekommen war, um sie abzupassen. Ellen war aufgeregt, ihre Wangen glühten. Geräuschlos bewegten sich ihre Schuhe über den dicken Teppich. An seinen Hinterkopf gewandt sagte sie: »*You are early.*«

Er drehte sich um. Er trug einen dunkelblauen Sommeranzug, ein weißes Button-down-Hemd und eine hellblau-rot gestreifte Krawatte – der Herr Ober sah aus wie ein italienischer Intellektueller aus adligem Hause. Sie roch sein Aftershave.

Dino hauchte: »*I could hardly bear my desire for you.*«

Ellen ließ sich von seinen exaltierten Worten mitreißen, ließ zu, daß er ihr die Hand küßte.

Draußen, vor der Drehtür des Plaza, stiegen sie in ein Taxi. Unterwegs ließ Dino den Chauffeur bei einem Geschäft anhalten, wo er Wein und Käse und Antipasti kaufte. Ellen saß hinten in dem gelben Taxi und sah ihn in dem Laden voller Spiegel und Marmor auf das Gewünschte deuten, selbstbewußt, stark.

Dino wohnte in der Via Paolo Emilio, einer unscheinbaren Straße in Vatikannähe. Sie gingen eine nackte Treppe hinauf in den zweiten Stock. Die Holzstufen knarrten. Hinter den Türen im ersten Stock waren Fernsehgeräusche zu hören, Hufgetrappel und die Spannungsmusik eines Western. Ellen trat ganz vorsichtig auf. Aus irgendeinem Grund wollte sie möglichst wenig Lärm machen. Als Dino in der kleinen Diele seiner Wohnung die Tür hinter ihr geschlossen hatte, küßte er sie. Sie ließ ihre Handtasche fallen, schlang die Arme um seinen Hals und küßte ihn tief und inbrünstig. Seine Hände tasteten über ihren Rücken, folgten der Linie ihres Hinterns.

Sie zogen sich aus, schweigend, schwer atmend. Sie ließ ihr

Kleid zu Boden fallen und fühlte sich ihrer Sache ganz sicher. Dieser Beginn einer neuen Phase in ihrem Leben hatte etwas Notwendiges, gleich dem Anbrechen einer neuen Jahreszeit. In seinem breiten Holzbett öffnete sie sich ihm. Beherrscht und aufmerksam, ganz ihr zugewandt, bewegte er sich in ihr. Sie spürte, wie er auf sie achtete, und gab sich ihm gedankenlos hin, klammerte sich an ihn, kämpfte mit männlicher Kraft, ohne die Angst, daß sie verlieren könnte. Sie gewann und glitt über den grünen, duftenden See ihrer Phantasie.

Sie tranken von dem Wein, aßen die Antipasti aus Tintenfisch und Anchovis und gratinierter Aubergine. Entspannt, ohne das Gefühl, auf der Hut sein zu müssen, erzählte sie ihre Geschichte; aber nur in Stichworten, mehr war nicht nötig. Sie hatte sein Oberhemd an. Er saß nackt mit gekreuzten Beinen auf dem Bett, sein unbedecktes Geschlecht in einem Kranz aus dickem, schwarzem Haar. Mit einer Handvoll Worten eröffnete sie ihm, daß sie verheiratet sei, einen Mann habe, den sie niemals verlassen würde, und einen Sohn, der ihr ein und alles sei. Auch ließ sie durchblicken, daß ihre Ehe, die für sie so etwas gewesen sei wie der Stock für den Lahmen, oder besser gesagt: wie Musik für den Blinden, nun doch Ermüdungserscheinungen aufzuweisen beginne. Zwischendrin trank sie einen Schluck Wein, nahm einen Bissen von dem einen oder anderen oder sog tief an ihrer Zigarette und sagte wieder einen Satz.

Ellen lehnte mit dem Rücken an der Wand am Kopfende des Bettes, vor sich und zwischen ihnen das Essen auf einem großen weißen Tablett. Sie fühlte sich energiegeladen, als Herrin über ihr Leben – das erinnerte sie an die bisweilen ausgelassenen, intensiven Tage ihrer Studienzeit, die Momente der Verzückung und der Einsicht, die sie damals gehabt hatte. (Und jetzt wieder erlebte! Es war nicht zu spät, noch immer bot ihr das Leben großzügig und auf wundersame Weise jegliche Möglichkeiten.)

Dino hörte ihr zu und aß andächtig mit kleinen Stückchen

Brot von den Antipasti, als wollte er jeden Bissen für sich beurteilen. Mit Bemerkungen wie »Wie meinst du das?« und »Ich verstehe das nicht ganz« zwang er sie, zum Wesentlichen zu kommen. Er war kein gebildeter Mann und ihr intellektuell in jeder Hinsicht unterlegen, doch er schien eine andere Art von Intelligenz zu besitzen, eine Sensibilität, die sofort den Kern menschlichen Verhaltens erfaßte, ohne groß zu abstrahieren oder zu theoretisieren. Daher stellte er diese Fragen. Sie fand ihn naiv und raffiniert zugleich.

Auch er erzählte etwas. Von einer großen Jugendliebe, die sich für einen anderen entschieden habe, von seiner Arbeit, von seinem Bruder, der Geschäftsführer eines Kinos sei, von seiner Art zu leben und von seinen Freundinnen. Wie Ellen benötigte er dazu nicht viele Worte, doch während sie zusammenfaßte und wegließ, erzählte er seine Lebensgeschichte relativ getreu – mehr war da nicht.

Es war noch nicht einmal spät, als sie nach Hause kam. Frank würde wohl sehr spät kommen, hatte er angekündigt. Ohne die Lampen anzumachen, saß sie eine Weile still in ihrem römischen Domizil, einer Vierzimmerwohnung im siebten Stock eines Appartementehauses auf dem Monte Esquilino. In einem der Sessel im großen Wohnzimmer, die sie aus Khartum mitgebracht hatten, zündete sie sich eine Zigarette an und schaute durch das große Fenster auf das erleuchtete Kolosseum hinaus, dessen obere Säulengänge gerade noch über dem Gebäude auf der gegenüberliegenden Straßenseite sichtbar waren. Überrascht stellte sie fest, daß sie keinerlei Schuldgefühle empfand, kein Bedauern, keine Reue, nichts. Und im Gegensatz zu dem, was sie befürchtet hatte – in einen Strudel von Emotionen und Geschehnissen zu geraten, der sie in die Tiefe ziehen würde –, überschaute sie ihre Lage mit großer Gelassenheit. Sie war nicht in Dino verliebt, und sie schloß aus, daß sie das jemals sein würde, aber sie brauchte ihn als Ausgleich zum Leben mit Frank. Frank seine

Kaffeemamsell, ihr ein Kellner. Sie schmunzelte bei diesem Gedanken.

Nachdem sie ein Glas Jenever getrunken hatte (wo sie auch wohnten, immer mußte eine Flasche holländischer Jenever im Haus sein) und dabei in den wolkenlosen Abend hinaus und auf die steinerne Vergangenheit geblickt hatte, die im Licht riesenhafter, rings um das Kolosseum aufgestellter Scheinwerfer aufschien, ging sie zu Bett und schlief sofort ein. Um etwa halb zwei wurde sie kurz gestört, als Frank sie auf die Stirn küßte, doch das drang kaum zu ihr durch, sie drehte sich auf die andere Seite und schlief weiter.

Am nächsten Morgen, Sonntag, zogen die Geräusche, die im Haus laut wurden, sie langsam aus dem Schlaf. Sonntags morgens bereitete Frank das Frühstück zu, eine Gewohnheit, die sie seit Jahren einhielten und die jede Woche wieder in die gleichen geliebten Rituale mündete: ihr überraschtes Lächeln beim Anblick des gedeckten Frühstückstischs, Franks komischer Aufzug in der alten, ausgefransten Schürze, auf der noch verwaschen holländische Bäuerinnen zu erkennen waren, Rührei mit Lachs, frisch gepreßter Orangensaft, Grapefruit, Toast. Dieses rituelle Frühstück fungierte als Zeichen der Zuneigung und des Vertrauens und hatte zugleich etwas Bieder-Gemütliches. Aber sie hing mit ganzem Herzen daran und ergötzte sich jedesmal an Franks Anblick in der alten Schürze, die sie vor Jahren einmal von seiner Mutter geschenkt bekommen hatte. Auch jetzt stand Frank in der Küche. Der Duft von frisch aufgegossenem Kaffee und die Musik im Wohnzimmer – eines von Schuberts wundervollen Stücken für Klavier, Geige und Cello – vermittelten ihr das wohlige Gefühl, das Leben sorglos in seinem ganzen Reichtum genießen zu können. Sie liebte das Erwachen an diesen Sonntagmorgen, der Körper noch halb in der grenzenlosen Weite des Schlafs schwebend, Ohren und Nase schon vollauf mit dem neuen Tag befaßt.

Da fielen ihr die Ereignisse vom Vortag ein; fremdartige, unwirkliche Bilder, die sich nicht mit diesem vertrauten Morgen in Einklang bringen ließen. Sie betrachtete sie von allen Seiten, hoffte, daß sie Traumreste waren, die allmählich zerfallen würden; nein, verdammt – sie hatte sie wirklich gesehen, wirklich erlebt. Sofort war die Stimmung dieses Morgens dahin. In Windeseile machte sich Panik in ihr breit. Sie zog die Beine an und legte beschämt die Arme um den Kopf.

Frank hatte sie betrogen. Sie hatte Frank betrogen. Die Bilder in ihrem Kopf waren Erinnerungen an den vergangenen Tag. Dieses kleine sonntägliche Frühstücksritual, das Beginn und Ende einer Woche markierte, hatte mit einem Mal seinen Glanz verloren. Doch nicht nur das fiel von nun an weg, bedachte sie, jetzt würde auch das Fundament unter ihren zahllosen Regeln und Kodes und Gepflogenheiten zu bröckeln beginnen, und ihr schauderte vor dem Augenblick, da das ganze, so sorgsam gehegte Gebäude einstürzen würde. Sie war mit einer gewissen Befreitheit und voller Mut und Erwartung zu Bett gegangen. Sie erwachte als Verliererin.

Unruhig, von Panik befallen, zog Ellen ihren Morgenmantel an und ging ins Wohnzimmer. Sie hörte die heiter-melancholische Musik Schuberts, ihr Lieblingsstück von diesem Komponisten, von Frank aufgelegt, um das Frühstück noch angenehmer zu gestalten.

Die Wohnung war bereits seit Anfang der siebziger Jahre vom Außenministerium angemietet. Es war nicht einfach gewesen, einen Austausch der darin befindlichen gediegenen Möbel durchzusetzen. Nicht umsonst galt die Abteilung, die für die Diplomatenwohnungen zuständig war, als eine der konservativsten des gesamten Ministeriums. Doch nun trug die Wohnung Ellens Handschrift. Sie hatte formstrenge italienische Halogenlampen und farbenfrohe Graphiken gekauft. Sie hatte die Aufteilung des Wohnzimmers geändert, das von einem langen, dunklen Eßtisch beherrscht gewesen war, und beim Außenministerium so lange nicht lockergelassen, bis man ihr genehmigte, einen ausziehbaren Tisch anzuschaffen, der bei offizielleren Essen gleichermaßen Genüge tat. Das Wohnzimmer hatte ein einziges großes Fenster, das vom Boden bis zur Decke reichte und Aussicht auf eine kleine Terrasse und das Viertel rund ums Kolosseum bot. Es war ein helles Appartement, am Tag stets lichtdurchflutet, mit einem weiten Ausblick, der nie an Reiz verlieren würde. Es lag im obersten Stock, dem siebten, einer exklusiven Wohnanlage, deren Eingang durch zwei Panzerglastüren, Videoüberwachung und bewaffnete Pförtner gesichert wurde. Auf jedem Stockwerk befanden sich acht Appartements, bewohnt von Topfunktionären großer Unternehmen, hohen Beamten, Hochschullehrern und einigen Pensionären mit Adelsnamen. Ellen und Frank hatten kaum Kontakt zu den anderen Bewohnern. Sie kannten sie nur vom Sehen und nickten ihnen in den geräuschlosen Fahrstühlen freundlich zu.

Frank hatte den Tisch mit einem rosa Tischtuch gedeckt. Ellen roch, daß er jetzt in der Küche das Rührei zubereitete, und sie setzte sich und nippte an ihrem Glas Orangensaft. Wie viele Morgen hatten sie hier schon zusammen ihr rituelles Frühstück eingenommen, nachdem Frank am vorhergehenden Samstag von seiner Geliebten in Ekstase versetzt worden war? Vielleicht hatte er ja schon ein Jahr lang ein Verhältnis mit dieser Frau aus Süditalien. Ellen hatte nie auch nur den geringsten Argwohn gehegt, immer hatte sie sich von dem Bewußtsein in Sicherheit wiegen lassen, daß ihr Mann sie aufrichtig liebe und der konventionellen Ehe treu verhaftet sei. Seit gestern war ihr nun klar, was er damit meinte. Er war der Konvention verhaftet, daß verheiratete Frauen treu bleiben, während verheiratete Männer nach Herzenslust vom Trapez Gebrauch machen.

Wie falsch sich der schöne Tisch angesichts dessen ausnahm! Wie abstoßend der aus der Küche herüberwehende Geruch! Wie hohl dieses Ritual! Wie unerträglich dieser sonnige Morgen!

Die Zeiten von Eindeutigkeit und Unschuld gingen ihrem Ende entgegen. Binnen vierundzwanzig Stunden hatte sie ihre kostbaren Erinnerungen an eine unumstößliche Vergangenheit verloren. Sie konnte sie sich zwar noch ansehen, doch wirklich greifbar waren sie nicht mehr. Und das war noch nicht alles. Sie fürchtete nun auch, daß er womöglich an jedem Ort, an den Den Haag sie geschickt hatte, sein Liebchen gehabt hatte. Jede Zärtlichkeit hatte jetzt etwas Verlogenes bekommen, jede Intimität etwas Obszönes. Alles konnte anders gewesen sein.

Ellen dachte an Maurits' Geburtstagsfest vor zehn Jahren in Khartum. Sie hatten dort in einer wunderschönen weißen Villa direkt am Nil gewohnt. Ein griechischer Multimillionär hatte sich das Haus bauen lassen, es dann aber, weil er die trockene Hitze in der Wüstenstadt nicht ertrug, jahrelang leerstehen lassen, bis es von einem von Franks Mitarbeitern in der niederländischen Vertretung entdeckt wurde. Ellen hatte einen Gärtner engagiert, der einen üppig grünenden Garten hervorzauberte. Dieser erfreute sich schon bald großen Ruhms, denn Regen und somit auch grüne Rasen haben in einer Stadt wie Khartum Seltenheitswert.

An Maurits' achtem Geburtstag hatten sie nachmittags in ebendiesem Garten, rings um den Swimmingpool, ein Fest für die Kinder befreundeter Diplomaten gegeben. Viele waren es nicht, fünfzehn vielleicht, die Cola tranken und von der mächtigen Sahnetorte aßen, die ihr libanesischer Koch gebacken hatte. Es war ein heißer sudanesischer Tag, die Luft flimmerte über dem feinen Wüstensand, der Schweiß verdunstete sofort auf der Haut.

Gegen Abend deckte Ellen mit zwei anderen Müttern zusammen im Getöse der altmodischen Ventilatorungetüme den Tisch für das Festessen. Frank hatte sich den Nachmittag frei genommen und führte Regie über den Ablauf der Geburtstagsfeier. Maurits hatte sich gesorgt, ob wohl genügend Kinder kommen würden, und war nachts ein paarmal fiebernd aufgewacht, doch jetzt sprang er voller Elan herum, schien zufrieden mit dem Zulauf und führte das größte Wort.

Die kleine Tochter eines britischen Diplomaten hatte ihm ein Darts-Set geschenkt, und Frank machte gleich vor, wie man die Pfeile, die bunte Schwanzenden aus echten Federn hatten, warf. Natürlich wollten die Kinder es selbst ausprobieren. Unter Franks Aufsicht trugen sie einen kleinen Wettkampf aus. Eine mißliche Wendung nahm das Ganze, als Frank bemerkte, daß zwei Kinder aus dem Garten geschlüpft und auf den schmalen Sandstreifen hinausgelaufen waren, der sich zwischen Garten und Nilufer erstreckte. Er rannte ihnen nach, um sie wieder einzufangen, ehe sie das Wasser erreichten, und bekam sie auch zu fassen, als sie gerade auf das Segelboot kletterten, das er einen Monat zuvor gekauft hatte. Mit dem französischen Jungen auf französisch schimpfend und mit dem italienischen Mädchen auf italienisch, brachte er sie in den Garten zurück, wo ihn eine böse Überraschung erwartete.

Maurits lag auf dem grünen Rasen, von den betreten dreinschauenden anderen Kindern umringt. Als Frank zu seinem Sohn rannte, sah er den Pfeil mit den gelben Federn in dessen linkem Auge stecken. Es machte ihn so nüchtern und zielgerichtet wie noch nie. Behutsam hob er das Kind hoch und schrie Ellen zu, daß sie das Auto starten solle. Von den beiden unbehaglich lächelnden Frauen gefolgt, kam Ellen verwirrt aus dem Haus und blickte auf Frank, der ihren Sohn auf den Armen über den Rasen trug und aus Leibeskräften schrie, sie solle jetzt nicht starren, sondern den Wagen starten und sie ins Krankenhaus fahren.

Die zehn Minuten dauernde Fahrt in die Klinik hätte sie das Leben kosten können. Ellen raste mit dem Peugeot über sämtliche Kreuzungen hinweg, ignorierte die Signale von Verkehrspolizisten, streifte andere Autos, rammte einem Lkw in die Flanke und fuhr mit plattgedrückter Schnauze weiter, nahm jedes Risiko in Kauf, um das Auge ihres Sohnes zu retten. Sie sagten unterwegs kein Wort. Frank hielt Maurits fest in den Armen, Ellen umklammerte das Lenkrad, beide verkrampft vor Angst, beide krank vor Mitleid mit dem Kind. In einer Wolke aufwirbelnden Sands kam der Wagen auf dem Stückchen Wüste, das als Parkplatz des Krankenhauses fungierte, zum Stehen. Frank rannte mit Maurits hinein und schrie nach dem Direktor, während ihm die Tränen über die Wangen zu strömen begannen. Auf den Fluren wimmelte es von Patienten, Krüppeln, Verstümmelten, aber Frank hatte nur Augen für die Verletzung seines eigenen Kindes. Ellen ging stumm hinter ihm her und blickte fassungslos auf ihren Mann und ihren Sohn. Sie konnte nicht denken und nicht handeln, folgte nur still ihrem Ehemann, der lauthals forderte, zum Direktor vorgelassen zu werden. Ein Mann in weißem Kittel erschien, ein gutaussehender, hellhäutiger Sudanese mittleren Alters, dem ein Blick auf Frank und Maurits genügte, um sofort Anweisungen zu geben.

Zwei Minuten später saßen Ellen und Frank auf einer nackten Holzbank vor dem Operationssaal.

»Es ist meine Schuld. Verzeihst du mir?« fragte Frank.

Ellen schüttelte den Kopf und ergriff seine zitternden Hände.

»Es gibt nichts zu verzeihen. Niemand hat Schuld.«

Es dauerte zwanzig Minuten, ehe der Arzt wieder auftauchte. Ellen und Frank hatten sich nicht losgelassen. Sie hielten sich aneinander fest, wie Akrobaten auf dem Trapez.

»Wir haben den Pfeil entfernt«, sagte der Arzt, »aber wir können den Jungen hier nicht operieren.«

»Wieso nicht?« fragte Frank scharf.

»Wir haben hier keinen Chirurgen mit einer entsprechenden Spezialisierung«, erklärte der Mann beherrscht. »Der Junge muß in den nächsten Stunden operiert werden, wenn ihm das Auge erhalten bleiben soll. Er muß nach Kairo oder Alexandria. Und selbst wenn die Operation noch rechtzeitig durchgeführt werden kann, liegen die Erfolgsaussichten bei unter fünfzig Prozent.«

Ellen kniff die Augen zu und fühlte, daß Frank die Arme um sie legte. »Ist er transportfähig?« fragte Frank.

»Unter Umständen...«

»Wie meinen Sie das?«

»Wenn wir ihn entsprechend präparieren, meine ich.«

»Wie lange brauchen Sie dafür?«

»Hm, sagen wir... eine halbe Stunde.«

»Gut. Dann tun Sie das.«

Frank ließ Ellen los, sagte:

»Bleib du hier, ich bin so schnell wie möglich zurück.«

Er rannte den Flur hinunter, blieb plötzlich stehen und schrie:

»Wo sind die Autoschlüssel?«

Ellen tastete nach einer Handtasche oder einer Tasche in ihrem Kleid, aber die hatte sie nicht.

»Mach schon, schnell!« schrie Frank.

»Im Auto!« rief sie.

Frank rannte weiter, verschwand um die Ecke. Sie schaute auf den Parkplatz hinaus, sah ihn ins Auto springen und wie einen Besessenen davonfahren. Sie wußte nicht, was er vorhatte. Sie liebte ihn.

Eine qualvolle halbe Stunde folgte. Allein auf der Bank, voller entsetzlicher Bilder von der leeren Augenhöhle. Sie sagte sich, daß es ja nur ein Auge sei und Maurits nicht in Lebensgefahr. Oder log der Arzt, um sie zu schonen? War es ernster, und mußte er deswegen nach Kairo? Nach fünfundzwanzig Minuten durfte sie zu ihrem Sohn. Er war betäubt. Um den Kopf hatte man ihm einen dicken Verband gewickelt, mit dem linken Auge als Mittelpunkt. Er atmete ruhig, aber an dem Ausdruck in seinem Gesicht konnte sie ablesen, daß er auch unter der Narkose Schmerzen hatte. Sie streichelte seine glatte, weiche Kinderwange, küßte seine kleinen Hände und flüsterte, daß alles gut werden würde.

Wenige Minuten darauf betrat Frank das Zimmer, zusammen mit dem Arzt und zwei großen, tiefschwarzen Pflegern, Südsudanesen, die das Bett, in dem Maurits lag, auf den Flur hinaus und zu dem bereitstehenden Krankenwagen rollten. Draußen wartete ein junger Arzt, der Maurits' Zustand unterwegs überwachen würde. Ellen fuhr, Frank neben sich, im Peugeot hinter dem Krankenwagen her. Frank erzählte, daß das kleine Transportflugzeug der westdeutschen Entwicklungshelfer in zehn Minuten nach Alexandria fliegen und eine Zwischenlandung in Kairo machen werde. Er selbst werde mitfliegen, in dem kleinen Flugzeug hätten drei Leute Platz. Er bat sie, so schnell wie möglich per Linienflug mit ein paar Kleidern und Toilettenartikeln nach Kairo nachzukommen.

Maurits wurde am selben Abend im Anglo-American Hospital in Kairo operiert. Als Ellen dort ankam, nachdem sie anderthalb Stunden mit einem Taxi im Verkehr festgesteckt hatte, war die Operation noch nicht beendet. Frank lief unruhig in einem Wartezimmer auf und ab, hohlwangig, mit roten, müden Augen. Dies war die erste richtige Krise, von der die Familie heimgesucht wurde, nach sieben Jahren die erste Bewährungsprobe. Frank empfand für seinen Stiefsohn die gleiche Liebe wie ein leiblicher Vater, das spürte Ellen. Sie las die Panik in seinen Augen, und das machte sie selbst ruhiger.

Die Operation verlief zufriedenstellend. In sieben Tagen würden sie wissen, ob sein Augenlicht gerettet war. Sie nahmen sich ein Zimmer im Palace Hotel, beim Anglo-American Hospital direkt um die Ecke, am Ufer desselben Nils, der hinter ihrem Haus floß. Es folgte eine Woche von großer Intensität, als ob die Bedrohung, die über ihrem Kind hing, ihre Ehe komplett machte, als ob sie jetzt, während sie gemeinsam eine Katastrophe durchstanden, eine Art letzte Prüfung ablegten. Sie liebten sich mit verzweifelter Leidenschaftlichkeit und hatten beide das Gefühl, daß ihre Ehe in eine zweite Phase eingetreten war. Die Angst um das Auge ihres Kindes machte ihre Liebe zielgerichteter, weniger selbstsüchtig, umfassender. Sie unternahmen lange Spaziergänge, aßen in dämmrigen Restaurants, saßen an Maurits' Bett, der wissen wollte, wie das Fest weitergegangen war, nachdem sie ihn ins Krankenhaus gebracht hatten. Sie versprachen ihm ein neues Fest, sobald er wieder in Khartum sei. Nach einer Woche wurde der Verband abgenommen, und das blutunterlaufene Auge konnte mühelos den Arzt, die Buchstabentafel und die Skyline von Kairo sehen. Der behandelnde Arzt wollte Maurits noch einige Tage zu einer Reihe von Tests dabehalten, aber es sah alles gut aus.

Draußen vor der Klinik war Frank in Schluchzen ausgebrochen, aus tiefster Seele. Ellen hatte ihn in die Arme genommen und gestreichelt. Die Araber hatten sie verwundert angestarrt.

Diesen Mann liebte sie. Es war derselbe Mann, der die Kaffeemamsell fotografierte und sie anschließend auf sein Horn nahm. Jetzt stand er in der Küche und bereitete ein Frühstück zu, das für ihn den Stellenwert eines Rituals hatte. Sie verstand das nicht, wollte ihn ansehen, sehen, ob sie die Zweideutigkeit in seinen Augen entdecken konnte.

Frank kam herein, die verschlissene Schürze mit den Bäuerinnen vorgebunden, eine Schüssel mit Rührei in den Händen.

»Ich wollte dich gerade rufen«, sagte er mit aufgeräumtem, unschuldigem Lächeln. Er stellte die Schüssel auf den Tisch, küßte sie flüchtig auf die Stirn und ging, die Schürze abbindend, in die Küche zurück.

»Du hast wie ein Stein geschlafen«, rief er im Weggehen. »Als ich ins Bett kam, hast du's nicht mal gemerkt.«

Ellen hatte müde gelächelt, als er sie küßte, und schläfrig vor sich hin gestarrt, und erst als er ihr den Rücken zudrehte und den Raum verließ, warf sie ihm einen Blick hinterher. Sie wagte ihn nicht wirklich anzusehen. Genau wie er versuchte sie zu schauspielern, zu heucheln, zu lügen, auch wenn sie nichts sagte. Das hatte sie nicht erwartet. Es war deprimierend.

Es war Franks Idee gewesen, Maurits zu seinem sechzehnten Geburtstag eine Nil-Kreuzfahrt zu schenken. Maurits hatte mit dreizehn angefangen, sich für das Altertum, für Archäologie und die Ausgrabungen von Schliemann zu interessieren. Mit seiner Mutter zusammen sollte er nun, acht Jahre nach seiner Operation, auf einem Luxusliner von Assuan nach Kairo fahren. Staunend hatten Ellen und Maurits in Abu Simbel vor den hoch aufragenden Statuen von Ramses II gestanden, der mit seinen ebenfalls in Stein gehauenen hundert Kindern und seiner Frau Nefertari über die Zeit triumphiert hatte. Auf dem hohen, eckigen Schiff waren sie an den Tempeln von Horus, vom Tal der Könige und von Luxor entlang stromabwärts geglitten, über das geduldige Wasser mit den Feluken, die wie Libellen um ihr schwimmendes Hotel tanzten.

Nach einer Woche, die bei Maurits übermächtiges Staunen und drängende Fragen hinterlassen hatte (»Wie denn? Warum denn? Aber wenn nun…«), in Kairo angelangt, hatte der Junge das Krankenhaus sehen wollen, in dem er als Kind operiert worden war. Das alte Anglo-American Hospital stand noch genauso da wie damals. Sie statteten dem Chirurgen, der ihn behandelt hatte, einen Höflichkeitsbesuch ab, und Maurits erkundigte sich nach Einzelheiten. Der Arzt suchte die Informationen freundlicherweise aus einem antiken Archivschrank heraus, durfte sich Maurits' Auge noch einmal ansehen, was ihn vor Stolz erglühen und erzählen ließ, es sei eigentlich ein kleines Wunder gewesen, daß das Auge gerettet werden konnte. Ellen bekam nun zu hören, was sie acht Jahre zuvor befürchtet hatte: Der Pfeil hatte die Netzhaut ernstlich verletzt, eine Heilung war beinahe unmöglich erschienen. Doch das hatte man damals nicht gesagt. Können, Schnelligkeit und Glück – und vielleicht auch das Schweigen, bemerkte der Chirurg lächelnd – hatten das Schicksal seinen Lauf ändern lassen.

Vom Hotel aus hatte Ellen damals verschiedene Male probiert,

Frank anzurufen, aber keine Verbindung mit Rom bekommen. Frank war nicht mitgefahren, hatte zuviel zu tun gehabt, weil er noch eingearbeitet werden mußte. Damals war ihr der Gedanke schon ein paarmal durch den Kopf gegangen, scherzhaft, spielerisch, aber nie und nimmer als ernsthafte Erwägung.

Jetzt dachte sie: Er hat mich weggeschickt, er hat mich wie eine unbequeme Frau ins Flugzeug abgeschoben, damit er sich einer willigeren widmen konnte. Während ich mich mit Maurits in Tutanchamun und das Reich der Ptolemäer vertieft habe, hat er sich in die Kultur Kalabriens vertieft. Sie war wütend.

Aber war sie denn ganz fair? Hatte sie nicht im Grunde damit gerechnet? Maurits war nicht sein Sohn, Frank hatte sich aufgeopfert und die Rolle des leiblichen Vaters, der leider verstorben war, übernommen. Sie war wütend, aber fairerweise durfte sie ihm keinen Vorwurf machen. Sie durfte wütend sein, aber nicht auf ihn.

Frank kam mit einem Kännchen aufgekochter Milch wieder. Er hatte das schon hunderte Male gemacht, und es bedeutete stets: Ich möchte es dir recht machen, ich weiß, daß du gern Kaffee mit aufgeschäumter heißer Milch trinkst, und dir diese kleine Freude zu bereiten, macht mir nicht die geringste Mühe.

Eine Kleinigkeit, natürlich, eine lächerliche Kleinigkeit. Aber gerade solche Kleinigkeiten stellen die schimmernden Perlen unseres Zusammenlebens dar. Mehr als an den großen Gesten lesen wir an den alltäglichen Kleinigkeiten die Kontinuität der von uns getroffenen Übereinkommen ab.

Frank kocht Milch für Ellen, und Ellen nimmt die Milch, die Frank für sie gekocht hat. Weshalb kocht Frank die Milch? Weil er Ellens Dankbarkeit für seine simple Verrichtung liebt: eine Packung Milch aus dem Kühlschrank nehmen, einen kleinen Topf auf den Herd stellen, die Milch in den Topf gießen, die Gasflamme anzünden, mit einem Schneebesen die Milch aufschlagen. Frank liebt Ellens Wertschätzung solcher Kleinigkeiten wie warmer Milch im Kaffee. Er möchte sie nicht enttäuschen und kocht daher jeden Sonntagmorgen ein wenig Milch für sie auf.

Für Ellen ist es eine Gewohnheit, den Kaffee zu Hause mit warmer Milch zu trinken. Wenn sie irgendwo in der Stadt ist, trinkt sie oft einen Espresso pur, ohne Milch und ohne Zucker, aber zu Hause, zumal am Sonntagmorgen, trinkt sie den Kaffee mit Milch. Sie weiß, daß Frank ihr die Milch gern aufkocht, und um ihn nicht zu enttäuschen, gießt sie sich sonntags morgens immer kochende Milch in den Kaffee, auch wenn sie den Kaffee hin und wieder lieber schwarz trinken würde.

Jetzt aber, zum erstenmal, seit sie in Rom sind, trinkt Ellen den Kaffee, nachdem sie ihn in ihre Tasse geschenkt hat, ohne heiße Milch. Sie kann es Frank nicht ins Gesicht sagen, aber seine geheuchelte Aufgeräumtheit, sein Schauspielergehabe, sein flottes Lächeln machen sie ganz krank, und aus Protest läßt sie die Milch stehen. Denn in der heißen Milch, dem Rührei mit Lachs, dem Toast, dem ganzen aufgetakelten Frühstückstisch, erkennt sie plötzlich die Fassade, mit der er sie täuscht.

»Ist irgendwas?« fragte Frank.

Sie schüttelte so erstaunt wie möglich den Kopf, setzte ein vages Lächeln auf, sagte aber nichts. Sie sah, daß er verwirrt war. Er spürte, daß irgend etwas war, konnte sich aber keinen Reim darauf machen, was sie plötzlich veranlaßte, sich nicht an dem festen Ritual zu beteiligen.

»War's nett mit Lucie?«

Jetzt versuchte er auf indirektem Weg herauszufinden, was ihre Verstocktheit verursacht haben mochte. Ellen hatte die Ellenbogen auf den Tisch gestützt und hielt die bauchige Tasse mit dem pechschwarzen Kaffee in beiden Händen. Sie trank einen Schluck und antwortete, daß es schön gewesen sei.

»Habt ihr gestern abend noch was unternommen?«

»Wir sind im Kino gewesen.« Das war das erstbeste, was ihr einfiel.

Frank unterzog sie einem verkappten Verhör. Er wollte sie zum Sprechen bringen, so daß er nach und nach hinter das Mysterium der verschmähten Milch kommen konnte.

»Superman«, sagte sie.

Frank grinste.

»Das ist doch eigentlich ein Kinderfilm, oder?«

Sie begann sich unbehaglich zu fühlen, wurde sich bewußt, daß sie sich in Widersprüchlichkeiten verwickeln würde, wenn sie zu etwas Stellung nahm, was sie gar nicht gesehen hatte. Also zuckte sie die Achseln, stellte mit selbstsicherer Miene ihre Tasse ab und nahm eine Scheibe Toast.

»Es erinnert ein bißchen an James Bond«, sagte sie, »hat was von einer Parodie. Und wie war der Empfang?«

Angriff war die beste Verteidigung. Jetzt durfte er auf seinem Stuhl hin- und herrutschen und nach einem wasserdichten Alibi suchen. Doch er war darin versiert und blieb der entspannte Frank, der am Sonntagmorgen das Frühstück macht. Seine Erfahrung verschaffte ihm einen enormen Vorsprung. Sie fragte sich, wie lange sie dieses elende Spielchen wohl durchhalten konnte. Einen Monat? Ein halbes Jahr?

Frank plauderte über den Empfang vom gestrigen Mittag (als er die Heilige Jungfrau fotografiert hatte) und das Arbeitsessen vom gestrigen Abend (als er sie natürlich mit einem kleinen Essen am Stadtrand gefeiert hatte, sie wußte, daß er ganz versessen war auf kleine Herbergen an der Via Flaminia und der Via Appia). Alles, was er sagte, war gelogen. Ohne das geringste Zögern, ohne das geringste Zittern der Lippen sprudelte eine Lüge nach der anderen aus seinem Mund. Er war ein vollendeter Schauspieler. Ein widerlicher Hund.

Als sie spürte, daß ihr die Tränen kamen, preßte sie die Hände vors Gesicht.

»Was ist denn, El?«

Seine Stimme klang erschrocken.

»Kopfschmerzen«, sagte sie mit halb erstickter Stimme.

»Möchtest du ein Aspirin?«

Er spielte jetzt: Ich bin besorgt und nehme mich deiner sofort an.

Sie schüttelte den Kopf und schob ihren Stuhl zurück. »Ich hol mir schon selbst eines«, sagte sie.

Im Badezimmer studierte sie, den Bauch am breiten Marmorwaschbecken, ihr Gesicht im Spiegel. Sie fühlte sich alt, ausgelaugt. Sie hatte kein Talent für diese Rolle. Sie wollte, daß alles so blieb, wie es gewesen war, *vor* gestern, *bevor* sie diese Frau auf roten Stöckelschuhen entdeckt hatte. Jahrelang hatte sie ihr Leben mit größter Selbstverständlichkeit gelebt. Jetzt hatte alles einen zweideutigen, durchtriebenen, schmutzigen Anstrich. Sie hatte das Gefühl, etwas Kostbares verloren zu haben.

Als sie den Wasserhahn aufdrehte und Wasser in ein Glas laufen ließ, klingelte es an der Haustür. Sie hörte Franks Schritte. In der Diele drückte er auf die Knöpfe von Videomonitor und Sprechanlage.

»Hi, Bob, das ist aber eine Überraschung, komm rauf.«

Ellen hörte die Verwunderung in Franks Stimme. Bob Govers, ein junger Diplomat, der ein Jahr nach ihnen nach Rom entsandt worden war, kam nie unangekündigt, schon gar nicht am Sonntagmorgen. Jetzt ertönte die blecherne Stimme Bobs aus dem kleinen Lautsprecher der Sprechanlage:

»Du hast gestern deinen Mantel im Auto liegenlassen. Ich bin den ganzen Tag weg, und da dachte ich, bring ihm den Mantel lieber schnell vorbei.«

Verdattert starrte Ellen auf das kalte Wasser, das über das randvolle Glas und ihre Hand strömte. Sie wagte sich nicht zu rühren, wartete mit angehaltenem Atem auf Bobs Hereinkommen. Frank öffnete schon mal die Haustür und lehnte sie an. Dann schaute er zu ihr herein.

»Geht's, El?«

Sie drehte den Hahn zu, schlug die Augen auf, sah ihn über den Spiegel kurz an.

»Ja, ja, danke.«

»Ich hatte meinen Mantel in Bobs Wagen liegenlassen.«

Sie lächelte nervös, suchte zaudernd nach einer Frage.

»Hat Bob einen Wagen?«

»Er hat sich den kleinen von der Botschaft ausgeliehen. Ah, da ist er ja schon.«

Frank machte die Badezimmertür zu. Ellen lauschte mit geschlossenen Augen.

»Tag, Bob.«

»Dein Mantel, Frank.«

»Kommst du noch kurz rein?«

»Nein, danke, ich fahr nach Tivoli und möcht noch ein bißchen Tageslicht haben. Wie lief's gestern?«

»Zäh. Gegen die holländischen Schweinefleischimporte haben sie ja schon seit Jahren was einzuwenden, das kriegen wir nicht so eins, zwei, drei geregelt. Und du, war's nett?«

Sie hörte die beiden Männer kichern.

»Sie ist in mich verliebt«, sagte Bob, »das könnte noch problematisch werden.«

»Du weißt, auf was du dich einläßt, Bob.«

»Das ist noch die Frage. Na ja, ich werd's schon merken. Ich will jetzt in Tivoli in den Thermen von Kaiser Hadrian Fotos von ihr machen, und dann fahren wir nach Florenz. Wir haben uns für morgen frei genommen. Ich seh dich dann am Dienstag.«

»Danke für den Mantel.«

Frank schloß die Tür. Ellen verließ das Badezimmer und umarmte ihn, drückte sich an ihn, während er noch den Regenmantel in der Hand hielt.

»Kopfschmerzen weg?« fragte er überrascht.

Sie barg den Kopf an seiner Schulter, ihr war heiß vor Erleichterung und Beschämung.

Wieder am Tisch, lauschte Ellen dem Klatsch über Bob, sah Frank in die unschuldigen Augen, aß Rührei mit Lachs und trank Kaffee mit kalt gewordener Milch.

9

Kairo

Ich habe mir in zunehmendem Maße Gedanken über uns gemacht.«

Während sie das sagte, drehte Hannah langsam den Fuß des Glases herum, das vor ihr auf dem rosa Tischtuch stand. Hannah d'Oliveira und Leo Kaplan saßen, soeben offiziell geschieden, bei ›Dikker & Thijs‹ in Amsterdam.

Ihre Anwälte waren zu einer Einigung über die Verteilung ihres Hab und Guts gelangt. Aufgrund der düsteren Prophezeiungen von Hannahs Vater, Bankier, hatten sie bei der Eheschließung vor fünf Jahren Gütertrennung vereinbart. Da sie keine Kinder in die Welt gesetzt hatten, war das rechtliche Verfahren im Eiltempo abgewickelt worden. Hannah blieb im Haus. Dafür zahlte sie Kaplan die Hälfte dessen, was es nach Abzug von Wertverlust und Hypothek noch wert war; für Kaplan nicht ganz einleuchtend, obwohl Philip Weiss, sein Anwalt, es ihm lang und breit erklärt hatte. Er fragte sich nur, ob Hannahs Freund wohl etwas zu den zwanzigtausend Gulden beitragen würde, die Kaplan damit nach der Scheidung blieben.

»Ein bißchen spät, findest du nicht?« entgegnete Kaplan.

Hannah reagierte nicht, sondern spann ihren Faden weiter.

»Und ich habe letzte Nacht geträumt, wahnsinnig geträumt. Von uns. Möchtest du es hören?«

Kaplan schüttelte den Kopf.

»Ich werd's aufschreiben und es dir schicken. Vielleicht hast du ja was davon. Material.« Sie lächelte bitter.

Der Schriftsteller versuchte es ihr gleichzutun, doch von Herzen wollte es nicht kommen, schließlich war das ein Vorwurf gewesen.

»Vielleicht sollten wir jetzt in Erinnerungen schwelgen. Einander von gemeinsam verbrachten Urlauben erzählen. Von den Reisen, der Begeisterung, dem Rausch. Das haben wir doch alles erlebt, oder?«

Kaplan nickte zustimmend. Er sah ihr in die Augen, die ihn groß und traurig unverwandt anstarrten. Er nickte erneut, hörte ihr zu.

»Wenn man sich's überlegt, haben wir eigentlich sehr viel unternommen. Wir haben eine Menge auf die Beine gestellt, sind oft gemeinsam losgezogen. Aber bei genauer Betrachtung wird einem auch klar, daß wir das alles nur gemacht haben, weil wir uns im Grunde nichts zu sagen hatten. Wir brauchten Katalysatoren von außen. Solange wir uns über Dinge um uns herum unterhalten konnten, war alles bestens. Wir waren, glaube ich, nicht wirklich aneinander interessiert. Im Grunde hatten wir eine oberflächliche Ehe. Nicht schlecht, aber unverbindlich, ohne Tiefgang.«

Sie trank einen Schluck aus ihrem Glas, das nun leer war. Kaplan schenkte nach. Kleine Fettflecken und Weintröpfchen verunzierten das kunstvoll in das Tischtuch gewebte Vogelmotiv – Pfauen, Flamingos, Paradiesvögel. Kaplan, nach außen hin gelassen, innerlich aber bedrückt, dachte: Wohin ich auch komme, alles besudele ich. Er hatte oft solche pathetischen Gedanken. Hannah schaute abwesend zu, wie der Wein das Glas füllte, und sagte:

»Wenn du gewußt hättest, wohin uns unsere Ehe führen würde, hättest du es dann genauso gemacht?«

Kaplan sah unwillig zur Seite, ins Restaurant hinein, wo nur an zwei anderen Tischen Gäste saßen. Nicht viel los an diesem Mittag. Der Schriftsteller versetzte sich in den Geschäftsführer des Lokals hinein. Sorgenvoll würde der auf die unbesetzten

Stühle blicken – heute mußte wieder draufgezahlt werden, wie lange konnten sie das noch durchhalten? Es wurde Zeit, etwas auf Hannahs Frage zu erwidern. Eine Gegenfrage.

»Was soll ich dir darauf antworten?«

»Etwas Aufrichtiges. Ohne Pose. Ich möchte deine Antwort.«

»Auf solche Fragen kann ich nicht antworten. Tut mir leid. Verlang so etwas nicht von mir. Aber eins kann ich dir sagen – ich hab dich nicht geheiratet, um mich später wieder von dir scheiden zu lassen. Ich hatte Hoffnung. Ich bin dem Mythos von der Monogamie aufgesessen, auch wenn sich das aus meinem Mund seltsam anhören mag.«

Ein spöttisches Lächeln erschien auf ihrem Gesicht.

»Wenn du nicht so wild herumgevögelt hättest, wär ich dir treu geblieben. Das wär mir nicht schwergefallen. Ich brauch nicht unbedingt aufs Trapez, wie du das so schön nennst.«

»Dein Ökonom war also der einzige?«

»Mein Ökonom war nicht der einzige«, sagte sie leise, »es gab ein paar andere Männer vor ihm. Das waren Vergeltungsaffären, ich wollte es dir mit gleicher Münze heimzahlen, als ich entdeckt hatte, wie deine Version von unserer Ehe aussah. Ich bin in ein Leben hineingezogen worden, das ich verabscheue. Ein Leben mit Lügen, Alibis, Zweideutigkeiten. Für so was hab ich kein Talent. Ich bin Jüdin und leide unter der altbekannten jüdischen Paranoia, und das reicht mir schon – ich meine, dann auch noch schizophren zu leben, erscheint mir doch ein bißchen zuviel des Guten.«

Sie sah ihn jetzt wieder offen und selbstsicher an, lächelte.

»Darf ich noch etwas sagen, Leo?«

»Bitte, nur keine falsche Scheu.«

»Ich möchte dich nicht verletzen. Du bist immer so schnell gekränkt, und ich möchte nicht, daß du dich bei unserem rituellen Essen hier unbehaglich fühlst.«

»Sag, was du sagen willst. Aber erwarte nicht immer eine Antwort. Du scheinst darauf aus zu sein, daß ich endlich die Vorhänge vor meiner Seele aufziehe. Aber ich versichere dir: Ich weiß nicht, was sich hinter diesen Vorhängen verbirgt. Vielleicht hab ich ja die reinkarnierte Seele eines Krokodils. Und überhaupt: Wie krieg ich diese verdammten Vorhänge eigentlich auf? Angenommen, ich wollte sie öffnen, wollte meine Krokodilsseele lüften – in Ordnung, aber wo sind die Schnüre, an denen ich zu ziehen habe?«

»Warum kenne ich dich noch immer nicht, Leo?«

»Du kennst verdammt noch mal meinen Namen, du weißt, wie meine Eier aussehen, du kennst meine Schmatzlaute, wenn ich ungeniert fresse – aber du kennst mich noch immer nicht?«

»Nein.«

»Dann wird dir das nie gelingen, meine Liebe.«

»Wir sind frisch geschieden, Leo, ich bin mir darüber im klaren, daß es nicht gelungen ist. Trotzdem möchte ich noch etwas wissen. Ich habe dich geheiratet, weil ich in dich verliebt war. Aber unsere Ehe ist gescheitert. Das habe ich genausowenig gewollt wie du. Was ich mich frage, ist... unsere Gefühle von damals, von der Anfangszeit, wie rein waren die? Was mich betrifft, ich bin auf dich abgefahren, weil du Schriftsteller warst, bekannt, gutaussehend, Jude. Ich wollte mich in dich verlieben, und ich tat es. Die Männer, die ich vor dir gehabt hatte, waren allesamt recht brave Gojim gewesen. Das Medizinermilieu, in dem ich mich bewegte, ist ziemlich langweilig. Du warst spannender. Du versprachst ein abwechslungsreicheres Leben. Das war auch so. Aber haben wir je leidenschaftliche Liebe füreinander empfunden? So verrückt es auch klingt – es scheint fast, als hätten wir eine Art Vernunftehe geführt. Die Ehe paßte uns beiden gut in den Kram. Zum damaligen Zeitpunkt die beste Alternative.«

»Das war sie auch.«

»Ja. Das war sie. Aber wenn wir uns klargemacht hätten, daß das Ganze zeitlich begrenzt sein würde, hätten wir uns ein besseres Ende einfallen lassen können.«

»Dann fängt man so was gar nicht erst an. Dann wäre es nicht die beste Alternative gewesen. Bei einer Heirat braucht man doch die Illusion, daß die Liebe ewig währt, oder? Früher blieben die Leute bis zu ihrem Tod zusammen, weil der Familienverband die größte soziale Sicherheit bot. Wenn Ehen ausschließlich aufgrund von Gefühlen geschlossen würden, wär das ein ziemlich dürftiges Fundament. Finanziell brauchst weder du mich noch ich dich. Unsere Gefühle waren das, was uns verband. Und wir bildeten uns ein, daß die dauerhaft sein würden. Eine romantische Illusion. Aber da war auch noch was anderes. Dir hat an mir die Entourage gefallen, und mir an dir. Dein Name, ich bin total auf deinen Namen abgefahren.«

»Wirklich?« Sie lachte.

»Alte jüdische Familie. Die Bankwelt. Rothschilds in klein.«

»Aber langweilig«, sagte sie plötzlich ernst.

»Und angesehen.«

»Das findest du wichtig?«

»Damals schon, glaube ich. Jetzt ist mir das schnuppe.«

»Hast du deshalb zu schreiben angefangen, um zu Ansehen zu kommen?«

»Das dürfte eine gewisse Rolle gespielt haben. Sensibler Junge, der auf eine elitäre Schule gerät, wo er trotz seiner vorbildlichen Leistungen einen tiefen Minderwertigkeitskomplex entwickelt. Eltern mit Geld, aber ohne Kultur. Die immer zu laut redeten, die nicht merkten, daß ich mich vor meinen Freunden schämte, wenn sie hin und wieder, unbewußt, ein jiddisches Wort benutzten.«

»Schade, daß ich sie nie kennengelernt habe.«

»Aber es hätte, was uns angeht, nichts geändert. Ich hab offenbar einen unverbesserlichen Drang, mich beweisen zu müssen. Und es macht mich krank, wenn ich mich daran gehindert fühle.«

»Fühlst du dich gehindert?«

»Ja, verdammt, ja, ja!«
»Seit wann?«
»So etwa… seit ich *Hoffman* fertig hatte, da hat es angefangen.«
»Wieso hast du nie was davon gesagt?«
»Ich konnte nicht darüber sprechen. Ich verstand es ja selber nicht, und du hättest es genausowenig verstanden. Damals hab ich auch mit unserer Monogamie gebrochen.«
»Wann?«
»Nach *Hoffman*. Als ich in Kairo war.«
»Um dir noch etwas anzusehen, hast du behauptet.«
»Ja, das war auch so. Dort fing es im Grunde an.«
Kaplan schwieg jetzt. Es stimmte: Er empfand das brennende Bedürfnis, seine Krokodilsseele zu lüften und seinen Tränen freien Lauf zu lassen. Hannah spürte das, das wußte er. In Kairo, vor mehr als zweieinhalb Jahren, war ihm das klargeworden. Aber was konnte man sich für eine Einsicht kaufen, die man am liebsten sofort wieder vergaß? Zu was Klarblick und eine unbarmherzige Analyse des eigenen Verhaltens nicht alles führen konnten! Jene Woche in Kairo hatte sich als eine Woche in der Hölle erwiesen. Kaplans Inferno. Eigentlich war ihm dort gar nichts Schlimmes zugestoßen, wenn er auch in einer schmuddligen Gasse von einer ungewaschenen Hure ausgeraubt worden war. Aber er hatte Ellen gesehen. In Kairo! Und wie ein wohlgesonnener, aber unparteiischer Richter hatte er die Produktivität seines Lebens gewogen und sich zu einer Zukunft in Bitterkeit und Trübsal verurteilt.

Jede einzelne Minute von diesen acht Tagen in Ägypten hatte er sich verloren und nach Luft ringend mit der Frage gequält, warum er, Leo Kaplan, begabter Schriftsteller und Verfasser von neun mehr oder weniger gelungenen Büchern, mit einem erwachsenen Körper voller Zärtlichkeit und Leidenschaft, sein Leben zu einer so formlosen Ruine zerschlagen hatte. Dort in

Kairo war ihm aufgegangen, daß er Hannahs Liebe nicht ertragen konnte. Nicht weil ihre Gefühle unecht oder überzogen gewesen wären, sondern weil sich seine Liebe gegen die klaren, edlen Empfindungen, die Hannah für ihn hegte, nichtig und unvollkommen ausnahm. Er konnte mit ihrer Liebe nicht mithalten. In den trockenen, staubigen Straßen Kairos hatte er sich gesagt: Ich bin ein leeres Faß, in dem nur die Stimmen anderer widerhallen, ein untalentierter, gefühlloser Hautsack, gefüllt mit Muskeln, Blut, Angst und Selbstmitleid, ein Kunstmensch, ein Golem.

Mit schweren Lehmbeinen hatte er sich am Nil entlanggeschleppt, salziger Schweiß hatte auf seinen Nasenflügeln geperlt, seine roten, verquollenen Augen hatten aus der Deckung seiner Sonnenbrille hervor auf die arabische Stadt geblickt. Hier hätte er, der europäische Jude, am liebsten seine Koffer verbrannt. Hätte mit einer breithüftigen kenianischen Tigerin seine lächerliche Vergangenheit in tagelangem Gevögel und einem einlullenden Rausch von Tausenden von Joints ertränken wollen.

Genau wie die Liebe und seine Bücher veränderten sich auch seine Auffassungen und Werte und Charakterzüge. So, wie sich eine holländische Frühlingswolke ohnmächtig dem Wind anpaßte, genauso glich er sich seinem Alter und seinem Status an. Armseliger Kaplan, rief er sich in Kairo zu, du Luftmensch, du labiler, sentimentaler kleiner Mann, wo kannst du jetzt eigentlich noch hin?

Quo vadis, Kaplan? In Kairo war er sechsunddreißig Jahre alt gewesen, bei ›Dikker & Thijs‹ achtunddreißig. Und noch immer fürchtete er sich im Dunkeln, fürchtete sich vor dem Tod.

Im Flugzeug nach Kairo hatte er das Manuskript von *Hoffmans Hunger* noch einmal gelesen. Zwischen einer in weite, farbenfrohe Stoffbahnen gehüllten baumlangen, schlanken Schwarzen aus Kenia und einem herablassenden Ägypter eingezwängt, der während des Fluges einen Diplomatenkoffer voller *Playboys, Penthouses* und *Hustlers* durchnahm, versuchte Kaplan, seinen

Roman unbefangen zu lesen. Natürlich gelang ihm das nicht. Jeder Buchstabe, jedes Komma hingen ihm noch zu frisch im Gedächtnis. Nach knapp einer Stunde steckte er das Manuskript gelangweilt und unruhig wieder weg und starrte an dem Ägypter und den üppigen Hochglanz-Titten vorbei in den kalten Himmel auf zehn Kilometer Höhe hinaus. Er war unterwegs, um ein wichtiges Kapitel des Romans auf seine Richtigkeit hin zu überprüfen. Was er sich zu Hause ausgedacht hatte, wollte er jetzt der Wirklichkeit anpassen. Für Kaplan ein heiliger Auftrag, für seine beiden Nachbarn im Flugzeug wahrscheinlich Blödsinn.

Und auch der Schriftsteller begann an seiner Mission zu zweifeln. Sollte diese Arbeit nun sein Lebensinhalt sein? Erdachtes auf seine Authentizität hin zu überprüfen? Nach jahrelanger Plackerei zeitigten seine Mühen zwar ein Ergebnis, doch neuerdings konnte der Autor das, was er geschrieben hatte, selbst nicht mehr beurteilen. Sein Verleger schickte ihm einen begeisterten Brief, und an solche Reaktionen klammerte sich Kaplan.

Der Flugzeugpilot hatte einen genau definierten Auftrag: in Amsterdam starten, in Athen eine Zwischenlandung machen und in Kairo landen. Und unterwegs nicht in Zweifel geraten und die Kiste womöglich nach Istanbul fliegen. Kaplan konnte damit rechnen, daß er in Kairo aus dem Flugzeug steigen würde. So funktionierte die Welt. Der Schriftsteller empfand eine schon an Neid grenzende Bewunderung für Techniker, Mediziner und all jene, die ihm Regelmäßigkeit und Ordnung bescherten. Klarheit. Deutlichkeit. Halt. Danach sehnte er sich.

So eine Phase bedrückender Unsicherheit überkam ihn jedesmal, wenn er ein Buch fertiggestellt hatte. Diese Stimmung war ihm schon vertraut. Er hatte gelesen, daß seine Zweifel an seinem Beitrag zur Literaturgeschichte Äste eines blühenden Baumes mit zwei Kronen namens *Minderwertigkeitsgefühle* und *gestörte Eltern-Kind-Beziehung* waren. Und der Name des gigantischen

Stammes lautete: *unaufgelöste ödipale Fixierung.* (Er hatte mal einen Brief von einem biologisch-dynamisch ausgerichteten Therapeuten erhalten.)

Doch der im kalten Schatten des Baumes sitzende und nach Sonne lechzende Schriftsteller wagte nicht, das Beil in den Stamm zu schlagen. Dieser Baum stellte seine Daseinsgrundlage dar. Als Schriftsteller war er zu einem frösteligen Leben im Schatten verdammt.

Das Flugzeug schwebte in kristallklarer Luft, grell und blendend war das Sonnenlicht, und Kaplan dachte: Ich bin sechsunddreißig, zum zweitenmal glücklich verheiratet, im Besitz von zwei Kreditkarten und einem Paß voller Stempel in den verschiedensten Farben, und noch immer habe ich nicht begriffen, worin der Sinn meines Lebens liegt.

Der Schriftsteller schrieb diesen Satz in sein Notizbuch, um ihn vielleicht irgendwann einmal in einer Erzählung zu verwenden.

Er bat seinen Sitznachbarn, ob er mal einen Blick in eine der Zeitschriften werfen dürfe. Der Ägypter reagierte so unwirsch und grantig, als hätte Kaplan um eine Frau aus seinem Harem gebeten. Er bekam den *Playboy*, das harmloseste Heft aus der Kollektion. Als er merkte, daß die Schwarzafrikanerin von der Seite her mit hineinschaute, drehte er sich leicht von ihr weg. Doch sie folgte seiner Bewegung, und er fühlte die Berührung ihrer Schulter. Er hörte sie sagen:

»Do you often read magazines like this one?«

Kaplan sah ihr in die wunderschönen dunklen Augen. Sie hatte eine hohe Stirn, schmale Augenbrauen und große, fragende Augen mit fleckenlosem Weiß. Ihre Lippen waren voll und rot und zogen sofort Kaplans Blick auf sich, weil sie ihn an Hannah erinnerten.

»Only in airplanes, trains, buses, cars«, antwortete Kaplan.

Sie lächelte und entblößte kräftige weiße Zähne.

»So everywhere except when you are at home?«

Sie warf ihm einen verschmitzten Blick zu. Kaplan fühlte sein Herz pochen. Das ging zu schnell.

»No. I do exaggerate. I never buy this kind of magazines.«

Sie schien enttäuscht, nickte kurz verständnisvoll. Dann sagte sie:

»I think men must jerk off more and fuck less.«

Der Schriftsteller biß die Zähne zusammen und wahrte mit Mühe sein Lächeln. Die KLM hatte ihm einen Sitz neben einer Anti-Penetrations-Verfechterin gegeben. Er zuckte die Achseln und machte eine Handbewegung, die besagen sollte, daß er nicht viel von ihrem Ratschlag hielt.

»And women!« fiel ihm plötzlich ein.

»I think people should do oral sex more often. I think oral sex is the future«, sagte sie ernst.

Kaplan nickte eifrig. Sie sollte wissen, daß er da ganz ihrer Meinung war.

»Anticonceptives are difficult to get in Africa. We should teach our people the pleasures of oral sex. It's the only solution to control the growth of our population.«

Sie lachte auf und sah ihn vertraulich an.

»I made a slogan for the conference about birthcontrol I am going to attend. Use your lips, not your hips. *What do you think of it?«*

Auch Kaplan lachte. Aber viel zu überschwenglich.

Auf dieser Reise summte ihm eine imaginäre Hornisse um den Kopf herum. Durch die Augen dieser Hornisse betrachtete er sich selbst: dunkler Typ, nicht unsympathisch, zurückhaltender Blick, aufgesetztes Lächeln, Seele von Krokodilscharakter, Mund voller hohler Worte. Während er sich aufplusterte und sein Verführergesicht aufsetzte, widerte ihn seine eigene Fadenscheinigkeit, Gelecktheit und Geilheit an. Kaplans Vater war ein reich gewordener Schacherer gewesen, und auch dem Sohn haftete der Geruch von gehackter Leber, Altpapier und billigen Tricks an. In Den Bosch, wo Kaplan aufgewachsen war, war sein Vater »Jud Kaplan« genannt worden. Er hatte mit allem gehandelt, was nicht niet- und nagelfest war, und hatte selbst aus Lumpen und Autowracks noch Geld machen können. Das Prädikat *Jud* besagte soviel wie: Betrüger, Wucherer. Die Erbschaft, die Leo Kaplan erhalten würde, war mit Müll zusammenverdient worden. Sein Vater hatte sich, ängstlich auf Sicherheit und Achtung bedacht, wie ein Besessener ein Vermögen erarbeitet. Und sein Sohn? Hinter der Fassade des intellektuellen Literaten verbarg sich ein banger kleiner Jude aus einem ärmlichen Schtetl.

Er wollte gefallen, nicht aus Liebe heraus, sondern aus Angst. Der Schriftsteller empfand noch eine jahrhundertealte Scham. Er, der jüdische Außenseiter, wollte dazugehören. Während seines Studiums hatte er sich einer Gruppe großsprecherischer Weltverbesserer angeschlossen. Dort spielte die Musik, hatte er gedacht und die neomarxistische Tarnfarbe angelegt. Als er zu publizieren begann, hatte er der literarischen Szene angehören wollen. Und Kaplan hatte sich verändert. Doch was blieb, war die tief wurzelnde Angst, nirgendwo einen eigenen Hafen zu haben. Manchmal sehnte er sich zutiefst nach einer sicheren Bucht, windgeschützt, mit klarem, blaugrünem Wasser, gesäumt von warmem, weichem Sandstrand. Doch auf der Karte konnte er diese Bucht nicht finden. Wenn er verreiste, gab er dem Zufall eine Chance. Deshalb verreiste er so oft und suchte nach der Bucht.

Der Schriftsteller war, mit einem Manuskript in der Tasche, auf dem Weg nach Kairo. Mit wahrer Hingabe führte er ein zweideutiges Gespräch mit der Frau neben sich, weil er sich, wie so oft, vor Ablehnung fürchtete. Während er sich mit den Augen einer Hornisse, die den Scharfblick eines jiddischen Analytikers hatte, haargenau durchschaute, triefte er vor Freundlichkeit. Gespaltener Kaplan, dachte der Schriftsteller auf der Schwelle seines Bewußtseins, sieht mit den Augen einer Hornisse und fühlt mit der Seele eines Krokodils.

Use your lips, not your hips.

Die Kenianerin erhob sich und öffnete die Klappe des Gepäckfachs über ihren Köpfen. Ein massiver Regenschirm fiel heraus und schlug Kaplan dumpf auf den Schädel. Die Kenianerin lachte schuldbewußt, mit dem Handrücken vor dem Mund, und auch Kaplan lächelte, obwohl der Schirmgriff ihn gemein getroffen hatte. Er reichte ihr den Schirm, sie setzte sich wieder und zeigte ihm eine Mappe mit Plakatskizzen.

Während Kaplan gespielt achtlos die schmerzende Stelle auf seinem Kopf befühlte, erläuterte die Frau, daß man in Kairo über eine großangelegte Verhütungskampagne konferieren würde. Eine Auswahl aus den Plakaten, die sie ihm hier zeigte, würde ganz Afrika zurufen: Gebrauch deine Lippen, deine Zunge, deine Zähne, saug, blas, leck und beiß, aber laß deine Hüften aus dem Spiel.

Der Schriftsteller hörte ihr andächtig zu und machte sich kurz darauf, in dem engen Toilettenraum, eine kleine Notiz für sein nächstes Buch, in dem er jemanden mit dieser Kenianerin aneinandergeraten lassen würde: Kenianerin, hochgewachsen, weite Kleider, Schwangerschaftsverhütung, *use your lips not your hips, men must jerk off more and fuck less.*

Die Passage über Hoffmans Aufenthalt in Kairo hatte Kaplan unter Zuhilfenahme einiger Notizen geschrieben, die er sechs Jahre zuvor bei einem kurzen Besuch in der Stadt gemacht hatte. Diese Erinnerungen waren aber nur schwach und unvollständig gewesen, und der Schriftsteller hatte einiges hinzuphantasieren müssen. Er wollte jedoch, daß alles stimmte; deshalb die Reise.

Die Hauptfigur in *Hoffmans Hunger* hieß Felix Hoffman und war von Beruf Diplomat. In Khartum, Sudan, einem Posten in einem Entwicklungsland, der einem Mann seines Alters – Hoffman war zu der Zeit siebenundfünfzig – im Grunde nicht mehr anstand, erklomm er die oberste Stufe seiner Karriereleiter: Er wurde Botschafter. Für den Höhepunkt seiner Laufbahn ließ Kaplan ihn mit drei schweren Jahren in einem grausamen Klima Tribut zahlen, ehe er ihm, zum Abschluß seines diplomatischen Lebens, den Botschafterposten in Prag bescherte, einem europäischen Standort mit recht erträglichem Klima und Städten wie Berlin, München und Wien in Reichweite. Just in die Leerlaufphase zwischen Khartum und Prag hatte der Schriftsteller den dreißigsten Hochzeitstag von Felix und Marian Hoffman fallenlassen, und zur Feier dieses Hochzeitstags hatte Kaplan sie auf den Nil geschickt, auf eine Kreuzfahrt mit einem Luxusliner, zu der er sich bei einem exklusiven Londoner Reisebüro Prospekte besorgt hatte.

Auf dem Schiff aber erkrankte Marian Hoffman an einer exotischen Krankheit, einer tropischen Kinderlähmung (Kaplan hatte in einem von Hannahs Lehrbüchern davon gelesen), und ihr Mann ließ sie ins Anglo-American Hospital in Kairo einliefern, das der Schriftsteller sich irgendwie hatte vorstellen müssen, da er es nie gesehen hatte. Nun erschien, von Kaplan herbeigezaubert, ein Exkollege Hoffmans auf der Bühne, der die beiden im Krankenhaus besuchte. Die Männer versackten in der Nacht darauf in der Pyramids Road, einer berüchtigten Amüsiermeile Kairos. Der Exkollege bekleidete nach gescheiterter Diplomatenkarriere das Amt eines Honorarkonsuls in Alexandria, was genauso nichtssagend war, wie es sich anhörte. In dieser Nacht in den Clubs der Pyramids Road nun ging dem Konsul auf, daß ein von Hoffman verfaßter Bericht seine Karriere im diplomatischen Dienst beendet hatte. Die beiden betrunkenen, müden älteren Herren prügelten sich, wälzten sich im Staub der Pyramids Road und weinten über ihre Schwäche und Schmutzigkeit.

Der Schriftsteller erzählte dies der kenianischen Verhütungsexpertin, die gefragt hatte, was er in Kairo vorhabe, und sie bot ihm daraufhin begeistert eine Stadtführung an, denn sie habe früher mal zwei Jahre in Kairo gelebt. Kaplan, die Visage zu einem geheuchelten Lächeln verzogen, nahm das Angebot überrascht an. Beim Austausch ihrer Hoteladressen stellte sich heraus, daß sie nah beieinander wohnten: sie, mit ihrem wallenden folkloristischen Gewand, im amerikanischen Hilton, der Schriftsteller im, so meinte sie, nur zweihundert Meter entfernten französischen Meridien Hotel. Kaplan versuchte sich vorzustellen, wie sie wohl unter ihren bunten Stofflappen aussah.

Auf dem glühendheißen Flughafengelände verlor Kaplan die kenianische Ärztin aus den Augen. Er stand ganz am Ende der langen Schlange schwitzender Passagiere, die die forschenden Blicke der Zollbeamten erdulden mußten. Vor dem Flughafen nahm er sich eines der bunt bemalten und reich verzierten, karnevalesken Taxis.

Bei dir piept's wohl! dachte er, während er hinten im Taxi die empfindliche Beule befühlte, die der Schirm seinem Kopf zugefügt hatte. Er brauchte sich doch nicht in ein Abenteuer zu stürzen, nur um den Zweifeln hinsichtlich des Werts seines letzten literarischen Erzeugnisses zu entfliehen! Er hatte hier gefälligst seine Arbeit zu machen und danach zu Hannah zurückzukehren. Die Devise der kenianischen Ärztin konnte er ja auch zu Hause mit seiner eigenen holländischen Ärztin in die Tat umsetzen. Die Direktheit der Kenianerin, dieser großen, mokkafarbenen Frau mit Tigergang, erregte Kaplan zwar, doch er war sich auch darüber im klaren, daß er sich besser von ihr fernhielt. Sie würde ihn verschlingen wie einen weidwunden Hirsch. (Hornisse, Krokodil, Tigerin, Hirsch – in Kaplans Innerem ging es zu wie auf der Arche Noah.)

Auf dem Ramses-Platz, dem zentralen Verkehrsknotenpunkt Kairos, blieb sein Taxi im Stau stecken: ein labyrinthisches Gewirr aus Blech und Gummi, aus dem sich wohl kein Auto je wieder würde befreien können. Die Hitze brannte auf dem Platz wie in einem überdimensionalen Backofen. Im braunen Nebel der Auspuffgase spiegelte sich in Fensterscheiben und Chromleisten eine tausendköpfige Sonne wider. Kaplan verbrachte fünfzig Minuten in dem sengenden Taxi. Ein ohrenbetäubendes Hupkonzert marterte nicht nur seine Ohren, sondern seltsamerweise auch die Beule an seinem Kopf, die sich nun unangenehm bemerkbar machte. Das Ding brannte wie verrückt und sandte zuckende Stiche bis in seinen Nacken aus.

In seinem kühlen, komfortablen Hotelzimmer angelangt, ließ er sich den Duschstrahl über den Kopf prasseln und hätte am liebsten seinen Schädel auseinandergenommen, damit ihm das Wasser bis ins erhitzte Hirn drang. Nach kurzem Schlaf erwachte er erfrischt, die Beule verhielt sich ruhig.

Sein Zimmer lag in einem der oberen Stockwerke des neuen Hotelkomplexes, der auf der Höhe der Spitze einer der beiden großen Nil-Inseln lag. Unten sah er den vornehmen, breiten Fluß, ein tiefrosa Sonnenuntergang färbte den Himmel hinter den Hochhäusern am anderen Ufer. Kaplan zog sich an und fuhr mit dem Aufzug in die Hotelhalle hinunter.

Auf der teilweise in den Nil hineingebauten Freilichtterrasse des Hotels war ein Buffet angerichtet. Kaplan nahm sich einen Teller und schritt die dampfenden Grills und die Tische mit Überbackenem und Gebratenem und exotischen Früchten ab. Während sich die Dämmerung auf die Stadt herabsenkte, war Kaplan, seinen Teller und eine Flasche griechischen Wein vor sich, zur Ruhe gekommen. Er hatte sich wie ein Nilpferd in einem warmen Schlammloch gefühlt.

Natürlich sah er das alles, am gedeckten Tisch bei ›Dikker & Thijs‹ Hannah gegenübersitzend, die er nun als seine zweite Exfrau bezeichnen konnte, nicht so detailliert vor seinem geistigen Auge, wie es hier suggeriert wird. Vielmehr blitzte in vier, fünf Sekunden, die in der freien Erinnerung die Spanne eines Jahrzehnts umfassen können, eine Vielzahl von Momentaufnahmen in seinem Augenhintergrund auf. Hannah konnte sie nicht sehen. Kaplan starrte stumm vor sich hin und hatte die Pforten seines Gedächtnisses weit aufgesperrt. So kamen all diese Tiervergleiche herausgeprescht, ohne daß Hannah auch nur die leiseste Ahnung gehabt hätte, mit welchem Zoo Kaplan jene Ägyptenreise assoziierte.

Das mit dem Zoo wiederum rührt von Kaplans Besuch in einem Nachtclub namens ›The Zoo‹ sowie einem Büchlein über die Religion im Zeitalter der Pharaonen her, das er kurz vor seiner Abreise nach Kairo gelesen hatte. Die Ägypter stellten sich ihre Götter mit Menschenköpfen und Tierkörpern oder umgekehrt vor. Ihre Götter hatten tierische Attribute, weil sie nicht nur über dem kultivierten Menschen standen, sondern auch über dem natürlichen Tier. Das waren Götter von einem ganz anderen Kaliber als der Gott von Moses, der noch dazu nicht einmal bildlich dargestellt werden durfte. Schwierig, dieser jüdische Gott ohne Gesicht und ohne Hände, der sich im Dunkel der Abstraktion aufhielt. (Ist es da verwunderlich, daß beinahe jedem jüdischen Jungen irgendwann zu Beginn der Pubertät der furchterregende Gedanke kommt: Verdammt, vielleicht hat Gott ja *mein Gesicht,* sind *meine* Hände Gottes Hände! Die ägyptischen Pharaonen brauchten da nicht zu zweifeln, sie waren unbestritten göttlich. Verglichen mit dem zwölfjährigen Leo, einem stillen, frühreifen Kind, das die Handvoll Bücher, die zu Hause im Schrank standen, schon viele Male von A bis Z gelesen hatte und das so seine Probleme hatte mit dem gesichtslosen Gott und die beängstigende Möglichkeit nicht ausschließen konnte, daß in ihm womöglich der zukünftige Messias steckte, hatten die Pharaonen es ein ganzes Stück leichter. Für sie stand eindeutig fest, woher sie kamen und wohin sie gingen. Eine solche Gewißheit hätte Kaplan auch gern gehabt.)

Aber Moment mal – liegt der Schlüssel zu Kaplans Schreibhemmung denn wirklich in der Geschichte von seiner Reise nach

Kairo? Noch mal zurück zu Kaplan und Hannah bei ›Dikker & Thijs‹. Hannah wirft ein paar unangenehme Fragen auf, und Leo rutscht unruhig auf seinem Stuhl hin und her (wenn er hingesehen hätte, hätte er im Samtbezug des Stuhls dasselbe Vogelmotiv entdeckt wie im Tischtuch: stolze Pfauen, anmutige Flamingos und so).

Was hatte Hannah noch gefragt?

»Fühlst du dich gehindert?« fragte sie. Und Kaplan antwortete, ziemlich heftig auf einmal:

»Ja, verdammt, ja, ja!«

Daraufhin Hannah:

»Seit wann?«

Kaplan:

»So etwa... seit ich *Hoffman* fertig hatte, da hat es angefangen.«

»Wieso hast du nie was davon gesagt?«

»Ich konnte nicht darüber sprechen. Ich verstand es ja selber nicht, und du hättest es genausowenig verstanden. Damals hab ich auch mit unserer Monogamie gebrochen.«

»Wann?«

»Nach *Hoffman*. Als ich in Kairo war.«

»Um dir noch etwas anzusehen, hast du behauptet.«

»Ja, das war auch so. Dort fing es im Grunde an.«

Dort hatte es also angefangen. Auch wenn Kaplan schweigt und es Hannah überläßt, seine Gedanken zu erraten, wir wissen, was dort passierte. Kaplan lernte eine kenianische Tigerin in wallendem Gewand kennen, bekam eine Beule wie ein Hirschgeweih und saß nach der Ankunft in seinem Hotel so entspannt wie ein Nilpferd zu Tisch.

Doch das erklärt noch nicht seine Schreibhemmung. Um es deutlich auszudrücken: Die Bekanntschaft mit der kenianischen Ärztin ist nur der Anfang vom Anfang der Schreibhemmung. Es muß natürlich schon etwas mehr passieren, ehe jemand das

Gefühl entwickelt, sich in der Wüste seines Lebens verirrt zu haben. Und das kommt jetzt.

In der milden Abendluft von Kairo schlemmte Kaplan auf der Terrasse des exklusiven Meridien Hotel, bewunderte Breite und Strömung des Nils – so vornehm, so weise, so ewig – und trank zuviel von der Flasche griechischen Wein, die er sich hatte entkorken lassen. Die Speisen, für die sich der Schriftsteller entschieden hatte, schmeckten würzig und erinnerten ihn an ein libanesisches Restaurant in Paris, in dem er irgendwann einmal gewesen war (an einem der nächsten Tage sollte er in der Hotelhalle eine Einladung zum Besuch des Buffets auf der Terrasse sehen, die den Zusatz trug: *»Enjoy the kitchen and lifestyle of the Lebanon«* – wo sie sich dort doch gerade eifrig gegenseitig die Kehlen durchschnitten). Nach einer halben Stunde erschien eine Band breit lachender Kreolen aus Martinique – eine kleine Überraschung der französischen Direktion der Hotelkette –, die der abgeklärten orientalischen Atmosphäre einen Schuß heißer karibischer Rhythmen und Klänge injizierte. Der Hotelmanager präsentierte Buffet und Band unter dem Motto: *Les Caraïbes en Égypte.* Kaplan lehnte sich zufrieden in seinem Stuhl zurück.

Nur zwei Gläser, hatte er sich vorgenommen, doch als die Sonne verschwunden war und sich eine klare, sternenübersäte Nacht auf die Stadt gesenkt hatte, merkte er beim Verlassen der Terrasse, daß er betrunken war. Zu den Klängen einer aufpeitschenden Samba aus Martinique verließ der Schriftsteller die Terrasse am Nil mit den strammen Bewegungen von einem, der sich nicht anmerken lassen will, daß jeder Schritt für ihn ein höllisches Unterfangen ist.

Oben, in seinem durch die Klimaanlage viel zu kalten Zimmer lag Kaplan fröstelnd auf dem weichen Bett, während die heiße Musik von den Steel drums und Bongos über die volle Breite des Flusses und quer durch seinen Kopf hallte, und kam sich wie in einem Flugsimulator vor, der in hohem Tempo vorwärtsschoß und dabei wie wild um die eigene Achse kreiselte.

Mit schwindelndem Kopf und Übelkeitsgefühl verließ er das Zimmer wieder, fuhr mit dem Aufzug ins Erdgeschoß, stellte sich draußen auf dem Hotelparkplatz in die laue Luft und betrachtete das Chaos auf der Straße und das Chaos in seinem Kopf.

In welcher Stadt er sich auch aufhielt, immer war da diese gleichbleibende, verläßliche Stimme, die ihn auf seine Dummheiten hinwies. »Wärst du doch nur ein gewöhnlicher Schlemihl«, rief das Piepsstimmchen seiner jüdischen Hornisse, »aber nein, du suchst es ja geradezu, du forderst es heraus. Welcher Schlemihl geht in einer Stadt wie Kairo denn schon nachts auf die Straße, und noch dazu *schikker!* Was willst du eigentlich? Du kommst als *kliger mentsch* hierher, als Autor hochgeschätzter Bücher, und binnen weniger Stunden torkelst du wie *a gojischer schikker* auf der Straße herum. *Attenoje, wej is mir,* die Hornisse von so'm *mammser* zu sein!«

Gereizt schlug Kaplan um sich, obwohl er wußte, daß die Hornisse nicht um seinen Kopf herum, sondern in ihm drin summte. Er schlurfte über einen dunklen Bürgersteig voller Löcher und Unebenheiten, und nur dank des Scheinwerferlichts vorbeifahrender Autos fand er wankend den Weg. Er tat, als gehe er ganz ohne Absicht in Richtung des anderen hohen Hotelgebäudes auf dieser Nilseite, doch genau wie wir wußte er verdammt genau, daß er einen Trapezakt erster Ordnung anpeilte. (Das libanesische Essen und der griechische Wein hatten den Holländer in die nötige fiebrige Verfassung für kenianische Mundakrobatik gebracht – also man könnte tatsächlich meinen, diese Geschichte sei im Auftrag der UNESCO geschrieben worden!)

Was hatte er nach Vollendung seiner anderen Bücher gemacht?

Früher hatte er die Ablieferung eines Manuskripts und die

Korrektur der Druckfahnen als Triumph über alle seine Schwächen gefeiert. In der Phase bis zu den ersten Rezensionen hatte er sich jeweils wie von Flügeln getragen gefühlt, wie Horus (sein späteres Pendant war Apollon), der Gott der Auferstehung, der von den Ägyptern als Falke dargestellt wurde. Nein, da hatte ihn die jiddische Hornisse noch nicht geplagt, da hatte er sogar ansatzweise das tiefe, erstaunlich beglückende Gefühl gehabt, daß er sein Leben meisterte.

»*Momenju*«, flüsterte seine Hornisse, »als hätte er damals für zehn Männer gezählt und allein *einen Minjen* zustande gebracht.«

Er taperte zum Hilton, das viel weiter entfernt war, als die Kenianerin versprochen hatte, und ließ sich in der weitläufigen, hohen Lobby aus Marmor und Glas und Stahl in einen Sessel plumpsen. Seinen Brechreiz hatte er auf dem Weg hierher zu unterdrücken verstanden, und nun hielt er eisern nach einer Verhütungsexpertin aus Kenia Ausschau. Er wußte jetzt, warum er sich betrunken hatte. Der Gedanke an die Kenianerin erregte ihn. Er wollte mit ihr ins Bett.

So geht das ja oft mit dem menschlichen Geist: Man tut etwas, ist sich kaum oder gar nicht darüber im klaren, was einen dazu treibt, und erst wenn es zu spät ist, wird einem bewußt, worauf man eigentlich aus war, und sieht ein, daß man es sich auch einfacher hätte machen können.

Diese Reise nach Kairo war sein erster Trip ohne Hannah. Und sofort spürte er, daß seine alten Neigungen nicht verkümmert waren. Treue, diese noble menschliche Eigenschaft, stellte für Kaplan ein unerreichbares Phänomen dar, ebenso wie Liebe, Integrität, Aufrichtigkeit. So merkwürdig es auch klingen mag, Kaplan war oft regelrecht erleichtert, wenn er mit Menschen zu tun hatte, die unverkennbar lieblos, unaufrichtig und skrupellos waren. Das gab ihm den – weiß Gott armseligen – Trost, nicht der einzige von dieser Sorte zu sein. Dennoch hatte sein Schicksal auch ihn, als treuloses Wesen, mit der Sehnsucht nach Treue,

Liebe, Integrität und Aufrichtigkeit ausgestattet. Als liebender Mensch hatte er versagt, doch zum lieblosen taugte er genausowenig.

Als sich die Kenianerin im Flugzeug neben ihn gesetzt hatte, war sein erster Gedanke gewesen: *Mit der könnte ich.* Und zugleich stöhnte die Hornisse:

»Ich hör dich genau, *pischer*! Dein hübsches Frauchen ist weit weg in Amsterdam, und da denkst du, du kannst deinen *potz* in diese *schwarze* stecken, was? Deinen Schwiegereltern zuliebe bist du unter einer echten jüdischen *chuppe* getraut worden, hast mit der Schuhsohle das Glas zersplittert, hast *a ponem* gemacht wie *a frummer rebbe*, und jetzt? Du hörst Ohrringe klimpern, und schon bist du geil wie *a chaser*. Laß die *schwarze* in Ruh und sei *a schejner jid.*«

Kaplan saß weit zurückgelehnt in einem großen Sessel des Hilton-Konzerns und begriff, daß er sich aus zwei Gründen betrunken hatte: Der griechische Wein war der beste Garant dafür, daß er sich selbst treu blieb (und damit Hannah treu blieb), und zugleich diente der griechische Wein der Flucht vor dem Wissen, daß er sich nicht treu bleiben würde (und Hannah also genauso betrügen würde wie sich selbst).

Zweieinhalb Jahre später sollte sie sich von ihm scheiden lassen und ihm unangenehme Fragen hinsichtlich des Zeitpunkts stellen, von dem an es zwischen ihnen schiefgegangen war. Es ging schief, als er in Kairo war, um einen wichtigen Teil seines neuen Romans mit authentischen Details auszustaffieren. Wie so oft in den letzten Jahren quälten ihn heftige Zweifel in bezug auf die Qualität des Romans. Und diese Zweifel sowie die Bekanntschaft mit einer kenianischen Ärztin, die sich wie eine Tigerin bewegte, brachten ihn zum griechischen Wein, und der Wein brachte ihn zum Hilton-Hotel.

Und wer brachte ihn zum ›Niteclub The Zoo‹ in der Pyramids Road? Ein Taxifahrer.

Eine halbe Stunde blieb Kaplan im weichen Lederpolster eines ›Hilton‹-Sessels sitzen. Er war ganz krank vor Geilheit. In der Hotellobby herrschte reger Betrieb. Männer in schimmernden Seidenanzügen und solche in weißen Dschellabas eilten über den glatten Marmorfußboden, vom Eingang zum Empfangsschalter und von den Lifts zur Lounge. Auch Frauen waren darunter, von bis auf ein kleines Guckloch (o diese dunklen, geheimnisvollen Augen hinter den Fenstern in Leinenpanzern! murmelte der Schriftsteller) vollständig verhüllten bis hin zu westlich gekleideten in engen Röcken und weiten Baumwollpullis, welche permanent von der glatten, gebräunten Schulter rutschten.

Doch die kenianische Tigerin ließ sich nicht blicken. Kaplan, müde im Sessel hängend, hatte seine Magenattacken überwunden. Er wußte, daß die erste Welle der Trunkenheit – die ihn nie ganz in die Gewalt bekam –, jetzt ihren Höhepunkt überschritten hatte und ihm die folgenden nicht mehr ernstlich bis an die Lippen hochschwappen würden. Er saß hier, weil er eine Illusion erzeugen wollte. Mit einer Fremden ins Bett gehen wollte, in der Hoffnung, daß plötzlich ein magischer Funke übersprang, der ihn von seinen Ketten losschweißte. Auch in seiner zweiten Ehe hatte es diesen Funken nicht gegeben. Und waren es überhaupt Ketten? fragte er sich, mit seltsamer Klarheit plötzlich, obwohl sein Körper matt im Polster lastete. Ja, *shit,* er kam nicht los von seiner ellenlangen Abstammung, seinem verbogenen Charakter, seiner liebevollen Lieblosigkeit und seiner aufrichtigen Unaufrichtigkeit. Er wollte, er wäre ein anderer. Besser. Beherrschter. Bescheidener. Begabter. Hunderte von Eigenschaften wären ihm auf diese Weise noch in den Sinn gekommen, das Alphabet ließ ja etliche Varianten zu.

Als er sich erhob, war es, als wollten ihm die Knie versagen, und er krallte sich ängstlich am weichen Leder seines Sessels fest. Das war die zweite Welle, Schwindelgefühle, Pudding in den Knien, nicht gehorchen wollende Gliedmaßen. Vorboten von

Alter und Tod. Nach einigen Sekunden spürte er, daß er seinen Körper wieder in die Gewalt bekam, und er richtete sich auf und versuchte aus eigener Kraft auf den Beinen zu bleiben. Es ging. Er sah sich um, forschte nach einem Gesicht, das seine Schwäche, seine Ohnmacht, die für einen Moment in seinen Augen aufgeflackerte Verzweiflung bemerkt hatte, doch zum Glück hatte niemand Notiz von ihm genommen. Da brauchte er die sich widerstreitenden Gefühle von Scham und Erleichterung auch nicht mit einem relativierenden Lächeln zu kaschieren. Er sehnte sich nach Armen, die sich um seinen Rücken schlossen, und nach einer Schulter unter seinem Kopf.

Draußen in der trockenen, staubigen Abendluft Kairos lehnte er sich erschöpft gegen eine der Säulen vor dem monumentalen Eingang des Hotels und blickte über einen belebten Platz, auf dem unzählige Autos, Busse, Fußgänger, Karren und freilaufende Tiere um jeden Meter kämpften.

Die tausend Schritte zum Meridien Hotel zurück würde er jetzt nicht schaffen. Der griechische Wein hatte tückische Nachwirkungen, als lähmte ein schleichendes Gift seine Gliedmaßen. Er dachte an jenen ersten Weihnachtstag zurück, an dem er Hannah kennengelernt hatte. Damals war er mit derselben brennenden Unruhe, die er jetzt mit griechischem Wein hatte löschen wollen, durch den Schnee in die Ambulanz des Wilhelmina Gasthuis gefahren, und dort hatte eine jüdische Ärztin mit sinnlichem Mund ihn im bleichen Licht eines Behandlungszimmers abgekühlt. Die kenianische Ärztin mit dem Tigergang hielt sich im verborgenen, dachte er feige – er hatte ja gar nicht richtig nach ihr gesucht –, so daß er seine Krokodilsseele ganz ohne fremde Hilfe auf eine erträgliche Temperatur bringen mußte. Eine Dusche, ein Bad im Nil?

Als er sich gerade ausmalte, mit einem langen Kopfsprung, wie in Zeitlupe, von der Sixth October Bridge, die in unmittelbarer Nähe des ›Hilton‹, nur hundert Meter entfernt, lag, in das stille Wasser hinabzutauchen, wurde er von einem jungen Taxifahrer angesprochen.

»*Taxi, Sir?*«

Kaplan sah ihn an und wußte sofort, daß er den Mann schon einmal gesehen hatte. Der Fahrer mußte Ähnliches denken, denn er lächelte noch breiter.

»*Hi, Sir, I brought you to the hotel, few hours ago. Remember?*«

Kaplan nickte. Jetzt erkannte er auch den mit Signalhörnern und Glöckchen aufgezäumten Peugeot inmitten der zig anderen Taxis wieder, die auf dieser Seite des chaotischen Platzes warteten.

»*You need a taxi, isn't it, Sir? I bring you wherever you want. You want to see the pyramids in the moonlight? I bring you. You want to see a panoramic view of the city? I bring you.*«

»*I want to go back to my hotel*«, antwortete Kaplan mit trokkenem Mund.

»*Okay, Sir, you tell me. The ›Meridien‹, isn't it? I remember.*«

Lachend und leichtfüßig führte der junge Mann Kaplan zu seinem Jahrmarktswagen. Kaplan, sechsunddreißig, fühlte sich alt.

»*This afternoon there was a lot of traffic, isn't it? I live here all my life, and I can tell you there is always a lot of traffic in Cairo, isn't it? I like traffic.*«

Kaplan ließ sich auf die Rückbank plumpsen. Es dauerte gut zehn Minuten, das Taxi aus dem Gerangel auf dem Platz herauszumanövrieren. Der Taxifahrer redete unverdrossen weiter.

»*This is progress. That's why I like traffic, isn't it? I like progress and I like traffic. I like aeroplanes too. I like future. But I hate bad drivers, isn't it? Bad drivers are dangerous for the future. I think the president should forbid bad drivers. But perhaps the president is a bad driver himself? Perhaps, isn't it? I think he will not forbid himself. People never forbid themselves, people always forbid other people. That's life, isn't it?*«

Nicht ganz, dachte Kaplan, es gibt auch Menschen mit der hilflosen Seele eines Krokodils, die den, den sie lieben, nicht küssen können, ohne ihn oder sie dabei zu zerfleischen. Hätten sie doch nur einen anderen Mund und andere Zähne, so jammerten diese Menschen hinten in Taxis, warum mußten ihre Liebkosungen nur immer ein Blutbad anrichten?

»Sir, I bring you to the girls. That's much better than your hotel, isn't it?«

»No, I want to go back.«

»I promise you beautiful girls. You can trust me. I am your friend. You are a man who likes beautiful girls. I can see that, isn't it? A man should go to the girls. Otherwise he will be sick, isn't it?«

Kaplan dachte: Krank wird man immer. Ohne Frauen wird man krank, weil man nach ihnen verlangt, mit Frauen wird man ebenfalls krank, weil man Blutbäder anrichtet. Das ist nun jiddische Logik. (»Ja, ja«, rief die kleine Hornisse, »aber deinen *potz*, die Quelle deines Unglücks, schneidest du trotzdem lieber nicht ab, hm, *pischer*?«)

Die kurze Stille, die der Schriftsteller eintreten ließ, um diesen Gedanken zu denken, vermittelte dem Taxifahrer den Eindruck, er könne mit dem *schlemassl* da hinten machen, was er wolle, und so steuerte er den Wagen auf die Tahrir Bridge.

»Where are you going?« fragte Kaplan barsch.

»I am your friend, Sir«, antwortete der Fahrer, kleinlaut nun, da er den verärgerten Ton seines Fahrgasts registriert hatte.

»Don't worry. I bring you to the girls because I am your friend, isn't it?«

Kaplan zögerte. In ein Kairoer Bordell?

»No«, sagte Kaplan mit unüberhörbarem Schwanken in der Stimme.

»But, Sir«, wandte der junge Mann, nun wieder energisch, ein und lenkte das Taxi ungerührt dem neuen Ziel entgegen. *»I bring*

you to the best nightclub in town! Beautiful music, good drinks, handsome girls. I promise it is a nice place there. The Zoo. Only the best people come there, isn't it! Businessmen, politicians, artists. You are going to have a good time there, isn't it? I am your friend, you are my friend. Isn't it?«

Kaplan ergab sich schweigend und ließ sich in eine Straße fahren, die er sich sowieso hatte ansehen wollen, die Pyramids Road.

Der Fahrer setzte ihn, nachdem er für die Fahrt einen exorbitanten Preis verlangt hatte – Kaplan gab ihm die Hälfte –, einfach irgendwo ab und gab Vollgas, als sein Fahrgast noch mit einem Bein im Wagen war. Blitzschnell sprang Kaplan zur Seite, schrie den davonschießenden Rücklichtern einen Fluch hinterher und sah, wie aus dem heruntergekurbelten Fenster auf der Fahrerseite heraus eine Faust mit hochgestelltem Mittelfinger geschwenkt wurde.

Kaplan befand sich in einer schlecht beleuchteten, stinkenden Straße, die eher wie eine Gasse in einem Elendsviertel als wie eine berühmte Vergnügungszeile aussah. Zweihundert Meter weiter flammte eines der Bremslichter des Taxis auf, das andere war offenbar defekt, und er sah, wie der Fahrer ausstieg und schnell die Tür schloß, die Kaplan offengelassen hatte.

Dem Schriftsteller war gar nicht wohl in seiner Haut. Die Straße war mit Müll und Schmutz bedeckt, die Häuserfassaden waren rissig und verwittert, und die Grüppchen von Männern, deren Silhouetten er die Straße entlang hie und da an Hauswänden und in Eingängen ausmachte, erweckten auch nicht gerade den Eindruck, als ginge es hier um hochkulturelle Aktivitäten. Oben auf dem Haus, vor dem er stand – er sah das erst, als er sich umwandte und hinaufschaute –, flackerte eine knallrote Leuchtreklame: *Niteclub The Zoo.* Neben dem Namen des Lokals illustrierten der lange Hals und der Kopf einer Giraffe in gelbem Licht die Verheißung, daß man hier den Hals nach der feilgebotenen Ware recken würde.

Nicht nur die Straße, sondern auch das Innere des Clubs war so gut wie unbeleuchtet. Doch es hätte schon stockfinster sein müssen, damit man nicht bemerkte, daß auf dem tiefroten, stumpfen Plüsch von Stühlen und Wänden eine dicke Schmutzschicht klebte. Kaplan durfte in einem runden Sessel, der hygienisch mit durchsichtigem Plastik überzogen war, Platz nehmen, und sofort erschien ein Kühler mit einer Halbliterflasche Champagner auf dem Tisch.

»I didn't order that«, sagte Kaplan.

Der Ober in zu engem schwarzem Smoking zuckte die Achseln und erwiderte:

»It's obligatory.«

Es war glühendheiß in dem Lokal, und schon nach wenigen Minuten konnte Kaplan der Versuchung nicht mehr widerstehen und nahm das Fläschchen aus dem Kühler. Ägyptischer Champagner aus dem Hause Sphinx, Export Brand. Er schmeckte gar nicht mal so schlecht, aber mit dem Alkoholgehalt stimmte irgendwas nicht, der war, dem Geschmack nach, wesentlich höher, als auf dem Etikett angegeben.

In dem kleinen Saal waren Dutzende von runden Sesseln und Tischen dicht an dicht zusammengepfropft worden. Kleine Säulen und gußeiserne Gitter unterteilten den Raum. Es war nicht viel los. Ein paar laute Touristengruppen, ferner eine Runde bedrohlich aussehender Männer in teuren Anzügen mit breiten Schultern sowie etwa sechs einzelne Ausländer à la Kaplan. Aus den Lautsprechern erklang die für Etablissements wie dieses typische Musik: *Je t'aime. I can boogie all night long.* Der ägyptische Champagner strömte wie die Wasser des Nils.

Um drei Uhr nachts stand Kaplan wieder draußen, betrunken, um sechshundert Gulden leichter und mit einer kleinen Hure an seiner Seite. Während einer dreißigstklassigen Show mit drei feisten Bauchtänzerinnen, zwei schwulen Schwertschluckern, einer Unmenge gelangweilter Stripperinnen mit Pompons auf den

Brustwarzen und einem kleinen Spiegel vor der Muschi, zwei traurigen Clowns, einer Steptanznummer von einer Frau im Rentenalter, die früher mal hübsch gewesen sein mußte, und zig anderen Tanz- und Gesangsnummern, an denen alle Artisten mit wechselnden Rollen beteiligt waren – der Schriftsteller hatte, das Glas in der Hand, eine Zigarette im Mund, das Gedächtnis gespitzt, in vollen Zügen genossen –, hatte sie sich zu ihm gesetzt. Sie erinnerte ihn an eine abessinische Wüstenkatze. Sie soff wie ein Matrose, doch Kaplan schloß die Möglichkeit nicht aus, daß sie den köstlichen ägyptischen Champagner in einen eigens hierfür vorgesehenen Abfluß irgendwo in ihrem Sessel goß. Aber was machte das schon? Eigentlich war es ganz angenehm, daß das Mädchen neben ihm saß und so dann und wann seinen Oberschenkel streichelte, mit sanfter Hand, die von seinem Knie in Richtung Schritt glitt, aber kurz vor der Berührung seines Geschlechts einen Bogen beschrieb und auf dem Portemonnaie in seiner Hosentasche liegenblieb. Sie hatte ein hübsches, ebenmäßiges Gesicht mit großen mandelförmigen Augen, und sie war bestimmt nicht älter als fünfzehn.

In der dunklen Straße drückte sie sich an ihn. Und um nicht zu fallen, hielt Kaplan sie fest umklammert.

»*I love you*«, sagte das Mädchen, »*you give me a present, yes?*«

»*Yes*«, lallte er.

Langsam liefen sie an der abgebröckelten Bordsteinkante entlang. Es war dunkel, und Kaplan kam es so vor, als seien sie die einzigen, die zu dieser Nachtzeit unter den Sternen spazierengingen. Er sah sich mit den stockenden Bewegungen eines Betrunkenen gehen, der vorgibt, ganz entspannt zu sein, und er stützte sich auf die Schulter der hübschen jungen Hure, die leider nicht die geringste Begierde in ihm weckte. Er hatte schon so einige Räusche hinter sich, aber nie war er so weggetreten, daß er nicht mehr wußte, wo er war, was er tat, wie stumpfsinnig er sich aufführte. Manchmal wäre ihm ein Vollrausch lieber gewesen. Es war peinlich, sich so dahintorkeln zu sehen, mit der wohlwollenden Unterstützung einer kleinen Hure mit großen, traurigen Augen, und er dachte: So weit hast du's also gebracht, du Stolz deiner Mutter, *baalbu'es*, über den Studenten schlaue Arbeiten schreiben, man hat dich im Fernsehen, in Zeitungen, im Radio interviewt, als du studiert hast, überwies dir dein Vater Monat für Monat anstandslos einen großzügigen Zuschuß, weil er dachte, daß sein einziges Kind *a kliger jid* sei, mit derselben Hand, mit der du dich jetzt auf die Schulter dieser fünfzehnjährigen ägyptischen Hure stützt, hast du die königliche Hand der Königin geschüttelt, deine Augen, die jetzt müde und blutunterlaufen auf eine Straße von Unzucht und Verderbnis blicken, lasen vor dreiundzwanzig Jahren bei deiner Bar-Mizwa fehlerlos die Thora, deine Füße, mit denen du jetzt schlurfst und torkelst, trugen dir früher, beim Wettlaufen in der Schule, mal den ersten Preis ein, deine Seele, die die beklemmende Unschuld eines ernsten, sich alles einprägenden kleinen Jungen gekannt hat, gleicht jetzt der eines Krokodils, deine Lippen, die nach Liebe lechzen, sind mit dem Rot von einem hurigen Mädchenmund verschmiert.

»*You want to fuck me, yes?*« fragte sie.

Kaplan nickte desinteressiert. Er wollte das Mädchen nicht enttäuschen, aber es war ausgeschlossen, daß er rein physisch zu mehr imstande sein würde, als sich an ihrer Schulter festzuhalten. Er wollte jetzt nur noch in sein Hotel zurück und seinen müden, stinkenden Körper schlafen legen. Wenn er ein Taxi fand, würde er ihr etwas Geld geben und sie wegschicken. Felix Hoffman, der fiktive Diplomat aus dem Roman, den der Schriftsteller hier auf seinen Wirklichkeitsgehalt hin überprüfen wollte, hätte sein Gesicht sofort zwischen die festen kleinen Brüste dieses Mädchens gepreßt, wenn Kaplan ihm die Chance gegeben hätte. Doch Hoffman existierte nur in Kaplans Kopf, nicht in dem der kleinen Hure mit der jahrhundertealten Traurigkeit in den Augen. Hoffman hätte sie sofort auf sein Horn genommen, denn der hatte eine Vorliebe für junge Mädchen. Kaplan hatte sich diese Eigenschaft Hoffmans ausgedacht und hielt nun selbst ein junges, verfügbares Mädchen im Arm, doch er dachte nicht daran, sie auf seinen *potz* zu spießen. Er war nicht Hoffman; *das war* der Wirklichkeitsgehalt des Romans.

»*You want a blow-job?*« fragte sie jetzt.

Kaplan warf einen kurzen Seitenblick auf das Gesicht des Mädchens. Sie schaute geradeaus, mit weit geöffneten melancholischen Augen, in denen sich die abessinischen Sandflächen spiegelten. Dorthin sehnte sich diese zierliche Wüstenkatze.

»*Use your lips, not your hips*«, rekapitulierte Kaplan laut.

Bevor über seine verlangsamte Wahrnehmung so recht zu ihm durchdrang, was denn da geschah, hatte sie ihn in eine Seitengasse gelotst und ging vor ihm in die Hocke.

Während Kaplan Mühe hatte, sich auf den Beinen zu halten, und mit glasigem, verdutztem Blick auf sie hinabschaute, fingerte sie an den Knöpfen seiner weiten Leinenhose herum, die er sich eigens für diese Reise zugelegt hatte.

»*No, no*«, sagte Kaplan mit schwerer Zunge und zog ihre Hände mit bleiernen Bewegungen von seinem Hosenstall weg.

Das Mädchen schaute ängstlich zu ihm hoch. Kaplan begriff, daß sie um ihren Verdienst bangte.

»*I can do a good blow-job*«, sagte sie flehend, ließ ihre feuchte Zunge sehen und leckte sich damit über die Lippen.

»*I don't want a blow-job. I don't want to fuck you*«, entgegnete Kaplan und machte den Knopf zu, den das Mädchen schon hatte aufknöpfen können.

Da glitten ihre schmalen, behenden Finger plötzlich in eine der Taschen von Kaplans edler Hose und zogen seine Geldbörse heraus. Kaplan schaute verdutzt zu, wie sie die Hand aus der Hosentasche zog. Obwohl ihn der ›Zoo‹ schon um das Monatsgehalt eines hohen ägyptischen Beamten erleichtert hatte, war sein braunes Lederportemonnaie noch prall mit ägyptischen

Pfundnoten gefüllt, was dem Mädchen natürlich nicht entgangen war. Er sah die Geldbörse in ihrer Hand und die elastische Bewegung, mit der sie sich erhob und davonlaufen wollte.

Blindlings griff Kaplan nach vorn. Irgendwo im Kopf hatte er noch eine lichte Stelle, doch es dauerte lange, bis die Befehle von dort an die entsprechenden Gliedmaßen weitergegeben wurden.

Trotzdem bekam er das Mädchen im Nacken zu fassen, pures Glück, und fühlte ihren schmalen Katzenhals in der Zange seiner Männerhand – wie im Maul eines Krokodils. Er wollte ihr nicht weh tun. Im Gegenteil, er hätte ihr liebend gern einen vollen Monatslohn geschenkt und ihr damit die gut gemeinte Chance geboten, in die grenzenlose Wüste zurückzukehren, nach der sich ihre Augen sehnten –, aber er wollte nicht so niederträchtig beraubt werden. Eine abessinische Wüstenkatze vollführt, in die Enge getrieben, seltsame Sprünge. Sie drehte sich blitzschnell um, schlug mit einem Arm seine Hand weg und rammte ihm den Kopf in den Bauch. Mit einem Piepsen wich ihm die Luft aus den Lungen; das Mädchen fauchte wie eine kämpfende Katze.

Kaplan taumelte, seine Hände griffen Halt suchend in die Luft, doch da war nichts, woran er sich hätte festhalten können, und so strauchelte er rücklings gegen die Lehmwand, hinter der eine hart arbeitende ägyptische Familie schlief. Die Beule, die durch den Schlag des Regenschirms in zehn Kilometer Höhe über dem Mittelmeer entstanden war, traf als erstes auf die Wand auf. Irgend etwas riß. Ein stechender Schmerz durchfuhr seinen Kopf, zu den Augen hin, schien es. Danach war auch das letzte bißchen Licht in der Gasse geschwunden.

Vier oder fünf Sekunden, nicht mehr. Ist das nicht wunderbar? Zwei Menschen sitzen an einem Tisch in einem Restaurant, schweigend, beinahe unbeweglich, leblos könnte man schon fast sagen, aber in ihren Köpfen tost es wie in einem Beduinenzelt bei einem Habub, einem unbarmherzigen Wüstensturm. Hannah dachte fieberhaft nach, Leo rührte fieberhaft auf. Wenn wir es nicht besser wüßten, dächten wir: Herrje, was für Stockfische, die zwei. Doch in einer Handvoll Sekunden bei ›Dikker & Thijs‹ trägt einen das Gedächtnis zur ersten Schulstunde zurück oder die Phantasie zum Todestag voraus.

Leo Kaplan, der Schriftsteller, war in einem fremden Bett in einem fremden Zimmer erwacht. Er wußte nicht, wo er war. Er schlug die Decke zurück und ließ sich aus dem hohen Eisenbett gleiten. Himmel, wo war er? Er trug einen hellblauen Pyjama und schob die Füße in karierte Pantoffel, die unter dem Bett bereitstanden. Aber sie gehörten ihm nicht. Er wurde unruhig, spürte, wie sein Herz erschrocken zu pumpen begann. Das Zimmer war bis auf das Bett und einen Holzstuhl leer. Es hatte nur ein Fenster, dicht unter der hohen Decke und für seine Augen unerreichbar. Als er auf die einzige Tür im Zimmer zulief, schaute er kurz in einen Spiegel, der dort an der Wand hing: Er trug einen weißen Verband um den Kopf. Und während er sich tief in die Augen blickte, kamen plötzlich Bilder hoch, die Erinnerungen sein mußten. The Zoo. Schwule Schwertschlucker. Eine abessinische Wüstenkatze.

Die Tür war abgeschlossen, und erst nach einigem Rufen und Klopfen erschien eine Krankenschwester, die sich in gebrochenem Englisch entschuldigte und ihn zu dem Arzt brachte, der ihn behandelt hatte.

Während dieser einige einfache Tests machte und Kaplan mit einem Lämpchen in die Augen leuchtete, erzählte er, daß man Kaplan gestern früh in der Nähe der Pyramids Road gefunden habe. Gestern früh? wiederholte Kaplan erstaunt. Der Arzt sagte, er sei bewußtlos gewesen und habe eine böse Wunde am Kopf gehabt. Die sei genäht worden. Gestern nachmittag sei er dann plötzlich psychotisch geworden und habe von Tigern und Katzen geschrien. Sie hätten ihm eine Spritze gegeben, damit er sich beruhigte und seinen Rausch ausschlafen konnte. Beunruhigt und erschrocken über den unbekannten Wilden, der offenbar auch in seinem Körper wohnte, schüttelte Kaplan den Kopf und sagte, daß er sich an nichts davon erinnere.

Was denn genau passiert sei? wollte er wissen. Das habe er gerade *ihn* fragen wollen, entgegnete der Arzt.

Kaplan dachte nach, sagte, daß er in einem Club gewesen sei und mit einer Frau, die er dort kennengelernt habe – er wußte sofort die rechten Worte dafür zu wählen –, auf die Straße hinausgegangen sei. Doch da irgendwo reiße der Film in seinem Kopf ab und er sehe erst wieder das Zimmer, in dem er wach geworden sei.

Wo seine Kleider, seine Papiere, sein Geld seien, fragte er. Der Arzt erzählte ihm, daß er nicht einen Pfennig bei sich gehabt habe, in seiner Brieftasche jedoch sein Paß, ein Flugticket, Kreditkarten und ein Telex mit einer Bestätigung der Reservierung für das Meridien Hotel gesteckt hätten. Vermutlich habe Kaplan eine leichte Gehirnerschütterung. Kein Alkohol, im Schatten bleiben, rechtzeitig ins Bett, Sonnenbrille tragen! Der Arzt nahm den Verband ab, besah sich die Nähte, die ihn zufriedenstellten, und wickelte Kaplan einen sauberen Verband um den Kopf. Er bat ihn, in drei Tagen noch einmal zu einer kurzen Kontrolle zu kommen. Bis dahin werde er gewiß auch die letzte Minute vor seinem Sturz wiedergefunden haben.

Die Krankenschwester brachte ihm seine Kleider und Habseligkeiten. Kaplan forschte nach dieser letzten Minute. Wo war sie geblieben? So sehr er auch in sich hineinschaute, er wurde nicht fündig. Eine junge Hure fragte ihn: »*Do you want to fuck me?*« Sie hatte Ähnlichkeit mit einer abessinischen Wüstenkatze. Wie kam er denn bloß darauf? Er hatte so ein Tier noch nie gesehen! Sie fragte: »*You want a blow-job?*« Sie war hübsch, hatte volle Lippen und große, traurige Augen. Ihr Kummer war jahrtausendealt, lautete ein Gedanke, den er gedacht hatte. Was hatte er auf ihr Angebot geantwortet? Hatte sie ihm einen geblasen? Wenn er die letzte Minute wiederfinden konnte, mußte diese

Minute irgendwo in seinem Kopf unter Staub begraben sein. Sein Kopf enthielt demnach Winkel, die er nicht recht sauberhalten konnte. Der Gedanke behagte ihm nicht.

Er machte sich frisch, zog sich an und ging zum zentralen Treppenhaus des Gebäudes. In einem Büro mußte er eine Reihe von Formularen ausfüllen. Erst hier merkte er, daß er sich im Anglo-American Hospital befand, genau wie Hoffmans Frau, die er wegen Lähmungserscheinungen hier hatte einliefern lassen.

Zurück in der Halle, sah er sich gründlich um, prägte sich den altmodischen, offenen Fahrstuhlkorb ein, die Holzbänke, die zu Beginn des Jahrhunderts aufgestellt worden sein mußten, die schwarzen Fliesen auf dem Fußboden.

Da sah Kaplan sie.

Kaplan sah sie, als er sich noch ein letztes Mal umschaute, ehe er das Krankenhaus verließ. Er zweifelte nicht eine Sekunde, wußte sofort, daß sie es war. Sie kam die Treppe herunter, die sich um den Fahrstuhl herum zum nächsten Stockwerk hinaufwand, und unterhielt sich auf niederländisch mit einem etwa fünfzehn-, sechzehnjährigen Jungen. Kaplan zweifelte nicht, wußte es sofort, war sich aber zugleich völlig im klaren, daß das wahnwitzig war. War es ein böser Scherz des Wilden, der sich ebenfalls dieses Körpers bediente? Wie konnte Ellen hier sein? Was machte Ellen hier? Was machte Leo hier?

Kaplan hörte ihre Stimme, die er schon seit Jahren nicht mehr gehört, aber, wie er jetzt merkte, nie vergessen hatte, die genau wie die verlorengegangene Minute irgendwo herumgelegen hatte. Er hörte, daß sie den Jungen fragte, ob es ihm gefallen habe. Der Junge nickte. Aber er habe sich das Krankenhaus anders vorgestellt, antwortete er, was natürlich daher komme, daß er damals nur mit einem Auge habe sehen können, das andere sei ja verbunden gewesen. Ellen kam an Kaplan vorüber, sah ihn für den Bruchteil einer Sekunde an, lief aber weiter, ohne ihre

Schritte zu verlangsamen. Sie erkannte ihn nicht. Mit dem Verband um den Kopf sah er natürlich aus wie ein Araber. Aber erkannte sie denn seine Augen, seinen Mund nicht wieder? Seine Kehle war völlig zugeschnürt, sein Herz nahe am Zerbersten.

Er drehte sich um, sah, daß sie entspannt die Halle verließen und in die Sonne hinaustraten. Ellen war älter geworden, natürlich, genau wie er, aber älter im Sinne von stark, stolz, selbstbewußt. Sie war eine erwachsene, elegante Frau, schlank, zierlich. Sie trug ein dünnes, ockergelbes Kleid mit kurzen Ärmeln und passendem Gürtel. Wie ein junges Mädchen hatte sie weiße Turnschuhe und kurze weiße Söckchen dazu an. Eine braune Ledertasche hing in Höhe ihrer Hüfte, den Riemen hatte sie sich quer über den Kopf gezogen, so daß sie die Tasche nicht festzuhalten brauchte. Ihr halblanges blondes Haar war im Nacken zusammengebunden. Er sah ihre festen Beine, aus deren Bräune er schloß, daß sie schon länger hier sein mußte. Hätte er sie ansprechen sollen? Hätte er sagen sollen: Liebste, Liebste, Liebste, Liebste, es tut mir leid, es tut mir leid, es tut mir leid...?

Er riß sich von den betörenden, magischen Fliesen los, auf denen er sich befand, und ging nach draußen. Die grelle Sonne blendete ihn, die Hitze war trocken und schwer. Er sah, daß sie mit dem Jungen in eines dieser aufgezäumten Taxis stieg und sich der Wagen in Bewegung setzte. War er ihr Sohn? Was hatte der Junge gemeint mit diesem »nur mit einem Auge sehen«? Kaplan, der Verwundete, befühlte seine Blessuren und merkte, daß ihm alles weh tat. Er wollte getröstet werden, aber wie sieht man einem stehenden, starrenden Mann an, daß er eine Hand an seiner Wange braucht? Keiner reichte ihm auch nur den kleinen Finger.

Er ging in sein Hotel zurück, aß und schlief, setzte eine Sonnenbrille auf und versuchte seine Arbeit zu machen. Die kenianische Ärztin lief ihm drei Tage später zufällig über den Weg. Aber sie befand sich an der Seite eines Schweden mit athletischem Körperbau. Kaplan sah sie in der Lounge des Hilton, ein Plastikschildchen mit ihrem Namen und einem Paßfoto über ihrer linken Brust, und sie umklammerte den muskulösen rechten Arm des schwedischen Professors, eines Ariers, wie er Leni Riefenstahl in Ekstase versetzt hätte. Lüstern blickte der Schriftsteller auf ihre kräftigen Zähne und ihren großen, animalischen Leib, doch der Schwede, hell, strahlend, vom reinsten Goldblond, hatte jetzt ihre Gunst gewonnen.

Stundenlang lief Kaplan am Nil entlang, schwitzend, mit roten Augen hinter der Sonnenbrille und einem Cowboyhut aus Stroh auf dem Kopf, den er im Hilton gekauft hatte, und über seine Hornisse rief er sich Bemerkungen zu wie: »Armseliger Kaplan, du Luftmensch, du zögerlicher, sentimentaler kleiner Mann, wo kannst du denn jetzt eigentlich noch hin?« Wie ein Golem schleppte er sich fort, eckig, tumb. Nach Jahren hatte er Ellen wiedergesehen. Er lief durch die laute Stadt, durch Müll und Gestank der verschiedensten Art, am weisen Wasser entlang, fand sie aber nicht wieder. Er wollte nicht über sie nachdenken, damals nicht und auch nicht an einem der annähernd tausend Tage, die dem Kairobesuch folgen sollten.

Auch jetzt, bei ›Dikker & Thijs‹, der Frau gegenüber, von der er gerade geschieden worden war, weigerte er sich, dem bestürzenden Moment im Anglo-American Hospital in Kairo Bedeutung beizumessen. Daß er seit jenem Augenblick nicht mehr hatte arbeiten können, in kreativer Hinsicht völlig impotent geworden war, seine Ehe hatte verkommen lassen und zum Alkoholiker zu werden drohte, mußte er eine Häufung mißlicher Umstände nennen. *»Oi, oi, oi«,* hätte seine Hornisse gesagt, wenn sie aus Ägypten mitgekommen wäre, *»a kliger mentsch* wie du, der *kwetscht als a behajme.* Hast wohl Mazzebrei im Kopf, was?«

Hannah hatte ihn gefragt: »Wann?«

Und Leo Kaplan hatte geantwortet:

»Nach *Hoffman*. Als ich in Kairo war.«

»Um dir noch etwas anzusehen, hast du behauptet.«

»Ja, das war auch so. Dort fing es im Grunde an.«

Und dann trat eine Stille ein, die mehrere Sekunden lang anhielt.

10

Poggibonsi

Auf dem Frühstückstisch von Frank Jonker und Ellen de Waal lag ein pastellrosa Tischtuch aus schwerem Leinen. Gekauft in einem Geschäft in der Via Torino. Dieses Tischtuch gehörte zu den Ritualen des Sonntagmorgens. Nach drei bis vier Frühstücken wurde es gewaschen, wonach es wieder sauber und gebügelt unter der nächsten sonntäglichen Mahlzeit lag.

Ellen hatte es angeschafft, als noch der riesige dunkelbraune Eßtisch vom Außenministerium in der Wohnung gestanden hatte. Für ihren neuen Tisch war es eigentlich zu groß. Wenn das Tischtuch ganz ausgebreitet wurde, reichte es bis weit über die Hälfte der Tischbeine hinab und lag einem, wenn man am Tisch saß, wie eine Serviette auf dem Schoß. (Ellen hatte Servietten aus demselben Stoff dazu gekauft.) Es war kein klassisches Tischtuch mit Blumenmotiv oder graphischem Dessin, sondern ein schlichtes einfarbiges, das ohne Besteck und Service ziemlich langweilig aussah. Es wurde nur am Sonntagmorgen aufgelegt, mit allen dazugehörigen Attributen, und dann sah es stilvoll aus.

Wieso hatte Ellen ausgerechnet dieses Tischtuch gekauft?

Ellen war auf dem Mercato Vittorio gewesen und, auf der Suche nach einem nicht allzu teuren, weißen Tischtuch für den häßlichen Tisch vom Auswärtigen Amt in ihrem schönen Appartement, über die Piazza Santa Maria Maggiore Richtung Via Nazionale spaziert. Sie war durch die Via Torino gegangen, weil die nun einmal die Piazza Santa Maria Maggiore mit der Via Nazionale verbindet, und da war sie an einem Schaufenster mit Stoffballen, Kissen und dergleichen vorübergekommen. Dort hatte man natürlich weiße Tischtücher, sogar aus Damast, aber nicht in der Größe, die Ellen suchte. In anderen Farben schon. Nein, die wollte sie nicht. Getreu der Verkaufsdevise »hinhalten und am Ball bleiben« zeigte ihr der aufmerksame Verkäufer trotzdem das rosa Leinentischtuch, und Ellen dachte: Ach, eigentlich doch hübsch, rosa, hat was, tja, vielleicht sollte ich es nehmen.

Der ambitionierte Verkäufer hörte auf den Namen Roberto Fabri. Sohn eines kommunistischen Bauarbeiters und einer streng katholischen Mutter. Kreml wie Vatikan lösten bei Roberto gleichermaßen desinteressiertes Achselzucken aus, doch er bewunderte die Energie und Durchsetzungskraft seiner Eltern, die sich in seinem Geburtsort Civitavecchia eigenhändig ein Haus gebaut hatten – leider an einer Stelle, wo der beißende Gestank von der chemischen Industrie bis in den Wäscheschrank drang, wenn der Wind aus der falschen Richtung kam.

Zwei Wochen bevor Roberto das rosa Tischtuch an Ellen verkaufte, hatte seine Freundin mit ihm Schluß gemacht. Auch sie kam aus Civitavecchia, sie hatten einander im Zug kennengelernt. Rita besuchte eine Mannequinschule in Rom, und Roberto wunderte sich jedesmal, daß sie ihre Verabredungen mit ihm einhielt. Sie war so schön, daß es ihm die Sprache verschlug – er sagte ja auch nie etwas zu den Fotos schöner Frauen in Zeitschriften, warum also zu diesem lebenden Foto?

Roberto hatte zwar mitbekommen, daß er in den Augen von Frauen wohl ganz attraktiv war, aber er konnte Rita wenig bieten. Seine Eltern waren einfache Leute, er selbst war nur ein gewöhnlicher Verkäufer. Rita dagegen war in einer Glitzer- und Glamourwelt zu Hause, die für Menschen wie Roberto Fabri ebenso unerreichbar blieb wie die Preise in einem Fernsehquiz. Jeden Tag begleitete ihn die Angst, womöglich einen Anruf oder einen Brief zu bekommen, in dem es hieß: »Lieber Roberto, ich hab dich immer noch sehr lieb, aber ich glaube nicht, daß es zwischen uns etwas wird« und so weiter. Er wußte nicht, ob er sie wirklich liebte, ging aber davon aus, daß die Schwindelgefühle, die ihn erfaßten, wenn er an sie dachte oder neben ihr saß, »Liebe« genannt werden konnten.

Eigenartigerweise hatte Roberto nur wenige Tage über seinen Verlust getrauert. Er empfand sogar eine gewisse Erleichterung. Was ihm vier Monate lang Sorgen bereitet hatte, war jetzt eingetreten: Rita hatte ihn verlassen, er brauchte keine Angst mehr zu haben, daß sie es tun würde.

Hatte er Rita überhaupt richtig kennengelernt? Darauf wußte er so schnell keine Antwort. Wie sie aussah, das hätte er lebensecht nachzeichnen können, aber von ihrem Innern hatte er eigentlich nie etwas zu sehen bekommen. Sie war wie aus Plastik gewesen, seine schöne Rita, eine wandelnde Schaufensterpuppe.

Roberto hatte Träume. Von einem eigenen Geschäft. Durchaus realistische Träume, denn der Besitzer des Ladens, in dem er jetzt schon seit zwei Jahren arbeitete, war ein kinderloser alter Mann, ein polnischer Jude, der im Krieg in einem Lager gewesen war und sich nach dem Krieg in Rom niedergelassen hatte. Roberto wußte nicht genau, wieso Herr Levi in Rom geblieben war. Ins Gelobte Land, wohin Levi damals eigentlich unterwegs gewesen war, war er erst fünfundzwanzig Jahre später einmal im Rahmen einer Pauschalreise gelangt.

Jakub Levi selbst wußte sehr wohl, was Roberto nicht wußte. Er war hungrig, schmutzig, krank und verloren aus einem Lager gekommen. Alle, die er liebgehabt hatte, waren ermordet worden, und so lief er und lief und lief. Von den Amerikanern hatte er einen Ausweis bekommen, und dieser gewichtige Ausweis, der, wenn er ihn vorzeigte, Respekt und Freigebigkeit abnötigte, erhielt ihn unterwegs am Leben. Er hörte auf zu laufen, als er in Rom ein junges Mädchen sah, das längst verloren geglaubte Gefühle in ihm weckte. Er, Jakub Levi, ein neunundzwanzigjähriger polnischer Jude, verbittert, tieftraurig, mit eingefallenen

Wangen und Augen, die über den Horizont hinausblicken wollten, er verliebte sich. Er hatte fortgewollt aus Europa, weg von diesem unermeßlichen Friedhof, er hatte nach Palästina gewollt, um zu arbeiten und zu vergessen, und ausgerechnet er, der Sohn eines frommen *chaser* aus Lublin, verliebte sich in der Stadt des Papstes in eine Schickse.

Anna war hübsch, aufrichtig, und sie hatte Mitleid mit dem trauernden jungen Polen, den sie nicht verstehen konnte und doch begriff, und sie nahm ihn mit zu sich, gab ihm zu essen und zu trinken und das Bett ihres Bruders, der in Afrika gefallen war.

Jakub und Anna heirateten. Drei Jahre später starb sie an Krebs. Da wollte Jakub nur noch laufen, laufen, laufen. Doch er blieb. Mit betrübtem, abwesendem Lächeln wurde er hinten in seinem stets bessergehenden Textilgeschäft in der Via Torino älter. Jakub sparte sich ein kleines Vermögen zusammen, aber da war niemand, dem er das Geld und den angesehenen Laden hätte hinterlassen können. Immer öfter dachte er daran, noch ein letztes Mal loszulaufen und nirgendwo mehr anzukommen.

Roberto Fabri war der jüngste seiner fünf Angestellten, und dieser Junge gefiel Levi. Roberto verstand was vom Verkaufen. Er gab sich nicht so schnell geschlagen, verstand es geschickt und mit Humor, einen Kunden bei der Stange zu halten, und ließ das Gespräch nicht abreißen, ehe der Kunde nicht das eine oder andere gekauft hatte. Nie verspielte er die Sympathie, die er durch sein sanftmütiges Äußeres auf Anhieb weckte. Levi dachte gelegentlich daran, Roberto die Geschäftsleitung zu übertragen. Der junge Mann hatte ein Händchen für Textilien. An der Art, wie er ein Stück Stoff zwischen Daumen und Zeigefinger nahm, erkannte Levi, daß er die Stoffqualität erfühlen konnte. Roberto »schmeckte« mit den Fingern wie ein geborener Textilkenner. Er würde mal mit dem Jungen reden müssen, sehen, wie er dazu stand.

Jakub Levi, der von seinem Personal insgeheim »Ben Gurion«

genannt wurde, weil er dem großen Staatsmann mit seinem dichten weißen Haar und seinem sorgenvollen Gesicht ungeheuer ähnlich sah, kümmerte sich persönlich um den Einkauf der Waren. Handtücher, Bettwäsche, Tischtücher, kurzum alle Haushaltstextilien bezog er von einem körperbehinderten Vertreter. Dieser Enno Ricardi hatte seinen linken Arm verloren, und aus dem linken Ärmel ragte nur ein kleiner, krummer Haken, mit dem er lauter Winkel und Schlaufen in die Stoffmuster zog, die er vorlegte. Die meisten sahen Ricardi als eine tragische Figur. Auch wenn er oft Witze erzählte und große Sprüche klopfte, blieb sein Blick doch immer unverändert traurig. Man erzählte sich, daß Ricardi vor Jahren seine kleine Tochter aus seinem brennenden Haus habe retten wollen. Da sei die Decke eingestürzt, und ein Balken habe ihm den Arm zertrümmert. Niemand wußte, ob die Geschichte stimmte, doch sie erklärte immerhin den Haken im Ärmel und die Traurigkeit in seinen Augen.

Aber Enno Ricci, wie er in Wirklichkeit hieß, hatte sich vor dreißig Jahren, als noch junger Mann von zwanzig, vor einen Zug geworfen. Er hatte damals einen Mann geliebt, und dieser Mann hatte ihn geliebt. Doch der Mann war verheiratet gewesen und hatte zwei kleine Kinder gehabt, und im katholischen Italien der fünfziger Jahre war ihre homosexuelle Liebe verdammt gewesen.

An einem heißen Sonntagnachmittag, dem letzten, den sie zusammen verbringen sollten, wurden die beiden Männer im flirrenden, hohen Kornfeld ertappt. Die Ehefrau war ihrem Mann nachgegangen, weil sie schon einen gewissen Verdacht gehegt hatte. Jetzt wisse sie Bescheid, schrie sie und rannte davon. Enno und der Mann liefen ihr nach, versuchten ihr weiszumachen, daß sie nur Freunde und kein Liebespaar seien, doch das glaubte sie ihnen nicht. Und dann bekam sie es plötzlich mit der Angst zu tun und fing hysterisch an zu schreien. Enno und der Mann gerieten in Panik und töteten die Frau.

Am selben Nachmittag warf Enno sich vor den Zug. Er überlebte den Sprung, bezahlte ihn jedoch mit seinem Arm. Nach einem Prozeß, der das erregte Interesse des gesamten Landes auf sich zog, wurde er zu siebzehn Jahren Haft verurteilt, sein Freund zu lebenslänglich. Elf Jahre später erhielt Enno aufgrund guter Führung seine Freiheit wieder. Er änderte seinen Namen in Ricardi und fand eine neue Anstellung.

Enno hatte nie wieder einen Mann oder Jungen angefaßt. Und niemand hatte ihn je wieder angefaßt. Manchmal empfand er heftiges Verlangen nach einem Arm um seine Taille oder einem Kopf an seiner Schulter. Oft verliebte er sich, still und brennend. Wenn er bei Jakub Levi im Geschäft war, bedachte er zum Beispiel einen bildschönen jungen Verkäufer mit verstohlenen Blikken. Und so gab es überall junge Männer, die er aus der Distanz anbetete. Ein paarmal hatte er in seinem behindertengerechten Lieferwagen abends mit zugekniffenen Augen das Gaspedal durchgetreten. Aber nie war ihm der erlösende Schlag vergönnt gewesen, er hatte immer nur Blechschaden erlitten. In der Stazione Termini sah er die jungen Männer stehen, die sich verkauften, aber er traute sich nicht, wollte nicht.

Enno Ricardi arbeitete selbständig, das heißt: Er kaufte direkt ab Fabrik und belieferte dann selbst seine Kunden. Im Laufe der Jahre hatte er sich in Latium, in der südlichen Toskana und in Umbrien einen großen Stamm treuer Abnehmer geschaffen und konnte sich damit nicht nur sein Brot, sondern auch noch ordentlich was obendrauf verdienen. Enno suchte sich seine Ware persönlich in den Fabriklagern aus und wählte jeweils die schönsten Stoffe, das feinste Leinen, die zarteste Seide.

Zwei Monate bevor Ellen de Waal bei Roberto Fabri ein rosa Tischtuch kaufte, und einen Monat bevor Jakub Levi sich bei Enno Ricardi mit einem Vorrat an Haushaltstextilien, unter anderem einem rosa Tischtuch, eindeckte, hatte Enno Ricardi in Orvieto Lagerbestände aus einer Geschäftsauflösung übernommen. Hierzu gehörte ein rosa Tischtuch. Caterina Carti hieß die verstorbene Besitzerin des aufgelösten Geschäfts. Trotz ihres hohen Alters und ihres hinfälligen Körpers hatten ihre Augen noch den Lebenshunger eines jungen Mädchens gehabt. Sie war dreiundneunzig gewesen, als sie starb. Der Testamentsvollstrecker hatte das Geschäft aufgelöst.

Vor langer Zeit, an einem dunklen, regnerischen Nachmittag, hatte Caterina Carti Enno ihre Geschichte erzählt. Caterina war die Tochter eines hohen venezianischen Beamten. Mit neunzehn verliebte sie sich in einen Kollegen ihres Vaters. Es folgten heimliche Rendezvous in fremden, schummrigen Häusern, erregte Schmusereien in schaukelnden Vaporetti, Schmuckgeschenke, die sie zu Hause nie tragen konnte, der Austausch freizügiger Briefe.

Ihr Liebhaber war nur ein Jahr jünger als ihr Vater, hatte drei Töchter und einen kaum zu stillenden Bedarf an schwüler Romantik. Als Caterina schwanger wurde, kaufte er sich von ihr los. Sie wurde bei einem Bauern in der Poebene nahe Mantua untergebracht. Die Niederkunft war grauenhaft. Die Hebamme war betrunken und ließ sie leiden. Caterina legte das Neugeborene, ein Mädchen, als Findelkind vor ein Nonnenkloster in Mantua und floh nach Wien.

Dort fand sie Arbeit in einem Café.

Erneut verliebte sie sich in einen verheirateten Mann. »Das ist mein Schicksal«, hatte sie es mit verzweifeltem Lächeln im runzligen Gesicht Enno gegenüber kommentiert. Doch das Heimweh nach ihrem Land wurde immer größer. Sie fühlte sich schuldig und weinte, wenn sie sich ausmalte, wie das Mädchen als Waise aufwachsen würde. 1914 kehrte sie nach Mantua zurück, um nach ihrem Kind zu suchen. Aber die Nonnen hatten es nie vorgefunden, irgendwer mußte es vorher mitgenommen haben. Nach vier Tagen Herumlauferei, Anklopferei, Fragerei, Verhöhnt-, Beargwöhnt- und Gedemütigtwerden brach der Krieg aus. Ohne ihr Töchterchen gefunden zu haben, fuhr sie nach Rom, wo sie in einer Wäscherei arbeitete. Noch zweimal versuchte sie in Mantua ihr Kind zu finden. Im Frühjahr 1916 brannte sie dann mit einem verheirateten Mann durch. Sie gondelten durch Süditalien, hatten manchmal tagelang nichts zu essen, aber das Leben war jede Minute spannend, intensiv, grenzenlos. Wieder wurde sie schwanger, obwohl die Hebamme ihr dringend davon abgeraten hatte, ein weiteres Kind auszutragen, und sie brachte ein totes Kind zur Welt, ein Mädchen. Der Mann verließ sie, nachdem sie drei Monate lang krank und erschöpft auf dem Heuboden eines Bauernhofs gelegen hatte. Zurück in Rom, durfte sie wieder in der Wäscherei anfangen. Nach sechs Jahren Schwerstarbeit – zwölf Stunden jeden Tag im heißen Dampf, in ständiger Berührung mit kochender Wäsche und schmutzigem Spülwasser – kehrte sie, als ihr Vater starb, nach Venedig zurück. Zwölf Jahre waren vergangen, seit sie nach Mantua geschickt worden war. Ihr Vater hatte sie enterbt, aber ihre Mutter steckte ihr ein wenig Geld zu. Davon kaufte sie sich bei einer Wäscherei in Florenz ein. Doch die Depression trieb die Wäscherei in den Ruin, und Caterina mußte wieder von vorne anfangen.

Bei der Arbeitssuche rund um Florenz lernte sie Fabrizio Carti, einen jungen Olivenbauern aus Orvieto, kennen. Sie heirateten, blieben kinderlos und nahmen für immer Abschied voneinander, als Fabrizio 1941 an die Front zog und fiel.

Caterina verkaufte ihren Olivenhain und machte einen kleinen Kurzwarenladen auf. Diesen mußte sie vierzig Jahre lang Saison für Saison vor dem drohenden Untergang bewahren. Sie sah Moden und Farben und Stoffe kommen und gehen.

Caterina Carti war feste, wenn auch bescheidene Abnehmerin von etwa vierzig Vertretern gewesen. Sie hatte nie viel gebraucht, um die Regale ihres schlecht laufenden Ladens aufzufüllen. Das rosa Tischtuch, das nach ihrem Tod mit allen anderen Textilien zusammen von Enno Ricardi gekauft wurde, hatte sie von Gianni Orlando bezogen, dem Vertreter einer Textilfabrik in Florenz.

Gianni, zweiunddreißig, spielte schon seit Jahren in einem kleinen Fußballverein mit glühender Anhängerschaft in einem nördlichen Außenbezirk von Florenz. Gianni gehörte zu der Sorte von Amateuren, die die nötige Spielübersicht und Technik haben, um auch auf höchstem Niveau Fußball spielen zu können. Doch er spielte nicht bei Inter und auch nicht bei Juventus. Gianni verdiente sich seinen Unterhalt als Vertreter, obwohl er in seiner Freizeit selbst mit zweiunddreißig noch spielte wie ein junger Gott. Es gab mehr solcher talentierter Fußballer, die, den Gipfel vor Augen, gescheitert waren. Es fehlte ihm an Disziplin, Härte und Verbissenheit. Drei Jahre lang hatte er als Profi gespielt, vor elf Jahren war er dann ausgestiegen. Er hatte damals keinen Ball mehr anzurühren gewagt, hatte Angst gehabt, wenn er über das Spielfeld lief, war unter dem Druck zusammengebrochen. Bei einem Fußballnarren, der Besitzer einer Textilfabrik war, fand Gianni Arbeit.

Von außen betrachtet, schien Gianni ein sorgenfreies Leben zu haben. Verheiratet mit einer unkomplizierten Frau, zwei wunderbare Kinder. Geschäftswagen. Eigenes Haus mit günstiger Hypothek. Doch ihn drückte das Bewußtsein, daß er berühmt hätte sein können. Wie ein Paolo Rossi hätte Gianni Orlando bei einer Weltmeisterschaft glänzen können. Aber er hatte keinen Mumm. Ehrgeizig war er nur in seinen Träumen.

Sein Chef, zweiundsechzig Jahre alt, war immer noch persönlich für die Produktpalette seiner Textilfabrik ›Amelia‹ verantwortlich. Bruno Bovins Unternehmen hatte dreiundfünfzig Angestellte, und er allein traf alle wichtigen Entscheidungen. Er war nicht verheiratet, hatte keine Kinder. Die Herstellung einer begrenzten Menge rosa Tischtücher hatte Bovin zwei Jahre, bevor Ellen ein solches kaufen sollte, gutgeheißen. Der Artikel fand nicht gerade reißende Abnahme, doch mit ein bißchen gutem Willen waren sie die Tischtücher im Laufe der Zeit allesamt losgeworden.

Zu Beginn des Krieges war Bruno in ein Mädchen aus dem Ort verliebt gewesen. Er wußte nicht, ob sie seine Gefühle erwiderte. Als der Tag näherrückte, da er an eine der Fronten ziehen mußte, nahm er seinen ganzen Mut zusammen und sprach sie an. Tatsächlich war sie ebenfalls schon seit geraumer Zeit heimlich in ihn verliebt. An einer einsamen Stelle in einer Flußbiegung küßten sie sich.

Sie verlobten sich, und er zog in den Krieg. Der Gedanke an die anstehende Heirat ließ ihn achtsam und vorsichtig sein. Er wollte die Front überleben. Doch er wurde verwundet, als er den Leichnam eines gefallenen Freundes bergen wollte, und lag einige Tage im Koma. Die Pfleger im Lazarett hatten ihn bereits abgeschrieben. Wider Erwarten erholte er sich jedoch und kehrte eines Tages auf Genesungsurlaub in die Toskana zurück, wo seine Verlobte ihn erwartete.

Er war aber so schnell wieder auf die Beine gekommen, daß er drei Tage früher eintraf, als per Telegramm angekündigt. Sein Vater wurde von Brunos plötzlichem Eintreffen völlig überrascht, doch der alte Mann war überglücklich und gab Bruno so viel gegrilltes Fleisch, wie er nur essen konnte.

Seine Verlobte war nicht zu Hause. Bruno ging daher in der toskanischen Hügellandschaft spazieren und genoß die Ruhe, die Gerüche. In der Flußbiegung, wo sie einander geküßt hatten, ertappte er seine Verlobte mit einem unbekannten jungen Mann. Er sah den behaarten, muskulösen Hintern des Mannes, die schlanken Beine seiner Freundin.

Er reiste auf der Stelle wieder ab und meldete sich bei seinem Regiment zurück. Er kämpfte wie ein Besessener, nahm Risiken in Kauf, die ihn in Lebensgefahr brachten, schien keine Angst zu kennen. Er bekam nicht die kleinste Schramme ab, wurde ausgezeichnet, ein Held.

Bruno begann Frauen zu hassen. Die Huren in den Bordellen, die er aufsuchte, behandelte er mit Verachtung, und es tat ihm gut, wenn er sie schlug. Wenn er an seine Verlobte und mit ihr an alle Frauen dachte, empfand Bruno Wut und Verletztheit und Scham und Ohnmacht.

Er war neun gewesen, als seine Mutter starb. Er war mit der Überzeugung, daß er den Tod seiner Mutter auf dem Gewissen habe, weil er sie zuwenig geliebt habe, in die Pubertät eingetreten.

Wenn Bruno nach dem Krieg eine Psychoanalyse gemacht hätte, hätte der Psychoanalytiker für ihn einen Zusammenhang zwischen dem traumatischen Tod seiner Mutter und dem Verrat seiner Verlobten hergestellt. Doch Bruno sah keinen Anlaß dafür, einen Psychoanalytiker zu Rate zu ziehen; er ging in Bordelle, vertrimmte Prostituierte, bedrohte sie mit der Pistole, die er immer bei sich trug, und kaufte sich gelegentlich mit großen Geldbeträgen frei, wenn sie blaue Flecken davongetragen hatten.

Er schlug sie, weil er sie verabscheute; weil sie geschlagen wurden, verlangten sie viel Geld; weil sie viel Geld verlangten, verabscheute er sie noch mehr.

So vergingen viele Jahre. Bruno Bovin baute eine Textilfabrik auf. Wie das bei Menschen, die von Haß getrieben werden, häufig der Fall ist, war sein Arbeitseifer unermüdlich. Er arbeitete tagaus, tagein, bis seine Firma in der gesamten Region Florenz einen gediegenen Ruf und einen treuen Kundenstamm hatte.

Im Mai des Jahres 1969 stieß er, als er mit seinem Hund, einem Schäferhund, einen Spaziergang am Stadtrand machte, auf ein junges Pärchen, das an einem Seitenarm des Arno eine geschützte Stelle gefunden hatte, wo es sich unter freiem Himmel lieben konnte. Bruno geriet außer sich vor Wut und ermordete die beiden mit seiner Beretta. Sie waren seine ersten Opfer. Die Hundespuren brachten die Polizei nicht weiter.

Nachdem Ellen und Frank das Frühstück auf ihrem rosa Tischtuch eingenommen hatten (dem Tischtuch, das über Roberto, Jakub, Enno, Caterina und Gianni aus der Fabrik des Mörders Bruno Bovin gekommen war), machten sie einen Spaziergang am Tiber, besuchten eines der Vatikanmuseen und aßen im Nobelrestaurant Girarrosto Toscana zu Abend.

Am nächsten Morgen stopfte Carmela, ihre Putzfrau, das rosa Tischtuch mit Bettwäsche, Unterwäsche, Oberhemden und dergleichen zusammen in den Wäschesack, der gegen halb eins von einem Lieferwagen der Wäscherei am schwerbewachten Lieferanteneingang des Appartementhauses abgeholt wurde.

Gegen zwei Uhr, als die Wäschesäcke im Hof der Wäscherei vom Lieferwagen auf einen Lastkarren umgeladen wurden, stießen zwei Spaziergänger in dem waldreichen Gebiet südlich von Florenz, an der Straße nach Poggibonsi (ein mautfreier Autobahnabschnitt) auf ein herrenloses Auto. Die Tür auf der Fahrerseite stand offen. Da die Spaziergänger um das Auto herum niemanden entdecken konnten, gingen sie neugierig näher heran und sahen im Innern, wie auf einem Bett, das durch Herunterklappen der Vordersitze entstanden war, zwei halb entkleidete Körper: einen Mann und eine Frau, beide reglos und blutüberströmt, die sich in den Armen lagen.

Später stellte das gerichtsmedizinische Labor der Carabinieri fest, daß der als der niederländische Diplomat B. Govers (31) identifizierte Mann und die als M. A. G. Talma (27) identifizierte Frau aus nächster Nähe in den Kopf geschossen worden waren, und zwar mit Kugeln, die aus derselben Beretta stammten, mit der seit 1969 schon achtzehn unaufgeklärte Morde in der Umgebung von Florenz begangen worden waren. Bei den achtzehn Toten handelte es sich um neun Männer und neun Frauen: neun Paare, neun Lieben, neun abrupt unterbundene Geschlechtsakte. Der unbekannte Mörder, seit 1969 ein gefürchtetes und vieldiskutiertes Phantom, das in der Presse und in den Cafés

Il Mostro, das Monstrum, genannt wurde, hinterließ hin und wieder eine Hundefährte. Politische Mörder rechtfertigten ihre Taten mit anonymen Briefen oder Anrufen bei Zeitungen, doch *Il Mostro* zeigte alle zwei Jahre sein blutiges Gesicht und schwieg.

Am darauffolgenden Sonntag deckte Frank, nachdem er die ganze Woche mit den Nachwehen des Todes seines jungen Kollegen und der hauswirtschaftlichen Angestellten der Botschaft zu tun gehabt hatte, den Tisch für das rituelle Frühstück wieder mit dem rosa Tischtuch und stellte das Kännchen mit aufgekochter Milch für Ellens Kaffee darauf.

11

Rustenburgerstraat

Hannah hatte Kaplan einen Brief geschickt. Was sie in einem Gespräch nicht hatte sagen können, hatte sie ihm jetzt geschrieben.

Sie schrieb unter anderem:

»Ich habe es wirklich versucht, das mußt du mir glauben. Ich wollte wirklich, daß wir ein ideales Paar werden. Vielleicht ist ja gerade das falsch gewesen, ich weiß es nicht, Leo. Es scheint, als sei da irgendeine tiefere Kluft, irgendein schwer greifbares Mißverständnis – ich weiß nicht, wie ich es nennen soll, ich hoffe, Du verstehst, was ich meine. Sieht so aus, als sei Liebe allein nicht genug, wenn zwei Menschen mehr oder weniger glücklich zusammenleben wollen, oder was meinst du?«

Als Kaplan diesen letzten Satz las, kniff er die Augen zu und verzog das Gesicht zu einem schmerzlichen Grinsen, als hätte er in seiner halben Etage Zuschauer, denen er zeigen mußte, wie sehr ihn das traf. Das war sein ganz persönliches Rezept dagegen, nicht sofort laut aufzuheulen. Wenn er Schmierentheater aus dem Ganzen machte, wenn er es mit der Gestik eines betrunkenen Schauspielers versuchte, hielt er dieses unerträgliche Elend von sich fern. Doch es traf ihn an einem Punkt, an dem er sich nicht verteidigen konnte. Der melodramatische Satz »Sieht so aus, als sei Liebe allein nicht genug…« und so weiter erinnerte ihn an den Tag vor fünfeinhalb Jahren, an dem sie sich kennengelernt hatten.

Lesen Sie.

An Weihnachten war das gewesen. Kaplan arbeitete an einem

Buch, das ihm später, als es erschienen war und gelobt wurde, nicht mehr gefiel. Da war es ihm zu eindeutig, da fehlte ihm die Erheiterung als Kontrast zum Ernst (Erheiterung als Ausdruck der Fassungslosigkeit über den widerlichen Ernst des Lebens). Er hatte gerade ein Verhältnis mit einer mehr als zehn Jahre jüngeren Frau hinter sich, einem bildhübschen Mädchen mit halb indonesischem, halb holländischem Blut. Anja hatte wunderschöne, makellos bronzene Haut, langes schwarzes Haar, große Augen und eine vollschlanke, friesische Figur. Nach nur einem Monat Inkubationszeit zog sie bei ihm in der Egelantiersgracht ein. Obwohl er total in sie verknallt gewesen war, ging sie ihm schon nach wenigen Wochen auf die Nerven. Und komischerweise stieß er sich an Dingen, die sie *nicht* tat. Zwar hatte sie vom ersten Moment an, da sie mit ihrem großen Kabinenkoffer in seine Etagenwohnung gekommen war, gekocht und aufgeräumt und sich im Hintergrund gehalten und ihm auf dem Sofa oder Teppich ihren warmen Körper hingegeben, ohne sich zu zieren, doch er gewann immer mehr den Eindruck, daß sie keinen eigenen Gedanken fassen konnte. Sie verhätschelte ihn auf die gleiche Art und Weise, wie sie das ihre Mutter bei ihrem Vater hatte tun sehen. Klaglos, ergeben, still und leise. Ihrem Verhalten entnahm er die Normen, welche für unzählige, in farbenfrohe Sarongs gekleidete Frauen galten, denen man im Kampong eingebleut hatte, wo ihr Platz war.

Da war etwas, was sie auf Distanz hielt: Sie verbarg ihre Unsicherheiten und Ängste hinter dem rituellen Gebaren eines indonesischen Frauchens. Aber er brauchte ein Gegengewicht, jemanden, mit dem er – wie er es zwei Sommer zuvor bei einer Gruppe von Akrobaten in der Umgebung von Assisi verkörpert gesehen hatte – zu einer perfekten Balance von Übereinkommen, Geheimnissen, Ritualen und der schwindelerregenden Menge anderer zwischenmenschlicher Phänomene kommen konnte.

Zwischen ihm und Anja bestand keine Balance. Seine Irritation kulminierte in Wutausbrüchen. Das verstand sie nicht. Sie verhielt sich doch, wie sie sich zu verhalten hatte, sie brachte ihre Liebe doch auf die für sie einzig richtige Art zum Ausdruck! Doch wo für sie Gleichgewicht herrschte, geriet er ins Wanken. Sie war zu leicht für ihn, obwohl sie fast genauso groß war wie er, einen üppigen Busen und einen prallen Hintern hatte. Sie hatte nie etwas auszusetzen, wurde nie böse, ergriff nie die Initiative, führte sich nie verrückt oder eigensinnig oder erregt oder überdreht auf. Sie war brav.

Eine Woche vor Weihnachten half er ihr, den Kabinenkoffer wieder in einen gemieteten Lieferwagen zu tragen. Nachts hatten sie sich mit einer Leidenschaft voneinander verabschiedet, die nur dank ihres bevorstehenden Auszugs möglich gewesen war. Sie weinte, weil sie ihn verließ, und zugleich stöhnte sie vor Erregung, weil sie zum erstenmal in ihrem Leben, mit einundzwanzig, ein männliches Glied in den Mund nahm.

Nachdem sie weg war, fühlte er sich krank und verlassen. Als sie noch Staub gesaugt oder gekocht oder geputzt hatte, hatte er sich über sie geärgert; jetzt, da sie weg war, wollte er sie wiederhaben, staubsaugend, kochend, putzend, egal wie. Aber er rief sie nicht an und schrieb ihr auch nicht. Er arbeitete an seinem todernsten Roman und ließ sich dabei von seiner bitteren Einsamkeit leiten, Seite für Seite, mit Mozarts *Requiem* auf dem Plattenteller. Er glaubte, nicht vor der Trauer um Anja davonlaufen zu dürfen, und er schloß sich bei gefülltem Kühlschrank in seiner Wohnung ein und versuchte schreibend in die Tiefen seiner sehnsuchtsvollen Isolation hinabzutauchen – das lieferte wieder eine neue Erfahrung und bedeutete Material, das er in seinem Roman verwerten konnte. Er ging nicht aus dem Haus, nahm den Telefonhörer nicht ab und beschloß, nachdem er die erste Nacht schlaflos im Bett gelegen hatte, auch auf die Flucht in den Schlaf zu verzichten.

Nach drei Tagen und Nächten hatte er sich in Trance geschrieben. Ohne irgendwelche Hilfsmittel hatte er sich *high* gekriegt. Es war, als habe sich eine Art Luke in seinem Schädel geöffnet und sein Hirn könne nun an der frischen Luft aufblühen. Er fühlte sich klarsichtiger und scharfsinniger als je zuvor und schrieb wie ein Besessener ein Blatt nach dem anderen voll, die Aphorismen schossen ihm nur so aus der Feder, die Aufdeckung des Weltenrätsels war nur noch eine Frage von Tagen.

Dann aber, am zweiten Weihnachtstag, der Schnee fiel in dikken Flocken herab und verwandelte die verfallene Gracht in ein liebliches Stilleben von Anton Pieck, schlug die euphorische Stimmung um. Er bildete sich ein, sein Herz schlage unregelmäßig, und hatte plötzlich die fixe Idee, daß er an diesem zweiten Weihnachtstag an einer pittoresken Amsterdamer Gracht einsam und allein einem Herzanfall erliegen werde. Später war ihm klar, daß sein Körper nur gegen das Schlafdefizit aufbegehrte, doch an jenem Nachmittag brach ihm der Angstschweiß aus, er fühlte alle fünf Minuten seinen Puls und trieb seinen Herzschlag durch die eigene Unruhe auf über hundertachtzig. Aber er wollte noch nicht sterben; er wollte sein Buch vollenden, und dafür brauchte er noch zwölf Wochen.

Gegen Abend, erschöpft, zitternd vor Angst, hielt er es dann nicht mehr aus. Er stieg in seinen alten Simca und fuhr, über verschneite Straßen schlitternd, zum Notdienst des Wilhelmina Gasthuis. Eigentlich kam er schon zu sich, als er sein selbstgewähltes Gefängnis verlassen hatte und die ernüchternde Frostluft einatmete, doch die Todesangst hatte sich so tief eingegraben, daß ihn der Schnee und der Anblick der wunderschönen Gracht nicht sofort von seinem eingebildeten Herzleiden genesen ließen.

Im Wilhelmina Gasthuis mußte er in der hell erleuchteten Baracke der Notaufnahme warten, bis er dran war. Er sah, wie ein echter Notfall eingeliefert wurde: ein etwa siebzehnjähriger Junge, getragen von zwei Männern in heller Panik; der Junge hing schlapp in ihren Armen, einen Motorradhelm noch auf dem Kopf, und unter dem Helm hervor liefen ihm drei oder vier dünne Rinnsale Blut den Hals hinunter. Nach etwa zehn Minuten, als Kaplan allmählich einzusehen begann, daß ihm wohl gar nichts fehlte, wurde er von einem Pfleger in einen anderen Saal mit einer langen Reihe einfacher Behandlungsräume geführt, die wie Umkleidekabinen mit einem Vorhang verschlossen werden konnten. In so einem Raum standen jeweils eine Untersuchungsliege und zwei Stühle. Kaplan setzte sich, der Vorhang wurde zugezogen, und der Pfleger versprach, daß der diensthabende Arzt binnen weniger Minuten dasein werde. Da überkam den Schriftsteller, kaum daß er sich von unerträglicher Todesangst erholt hatte, schon wieder die Befürchtung, er könne hier womöglich zum Kantinenwitz der kommenden Woche werden. Er zündete sich eine Zigarette an und wurde prompt von einer hübschen jungen Frau dabei ertappt. Das erste, was sie sagte, war, daß Rauchen hier verboten sei. Dann stellte sie sich vor: Doktor d'Oliveira. Sachlich notierte sie seine Beschwerden (Herzklopfen, Beklemmungen, Schwindelgefühle – letzteres log er), ließ ihn seinen Pullover ausziehen und horchte mit einem kalten Stethoskop aufmerksam seine Brust und seinen Rücken ab. Sie konnte nichts Unregelmäßiges hören und erkundigte sich, ob er viel trinke und rauche und wie es mit seinen Eßgewohnheiten aussehe.

Bei ihr fühlte Kaplan sich sicher. Mit ihren beherrschten, zielgerichteten Fragen nahm sie ihm die Unruhe und erinnerte ihn daran, daß er, mochte er auch noch jung sein, doch auch nicht mehr wie ein Zwanzigjähriger tagelang durcharbeiten konnte. (Er hatte erzählt, daß er hart gearbeitet hatte, Anja jedoch mit keinem Wort erwähnt.) Er brauchte keine Angst zu haben, daß sie sich nach seinem Weggang über ihn lustig machen würde:

Wenn sie seine Diagnose – eine Herzattacke – auch nicht ernst nahm, die Symptome doch sehr wohl.

Als er sich anzog, fragte sie, ob er an einem neuen Roman arbeite. Sie kannte ihn also. Kaplan fühlte sich erleichtert. Er wunderte sich jetzt selbst über seinen Mangel an Selbstbeherrschung, als er zu Hause diese würgende Todesangst verspürt hatte (ihm zuckte durch den Kopf, daß er darüber nachdenken mußte, es hatte etwas mit Versagensangst und Anja zu tun). Er war dankbar, daß er wieder in den Schnee hinauskonnte, und er versprach ihr ein kleines Geschenk. Ob sie morgen Dienst habe? Das habe sie, sagte sie mit überraschtem Lächeln.

Am nächsten Tag brachte er ihr zwei gute Flaschen St. Emilion. Sie hieß Hannah d'Oliveira, war Famulantin, also beinahe fertig mit ihrem Studium, Sproß einer portugiesisch-jüdischen Familie, unverheiratet und imstande, Anja ein für allemal zur Episode werden zu lassen. Sie verabredeten sich zum Essen. Im Restaurant bemerkte sie, nach Kaplans relativierender Erzählung von Anja, folgendes: »Sieht so aus, als sei Liebe allein nicht genug, wenn zwei Menschen mehr oder weniger glücklich zusammenleben wollen, oder was meinst du?«

Mindestens ein halbes Jahr lang, während der ersten intensiven Monate ihrer Beziehung, fungierte dieser Satz als eine Art geflügeltes Wort, denn sie waren davon überzeugt, daß für sie das »mehr« galt: beide jüdisch, mit sich ergänzenden Berufen und Temperamenten, beide belesen, beide leidenschaftliche Esser.

Hannah zitierte den Satz sechs Jahre später in ihrem Brief, eine Woche nach ihrer Scheidung. Wir verstehen jetzt, wieso Kaplan dabei die Augen zukniff und eine schmerzliche Grimasse zog. Er sah ein, daß die Illusionen und Erwartungen von damals auf dem harten Boden der Realität zerschellt waren. Hannah wiederholte den Satz, den Refrain ihrer Verliebtheit, um die gemeinsam verlebte Zeit auf einen abschließenden Nenner zu bringen. Es endete, wie es angefangen hatte. Das Ganze hatte eine zyklische Form bekommen, und mit dieser Form war es nun hantierbar geworden. Mit der Wiederholung ebendieses kleinen Satzes zog Hannah, mehr noch als mit der rechtlichen Besiegelung vor dem Richter, einen Schlußstrich unter ihre Ehe.

Gleich nachdem er Hannahs Brief gelesen hatte, brach Kaplan zum ›Arti‹ auf.

Im Klub traf er wie immer Bekannte. Er wollte allein sein und doch nicht allein sein. Er wollte sich betrinken und Scham und Selbstmitleid in Alkoholdunst hüllen. Aber er wollte auch nüchtern bleiben und haarfein registrieren, was er fühlte, wie er dachte.

Abends kehrte er allein nach Hause zurück. Im Hausflur im dritten Stock stieß er auf seinen trinkfreudigen Nachbarn. Der hatte offenbar gerade noch die drei Treppen geschafft, dann aber nicht mehr die Kraft gehabt, den Hausschlüssel ins Schloß zu stecken, und war auf der Türschwelle eingeschlafen. Er verströmte einen höllischen Gestank.

»Ich half dem alten Saufbold. Wieso? Mußte wohl dringend was Gutes tun, denk ich. Nach der traurigen Lektüre Deines Briefes wär ich sogar meinem ärgsten Feind behilflich gewesen. Ich bin nicht gern der, der ich bin. Das erstaunt Dich, nicht? Ich hab zwar eine ziemlich klare Vorstellung davon, was für ein Mensch ich gern wär und was für ein Leben ich gern führen würde, aber es gelingt mir nicht, mein Verhalten meinen Wünschen anzupassen. Ich bin auf liebevolle Weise lieblos, auf aufrichtige Weise unaufrichtig. Irgendein Kritiker hat mal geschrieben, daß meine rat- und richtungslosen Figuren so symptomatisch für die heutige Zeit seien. Aber ich selbst bin so, und ich bin nicht gerade darauf erpicht, für irgendwas symptomatisch zu sein. Wer will schon als Symptom durchs Leben gehen?

Na schön – in der versifften Hosentasche von dem alten Saufbold fand ich einen Schlüsselbund, öffnete die Tür und schleppte ihn in sein Zimmer.«

(Nur der guten Ordnung halber: Diese Zitate stammen aus einem Brief, den Kaplan erst am Tag darauf an Hannah schreiben sollte. Sie sind aber bereits hier eingefügt, um die Schilderung dieses Abends ein wenig abwechslungsreicher zu gestalten.)

Der Saufbold war ein großer, schwerer Kerl, und es kostete Kaplan einige Mühe, den schlappen Körper über die Schwelle zu ziehen. Er ließ den betrunkenen Mann rücklings aufs Bett fallen und hievte dessen übermäßig große Füße hinauf. Noch nie hiergewesen, stellte Kaplan fest, daß das Interieur auch nicht mieser aussah als bei einer durchschnittlichen Studentenbude.

Er knöpfte dem Saufbold das Oberhemd auf, damit er besser Luft bekam, und zog ihm die schiefgetretenen Schuhe von den dünstenden Socken – so weit ging der Schriftsteller in seiner Bußübung.

»Ich nenn ihn immer alter Saufbold. Aber er hat auch einen Namen: Jaap de Vries. Als ich seine Schuhe neben das Bett stellte, hörte ich ihn flüstern: ›Sie ist tot.‹

Ich richtete mich auf und sah ihm ins Gesicht. Er lag noch genauso da, wie ich ihn hingelegt hatte, müde, mit geschlossenen Augen. Seine Wangen waren eingefallen und die dünnen, gesprungenen Lippen gaben, weil ihm das Kinn heruntergeklappt war, ein bodenloses Loch frei. Wie tot sah er aus. Aber dann bewegte sich der Adamsapfel unter der dünnen Gänsehaut seines Halses, er schloß den Mund und schmatzte.

›Sie ist tot‹, wiederholte er, kniff die Augen fest zu und weinte lautlos und ohne eine Träne. Nach wenigen Sekunden entspannte sich sein Gesicht wieder und zeigte nicht mehr die geringste Gefühlsregung. Wer war tot? Seine Mutter? Und war ihr Tod der Anlaß für die Volltrunkenheit, die er jetzt erreicht hatte?

Ein leichtes Zittern ging durch seine Augenlider, er sah mich an.

›Was machst du hier, Zimmermann?‹

Die brüchige Stimme, die den Tod der Frau beklagt hatte, hatte wieder dem tonlosen Blaffen Platz gemacht, das ich oft hinter der uns trennenden Schiebetür gehört hatte.

›Du hast in deinem eigenen Siff hier vor der Tür gelegen und deinen Rausch ausgeschlafen. Ich hab dich nur eben reingebracht. Das würd ich auch für 'nen Hund tun.‹

Er sah mich kurz forschend an und schloß die Augen.

›Hunde sind treu. Können nicht lügen. Du schätzt mich zu hoch ein, Kaplan.‹

Und wieder zogen sich seine grauen, borstigen Augenbrauen zusammen, er kniff krampfhaft die Augen zu und ein unsagbarer Kummer verzerrte sein Gesicht. Er weinte ohne Tränen. Nach wenigen Augenblicken ließ der Kummer sein Gesicht wieder los, und es schien, als schlafe er tief.

Ich ging zur Tür, um in mein Zimmer auf der anderen Seite der Schiebetür zu gehen – wir wohnen hier, nur durch eine Pappwand getrennt, im Grunde wie zwei Brüder nebeneinander, kennen die intimsten Dinge voneinander, wie in einer therapeutischen Wohngemeinschaft (welcher Verbrecher ist bloß auf diese Bezeichnung gekommen?) –, und da hörte ich ihn fragen, ob ich was zu trinken hätte. Ich dachte: Nein, abwimmeln, weg hier. Aber dann dachte ich: Ich hab Wodka da, und es steht mir frei, ob ich ihm die Flasche gebe oder nicht. Er ist nichts als ein ganz gewöhnlicher alter Saufbold, der mich noch dazu dauernd beleidigt, vor dem brauch ich mich nun wirklich nicht zu verstecken. Ich holte die Flasche.

Allein schon sich aufzurichten kostete ihn unheimliche Mühe. Erschöpft sah er mich aus kleinen Äuglein an. Sein Rücken lehnte an der braun angelaufenen Wand. Ich reichte ihm ein Glas, das er mit erstaunlich sicherer Hand entgegennahm und an den Mund setzte.

›Prost.‹

Eine kurze Bewegung aus dem Handgelenk, und das Glas war

leer. Er seufzte, saß in sich zusammengesunken auf dem Bett, den Kopf im Nacken, die Augen geschlossen. Ich nippte an meinem Glas, wollte eigentlich keinen Tropfen mehr trinken.

›Was ist das nur mit den Juden und der Zimmerei, Kaplan? Du zimmerst an Büchern, Josef zimmerte Tische und Stühle, und Jesus ein Kreuz. Ein Volk von Zimmerleuten.‹

›Worauf willst du hinaus, de Vries? Ich wußte gar nicht, daß du dich für Baukunde interessierst.‹

›Das eine Mal überschätzt, das andere unterschätzt du mich. Ich stelle nur fest. Ich mach die Augen auf, soweit das noch möglich ist, und ich seh die Juden eifrig zimmern, seit Jahrhunderten.‹

›Kein rassistisches Gewäsch, ja!‹

›Du verstehst mich nicht, Kaplan.‹

›Dann mußt du dich wohl deutlicher ausdrücken.‹

Ich hörte ihn schnaufen, er saß ganz reglos auf dem Bett. Gespräche zwischen uns hatten sich bis dahin auf den kurzen und heftigen Austausch von Verwünschungen beschränkt. Wenn ich nach unten wollte und ihn im Treppenflur entgegenkommen hörte, ging ich in mein Zimmer zurück und wartete, bis er weg war.

›Weißt du, Kaplan, ich hab nie begriffen, wieso so'n berühmter und erfolgreicher Typ wie du sich mit so 'ner Bude begnügt. Wie lange wohnst du jetzt schon hier? Ein halbes Jahr? Das ist doch nichts für einen in deiner Position!‹

›Ich brauchte was ganz auf die Schnelle. Und das hier war das einzige, wo ich innerhalb von wenigen Tagen einziehen konnte.‹

›Wieso mußte es denn so auf die Schnelle sein?‹

Ich zögerte. Konnte ich es ihm erzählen? Na ja, nächste Woche ziehe ich hier endgültig aus. Ich werde ihn nie wiedersehen.

›Meine Ehe ging kaputt.‹

Als Reaktion darauf begann er zu weinen. Und zum erstenmal kullerte ihm eine Träne, nur eine einzige, über die Wange. Als er sich wieder in der Gewalt hatte, fragte er:

›Wessen Schuld war das?‹

›Meine.‹

›Du bist ein Idiot, Kaplan.‹

›Ich glaube nicht, daß gerade du das beurteilen kannst, Jaap.‹

›Was du glaubst, kümmert mich nicht im geringsten, Zimmermann. Wir waren gerade bei der Baukunde, wenn ich mich recht entsinne. Zimmernde Juden. In Werkstätten, auf Friedhöfen, an der Erfolgsleiter. Welche Energie!‹

›Halt darüber die Klappe.‹

›Das laß ich mir in meinen eigenen vier Wänden nicht sagen‹, entgegnete er.

Ich erhob mich, nahm die Flasche und ging zur Tür.

›Bleib doch noch kurz‹, bat er.

Ich setzte mich wieder. Wir schwiegen lange.

›Gibst du mir noch ein Schlückchen von dem edlen Gesöff, Berühmtheit?‹

Ich schenkte ihm nach und sah wieder diese fließende kurze Bewegung des Handgelenks, die den Profi verrät.

Jaap wohnt hier mit einem hinkenden Mädchen, Lily. Ich hab sie ein paarmal gesehen, sie ist gar nicht mal unattraktiv, aber sie hat eine Beinprothese, die sie abends gegen die Wand lehnt. Jaap geilt sich am Stumpf ihres Beins auf, läßt in höchster Erregung seinen Samen darauf spritzen. Lily hat eine tiefe Raucherstimme und schreit rauh: ›Ich komme! Mach schnell! Oh, ich komme! Ja, ja, ja!‹ Ich kenne sie, wie ich mich selbst nicht kenne.

›Hast du Kinder, Kaplan?‹

›Nein.‹

›Wir müssen damit aufhören. Es liegt in unserer Hand, Schriftsteller, wir können Schluß machen mit dieser endlosen Kette von Unglück, das Unglück erzeugt. Wir bumsen einfach nicht mehr.‹

Das war Bluff. Jede Nacht und manchmal auch morgens und nachmittags und abends streichelte Jaap ihren Stumpf und flüsterte, daß Lily seine liebe, feuchte kleine Möse sei.

›Darf ich dir mal ’ne ganz persönliche Frage stellen, Kaplan?‹

›Du kannst fragen, was du willst. Ich weiß nur nicht, ob ich auch darauf antworte.‹

Er saß immer noch in sich zusammengesunken auf dem Bett, die Beine schlapp unter dem Rumpf, den Kopf zurückgelegt und die Augen geschlossen.

›Leidest du manchmal?‹

Nun hob er den Kopf und sah mich aus zwei schmalen Augenschlitzen an.

›Daß du nicht mehr ein noch aus weißt? Daß dich jede einzelne Sekunde quält wie eine Ewigkeit voll Schmerz? Na, Kaplan, jetzt glotz nicht so blöd! Das ist eine ausgereifte Frage, da brauchst du nicht wie ’ne Dumpfbacke an die Decke zu stieren.‹

Ich konnte nicht antworten.

›Wer ist tot, de Vries?‹ fragte ich.

Er kniff die Augen zu und wandte das Gesicht ab. Mit angehaltenem Atem biß er krampfhaft die gelben, lädierten Zähne zusammen. Ich hörte sie knirschen. Nach einigen Sekunden öffnete er die Augen wieder und sog hörbar Luft in seine Lungen.

›Jeder leidet auf seine Art‹, sagte er. ›Ich sauf mich zu Tode. Da liegt mein Talent. Darin bin ich verdammt konsequent. Dafür hab ich mich entschieden. Kannst du das auch von dir sagen, Berühmtheit? Rabbi Joshua sagte zu Rabbi Levi: Der, der das Leid mit Freuden hinnimmt, bringt der Welt Erlösung. Na, und genau das tu ich.‹

›Was hast du nur immer mit den Juden? Steckt etwa ein besoffener kleiner Antisemit in deiner Leber?‹

›Erzähl mir nichts von Juden, Berühmtheit. Ich weiß alles über sie. Mehr als du. Mehr als Abraham Soetendorp. Mein Vater war Rabbiner.‹

Was ist nur mit diesen Tagen, Hannah, was ist mit diesen Nächten?

›Du bist doch auch Jude, Kaplan, aber ein dummer Jude. Du

hast Talent, aber du bist ein dummer Jude aus'm Schtetl. Das geht durchaus, dumm sein und Talent haben. Ich hab kein Talent, aber ich bin auch nicht dumm. Ich leide, um dich zu erlösen. Das ist ein jüdischer Gedanke, den uns die Christen geklaut haben. Und sie haben noch mehr geklaut. Unsere Liebe zur Zimmermannskunst zum Beispiel.‹

Er hob die Hand und hielt mir sein leeres Glas hin. Ich schenkte nach.

›Wieso hast du mich hier reingeschleppt, Kaplan? Oder soll ich meine Frage lieber gleich selbst beantworten?‹

Wieder goß er sich den Wodka mit einer einzigen Bewegung in die Kehle, leckte sich die Lippen und ließ den Kopf wieder in den Nacken fallen.

›Ein König hatte zwei Diener. Er befahl ihnen, dreißig Tage lang keinen Wein zu trinken. Da sagte der eine Diener: Warum nur dreißig Tage? Ich bin bereit, den Wein ein ganzes Jahr oder sogar zwei Jahre nicht anzurühren. Doch indem er das sagte, schwächte er den Befehl des Königs ab. Der andere Diener sagte: Wie kann ich auch nur eine Stunde ohne Wein leben? Und damit würdigte er den König. Das ist jüdisches Denken, Kaplan, von dem du keine Ahnung hast. Du sitzt hier nur und glotzt mich an, als käme alles, was mich bewegt, aus einer anderen Welt. Du trinkst nicht, du leidest nicht. Du schenkst mir das Glas voll, trinkst aber selbst keinen Tropfen. Du sitzt da ganz wach und im Vollbesitz deiner Kräfte auf dem Stuhl, und ich liege hier benebelt und ausgepumpt auf 'ner dreckigen Matratze.‹

Plötzlich preßte er die Hände vors Gesicht. In der rechten Faust hielt er das leere Glas umklammert. Seine Schultern zuckten. Wieso weinte er? Als er die Hände sinken ließ und sein Gesicht wieder ungerührt aussah, sagte er, ohne mich anzusehen: ›Du sitzt hier, um dein edles Gemüt zu demonstrieren. Schön. Aber mir ist es egal, ob ich hier liege oder vor der Tür, in meinem Siff. Ich bin dir nicht dankbar, Berühmtheit. Du läßt mich völlig kalt.‹«

Jaap de Vries wiederholte immer und immer wieder, daß er Kaplan nicht dankbar sei. Er pfeife auf ihn. Es lasse ihn kalt, daß er von so 'nem *big guy* wie Kaplan ins Bett gelegt worden sei. Der berühmte Schriftsteller habe sich sogar der Schuhe des alten Saufbolds angenommen, na und?

Nach einer Weile war Kaplan gegangen. Er hatte die Flasche mitgenommen und trank bei sich ein Glas. Er hatte ein merkwürdiges Rauschen in den Ohren, ein mentales Rauschen, das sich unter jeden Gedanken drängte und ihn ruhelos machte. Es war, als würde das Geräusch immer stärker und hätte sich des Zentrums seines Geistes bemächtigt – das klang verrückt, aber anders ließ es sich nicht beschreiben. Er fühlte sich an den Rand seines inneren Denkbereichs gedrängt. In seinem Kopf herrschte eine tobende Masse, eine Art Taifun. Und in diesem Taifun wurden alle unverrückbaren und drückenden Tatsachen wie Geburt, Fortpflanzung, Tod, alle schmutzigen Gefühle von Ohnmacht und Verzweiflung und unerfüllten Sehnsüchten aufgewirbelt. Kaplan nahm schnell noch ein Glas Wodka und begann auf und ab zu gehen. Er müsse tief und regelmäßig atmen, sagte er sich und stapfte auf Socken zwischen der vernagelten Schiebetür und den Fenstern ohne Tauben, hinter denen die Nacht einen schwarzen Spiegel aufgestellt hatte, hin und her. Wenn er sich an der Schiebetür umdrehte, die Lungen vollsog und sich ununterbrochen vorbetete, daß er laufen und atmen müsse, laufen und atmen, fing er in den schwarzen Fensterscheiben sein Spiegelbild auf, meschugge und *schikker* obendrein. Da lief einer, der kurz davor war, wie ein Ballon zusammenzuschnurren, auch wenn er verzweifelt versuchte, Luft in sich hineinzupumpen. Da lief einer, der festsaß, auch wenn er sich zu bewegen versuchte.

In Nächten wie diesen werden Menschen verrückt, wußte Kaplan am nächsten Mittag, auf dem Bett liegend, nachdem er drei Stunden ohne Unterbrechung an dem Brief an Hannah gearbeitet hatte. Möglicherweise war er jetzt verrückt. Er fühlte sich von einer warmen, trostreichen Ruhe durchstrahlt, die seinem Körper unerschöpfliche Kraft und seinem Geist Schärfe und Mitleid verlieh. Ja, Mitleid. Vielleicht war er jetzt verrückt, aber dann war es angenehm, verrückt zu sein. Er konnte sich Schlimmeres vorstellen.

Wie zum Beispiel vergangene Nacht. Während er still zwischen der Schiebetür und seinem Spiegelbild in der schwarzen Scheibe auf und ab gegangen war, hatte allmählich sein Kopf ausgesetzt. So fühlte es sich jedenfalls an. Als ob der Taifun in seinem Schädel immer wilder und bedrohlicher wurde und ihn aus seinem Körper stoßen wollte. Bildlich gesprochen, natürlich. Es konnte nur noch eine Frage von Minuten sein, bis der Druck in seinem Kopf so unerträglich wurde, daß ihm der Schädel platzte. Und dann? Würde er sterben, allein, sang- und klanglos, in diesem armseligen Hinterzimmerchen im dritten Stock? Oder würde noch irgend etwas funktionieren und er würde in einem Heim irgendwo in der Provinz, wie eine Zimmerpflanze gehegt, graue Haare bekommen, Frührente beziehen und eines Tages, welk und verdörrt, seinen Stoffwechsel einstellen? Nein, er wollte bleiben, wer er war. Und zugleich auch wieder nicht. Er wollte ein besserer, runderer Mensch werden. Nicht ein guter und runder Mensch, das wäre zu hoch gegriffen, und er hatte nicht das Zeug zum Heiligen, aber einer mit wenigstens einem kleinen bißchen mehr Versöhnlichkeit, Aufrichtigkeit, Freundlichkeit. Er war ein jämmerlicher verfolgter Jude aus einem Schtetl. Es wurde Zeit, jetzt endlich mal die Assimilierung zu vollziehen.

Jaap de Vries, Sohn eines Rabbiners, rettete ihn aus dem tropischen Taifun. Mit Wucht ließ er die Faust auf Kaplans Zimmertür niedergehen. Der Schriftsteller, der gerade am Fenster wendete, um die sieben Schritte zur Schiebetür aufzunehmen, blieb erschrocken stehen. Der Saufbold natürlich, Streit, Geschrei, Beleidigungen, und diesmal vielleicht auch eine Handgreiflichkeit. Auch wenn er seine Schuhe abgestreift hatte und auf Socken über den Holzfußboden gelaufen war, er hatte Krach gemacht.

»Wer ist da?« rief Kaplan.

»Dein Nachbar. Ich wollt dir mal 'nen Besuch abstatten.«

Kaplan schaute auf seine Armbanduhr. Zwei Uhr nachts. Er öffnete die Tür. Jaap de Vries stützte den schweren, stinkenden Leib am Türrahmen ab. Mühsam verzog er das Gesicht zu einem Lächeln.

»Hallo, Berühmtheit. Ich dachte mir – na, schau doch mal beim Nachbarn rein.«

Er schlurfte ins Zimmer und sah sich neugierig um. Kaplan entdeckte ein Glas in seiner rechten Hand. Jaap kam nicht, um zu schreien, nicht seiner periodischen Dosis von Drohungen, verbalen Gewalttätigkeiten und imaginären Morden wegen, nein, er kam, um zu trinken. Und als Kaplan wenige Minuten später mit Jaap anstieß, wurde ihm plötzlich bewußt, daß der Taifun sich gelegt hatte. Die Anwesenheit von diesem Saufbold beruhigte. Solange Jaap da war, konnte Kaplan nicht einsam und allein sterben. Und solange Jaap da war, konnte er klar erkennen, daß zwischen seiner heutigen Verfassung und dem schleichenden Zerfall irgendwo in der Provinz noch eine breite Palette anderer Nuancen drin war. Zum erstenmal schätzte er sich glücklich, einen Nachbarn wie Jaap de Vries zu haben, der mitten in der Nacht vorbeikam, um einen zu heben.

Der Moskovskayapegel sank rasch auf den dicken Flaschenboden. Kaplan machte den Chivas Regal auf, den er vor drei Wochen nach einer Lesung in Alkmaar geschenkt bekommen hatte, und sie tranken, bis er draußen vor den Fenstern plötzlich das erste Licht eines neuen Tages bemerkte.

Jaap de Vries war auf Kaplans Bett eingeschlafen. Im Hintergrund der tiefen, mühsamen Atmung seines Nachbarn hörte Kaplan das vitale Gurren von Tauben. Tauben! Sie waren zurück! Die Geister der von ihm ermordeten Tauben waren endlich weggeflogen, und lebende, atmende, sich bewegende und redende Tauben hatten ihren Platz eingenommen. Leise stemmte Kaplan sich aus seinem Sessel hoch und wankte mit steifen, zitternden Gliedmaßen zum Fenster. Sein Kopf fühlte sich schwer an, eine Schleimschicht schien über seinen Augen zu liegen, die die Häuserzeile gegenüber ins Bild setzte, wie mit Weichzeichner aufgenommen, seine Kehle brannte, und seine Zunge war geschwollen, aber der wolkenlose Himmel und das muntere Gerede der Tauben, die geschäftig an den Fenstern entlangliefen, zogen ihn an. Er suchte Halt an der Fensterbank, ließ die Hände dann zu den Griffen des Schiebefensters wandern und schob es mit einem Ruck hoch. Erschrocken flatterten die Tauben davon.

Die Luft war prickelnd, reinigend, befreiend. Er fühlte, wie sie ihm kalt durch Nasenlöcher und Kehle in die Tiefe der Brust strömte. Er fühlte auch, wie die Haut seines Gesichts und seiner Hände zu atmen begann, als öffneten sich Tausende von Poren und tränken wie durstige Münder von der Luft. Die Tauben waren zurück. Der Tod war fort.

Kaplan zog seine Schuhe an und verließ das Zimmer. Jaap lag völlig weggetreten da und würde ihn in den nächsten Stunden nicht vermissen. Sein verwittertes Gesicht hatte die Züge eines unschuldigen Kindes angenommen. Kaplan liebte die unschuldigen Gesichter schlafender Menschen. Es wäre besser um die Welt bestellt, wenn jeder seine Entscheidungen im Schlaf treffen würde, ging ihm durch den Kopf, als er die Tür hinter sich schloß.

Die Straßen waren leer. Er schlurfte an prall gefüllten Müllsäcken und in Ungnade gefallenem Mobiliar am Gehwegrand vorüber und ging schließlich mitten auf der verlassenen Straße weiter. Da war mehr Platz, weniger Hundescheiße. Er war sich bewußt, daß er heruntergekommen aussah. Unrasiert, ungewaschen, in einem zerknitterten Zwölfhundert-Gulden-Anzug, auf dem sich in der vergangenen Nacht Whiskyflecken und Spuren von Ölsardinen und Käsecrackern mit eingelegtem Ingwer angesammelt hatten. Er sah aus wie ein Penner, aber was kümmerte ihn jetzt schon, was irgendwer denken mochte, der nach dem Weckerklingeln aus dem Fenster sah und dort einen leicht verlotterten Typ registrierte? Während er rein äußerlich den Eindruck erweckte, ausgebrannt und mit seinem Latein am Ende zu sein, fühlte er sich innerlich wie neugeboren. Seit langem hatte er keinen Morgen mehr bewußt wahrgenommen. *Damn it,* er hatte nachts gelebt und den Morgen überschlagen. *Wrong, wrong, man!* rief er sich zu. Seine Muskeln wurden immer gefügiger, seine Bewegungen geschmeidiger. Urplötzlich beschleunigte er seine Schritte und rannte drauflos. *Run, run, man!* Sein Brustkasten sog die köstliche Luft in sich hinein, seine Füße federten locker auf dem Asphalt ab, seine zu Fäusten geballten Hände tanzten rhythmisch an den Körperseiten vor und zurück, seine Augen verloren ihre schleimigen Schuppen – da lief er, Leo Kaplan, Schriftsteller und Suchender, rennendes Symptom alles Rat- und Richtungslosen. Mit breitem Grinsen stob er auf das Museumplein. *Here I am! Here I am!* Er flatterte über die Bushalteinsel in der Mitte der breiten, offenen Straße, erfüllt von erhabener Dankbarkeit für diesen gläsernen Morgen, für seine elastischen Beine und seine weite Brust, mit der er nun diesen ausgedehnten Platz in sich aufnehmen konnte. *Take it! Take it!* Er schnappte sich die Luft vor seinem Gesicht, trat die braunen Pflastersteine unter seinen Füßen beiseite und schlug mit seinen Fäusten die Nacht in Stücke. *Shake it, baby! Shake it!*

Im Durchgang unter dem Rijksmuseum brach er zusammen.

Es war, als zerrissen ihm die Lungen, als fielen ihm die Knie ins Schloß, als ginge ihm das Herz durch. Er verlor das Gleichgewicht, kippte vornüber und konnte sich in der Luft gerade noch drehen, ehe er auf den steinharten Boden knallte. Seine Schulter und sein linker Arm fingen den Aufprall ab. Er wirbelte ein paarmal herum und blieb stöhnend liegen. Im Gewölbe der dunklen Passage hallten die Geräusche seines Sturzes noch sekundenlang nach.

Mit verwirrtem Kopf und taubem Körper richtete Kaplan sich desorientiert in dem Tunnel unter dem Rijksmuseum auf. Sein unerträglich schnell klopfendes Herz empfand er wie ein Fremdorgan. Er haßte es für seine unverschämte Macht. Auch seine Atmung war in Wallung geraten wie bei einem fetten alten Dackel nach einer Runde um den Block. Eingeschüchtert von den Lauten und Vibrationen des eigenen Körpers setzte er sich wieder in Bewegung.

Nun steuerte Kaplan den stillen Weteringcircuit an. Er hatte viel getrunken und nicht mal eine Stunde geschlafen. Er war ins Laufen verfallen, weil die leeren Straßen und der reiche Sauerstoff in seinen Lungen nach Aktivität schrien. Aber er war keine zwanzig mehr. Er war ein Mann von fast vierzig, der viel saß, fraß und soff. Am Weteringcircuit angelangt, stieg er, müde vom Laufen, in die frühe Straßenbahn ein, die er schon von weitem hatte kommen hören. In der leeren Straßenbahn nahm er direkt an der Tür Platz, sah, daß dieser Sitz für Behinderte reserviert war, und setzte sich mit langsam zur Ruhe kommendem, abergläubigem Herzen woandershin. Er schlief sofort ein.

An der Endhaltestelle wurde er barsch vom Fahrer wachgerüttelt. Beduselt stieg er aus, hörte noch, wie der Fahrer ihn einen dreckigen Penner schimpfte, und suchte in der unbekannten Straße nach einem Halt. Was machte er hier? Warum war er nicht zu Hause? So konnte es nicht weitergehen. Er mußte aufhören damit.

Der Schriftsteller stand unter blauem Himmel und im sanften Licht der Morgensonne gegenüber vom Eingang zum Zoo, eine breite Front von Cafeterien und Imbissen im Rücken, die für Eltern, welche mit hungrigen und durstigen Kindern aus ›Artis‹ herauskamen, eine unüberwindliche Barriere darstellten. Kaplan sah, daß eines der Lokale schon die Türen geöffnet hatte. Er ging hinein und bestellte sich einen schwarzen Kaffee und einen Strammen Max.

Er mußte im voraus bezahlen – das erste Mal, daß ihm das passierte. Im halbblinden Spiegel der Toilette betrachtete er sich: rote, verquollene Augen, dichter Stoppelbart (er hatte einen kräftigen Haarwuchs), gesprungene Lippen, schmutziger, zerrissener Anzug (sein schönster, gekauft im Society Shop in der noblen Van Baerlestraat anläßlich der Filmpremiere von *Hoffmans Hunger*). Über seinem fetttriefenden Strammen Max nickte er in der wohligen Sonne hinter dem großen Fenster erneut ein, das fleckige Besteck in den Händen, das müde Haupt neben dem kalt gewordenen Kaffee.

Wieder wurde er geweckt, diesmal freundlicher. Es war schon fast neun, in der Cafeteria saßen andere Gäste.

Kaplan verließ das Lokal und blieb kurz in der warmen Sonne stehen, die prall auf die weißen Häuserfassaden schien. Er fühlte sich frisch und ausgeruht und hatte nicht die Absicht, jetzt gleich in sein Armenzimmerchen zurückzukehren, wo ein schwerer, betrunkener Mann auf seinem Bett lag und vor sich hin stank. Was machte er also? Er überquerte die Straße, um sich mal den Zoo anzusehen.

Die Tore von ›Artis‹ waren noch geschlossen. Er lief zu den Kassen und wollte auf die Tafel mit den Öffnungszeiten schauen, als ihm jemand mit gepreßter, kehliger Stimme zurief: »Die machen gleich auf!« Es war ein stämmiger, mongoloider Junge in dickem Wintermantel. Sein Gesicht war ganz rot vor Hitze. Mit fröhlichen Augen sah er Kaplan an.

»Sie können ruhig warten. Die Tore werden gleich aufgemacht«, sagte der Junge in einem Ton, den er wohl von seiner Mutter hatte.

Kaplan lächelte, nickte.

»Zu wem wollen Sie?« fragte der Junge. Seine Stimme klang, als sei seine Nase verstopft, er sprach ganz hinten im Rachen.

Kaplan begriff sofort, was er meinte, suchte aber nach einer Antwort. Das dauerte dem Jungen zu lange.

»Na, zu wem wollen Sie?« wiederholte der Junge nun ganz ernst.

»Ich möchte mir alle Tiere ansehen. Aber vor allem die Krokodile.«

Der Junge nickte verstehend.

»Ich will zu Max«, sagte er.

»Max?« fragte Kaplan.

»Ja, ich will zu Max.«

Kaplan nickte ebenfalls verstehend, verstand aber gar nichts.

»Er ist krank«, sagte der Junge mit sorgenvoller Stimme und plötzlich betrübtem Blick.

»Das ist nicht so schön«, entgegnete Kaplan. »Aber Max wird wohl wieder gesund werden.«

Der Junge stampfte wütend mit dem Fuß auf. »Max *muß* gesund werden«, verbesserte er Kaplan, »ich sehe jeden Tag nach ihm. Max ist jetzt schon... zehn Tage krank. Kommen Sie mit?«

»Ja, natürlich komm ich mit zu Max. Ich möchte zu allen Tieren, also auch zu Max. Wo wohnt er denn jetzt?«

»Im Affenhaus natürlich!« rief der Junge aus, als habe er gerade die dümmste Frage seines Lebens gehört.

»Ach ja, natürlich, im Affenhaus.«

Gemeinsam gingen sie als erste Besucher in den Zoo hinein. Der Junge hatte eine Jahreskarte. Besorgt führte er Kaplan eiligen Schrittes zum Affenhaus. Er heiße Peter, antwortete er auf Kaplans Frage und wiederholte, als er den Namen Leo vernommen hatte, die Tonfolge, bis sein Gedächtnis sie gespeichert hatte. Er ging jeden Morgen in den Zoo, kam mit der Straßenbahn und ging hinterher zu einer Tante in der Roetersstraat. Auch das mache er ganz allein, sagte er stolz. Kurz vor dem Affenhaus konnte Peter nicht mehr an sich halten und rannte mit seinen schwerfälligen Bewegungen voraus. Als Kaplan ihn im Gestank und in der

Hitze des kleinen Gebäudes wiederfand, stand der Junge über das Gitter gebeugt, das die Besucher von den Käfigen fernhalten sollte, die Knöchel seiner Fäuste weiß, den Mund mit den wulstigen, feuchten Lippen weit geöffnet. Er starrte in einen leeren Käfig. Kaplan legte eine Hand auf seine Schulter.

»Ist Max nicht da?« fragte er.

Peter antwortete nicht, stand reglos am Gitter.

»Komm, dann erkundigen wir uns jetzt zusammen, wo Max ist. Vielleicht ist er irgendwo zu Besuch.«

Peter nickte, heftig und lange. Behutsam zog Kaplan ihn mit.

»Max ist schon alt«, erzählte Peter mit seiner tiefen, traurigen Kehlstimme, »und wenn man alt ist, stirbt man.«

Wider besseres Wissen antwortete Kaplan: »Aber Max ist doch ein großer, starker Affe...«

»... Ein Gorilla«, präzisierte Peter.

»Eben. Max ist ein mächtiger Gorilla. Der stirbt nicht so eins, zwei, drei.«

Sie wurden an die Krankenstation verwiesen. Dorthin sei Max gestern nachmittag gebracht worden. Peter ging mit gesenktem Kopf neben Kaplan her, die Arme stramm am Körper. Er machte große Schritte, sein Oberkörper ruckte bei jeder Bewegung. Kaplan sagte, daß die Ärzte von ›Artis‹ sehr gelehrt seien, doch Peter reagierte nicht.

In die Krankenstation durften sie nicht hinein. Der Pförtner, ein magerer Mann mit melancholischen Augen und Musikerhänden, wollte wissen, um was es gehe. Und dann schüttelte er mit entschuldigendem Lächeln und einer eleganten Handbewegung, die ausdrückte, daß alles vergebens sei, den Kopf.

»Max ist gestern nachmittag gestorben.«

»Gestorben?« wiederholte Peter.

Draußen, in der warmen Sonne und umgeben von den Lauten und Gerüchen Hunderter von Tieren, blieb Peter plötzlich stehen. Er hatte nicht reagiert, nichts gesagt.

»Gestorben... ist das dasselbe wie tot?«

Kaplan nickte. »Ja.«

Der Junge sah ihn verzweifelt an. Seine Augen tasteten Kaplans Gesicht ab, flehten um eine Verneinung. Und dann öffnete er den Mund und schrie lange und tief und voller Verzweiflung. Die Tiere in den Käfigen quiekten, quakten, knurrten und trompeteten. Der ganze Zoo antwortete lauthals auf diesen Schmerzensschrei, ein donnerndes Getöse stieg aus ›Artis‹ auf und wogte über die Stadt. Aber zu hören war es nur für den, der davon wußte.

Kaplan legte die Arme um den Jungen und fühlte, wie der große Körper rückhaltlos weinte und bebte. Und auch Kaplan kamen die Tränen. Warum? Weil Max, der Gorilla, nun tot war.

Er hatte Max nicht gekannt, hatte ihn nie gesehen und konnte nicht ausschließen, daß sie sich womöglich gar nicht gemocht hätten. Doch nun war sein Käfig verwaist, das starke Gorillaherz hatte aufgehört zu schlagen, ein Leben war beendet. War das nicht Grund genug zu trauern? Der mongoloide Junge schniefte auf das teure, schmutzige Jackett vom Society Shop, und Kaplan beneidete den Jungen um seine Aufrichtigkeit, Hingabe und Liebe. Er weinte mit ihm, weil Max nicht mehr unter den Lebenden weilte.

Er begleitete den Jungen in die Roetersstraat, konnte ihn aber nicht trösten.

In der Straßenbahn nach Hause kam ihm der Gedanke an einen Brief an Hannah. Er wollte ihr schreiben, wie die vierundzwanzig Stunden nach Empfang ihres Briefes verlaufen waren.

Als er sein Mietzimmerchen betrat, stellte er fest, daß Jaap gegangen war und die Bettdecke fein säuberlich glattgestrichen hatte. Kaplan fühlte sich erschöpft und zugleich voller Erwartung und Vertrauen und von unendlicher Liebe erfüllt. Zu Hannah und Max und der ganzen Mischpoke. Er zog sich aus und schlief auf der Stelle ein, im angetrockneten Schweiß Jaaps, der ihm nicht erzählt hatte, um wen er trauerte.

Am späten Nachmittag wurde er wach. Er setzte sich an den Brief, schrieb mehr als drei Stunden lang und legte schließlich den Stift beiseite, um über die Passage mit dem Sturz nachzudenken.

Doch darüber fiel er erneut in Schlaf. Und als er den Brief am Tag darauf noch einmal durchgelesen hatte, entschied er sich, ihn nicht abzuschicken. Er hatte einen hysterischen Anfall gehabt. Moskovskaya. Schlafmangel. Eine geprellte Schulter, eine leichte Gehirnerschütterung.

Kaplan zerriß den Brief. Daß wir den unvollendeten, nie abgeschickten Brief trotzdem gelesen haben, kommt daher, daß es sich hier um eine Geschichte handelt. Wenn auch eine wahre Geschichte. Selbst in so einer wahren Geschichte gibt es jedoch Details, die unerklärlich bleiben. Im selben Moment, da Kaplan in Hannahs Brief den Refrain ihrer Verliebtheit gelesen hatte, war im Zoo Max, der Gorilla, gestorben, und die hinkende Lily mit dem Stumpf, auf den Jaap so verrückt war, hatte sich auf der Station Bijlmer vor den heranbrausenden Intercity nach Utrecht geworfen. Was hat diese Synchronizität zu bedeuten? Wissen Sie es? Bitte, was hat das zu bedeuten?

12

Giardino Zoologico, Mailand

Auch Gorillas haben Familie.

Max zum Beispiel hatte in vielen europäischen Hauptstädten Verwandte, das war wie bei einer alten Bankiersfamilie, die sich über ganz Europa verzweigt hat. Wie das kam? Max' Vater, ein gewisser Günther aus Zürich, war zu seiner Zeit ein gefragter Zuchtgorilla gewesen, ein Klotz von Gorilla mit einem Brustkasten wie ein Zirkuszelt, Muskeln wie schwere Spannseile und Hoden wie Trommeln, auf die sein Pimmel beim Laufen fröhlich einschlug. In einem komfortablen Käfig reiste er per Bahn durch Europa und vollführte überall seine Künste.

Mit Günther dem Spritzer, wie er von seinem Wärter liebevoll genannt wurde, bestellte sich eine Zoodirektion einen bereitwilligen Fachmann. Kaum wurde sein Käfig auf ein Zoogelände gefahren und Günther roch mit geübter Nase das empfängnisbereite Weibchen, da ging sein Geschlecht schon wie ein Schlagbaum in die Höhe, und mit leicht schaukelndem Gang näherte er sich dem Weibchen, das ihm untertänig das rosa Hinterteil hinstreckte, um ihn zur Tat zu bewegen. Doch Günther wußte auch ohne das, was man von ihm erwartete. Er erledigte seine Arbeit mit schweizerischer Präzision.

Max hatte eine Halbschwester in Mailand. Ein Prachtweib mit gesundem, dickem Fell, kräftigen Kiefern und Hüften gleich den Kotflügeln eines Mercedes. Und so hieß sie auch, nach der Tochter des damaligen Zoodirektors. Der fuhr einen Lancia und war mit einer Spanierin verheiratet. Mit ihr hatte er schon vor der Heirat vereinbart, daß sie ihren Kindern abwechselnd italienische und spanische Namen geben würden. Den ersten einem Sohn: Alfredo. Den zweiten einer Tochter: Mercedes.

Zwei Tage nach der Geburt des Mädchens Mercedes bekam die Gorillafrau Emilia ihr Kind von Günther dem Spritzer. Und das Affenmädchen wurde nach der Tochter des Chefs benannt. So hatten Bonifacia, die Frau des Direktors, und Emilia, die mailändische Gorillafrau von Günther, trotz vieler Unterschiede doch eines gemein: Beide waren sie Mütter einer gesunden Tochter namens Mercedes.

Bonifacia, eine stolze Madrileña, fühlte sich durch die Ehrung ihrer Tochter und damit auch ihrer eigenen körperlichen Qualitäten sehr geschmeichelt. Doch schon bald begann ihr die große Aufmerksamkeit, die Emilia und ihrer Gorillatochter Mercedes entgegengebracht wurde, Unbehagen zu bereiten. Jede Menge Zeitungsfotos von der dreihundertfünfzig Kilo schweren stolzen Mutter und ihrem Kind, nichts aber über Bonifacia mit ihren zweiundfünfzig Kilo. Eine Gorillamutter war offenbar interessanter als eine Menschenmutter. Bonifacia begann Emilia zu hassen.

Als die beiden Mercedes ein Jahr alt wurden, oder genauer gesagt: am Tag zwischen den Geburtstagen der beiden Mädchen, erlangte Bonifacia Gewißheit über etwas, was sie schon sehr lange vermutet hatte: Ihr Mann hatte was mit seiner Sekretärin. Deswegen vernachlässigte er seine Frau, der er, seit sie mit Mercedes schwanger gewesen war, nicht mehr ehelich beigewohnt hatte. Sie haßte Emilia, und sie haßte ihren Mann.

Bonifacia konfrontierte ihren Mann mit ihrem Wissen. Zunächst stritt er alles ab. Bonifacia weinte, warf ihm Betrug vor. Seinetwegen habe sie ihr Land verlassen, er interessiere sich mehr für die Tochter dieses Affen als für seine eigene Tochter. Sie warf mit Geschirr um sich und riß das Tischtuch mit der Spaghettischüssel und der Paellapfanne vom Tisch. Ihr Mann geriet dabei in Mitleidenschaft und darüber außer sich und schlug sie und bekannte schreiend, daß er Fabrizia liebe und die Schnauze voll habe von der arroganten spanischen Zicke, mit der er verheiratet sei.

Bonifacia tat, was sie tun mußte: Sie sorgte für Krawall. Mitte der sechziger Jahre war ein Zoodirektor, der vom Trapez Gebrauch machte, ein gefundenes Fressen für die italienische Boulevardpresse. Er wurde fotografiert, als er mit Fabrizia aus der Wohnung kam, die sie gemeinsam bezogen hatten. Er wurde vor den Gemeinderat zitiert. Bonifacia goß Öl ins Feuer, stellte ihn in den Zeitungen an den Pranger und ließ sich mit Tränen in den Augen und ihrer Mercedes auf dem Arm ablichten. Die Fotos brachen den Lesern das Herz.

Der Direktor wurde auf die Straße gesetzt, floh aus der Stadt und ließ sich später in Rom nieder. Der Mann, der Günther den Spritzer hatte kommen lassen, wurde für genau das verurteilt, was man bei Günther so sehr rühmte. Günther vögelte in ganz Europa, und das war in Ordnung. Der Direktor vögelte nur Fabrizia, und das war nicht in Ordnung.

Bonifacia verzehrten Haß und Eifersucht; in ihren nächtlichen Alpträumen ermordete sie Emilia.

Emilia wußte von nichts. Sie wußte nicht einmal, daß der Bursche, der sie befruchtet hatte, Günther hieß. Ja, die Experten waren sich sogar noch immer nicht über die Frage einig, ob Emilia überhaupt etwas wissen konnte und, falls ja, wie dieses Wissen bei ihr funktionierte.

Nach dem Verschwinden ihres Mannes ging es mit Bonifacia rapide bergab. Sie zog in eine armselige kleine Mietwohnung in einem Vorort von Mailand und fing an zu trinken. Sie verlotterte und haßte sich und die Welt. Als ihr Töchterchen Mercedes in der kalten, zugigen Wohnung fünf Jahre alt wurde – mit mickrigen Geschenken, mickrigen Girlanden, mickrigem Kuchen –, wurde im Tiergarten ein großes Fest gefeiert. Die andere Mercedes feierte ja auch ihren fünften Geburtstag.

Drei Tage später ging Bonifacia in den Zoo. Obwohl sie augenscheinlich betrunken war, ließ man sie mit ihrer Eintrittskarte auf Lebenszeit unverzüglich herein. Sie drang in den noch geschmückten Käfig ein und tötete die andere Mercedes vor den Augen Emilias mit drei Kugeln.

Vor Wut und Trauer brüllend, zerquetschte Emilia daraufhin das feinsinnige spanische Köpfchen Bonifacias und wurde zehn Minuten später von einem bewaffneten Tierarzt zur Strecke gebracht.

Wer hätte erwartet, daß die Vergnügungsreise von Günther dem Spritzer in so einer südländischen Tragödie enden würde? Diese Geschichte voller Leidenschaft, Eifersucht und Haß mit tödlichem Ausgang sprengte die Schlagzeilen der italienischen Boulevardblätter. Zwei Wochen befaßten sie sich nur noch mit dieser tragischen Affäre. Diverse Artikel über Bonifacia, ihre Eltern, ihre Kindheit und Jugend in Madrid, ihre Begegnung mit dem italienischen Biologen; natürlich auch Artikel über dessen Eltern, dessen Kindheit und Jugend in Genua, dessen Begegnung mit der spanischen Schönen, dessen Trapezakt mit Fabrizia.

Der schönste Artikel stand in der neapolitanischen Sensationszeitung *Le Ultime Notizie.* Auf einem graphisch dargestellten Stammbaum prangte ein Foto von Günther dem Spritzer als Stammvater eines Adelsgeschlechts. Er befand sich am Scheitelpunkt der Krone, und unter ihm, auf vielen Ästen und Zweigen, folgten seine Nachkommen, worunter auch Mercedes und Max.

Über der Graphik stand: *Auch Gorillas haben Familie. (Anche i gorilla hanno famiglia.)*

13

Via delle Terme di Tito

Plötzlich begriff Ellen.

Ein paar Tage lang hatte sie mit ihrer Putzfrau das römische Appartement gründlich auf den Kopf gestellt. Sie ackerten, bis sie auch den letzten Krümel und das letzte Staubflöckchen beseitigt hatten. Ellen hatte diesen Großputz schon vor Wochen mit Carmela vereinbart, und sie war froh, beschäftigt zu sein, während die Sache mit dem wahnwitzigen Tod von Bob und Maria abgewickelt wurde.

Beim Ausräumen eines Küchenschranks stieß Ellen, in alten Shorts und T-Shirt und mit einem Schal um den Kopf, auf die Alubrotbüchse mit dem matten Plastikdeckel, die Maurits früher immer mit in die Schule genommen hatte. Jahrelang hatte sie mit größter Fürsorge Butterbrote hineingelegt, manchmal ergänzt durch etwas Obst oder ein paar Kekse, als sogenannter Überraschung. In den letzten Jahren, bevor er nach Amsterdam gegangen war, hatte Maurits die Büchse eigenhändig mit Butterbroten gefüllt. Sie hatte es aber nicht lassen können, doch noch eine Überraschung dazuzuschmuggeln, wenn er mal kurz nicht hinsah, weil sie glaubte, daß es schön sein müsse, die nimmermüde Fürsorge der Mutter zu spüren, wenn man sein tägliches Pausenbrot aß.

In den Jahren, in denen Maurits allein für sich hatte sorgen wollen – na ja, er wollte wie jeder Heranwachsende selbst bestimmen, womit er sein Brot belegte –, hatte Ellen die Brotbüchse auf dem Tisch gesehen und gewartet, bis ihr Sohn seine Tasche gepackt oder seine Zähne geputzt hatte oder noch einmal auf die Toilette gegangen war. Und jedesmal wenn sie die Alubüchse mit dem Plastikdeckel gesehen hatte, an jedem Schultag, jedesmal wenn ihr Kind davongezogen war, um erwachsen zu werden, hatte es ihr die Kehle zugeschnürt, und sie hatte nur mit Mühe die Tränen zurückhalten können. Eine blödsinnige Büchse mit Butterbroten. Beim Anblick dieser Büchse hatte sie eine unendliche Liebe zu ihrem Kind empfunden und Maurits gerührt nachgeschaut, wenn er aus dem Haus ging. Sie hatte das zwar übertrieben und sentimental gefunden, aber es hatte sie jedesmal wieder überkommen.

Jetzt, beim Frühjahrsputz, fand sie die Büchse wieder. Und plötzlich begriff sie, was diese Rührung hervorgerufen hatte.

Was da auf dem Frühstückstisch gelegen hatte, war keine kalte, gefühllose Materie gewesen, sondern die Nahrung ihres Sohnes. Er würde diese Butterbrote essen, und schon jetzt, in ihrem Aluhäuschen wartend, waren sie zu einem Teil von ihm geworden. Auf was sie hier geschaut hatte, das war eine Wiege gewesen, in der ihr Kind lag, klein, schuldlos, zart. Die Nahrung in der Brotbüchse war heilig. Sobald ein Stück Brot in die Aludose gelegt wurde, veränderte es seine Zusammensetzung. Es wurde zum Leib ihres Sohnes. An jedem x-beliebigen Morgen war sie somit Zeugin eines göttlichen Moments geworden.

Obwohl die Büchse nicht schmutzig war, hielt sie sie unter den Wasserhahn, trocknete sie ab und ließ sie für eine Weile durch ihre Hände wandern und befühlte das zerkratzte Metall, als wäre es die zarte Haut eines Kindes.

14

Station Bijlmer

Was war mit Lily geschehen, der hinkenden Freundin von Jaap de Vries, der Frau mit dem Oberschenkelstumpf, über den Jaap so hoffnungsfroh seinen Samen austeilte, als erwarte er, daß aus den Spermien ein anmutiges Knie und ein mit festen Muskeln versehener Unterschenkel mit einem zierlichen Fuß wachsen würde?

Jaap und Lily, beide Alkoholiker und auf bestem Wege zur Leberzirrhose, hatten sich vor zwei Jahren in einer Kneipe kennengelernt. Beide hatten ihre Kindheit nicht ohne Blessuren hinter sich gebracht. Jaap hatte von seinem Vater, Rabbi de Vries, eine ziemliche Macke abbekommen, und Lily hatte ein gutes Dutzend Heime durchlaufen.

Ihre Mutter war Prostituierte, ihren Vater hatte sie nie kennengelernt. Mit sechzehn war Lily ihrer Mutter in deren Gewerbe nachgefolgt. Sie war am Oudezijds Voorburgwal und am Kopf der Spuistraat auf den Straßenstrich gegangen.

Ein Jahr bevor sie Jaap kennenlernen sollte, an einem Abend, an dem ein eisiger Wind wehte und immer wieder mal ein heftiger Schauer niederging, wurde Lily von einem Surinamer in einem alten Datsun aufgelesen. Die Heizung in dem Wagen arbeitete auf Hochtouren, es war kuschelig warm. Der Surinamer wollte eine klassische Nummer, nur rauf und runter, nichts weiter. Sie vereinbarten einen Preis, und der Mann fuhr in eine Straße am Hafen, wo es still und verlassen war und sie das Ganze ungestört in die Praxis umsetzen konnten.

Der Schlag war ohrenbetäubend. Im nachhinein erinnerte Lily

sich daran, als hätte sich alles in Zeitlupe abgespielt, wie in einem Film. Sie sah, wie sich die Schnauze eines Lastwagens durch die Tür hinter dem Mann bohrte, die Scheibe barst und zersplitterte, der Surinamer vergeblich das Lenkrad herumriß. Sie blieb bei Bewußtsein, während Feuerwehrleute verzweifelt versuchten, sie mit Schneidbrennern aus dem Wrack zu befreien, zwanzig Minuten lang, neben ihrem toten Kunden, der zerfetzt war wie ein gargekochtes Hühnchen, dessen Fleisch von den Knochen fällt.

Lily verlor ihr linkes Bein ab etwas oberhalb des Knies; ihr linker Arm, der mehrfach gebrochen war, blieb ihr erhalten. Jaap hatte eine spezielle Beziehung zu Lilys Stumpf. Wenn er sie bumste, hatte er das Gefühl, nicht nur einen lebendigen, sondern auch einen toten Körper in Besitz zu nehmen. Er bumste die menschliche Würde und den menschlichen Verfall, er bumste den Weg ins Leben und den Stumpf des Todes. Auf die ihm eigene, hoffnungslose Art liebte er Lily. Er vertrimmte sie, verwünschte sie, schlug ihr ins Gesicht, doch zugleich war sie das einzige menschliche Wesen, das ihm am Herzen lag, diese unvollkommene Frau, unvollkommen wie das Leben selbst.

Einen Monat bevor sie sich vor die gelbe Lok des Intercity nach Utrecht warf, hatte Lily festgestellt, daß sie schwanger war. Sie behielt es für sich, weil sie unsicher war, wie Jaap darauf reagieren würde. Sie malte sich aus, wie es wäre mit einem Kind, war sich ganz sicher, daß es eine kleine Tochter werden würde, spürte, wie sehr sie sich nach einem eigenen Baby sehnte, nach der Liebe, die das Kind ihr entgegenbringen würde, und nach der Liebe, die sie dem Kind entgegenbringen würde. Doch dann begann sie Blut zu verlieren und ging eines Morgens in das Academisch Medisch Centrum im Stadtteil Bijlmermeer. Ein Arzt untersuchte sie und machte den Wassermanntest. Die Reaktion war positiv. Der Arzt erklärte ihr das Ergebnis: Ihr Kind habe Syphilis, sie habe ihr Kind angesteckt. Man nahm sofort einen Abortus vor.

Nachmittags durfte sie das Krankenhaus wieder verlassen, noch ganz schwindelig vom Blutverlust und verzweifelt, weil sie nun wußte, daß sie nie mehr ein Kind zur Welt bringen konnte. Auf der Station Bijlmer wartete sie auf die U-Bahn ins Stadtzentrum. Von weitem näherte sich der Intercity. Die Schienen neben dem Bahnsteig machten ein singendes Geräusch.

15

Via Michele Mercati

Auch Maria, die Kaffeeausschenkerin mit den roten Stöckelschuhen, war tot. Sie hatte ohne Bluse, aber in dunkelblauem Baumwollrock (dessen Reißverschluß auf der Hüfte offenstand) im Tennisarm des jungen Diplomaten Bob Govers gelegen. In der kurzen Zeit, die dieser im diplomatischen Dienst tätig gewesen war, hatte er als Schürzenjäger und chronischer Trinker Furore gemacht. Seine graue Hose und seine hellblaue Unterhose hingen ihm auf den Knien. Ein Wahnsinniger auf Hundepfoten hatte ihnen kochendes Blei ins Hirn geschossen.

Als Frank es ihr erzählte, starrte Ellen ihn fassungslos an. Warum denken Intellektuelle oder die, die sich dafür halten, nur immer, daß ihr Intellekt Gewalt fernhielte? Sie leben vorzugsweise in Welten, die von Vernunft regiert werden, und verlieren dabei gern aus dem Blick – Vernunft kann Unvernunft nun mal nicht fassen –, daß es Welten gibt (um die Ecke, im Keller, auf dem Dachboden), in denen nach den schwer faßbaren Gesetzen der Unvernunft gelebt wird.

In der Botschaft herrschte eine Woche lang helle Aufregung. Ein ganzes Team vom *Telegraaf* rückte an, und auch ein Reporter vom Radiosender VPRO umschlich die Diplomaten mit seinem kleinen Sony-Recorder, *duty free,* in einer gelben Tragetasche von Schiphol Airport. Zwei Wochen später druckte die *Nieuwe Revu* die offiziellen Polizeifotos ab. Das Vaterland schauderte und schwelgte.

Verständlich, daß die Sache für Ellen ein ziemlicher Schock war. Es war das erste Mal, daß jemand aus ihrem näheren Umfeld das Opfer dumpfer Gewalt geworden war. Ein einziges Mal hatte sie in Afrika eine Revolution miterlebt, die stilgerecht abgewickelt wurde: der Präsident und die Minister an die Wand und hier und da ein leicht kannibalistisches kleines Blutbad, wonach sich die Volksdemokratie erneut dem Willen des Volkes widmete. Bis vor kurzem hatte der Wahnsinn immer nur nach Fremden gegriffen. Jetzt rückte er näher.

Bob, ein sympathischer junger Mann mit schnittiger Sonnenbrille auf dem blonden Schopf und knallgelbem oder bordeauxrotem Pullover um die Schultern, hatte es mit jedem italienischen Macho aufnehmen können. Frauen waren für ihn ausschließlich zum Vergnügen dagewesen. Und seltsamerweise waren sie auch scharenweise auf seine durchsichtigen Verführungstricks hereingefallen. Unter anderem hatte er von dem Spielchen mit den Nacktfotos Gebrauch gemacht. Er hatte sich dumm und dämlich gevögelt. Frank erzählte, daß Bob in den letzten vier Wochen seines Lebens mindestens neun Frauen vernascht habe. Maria so gut wie täglich und zusätzlich noch die eine oder andere von den übrigen acht. Wenn Frank das Kapitel über den *Giardino Zoologico* gelesen hätte, hätte er Bob mit Günther dem Spritzer vergleichen können.

Ellen hatte nicht so mir nichts, dir nichts einen Seitensprung machen können. Sie hatte ein Motiv benötigt. Das war ihr von Frank vermeintlich geliefert worden, doch sie hatte sich getäuscht. Nur weil sie selbst so wild darauf gewesen war, hatte sie die Stöckelschuhe, das Blitzlicht und den Regenmantel zu einer Interpretation zusammengefügt, die ihr Dinos Körper zugänglich machen sollte. Rache. Aber dieses Motiv war vom Schicksal höchstpersönlich entkräftet worden. Später, nach der Beerdigung von Maria und Bob, die auf Bitten von beiden Eltern Seite an Seite begraben wurden, begann sie sogar zu denken: Ich brauche keine Entschuldigung, denn ich habe ein Recht auf Dino, ich habe das Recht auf einen Seitensprung.

Menschen haben natürlich kein Recht auf einen Seitensprung, wie sie Anrecht auf Kindergeld oder Rente haben. Aber in unserer Gefühlswelt ist das Recht anders organisiert als im Bürgerlichen Gesetzbuch. Ellen lebte seit Jahren mit imaginären Verhältnissen. In ihrer Phantasie war das Seitensprungtrapez ein vertrautes Bild. Sie trieb es dort mit zufälligen Passanten, Bekannten, Kollegen von Frank oder einem der Bewacher ihres Appartementhauses, doch diese Akrobatik hatte nie die Grenzen ihrer Phantasie passiert.

Ellens Treue hatte auf Dankbarkeit beruht. Frank hatte sie von tiefster Verzweiflung geheilt. Ihre Liebe zu ihm war die einer beinahe Ertrunkenen zu ihrem Retter, wobei ihre siebzehnjährige gleichberechtigte Ehe ihr Zusammenleben natürlich mit gegenseitiger Achtung, Vertrauen und Geborgenheit gefärbt hatte. Sie liebte Frank, weil er sich uneigennützig für sie und Maurits aufgeopfert hatte. Und Ellen hatte seine Aufopferung mit absoluter Treue belohnt.

In letzter Zeit hatte sich ihr jedoch der Gedanke aufgedrängt (wir sehen ihn zwischen den Hunderten anderer Gedanken eines Tages verbissen hervordrängen), daß sie ihrerseits eine Belohnung verdient habe. Nach ihrem Umzug nach Rom, nach Maurits' Umzug nach Amsterdam, wo er studieren würde, kamen diese heftigen, leidenschaftlichen Bilder, die ein unerfülltes Verlangen wachhielten, immer häufiger auf. (Oder erhielt das Verlangen die Bilder aufrecht?) Sie hatte alles, was sie sich nur wünschen konnte, und trotzdem blieben Tagträume und Phantasien. Irgendwo (Wo? In ihrer linken Hand, ihrem Zwerchfell, ihrem Wadenbein?) vegetierte das Verlangen nach einem grenzenlos leidenschaftlichen Leben, heftig wie ein Tropenschauer, reich wie der Dschungel, fruchtbar wie ein Mangobaum. Die Erfüllung dieses Verlangens war für sie nicht in Frage gekommen, weil sie Frank und Maurits damit ins Unglück stürzen würde, aber es schien, als habe sie mit Dino eine erfüllbare Verlangensvariante gefunden.

Ellen war die jüngste Tochter konservativer katholischer Eltern in Den Bosch, auf kleinem Fuß lebender, verbitterter Mittelständler mit einem Möbelgeschäft ohne Format – ein Hintergrund, der sie in ihrer Jugend zur Rebellion angestiftet hatte. Sie war ein Nachkömmling ohne Daseinsberechtigung gewesen, in einer Familie, die im Krieg auffallend viele Anhänger des nationalsozialistischen NSB hervorgebracht hatte. Ein Onkel hatte sogar kräftig mit den Deutschen kollaboriert. Mit fünfzehn hatte sie ihre ganze Verwandtschaft als eine Sippe von Mitläufern zu sehen begonnen. Bis in ihre Phantasie hinein hatte sie sich gegen sie aufgelehnt. Sie hatte sich ein berauschendes, romantisches, leidenschaftliches Leben ausgemalt, bereits früh Jungenbekanntschaften gehabt, mit ihrem Vater erbitterte Auseinandersetzungen ausgetragen und Ausreißversuche nach Turnhout und Antwerpen und Brüssel unternommen. Ihre befreiende Einbildungskraft war schon früh gründlich auf die Probe gestellt worden.

Ellen glaubte ein Recht auf einen Seitensprung zu haben, wie ein Gefangener Recht auf Hofgang hat. Doch dabei mußten alle Vorkehrungen getroffen werden, um Frank vor Leid zu bewahren. Darin lag für sie auch der Reiz eines Seitensprungs, denn es gehört zu dessen Wesen, daß er heimlich stattfindet. Noch vor wenigen Jahren hatte sie sich dieser Begierden wegen geschämt, doch nun war sie an einem Punkt angelangt, da sie ihre Schuld gegenüber Frank beglichen hatte. So empfand sie es jedenfalls. Wohlgemerkt: Sie fühlte sich Frank auch weiterhin von ganzem Herzen zu Dank verpflichtet. Aber sie machte sich auch bewußt, nüchtern und ohne Schmerz, daß ihre Ehe ihr Leben niemals in ganzer Reichweite abdecken konnte. Sie hatte die Wahl: eine Wagenladung dieser unerfüllbaren Sehnsüchte begraben oder sich neben ihrer Ehe her eine Rolle beim Zirkus suchen. Sie tendierte zu letzterem.

War sie jetzt eine verdorbene Frau? Ein schlechter Mensch? Vielleicht ja, und wenn sie sich solche Fragen stellte, verspürte sie die Glut eines schwelenden Schuldgefühls. Zugleich aber widersetzte sie sich diesem Schuldzwang. Nichts Menschliches war ihr fremd, weder das Verlangen nach dem starken, gebräunten Körper Dinos mit seinem kleinen behaarten Hintern und dem stolzen Schwanz, noch die eheliche Treuepflicht gegenüber Frank (der eine andere Art von Schwanz hatte, länger und elastischer, aber weniger robust – seine Erektion hatte etwas Gummiartiges, die Dinos war wie aus tropischem Hartholz).

Ellen hatte dem Begräbnis von Bob und Maria beigewohnt, sich anschließend mit ihrer Putzfrau an den großen Wohnungsputz gemacht, gewartet, bis das Interesse der Presse verebbt war, und dann, zwanzig Tage nach ihrem ersten Treffen, erneut auf einem der weichen Stühle der gutbesuchten Gaststätte in der Via del Corso, wo Dino bediente, Platz genommen. Und genau wie damals hatte er sie mit seiner Behandlung auf italienische Art überrascht.

»Hello Ellen«, flüsterte er. *»I am happy to see you.«*

Er wischte mit einem Lappen die Tischplatte ab und stellte mit seiner starken, behaarten Hand die Gläser von Ellens Vorgängern auf sein rundes Tablett. Unauffällig drückte er das Knie an ihren Schenkel.

»Un espresso. Molto forte e molto nero.«

Dino nickte und lächelte zustimmend. Dann wandte er sich mit eleganter Drehung von ihr ab, um das Bestellte zu holen. Sie schaute auf seinen Hintern.

Im ›Dal Bolognese‹, unter dem Fenster, das sie mit einem Fernrohr belauert hatte, hatte Ellen sich zuvor mit zwei Sambucas Mut angetrunken. Die Kaffeebohnen, die auf dem dickflüssigen Likör schwammen, knackten, als sie darauf biß. Der bittere Kaffeegeschmack paßte vorzüglich zu dem süßen Alkohol.

In den vergangenen Wochen hatte sie ihre Freundin Lucie nur zweimal gesehen. Die hatte alle Hände voll mit ihrem Carlo zu tun, dem Deckhengst mit dem Herzen eines Wellensittichs. Lucie hatte Details geschildert, die Ellen nach Luft schnappen ließen.

Ellen ihrerseits hatte sich ausgeschwiegen. Natürlich hatten sie sich lang und breit über die Morde unterhalten, und Lucie hatte enthüllt, daß sie und Carlo sich schon ein paarmal im Auto unter freiem Himmel geliebt hätten, was sie jetzt aber nicht mehr wagten. Man stelle sich nur vor, daß irgend etwas passierte! Auch wenn sie dann nichts mehr davon mitbekäme, war es ihr jetzt schon peinlich, wie man sie dann fände, nackt, ihre Beine mit den ersten Anzeichen von Krampfadern, und Carlos riesiger Schwanz mit behaarten Eiern wie Kokosnüsse.

Sie hatten gelacht und getrunken und bis tief in die Nacht geschwatzt. Obwohl Lucie ihre Intimitäten von sich aus preisgab, fühlte Ellen sich dadurch oft in Verlegenheit gebracht. Lucie hatte offenbar grenzenloses Vertrauen zu ihr, doch was sie dazu veranlaßte, war nicht ganz ersichtlich. Oft hatte Lucie, zur beiderseitigen Erheiterung, prickelnde Details ihrer zahllosen Affären zum besten gegeben, und auch jetzt, da ihre Liebe zu Carlo noch in voller Blüte stand, hatte sie offenbar das unwiderstehliche Bedürfnis, Ellen an ihren Erfahrungen teilhaben zu lassen. Ellen hörte zu und lachte. Lucies Enthüllungen bewegten sich immer am Rand des Obszönen.

Niemals würde Ellen Lucie Intimes von Frank oder Dino verraten. Sie wäre sich selbst zuwider, wenn sie ihre Erfahrungen der Öffentlichkeit preisgäbe. Das wäre gerade so, als stellte sie sich selbst zur Schau, zeigte sich einem Voyeur. Intimität – es fiel ihr schwer, dieses Wort exakt zu definieren. Aber es hatte etwas mit Vertrauen, Unverhülltheit, Hingabe zu tun. Wenn sie das als Gesprächsstoff an jemand anderen aushändigen würde, würde sie sich verschenken wie eine Schlampe.

»*When can we meet?*« fragte Dino, als er mit dem Kaffee zurückkam.

»*Tomorrow*«, antwortete Ellen.

»*I am sorry. Tomorrow is impossible. I have to work.*«

»*I mean tomorrow morning.*«

Dino lächelte. »*I like love in the morning*«, sagte er. »*I like a kiss for breakfast.*«

Ellen wartete ein paar Minuten, ehe sie die kleine Kaffeetasse an die Lippen setzte, denn ihre Hände zitterten wie die Flügel eines verliebten Pfaus.

Sie besuchte ihn am nächsten Morgen um halb zehn. Er hatte einen dünnen, dunkelblauen Morgenmantel an und nichts darunter. Er führte sie ins Schlafzimmer, zog sie aufs Bett. Sie legte sich auf ihn und fühlte sein hartes Glied an ihrem Schambein, sie sog seine feuchte Zunge zwischen ihre Lippen und strich mit einer Hand über die weichen Härchen auf seinen Eiern.

»*I want to shave your balls*«, flüsterte sie mit erstickter Stimme. Dino lachte und preßte zur Erwiderung sein Geschlecht gegen ihren Bauch, und Ellen fühlte, wie er seine Gesäßmuskeln anspannte.

Sie besuchte ihn zweimal die Woche, bekam in seinem Bett manchmal einen leichten Schwips von dem vollmundigen Montepulciano, den Dino von seiner Arbeit mitbrachte, besorgte selbst Salate und Käse, riß ihn mit in ihre ausgelassene Gier.

Eines Tages äußerte Dino dann den Wunsch, ihre Wohnung sehen zu wollen. Ellen entgegnete lakonisch, sie wisse nicht, wie sie ihn an den Wachen vorbeischleusen solle, aber sein Vorschlag beunruhigte sie. Damit kam er Frank zu nahe. Eine Woche darauf wiederholte Dino seinen Wunsch, und diesmal ließ er sich nicht mit einer Ausrede abwimmeln.

»*I love you, Ellen. I want to know where you sleep, where you take a bath, where you drop your shit.*«

Sie versuchte es ihm auszureden, wies auf die Gefahren hin, doch Dino beharrte auf seinem Wunsch, die Wohnung seiner Geliebten sehen zu wollen.

»*What is the problem, Ellen? I just come to your home like any other visitor. What are you afraid for?*«

Sie versuchte es zu erklären, sagte, daß er ihr Geheimnis sei und sie nicht wolle, daß dieses Geheimnis leibhaftig durch ihre Wohnung spaziere. Dino schüttelte den Kopf, rang verzweifelt die Hände, setzte aber auch ein spöttisches Lächeln auf, mit dem er ihr Vergebung für ihre komischen Ideen schenkte.

Von da an wurde Ellen den Gedanken nicht mehr los, daß Dino plötzlich unangekündigt vor der Tür stehen könnte. Sie kannte seine Arbeitszeiten und sorgte dafür, daß sie nicht zu Hause war, wenn er einen Vormittag oder Nachmittag frei hatte. Doch nach wenigen Tagen war ihr klar, daß ihr heimlicher Liebhaber ihr nun nur noch Unruhe bescherte. Das konnte nicht der Sinn des Rechts auf einen Seitensprung sein.

Als sie ihn an einem drückend heißen Nachmittag wieder aufsuchte, sagte sie ihm daher, daß sie fürchte, er könne sie mit einem Überraschungsbesuch in Verlegenheit bringen. Wenn sie zu Hause sei, wolle sie auch wirklich zu Hause sein. Und wenn sie bei ihm sei, wolle sie auch wirklich bei ihrem Liebhaber sein. Dino hörte ihr verwundert zu und erwiderte, daß er nie auch nur den geringsten Drang verspürt habe, ohne ihre Billigung plötzlich bei ihr hereinzuplatzen und damit allerlei unangenehme Konsequenzen heraufzubeschwören. Er umarmte sie und sagte, daß dies das erste größere Mißverständnis zwischen ihnen sei, ihre Beziehung werde allmählich erwachsen. Sie küßte ihn erleichtert und voller Vertrauen, und sie zogen sich aus, während sich draußen die träge Stille der Siesta über die Stadt senkte. Sie liebten sich, bis sie befriedigt und müde auf dem durchweichten Laken einschliefen.

Einen Monat später machte Frank mit einigen Mitgliedern einer europäischen Landwirtschaftskommission eine Inspektionsreise durch Sizilien und Kalabrien. Er würde drei Tage wegbleiben. Und erneut äußerte Dino den Wunsch, durch die Zimmer laufen zu wollen, in die Ellen Tag für Tag den Fuß setzte. Ellen wiederholte, daß sie es zu gefährlich finde, doch diesmal ließ Dino sich die Chance nicht entgehen. Carmela, die Putzfrau, lautete Ellens letztes, schwaches Argument.

»Der gibst du frei. Sag einfach, daß du einen Tag nach Florenz zum Einkaufen fährst.«

Wieso auch nicht? erwog sie. Vielleicht wäre es ja vernünftig, ihre nicht ganz einsichtige Scheu zu überwinden und Dino die Küche und den Ausziehtisch und den Blick aufs Kolosseum zu zeigen.

Sie hatte Franks Koffer gepackt und ihn geküßt, als er in den Aufzug stieg. Gleich nach seiner Abreise zog sie die Notwendigkeit von Dinos Besuch schon wieder in Zweifel, und die Gewißheit, daß es tatsächlich falsch gewesen war, erlangte sie, als Dino nachmittags klingelte und sie sein selbstbewußtes Gesicht auf dem Monitor der Videoüberwachung sah. Sie ließ ihn herein, doch zum erstenmal seit ihrer Rückkehr zu Dino überkam sie ein Empfinden von Schmutz und Betrug. Dino umarmte sie, bewunderte das geräumige, helle Appartement, lobte ihren guten Geschmack. Sie schenkte ihm einen Jenever ein. Und dann hörte sie, daß er, nachdem er auf der Toilette gewesen war, die Tür zu ihrem Schlafzimmer öffnete.

»Hier schläfst du also?« ertönte seine rhetorische Frage.

Was war es nur, das sie an Dinos Neugier so irritierte? Unwillig ging sie mit den gefüllten Gläschen in der Hand zu ihm hinüber. Er stand vor dem Fenster, und sie sah die Konturen seines Hinterns und seiner Beine in der engen Hose. Er drehte sich um, lächelnd, um das Glas entgegenzunehmen. Doch dann nahm er ihr beide Gläser aus den Händen, stellte sie vorsichtig auf der breiten antiken Kommode ab, die am Fußende des Bettes stand, und küßte sie. Sie erwiderte seinen Kuß in plötzlich aufflammender Erregung und ließ sich küssend von ihm zum Bett führen, wo sie, in seiner Umarmung gefangen, auf die Daunenbettdecke fiel. Sie war wütend und geil zugleich, spreizte hungrig die Schenkel, als seine Hand unter ihren Rock glitt, und tastete nach seinem harten Schwanz.

Und auf einmal war alles weg. Auf einmal sah sie sich selbst daliegen, mit gespreizten Beinen und Dinos Hand dazwischen, und neben sich Dino, auf der Seite, die Hose offen, seinen stolzen Schwanz freigebend, den sie wie den Schaltknüppel eines Alfa Romeo in der Hand hielt. Frank! dachte sie. Lieber Frank! Sie machte ihn lächerlich, besudelte ihn, ließ zu, daß er beleidigt wurde, ließ zu, daß er gedemütigt wurde! Es war pervers, hier auf dem Bett, in dem sie Nacht für Nacht Franks lieben, schlafenden Leib neben sich fühlte, mit Dino zu vögeln. Sie wollte mit einem Liebhaber vögeln, aber sie wollte nicht, daß Frank betrogen wurde. Bisher, im neutralen Bett Dinos, war das gegangen. Jetzt aber würde sie zulassen, daß Frank von Dino vergewaltigt wurde.

Sie schob seinen Kopf weg.

»Nein, Dino, bitte...«

Er schien sie nicht zu begreifen.

»Dino, nein, ich will nicht.«

Aber ihre Worte drangen nicht zu ihm durch. Unsanft schob er sich auf sie, spreizte mit einem seiner starken Knie ihre Beine.

»Nein! Ich will nicht!«

Panische Verzweiflung erfaßte sie. Sie schlug ihn, stieß ihn von sich, sprang auf und rannte ins Badezimmer, wo sie die Tür verriegelte und in Tränen ausbrach.

Später, nachdem er gegangen war, wurde Ellen klar, daß sie die Perversion, die sie anfänglich angezogen hatte, doch nicht ertragen konnte. Sie konnte nicht schmutzig sein, so sehr sie es vielleicht auch wollte. Im übertragenen Sinn zog sie Frank damit auch in den Schmutz, und das war genauso widerwärtig wie eine tatsächliche Demütigung.

Dino entschuldigte sich, erklärte seine Ungeduld mit der Unwiderstehlichkeit ihres Körpers und wischte ihr versöhnlich die verlaufene Wimperntusche vom Gesicht. Nach einer Viertelstunde ging er. Ellen begriff, daß er immer vorgehabt hatte, in ihrem Ehebett mit ihr zu schlafen. Daraus bezog Dino sein

Selbstbewußtsein. Seine Männlichkeit triumphierte über die Männlichkeit anderer Männer. Das war das Geheimnis seines virilen Gehabes. Er vögelte nicht mit verheirateten Frauen, weil er sie attraktiv und reif und reich fand, nein, er vögelte mit ihnen, weil er ihre Ehemänner damit erniedrigte. Dino, der schöne Kellner mit dem Schwanz aus Jacarandaholz, war ein Mann mit großem Minderwertigkeitskomplex, der alle seine Nebenbuhler haßte und vergewaltigte.

Abends fielen ihr die beiden Jenevergläser wieder ins Auge, die stillen Zeugen des Endes ihrer ersten außerehelichen Beziehung. Sie befeuchtete einen Finger, um die Ringe wegzureiben, die die Gläser auf der antiken Kommode am Fußende des Bettes hinterlassen hatten. Es war eine reich verzierte, zweihundert Jahre alte venezianische Kommode, die Frank bei einem Möbeltischler gekauft hatte, welcher früher einmal Zoodirektor gewesen war (was Frank aber nicht wußte).

Ellen brauchte rund zehn Tage, um sich von der Bürde von Dinos Besuch zu befreien und ihr Leben wieder ins reine zu bringen. Sie beschloß, kurz bei ihm vorbeizugehen, um Abschied zu nehmen und den beunruhigenden Gedanken zu vertreiben, daß er es ihr heimzahlen könnte. Seine Tür wurde von einem bildhübschen jungen Mädchen geöffnet, das eines von Dinos Oberhemden trug und sie verschlafen und mit zerzausten Haaren ansah. Nein, Dino sei nicht da, der sei im Büro. Im Büro? Ellen, aus unerfindlichen Gründen plötzlich eifersüchtig, kombinierte scharf und log zusammenhanglos, daß sie geschäftlich mit seinem Bruder, dem Kinomenschen, zu tun habe. Sie bat, Dino drinnen eine kurze Nachricht schreiben zu dürfen.

Desinteressiert ließ das Mädchen sie herein. Ellen stellte sich vor, setzte sich an den Tisch und nahm Stift und Notizblock aus ihrer Tasche. Sie versuchte ein Gespräch mit dem Mädchen anzuknüpfen. Sie hieß Rita.

»Bist du Dinos Freundin?«

Rita nickte, während sie eine Zigarette aus einer zerknüllten Packung fingerte. Sie lehnte im Türrahmen, und Ellen konnte das dunkle Dreieck ihrer Scham durch das Oberhemd hindurchschimmern sehen. Rita hatte eine vollkommene Figur. Dino hatte sich nicht verschlechtert.

»Weißt du, wie spät Dino zurückkommt?«

»Gegen Abend. Er hat eine Besprechung wegen eines Films.«

»Eines Films?«

»Er hat mir eine Rolle versprochen.«

»Ach so…«

So war Dino also an dieses tolle Mädchen gekommen. Dino war beim Film.

»Du bist Schauspielerin?«

Rita strich ein Streichholz an und nahm einen tiefen Zug aus ihrer verbogenen Zigarette.

»Ich bin Model. Aber ich möchte gern zum Film. Dino sagt, daß ich Talent habe.«

»Da könnte er recht haben.«

»Wo kommst du her? Du hast so einen komischen Akzent.«

»Ich bin Niederländerin. Und du bist aus Rom?«

»Civitavecchia.«

Ellen schrieb: *Meine Rolle gefällt mir nicht sonderlich. Aber Du hast ja bereits eine andere Schauspielerin gefunden, wie ich feststellen konnte. Viel Erfolg mit Deinem neuen Film.*

Sie wußte, wo Dino Kuverts aufbewahrte, und nahm sich eins, ohne daß dies bei Rita Erstaunen ausgelöst hätte.

»Kennst du Dino schon lange?«

»Zwei Monate oder so. Bist du auch beim Film?«

Dino hatte beim Seitensprung einen Seitensprung begangen. Hatte er neben seinem Verhältnis mit Ellen Recht auf einen Seitensprung, so wie Ellen neben ihrer Ehe Recht auf einen Seitensprung hatte? Sie fühlte sich betrogen, und kalte Wut packte sie.

»Du weißt doch, daß Dino verheiratet ist, oder?« Das war eine Lüge, aber sie wollte ihm schaden.

»Ja«, sagte Rita, »diese Wohnung hält er sich für die Male, die er in Rom ist. Kennst du seine Frau?«

Ellens Lüge prallte an einer Lüge Dinos ab. Er hatte sich perfekt abgesichert.

»Nein«, antwortete sie. Sie leckte das Kuvert an, strich es zu und legte es auf das Naturholzschränkchen, auf das sie ihre Tasche hatte fallen lassen, als Dino sie hier zum erstenmal geküßt hatte.

Sie nahm ein Taxi zum ›Dal Bolognese‹. Unter der blauen Markise der Terrasse trank sie einen eiskalten, dickflüssigen Wodka. Sie sah, daß hoch über der Piazza del Popolo, hinter der Brüstung des Parks auf dem Pincio, kleine Gestalten an den Fernrohren standen. Es war warm. Das grelle, weiße Licht tat weh in den Augen, aber sie hatte keine Sonnenbrille bei sich. Das gehörte zum Zirkusleben. Ein Dompteur, der den Kopf in den Rachen des Löwen steckt, weiß, daß die Kiefer zuschnappen können. Sie schwitzte und fühlte den klebrigen Schweiß unter den Armen und zwischen den Beinen. Sie bestellte sich einen zweiten Wodka und bemerkte, wie der blutjunge Kellner lüstern auf ihre Beine schaute. Sie sahen sich kurz an, nervös, forschend. Doch Ellen wandte den Blick ab und entzog sich der Einladung.

Drei Tage später. Bei einer ihrer Stippvisiten in der Botschaft studierte Ellen eine Liste der kulturellen Ereignisse, mit denen die niederländische Vertretung irgendwie zu tun hatte. Ein paarmal die Woche, manchmal aber auch mehrmals am Tag, betrat sie das Gebäude in der Via Michele Mercati zu einem geselligen Schwatz, zur Organisation eines Empfangs oder eines Essens oder zu einem Gespräch mit Kulturattaché Dini Verhoeven. Sie nahm das Blatt von Dinis Tisch, und ohne daß sie danach suchte, sprang ihr in der Liste der Name ›Kaplan‹ ins Auge: *Leo Kaplan, Schriftsteller, trifft am 27. 6. ein. Lesung im Istituto Olandese. Öffentlichkeitsarbeit.*

Stumm legte Ellen das Blatt zurück. Sie verließ die Botschaft und ging in die Siestahitze hinaus.

Der Schweiß rann ihr die Schläfen hinab, das Kleid klebte ihr am Rücken. Aber es war, als fühlte sie die Wärme gar nicht, nun, da sie an Leo Kaplan dachte und an den unverarbeiteten Kummer, die »versteinerte Lüge« und die Angst vor dem Wiedersehen.

16

Reijnier Vinkeleskade

Leo Kaplan erlebte den Sommeranfang in seiner neuen Wohnung in der Reijnier Vinkeleskade. Obwohl er mitten in der Stadt wohnte, bekam er den Jahreszeitenwechsel hier deutlich mit. Über das gesunde Gras und die stille, breite Amstelgracht vor seiner Tür sowie die Gärten der Neureichenvillen in der Apollolaan mit ihren Terrassen und bunten Lampen auf der anderen Grachtseite blickend, sah er, wie sich die tiefe Fruchtbarkeit des Bodens und des Wassers und der Luft auftaten. Zum erstenmal seit langer Zeit empfand er ein Gefühl der Dankbarkeit.

Es hatte lange gedauert, bis der Vorbesitzer der Wohnung die Mieter daraus vertrieben hatte. Da sie nicht ausziehen wollten, hatte er den Rechtsweg einschlagen müssen. Nachdem Kaplan die geräumige, helle, aber verwohnte Wohnung gekauft hatte, zwang ihn die hohe finanzielle Belastung, regelmäßig Artikel und Rezensionen zu schreiben. Er hatte am Ende doch den Rat seines Anwalts befolgt und mit seinem Erbe als Sicherheit ein Darlehen aufgenommen. Das war ihm nicht leichtgefallen. Er glaubte, kein Recht auf das Geld zu haben. Sein Vater hatte es verdient, weil er ein ängstlicher Jude war, der sich und seiner Umgebung beweisen wollte, daß er ein starker Mensch sei, vor dem man Achtung haben müsse. Wenn Kaplan sich selbst achten wollte, würde er im Oktober die zwei Millionen in das Grab seines Vaters kippen müssen. Doch das würde er nicht tun, denn die Erbschaft würde ihn für den Rest seines Lebens vor finanziellen Sorgen bewahren. Das hatte er den Ängsten und dem Minderwertigkeitsgefühl eines verfolgten Juden zu verdanken. Dieser unangenehme Beigeschmack war ebenfalls Teil der Erbschaft.

Kaplan stand nun jeden Tag früh auf, erledigte seine Arbeit und wurde nach dem Mittagessen zum Mitstreiter des arbeitslosen Psychologen, den er zum Verputzen der Wände, zum Bau von Bücherregalen, zur Isolierung der Fenster und zum Umbau des Badezimmers, das Kaplan mit weißem Marmor und Chrom und Spiegeln ausgestattet haben wollte, eingestellt hatte. Der Schriftsteller assistierte beim Streichen des Holzes, drehte Zigaretten und lauschte dem Programm von Hilversum 3.

An einem warmen Vormittag zu Beginn des Sommers hatte Kaplan sich nach Fertigstellung einer Rezension in einem Klappsessel auf die breite Grünfläche hinausgesetzt, die sich zwischen der Häuserzeile, in der er nun wohnte, und dem Wasser erstreckte. Auf seinem Schoß lag *Ultima Thule,* eine Sammlung von Erzählungen Vladimir Nabokovs in niederländischer Übersetzung, aber die Reiher am Wasserrand, das satte Summen von Insekten und der Duft des Grases hielten ihn vom Lesen ab.

Als er sah, daß sich ein Schmetterling auf den farbenfrohen Einband des Buches gesetzt hatte, kam ihm plötzlich die Idee zu einer Geschichte. Und er wußte auch sofort, um was es dabei gehen mußte. Er setzte sich auf und schaute dem Schmetterling bei seiner flatterhaften Reise über den Rasen nach. Jetzt konnte er seine Sehnsucht nach einer Geschichte thematisch verwerten. Der Schmetterling und Nabokov hatten ihn auf die Fährte gebracht.

Aufgeregt klemmte er den Stuhl unter den Arm und eilte wieder in seine Wohnung zurück. Bei geöffneten Fenstern, im Hintergrund die leisen Geräusche vom Radio und vom Wände streichenden Psychologen, schrieb er in seinem Arbeitszimmer binnen einer Stunde eine kleine Erzählung, mit verkrampfter Hand, die den schwarzen *Bic*-Einwegkugelschreiber zum Durchbiegen brachte, und mit der klaren Konzentration, die er schon glaubte verloren zu haben.

Drei Wochen danach, kurz vor seiner Abreise nach Rom, stand die Erzählung in der *Volkskrant:*

Der Schmetterlingsfänger

Vor fünfzehn Jahren, als ich gerade mein erstes Buch veröffentlicht hatte, wollte ich nach Odessa, in die Stadt des von mir bewunderten Isaak Babel. Meine Reise sollte mich über Frankfurt, Wien und Bukarest in den rumänischen Küstenort Constanta bringen, von wo aus ich versuchen wollte, per Schiff nach Odessa zu gelangen.

Vor den vielen Unbilden so einer Reise per Anhalter schützten die Kleider in meinem Rucksack Babels *Briefe,* Čechovs *Die Braut,* Tolstois *Kindheit, Knabenjahre, Jugendzeit* und Puschkins *Die Hauptmannstochter.*

Am ersten Tag kam ich in drei Etappen bis zum Frankfurter Flughafen, der drauf und dran war, in einem sintflutartigen Wolkenbruch zu ertrinken. Ich verbrachte die Nacht in einem Sessel in einer der großen, lauten Hallen und erhielt erst am Morgen die nächste Mitfahrgelegenheit, von einem Schweizer. Er mußte nach Bern, und ich stieg dankbar ein, obwohl ich damit von meiner Idealroute abwich. Aber meine langen Haare, die geflickten Jeans und die verschlissenen Turnschuhe machten mich nicht gerade zu einem begehrten Mitfahrer.

Mit Hilfe des Schweizers tüftelte ich eine neue Route aus: Mailand, Triest, Zagreb, und dann über Belgrad nach Bukarest. In Bern bekam ich ziemlich schnell eine Mitfahrgelegenheit nach Vevey am Genfer See, wo ich abends ankam und mir für viel Geld ein Zimmer in einem teuren Hotel nehmen mußte.

Am nächsten Tag wurde ich gegen zwölf Uhr, nachdem ich im Speisesaal die vom Frühstück übriggebliebenen Brötchen und Konfitüredöschen in eine Papierserviette gewickelt hatte, von einem niederländischen Ehepaar mitgenommen, das mich im dort sehr breiten und dichtbewachsenen Rhônetal nahe Martigny absetzte. In Vevey hatte ich mir vor der Weiterfahrt eine Plastikflasche Evian gekauft, und ich verließ nun die stark befahrene Straße mit der Absicht, irgendwo am Rhôneufer meine Hotelbrötchen zu essen und mit der Lektüre von *Die Hauptmannstochter* zu beginnen. Ich folgte einem Pfad, der sich zwischen den Bäumen hindurchschlängelte, und fand eine rundum von Bäumen und Gebüsch eingerahmte Lichtung, auf der ich es mir gemütlich machte. Ich öffnete ein Marmeladedöschen, bestrich mir ein Brötchen und schlug das Buch auf:

»Mein Vater Andrej Petrowitsch Grinjow hatte in seiner Jugend unter dem Grafen Münich gedient und nahm im Jahre 17.. seinen Abschied als Major 1. Klasse. Seit jener Zeit lebte er in seinem Dorfe im Gouvernement Simbirsk, wo er dann auch die Jungfrau Awdotja Wassiljewna J. heiratete, die Tochter eines dortigen armen Edelmannes.«

Nach wenigen Zeilen fiel ein Klecks Marmelade vom Brötchen auf das Buch, den ich vorsichtig mit dem Finger wegzuwischen versuchte, was natürlich nicht gelang und in einem Fluch, einem ekligen Fleck und klebrigen Fingern resultierte.

Als ich die Seite gerade umschlagen wollte, setzte sich plötzlich ein Schmetterling darauf, von einer Größe und Farben, wie ich noch keinen gesehen hatte. Der Schmetterling nahm die gesamte obere Hälfte des Buches ein und war von einem dunklen, aber dennoch transparenten Blau. Die hauchdünnen Flügel zitterten, als spürte der Schmetterlingsgeist die Gefahr von dem nahen Lebewesen, welches das Buch mit einer simplen Handbewegung zuschlagen und den Schmetterling ein für allemal in einer Erzählung von Puschkin gefangenhalten konnte.

Der Schmetterling ließ sich die Marmelade schmecken, die die Angst vor mir offenbar hinlänglich kompensierte, und staunend betrachtete ich seinen zarten, feingliedrigen Bau und die Zeichnung auf seinen Flügeln. Da hörte ich einen Zweig knacken, schaute auf und sah zwischen den Stämmen der Bäume einen älteren Mann näher kommen. Er war hochgewachsen und trug eine bräunliche Strickjacke, weite, graue kurze Hosen, deren Beine oberhalb der Knie endeten, und schwere Wanderschuhe. In der rechten Hand hielt er ein großes Schmetterlingsnetz.

Er keuchte, und sein kahler Schädel glänzte vor Schweiß. Auf englisch flüsterte er mir zu, ich solle mich ja nicht bewegen, schlich mit einer für seine Größe und sein Alter erstaunlichen Eleganz heran und fing mit einer blitzschnellen Bewegung, bei der er mich schmerzlich am Handgelenk traf, *Die Hauptmannstochter* samt dem vergebens aufflatternden Schmetterling.

Der Mann lächelte, wandte sich mit seiner Beute von mir ab, als dürfe ich nicht zum Augenzeugen einer solchen Intimität werden, und barg den Schmetterling in einer Dose, die er aus einer Art Knappsack genommen hatte, welchen er auf dem Rücken trug. Dann wandte er sich wieder zu mir um und fragte mich, während er sich mit einem Taschentuch den Schweiß von Stirn und Nacken wischte, ob ich verletzt sei. Ich antwortete, daß es nicht so schlimm sei, woraufhin er auf die Plastikflasche Evian zeigte und fragte, ob er einen Schluck Wasser nehmen dürfe. Ich reichte ihm die Flasche. Er bedankte sich und setzte die Flasche an den Mund. Gierig tanzte sein Adamsapfel unter den dicken Falten seines Halses. Er vergoß etwas Wasser, das ihm an den Mundwinkeln entlang auf die Strickjacke hinuntertropfte, und er nahm prustend die Flasche vom Mund und beugte sich vor, um die Tropfen von seinem Kinn auf das trockene Moos fallen zu lassen. Mit dem Rücken der linken Hand wischte er sich über die Lippen und gab mir die Flasche zurück.

»Tut mir leid, daß ich dich bei der Lektüre deines Science-fiction-Romans so überfallen habe, aber das ist ein... (den lateinischen Namen verstand ich nicht), den ich unbedingt haben mußte«, sagte er auf englisch.

»Ich kenne mich mit Schmetterlingen nicht aus«, erwiderte ich, »aber er war schön. Er ist von der Marmelade angelockt worden, die ich auf meinen russischen Science-fiction-Roman gekleckert hatte. *Die Hauptmannstochter* von Puschkin.«

Er blickte auf den Bucheinband und danach mit einem ironischen Lächeln auf mich. Ich schätzte ihn auf etwa sechzig.

»Seit wann lesen Hippies Puschkin?« fragte er mit kumpelhaftem Spott und ließ sich aufseufzend im Moos nieder.

»Keine Ahnung. Ich weiß nicht, ob Hippies Puschkin lesen. Ich jedenfalls lese Puschkin.«

Ich sah ihn an, und wir grinsten beide. Er hob den Kopf, blinzelte mit zugekniffenen Augen in den Himmel über der Lichtung und setzte zu einer heftigen Tirade gegen eine Reihe von Dingen an, die ich – ich war damals Anfang zwanzig – für selbstverständlich hielt: lange Haare, Popmusik, die Kofferradiokultur, das Fernsehen, den Massentourismus. Hin und wieder schaute er mich dabei triumphierend an, als wolle er mich herausfordern. Ich widersprach in einem fort und versuchte dem Schmetterlingsfänger vor Augen zu führen, daß alle von ihm angegriffenen Phänomene durchaus verständlich und plausibel seien. Ein paarmal strich ich mir dabei meine mehr als schulterlangen Haare hinter die Ohren.

Dann fragte er mich, wohin ich unterwegs sei, und zu meinem großen Erstaunen (man begegnet in einem Schweizer Wald ja nicht alle Tage einem Schmetterlingsfänger, der Odessa kennt) stellte sich heraus, daß er in Odessa gewesen war – in früher Jugend, noch vor der Revolution. Er schaltete, ohne sich merklich an unseren Meinungsverschiedenheiten gestört zu haben, auf einen entspannten Tonfall um und erzählte von seinen Erinnerungen an diese Stadt. Dann zeigte er auf das Brot und fragte mich, ob ich gerade zu Mittag hatte essen wollen. Ich nickte und bot ihm von dem Brot an, woraufhin er mich lachend zu einem richtigen Mittagessen in einem Restaurant an der Straße einlud.

Rund zweieinhalb Stunden habe ich in der Gesellschaft dieses Mannes verbracht. Er hatte alles gelesen, was noch in turmhohen Stapeln auf mich wartete (und wartet), und füllte alle meine Wissenslücken in puncto russische Schriftsteller mit wunderbaren Anekdoten auf. Manchmal lachte er über seiner gebratenen Ente in Himbeersauce schallend auf vor Spaß an der eigenen Geschichte oder legte sich lautstark mit mir an. Ich erinnere mich noch an die mißbilligenden Blicke der steif gekleideten Gäste in dem noblen Restaurant ob der durch seinen Überschwang verursachten Störung der gedämpften Ordnung.

Beim Kaffee schaute er auf seine Armbanduhr und sagte, daß er jetzt wegmüsse. Ich könne ruhig noch sitzen bleiben und mir die *profiteroles* schmecken lassen, die ich bestellt hatte. Ich bedankte mich bei ihm und sagte ihm auf Wiedersehen, und ich hätte in diesem Zusammenhang wohl kaum mehr als eine allmählich verblassende Anekdote zu erzählen gehabt, wenn ich nicht, nachdem er gegangen war, neben seinem Stuhl vier klein zusammengefaltete, beschriebene Seiten Papier auf dem Teppich entdeckt hätte. Hatte er sie beim Bezahlen mit aus der Hosentasche oder seinem Knappsack gezogen? Ich las die vier Seiten. Sie enthielten den schönsten Text, den ich je vor mir gehabt hatte.

Schon viele Male habe ich versucht, den Text nachzuerzählen, aber es gelingt mir nicht, verzweifelt taste ich nach den Nuancen, nach den Glanzlichtern, die mich damals völlig blendeten und die tiefe Sehnsucht in mir entfachten, irgendwann in meinem Leben auch einmal einen solchen Text zu schreiben. Eine Geschichte über die Sehnsucht.

Ich verfügte über den schönsten Text, der je geschrieben wurde, und hätte mich ohrfeigen können, daß ich nicht nach dem Namen des Mannes gefragt hatte – und er nicht nach meinem.

Zwei Tage später wurde mir in Triest der Rucksack geklaut, und ich mußte meiner Reise nach Odessa und dem Text des Schmetterlingsjägers ade sagen.

Im Jahr nach diesem Sommer las ich zum erstenmal etwas von Vladimir Nabokov, *Lolita,* woraufhin ich binnen eines halben Jahres alles verschlang, was ich nur von ihm auftreiben konnte. Ich brachte ihn aber zunächst nicht mit dem unwahrscheinlichen Erlebnis in jenem absurden Sommer in Verbindung, das mir immer unglaubwürdiger und lächerlicher erschien. Wenn ich Freunden erklären wollte, was dieser Text denn nun ausgedrückt hatte, verfiel ich in ohnmächtiges Gestottere. Er handelte von einem Sommertag, sagte ich dann, von einem Jungen mit Schmetterlingsnetz, der in einem Haus die Treppe herunterkommt und in den Garten hinausgeht. Ist das alles? fragten sie dann. Ja, antwortete ich, das ist alles, dieser Junge, an diesem Tag, in diesen Worten.

1977 sah ich ein Foto von Nabokov neben der Meldung von seinem Tod. Natürlich hatte ich auch früher schon Bilder von ihm gesehen, aber dieses, auf dem er ein Schmetterlingsnetz in der Hand hielt, schuf einen neuen Bezug. Auf der Stelle schlug eine bange, überwältigende Vermutung bei mir ein. Es war natürlich unmöglich. Es war wahnwitzig. Es war das gestörte Wunschbild eines Kranken. Es war das leere Konstrukt eines Phantasten.

Seither laufe ich mit einer fixen Idee herum. Ich habe die schönste Erzählung gelesen, die je ein Mensch geschrieben hat. Aber ich kann sie niemandem zeigen, niemanden nachempfinden lassen. Sie ist in meinem Kopf, flattert dort herum, singt, macht Sturzflüge, kreist wie ein Adler, tanzt wie ein Kolibri.

Ich habe den schönsten Text im Kopf, ohne daß ich ihn nacherzählen oder aufschreiben könnte. Ob sich ein Duplikat dieses Textes in Nabokovs Nachlaß befindet? Ob Vera, seine Witwe, ihn je zur Veröffentlichung freigibt? Oder gibt es irgendeinen unbekannten, sonderlichen Schmetterlingsfänger, der die Gaben Homers, Shakespeares und Joyces in sich vereint, und wird er seine Schönheit ein für allemal mit sich nehmen, wenn er stirbt?

Ich habe eine Geschichte im Kopf wie einen Schmetterling in einem Glas, und ihre unberührbare Schönheit quält mich.

17

Kurfürstendamm

Kaplan hatte *Hoffmans Hunger* geschrieben. Der Roman wurde verfilmt. Die Rolle der jungen tschechischen Geliebten des Botschafters Felix Hoffman übernahm eine unbekannte polnische Schauspielerin, die zur Zeit der Solidarność-Krise in die Niederlande geflüchtet war. Jana Wiznewski war eine der schönsten Frauen, die Kaplan je kennengelernt hatte. In ihrem dicken weißen Pelzmantel, einem Geschenk des Filmproduzenten, sah Kaplan sie an einem kalten Drehort in der Umgebung vom Bahnhof Zoo in Westberlin herumstolzieren, wo der Film der Kostenersparnis halber gedreht wurde. (Eigentlich war die Handlung in Prag angesiedelt, und Kaplan fielen am Premierenabend denn auch zahllose Ungereimtheiten auf, aber er hielt wohlweislich den Mund – man hatte ihn für die Filmrechte gut bezahlt.) Sie dinierten zusammen im Kempinski auf dem Kurfürstendamm, und Jana erzählte in charmantem gebrochenem Niederländisch, wie der Regisseur sie in einer Amsterdamer Bar, wo sie hinter dem Tresen stand, entdeckt hatte. Sie finde sein Buch einfach toll, sagte sie zu Kaplan, und es sei auch toll, daß sie nun dem Autor dieses Buches gegenübersitze, und noch toller wäre es, wenn sie irgendwann mal selbst so ein klasse Buch schreiben könnte. Ohne zu zögern, bot Kaplan ihr seine Hilfe dabei an.

Im Fahrstuhl zu ihrem Zimmer merkte er, daß er betrunken war. In einem luxuriösen Zimmer im fünften Stock des ›Kempinski‹ versagte Kaplans Männlichkeit, während draußen ein Schneesturm über den Kudamm fegte und Ost und West unter ein und dieselbe Wattedecke bettete. Jana probierte es mit der Hand, mit den Lippen, mit Bodylotion, aber nichts half. Am Ende machte Kaplan sich mit der Zunge ans Werk. Jana schmeckte süß, als hätte ihre Muschi gerade ein Plätzchen gegessen. Sie flüsterte und stöhnte auf polnisch. Als sie kam, rief sie mit heiserer Stimme noch eine Reihe polnischer Wörter, wollte aber nicht sagen, was sie bedeuteten, sondern rollte sich in seinen Armen zusammen und schlief neben ihm ein, als wäre sie seine Tochter.

Diese Jana Wiznewski zog bei Aufnahmen vor dem Reichstagsgebäude die Aufmerksamkeit eines amerikanischen Filmregisseurs auf sich, der sich mit seinem Art-director gerade Drehorte in Westberlin ansah und dem Set der niederländisch-deutschen Koproduktion einen Kollegenbesuch abstattete. Auch mit diesem Mann dinierte Jana im ›Kempinski‹. Sie kam in seinen Armen, während sie ihm polnische Schweinereien ins Ohr flüsterte, die diesmal verstanden wurden, weil die Eltern des Regisseurs polnische Emigranten waren: »Los, laß ihn spritzen, deinen dreckigen Schwanz! Stoß mich! Fick mir die Scheiße aus den Gedärmen! Los, spritz doch, du Arsch, spritz endlich!«

Jana wohnte jetzt in Los Angeles und hatte innerhalb von anderthalb Jahren vier Hauptrollen in Hollywood-Produktionen gespielt. Das letzte, was Kaplan von ihr gehört hatte, war, daß sie mit Rutger Hauer zusammen einen Actionfilm machte. Jana hatte es bis nach ganz oben geschafft. Und weil sie ganz oben war, fand auch ihr erster Film Interesse, der auf Kaplans Buch *Hoffmans Hunger* basierte. Und der Roman wurde natürlich vom Film mitgezogen. Auf den Buchumschlägen der Übersetzungen in mehr als zehn Ländern prangte ein Hochglanzfarbfoto von Jana in einer ihrer unwiderstehlichen Posen. Der internationale Erfolg von *Hoffmans Hunger* hatte wenig mit den literarischen Qualitäten des Buches zu tun (die durchaus vorhanden waren), desto mehr aber mit Janas Körper. Kaplans Roman wurde von Verlagen herausgebracht, die auf der Filmwelle mitreiten wollten. Kaplan sperrte sich nicht dagegen. Für ihn fiel dabei ein ansehnliches Taschengeld ab (nachdem Agenten und Zwischenagenten und Zwischenzwischenagenten ihre prozentualen Anteile eingestrichen und ihre Unkosten in Rechnung gestellt hatten) und hin und wieder eine kleine Reise. Wie demnächst ein komplett arrangierter Romtrip.

Hätte Jaruzelski nicht den Volksaufstand der Solidarność niedergeschlagen, wäre Jana in Warschau geblieben und hätte sich dort allerhöchstens lokalen Ruhm erworben. Somit hatte Kaplan sein Romreise-Bonbon Jaruzelski zu verdanken. Genauso wie er die erste Begegnung mit Ellen dem Mörder J. F. Kennedys, Lee Harvey Oswald, zu verdanken hatte. Der folgende Teil wird das verdeutlichen.

Zweiter Teil

1

Sarphatipark

Am 22. November 1964 begegneten Leo Kaplan und Ellen de Waal einander zum erstenmal. Leo studierte seit einigen Monaten in Amsterdam Geschichte. Ellen Niederländisch. Beide waren achtzehn.

Leos Vater hatte für seinen Sohn eine kleine Etagenwohnung ergattert, obwohl dieser ihn beschworen hatte, daß er von nun an allein für sich sorgen wolle und Manns genug sei, selbst etwas zu finden. Nachdem jedoch drei Wohnungssuchen ohne Erfolg blieben, griff sein Vater zum Telefonhörer. Zwei Gespräche, und er hatte was. Ein großes, helles Zimmer mit vergilbter Stuckdecke und Kamin aus schwarzem Marmor und mit Blick auf den Sarphatipark, plus Küche und Dusche.

Ellen hatte sich selbst etwas gesucht. Sie mußte ohne elterliche Hilfe auskommen, denn ihr Vater war schon unter der Erde, und ihre Mutter kannte in Amsterdam niemanden außer einer Cousine, die in einem Heim für Nervenkranke lebte und in der Verwandtschaft »Dolle Dorith« genannt wurde. Als Studienanfängerin konnte Ellen das freigewordene Dachkämmerchen in einem nur von Studentinnen bewohnten Haus an der Singel-Gracht beziehen. Um ihre spärliche Studienbeihilfe aufzubessern – Leo erhielt einen großzügigen monatlichen Zuschuß von seinem Vater –, jobbte sie in einer Kneipe am Nieuwezijds Voorburgwal, wo die großen Zeitungen angesiedelt waren. In dieser Journalistenkneipe gegenüber vom Gebäude des *Telegraaf* kamen Leo und Ellen miteinander ins Gespräch. Sie haben sich also in einer Kneipe kennengelernt, nichts Besonderes eigentlich.

Leo hatte gehört, daß es in dieser Kneipe einen Fernseher gab, und er wollte sich dort die Dokumentation ansehen, die anläßlich des ersten Jahrestages der Ermordung Kennedys ausgestrahlt wurde. Doch gerade als die Sendung anfing, ließ ein Kellner im Vorbeigehen zwei Teller mit Steaks fallen. Leo, der wie gebannt auf den Bildschirm starrte, konnte ihnen nicht mehr ausweichen. Als sich der Kellner reuevoll entschuldigte, winkte Leo hilflos lächelnd, weil kreuzunglücklich über die Anteilnahme der Umstehenden, mit einer lässigen Handbewegung ab. Doch der Kellner, der von den Schnäpsen, die er im Laufe des Tages spendiert bekommen hatte, schon ganz rote Äuglein hatte, bestand darauf, daß der junge Student mit nach hinten kommen solle, um sich zu säubern, und Leo folgte ihm errötend in die Küche.

»Zieh mal kurz deinen Pullover aus«, war das erste, was Ellen zu ihm sagte.

Anstelle von Kennedy sah Leo sich dieses Mädchen an, blond, schlank, resolut.

»Das kommt hier öfter mal vor«, sagte sie tröstend, während sie die Flecken auf dem Pullover mit lauwarmem Wasser betupfte. »Hier wird ziemlich viel gesoffen, und da fällt dann schon mal was runter. Zur Entschädigung kriegt das Opfer dann immer ein Steak.«

Sie lächelte.

Er hörte einen südniederländischen Akzent bei ihr heraus, ohne daß er gleich hätte sagen können, welchen Dialekt sie zu vertuschen versuchte.

»Jetzt verpaß ich die Fernsehsendung, wegen der ich hergekommen war.«

»Was wolltest du dir denn ansehen?«

»Kennedy. Es ist jetzt schon ein Jahr her.«

Sie nickte, mit einem Mal betrübt. In der Woche von Kennedys Tod hatte ihr Vater eine Gehirnblutung gehabt, die ihn zunächst gelähmt hatte und an deren Folgen er dann zwanzig Tage später gestorben war. Vor beinahe einem Jahr. Das konnte Leo natürlich nicht wissen.

»Arbeitest du hier schon lange?« fragte Leo.

»Seit August.«

Ihr G klang sehr nach Brabant. Er fragte, woher sie komme. Sie wohne in Amsterdam, antwortete sie. Er höre aus ihrer Aussprache etwas Südliches heraus, entgegnete Leo. Sie lächelte und gab ihm seinen Pullover zurück.

»Was machen wir mit deiner Hose?« fragte Ellen.

Leo wurde rot. »Ach, das mach ich dann schon zu Hause. Ich bring sie morgen in die Reinigung.«

Sie lachte. »Die Flecken muß man gleich rausmachen, sonst kannst du die Hose wegwerfen.«

»Ach, das macht nichts.«

»Da ist die Personaltoilette. Zieh dir da drin die Hose aus, und dann gibst du sie mir und wartest einfach dort, bis ich sie sauber habe.«

Wieder dieser singende Ton.

»In Ordnung«, sagte Leo. Er stand auf, zog sich in der Toilette die Hose aus, öffnete die Tür einen Spaltbreit und händigte ihr die Hose aus. (Es versteht sich natürlich, daß sie sich später an den ersten Satz ihrer ersten Begegnung erinnerten als: »Zieh mal kurz deine Hose aus.« Tatsächlich aber hatte er gelautet: »Zieh mal kurz deinen Pullover aus.«)

Er hörte sie fragen, ob er etwas trinken wolle. Es stank in der Toilette, und er fühlte sich nicht gerade wohl dort, lehnte also dankend ab.

»Bist du Journalist?« fragte Ellen.

Leo war nicht allein Kennedys und des Fernsehers wegen in die Kneipe gekommen. Er hatte auch Journalisten sehen, in ihre Welt hineinschnuppern, etwas von ihren Gesprächen aufschnappen wollen. Nach dem Studium wollte er Journalist werden.

»Ja«, log er.

»Wo?«

»Beim *Handelsblad.*« Er war auf dem Weg zur Kneipe an dem schmucken Gebäude Ecke Nieuwezijds Voorburgwal/Paleisstraat vorbeigekommen.

»Welche Redaktion?«

Das brachte ihn in Verlegenheit. Das Mädchen arbeitete hier und hatte vermutlich viele Journalisten kennengelernt. Er mußte eine vage Antwort geben. »Ach, ich helf überall ein bißchen aus. Ich arbeite noch nicht lange dort und schnuppere erst mal in alle Abteilungen rein.« Das klang akzeptabel. Aber wozu hatte er eine Lüge nötig?

Mit einem sauberen Geschirrtuch tupfte Ellen seinen Hosenschlitz ab. Deutlich empfand sie dabei das Prekäre der Situation. Aus einer der Hosentaschen fiel eine Karte heraus. Sie hob sie auf und sah, daß es der Mitgliedsausweis einer Studentenvereinigung war: *L. Kaplan, Geschichte, Erstes Semester.* So, so. Sie hörte Leo in der Toilette sagen: »Ich möchte am liebsten in der Auslandsredaktion arbeiten und später vielleicht Korrespondent in London oder Paris werden. Außenpolitik interessiert mich am meisten. Deswegen hätte ich auch gern die Sendung über Kennedy gesehen. Hast du vor kurzem meinen Artikel über Amerika gelesen, über die Bürgerrechte?«

Hierzu konnte Leo etwas Geistreiches sagen, weil er zu Hause in Den Bosch im *Elsevier* einen Artikel darüber gelesen hatte. Krawalle, wenn Farbige weiße Schulen besuchten und Rassisten das nicht hinnehmen wollten.

Ellen grinste. Er log, daß es krachte. »Ja, ich glaub schon«, rief sie.

Leo fragte sich verdutzt, ob er im *Handelsblad* einen Artikel über dieses Thema verpaßt hatte. Egal, sie dachte jetzt jedenfalls, daß er ihn geschrieben hätte. Konnte nicht schaden.

»War ein guter Artikel«, fügte sie herausfordernd hinzu. Leo, der sich in dem stinkenden Kabäuschen unbehaglich fühlte, blickte zaghaft, hoffend, daß sie keine weiteren Anmerkungen zu dem erfundenen Artikel zu machen hatte, um die Tür herum zu dem Mädchen hinüber und sah, daß sie sich erhob und auf ihn zukam. Er nahm die Hose entgegen.

»Die, die hierherkommen, sind fast alle vom *Handelsblad*«, sagte Ellen, »aber weil ich hier hinten arbeite, hab ich mich noch nie mit einem von ihnen unterhalten. Du bist der erste Journalist, den ich kennenlerne.«

Leo kam aus der Toilette hervor. Der Schritt seiner Hose war naß, als wenn er hineingepinkelt hätte. »Glaub mir, es ist besser als die Fettflecken«, sagte Ellen.

So, wie sie das sagte, klang es typisch Brabantisch. Mann, war sie hübsch. Halblanges, zum Pferdeschwanz gebundenes blondes Haar, klare blaue Augen, volle Lippen, zierliche Hände, die sie jetzt in die Hüften stemmte, um ihr spöttisches Lächeln noch zu unterstreichen.

Der Kellner, der Leo die Steaks auf den Schoß gekippt hatte, kam in die Küche und gab bei Ellen zwei Steaks in Auftrag. Er schaute Kaplan an und sah die nassen Flecken auf dessen Kleidern. »Tut mir leid, Mensch. Hast du ihm schon gesagt, daß er auf unsere Kosten essen kann?«

Ellen antwortete, daß sie das gleich angeboten habe.

»Ich hatte schon gegessen«, sagte Leo.

»Na, dann holst du dir dein Steak morgen. Okay?«

Der Kellner verschwand wieder nach vorn in die Kneipe.

»Du kommst aus Brabant?« fragte Leo. Er wollte sie wiedersehen. Er wollte jetzt eine Weile in ihrer Nähe bleiben. Kennedy würde auch noch länger als ein Jahr tot bleiben.

»Ja.« Ellen stand am Herd. In der Pfanne breitete sich das Fett zischend auf dem heißen Boden aus.

»Von wo da?«

»Den Bosch«, sagte sie.

Leo lachte auf.

»Ich wüßte nicht, was daran so zum Lachen ist!« rief sie mit gespielter Empörung.

»Ich komme auch aus Den Bosch.«

Ellen drehte sich zu ihm um. »Du?« Er nickte. Sie wußte nicht, ob sie ihm das glauben sollte. Der Mitgliedsausweis belegte ja, daß er, was die Zeitung betraf, gelogen hatte.

»Wie heißt du?« fragte Leo.

»Ellen de Waal. Und du?«

»Leo Kaplan.«

»Und du bist in Den Bosch geboren? Du hast ja gar keinen Akzent.«

»Wir sprechen zu Hause auch kein Platt.«

»Auf welcher Schule warst du?«

»Städtisches Gymnasium. Und dann... äh« – er konnte sich gerade noch korrigieren – »hab ich hier bei der Zeitung angefangen.«

»Ich war auf dem Sint-Jans. Auch Gymnasium.«

»Was machst du denn dann hier in der Küche?«

»Mein Studiengeld geht schon fast ganz für die Miete drauf. Ich studiere Niederländisch.«

Leo schaute zu, wie sie mit ihren schönen Händen die Steaks in die Pfanne legte. Verdammt, wieso war er bloß auf diesen Krampf mit der Zeitung verfallen?

»Wo in Den Bosch hast du denn gewohnt?« fragte Ellen so unverfänglich wie möglich, aber sie wollte ihn bei einer Lüge ertappen. Sie glaubte nämlich nicht so ganz an sein Den Bosch. Vielleicht war er ja ein pathologischer Lügner.

»Hinter dem Zuiderpark. Coornhertstraat.«

»Und wo in der Coornhertstraat?«

»Das erste Haus an der Ecke. Das weiße Haus, vielleicht bist du mal dran vorbeigekommen.«

Ellen kannte die Villa, die schönste von dem ganzen exklusiven Häuserblock. Ja, er kannte Den Bosch, das war nicht gelogen.

»Und du?«

»Meine Eltern hatten ein Möbelgeschäft in der Kerkstraat.«

»Komisch, beide aus demselben Kaff, und hier müssen wir uns begegnen«, sagte Leo.

Plötzlich fiel ihr ein, daß in dieser weißen Villa Jud Kaplan wohnte. Sie hatte mal mit einem ihrer Brüder einen Packen alte Zeitungen bei einer seiner großen Lagerhallen im Industriegebiet abgeliefert, die mit allem möglichen Gerümpel, Lumpen, Metall, Autowracks vollgestopft war. Sie hatte gehört, daß Jud Kaplan steinreich sei. Ohne über den Charakter der Frage nachgedacht zu haben, fragte sie: »Bist du etwa mit Jud Kaplan verwandt?«

Leo verspürte einen schmerzlichen Stich in der Brust. Scham und Empörung ließen ihn erröten. Zu spät begriff Ellen, daß sie ihn mit dieser Frage beleidigt hatte. Erst als sie sich zu ihm umdrehte und sah, wie sehr sie den armen Jungen verwirrt hatte, ging ihr auf, daß sie etwas Dummes gesagt hatte. Sie biß sich auf die Lippen.

»Tut mir leid. So wird er in Den Bosch nun mal genannt. Und ich hab mir nie Gedanken darüber gemacht, daß das beleidigend sein könnte. Ich hab's wirklich nicht böse gemeint.«

Sie sahen einander an. Ellen entschuldigend, Leo aufgewühlt – er schlug die Augen nieder und schüttelte verwundert den Kopf.

»Es klingt so bescheuert. Ich kann's irgendwie nicht leiden, wenn jemand das sagt. Er ist nämlich mein Vater.«

»Tut mir leid«, sagte Ellen noch einmal.

Im stillen fluchte Leo. Warum, verdammt noch mal, kapierten die Leute nicht, daß man einem Juden gegenüber das Wort »Jud« nicht in dieser Weise in den Mund nahm? Auf dem schicken Städtischen Gymnasium war ihm das auch ein paarmal passiert. Sag mal, du bist doch nicht etwa mit dem Lumpenjud Kaplan verwandt? Unter den Kindern von Rechtsanwälten, Ärzten und Bankiers hatte er sich für den Broterwerb seines Vaters geschämt. Leo hatte einer von ihnen sein wollen und ihnen in Sprache, Benehmen und Kleidung auch in nichts nachgestanden. Doch zu Hause bestand die Welt aus Hühnersuppe und Mazzeknödeln und Kugl, und er hörte Worte wie *mischpóche* und *goj* und *attenoje.* Er war nicht Kind eines Arztes, sondern der einzige Sohn eines einfachen, wenn auch schlauen Juden. Ein gewiefter Rechtsanwalt erntete Respekt. Ein gewiefter Kaufmann Mißgunst. Leo begriff: Jud Kaplan hieß so viel wie Betrüger Kaplan, Schlitzohr Kaplan.

Leo war die Lust vergangen. »Vielen Dank für deine Hilfe.«

Ellen schaute auf ihre Hände und rieb sie dann kräftig aneinander.

»Es tut mir wirklich leid«, wiederholte sie. »Ich hab gar nicht registriert, was ich da sage.«

Leo öffnete die Tür, der Lärm aus der Kneipe schwoll an.

»Ich geh dann mal«, sagte er.

Ellen machte ein paar Schritte auf ihn zu. »Kommst du morgen noch?«

»Weiß nicht.«

»Ich würde mich freuen.«

»Ich muß es mir noch überlegen.«

»In Ordnung.«

Leo ging, die Tür fiel hinter ihm zu, und er wußte nicht, daß Ellen dachte: Ich verliebe mich, ich verliebe mich.

Ellen hatte sich am darauffolgenden Abend ein wenig stärker geschminkt als sonst und sich in Kleider geworfen (den schwarzen Rock, den sie zur Beerdigung ihres Vaters gekauft hatte, und den lila Pullover aus irrsinnig warmer Angorawolle, den sie von ihrem zweitältesten Bruder, der ein Modegeschäft besaß, zum Geburtstag bekommen hatte), die in der Küche mit der fettigen

Anrichte und dem verkrusteten Herd ziemlich deplaziert wirkten, aber sie wollte diesem Leo Kaplan zeigen, daß sie nicht irgendein Trampel aus Den Bosch war, der das platte Land mit den Katakomben einer Journalistenkneipe vertauscht hatte, tagsüber schwer büffelte und abends Steaks briet, sondern daß sie Stil besaß, mehr als jene schreibenden Damen, die hin und wieder in die Kneipe geschneit kamen, arrogant, scheinbar erschöpft, nach Eau de Cologne und Gauloises müffelnd.

Als sie vor einigen Jahren entdeckt hatte, daß ihre Verwandtschaft es im Krieg mit den Nazis gehalten hatte, hatte sie tagelang kein Wort mehr gesagt. Sie war mit fest aufeinandergepreßten Lippen durch die dunkle Wohnung im Obergeschoß gelaufen, hatte stumm am Tisch gesessen. Zu allem Übel war es aber nicht einmal jemandem aufgefallen. Onkel Huub hatte die Uniform der Waffen-ss getragen, die in der Kiste mit Mottenkugeln auf dem Dachboden lag. Ellen empfand die Schuld, die ihre Familie auf sich geladen hatte, als ihre eigene Schuld. Verflucht war ihr Name. Verflucht war ihr Dasein. Warum hatten sie derart geirrt? War das angeboren, genetisch bedingt? Nach dem, was sie in der Schule über Gene gelernt hatte, fürchtete sie, so etwas wie eine Erbsünde in sich zu tragen. Und prompt mußte sie, nun, da sie zum erstenmal in ihrem Leben einem Juden gegenübergestanden hatte – einem sympathischen Jungen mit langen schwarzen Wimpern und fast schon femininen Lippen –, prompt mußte sie genau das tun, was sie am meisten befürchtet hatte.

Dieser jüdische Junge hatte etwas Exotisches. Er ließ sie ans Mittelmeer, an Ockerfarben und Wein denken. Mochte er auch in Den Bosch aufgewachsen sein, für sie versinnbildlichte er den konkreten Bruch mit dem Obergeschoß in der Kerkstraat. Nachts hatte sie ihn im Traum geliebt. In dem schmalen Bett unter dem Dach des Hauses voller vornehmer Studentinnen hatte sie geträumt, daß sie mit ihm an einem Strand liege. Eine sommerliche Nacht am Meer, ihr nackter Rücken und Hintern auf dem lauwarmen Sand und in ihrem Schoß der harte Schwanz eines Mannes mit krausem Brusthaar und muskulösem Hintern – Schulmädchenträume, dessen war sie sich bewußt.

Ellen wartete in ihrem schwarzen Rock und dem lila Angorapulli auf Leo. Sie schwitzte über den dampfenden Pfannen, und ihr Make-up verlief. Im Laufe des Abends, es herrschte Hochbetrieb, gingen ihr die Steaks aus. Aber seines hielt sie unter dem Salat im Gemüsefach des Kühlschranks versteckt. Als jedoch im Radio die Nationalhymne ertönte, registrierte sie, daß es Mitternacht war und der Sohn von Jud Kaplan die Kneipe gemieden hatte.

Leo ließ den Abend verstreichen, während er sich fortwährend ausmalte, was passieren würde, wenn er in die Kneipe ginge. Aber er blieb zu Hause. Diese Beleidigung konnte er ihr nicht verzeihen, sosehr er auch erwartete, daß sie das Ganze bei weitem wiedergutmachen würde.

Ellen hatte ihn an einem wunden Punkt irgendwo in seinem jiddischen Minderwertigkeitsgefühl getroffen, den er gern zuwachsen und verschwinden lassen wollte, denn er wollte ein freier Mensch sein, frei vom Ballast der Vergangenheit, beziehungsweise Abstammung. Dabei war sie vielleicht die Frau, mit der er zum erstenmal die Nacht würde verbringen können. Er hatte zwar eine ganze Menge Freundinnen gehabt, mit denen er auch sehr intim gewesen war, doch zu mehr als Petting hatte er es nie gebracht; jetzt wollte er endlich mal richtig mit einer Frau ins Bett (man darf nicht vergessen: es war 1964, und Leo war gerade mal 18). Verdammt.

Wie bekam er den Nachhall dieses »Jud Kaplan« wieder aus den Ohren? Er selbst war ja schließlich auch ein Jud Kaplan! Ein Wucherer Kaplan! Und Ellen war eine Schickse, genauso verboten wie Aal und Schweinefleisch, aber blond und nach Lux duftend und mit sauberen Fingernägeln und hellem Lachen und hoher germanischer Stirn. Jud Kaplan. Wenn er wirklich ein gnadenloser Betrüger gewesen wäre, hätte er hingehen und Steak und Mädchen nehmen müssen. Er stellte sich ihren Körper vor, starrte in Gedanken auf ihre Hände, auf den blonden Pferdeschwanz und ihren zarten, makellosen Nacken, auf dem ein Schatten von flaumartigen Härchen lag, auf ihr offenes Lächeln. Doch er bezwang sich und versuchte die Illusionen, die ihm im Kopf herumgeisterten und ihn vom Lernen abhielten, zu vertreiben. Aber wie stellt man das an?

Eine Woche nach der Geschichte mit den Steaks in der Journalistenkneipe verabredete er sich mit einem der wenigen Mädchen in seinem Semester, Elisabeth van de Kerkhof. Ihr Name entsprach ihrer Lebendigkeit. Sie hatte nichts von der selbstbewußten Art Ellens, verhieß aber einen üppigen Busen und einen samtweichen Bauch. Sie hatten sich *La dolce vita* von Fellini angesehen und waren anschließend in eine Kneipe am Leidseplein gegangen. Elisabeth schwieg. Leo redete und redete und versuchte die Begeisterung und Verwirrung, die *La dolce vita* bei ihm ausgelöst hatten, in Worte zu fassen, was natürlich nicht gelang und so diesen nicht enden wollenden Wortschwall aus seinem Mund zur Folge hatte, ein Satz so hilflos wie der andere. »Das Leben«, »die Leidenschaft«, »die Korruption«, »die Liebe«, »die Untreue«, »die Gesellschaft«, »die Bourgeoisie«, tja…

Elisabeth, eine intelligente, aber verlegene Rechtsanwaltstochter aus Deventer, litt schon seit ihrem vierzehnten Lebensjahr unter ihren schweren Brüsten. Daß sie für die Jungs in ihrer Klasse des Geert Groote College das Idealbild von Weiblichkeit darstellte, wußte sie damals nicht. Jeden Tag der Woche schwebte Elisabeth van de Kerkhof einem oder mehreren der Jungen vor Augen, wenn sie mit der Hand am glühenden Schniedel von ihren Möpsen träumten und bei der Vorstellung, ihr Gesicht zwischen die schneeweißen Berge aus Milch und Sahne und Honig zu senken, den Rhythmus ihrer Hand beschleunigten. Elisabeth aber schämte sich für die großen Dinger auf ihrer Brust. Sie hatte sich angewöhnt, ein wenig nach vorn gebeugt zu gehen, um sie zu kaschieren. Die Jungs hingegen dachten, daß die Schwere der Brüste für Elisabeths Schieflage verantwortlich sei. Von ihren heißen Masturbationsträumen, in denen sie die Rolle der absoluten, unantastbaren Göttin spielte, wagten die schüchternen Schuljungen ihr nichts zu verraten. Und sie führte Verwirrung und Erröten der Jungen in ihrer Gegenwart auf die Monstrosität der Ungetüme zurück, die sie mit sich herumschleppte.

Als Elisabeth nun neben Leo in der Kneipe saß und seiner Analyse von Fellinis Meisterwerk lauschte, kreisten ihre Gedanken nur um eines: Was will so ein netter Typ von mir? Auch Leo stellte sich nur eine Frage: Wie komme ich an diese Brüste? *La dolce vita.* Sinnlichkeit, Dekadenz, Vitalität. Was redete er da nur für einen Stuß von wegen Querschnitt des intellektuellen Lebens in Rom, dieser letzte Sproß eines Geschlechts von Hausierern, Pferdehändlern und Lumpensammlern? Elisabeth verstand ihn nicht, genausowenig wie sie den Film verstand oder das grausame Schicksal, das ihr solche Brüste angehängt hatte.

Leo brachte sie bis vor ihre Haustür in der Leidsekade. Dort zog er sie an sich und küßte sie auf den Mund. Überrascht, ja, entzückt, erwiderte Elisabeth den Kuß, und obwohl sie beide dicke Wintermäntel anhatten, spürte sie, wie erregt er war.

Zwei Tage später kam sie zum Essen zu ihm. Sie wolle auch etwas dazu beitragen, hatte sie geflüstert, sie werde das Fleisch besorgen. Und natürlich hatte sie zwei Steaks dabei, als sie frühabends um halb sechs seine Treppe heraufkam. Er half ihr aus dem Mantel, gab ihr ein Glas Wein, und bereitete, während sie in der kleinen Küche reglos auf der Fensterbank saß und hin und wieder am Glas nippte, unter lebhaftem Reden das Essen zu. In seiner Gesäßtasche steckten zwei Kondome. Heute abend mußte es klappen, und um ja kein Risiko einzugehen, hatte er sich vorgenommen, zwei Kondome übereinanderzuziehen. Schweigend schaute Elisabeth zu, wie er die Kartoffeln schälte – na ja, schälen, die Schalen, die er achtlos wegwarf, waren zwischen einem und zweieinhalb Zentimeter dick. Innerlich zum Zerreißen angespannt, aber nach außen hin völlig ungerührt, sah Elisabeth ihm zu und tat, als würden sie zu Hause in Deventer auch nur das Herz der Kartoffel essen. Dann der Spinat. Mit einem Brotmesser versuchte der Schriftsteller in spe den tiefgefrorenen Block in Stücke zu hacken (er ging von der Annahme aus, daß Gemüse immer gehackt oder kleingeschnitten werden müsse), doch das Ding glitschte ihm aus den Händen, schlitterte über die Anrichte und schoß auf den Fußboden. Und während des ganzen, von vornherein verlorenen Gefechts mit vierhundertfünfzig Gramm tiefgefrorenem Spinat hielt Leo ein Referat über die Rassenproblematik in den USA. Elisabeth hatte schon eine Viertelstunde lang kein Wort gesagt. Das Glas in ihrer Hand war fast leer, und Leo rechnete im Geiste aus, während sich sein Mund automatisch bewegte und tiefsinnige Betrachtungen über die amerikanische Unabhängigkeitserklärung ausspuckte, wie lange es wohl dauern würde, bis sie die Flasche ausgetrunken hätte und ihr alles egal sein würde.

Leo legte die Steaks in die ausgelassene, schon fast schwarz verbrannte Butter, als es plötzlich klingelte. Er erwartete niemanden. Er bat Elisabeth, sich für einen Moment der Steaks anzunehmen, und sie nickte schweigend. Auf dem Treppenflur zog er kurz an der Schnur, die mit dem Riegel unten an der Haustür verbunden war, und nahm sich vor, den, der da geklingelt hatte, wer immer es auch sein mochte, sofort abzuwimmeln. Die Tür sprang auf. Irgendwer mit blondem Haar und in kamelhaarfarbenem Dufflecoat trat zwei Schritte vor und schaute zu Leo Kaplan herauf, der unter der Glühbirne auf dem Treppenflur stand und hinunterspähte. Er blickte in das wunderschöne Gesicht von Ellen de Waal, mit rosigen Wangen von der Kälte draußen, makellos und weiblich und herausfordernd. Ehe er sich von seiner Verwirrung erholt hatte, sagte sie:

»Du hast dir dein Steak nicht mehr abgeholt, und da hab ich mir gedacht, na schön, dann geh ich eben einfach mal bei dir vorbei und leiste dir bei dem Steak, das dir zusteht, Gesellschaft.« Sie hielt eine Hand hoch und ließ eine Papiertüte von einer Fleischerei sehen. Steaks.

»Woher wußtest du... wie bist du an meine Adresse gekommen?« stammelte er.

Ihre andere Hand verschwand in der Tasche ihres Dufflecoats und zog den Mitgliedsausweis hervor, den er noch nicht einmal vermißt hatte. Ihm war sofort klar, daß er in der Kneipenküche aus seiner Hosentasche gefallen sein mußte. Abwartend schaute sie zu ihm hoch. Er mußte verhindern, daß sie heraufkam und die stumme Elisabeth entdeckte, denn das würde seine Chancen auf ein Techtelmechtel mit dieser brabantischen Schönen zunichte machen. (Damit lag er völlig richtig. Ellen hatte sich unterwegs auf dem Fahrrad ausgemalt, was wohl passieren würde, und sich vorgenommen, auf der Stelle kehrtzumachen, wenn er in weiblicher Gesellschaft war.) Aber er durfte nicht ungehobelt sein. Sie sollte nicht mit dem Gefühl auf die kalte Straße zurückkehren, daß er nichts von ihrem Fleisch wissen wolle. Er hätte lieber ihre Steaks gegessen als die von Elisabeth, aber die lagen schon oben in der heißen Pfanne.

Leo lächelte schief zu ihr hinunter. »Ich hab jetzt zufällig gerade Besuch, mit dem ich mich für heute abend zum Lernen verabredet hatte.« Lernen? Hatte er ihr nicht erzählt, er arbeite beim *Handelsblad*? Er sah, daß Ellen nachdachte und seine Worte abwog. Er hätte sie damals nicht anlügen sollen.

»Hast du eine Freundin zu Besuch?« fragte Ellen.

»Nein. Jemanden, mit dem ich äh... mit dem ich zusammenarbeite.«

Ellen nickte. Sie hob die Tüte vom Fleischer hoch:

»Und was machen wir hiermit?«

»Hast du einen Kühlschrank?« fragte Leo.

»Ja.«

»Soll ich morgen zu dir kommen, und wir essen sie dann bei dir?«

Sie schüttelte den Kopf. »Geht nicht.«

»Nein? Warum nicht?«

»Ich wohne in einem Haus nur für Frauen. Keine Männerbesuche.«

»Ach so, na ja, dann komm doch morgen noch mal her. Dann essen wir morgen zusammen zu Abend.«

Sie nickte, lächelnd. »Gut.«

Sie sahen sich kurz abwartend an. Dann fragte Ellen:

»Behältst du sie hier, oder soll ich sie wieder mitnehmen?«

Sofort lief Leo die Treppe hinunter. Er konnte nicht zulassen, daß sie heraufkam. »Ich leg sie in den Kühlschrank«, sagte er. Ellen machte ein paar Schritte die Treppe hinauf und reichte ihm die Tüte. Von nahem war sie noch schöner. Er las eine gewisse Unsicherheit in ihrem Blick, und ihm wurde bewußt, daß sie sich nicht ganz im klaren über ihn war, nicht wußte, was sie von ihm halten sollte. Aber die Fleischereitüte in seiner Hand war ein deutliches Signal.

»Schön, daß du vorbeigekommen bist«, sagte er.

Sie nickte. »Ich hatte, glaub ich, etwas gutzumachen.«

»Vielleicht hab ich ein bißchen überreagiert.«

»Nein, es war meine Schuld«, entgegnete sie entschieden.

Und dann merkte er, daß sie an ihm vorbei die Treppe hinaufschaute, drehte sich rasch um und sah Elisabeth dort stehen. Von unten betrachtet, nahm sich der Umfang ihres Busens in dem schwarzen Pullover noch beeindruckender aus. Elisabeth konnte kaum über ihn hinweg zu ihnen herabschauen.

»Die Steaks sind fertig«, sagte sie.

Gut, sie hatte endlich was gesagt, nur war der Moment dafür nicht gerade glücklich gewählt. Leo sah Ellen an, die verwirrt den Blick abwandte.

»Eine Kommilitonin«, erklärte er.

Ellen sagte nichts darauf. Es war offensichtlich, um welches Studienobjekt es sich hier drehte. Sie kehrte ihm den Dufflecoatrücken zu und verließ das Treppenhaus. Hilflos schaute Leo zu Elisabeth hinauf, als erwarte er ihre Unterstützung. Doch Elisabeth wußte, was er tun würde.

Langsam, abwehrend schüttelte sie den Kopf, drei, vier Sekunden lang. Und dann sagte sie: »Ich gehe«, und verschwand in seinem Zimmer.

Leo sprang die Treppe hinunter und lief auf die kalte, dunkle Straße hinaus. Ellen stand bei einem Laternenpfahl und wollte gerade ihr Rad auf die Fahrbahn schieben. Er rief ihren Namen, aber sie tat, als hörte sie nichts, stieg auf und trat in die Pedale. Er rannte hinter ihr her. Sie fuhr nicht wirklich schnell. Er spürte sofort, daß sie ihm eine Chance gab, denn wenn sie gewollt hätte, hätte sie ihn weit hinter sich lassen können. Mit der Fleischereitüte in der Hand rannte er hinter dem Rad her. Er holte sie auch ein, doch sie blieb unnachgiebig, strampelte in gleichbleibendem Tempo weiter und ließ ihn neben sich herlaufen.

»Es tut mir leid!« rief er.

Ellen warf ihm einen kurzen Seitenblick zu. »Du brauchst dich für nichts zu entschuldigen«, entgegnete sie.

»Ich meine… es tut mir leid, daß du das mißverstanden hast!«

»Was habe ich mißverstanden?«

»Das Mädchen… das Mädchen ist nicht meine Freundin!«

»Was dann?»

»Eine Kommilitonin!«

»Eine Kommilitonin? Ich dachte, du wärst Journalist?«

»Das war gelogen!«

»Ach, ein Lügner bist du? Aber wann sagst du dann die Wahrheit?«

»Jetzt! Jetzt! Halt doch bitte mal kurz an! Ich kann nicht mehr!«

Sie bremste ein wenig ab und hielt an. Keuchend stand er neben ihr und rang nach Atem, um sagen zu können, was gesagt werden mußte. Er war verliebt.

»Und?« sagte sie ungeduldig. »Ich will nach Hause.«

»Na gut«, sagte er, immer noch außer Atem, »ich fasse mich kurz.«

Ellen starrte stur geradeaus, auf den Rand des dunklen Sarphatiparks, aufmerksam, als gäbe es dort etwas Mysteriöses zu sehen. Sie hatte beide Hände am Lenker und saß noch halb auf dem Sattel, ihre Füße berührten nur leicht den Boden.

»Ich bin kein Journalist. Ich studiere Geschichte. Es war blöd von mir, das zu sagen. Ich wollte damit Eindruck auf dich machen.«

»Glaubst du, so was funktioniert?«

»Weiß ich nicht. Es war heraus, ehe ich darüber nachgedacht hatte. Ich fand dich... ich wollte Eindruck auf dich machen.«

»Auf die Art solltest du das lieber nicht tun.«

»Ich bin bereit zu lernen. Sag mir, wie ich es sonst tun soll.«

Darauf ging sie nicht ein. »Wer ist die Frau?«

»Sie ist in meinem Semester. Ich hatte sie zum Essen eingeladen. Aber eigentlich hätte ich lieber dich...«

»Ja, ja.«

»Ich wollte wirklich am nächsten Abend wieder in die Kneipe kommen. Aber ich... ich fühlte mich beleidigt. Ich hätte dich gern wiedergesehen, aber irgendwie ging es nicht. So war das. Und da hab ich mich mit Elisabeth verabredet. Um dich aus meinem Kopf zu vertreiben.«

»Bist du nicht scharf auf ihre großen Titten?«

Er war überrascht, so etwas aus dem Mund einer Frau zu hören. Er lächelte. »Doch, aber ich hätte lieber *deine* Steaks gebraten.«

»Wie meinst du das? Hatte sie auch welche mitgebracht?«

»Ja, tut mir leid.«

Und da sagte Ellen plötzlich übergangslos in leisem, entschuldigendem Ton: »Ich wollte dich neulich nicht beleidigen.«

»Ich weiß.«

Sie verstummten. Auf der anderen Parkseite donnerte eine Straßenbahn vorüber. Das weiße Autochen eines Milchmanns kam an ihnen vorbei, hintendrin klirrten die leeren Flaschen in ihren Kästen. Leo legte die Arme um Ellen. Sie küßten sich.

Zwei Stunden später saßen sie nebeneinander auf dem alten, aber soliden Chesterfield-Sofa, das Leo von seinem Vater geschenkt bekommen hatte. Nervös gingen ihre Hände auf Entdeckungsreise, erforschten die Linien in ihren Handflächen, Hautfalten zwischen Daumen und Zeigefinger, eine Kruste auf einer Schnittwunde. Erwartungsvoll, tief atmend, schauten sie sich in die Augen. Als Leos Hand unter ihrem Rock in die weiche Strumpfhose geschlüpft war und sich sein Jungenfinger in ihren Schoß stahl, öffnete Ellen die Lippen, als wollte sie trinken. Leo hielt kurz den Atem an, als sie unter dem Reißverschluß seiner Cordhose sein beschnittenes Glied betastete. Ihre Augen wollten sehen, was ihre Hand fühlte – sie beugte sich über ihn und betrachtete den Pilz in ihrer Hand, leckte plötzlich einmal ausgelassen daran, als wäre es eine Eiswaffel. Bis auf ihre Unterhosen zogen sie sich aus, krochen fröstelnd in sein Bett und zogen sich die Decke über die Köpfe, strampelten sich schon bald aus dem noch verbliebenen Stückchen Stoff, nahmen die Begierde ihrer Körper wahr, rochen Schweiß und Seife und Shampoo und bittersüße Aromen, schmeckten ihre Zungen und Brustwarzen und Ohrläppchen. Sie setzte sich rittlings auf ihn und hielt mit beiden Händen sein Glied, während sie sich darauf hinabließ und es in sich hineindrückte. Sie nahm ihn, nicht andersherum. Er fühlte die feuchte Wärme ihres Innern, ließ die Hände über ihre Schenkel und ihren Bauch zu ihren Brüsten gleiten und schaute ihr zu, wie sie sich mit geschlossenen Augen, den Kopf seitlich auf einer

Schulter ruhend, den Bewegungen ihrer Hüften hingab. Sie sah ihn an, als er ihre Hände ergriff, und lächelte. Mit ineinander verschränkten Fingern schauten sie sich unverwandt an, und sie sah Erstaunen, Entzücken, Sprachlosigkeit in seinen Augen.

Hinterher lagen sie mit einem seltsamen Gefühl von Vertrautheit aneinandergeschmiegt, als schliefen sie schon seit Jahren miteinander. Ellen flüsterte:

»Es ist fast, als wären wir füreinander bestimmt.«

»So was wollte ich auch gerade sagen, aber das sagen wohl alle Verliebten, und es klingt so abgedroschen. Aber eigentlich hab ich genau dasselbe Gefühl.«

»Findest du nicht auch, daß es bei uns genau gepaßt hat?«

»Du meinst, daß wir genau *ineinander* gepaßt haben?«

»Es ging so selbstverständlich«, flüsterte sie verlegen.

»Du bist schön und lieb.«

»Nein, du bist schön und lieb.«

»Wir sind beide schön und lieb«, schloß Leo.

Sie lachte und leckte an seinem Ohr.

Er wurde früh wach. Halb sieben. In der Dunkelheit dieses Wintermorgens bemerkte er überrascht, daß eine Frau neben ihm lag. Er sah ihren nackten Rücken, ihre Schultern, ihren Nacken, das blonde Haar auf dem Kissen. Er deckte sie zu und betrachtete ihr schlafendes Profil. Träumend, Augen und Ohren nach innen gekehrt, hatte Ellen sich im Bett in seine Obhut begeben. Er wollte, daß sie für immer und ewig so ruhig und beschützt atmen würde. Er wollte sie jeden Morgen zudecken. Jede Nacht wollte er mit ihr schlafen.

Ellen lag zusammengerollt da, mit hochgezogenen Knien, und er schmiegte sich an sie, das wieder anschwellende Glied an ihrem Frauenhintern, den Arm um sie gelegt. Als wäre J. F. Kennedy gestorben, um Leo Kaplan genau ein Jahr nach seinem Tod in eine Kneipe zu locken. Kennedy war nicht umsonst ermordet worden. Diese heilige Kuh war nicht vergeblich geschlachtet worden.

2

's-Hertogenbosch

Wenige Tage später war *Sinterklaas,* und sie fuhren zusammen nach Den Bosch. Leo erzählte zu Hause nichts von Ellen. Und Ellen verschwieg ihn ihrerseits. Leo kündigte seinen Eltern aber an, daß er an Weihnachten und Silvester in Amsterdam bleiben werde.

»Warum? Sind wir dir nicht mehr gut genug?« fragte sein Vater.

»Ach, ohne dich sind die Feiertage aber gar nicht schön«, sagte seine Mutter.

»Feiertage? Seit wann sind das für uns Feiertage?« bemerkte Leo.

»Es sind Feiertage, weil wir dann immer so gemütlich beisammen sind«, erklärte seine Mutter.

»Aber wir waren jeden Tag gemütlich beisammen!«

»*Waren?* Was meinst du mit *waren*?« fragte sein Vater beunruhigt.

»Ich wohne jetzt in Amsterdam, Pa.«

»Ja, und deshalb ist es ja so schön, wenn du an den Feiertagen zu Hause bist«, sagte seine Mutter.

»Also, was sollte das mit dem *waren*? Können wir denn jetzt, wo du in Amsterdam wohnst, nie mehr gemütlich zusammen am Tisch sitzen?« fragte sein Vater.

»Ich meinte damit, Pa, daß sich diese sogenannten Feiertage in nichts von allen anderen Tagen unterscheiden!«

»Doch«, sagte seine Mutter, »es ist dann früher dunkel. Ich mag diese Weihnachtsatmosphäre.«

»Aber *wir* haben doch nichts damit zu tun!«

»Nein, es ist ein Fest der Gojim«, erklärte sein Vater geduldig, »aber das Kind in der Krippe gehört uns.«

»Es wird dann auch später hell«, fuhr seine Mutter fort, »und du kannst sagen, was du willst, ich mag diesen Stollen und dies Weihnachtsgebäck.«

»Ich bin mehr für Hühnersuppe mit Mazzeknödeln«, sagte sein Vater schmeichelnd.

»Soll ich die Suppe aufstellen?« fragte daraufhin seine Mutter, die ihrem Mann zum Dank für sein Kompliment eine Hand auf den Arm gelegt hatte.

»Erst noch kurz dieses Gespräch zu Ende führen. Also, was machst du dann während der Feiertage in Amsterdam? Ein bißchen durch die Straßen streunen? Oder willst du womöglich heimlich in die Weihnachtsmesse?«

»Sehr witzig«, entgegnete Leo. »Ich will in Amsterdam bleiben und die Tage mit Freunden zusammen verbringen.«

»Willst du etwa zu solchen Studentenfesten?« fragte seine Mutter besorgt.

»Was für Studentenfeste?« wollte Leo wissen, gereizt, entnervt.

»Na, solche Feste, auf denen getrunken wird und mit solchen Weibsbildern...«

»Derartige Feste besucht mein Sohn nicht!« rief sein Vater böse aus. »Ich warne dich, laß mir nicht zu Ohren kommen, daß du...«

»Quatsch!« schrie Leo. »Ich will doch nur die paar Tage in Amsterdam bleiben! Das ist alles!« Das war zwar nicht alles, aber alles für seine Eltern.

»Und ausgerechnet an den Feiertagen«, sagte seine Mutter.

»Und an den Feiertagen hat ein jüdischer Junge zu Hause bei seinen Eltern zu sein«, ergänzte sein Vater.

»Es ist *Weihnachten,* Pa, ein Fest, das wir nicht feiern. *Unser* Messias muß erst noch kommen.«

»Aber er war *a jid*«, sagte seine Mutter.

»Genau wie du«, enthüllte sein Vater. »Weihnachten hin oder her, es sind Feiertage, und da haben jüdische Kinder bei ihren jüdischen Eltern zu sein, und da macht man sich's jüdisch gemütlich und ißt jüdisches Essen. Ist das klar?«

Als Leo acht gewesen war und auf dem Schulhof hin und wieder mal mit einem Mädchen gespielt hatte, einem molligen Kind mit Schlitzaugen, Tochter eines chinesischen Vaters, hatte seine Mutter ihm zum erstenmal mit besorgtem Lächeln ans Herz gelegt: »Ach, so nebenher mal eine Schickse, das ist nicht weiter schlimm. Aber mein Junge heiratet ein jüdisches Mädchen, nicht?« Ganze *acht* war er damals gewesen! Und in den vergangenen zehn Jahren hatte sie es regelmäßig wiederholt. Aber in Den Bosch gab es nur ein einziges jüdisches Mädchen, und das war älter als er und sah aus wie ein Pferd. Samstags morgens in der Schul begegnete er nur einer Handvoll älterer Damen und Herren. Er war davon überzeugt, daß er das einzige jüdische Kind in ganz Westeuropa war (das häßliche Mädchen, Roosje van Gelder, zählte nicht wirklich).

Wie konnte er sich von der erstickenden Zärtlichkeit seiner Eltern befreien? Auf Schritt und Tritt fühlte er sich von ihrer Liebe, ihren Ängsten, ihrem Zores begleitet. Er war groß geworden mit dem *gekreisch* seiner Mutter und dem Gebelfer seines Vaters, der übertriebenen Sorge um seine Gesundheit (»Deine Gesundheit ist alles, was du hast«), der Beaufsichtigung seiner Hausaufgaben (»Dein Schulabschluß ist alles, was du hast«), dem Verbot, im Bett zu lesen (»Deine Augen sind alles, was du hast«), dem erzwungenen Respekt vor seinen Eltern (»Deine Eltern sind alles, was du hast – ich wünschte, ich hätte sie noch«), er war ihr Sonnenschein (»Du bist alles, was wir haben, und du bekommst alles, was du haben möchtest, und trotzdem bist du unzufrieden und schiltst deine Mutter gemeine Ziege? Was bist du doch für ein kleiner *mammser*, was für ein undankbarer *schnor-*

rer«) und so weiter und so fort. Dennoch, wirklich zu revoltieren, war für ihn undenkbar. Was seine Eltern durchgemacht hatten, stand in keinem Verhältnis zu seinen kleinen Mißlichkeiten im Zusammenhang mit Pubertät und Erwachsenwerden. Er hatte Verständnis für sie, und wie! Er verzieh ihnen alles. Ihre Kurzsichtigkeit, ihr Lamentieren, ihren Mangel an Kultur (eine alte Winkler-Prins-Enzyklopädie, *Das Lied von Bernadette* von Franz Werfel in niederländischer Übersetzung und *Lier en lancet* von Simon Vestdijk – nie gelesen, beide vermutlich von seinem Vater aus einer Kiste mit Altpapier gefischt – und ein Dutzend Bildbände über Israel bevölkerten den Bücherschrank), ihr Unvermögen, ihm bei seinen Hausaufgaben zu helfen, ihre barbarischen Tischmanieren, ja, alles verzieh er ihnen. Gemeine Ziege hatte er seine Mutter genannt. Zehn Jahre alt war er da gewesen. Jahrelang hielt man ihm das vor. Bei der geringsten Kleinigkeit wurde es wieder hervorgekramt und als Waffe gebraucht. Sie hatten es nicht vergessen. Er sei undankbar, das wüßten sie, doch es gehe ihnen nicht um Dankbarkeit, sondern um eine sorglose Zukunft für ihn. Ja, später, wenn sie nicht mehr wären, später werde er sich die Haare raufen vor Reue und am Grab seiner Eltern jammern und schreien und weinen. Und dann dürfe er noch froh sein, daß es überhaupt ein Grab gab, denn ihre Eltern hätten nicht mal ein Grab.

Wie konnte man sich als zehnjähriger Junge gegen ein solches Maß an ängstlicher Liebe zur Wehr setzen? Wie konnte man das weiterwuchernde Schuldgefühl, das sich in die kindliche Liebe zu seinen Eltern gefressen hatte, herausschneiden, ohne daß man dabei auch das zarte Seelchen des beschnittenen Jungen entfernte? Wie jeder Halbwüchsige fühlte er sich einsam und unverstanden, aber er konnte sich bei den beiden Menschen, die in erster Linie dafür verantwortlich waren, nicht beklagen. Sie konnten ja nichts dafür. Ihre Einsamkeit war ja noch größer als die seine. Während sein pubertärer Weltschmerz auf dem Thermometer menschlichen Leids höchstens ein leichtes Zittern der Quecksilbersäule auslöste, schoß sie bei ihrem Kummer im Röhrchen empor, als hielte man das Thermometer an einen heißen Kugl. *Attenoje!*

Verfolgungswahn, das war es, was das Handeln seiner Eltern diktierte. Und ihr Kind sog das alles mit der Muttermilch ein, auch wenn Prinz Bernhard mehr als ein Jahr vor Leos Geburt im Hotel De Wereld den Friedensvertrag unterzeichnet hatte. Aber man konnte ja nie wissen. Wie lange wurden sie nicht schon verfolgt und umgebracht! Und damit sollte nun auf einmal Schluß sein, nur weil sich die Germanen in diesem Hotel in Wageningen ergeben hatten? Innig drückte seine Mutter ihn an sich. Ein molliges, dunkelhaariges Baby. Der Brei stand dampfend auf dem Tisch, sie rührte ihn mit einem Löffel um, blies die Hitze fort, kostete, um zu sehen, ob er schon ausreichend abgekühlt war, und schob dem gesunden Kind behutsam den gefüllten Löffel zwischen die Lippen. Und sie flüsterte, daß er immer auf der Hut sein müsse, daß er sich niemals binden dürfe und immer darauf bedacht sein müsse, Hals über Kopf fliehen zu können, daß er niemals einem *goj* vertrauen dürfe, daß er stark und schlau sein müsse, daß er ihre Hoffnung, ihre Zukunft, ihr Leben sei.

Seine Eltern waren die einzigen Überlebenden von zwei bettelarmen jüdischen Familien, die jiddische Traditionen aufrechterhalten hatten. Sein Vater hatte es mit dem Handel von Schrott und Lumpen und allem, wofür er einen Käufer zu finden wußte, zu Wohlstand gebracht. Ein jüdischer Junge wie Leo Kaplan in einer Stadt wie Den Bosch, die Schemen jiddischer Hausierer und Marktleute und Pferdehändler und Lumpensammler und halber Analphabeten im Kopf, die eine Sprache sprachen, welche in den Jahren kurz vor seiner Geburt ausgelöscht worden war, so ein Junge konnte im Schatten der Sint-Jan-Kirche nur Kälte und Verwunderung erfahren.

Die Stadtmauern von ’s-Hertogenbosch sah Leo Kaplan schon

früh als ein Zeichen. Obwohl vorausschauende Geister die Mauern an verschiedenen Stellen durchbrochen und im Sumpfland jenseits davon neue Viertel gebaut hatten, war das Herz der Stadt für Kaplan in einen steinernen Panzer gefaßt und gegen alles abgeschirmt, was die herrschenden Regenten und die alles beherrschende Kirche hätten bedrohen können.

Die Wälle hielten die Stadt im Würgegriff. Von innen her sahen sie aus wie die Mauern eines Kerkers, von außen wie die eines Forts. Wenn man sich 's-Hertogenbosch von Südosten her näherte, ragten die Silhouetten der Basilika von Sint Jan und der gnadenlosen Wälle aus dem Polderland auf, drohend, niederschmetternd.

Kaplan, 1946 im Groot-Ziekengasthuis dieser Stadt geboren, hatte sich hier immer als Fremder gefühlt.

Sein Vater, Moses Kaplan, war mit dreizehn mit seinem älteren Bruder Leo zusammen auf die Märkte geschickt worden, und von diesem hatte er das Fach des Schmus-Redens und des Belferns gelernt. Noch Jahre nach seinem Tod erzählten sich Schrotthändler, daß Moses aus Den Bosch – im Volksmund Jud Kaplan genannt, bei dem man altes Blei und Kupfer und Papier und Textilien loswerden konnte – die Kunst verstanden habe, aus Lumpen und Alteisen Gold zu machen.

Moses fuhr große amerikanische Schlitten und hatte sich Anfang der fünfziger Jahre in einem der neuen Viertel auf dem Schwemmland eine Villa bauen lassen. In diesem weißen Haus auf dem neu gewonnenen Land hatte Kaplan den größten Teil seiner Kindheit und Jugend verbracht. (Als Moses starb, wurde seinem Sohn bewußt, daß er sich nie richtig mit seinem Vater unterhalten hatte. Das war 1970. Der Schmerz über dieses Versäumnis entlud sich erst später mit ganzer Wucht, als sich Kaplan nämlich am Morgen seines achtundzwanzigsten Geburtstags vergegenwärtigte, daß sein Vater in dem Jahr, als die Germanen einfielen, auch achtundzwanzig gewesen war. Was hatte der Händler, der jetzt in der Erde des Jüdischen Friedhofs in Vught als Häuflein Knochen auf das Kommen des Messias wartete, damals gedacht und gefühlt? Wie hatte dieser Mann, der nur die Hauptschule besucht hatte, die Gefahr erkannt und erfaßt, daß man sich unter Fußböden und auf Dachböden vor den Germanen verstecken mußte?)

Zwei Jahre lang hielten sich Kaplans Eltern versteckt, wobei ihnen einige Nonnen und Patres halfen, die den beiden die Kreuzigung Christi nicht persönlich anlasteten. Zusammen mit ein paar anderen jüdischen Familien aus Den Bosch, die als Honoratioren allerdings auch schon vor der Katastrophe geduldet gewesen waren, kamen sie durch. Die armen Juden der Stadt aber – und das waren bei weitem die meisten –, hatten sich in Luft aufgelöst.

Verbissen machte sich Moses an die Arbeit, schuftete Tag und Nacht, um seinem Sohn eine Zukunft zu ermöglichen, die für ihn nie zugänglich gewesen war, die er sich aber sehr wohl gewünscht hätte: Studium, Wissen, Ansehen, Kultur. Seinen Sohn benannte er nach seinem Bruder, den er sehr geliebt hatte, weil er den jungen Moses geduldig und liebevoll in die auf dem Markt herrschenden Gesetze eingewiesen hatte. Und auch, weil sich sein Bruder wie durch ein Wunder selbst das Geigenspiel beigebracht hatte, dem der junge Moses zugesehen hatte, zitternd vor Ergriffenheit und manchmal weinend, weil es so schön war.

Leo, Moses' Bruder, war der erste Jude in Den Bosch gewesen, der den Aufruf bekommen hatte, sich zu einem Transport in den Osten zu melden. Dort würde er, so ging das Gerücht, zur Arbeit in den Minen oder auf dem Feld eingesetzt werden. Moses hatte ihn die Straße hinabgehen sehen, mit dem Geigenkasten, der ihm später auf dem Bahnhof von einem Germanen abgenommen wurde. Ihre Mutter hatte die Geige fiebernd vor Nervosität in dem von Uniformen und Hakenkreuzen strotzenden Gebäude abgeholt, um sie aufzubewahren, bis ihr ältester Sohn wieder zurück sein würde. Aber die Geige war verschwunden, so wie alles verschwunden war, die Möbel, ihre Kleider, Fotos.

Kaplans Mutter, Anna Engelsman, war die Jüngste einer kinderreichen Familie. Sie wohnten schräg gegenüber von den Kaplans in einem ärmlichen Viertel direkt hinter dem Markt. (Ihre Straße wurde in den sechziger Jahren abgerissen, um Raum für einen Parkplatz zu schaffen.) Anna und Moses verliebten sich ineinander, doch ein sonderbares Ehrgefühl von Annas Mutter stand ihrer Beziehung im Weg: Tiefer als die Kaplans konnte man in der Gesellschaft nicht sinken, und sie wollte nicht, daß sich ihre jüngste Tochter diese eine Stufe nach unten bewegte. Erst später, als beide unverheiratet auf die dreißig zugingen und die Germanen in Den Bosch einmarschierten, flammte ihre Liebe wieder auf.

Anna hatte schon früh ihren Teil zur Lebenshaltung beitragen müssen. Sie arbeitete in der Fabrik, verrichtete einfache manuelle Tätigkeiten wie Verpacken und Sortieren. Bis Moses erneut um ihre Hand anhalten konnte, verbrachte sie ihr Leben im Kreis von acht Geschwistern und sorgte für ihren alten Vater, der 1941, noch ehe die Aufrufe kamen, eines natürlichen Todes starb. Annas Mutter ging mit Textilien von Haus zu Haus, zog über die Dörfer und die Polder entlang der Maas und brachte es mit Hilfe ihrer Kinder zu einer zwar ärmlichen, aber immerhin angesehenen Existenz. Moses klärte Anna über die Verhältnisse der damaligen Zeit auf, überzeugte sie davon, daß teuflische Gefahren auf sie lauerten, und sie tauchten unter, ohne daß Anna sich von ihrer Mutter und ihren Geschwistern hätte verabschieden können. Dabei hätte sie ihnen noch so viel zu sagen gehabt, hätte noch so vieles auszutragen und wiedergutzumachen und zu bereinigen gehabt.

Ende 1944, nach der Befreiung Den Boschs, konnten Moses und Anna wieder aus ihrem Versteck hervorkommen. Doch Moses traute sich nicht mehr hinaus. Nach der zwei Jahre währenden Nacht kostete es Anna Tage, ehe sie ihren Mann wieder an das Tageslicht gewöhnen konnte. Das Warten auf die anderen zog sich noch länger hin. Als nach und nach die Gerüchte in Gang kamen, weigerten sich Anna und Moses zunächst, diesen Glauben zu schenken. Anna sorgte dafür, daß immer genügend zu essen im Haus war, denn die anderen würden sicher geschwächt und hungrig und müde sein. Als ihr Unglaube in Bestürzung und Wut und Trauer überging, taten sie das einzige, was sie tun konnten: Sie zeugten ein Kind.

Seine ersten sechs Lebensjahre verbrachte Leo in einem netten Mittelschichtsviertel im Norden der Stadt. Als er schon zur Schule ging, wurde die Villa im Süden fertig, und nun brachte ihn morgens ein Dienstmädchen zum Schulhof. Seine Eltern überhäuften ihn mit allem, woran es ihnen selbst gemangelt hatte. Er wollte sie nicht enttäuschen, war immer Klassenbester, ein stilles, sensibles Kind, das hinter der verzehrenden Liebe seiner Eltern den Kummer über etwas Entsetzliches witterte. Seine Eltern waren Juden, er somit auch. Er stellte Fragen über die Großeltern und Onkel und Tanten und Cousins und Cousinen, die es allesamt nicht gab, und seine Mutter erzählte. Die Geschichten seiner Kinderjahre waren nicht Schneewittchen und Rotkäppchen, sondern der Judenstern und der Aufruf und die Angst und Onkel Leo, der wie vom Erdboden verschluckt war.

Leo wurde ins Städtische Gymnasium aufgenommen, machte mit dreizehn seine Bar-Mizwa und mußte im Laufe seines Heranwachsens erleben, wie die Eigentümlichkeiten seiner Abstammung in zunehmendem Maße zu einem drückenden Dilemma wurden: ein jüdisches Kind in einer katholischen Stadt, ein reiches Kind aus bettelarmen Familien, mit einem Namen, der eigentlich einem unsichtbaren Toten gehörte.

In seiner Phantasie versuchte er diese verwirrenden Bilder von sich abzustreifen und ersann Geschichten, die das herbe Bewußtsein, daß er im Grunde keine Daseinsberechtigung hatte, zum Thema hatten. Auch bei einem Aufsatz in Niederländisch brachte er so eine Geschichte einmal zu Papier. Sein Lehrer nahm ihn daraufhin beiseite und sagte ihm, wie sehr ihn sein Aufsatz über einen Angeklagten, der vor Gericht um Bestrafung bat, beeindruckt habe. Von da an förderte er den Jungen, gab ihm Bücher mit, und Leo entdeckte, daß da etwas in ihm steckte, womit er seine Verwirrung erträglich machen konnte. Er begann zu schreiben, schrieb ganze Hefte voll. Um auf Geschichten zu kommen, mußte man über Menschen nachdenken. Also zwang er sich, schärfer wahrzunehmen, seinen eigenen Ängsten und Sehnsüchten auf den Grund zu gehen, und die Mauern der Stadt zu benennen.

Leo wollte an Weihnachten in seinem Zimmer am Sarphatipark bleiben. Bei Ellen war er ein erwachsener Mann, bei seinen Eltern ein verkrampftes Kind. Er schrieb ihnen auf einer Weihnachtskarte mit österreichischer Schneelandschaft, daß er in Amsterdam bleiben werde, um mit Johan Rooks, einem Kommilitonen, mit dem er sich angefreundet habe, zusammen zu lernen. Johan war ein spindeldürrer Schlaks aus Wassenaar, Erbe eines seit der Zeit der Vereinigten Ostindischen Kompagnie schrumpfenden Familienkapitals und noch dazu adlig.

Jonkheer Johan hatte als einziger noch lebender Rooks die Zukunft des Familiennamens in der Hand. Oder besser gesagt: in den Eiern, wie er zu Leo sagte. Johan tat, was Leo sich nur in Gedanken traute. In den Puff gehen, Marihuana rauchen, nächtelang herumsumpfen. Und er betrieb eine Sportart, die seinen Hang zu Risiko und Gefahr illustrierte: Bergsteigen. Seit seinem vierzehnten Lebensjahr kletterte er an Bergwänden empor. Anfangs in den Ardennen, später im Jura und in den Vogesen. Johan zufolge zwang einen dieser Sport dazu, allen Eventualitäten vorzubeugen. Jeder Schritt mußte berechnet werden, jede Bewegung genau überlegt. Leo lauschte seinen Erzählungen, aufmerksam, amüsiert, aber nie untertänig. Jonkheer Johan Rooks konnte einen Zuhörer wie diesen jungen Juden, der nie im reichen Wassenaar gewesen war und keinerlei Ansprüche an ihn stellte, gut brauchen. Das mit der Weihnachtskarte war Johans Idee gewesen, und er würde Leos Vater auch einige Tage später anrufen. Bereitwillig und uneigennützig gab er Leo Rückendeckung.

Ellen verbrachte die Weihnachtstage in Leos Zimmer, und sie liebten sich fast ununterbrochen. Sie verschlangen einander förmlich, hungrig, unersättlich.

Jugendliche Geilheit? Sicher, aber das war es nicht allein. Die Liebe, die sie beieinander fanden, stülpte sich wie eine Glasglocke über Leos Bett. Unter diesem Glas liebten sie sich, schwitzend, und die Glasglocke beschlug mit den kostbaren Dünsten aus ihren weit geöffneten Poren. Die Welt war ausgeblendet. Da lagen sie auf Leos Bett, zwei junge Körper, ein dunkler Jungenleib mit gierigem Schwanz und fruchtbaren Eiern, und ein weißer Mädchenleib mit kleinen, festen Brüsten und einer Möse, die nach einem tropischen Meer duftete. Unter der Glasglocke existierte keine Welt mit Juden und ängstlichen Eltern und miefigen Möbelgeschäften und Uniformen der Waffen-ss in Kisten auf dem Dachboden. Beide wollten sie sich von ihrem Hintergrund losreißen. Beide versuchten sie ihre eigene Geschichte zu schreiben, die bei ihrer Geburt begann – ihrer neuen Prähistorie – und nun beim Jahr Null angelangt war. Leos Bett wurde zu ihrer Erde, und die Glasglocke, die darübergestülpt war, zu ihrem Himmel. Sie brauchten nichts und niemanden. Ihre eigene Zeitrechnung hatte begonnen.

Es war kalt am ersten Weihnachtstag, und sie blieben in der warmen Wohnung. Am späten Nachmittag machten sie einen Spaziergang durch den Park, an kahlen Bäumen und hungrigen Enten entlang, schauten den Kindern zu, die in dicken Mänteln, mit Pudelmützen und Strickhandschuhen am Teich spielten, und atmeten die schneidende Luft ein. Schon während sie die Treppe zu Leo hinaufliefen, knöpften sie sich die Mäntel auf, und kaum im Zimmer, zogen sie sich hastig die Pullover über den Kopf, warfen ihre Kleider auf den Boden und fielen, einander küssend und streichelnd, aufs Bett.

Den Silvesterabend verbrachten sie getrennt. Aneinander denkend standen sie an verschiedenen Fenstern und sahen dem Feuerwerk über Den Bosch zu. Leo verschwieg das Vorhandensein seiner Schickse. Hätte er erzählt, daß es da ein Mädchen aus katholischem Hause gab, das er liebte, dann hätten sie ihn lamentierend auf seine Pflichten als jüdischer Sohn hingewiesen und seine Liebe zu ihr als eine Form von Hochverrat bezeichnet. (Er konnte ihren Vorwurf schon hören: »Und dafür haben wir dich großgezogen? Damit du mit einer Schickse ins Bett steigst? Ist es das, was du willst? Schinken aufs Brot? Einen Christbaum im Haus? Denkst du denn nie an uns? Na, sag, warum haßt du uns? Womit haben wir das verdient? Haben wir nicht immer nur *das Beste* für dich gewollt? Weißt du, was unser Fehler war? Wir sind immer *zu gut* zu dir gewesen! Das ist es! *Zu gut!* Und anstelle von Dankbarkeit ernten wir Haß! *Attenoje!* Womit haben wir das verdient?«) Nein, sie hielten es lieber geheim. Wenn Ellen es ihrer Mutter erzählt hätte, hätte sie etwas anderes zu hören bekommen. (»Wer? Kaplan? Kaplan? Doch wohl nicht etwa ein Verwandter von diesem Lumpenjud? Was?! Doch verwandt? Mit Jud Kaplan? Ach, Mädchen, ich wußte ja, daß aus dir nichts werden würde. Aber ich werde bei der Heiligen Jungfrau für dich beten. Und eine Kerze für dich anzünden.«)

Vor Jahren, als das Abitur und ein Studium in einer Großstadt noch unerreichbar fern erschienen waren, hatte Ellen ihrem Zuhause zu entkommen versucht. Fünfmal war sie weggelaufen, und jedesmal waren ihre Ausbruchsversuche gescheitert. Sie floh vor dem Geruch in dem kleinen Möbelgeschäft ihrer Eltern, vor dem Weihrauch in der Kirche und vor der in einer Kiste mit Mottenkugeln konservierten Uniform der Waffen-ss, die der älteste Bruder ihres Vaters getragen hatte.

Dennoch hatten die Stadtmauern in ihrer Kindheit Geborgenheit ausgestrahlt. Bis zur Mauer erstreckte sich ihre Stadt, dahinter herrschte das Unbekannte, und das war furchterregend. Im ersten Aufruhr der Pubertät aber hatte sie die Ehe ihrer Eltern und die Ansichten ihrer Familie zu durchschauen begonnen, und da hatten sich die Stadtmauern von 's-Hertogenbosch in ein riesiges Hindernis verwandelt. Genau wie Leo begann sie sich danach zu sehnen, die Stadt zu verlassen, so schnell wie möglich, bevor es zu spät war.

Ellens Vater, Albert de Waal (Albert französisch ausgesprochen), war Sohn eines Fleischers und mit den engstirnigen Regeln des Kleinbürgertums aufgewachsen. Er hatte Talent zum Zeichnen, doch von Blut und Fleisch zu Bleistift und Papier ist es ein langer Weg. Die Kinder des Fleischers wuchsen mit dem niederschmetternden Bewußtsein auf, daß sie ihr Leben in einer Welt von fünfzig Gramm Aufschnitt hier und ein Pfund Schweinepfoten da vertun würden. Ihr Widerstand dagegen, zunächst ungerichtet, erwies sich als geeigneter Nährboden für eine Bewegung, die in Reih und Glied und schwarzen Uniformen die Welt erobern wollte. Ellens Vater, der besonnenste der drei Fleischersöhne, war ein Mitläufer, aber in der hintersten Reihe. Nach dem Krieg gelang es ihm, sich herauszureden, indem er sich auf seine Kurzsichtigkeit und seinen begrenzten Horizont berief.

Er war mit der Tochter eines Möbelhändlers, Marieke Bol, verheiratet, und mit ihr versuchte er ab 1947, nach dem Tod seines Schwiegervaters, den kleinen Laden in der Kerkstraat wieder aufblühen zu lassen. Albert und Marieke schufteten Tag und Nacht und überließen ihre vier Kinder in der dunklen Wohnung über dem Laden, die ebenfalls von dem Geruch nach Leim und Holz und Staub durchdrungen war, sich selbst. Abends brachten sie die Buchhaltung auf den neuesten Stand, und sonntags knieten sie zweimal in Sint Jan nieder und empfingen mit geschlossenen Augen und ausgestreckter Zunge die Hostie.

Warum blieb der Erfolg aus? Warum opferten sie sich vergeblich auf, wurden die Träume vom eigenen Haus mit großen Fenstern auf dem Schwemmland im Süden der Stadt und von einem Urlaub in der Eifel immer verschwommener, wurde ihr Haar grauer und ihr Lächeln blasser? Bitterkeit schlich sich in ihre Augen.

Ellen, die Jüngste, ein Nachkömmling, wuchs in der Wohnung im Obergeschoß auf, in der erstickenden Luft verstaubter Möbel, die einfach keinen Käufer fanden. Sie sah den verbissenen Kampf ihrer Eltern, bei dem es keine Gewinner, sondern nur Opfer gab, und sie begann zu rebellieren. Anfangs nur in Gedanken und somit gefahrlos, doch schon bald gab sie ihren Eltern offen und deutlich zu verstehen, daß sie in dem dunklen, kalten Obergeschoß zu erfrieren drohe. Sie wollte sich wärmen, suchte die Hitze der Leidenschaft.

Sie lief von zu Hause weg. Mit siebzehn hielt sie es mit ihrem ersten Freund sogar zwei Wochen in einem beengten, aber romantischen Zimmerchen auf einem Bauernhof bei Turnhout aus. Ein goldener Sommer, leuchtende Sonnenblumenfelder, warme Erde, der Duft von Lavendel und Schmetterlingsflieder, der das Fenster ihres Zimmerchens umgab. Sie las viel und schärfte ihren Blick mit Multatuli und Couperus und ter Braak. Sie war jung, und vieles von dem, was sie las, konnte sie noch nicht richtig erfassen, doch ihr wurde immer klarer, daß das Leben erst jenseits der Stadtmauern von 's-Hertogenbosch begann.

Ihr Vater ohrfeigte sie, wenn sie nach einem Fluchtversuch wieder die Tür des Ladens aufdrückte und sich in einen der schweren, gutbürgerlichen Sessel fallen ließ, die schon fast mit dem Fußboden des vollgestopften Ausstellungsraums verwachsen waren. Albert schlug ihr mit der flachen Hand ins Gesicht, aber nicht böswillig, nein, er schlug sie, weil es sich so gehörte, sie hatte bestraft zu werden.

Albert wurde immer stiller und introvertierter. Die drei älteren Kinder, die Jungen, waren schon aus dem Haus, nur die Rebellin Ellen saß noch bei ihnen am Tisch. Hin und wieder zeichnete er mal etwas, wenn er sich in dem Büro hinter dem Laden von all der Schlepperei mit Teppichen, Hockern oder Beistelltischen, von denen das Geschäft lebte, ausruhte. Albert erkannte, daß er seinen Lebensträumen vergeblich nachgerannt war. Er hatte Zeichner werden wollen, und danach hatte er ein gutgehendes Möbelgeschäft haben wollen. Doch seit er mit Marieke den Laden übernommen hatte, war er keinen Schritt weitergekommen. Dieselben Möbel, dieselben Sorgen, dieselbe Dürftigkeit.

Als Ellen kurz vor dem Abitur stand, fand sie ihn eines Tages, es war gegen Weihnachten, in seinem Büro, den Kopf neben der Skizze einer üppigen Berglandschaft, der Eifel, wo er als Junge ein paarmal gewesen war. Er hatte eine Gehirnblutung gehabt. Drei Tage später sah sie ihn im Groot-Ziekengasthuis wieder, linksseitig gelähmt. Sie konnte ihn kaum noch verstehen, die Worte aus seinem Mund wurden von unwilligen kleinen Muskeln verzerrt, seine Lippen waren in schmerzlichem Krampf nach links gezogen, sein linkes Auge starrte wie ein Glasauge. Drei Wochen darauf starb er in seinem Krankenhausbett. Ellen wußte, daß er seine linke Körperseite hätte zurückerobern können, wenn er Kampfgeist entwickelt hätte und täglich Krankengymnastik gemacht hätte – davon redeten seine Kinder, wenn sie an seinem Bett saßen und versuchten, ihm die Verzweiflung zu nehmen, die aus seinen Augen sprach –, aber er wollte nicht mehr.

Marieke de Waal-Bol hatte schon Jahre zuvor eine Antwort auf das perspektivlose Leben in Geschäft und dazugehöriger Wohnung gefunden: die heilige Kirche. Sie lief beim *Bossche Omgang* mit, einer Prozession durch die Straßen der Innenstadt, durch die die Heilige Maria bei ihrer Erscheinung gegangen war. Marieke kleidete sich dann in Weiß und Blau und winkte in dem Umzug mit einem Palmzweig. Im Gegensatz zu Albert, der sein Scheitern niemandem zum Vorwurf machte, war Marieke rachsüchtig. So kannte sie zum Beispiel Jud Kaplan noch von früher, von vor dem Krieg, als er mit seinem Bruder Leo bei ihrem Vater die Stoffreste abgeholt hatte, die beim Beziehen von Sesseln und Sofas übrigblieben. Und jetzt fuhr dieser Schacherer dicke Schlitten und hatte sich eine weiße Villa im neuen Reiche-Leute-Viertel draußen vor den Stadtmauern bauen lassen. Warum hatte dieser Jude alles? Sie hatte fromm gelebt, voller Eifer und Gehorsam, so, wie sie es gelernt hatte und wie sie es ihre Kinder gelehrt hatte, doch sie wurde zu Lebzeiten nicht dafür belohnt. Nun setzte sie ihre Hoffnung auf das Jenseits.

Ellen hatte den altsprachlichen Zweig des katholischen Sint-Jans-Lyzeums besucht. Das Städtische Gymnasium, die zweite humanistische Schule in der Stadt, stand dagegen allen Konfessionen offen. Aber nicht nur aus religiösen Erwägungen hatten die Eltern Ellen auf »das Sint-Jans« geschickt, sondern auch aus einem anderen, unausgesprochenen Grund: dem elitären Charakter »des Städtischen«. Es wurde von Kindern lokaler Honoratioren besucht, und im Bewußtsein ihres eigenen Stellenwerts wagten Ellens Eltern es nicht, ihre intelligente Tochter mit Kindern von Ärzten und Anwälten verkehren zu lassen. Moses Kaplan, Händler in allem, wofür er einen Käufer zu finden wußte, dachte da ganz anders.

Obgleich Ellen und Leo beide 1946 geboren und in ein und derselben kleinen Provinzstadt aufgewachsen waren, waren sie einander nicht ein einziges Mal auf dem Markt oder dem Parade oder in der Hinthamerstraat über den Weg gelaufen. Auch zu Karneval, den großen Tagen der Versöhnung, waren sie auf dem Markt nicht zusammen um das Standbild von Hieronymus Bosch gehüpft, denn die Masken und Bauernkittel und die ganze Verkleiderei, die nichts anderes bedeutete als drei Tage Besäufnis und Kotzerei, waren beiden ein Greuel.

In der Schule lernten sie wie die Verrückten, nur um dieser

Stadt entkommen zu können. Ellen hatte hier nicht heimisch werden können. Für sie war die Stadt nichts als eine Vergrößerung des nach staubigen Möbeln müffelnden Hauses in der Kerkstraat, ohne Sonnenlicht, gestaucht unter der Last von Kruzifixen und Madonnenbildern. Leo wuchs in einem noblen Viertel auf, in dem die Kaufmannsfamilie nie akzeptiert wurde, obwohl ihre weiße Villa das erste Haus auf dem trockengelegten Sumpfland gewesen war; auch Leo hatte hier nicht heimisch werden können. Von der vernichteten jiddischen Kultur abgeschnitten und mit den Gewohnheiten seiner katholischen Umgebung nicht vertraut, lebte Leo in dem weißen Haus wie ein Fremder und kam sich, wenn er zur Schule in die von Mauern umgebene Stadt hineinradelte, vor, als habe er sich verirrt.

Am Neujahrstag hatten Ellen und Leo sich in einer Kneipe am Parade, einem viereckigen Platz zu Füßen der Sint-Jan-Kathedrale, verabredet. Sie umarmten sich, als wären sie monatelang durch einen Ozean voneinander getrennt gewesen. Und sie ließen sich den ganzen Nachmittag nicht mehr los, so verzweifelt war ihre Geilheit, und so krank waren sie vor Verliebtheit. Der eine preßte die Hand des anderen, bis ihre Finger blau wurden, aber sie hatten kein Zimmer, wo sie unter eine Glasglocke kriechen und sich die schmerzliche Sehnsucht aus dem Bauch vögeln konnten. Sie mußten warten, bis sie wieder in seinem Zimmer am Park sein würden, in ihrem eigenen Land, ihrer eigenen Welt.

Ellen behielt ihr Dachkämmerchen in dem Haus für gesittete Studentinnen, schlief aber Nacht für Nacht bei Leo, mit dem Rücken zu ihm, sein Geschlecht an ihrem Hintern, sein linker Arm beschützend um sie gelegt, und im Nu entschwebte sie so ihrem Körper, der noch von den Küssen und Liebkosungen und Leos trotziger Erektion glühte.

Eines Morgens im Januar wurde bei Leo an die Tür geklopft. Es war neun Uhr, eine Zeit, zu der noch nie jemand bei ihm hereingeschneit war. Er rüttelte Ellen wach, die sich schlaftrunken aufsetzte, sich schnell einen Pullover über den Kopf zog und wieder unter der Decke verschwand. Leo schoß in eine Hose. Wieder wurde geklopft. Der Hausbesitzer? Johan? Ein Kontrolleur von den Stadtwerken? Da es bereits an seiner Wohnungstür klopfte, mußte der Kontrolleur, oder wer immer es war, sich irgendwie Zugang zum Hausflur verschafft haben. Leo zog die Zimmertür hinter sich zu und stand in seiner kleinen Diele. Erneutes Klopfen an der Tür. »Ja, ich komme!« rief er, während er den Schlüssel ins Schloß steckte und den zusätzlichen Sicherheitsriegel zurückschob. Als er die Tür öffnete, blickte er in die lachenden Gesichter seiner Eltern.

»Überraschung!« trällerte seine Mutter.

»Das hättest du nicht erwartet, was?« sagte sein Vater.

Sprachlos sah Leo sie an.

Es gab kein Entrinnen. Wenn sie hereinkamen, würden sie Ellen entdecken. Seine Mutter hielt einen geschlossenen Topf in beiden Händen.

»Weißt du, was ich hier habe?« fragte sie mit aufforderndem Lächeln. Leo wußte nicht, was er darauf antworten sollte. Ob sie wohl richtig raten würde, wenn er sie fragte, was in seinem Bett lag?

»Ich weiß es nicht«, sagte er.

»Dein Leibgericht«, spornte ihn sein Vater an.

»Kugl?« versuchte Leo es lustlos.

»Na, was ist denn dein Leibgericht?« fragte seine Mutter nachsichtig.

»Der Kugl von deiner Mutter ist zwar köstlich, aber trotzdem ist das nicht dein Leibgericht«, erklärte sein Vater für den Fall, daß sein Sohn das vergessen haben sollte.

»Ich weiß es nicht«, wiederholte Leo mit zugeschnürter Kehle, die Panik im Bauch spürend.

»Du weißt nicht, was dein Leibgericht ist?« fragte seine Mutter verblüfft. »Hörst du das, Moos, er weiß nicht, was sein Leibgericht ist.«

»Mam, es ist neun Uhr morgens, ich komm gerade aus dem Bett.«

»*Meschugass.* Ich stehe jeden Morgen um halb sieben auf, und meinst du, ich wüßte dann nicht, was ich am liebsten esse?« sagte sein Vater, der noch nicht mit seiner Geduld am Ende war.

»Na, was ist es?« fragte Leo.

»Nein. Du mußt es raten«, entgegnete seine Mutter, immer noch lächelnd. Auch sie gab sich nicht so schnell geschlagen.

»Mam, ich weiß es wirklich nicht. Tut mir leid.«

»Jetzt denk doch mal nach«, sagte sein Vater.

»Was ißt du denn freitags am liebsten?« fragte seine Mutter mit versöhnlichem Blick.

»Alles, was du kochst, esse ich freitags am liebsten«, versuchte es Leo. Sein Vater machte eine zustimmende Kopfbewegung.

»Genau«, pflichtete er bei, »deine Mutter ist die beste Köchin im ganzen Land. Aber trotzdem bist du bei einem Gericht immer ganz besonders aus dem Häuschen.«

Leo wußte es nicht. Selbst wenn man ihm tausend Gulden für die richtige Antwort geboten hätte, hätte er es nicht gewußt. Er war mit dem Kopf woanders. Er fragte sich, was er sagen sollte, wenn sie gleich die Tür hinter ihm öffneten und Ellen in ihrer ganzen morgendlichen Pracht sichtbar würde. Mein Gott, was war sein Leibgericht?

»Ich hoffe ja nicht, daß du vormittags Lehrveranstaltungen hast. Wenn du nicht mal mehr weißt, was du dir am liebsten in den Mund schiebst, dann weißt du bestimmt auch nicht, wann du in der Universität zu sein hast«, philosophierte sein Vater.

»Müssen wir hier noch lange so stehenbleiben?« fragte seine Mutter mit unerschütterlichem Lächeln.

Leo machte einen Schritt zurück, um sie durchzulassen. Seine

Mutter lief sofort in die kleine Küche und stellte den Topf auf den Herd. Alles war aufgeräumt. Ellens Hand.

»Schön ordentlich hier«, sagte seine Mutter, »bist doch gut erzogen.«

Leo war hinter ihr hergegangen und streckte den Arm nach dem Topf aus. Schnell legte seine Mutter die Hand auf den Deckel. »Nein, du kriegst es erst, wenn du es geraten hast. Sonst nehmen wir es wieder mit, nicht, Moos?«

»Genau. Wenn er nicht weiß, was es ist, weiß er es auch nicht zu schätzen.«

»Quatsch«, sagte Leo.

Er sah, daß sein Vater, der eine volle Einkaufstasche im Flur abgestellt hatte, sich anschickte, ins Zimmer zu gehen. Mit wenigen Schritten war Leo bei ihm, doch sein Vater hatte die Tür bereits aufgedrückt und betrat die Bühne des anstehenden Dramas. Leo folgte ihm, sah, daß er Ellen nicht sofort bemerkte. Aufmerksam nahm sein Vater das Zimmer in Augenschein, doch als sein Blick auf Ellen ruhen blieb, die noch seelenruhig, mit tiefem, souveränem Schnarchen schlief, erstarrte er. Leo sah seinem Hinterkopf an, wie sich sein Denkapparat quietschend und knarrend in Bewegung setzte, um eine Erklärung für die Anwesenheit dieser schlafenden Frau zu finden. Langsam, theatralisch drehte er sich zu seinem Sohn um. Einen Ausdruck wie diesen hatte Leo noch nie in seinem Gesicht gesehen. Völlig hilflos, um eine Antwort flehend, starrte sein Vater ihn an. Es wäre ihm nie in den Sinn gekommen, daß sein Sohn zu so etwas imstande war. *Sein* Sohn? Mit einer *Frau*? Auf seinem Mantelkragen sah Leo den Schnee liegen, den sein Vater schon seit Menschengedenken mit Enden-Shampoo zu bekämpfen versuchte. Leo, dem vor Nervosität schon ganz übel war, fiel nichts Besseres ein, als den Zeigefinger an die Lippen zu legen und *»scht«* zu flüstern.

»Sie schläft noch«, sagte er. Und er dachte: *Attenoje,* was hab ich für eine Chuzpe.

Sein Vater schüttelte langsam das malträtierte Haupt. »Ach, sie schläft noch?« sagte er leise.

»Ja, das siehst du doch!« entgegnete sein Sohn.

Moses Kaplan nickte, ja, das sahen seine Augen; gequält wandte er den Blick ab und verließ das Zimmer, als hätte man ihm gerade seinen letzten Cent genommen. Leo folgte ihm und schloß in der Diele leise die Tür hinter sich. Stumm lehnte sein Vater an der Wohnungstür. In der Küche packte seine Mutter die Einkaufstasche aus. Die Anrichte stand voll.

»Guck mal«, sagte sie. »Jetzt hast du wieder für die ganze Woche zu essen. Kaffee, Käse, Konserven mit Gemüse und Obst, eine Dose Corned beef, eine Schachtel Streichhölzer, Hering in Tomatensoße, eine Packung Papierservietten, Apfelsinen, eine Tafel Schokolade, eine Tüte Studentenfutter, das magst du doch so gern, Seife, eine Dose Pickwick-Tee, eine Rolle Toilettenpapier, ein Pfund Zwiebeln...«

Da erst bekam sie mit, daß ihr Mann und ihr Sohn ziemlich schweigsam waren. Verwundert schaute sie vom einen zum andern.

»Ist irgend etwas?« fragte sie.

Ihr Mann reckte hilflos die Hände gen Himmel und schüttelte machtlos den Kopf, brachte aber keinen Ton heraus, obwohl er die zitternden Lippen geöffnet hatte und nach Luft rang. Dann machte er eine wegwerfende Gebärde mit beiden Armen und blickte zu Boden, immer noch verständnislos den Kopf schüttelnd. Beunruhigt sah Leos Mutter von ihrem Mann zu ihrem Sohn.

»Leo, ist irgend etwas? Hast du etwas gesagt? Was ist los?«

Auch Leo schüttelte den Kopf. »Es ist nichts, Mam«, brachte er heraus.

»Nichts?« hörte er da neben sich sagen. »Nennst du das nichts?«

Nun wurde seine Mutter rebellisch. »Ich will wissen, was los ist«, befahl sie.

Leo hörte seinen Vater schnaufen. An der Art, wie Jud Kaplan Luft holte, konnte Leo ablesen, wie aufgebracht er war.

»Weißt du, was er da drinnen hat?« fragte sein Vater seine Mutter.

»Na?«

»Rat mal.«

Natürlich, dachte Leo, alles mußte erraten werden. Auf eine Frage konnte nicht einfach geantwortet werden, nein, man hatte zu raten. Das Leben war ein Ratespiel.

»Was soll ich raten?«

»Na, was meinst du, was unser Sohn in seinem Bett liegen hat? Keine Wärmflasche für seine Füße. Nein, weißt du, was unser *baalbu'es* unter seiner Decke hat?«

Hier machte sein Vater eine kurze Pause. Irgendwie hatte Leo Bewunderung für sein Timing. Jud Kaplan war ein geborener Marktkaufmann. Und das sind die Theaterschauspieler der Straße.

»Unser Sohn, dieser achtzehnjährige *baalbu'es,* zukünftiger Professor der modernen Geschichte«, fuhr sein Vater fort, »unsere Hoffnung, unsere Zukunft, hat eine Schickse in seinem Bettchen. Deswegen ist er hier in Amsterdam. Wegen einer Schickse mit blondem Haar. Da schaust du, was, mit deiner Hühnersuppe, für die du gestern den ganzen Abend in der Küche gestanden hast.« Hühnersuppe also! Seine Eltern hatten ihm einen Topf Hühnersuppe gebracht, als ob er krank wäre! Nun griff Jud Kaplan auf sein altes Repertoire zurück, mit dem er jedoch noch stets Erfolg hatte. »Er hat lieber Schinken auf seinem Brot. Und einen Christbaum vor dem Fenster. Tja, An, dafür haben wir ihn nun großgezogen. Dafür haben wir ihm immer *das Beste* gegeben. Aber vielleicht ist es ja *unser* Fehler. Haben wir *selbst* Schuld. Wir sind zu *gut.* Ich weiß, es ist schlimm, aber wir sind einfach zu *gut* zu ihm.«

»Ich liebe sie«, sagte Leo.

»Auch das noch!« rief sein Vater. Er öffnete die Tür zum

Hausflur und sagte mit einem Seufzer zu seiner Frau: »Ich warte draußen im Auto auf dich.«

Er ging mit langsamen, schweren Schritten die Treppe hinunter. Leo sah seine Mutter an, wütend und beschämt zugleich.

»Wer ist das Mädchen?« fragte seine Mutter. Im Gegensatz zu ihrem Mann blieb sie ganz ruhig. Als Leo nach Amsterdam gezogen war, war bei ihr das Bewußtsein herangereift, daß ihr Sohn dabei war, ein erwachsener Mann zu werden.

»Sie heißt Ellen. Ellen de Waal.«

»Wo kommt sie her?«

»Aus Den Bosch.«

»Vergeude dein Leben nicht. Du hast noch eine Zukunft vor dir. Denk an dein Studium. Die Frauen kommen schon noch.«

Leo hatte keine Lust, ihr zu widersprechen. Sie verstanden nicht, daß er Ellen brauchte. Er hatte das Gefühl, ohne ihre Liebe nicht mehr leben zu können.

»Ich hatte vor, es euch zu sagen. Demnächst. Ich konnte ja nicht ahnen, daß ihr plötzlich vor der Tür stehen würdet.«

»Wie lange kennst du sie schon?«

»Sieben Wochen.«

Seine Mutter nahm die Einkaufstasche und hielt ihm ihre Wange hin. Er küßte sie.

»Ich werde mit deinem Vater reden. Wenn du das nächste Mal nach Hause kommst, wird wohl noch ein Wörtchen darüber zu sprechen sein. Paßt du gut auf?«

»Ja, natürlich.«

Sie trat aus der Diele hinaus und ging vorsichtig, jede Stufe genau in Augenschein nehmend, die Treppe hinab. Plötzlich blieb sie stehen und schaute zu ihm herauf.

»Denkst du bitte daran, die Suppe auf kleiner Flamme zu erwärmen? Sie darf nicht kochen.«

»Ich werde darauf achten, Mam. Danke. Es gibt nichts Köstlicheres als deine Hühnersuppe.«

Sie lächelte und setzte ihren Gang fort. Als sie unten angelangt war, rief sie noch: »Vergiß nicht, den Topf wieder mitzubringen, wenn du nach Hause kommst!«

Zwei Wochen später war Leo wieder in Den Bosch. Er besuchte seine Eltern an jedem ersten Wochenende im Monat und wurde dann in Watte gepackt und umsorgt wie ein vornehmer Gast. Als Gegenleistung mußte er ihre liebevollen kleinen Nörgeleien über sich ergehen lassen. Wenn er wieder wegfuhr, gab sein Vater ihm dezent und beiläufig, als reichte er Leo die Zeitung, einen Umschlag mit seinem monatlichen Zuschuß, doch es blieb ein Akt, der eine Hierarchie ausdrückte. Bei dem Aufenthalt im weißen Haus, der auf den unerwarteten Besuch seiner Eltern folgte, kam es zu dem Konflikt, auf den Leo sich bereits angespannt vorbereitet hatte. Im Zug nach Den Bosch hatte Ellen ihm ans Herz gelegt, daß er sich beherrschen solle, aber Leo wollte sich diese Chance nicht entgehen lassen. Dies war der Moment, dem Vater ein für allemal klarzumachen, daß der Sohn ein unabhängiges Leben zu führen wünschte. Es kam zum Krieg. Leo und Moses schrien sich an. Was hatten sie einander nicht alles vorzuwerfen: Unverständnis, Blindheit, Lieblosigkeit. Der Sohn beklagte sich bei der Mutter über den Vater. Der Vater beklagte sich bei der Mutter über den Sohn. Als Leo diesmal wieder wegfuhr, bekam er den Umschlag von seiner Mutter überreicht. Wieder in Amsterdam, eröffnete er ein Konto und bat seine Mutter, ihm sein monatliches Geld in Zukunft zu überweisen.

Es dauerte ein halbes Jahr, bevor Ellen von seinen Eltern empfangen wurde. In dem großen, L-förmigen Wohnzimmer der weißen Villa, inmitten der teuren, protzigen Möbel und Gemälde, die Leo nun als übelsten Kitsch ansah, wurde Ellen ein kühler Empfang beschert. Wie zwei erfahrene Ermittler setzten Moses und Anna dem von ihrem Sohn mitgebrachten Mädchen mit Fragen über ihre Herkunft, ihren Glauben, ihr Studium zu.

Ellen blieb liebenswürdig und bescheiden, aber selbstbewußt. Nach der ersten Phase totaler Nichtbeachtung (nach jenem Streit in Den Bosch verloren Moses und Anna kein Wort mehr über die blonde Schickse, die ihren Sohn vom Studieren abhielt), war nun die zweite Phase feindseliger Duldung angebrochen. Seine Eltern einigten sich darauf, daß ihr Sohn einen Anfall von geistiger Umnachtung erlitten habe, und warteten auf den Tag, da er sich davon erholt hätte. Aber Leo hatte nicht vor, sich davon zu erholen. Er war der Liebeskrankheit erlegen, und die war unheilbar. Was hatten sie mit der Welt ihrer Eltern zu schaffen? Dort herrschten Unverständnis, Feindseligkeit, die Schemen ermordeter Verwandter und die Schatten von Verwandten mit blutigen Händen. Während in Amsterdam die ersten *Provos* auf die Straße gingen, verschanzten Ellen und Leo sich unter der Glasglocke ihrer Liebe.

3

Nieuwezijds Voorburgwal

Sie wollten sich von ihrem familiären Erbe befreien. Sie wollten sich den Kräften entziehen, die so etwas wie ein persönliches Schicksal entstehen ließen. Es fragt sich nur, inwiefern sie sich dessen auch bewußt waren. Kann man mit achtzehn die eigenen Ängste und Sehnsüchte analysieren? Vermutlich ist man in dem Alter noch nicht dazu in der Lage. Dennoch beruhten die Dauerhaftigkeit und Intensität ihrer Liebe nicht allein auf der körperlichen Anziehungskraft, die sie füreinander besaßen, oder dem erotischen Verlangen oder dem Bedürfnis nach Zuwendung und Anerkennung und Treue. Sie müssen sich auch gegenseitig von den Augen abgelesen haben, daß sie beide auf der Suche nach einem Verbündeten waren. Gleich am allerersten Abend, den sie zusammen verbrachten, erzählten sie einander, von was für Eltern sie geboren worden waren. Und sie erfaßten sofort, daß sie versuchen mußten, alldem zu entrinnen. Aber wie entrinnt man seiner Abstammung?

Da gibt es nur einen Weg. Man muß *vergessen.* Doch Vergessen kann man nicht erzwingen, genausowenig wie Verliebtsein. Sie hatten Glück; sie waren ineinander verliebt. Sie waren von einer blind machenden, erschöpfenden Verliebtheit erfüllt, die zaubern konnte und eine Kristallglocke über sie stülpte, dank derer sie die Welt vergaßen und nur den anderen sehen konnten.

Leo und Ellen vernachlässigten ihr Studium und gingen nur noch zu zweit außer Haus. Ellen hatte ihren Job gekündigt. Abends schmiegten sie sich auf dem Chesterfield-Sofa aneinander oder streiften durch die Stadt mit ihren unbekannten Gassen und schummrigen Kneipen und heulenden Polizeisirenen. Aber manche Tage vergingen auch ohne den geringsten Kontakt zur Außenwelt. Ihre Liebe war zeitlos – das heißt: Leo und Ellen befanden sich in einer Art Rauschzustand, der jede Form sozialen Lebens überflüssig machte; sie hatten einander, hier und jetzt und ohne Vorbehalte, ohne Vergangenheit, ohne Zukunft. Gemeinsam rebellierten sie gegen die Welt, in der sie aufgewachsen waren. Nicht, indem sie in das Üche-Üche-Lied einstimmten, das Robert Jasper Grootveld bei seinem Anti-Rauchen-Hokuspokus rund ums Standbild des *»Lieverdje«* auf dem Spui (Geschenk eines Zigarettenfabrikanten an die Stadt Amsterdam) begleitete, nicht, indem sie ihre Fahrräder weiß pinselten und im Sinne des *»Witte Fietsen-plan«* der Allgemeinheit zur Verfügung stellten oder einen Regentanz aufführten, um den Himmel dazu zu bewegen, die Hochzeit der Kronprinzessin den Rinnstein hinunterzuspülen, nein, Leo und Ellen betrachteten Amsterdam nicht als Arena für die Austragung von Gefechten mit der Obrigkeit. Für sie war die Stadt vielmehr ein Spielplatz, auf dem sie ihrer Liebe frönen und frei von Erinnerungen an den Grachten entlanggehen konnten, so daß sich jeder Stein und jeder Treppengiebel als Reverenz an ihre Liebe lesen ließ.

Es ging auf den Sommer 1965 zu, und sie wollten gern zusammen an die südfranzösische Küste fahren. Aber sie hatten kein Geld, und Leo war zu stolz, um bei seinem Vater einen Zuschuß zu erbitten (den er trotz dessen Vorbehalten gegenüber Ellen sicher bekommen hätte). Leos Kommilitone Johan Rooks, der ebenfalls mit seiner Freundin an einen warmen Strand wollte, verfügte zwar über Geld und Auto, hatte aber ein anderes Problem: Der Vater seiner Freundin würde nie erlauben, daß seine neunzehnjährige Tochter mit einem Freund in den Süden fuhr. Daher schlug Johan Leo vor, so zu tun, als führe seine Freundin mit Ellen in Urlaub und er mit Leo – und sie würden dann zu viert losziehen, was aber niemand zu erfahren bräuchte.

Johans Freundin hieß Elisabeth van de Kerkhof. Leo hatte Johan von besagtem abgebrochenem Essen erzählt, doch der meinte, Elisabeth habe diesen Abend längst abgehakt und freue sich auf den gemeinsamen Urlaub.

An einem regnerischen Tag zu Sommeranfang brachen sie in Richtung Côte d'Azur auf, Leo und Ellen auf der Rückbank des DS 19, Johan und Elisabeth vorn.

Die Fahrt quer durch Frankreich war fesselnd – schmale Straßen, eine sonnenüberflutete Landschaft mit Schlössern und wie ausgestorben wirkenden Dörfern, Restaurants, in denen sie zum erstenmal Schnecken und Froschschenkel aßen. Nach jeder Kurve eröffnete sich ein neuer Ausblick, jede Rast brachte ein neues Gericht. In Nizza steuerte Johan ein Hotel an der Strandpromenade an. In den hohen Zimmern standen stilvolle Möbel und Lampen mit seidenen Schirmen. Auf dem Waschbeckenrand lagen Seifenstückchen in schwarzen Dosen mit dem Aufdruck des Hotelnamens in Gold. Nachts hörten sie das Rauschen der Brandung. Ellen flüsterte Leo ins Ohr, daß sie eine Strandwanderung machen wolle. Sie suchten sich ein geschütztes Fleckchen im lauwarmen Sand und liebten sich unter den Sternen. Die Zeit stand still. Dieser Moment war ewig. Während in Amsterdam Roel van Duyn vom *»Witte Wijven-plan«* für die sexuelle Befreiung von Mädchen und Frauen träumte, beschränkte sich Leos und Ellens Welt auf ein Stückchen Strand von zwei mal zwei Metern und einen himmlischen Orgasmus, der die Sterne erzittern ließ.

Nach nur wenigen Tagen äußerte Elisabeth auf der Hotelterrasse, daß ihr der Urlaub so nicht gefalle. Leo und Ellen machten alles nur zu zweit, da komme ja überhaupt kein Zusammengehörigkeitsgefühl auf. Sie saßen auf weißen Stühlen unter einer Markise aus rot-weiß gestreiftem Leinen. Auf den lindgrünen Marmorfliesen der Terrasse hinterließen ihre nackten Füße einige Sekunden lang feuchte Abdrücke. Sogar im Schatten war es heiß. Elisabeth klebte ihr weißes T-Shirt an den Brüsten. »Wir beide sind uns genug«, sagte Ellen mit einem Seitenblick auf Leo. »Aber ich finde, daß wir möglichst viel zu viert machen sollten«, entgegnete Elisabeth. Sie seien als Gruppe verreist und sollten daher auch zusammenbleiben. Johan saß schweigend dabei, zum erstenmal fehlten ihm die Worte. Ellen goß Öl ins Feuer, indem sie verkündete, daß sie gerade habe vorschlagen wollen, getrennt weiterzufahren und sich dann in drei Wochen zur gemeinsamen Rückreise wieder hier zu treffen. »Paßt dir denn irgend etwas nicht?« fragte Elisabeth in einem für ihre Verhältnisse ungewöhnlich aggressiven Ton. »Das würd ich nicht sagen, aber manche Dinge passen mir nun mal besser als andere. Leo und ich brauchen einfach niemand anderen, um uns zu amüsieren.« An dieser Stelle brach Leo den Streit ab, indem er Ellen mit an den Strand zog. Um sich im glutheißen Sand nicht die Fußsohlen zu versengen, stürzten sie sich im Galopp in die Wellen.

Abends gingen die beiden Paare gemeinsam in einem Restaurant in der Altstadt essen. Sie tranken viel, um die zwischen ihnen gärende Unruhe zu dämpfen. Als Ellen die Toilette aufsuchte, ging Johan ihr nach. Und zwischen ihnen wie zwischen Leo und Elisabeth, die am Tisch mit den vier leeren Weinflaschen zurückgeblieben waren, kam es zu einem alkoholseligen Geständnis.

»Ich liebe dich«, bekannte Johan mit lallender Stimme, während Ellen sich die Hände wusch.

»Ich liebe dich«, bekannte Elisabeth Leo.

Fluchtartig verließen Ellen und Leo daraufhin das Restaurant. Am nächsten Morgen konnten sie bei ihren warmen Croissants auf der Hotelterrasse die großen Tassen *café au lait* nur mit zitternden Händen an den Mund setzen und kleckerten braune Flekken auf das makellose Tischtuch. Der Wein hatte dröhnende Kopfschmerzen hinterlassen. Stumm hockten sie inmitten von lauter ausgeschlafenen anderen Frühstücksgästen. Johan und Elisabeth ließen sich nicht blicken. Um sie herum wurde gelacht und gegessen, auf der Promenade krochen unter den Palmen schon die Autos hintereinander her, sanft wogend wartete das Meer, am Strand stellten weißgekleidete Männer bunte Sonnenschirme auf.

»Laß uns wegfahren«, sagte Ellen. »Sollen sie doch sehen, wo sie bleiben.«

Klammheimlich packten sie ihre Sachen und schlichen sich aus ihrem noblen Zimmer, das dem von Johan und Elisabeth gegenüberlag. Während der Jonkheer und seine Freundin noch von ihren unerwiderten Lieben träumten, stiegen Leo und Ellen in den Zug nach Ventimiglia.

Sie übernachteten in schmutzigen, aber preiswerten kleinen Hotels, entdeckten die Köstlichkeiten der *cucina casalinga,* einfacher Speiselokale, wo man für einen Gulden einen Teller frischer Spaghetti mit Tomatensoße essen konnte, trampten nach Genua und Viareggio, schwammen im schäumenden Meer und streckten sich mit prickelnder Haut auf ihren mit Sandkörnern bestreuten Handtüchern aus. An verlassenen Landstraßen warteten sie manchmal stundenlang in der Böschung auf einen vorbeikommenden Lieferwagen und lauschten dabei dem Geschrei dicker Grillen. Sie genossen die Ewigkeit jeder verstreichenden Sekunde.

Ihrer Zurückgezogenheit zum Trotz begann die Außenwelt aber doch an ihrer Glasglocke zu kratzen. Dozenten wiesen sie darauf hin, daß sie ihr Studium vermasseln würden. Leos Eltern drohten an, ihm sein Monatsgeld zu streichen. Ellens Mutter schickte lange Briefe, gespickt mit Bibelsprüchen voller Hölle und Verdammnis. Die wenigen Freunde, die sie in Amsterdam hatten, schlossen sich den *pleiners* und *provos* an und führten leidenschaftliche Reden über Imperialismus und Mitbestimmung und neue Verhältnisse und Happenings und Vietnam und Mao. Leo und Ellen sonderten sich in immer stärkerem Maße in dem

Zimmer am Sarphatipark, hinter den von Ellen genähten Vorhängen ab. Alles, was außerhalb dieses Zimmers lag, wurde zu einer Bedrohung für ihre Liebe. Doch sie beide gegen den Rest der Welt, das war ein ungleicher Kampf:

Charakterisieren wir Ellen einmal auf andere Art; denken wir an Rousseau: »Der Mensch wird frei geboren, und überall ist er in Banden«, denn höchstes Streben ist die völlige Unterwerfung des Individuums an die Gemeinschaft – und die bestand für Ellen aus nicht mehr als zwei Menschen. Leo stieß später auf Bergson und verstrickte sich in dessen diffiziler Philosophie über die Zeit, die Freiheit und das Gedächtnis: »Der Intellekt ist gekennzeichnet durch ein natürliches Unvermögen, das Leben zu begreifen.« – »Wir sind frei, wenn unsre Handlungen aus unsrer ganzen Persönlichkeit hervorgehen, wenn sie sie ausdrücken, wenn sie jene undefinierbare Ähnlichkeit mit ihr haben, wie man sie zuweilen zwischen dem Kunstwerk und seinem Schöpfer findet.« Leo und Ellen waren in Familien aufgewachsen, die jeweils auf ihre Weise von der Geschichte in Fesseln gelegt worden waren. Sie waren zwar frei geboren, doch sofort in die Windeln ihres Milieus gewickelt worden. Sie sehnten sich nach einem ungebundenen Leben, und das fanden sie, indem sie sich aus freien Stücken uneingeschränkt aneinander banden. Aber Leo war schwächer als Ellen. Nach dem Rausch des ersten Jahres drangen die Zeitungsberichte allmählich wieder zunehmend in seine Gedankenwelt ein. Und war es nicht auch die Ermordung Kennedys gewesen, die ihn mit Ellen zusammengeführt hatte? Während des ersten Jahres ihrer Liebe war die Tatsache, daß Leo den Namen eines jüdischen Marktkaufmanns trug, der in der Nähe eines kalten polnischen Städtchens totgeprügelt worden war, nicht von Belang gewesen. Doch dann wurde er unweigerlich wieder daran erinnert. Nachdem er mehr als ein Jahr lang nicht daran gedacht hatte, kam ihm nun auf einmal wieder zu Bewußtsein, daß er Kind eines verfolgten Juden war und in einer Stadt lebte, in der es Demonstrationen und Aufläufe und Krawalle gab. Mit den Szenen, die sich in der Stadt abspielten, und dem Verebben des Rausches (wodurch sich der Dunstschleier der Glasglocke hob) kam die Erinnerung an Onkel Leo zurück, der mit einem Lächeln im Gesicht in einem Güterwaggon gen Polen abgereist war. Scheinbare Erinnerung, denn es war eine Kopfgeburt; Leo hatte nie ein Foto von seinem Onkel in der Hand gehabt, ja, wußte nicht einmal, wie er ausgesehen hatte.

Leo fing wieder an zu schreiben. War ihm klargeworden, daß die Glasglocke keinen Bestand haben konnte, und suchte er nach einem Weg, das zu überleben? Ellen war bereit, unter dem herabfallenden Glas zu sterben. Sie wollte lieben, sich ihrem Geliebten auf Gedeih und Verderb ausliefern. Sie hatte sogar Phantasien, für die Liebe in den Tod zu gehen. Was hatte sie denn noch zu erwarten? Würde nicht alles, was die Zukunft noch bringen konnte, ein Zugeständnis an die Schmutzigkeit der Welt sein? Wie konnten sie einander vor einem Leben voller Doppeldeutigkeit, Verrat, Verdorbenheit bewahren? Wenn sie in einen Krawall gerieten, kam sie sich wie eine Akrobatin vor, die versehentlich in die Nummer des Löwenbändigers hineingeraten war.

Leo ersann Geschichten von jiddischen Hausierern und Hundefängern und Lumpensammlern. Ellen sah ihm unbefangen zu, wenn er am Tisch saß und Kolleghefte mit verbalen Bildern einer erfundenen jüdischen Welt vollschrieb. Sie ließ ihn, Hauptsache, er war bei ihr. Sie sah nicht, daß Leos Schreiben ein erster Schritt auf das Ende zu war. Denn wenn er schrieb, hatte er das Zimmer verlassen und streifte durch die Landschaft seiner Imagination.

Die Kronprinzessin würde einen Germanen ehelichen. Als Leo zum erstenmal davon hörte, ließ es ihn unberührt. Doch die spannungsgeladene Stimmung rund ums Spui wirkte offenbar ansteckend und breitete sich auf andere Stadtviertel aus. Leo brauchte eine gewisse Zeit, um sich die Bedeutung dieser Heirat zu vergegenwärtigen. Doch je näher der Hochzeitstermin rückte, desto stärker fühlte er sich davon bedroht. Und Ellen? Sie erkannte, daß dies der geeignete Moment war, ihre Seele von der Schuld ihrer Familie zu befreien. So gingen sie am 10. März 1966 gemeinsam auf die Straße.

Sie wurden in einen bunten Zug von Provos und Studenten aufgenommen, die selbstbewußt und zum Lachen aufgelegt daherkamen, immer noch verdutzt, daß man sich – das kribbelnde Gefühl im Bauch, die Obrigkeit ganz schön dumm dastehen lassen zu können, wenn man ihr die Wahrheit ins Gesicht sagte – traute, Polizisten so mir nichts, dir nichts »Hampelmänner« zu rufen. Auf dem Nieuwezijds Voorburgwal, ganz in der Nähe des Lokals, in dem sie sich kennengelernt hatten, gerieten Leo und Ellen beim Anmarsch auf die Westerkerk, in der die Trauung stattfand, in ein Handgemenge mit der Polizei, die den Zug des langhaarigen, arbeitsscheuen Gesindels auseinanderknüppelte. Leo bekam mit einem Brett eins auf die Schulter, als er mit einem Unbekannten versuchte, einen der Sperrzäune umzutreten. Überall wurde an diesem naßkalten Tag geknüppelt und geschrien, eine Rauchbombe explodierte, die Leo die Orientierung nahm, er hatte Ellen verloren, mit brennendem Schmerz in der Schulter irrte er umher, schrie Ellens Namen, rannte mit seinen Mitstreitern vor den sich aufbäumenden Pferden der berittenen Polizei her, suchte im Dunst nach Ellens Dufflecoat, sah sie plötzlich in der Ferne laufen und rannte, wie er an jenem ersten Abend gerannt war, als sie ihm die Steaks gebracht hatte, rannte und rannte, bis er sie endlich am Mantel fassen konnte.

Das war ihre erste Demonstration.

Das Engagement, das sie plötzlich an den Tag legten, ging von Leo aus. Es entsprang der Angst, die er von seinen Eltern geerbt hatte. Er spürte, daß es falsch wäre, Vorhänge und Zeitungen geschlossen zu lassen. Wollte er nicht auch zum Opfer werden, das blöde lächelnd in den Zug Richtung Polen stieg, dann mußte er die Straße im Auge behalten und darauf bedacht sein, daß aus irgendeiner Hausnische ein neuer Henker hervortreten konnte. Es war herrlich, sich mit seiner Geliebten abzusondern, doch eines Tages schlug einem dann womöglich einer die Scheiben ein und man fand sich im eigenen Zimmer auf der Straße wieder.

Ellens Haltung war komplizierter. Anfangs hatte sie das Bedürfnis, an Leos Seite zu bleiben und die Fehler ihrer Familie wiedergutzumachen. Sie begleitete Leo, wenn er an Meetings und Demonstrationen teilnahm. Sie unterstützte ihn, hätte ihn niemals verraten. Doch im Gegensatz zu Leo war sie nicht wirklich davon überzeugt, daß sie das Recht auf ihrer Seite hatten. Wie konnte sie sich sicher sein, daß sie nicht im Irrtum war? Sie hatte sich für Leo entschieden, gut. Aber entschied sie sich damit auch für seine Standpunkte? Sie merkte, daß sie sich vor der Straße und den Entscheidungen, die man dort zu treffen hatte, fürchtete. Was sie wollte, war, Leo mit Bauch und Händen und Lippen zu lieben. Sie versuchte ihn in ihrem Zimmer zu halten, sie schloß Türen und Vorhänge, wollte krampfhaft ihre Glasglocke bewahren. Doch Leo hatte entdeckt, daß auf der anderen Seite des Glases eine Welt voll Bewegung und Aufruhr lag, vor der er nicht mehr die Augen verschließen konnte. Ellen machte mit; nicht, weil sie seine Standpunkte teilte, sondern weil sie die Hoffnung hegte, daß er sich ihr eines Tages wieder ganz öffnen würde.

Dann, am 13. Juni 1966, gab es bei einem Zusammenstoß zwischen der Polizei und einer Gruppe streikender Bauarbeiter den ersten Toten.

Leo kam erst spät nach Hause. Er hatte von dem Mann gehört, der von der Polizei erschlagen worden war, und kam, völlig außer sich, ängstlich und aggressiv, nur kurz vorbei, um Ellen zu sagen, daß sie bei seinen politischen Freunden gleich zu einem Treffen zusammenkommen würden, um zu besprechen, wie sie auf diesen Akt reinsten Faschismus' reagieren sollten. Er fragte nicht, ob Ellen mitwollte. Erst spät nachts kehrte er zurück, schlief wie ein Klotz und verpaßte am nächsten Morgen den Sturm aufs Gebäude des *Telegraaf*, der geschrieben hatte, daß der Bauarbeiter nicht einem Polizeiknüppel, sondern einem Herzinfarkt erlegen sei.

Seit ihrer Teilnahme an allerlei Aktionen hatte Leo neue Freunde gewonnen. Aber in der Hackordnung der Gruppe, zu der er gehören wollte, rangierte er noch auf der untersten Stufe. Er gehörte dort, um es in der Terminologie der späteren Maagdenhuis-Besetzer auszudrücken, zu den Stullenschmierern, aber nicht zu den Wortführern. Ihn störte das nicht. Er wollte einfach nur dazugehören, Teil einer Gruppe sein, und unterwarf sich daher bereitwillig den Kodes und Regeln dieses Klubs.

Trotzdem gehörte er nicht wirklich dazu. Die ersten Palästinenserfreunde hatten sich herausgeschält, und mit Beunruhigung hatte Leo sich die Darlegungen eines von ihnen über die Situation im Nahen Osten angehört. Er hatte nichts dazu gesagt und war verwirrt zum Sarphatipark zurückgeradelt. Israel – das bedeutete für ihn ein Weiterleben dessen, was hier in den Niederlanden verschwunden war. Ein Land voller Onkel Leos. Seine Genossen konnten das nicht verstehen. Leo sah es ihnen nach und machte einfach mit. Das mulmige Gefühl, daß sie ihn trotzdem nicht richtig akzeptierten, veranlaßte ihn zu noch größerem Einsatz. Aus freien Stücken stellte er sich an Vervielfältigungsapparat oder Kaffeemaschine, um mit Druckerschwärze und Douwe-Egberts-Kaffee gegen die Repression zu kämpfen und sich einen Platz in der Hierarchie seiner Studentenvereinigung zu erwerben. Ellen sah es wehen Herzens.

Als Leo nach dieser Nacht, in der er mit seinen Freunden eine Strategie ausgetüftelt hatte (er selbst hatte nicht mehr dazu beigetragen, als auf einem harten Fußboden zu hocken und zuzuhören), wach wurde, teilte Ellen ihm mit, daß sie beim Arzt gewesen sei.

»Bist du krank?«

»Nein. Ich bin nicht krank.«

»Wieso bist du dann beim Arzt gewesen?«

»Meine Periode war überfällig.«

»Na, das kommt bei dir doch öfter vor, oder?«

»Ja.«

Sie standen in der Küche. Leo hatte gerade geduscht und trank, an die Anrichte gelehnt, einen Becher Kaffee. Er ließ sich die Haare wachsen, die an diesem warmen Tag im Sonnenlicht glänzten. Ellen hatte schon eingekauft, war rastlos die Stände vom Albert-Cuyp-Markt abgegangen.

»Warum erzählst du mir das?« fragte Leo.

»Weil es wichtig ist. Für uns beide.«

»Was willst du denn nun eigentlich sagen?«

»Ja, begreifst du denn nicht?«

Er stellte den Becher so heftig ab, daß der Kaffee herausschwappte, und packte sie bei den Schultern.

»Ellen, sag's mir!«

Ihre Augen tasteten nervös sein Gesicht ab, als hoffte sie darin zu entdecken, wie er reagieren würde. Verwirrt schüttelte Leo sie durch.

»Erzähl mir, was los ist! Bitte, sag doch was!«

Aber mit welchen Worten? Es war ein Unfall. Sie hatte es nicht gewollt, er auch nicht. Seit der Arzt es ihr gestern mitgeteilt hatte, hatte sie eigentlich nichts empfunden. Sie konnte sich nicht vorstellen, daß sie in siebeneinhalb Monaten Wehen bekommen und ein Kind zur Welt bringen würde. Leo preßte ihre Schultern, als könnte er ihrer Sprachlosigkeit damit ein Ende machen.

»Ellen, du *mußt* es mir sagen! Du kannst es mich nicht raten lassen! Erzähl mir, wieso du beim Arzt warst!«

Stumm blickte sie ihn an. Er tat ihr weh. Bei ihm lagen die Nerven genauso bloß wie bei ihr. Mit einem Mal ließ er sie los, ging aus der Küche und war im Zimmer verschwunden. Ellen wußte, daß es aus war. Die Beständigkeit ihrer Liebe war auf eine einzige große Probe gestellt worden. Und jetzt würde Leo sie verlassen, weil er es nicht ertrug, daß sie sich ihm so restlos auslieferte und das gleiche auch von ihm verlangte. Sie war nicht darauf erpicht, auf die Straße zu gehen, um im Nebel der Rauchbomben gegen die Heirat der Kronprinzessin zu protestieren. Ihr genügte das Leben mit Leo.

Sie hatte sich in der Küche nicht von der Stelle gerührt, als sie ihn in der Diele die Tür öffnen und die Wohnung verlassen sah. Sie hörte, wie er die Treppe hinunterlief, schnell, jeweils zwei, drei Stufen überspringend, fliehend, als säße ihm etwas Entsetzliches auf den Fersen, und beschloß, nach England zu fahren und das Kind dort wegmachen zu lassen. Eigenartig nüchtern fühlte sie sich jetzt. Es war aus. Sie erinnerte sich an den ersten Abend in dieser Wohnung, als sie einander von ihren Eltern und ihren Familien erzählt hatten und beide das Empfinden gehabt hatten, daß ihre Leben exakt ineinanderpaßten, wie zwei halbfertige Puzzles mit verschiedenen Motiven, aber derselben Struktur. Ihn hatte die Geschichte mit der Uniform von Onkel Huub in der Holzkiste auf dem Dachboden erschreckt, so wie sie über die Geschichte von Onkel Leo erschrocken war, der mit seinem Geigenkasten in die Minen abreiste. Beide hatten sie was mit dieser verfluchten Vergangenheit. Mein Gott, sie hatten es doch versucht! Aber anscheinend war Leo noch nicht so weit. Er hatte noch so viel zu beschwören und auszutreiben.

Es war, als hätte sie ein Auge, das sich von ihr löste und um sie herumfliegen konnte, und mit diesem Auge blickte sie auf sich selbst und die schmale Küche mit den Gewürzdöschen auf der Leiste über dem Herd. Reglos stand Ellen dort, wo schon so manche Frau ihr Leben vergeudet hatte, und starrte auf Bilder, die plötzlich der Vergangenheit angehörten. Ihre erste Begegnung, der Besuch bei seinen Eltern, die ausgedehnten Streifzüge durch die Stadt, die Entdeckungsreisen in der Universitätsbibliothek und die endlosen Abende, an denen sie einander vorgelesen hatten (von Dostojewski bis van het Reve), die kleinen Abenteuer an den vielen, vielen Tagen, über die Kaplan nichts geschrieben hat, die wir uns aber gut vorstellen können.

Sie erschrak, als sie die Haustür zuschlagen und schnelle Schritte die Treppe heraufkommen hörte. So kam Leo die Treppe herauf, immer in Eile, als könnte er sein Verlangen nach ihr nicht mehr bezähmen. Was hatte er vergessen? Sein Geld? Seine Hefte? Die Tür ging auf, und sie schaute in sein erregtes Gesicht. Er keuchte. Unter seinem dünnen T-Shirt konnte sie seinen schwer arbeitenden Brustkasten sehen. Er wandte den Blick ab, schnappte mit geschlossenen Augen ein paarmal nach Luft, sah sie wieder an und sagte:

»Du bist schwanger, nicht? Das wolltest du mir doch sagen!«

Ellen nickte, während auch ihr Herz zu hämmern begann, obwohl sie keinen Meter gerannt war. Er hob eine Papiertüte hoch, die er in der Hand hatte, und nahm eine grüne Flasche heraus. Moët & Chandon, las Ellen auf dem Etikett. Er kam auf sie zu, umarmte sie und küßte sie auf den Hals.

Weinte sie da?

Ja, vielleicht.

4

London

Sie hatten beschlossen zu heiraten. Ihre Familien würden sie dann zwar verstoßen, aber sie waren bereit, jede Hürde zu nehmen. Ellen würde ihr Studium unterbrechen und sich dem Kind widmen, Leo würde weiterstudieren und zur Not irgendwo jobben.

Doch nach zwei Wochen Pläneschmieden und Tagträumereien ließ Leo Ellen wieder allein und fuhr auf seinem weißgepinselten Gazelle-Rad zu einem der Vervielfältigungsapparate, mit denen er sich dem repressiven Machtapparat des Staates widersetzte. Wollte er, daß Ellen zum Hausmütterchen wurde, das den Kinderwagen an den Ständen des Albert-Cuyp-Markts entlangschob und abends brav auf seinen Mann wartete? War es das, was er wollte? Ellen wußte es nicht. Sehnsüchtig wünschte sie sich die Intimität zurück, die vor der Hochzeit der Kronprinzessin zwischen ihnen bestanden hatte. Alles in ihr schrie nach Leo, aber der befand sich jetzt auf der anderen Seite der Glasglocke und hörte sie nicht.

Ellen spürte, daß diese Stadt ihn ihr entriß und ihn für sich beanspruchte. In der Hoffnung, daß er, wenn sie irgendwo ganz für sich wären, wo nicht Stapel von Matrizen nach Druckerschwärze verlangten, wieder zu ihr unter die Glasglocke kriechen würde, die er in der Stadt verlassen hatte, setzte sie sich daher mit dem Fremdenverkehrsamt in Verbindung und mietete ein Zimmer auf einem Ferienhof in Zeeland.

Sie einigten sich darauf, dort eine Entscheidung zu treffen, wann sie heiraten würden. Und dann wollten sie auf dem Rückweg über Den Bosch fahren und seine Eltern und ihre Mutter vor vollendete Tatsachen stellen. Wir bekommen ein Kind, wir werden heiraten. Im Sturm der Wut, die um sie losbrechen würde, wollten sie Zuflucht in den Armen des anderen suchen. Dieser Tag in Den Bosch würde höllisch werden, das wußte Ellen, aber sie maß dem große Wichtigkeit bei. Wenn Leo seinen Eltern sagte, daß er ihr einen Ring an den Finger stecken würde, dann brachte er damit zum Ausdruck, daß er ihr Kind selbst im schwersten Orkan beschützen würde.

Doch es kam ganz anders.

Zwei Tage vor ihrer Abreise teilte Leo mit, daß er für den Vorsitz in der ASVA (eine Studentenvereinigung, die sich später radikalisieren sollte) kandidieren werde und sich nun Hals über Kopf in die Organisation stürzen müsse.

»Ich hab schon bezahlt, Leo. Ich weiß nicht, ob wir das noch verschieben können.«

»Das werd ich schon regeln.«

»Aber wir hatten es doch fest abgemacht!«

»Ellen, bitte…«

»Du wolltest es doch auch, oder?«

»Ja.«

»Dann laß uns fahren.«

»Es geht nicht. Jetzt nicht. Ich hab noch so viel zu erledigen. Verstehst du denn nicht, daß es jetzt zufällig gerade nicht paßt? Ich werd das mit Zeeland schon verschieben können.«

»Nein.«

»Ellen, ich kann jetzt nicht.«

»Dann fahr ich allein.«

Der Ferienhof lag in Philippine, einem Dörfchen südlich von Terneuzen. Man hatte die ehemalige Schlafkammer des Großbauern, der dort früher gelebt hatte, für sie beide hergerichtet, aber nun kam Ellen allein. Am Nachmittag schlenderte sie unter satten, weißen Wolken, die ihre Schatten über das Gras und die

Kühe hinweg hinter sich herzogen, durch die Polderlandschaft. Nachts schreckte sie in dem ihr fremden Zimmer mit Holzwänden und einem Dach, das im Wind ächzte, aus dem Schlaf hoch. Sie war sich plötzlich sicher, daß Leo ihr untreu war. Sie packte ihren Koffer wieder ein.

Um die Mittagszeit des darauffolgenden Tages erreichte sie Ostende, wo sie ein Ticket für die Fähre nach Dover kaufte. Bis zur Abfahrt am Abend spazierte sie über die sonnige Strandpromenade, entlang den Fassaden großer Hotels und mit Touristen vollbesetzten Restaurants. Als die Fähre ablegte, war es schon dunkel, das Meer spiegelglatt. Im weichen Morgenlicht machte sie die Kreidefelsen der englischen Küste aus. Das Anlegen im Hafen von Dover dauerte ungefähr eine Viertelstunde – Zeit genug, um sie einen Entschluß fassen zu lassen: Kaum am Kai, eilte sie ins Büro der Fährgesellschaft und buchte die umgehende Rückfahrt.

Sie hatte ursprünglich vorgehabt, sich das Kind in einer Klinik in London wegmachen zu lassen, doch jetzt wollte sie es behalten. Während sie unter den kreischenden Möwen an der Reling des Schiffes gestanden und auf die Männer am Kai hinuntergeblickt hatte, die die Trossen festmachten, hatte sie sich entschieden. Sie wollte fühlen, wie aus Wehenschmerzen Glück strömte. Sie wollte fühlen, wie das Kind aus ihren Brüsten trank.

Eines wurde ihr langsam deutlich: Leo und sie erlebten ihre Liebe auf ganz unterschiedliche Weise. Für Ellen war Liebe ein Ziel, eine Bestimmung. Aber für Leo war Liebe ein Mittel, um etwas zu erreichen, ein Gefühl, das die nötige innere Ruhe verlieh, um mit den Gefahren der Straße fertigwerden zu können. Ellen war in der Lage, das Kind ohne die Unterstützung eines Mannes aufzuziehen. Denn sie beherrschte die Kunst der Hingabe. Sie konnte grenzenlos lieben.

Spätabends kehrte sie auf den Bauernhof in Philippine zurück. Den Rest der Woche streifte sie im Dorf und in der Umgebung umher. Es war ein schöner Sommer. Auf den schier endlosen Wiesen atmete sie den Duft von Kräutern und Blumen, und jenseits der Pappelreihen am Horizont sah sie Sonnenuntergänge in leuchtendem Lila und Orange, wie gemalt.

Sie aß mit der Bauernfamilie zusammen an einem langen Tisch in der Eßküche, inmitten der sechs Kinder, vier Jungen und zwei Mädchen, die im Stall und auf dem Feld mithalfen. Man erzählte ihr vom Leben auf dem Hof. Ellen beneidete die Kinder um ihre unschuldige Kindheit.

In der letzten Nacht ihres Aufenthalts erlebte sie die Geburt eines Kälbchens mit. Im hohen, dunklen Stall, den drei Sturmlaternen erleuchteten, welche flackernde Schatten auf die Strohballen warfen, sah sie zu, wie der Tierarzt dem Kalb ins Rinderleben hineinhalf. Das zerbrechliche Tierchen wurde von seiner Mutter saubergeleckt. Daß eines Tages womöglich ein junges Mädchen mit zwei aus ebendiesen Lenden geschnittenen Steaks zu dem Jungen radeln würde, in den sie verliebt war, konnte Ellen sich nicht vorstellen.

Eine erneute Fahrt im Bus, dann der Zug nach Amsterdam. Ellen war nervös. Sie sehnte sich danach, von Leo in die Arme geschlossen zu werden und dann in seinen Augen zu lesen, wie sehr er sie vermißt hatte. Aber sie konnte nicht ausschließen, daß er den Kopf nur bei Vervielfältigungsapparaten und Kaffeemaschinen gehabt hatte. Er hatte ihr nicht geschrieben. Und sie hatte ihn dafür bestrafen wollen. Doch dann hatte sie die Ansichtskarten, die sie bei ihrem kurzen Aufenthalt in Dover in einer W. H. Smith-Filiale gekauft hatte, in der Tasche steckenlassen. Oder war es ein Zeichen von Desinteresse, daß sie ihm keine Fotos von den Kreidefelsen geschickt hatte? Es war vertrackt – in einer Beziehung balancierte man wie ein Invalide auf dünnem Seil.

In Amsterdam stieg Ellen vor dem Hauptbahnhof in die Straßenbahn Richtung Ferdinand Bolstraat. Über den Albert-

Cuyp-Markt lief sie nach Hause, verliebt, nervös, das Herz schlug ihr bis zum Hals. An einem Obststand kaufte sie Äpfel und ein Pfund teurer Trauben, für abends. Mit weichen Knien zog sie ihren Koffer im Haus am Sarphatipark die Treppe hinauf, nackte, ausgetretene Stufen, auf denen im vorigen Jahrhundert noch die Schritte von Reitstiefeln und Galoschen zu hören gewesen waren. Die Wohnungstür war abgeschlossen. Das machte sie wütend. Leo wußte doch, daß sie heute nachmittag kommen würde! Sie stellte den Koffer in der Diele ab und legte das Obst auf die Anrichte, zwischen das schmutzige Geschirr einer ganzen Woche. Auch im Zimmer stieß sie auf eine Heidenunordnung. Wutentbrannt begann sie wie eine Besessene aufzuräumen, riß die Fenster weit auf, schob den Staubsauger über den alten Perserteppich, schlug die Decken aus, machte den Abwasch – er hatte offenbar Gäste zum Essen dagehabt –, wischte den Küchenfußboden, den Flur und die Naßzelle auf, wo auch das Klo war, mit der dreckigen Brille, die er beim Pinkeln nie hochklappte. Gegen neun Uhr abends hörte sie seine eiligen Schritte auf der Treppe.

Leo kam ins Zimmer gestürmt. Ausgehungert küßte er sie und drückte sie an sich, als habe er ihr Kommen sehnsüchtig erwartet. Aber er war nicht mal zu Hause gewesen, als sie ihren Koffer heraufgeschleppt hatte! Er hatte einen Blumenstrauß dabei, das schon, aber ihre Wut konnte er damit nicht beschwichtigen.

Er fragte, wie es gewesen sei. Doch ehe sie ihm richtig hatte antworten können, unterbrach er sie und rief beglückt aus:

»Ich bin in die ASVA gewählt worden! Ich bin jetzt im Vorsitz! Mit großer Mehrheit haben sie mich gewählt!«

Ellen wurde bleich. Er war nicht an ihr interessiert, sie hatte ihn verloren. Dafür wollte sie ihn tief verletzen. Er sollte die gleiche Grausamkeit zu spüren bekommen, die er ihr jetzt zufügte.

»Ich hab's wegmachen lassen«, sagte Ellen.

Leos Lächeln erstarrte, er sah sie ungläubig an.

»Was?!«

»Ich hab das Kind wegmachen lassen.«

Er grinste, war aber beunruhigt. »Das hast du nicht.«

»Doch.«

»Wie denn? Wo denn?«

»Ich bin nach London gefahren. Hab's in einer Klinik wegmachen lassen.«

»Das glaub ich nicht.« Seine Stimme zitterte.

Ellen wies zum Eßtisch. Die Platte des Mahagonitisches hatte sie nachmittags gewachst. Leo nahm den Fahrschein von der Fähre auf und sah ihn sich stumm an. Sie blickte jetzt auf seinen Rücken. Sie wollte ihm zurufen, daß es nicht wahr sei, daß sie sein Kind immer noch trage, daß sie ihm nur hatte weh tun wollen, weil er ihr weh tat, daß sie sich so sehr gewünscht hätte, er wäre nachmittags zu Hause gewesen und hätte sie in die Arme geschlossen! Aber sie schwieg. Und Leo? Leo schwieg auch.

Lange stand er da und starrte auf die Fahrkarte. Dann nahm er eine Tasche, warf Kleider hinein, die Kolleghefte mit den Erzählungen, die er geschrieben hatte, ein paar Bücher. Und ohne Ellen noch eines Blickes zu würdigen, ging er an ihr vorbei zur Tür hinaus.

Und Ellen?

Reglos stand sie auf der verschlissenen Ecke des Perserteppichs, der ebenso wie der Tisch und die Stühle von Jud Kaplan aus dem Gerümpel herausgefischt worden war, welches täglich bei ihm abgeliefert wurde. Sie hörte, wie Leo die Treppe hinuntersprang. Sie wünschte, er käme zurück.

Aber Leo?

Leo, traurig, gekränkt, bestürzt über ihre Tat, Leo hatte beschlossen, seinem Leben eine neue Wendung zu geben. Ellen behauptete, daß sie ihr Kind hatte töten lassen! Er lief die Straße hinunter, stieg in der Ceintuurbaan in die Straßenbahn und verließ die Stadt, im Kopf den hämmernden Refrain: Ich will sie nie mehr sehen, ich will sie nie mehr…

Ellen wartete.

Wie lange?

Die ganze Nacht wartete sie auf das Geräusch der eiligen Schritte im Treppenhaus. Sie blieb wach. Sie wollte ihn umarmen, wenn er ins Zimmer kam.

Aber…?

Aber sie hörte nichts.

5

Rom

Erst siebzehn Jahre später begegneten sie sich wieder. Das geschah im Anglo-American Hospital in Kairo. Leo Kaplan erkannte Ellen de Waal. Doch sie, inzwischen mit dem Diplomaten Frank Jonker verheiratet, konnte Leo nicht erkennen, weil er einen Verband um den Kopf hatte und weil sein müdes Gesicht mit den blutunterlaufenen Augen auch nicht zum Hinschauen animierte. Desinteressiert ging sie mit ihrem Sohn Maurits an ihm vorbei.

Kaplan, vor wenigen Stunden beraubt und niedergeschlagen von einer kleinen abessinischen Hure, in deren Augen die Sehnsucht nach der Wüste zu lesen war, wußte nicht, daß der Junge sein Sohn war. Sein Sohn! *Attenoje*, wie sollte er auch?

Dort in Kairo wankte er hinter Ellen her und schaute ihr nach, als sie mit dem Jungen in ein buntes ägyptisches Taxi stieg und sich vom Krankenhausgelände entfernte. Und er wurde sich bewußt, daß er seit dem Moment, da er sie verlassen hatte, nach ihr gesucht hatte.

Noch weitere zwei Jahre sollte es dauern, neunzehn Jahre sollten nach jenem Abend mit Ellens wütender Lüge und Leos verzweifeltem Davonlaufen vergehen, bevor sie wieder miteinander in Berührung kamen. In Rom. Nicht en passant wie in Kairo, sondern als ein Mann und eine Frau, die zusammen ihre erste große Liebe erlebt haben und sich nach fast zwanzig Jahren wiedersehen.

Dritter Teil

I

Fiumicino

Unruhig saß Kaplan in seinem Economy-Class-Sitz, eingezwängt zwischen dem kleinen Fenster, durch das man auf die Gebäude von Schiphol blickte, und der Kunststoffarmlehne, die den seinen von einem unbesetzt gebliebenen Sitz trennte. Auf diesem nahm kurz vor dem Start eine Stewardeß Platz, eine hochgewachsene junge Frau, die Kaplan auf zirka zwanzig schätzte. Sie hatte ihr dickes braunes Haar hochgesteckt, so daß der Schriftsteller ihren wunderschönen Hals sehen konnte. Während die Motoren der kleinen DC-9 röhrten und die Maschine mit angezogenen Bremsen auf der Startbahn rüttelte, wandte sich die Stewardeß ihm zu und fragte: »Sind Sie nicht Leo Kaplan?« Im selben Moment löste der Kapitän die Bremsen, und das Flugzeug schoß los.

Wie immer, wenn er im Flugzeug saß, fühlte Kaplan den Schweiß der Todesangst auf seinem Rücken. Er haßte die schlecht gespielten Übungen mit Sauerstoffmasken und Rettungswesten, mit denen ein Besatzungsmitglied während des Anrollens zur Startbahn sein labiles Gleichgewicht in Unruhe brachte. Im Zug erzählte ihm der Schaffner doch auch nicht groß, welche Katastrophen möglicherweise zu erwarten waren, oder? Doch erbarmungslos hatte ein älterer Steward vorn in der Kabine den Notfall-Schmus heruntergerasselt, und im Gang unweit von Kaplan hatte die Stewardeß, die sich kurz darauf neben ihn setzen sollte, mit entschuldigendem Lächeln den Sketch mit Sauerstoffmaske und Rettungsweste gemimt. Die männlichen Passagiere hatten einzig und allein Augen für ihren Körper. Anmutig ging sie in die Hocke, sehnsüchtig breitete sie die Arme aus, erregt drückte sie das Gesicht in die Sauerstoffmaske. Ein paarmal ließ sie ihren verführerischen Blick auf Kaplan ruhen, doch diese Behandlung ließ sie jedem zuteil werden. Nach der Vorstellung wurde gepfiffen und geklatscht. Kaplan drehte sich um und sah, daß eine Gruppe junger Italiener – lebhaft, laut, mit weißen Zähnen und kohlschwarzen Augen – die Stewardeß in gebrochenem Englisch um eine Zugabe bat, aber sie schüttelte mit errötenden Wangen den Kopf. Sie setzte sich neben Kaplan. Er roch ihr Parfüm, mit einem Hauch von Schweiß vermischt.

Die Maschine hatte die Startposition erreicht. Die Motoren heulten auf, und zu seiner Verwunderung hörte Kaplan die junge Frau neben sich die Frage stellen, auf die er, seit er durch die Verfilmungen seiner Bücher mehr oder weniger große nationale Berühmtheit erlangt hatte, schon viele Male auf die gleiche Weise geantwortet hatte.

»Ja. Und wer sind Sie?«

Kaplan sagte das, während sich die Nase des Flugzeugs gen Himmel richtete – der beängstigendste Moment jeden Flugs. Er spürte, daß sich die Räder vom Boden lösten, und wartete mit angehaltenem Atem auf die Strafe Gottes. Denn war fliegen zu wollen nicht menschliche Vermessenheit? Das Flugzeug kämpfte gegen die Schwerkraft und stieg schreiend in den Himmel empor. Kaplan war sich bewußt, daß keine Rettungsweste ihm beim Aufprall auf der Autobahn Amsterdam–Den Haag von irgendwelchem Nutzen sein konnte.

»Paula Veltman«, antwortete die Stewardeß.

»Bekommen Sie immer solchen Applaus, wenn Sie vormachen, wie wir uns retten können?«

»Nein. Nur wenn junge Italiener an Bord sind.« Sie lächelte verlegen. »Die machen das bei jeder Stewardeß. Wenn die 'ne Frau sehen, sind sie gleich aus dem Häuschen.«

Kaplan war ihr dankbar, daß sie ihn eine Weile vom Anblick

der immer kleiner werdenden Autos auf der Straße und Dächer der Bauernhöfe im Harlemmermeerpolder ablenkte. Er war jetzt der Technik ausgeliefert. Der menschlichen Technik. Paula hatte eine tadellose Aussprache, sie stammte offenbar aus gutem Hause. Getreu den KLM-Vorschriften hatte sie sich nicht zu stark geschminkt. Aber sie hatte auch gar keinen Lidschatten und dergleichen nötig. Bestimmt sah sie sogar frühmorgens begehrenswert aus. Von ihrem Äußeren her hatte Paula etwas Spanisches, mit dieser cremefarbenen Haut, dem ausgeprägten Kinn, den rätselvollen Augen. Da sie unmittelbar neben Kaplan saß, konnte er den Flaum auf ihrem Nacken sehen. Gern hätte er die Zunge in ihre zierliche kleine Ohrmuschel gesteckt. Es ging wieder mal mit ihm durch.

»Sie fliegen wohl nicht gern, was?« fragte Paula.

»Nein. Ich halte Flugzeuge zwar für wundervolle Maschinen, die ich mir gern ansehe, aber ich bleibe lieber auf dem Boden.«

»Wieso sind Sie denn dann nicht mit der Bahn gefahren?«

»Ich ziehe mich nicht gern im Beisein von Fremden in einem Liegewagen aus.«

Paula lachte. »Da hatten Sie also die Wahl zwischen der Angst vorm Fliegen und der Angst vorm Ausziehen«, bemerkte sie.

Kaplan schenkte ihr ein strahlendes, aber durch und durch aufgesetztes Lächeln.

»Machen Sie Urlaub?« fragte Paula mit lebhaftem Interesse.

»Ich muß nach Rom, um für mein neuestes Buch zu werben. Es ist gerade übersetzt worden.«

»*Hoffmans Hunger*? Wie schön, daß man das jetzt auch auf italienisch lesen kann!« rief Paula begeistert aus.

»Du liest Italienisch?« fragte Kaplan mit gespielter Bewunderung. Er duzte sie jetzt und eröffnete so geschickt die zweite Stufe ihrer Unterhaltung.

»Ich studiere Italienisch. Als Stewardeß jobbe ich nur den Sommer über.«

»Und anschließend fliegst du mit Gratisticket rund um die Welt, hm?«

»Zu zehn Prozent vom Normaltarif. Ich hab schon unheimlich viel gesehen. New York, Los Angeles, Tokio, Singapur, Bangkok, die Malediven, die Bahamas. Aber auf die Dauer macht einen dieses ewige Hin-und-Hergefliege ganz verrückt. Ich will jetzt nach Rom, und dann mit einer Freundin kreuz und quer durch die Toskana. Noch drei Stunden arbeiten und dann: Urlaub!«

Wieder lächelte sie und gewährte ihm einen Blick auf ihr gesundes Gebiß. Es war zu sehen, daß ihre ehrenwerten Eltern ihren Kindern Zahnfleischmassagen und vernünftige Zahnbürsten ans Herz gelegt hatten. Kaplan hatte seine Nascherei als Kind die Backenzähne ausgehöhlt. Sie trugen allesamt Füllungen, und drei waren ihm mit siebzehn gezogen worden. Seine Schneidezähne aber hatten allen Attacken der süßen Fürsorge seitens seiner Mutter standgehalten. Wenn er lächelte, zeigte auch er ein paar hübsche Beißerchen. Erst weiter hinten im Mund sah man die Lücken der verschwundenen Backenzähne. Aber wer schaute da schon hin?

»Bist du schon mal in der Toskana gewesen?«

»Nein, komischerweise hab ich zwar schon die Elendsviertel von Rio gesehen, aber noch nicht die Villen der Toskana«, antwortete Paula.

»Die Reihenfolge ist aber richtig.«

»Finden Sie? Diese Papp- und Wellblechschachteln waren für mich kein sehr erhebender Anblick. Unglaublich, daß da Menschen wohnen.«

»Die Schönheit der Toskana wird nur noch größer, wenn du auch die dunkle Seite der Welt kennst.«

Paula sah ihn stirnrunzelnd an, ihre spanischen Augen tasteten sein Gesicht ab. »Ich weiß, was Sie meinen, aber ich kann Ihnen da nicht zustimmen. Die Toskana bliebe genauso schön, wenn es keine Elendsviertel gäbe.«

Kaplan schüttelte den Kopf, lächelte. »Ich denke nicht. Darüber sollten wir uns noch mal ausführlich unterhalten.«

»Gern.«

Ihre Augen hielten ihn nun länger in ihrer Bezauberung gefangen, ein Lächeln huschte über ihr Gesicht.

»Bist du immer diese Route geflogen?« Er mußte das Gespräch in Gang halten.

»Nein. Die interkontinentalen Routen. Die Sommerstewardessen werden möglichst auf den Langstreckenflügen eingesetzt.«

Ein elektronischer Gong ertönte, und die erleuchteten Schriftzüge *»no smoking«* erloschen. Paula sagte, sie müsse an die Arbeit, und erhob sich von ihrem Sitz.

Kaplan sah ihr nach, als sie zum vorderen Ende der Maschine lief. Unter dem blauen Uniformrock trug sie eine farblose Strumpfhose. In Amsterdam waren es dreiundzwanzig Grad gewesen, doch das Tragen von Strumpfhosen gehörte nun mal zu den Vorschriften. In Rom, wo es neunundzwanzig Grad warm war, würde sie das Ding natürlich gleich ausziehen.

Kaplan beugte sich vor und zog seinen schwarzen Diplomatenkoffer unter dem Sitz hervor. Er nahm die Druckfahnen von *Hoffman* heraus. Auf italienisch: *La Fame di Hoffman.* Willem van Buren, sein Verleger, hatte sie ihm kurz vor dem Abflug in Schiphol gegeben. Um acht Uhr früh hatte er Kaplan zu Hause abgeholt und ihn zum Flughafen gefahren.

Willem erzählte, daß Editore Zefiro ordnungsgemäß das Ticket geschickt und ein Zimmer im Hotel Commodore reserviert habe, dem Hotel, in dem Kaplan bei jedem Rombesuch abstieg (mit Evelien und mit Hannah und mit einem halben Dutzend von Freundinnen). Aber bei der Herstellung des Buches sei es zu Verzögerungen gekommen. Er habe gestern noch in Rom angerufen, wo man ihm mitgeteilt habe, daß die gedruckten Seiten noch gebunden werden müßten. Damit Kaplans Reise dennoch Sinn mache, hätten sie den Zeitungen und Zeitschriften die amerikanische Ausgabe geschickt. In Fiumicino, dem Flughafen von Rom, werde jemand von Zefiro Kaplan erwarten und ihn in sein Hotel bringen.

»Haben sie ein Programm für mich zusammengestellt?« wollte Kaplan von Willem wissen, während sie auf die Autobahn Richtung Den Haag fuhren.

»Sie haben ein paar Interviews arrangiert, du hast diese Lesung im Istituto Olandese und ein Gespräch im Fernsehen.«

»Wie haben sie denn *das* hingekriegt? Aber in welcher Sprache?«

»Englisch. Mit irgendwem von einer Filmsendung.«

»Ich habe ein Buch geschrieben.«

»Du hast auch für ein Skript gezeichnet.«

»Verdammt. Ich hab genug von dem Palaver über diesen Film. Wenn sie mich im Fernsehen haben wollen, dann bitte schön in einer Literatursendung.«

»Mein lieber Leo, ohne diesen Film würdest du jetzt nicht gleich ins Flugzeug nach Rom steigen. Dank Janas Titten kannst du in ein paar Stunden in der Peterskirche beichten gehen. Sie wird auch wieder auf dem Cover zu bewundern sein, und du darfst höchstpersönlich in der italienischen Glotze erzählen, wie Jana in Amsterdam entdeckt wurde. Ist das etwa nichts?«

»Ich bin Schriftsteller.«

»Es gibt Schlimmeres im Leben, als ein kleines Schwätzchen in einem Fernsehstudio in Rom zu halten.«

»Ich bin Schriftsteller. Kein Vertreter für Papierwaren.«

»Gut. Du bist Schriftsteller. Und wann ist dein neues Buch fertig?«

Darauf hatte Kaplan nichts zu sagen gewußt.

Während Paula vorn im Flugzeug Vorbereitungen traf, um mit dem Getränkewagen den Gang abzugehen, durchblätterte er das letzte Buch, das er geschrieben hatte. In den vergangenen drei Jahren hatte er an kreativer Impotenz gelitten. Seit Kairo, das wußte er. Seit ihm dort im Anglo-American Hospital Ellen erschienen war. Er hatte seine zweite Ehe stranden lassen und mit Hannah ein komfortables Haus und ein Leben im Luxus verloren – und gebracht hatte ihm das alles gar nichts. (»Gebracht« im Sinne von: einem Roman). Material zur Genüge. Aber ihm fiel keine Form mehr ein, in die er den Teig seines Lebens kneten konnte. Er besah sich die Druckfahnen von *La Fame* und verstand den italienischen Text, weil er das Original kannte. Er sehnte sich danach, wieder einmal einen schwarzen *Bic* über ein Blatt Papier gleiten zu lassen. Er wollte schreiben, seine Arbeit machen. Doch er sehnte sich etwas Reines herbei, eine unschuldige, natürliche Geschichte, die endlich der Schatten toter Juden und einer niederschmetternden Vergangenheit enthoben sein würde.

Vor einigen Wochen hatte er nach jahrelanger Schreibangst wieder einmal eine Erzählung geschrieben, die in der *Volkskrant* abgedruckt worden war. Der Text hatte im Grunde von seiner Sehnsucht nach einem unbefleckten Stoff gehandelt, das war ihm damals klargeworden.

Sein erstes Buch in italienischer Sprache war kein Grund zum Jubeln. Zefiro hatte die Rechte gekauft, weil diese polnische Schauspielerin in den USA berühmt geworden war. Kaplan profitierte von ihrem Ruhm, da machte er sich nichts vor. Ohne ihren Prachtleib wären vielleicht nur in Norwegen oder Island bezuschußte Übersetzungen erschienen, und die Verkaufszahlen in den Niederlanden wären wohl kaum über zwölftausend Exemplare hinausgegangen. Seine literarische Karriere hatte ihn zum Trittbrettfahrer gemacht und nicht zum bedeutendsten Vertreter der niederländischen Literatur, der er mit zwanzig hatte werden wollen. In zwei Monaten würde er über die zwei Millionen verfügen können, für die sich sein Vater totgeschuftet hatte. Vielleicht würde er gut daran tun, sich von da an nicht mehr in Literaturbeilagen ablichten zu lassen und keine Zeile mehr zu veröffentlichen. Schreiben konnte er ja ruhig noch, aber für die Schublade, für die Ewigkeit. Und dann würde ihnen nach seinem Tod plötzlich aufgehen, wie bedeutend er gewesen war! Wie tief! Wie weise! Und vor allem: wie menschlich! Seine Seiten trieften geradezu vor Menschlichkeit! Nicht Mulisch oder Reve oder Hermans, nein, Leo Kaplan war der James Joyce der Niederlande! Genial, vielbesprochen, aber ungelesen.

Paula störte ihn aus seiner Sinniererei auf und fragte, was er trinken wolle. Whisky. Während sie ihm ein Glas einschenkte, sagte sie, daß ihr seine Erzählung kürzlich in der *Volkskrant* so gut gefallen habe.

»Du«, sagte Kaplan, »sag einfach du zu mir. Das Sie ist so förmlich.«

»Gut, also deine Erzählung fand ich sehr schön.«

»Freut mich, danke.«

»Was ich dich fragen wollte: War das wirklich so? Mit Nabokov, meine ich? War er wirklich dieser Schmetterlingsfänger?«

»Ich bin mir nicht ganz sicher. Aber er muß es gewesen sein.«

»Und diese Erzählung von ihm hast du später nie irgendwo gelesen?«

»Nein.«

»Wie schade. Vielleicht taucht sie ja eines Tages doch noch auf.«

»Laß uns zusammen danach suchen.« Es war mal wieder soweit. Er konnte es nicht lassen.

»Da sag ich nicht nein«, erwiderte Paula.

Sie reichte ihm eine Papierserviette und das reichlich bemessene Glas Whisky.

»Nüsse?«

»Nein, danke.«

»Ich komme dann gleich vorbei, um einen Termin für unsere Suche zu vereinbaren«, sagte sie lächelnd.

Sie wandte sich der anderen Gangseite zu.

Kaplan fragte sich, worauf sie wohl aus war. Was ihn bei ihr anmachte, war klar. Paula war eine attraktive junge Frau in scharfer KLM-Uniform. Augen, die den Dschungel gesehen hatten. Mit Zahnbürste in den Patschhändchen auf die Welt gekommen. Aber was, um Himmels willen, fand sie an ihm? War sie ein *namefucker*? Wollte sie mit dem bekannten Schriftsteller ins Bett, um der Liste ihrer Eroberungen einen weiteren glanzvollen Namen hinzufügen zu können? Wollte sie, nachdem sie Reve einen geblasen hatte, nun Kaplan bereiten? Er wollte wissen, wen sie vor ihm gehabt hatte. Es mußte schon mindestens ein mit dem P. C. Hooft-Preis Ausgezeichneter gewesen sein, drunter würde er's nicht machen.

Natürlich hatte er sich das mit Nabokov aus den Fingern gesogen. Diese ganze Reise zur Stadt Isaak Babels hatte er erfunden, um seine Liebe zur Literatur zum Ausdruck zu bringen. Alles in der Erzählung war gelogen. Bis auf seine verzweifelte Sehnsucht nach einer reinen Geschichte. Aber konnte man überhaupt eine reine Geschichte schreiben? Nicht ohne Grund hatte er den Inhalt von Nabokovs Erzählung weggelassen. (Der berühmte Russe hatte ihn zu gebratener Ente in Himbeersoße eingeladen! Der Autor von *Lolita* hatte den späteren Autor von *La Fame di Hoffman* unter seine Fittiche genommen! Während Kaplan einen kräftigen Schluck Whisky nahm, glühte er vor Scham über eine solche Anmaßung.) Er war sich bewußt gewesen, daß er Nabokovs reine Geschichte nicht beschreiben konnte. Er konnte zwar behaupten, daß es eine wundervolle Geschichte sei, glänzend, brillant, und er hatte sich zu einigen Vergleichen mit Vogelbewegungen aufgeschwungen (irgend etwas mit einem Adler und einem Kolibri), doch über die Erzählung selbst konnte er nichts mitteilen. Er hatte sich einfallen lassen, daß sie von einem kleinen Jungen mit einem Schmetterlingsnetz handelte. Den Rest mußte er der Phantasie des Lesers überlassen.

Paula war nicht die einzige, die ihn gefragt hatte, ob diese Begegnung tatsächlich stattgefunden habe. Auch sein Renovierungshelfer mit abgeschlossenem Psychologiestudium hatte wissen wollen, ob sie »wahr« sei. Natürlich sei sie wahr, hatte Kaplan geantwortet, sie stehe ja schließlich in der Zeitung, nicht? Da hatte der gelehrte Handlanger genug gewußt. Beim Mittagessen, die Hände weiß vom Putz, war er darauf zurückgekommen. »Die Erzählung von Nabokov hättest du vielleicht ganz außen vor lassen sollen«, hatte er angeregt. »Und den kleinen Jungen weglassen.« Kaplan hatte ihn verwundert angesehen. »Na, es ist doch so«, hatte der arbeitslose Psychologe erläutert, »diese Erzählung, die du quasi als die absolute Erzählung hinstellst, existiert natürlich nicht. Die vier Seiten, die du angeblich unter dem Tisch findest, sind natürlich leer. Es steht überhaupt nichts drauf! Wenn du es so gemacht hättest, wär's perfekt gewesen, dann hätte jeder sofort verstanden, worum es dir ging. Jetzt will man nur wissen, ob du es wirklich erlebt hast.«

Kaplan spürte, daß der Psychologe recht hatte. Beim Schreiben war ihm dieser Gedanke nicht gekommen. Die Geschichte war gut, aber Lügen waren ja immer leichter zu erzählen. Paula dachte jetzt, daß er Nabokov begegnet sei. Warum hatte er ihr nicht einfach gesagt, daß die Geschichte fiktiv war? Heischte er immer noch nach Achtung und Ansehen? Fast vierzig und fast Millionär und im Herzen immer noch ein bängliches jüdisches Jüngelchen. Erfand, daß er mit Nabokov Ente gegessen hätte, und tat so, als entspräche das der Wahrheit. *Nebbich!*

Er legte die Druckfahnen in den Koffer zurück und schlug eine italienische Zeitung auf. Als er in die Maschine gekommen war, hatte der Steward nur noch italienische Zeitungen gehabt, die niederländischen waren schon ausgeteilt gewesen. Auf der Seite *Interno* stieß er auf einen faszinierenden Bericht. Er entsann sich, daß er vor einiger Zeit auch in den Niederlanden davon gelesen hatte, aber da hatte er gerade mitten im Umzug gesteckt, und die Zeitungen hatte er dann zum Schutz des Parketts auf dem Fußboden ausgelegt, denn der Psychologe gehörte eher zu den Kleckerern als zu den Klotzern.

Der Artikel befaßte sich mit der Verhaftung zweier – mit vollem Namen genannter – tatverdächtiger Männer im Zusammenhang mit einer Mordserie. Seit Mai 1969 waren in der waldreichen Umgebung von Florenz Liebespaare erschossen worden. In der italienischen Zeitung wurden die Opfer »Verlobte« genannt, da man in Italien offiziell verlobt zu sein hatte, wenn man's mit Freund oder Freundin im Wald trieb. Zehn Liebesgeschichten hatten durch Schüsse aus einer Beretta, Kaliber 22, im geparkten Wagen oder im Moos ihr Ende gefunden. In einem separaten Kasten waren sämtliche Opfer aufgelistet. Kaplan erkannte den Namen des niederländischen Diplomaten wieder, der ebenfalls mit seiner Freundin den Wald aufgesucht hatte. Vom Tod dieses Mannes hatte Kaplan seinerzeit in einer niederländischen Zeitung gelesen.

Die mutmaßlichen Täter waren im Anschluß an die letzten beiden Morde verhaftet worden, doch nun waren vorgestern erneut zwei »Verlobte« mitten im Eifer des Gefechts (»teilweise entkleidet«, hieß es dezent) umgebracht worden. Die Tatverdächtigen, zwei Schwager, konnten unmöglich kurz das Gefängnis verlassen, ein verlobtes Paar ermordet haben und brav wieder in ihre Zelle zurückgekehrt sein. Sie waren also unschuldig.

Was Kaplan besonders fesselte, war der Beiname, den man dem Serienmörder gegeben hatte: *Il Mostro,* das Monstrum. In all den Jahren hatte die Polizei keine Spur von ihm gefunden. Das Monstrum tötete und verschwand. Früher schien der Unmensch einen Hund bei sich gehabt zu haben, doch bei den letzten vier Paaren hatte die Polizei keine Abdrücke von Hundepfoten mehr gesichtet. Die neuesten Opfer waren Pia (21) und Claudio (23), sie Verkäuferin, er Installateur, beide wohnhaft in einem kleinen Dorf nahe Florenz. Claudio hatte Pia im Supermarkt, in dem sie arbeitete, abgeholt, und sie waren auf seinem

Motorroller in den Wald gefahren. Elf Einschüsse hatte man bei Claudio und Pia gefunden. Aus diesen konnte die Polizei schlußfolgern, daß die Mordwaffe eine Beretta aus der 70er-Reihe gewesen sein mußte, eine 73er oder 74er, um genau zu sein, denn mit den anderen aus dieser Reihe konnten nur jeweils neun Schüsse nacheinander abgegeben werden, eine aus dem Lader plus acht aus dem Magazin (das Magazin der 73er und 74er dagegen faßte zehn Kugeln). Da niemand Schüsse gehört hatte, obgleich zum Zeitpunkt des Mordes andere Waldbesucher in der Nähe gewesen waren, benutzte das Monstrum wohl einen Schalldämpfer. Die italienische Polizei hatte nun die Mithilfe von FBI-Experten erbeten, die Erfahrung damit hatten, kriminelle Psychopathen mittels einer *»metodo scientifico«* ausfindig zu machen.

Andächtig sah Kaplan sich die Fotos von den beiden zu Unrecht Verdächtigten an. Durchschnittstypen um die fünfzig, der eine mit dem Aussehen eines Beamten oder Versicherungsvertreters, der andere mit wettergegerbtem Gesicht, eher ein Landarbeiter oder Kleinbauer. Wieso waren die beiden Schwager in Verdacht geraten? Waren alle Morde mit derselben Waffe beziehungsweise mit Kugeln desselben Kalibers begangen worden? Gab es bei den Opfern Übereinstimmungen in Haarfarbe oder Kleidung? Zu welcher Tageszeit schlug das Monstrum zu? Hatte sein Hund das Zeitliche gesegnet, und wenn ja, warum hatte *Il Mostro* sich keinen neuen Menschenfreund zugelegt? Handelte es sich stets um ein und denselben Täter, oder verbargen sich hinter *Il Mostro* verschiedene Psychopathen?

Kaplan konnte sich einen Roman mit dem Titel *Das Monstrum von Florenz* vorstellen. Ein Buch über den Besitzer einer KFZ-Werkstatt oder einen Lebensmittelhändler oder einen Buchhalter, der ausrastete, wenn er ein junges Pärchen sah, das sich unter einem Dach aus Blättern und Zweigen ausgestreckt hatte, und den Wonnen des Liebesspiels unter freiem Himmel ein Ende machen mußte. Oder wollte das Monstrum der Liebe womöglich

Ewigkeit verleihen? Diesen Einfall notierte Kaplan auf der Zeitungsseite. Es könnte ein Buch über einen Menschen werden, der aus Liebe mordete. Vielleicht hatte der Mann ja früher ein traumatisches Erlebnis gehabt, eine unerwiderte Liebe oder der frühe Tod seiner Frau, und die Kugeln, die er abfeuerte, waren, zumindest in den Augen des Monstrums, ein Akt der Barmherzigkeit. Der Mann wurde *Il Mostro* genannt, doch er selbst war davon überzeugt, die »Verlobten« von Schmerz und Kummer zu erlösen. Er sah sich als Erlöser; Kaplan schrieb *Der Erlöser von Florenz* auf die Zeitungsseite, ein besserer Titel für das Buch.

Wieder kam Paula vorbei. Sie teilte Plastiktabletts aus, auf denen sich eine Art Frühstück befand, aber Kaplan lehnte ab und erzählte ihr, daß er vorhabe, in einem Straßencafé an der Piazza Navona zu Mittag zu essen.

Editore Zefiro trug die Kosten für einen fünftägigen Aufenthalt. Vielleicht sollte Kaplan seinen Verbleib ausdehnen und in Florenz Material über die Opfer des Monstrums zusammentragen. Er fühlte sich in der Region zwischen Siena und Florenz zu Hause. Mit zwanzig hatte es ihn erstmals dorthin verschlagen, damals, nachdem Ellen ihm gesagt hatte, daß sie ihr Kind abgetrieben habe.

Zwölf Stunden nach Ellens monströser Mitteilung hatte er im Zug nach Paris gesessen, mit Geld, das er sich von seinem Vater geliehen hatte. Anschließend war er nach Nizza getrampt. Und von dort hatte ihn eine fünfzehn Jahre ältere Frau in ihre Villa in der Toskana mitgenommen. Am Rande ihres Swimmingpools hatte er einige der Erzählungen umgeschrieben, die er bei seiner Flucht aus der Wohnung am Sarphatipark in eine Tasche gestopft hatte. Julia bot ihm Kost und Logis und wollte seinen jungen Körper als Gegenleistung. In ihrem offenen Lancia kutschierte sie ihn nach San Gimignano und Volterra und Siena, sie kaufte ihm sündhaft teure Oberhemden, Hosen, Schuhe, sie speisten in Restaurants, vor denen ausschließlich Rolls-Royces und Bentleys geparkt waren, sie schleifte ihn mit auf Partys, wie er sie nur aus Fellinis *La dolce vita* gekannt hatte. Diese erste Bekanntschaft mit der Toskana hatte alle späteren Besuche gefärbt. In dieser Landschaft kam er sich vor wie ein Prinz, ein Auserwählter. Dort hatte er, angeregt von der Wärme, den Düften, den Formen der Hügel und den Farben der Häuser, dem Geschmack von Olivenöl, Knoblauch und Basilikum, wahre Kreativitätsausbrüche erlebt. Es wäre vielleicht keine schlechte Idee, mit dem Geld von seinem Vater ein Haus in der Nähe von Colle di Val d'Elsa zu kaufen, das genau im Herzen seines Lieblingsdreiecks Florenz–Siena–San Gimignano lag. Zwischen den Hügeln der Toskana hatte er zweimal binnen nur vier Wochen ein Buch schreiben können. Voll Selbstvertrauen und Inspiration war sein Stift Tag für Tag über zehn, zwölf Seiten geglitten. Vielleicht geschah ja ein Wunder, wenn er sich mit *Il Mostro* im Kopf in Hotel Arnolfo in Colle über einen Schreibblock beugte und den ersten Satz fand. Versuchen konnte er es ja mal. Er hatte nichts zu verlieren.

Kaplan riß den Artikel über das Monstrum aus der italienischen Zeitung heraus und legte ihn in seinen Koffer. Danach las er sich noch einmal den absatzlosen Brief durch, den Rudy Kohn ihm geschickt hatte. Ein Brief voller Unflätigkeiten, hart, verzweifelt.

»Lieber Leo, Du hast eine Weile nichts von mir gehört, weil ich in den letzten Wochen keine Sekunde Ruhe im Hintern hatte. Sandra hat mich sitzenlassen. Sie hat mich mit einem Bildhauer betrogen (noch dazu einem schlechten) und ist mit ihm auf und davon. Da verhelf ich diesem Arsch zu einem Auftrag, und zum Dank dafür bumst er meine Freundin. Ich versteh nicht, was Sandra an ihm findet. Da laß ich gottverflucht noch mal alles stehen und liegen und geh mit ihr nach Rom, und ein Jahr später bin ich der Gelackmeierte. Es hat Tage gegeben, da hätte ich ihn umbringen können, aber zum Glück waren sie nicht in der Stadt.

Wahnsinn, eine solche Mordlust zu empfinden. Ich werd noch verrückt in dieser Wohnung. Ich weiß, daß sie es in unserem Bett miteinander getrieben haben. Wie soll ich denn darin jetzt noch schlafen? Momentan ist sie mit ihrem Bildhauer in New York. Ich hätte ihm in die Fresse schlagen sollen, ich hätte was tun müssen, um meine Wut abzureagieren. Statt dessen hab ich *mir* den Kopf eingerammt. Ich weiß, daß es nicht so leicht ist, mit mir zusammenzuleben, aber sie hätte mich doch wenigstens mit etwas mehr Respekt behandeln können! Ich fühl mich kastriert. Und wenn ich wenigstens einen Grund wüßte! Wenn ich sie den ganzen Tag lang geschlagen hätte oder sie gezwungen hätte, es mit 'nem Schwein zu treiben, dann hätt ich zumindest einen Anhaltspunkt, warum sie von mir wegwollte. Aber verdammt, ich weiß es nicht. Betrügt mich 'ne Zeitlang und haut dann einfach ab mit diesem drittklassigen, nein, zehntklassigen Steinhauer. Der Herr Künstler befindet sich derzeit in der Phase des unbearbeiteten Steins. Er bildhauert nicht mehr, sondern stellt Steinblöcke aus, die er so, wie sie sind, aus dem Steinbruch holt. Steht sie auf seine rauhen Hände? Was findet sie an diesem Arsch? Ich dachte, er wär mir dankbar für den Auftrag, den ich ihm besorgen konnte. Aber nein, in meinem eigenen Bett hat sie sich von ihm ficken lassen. Warum haßt sie mich? Sie weiß doch, was sie mir bedeutet hat. Ich laß eine Frau und zwei Kinder sitzen, um mit ihr die Romanze des Jahrhunderts anzufangen, und dann verpaßt sie mir einen Tritt, als wär ich ein räudiger Hund. Ich hab ständig Phantasien von einem Blutbad im Kopf. Während ich das hier schreibe, ist es in New York zwei Uhr nachts. Er wird sie sich wohl gerade irgendwo im fünfzigsten Stock eines Wolkenkratzers vorknöpfen. Ein unerträglicher Gedanke. Aber ich kann nichts dagegen machen, daß ich das andauernd vor mir seh. Ich werd verrückt vor Eifersucht. Den ganzen Tag stell ich mir vor, wie dieser Arsch abspritzt. Ich seh, wie sie seinen Schwanz in den Mund steckt und ihm einen bläst. Das muß ein Ende haben, Leo. Ich kann nicht mehr schlafen, nicht mehr essen, nur noch saufen. Warum mußte sie sich unbedingt in *meinem* Bett von ihm nehmen lassen? Ich versteh das nicht. Und wir haben es doch wirklich toll gehabt zusammen. Die ersten Monate hier waren der Himmel, Leo. Aber jetzt hat sie mir so wahnsinnig weh getan. Haut mit irgend so ’ner Null ab, irgend so ’nem ungebildeten Steinhauer aus Neapel, der sich schon verhaspelt, wenn er gerade mal bis drei gezählt hat. Aber baumlang. Wird wohl ’nen größeren Schwanz haben als ich. Ist es das, was sie will? Wenn ich ihm in die Fresse gehauen hätte, hätte er mich alle gemacht. Aber ich hätt’s tun sollen. Statt dessen hab ich mir selbst den Kopf an der Wand eingerammt. Hab mir selbst ’ne Gehirnerschütterung verpaßt. Höllische Kopfschmerzen. Welcher Schlemihl läßt sich schon die Frau ausspannen und rammt dann den Schädel gegen die Wand, bis das Blut auf den Putz spritzt? Ich! Ich! Ich! Erinnerst Du Dich noch, wie ich Dich damals angerufen hab, als ich ihr in Amsterdam zum erstenmal begegnet war? Ich war davon überzeugt, daß sie die Frau meines Lebens ist, das war so ein Gefühl, das man wahrscheinlich nur einmal im Leben hat. Ich laß Karin sitzen, geh mit Sandra nach Rom, koste es, was es wolle, alles hab ich aufs Spiel gesetzt. *Ein Jahr* hat’s gedauert, Junge. Kommt der doch eines schönen Tages daher und sagt mir, daß er in Sandra verknallt ist. Und ich, ich Schlemihl, hab immer noch nichts kapiert! Hab den Künstler getröstet, hatte sogar noch Verständnis für ihn, Mitgefühl! Dabei ließ sie sich da schon von seinem Meißel bearbeiten. Erst als sie ein paar Tage nach Neapel wollte, zu einer Freundin, da bin ich stutzig geworden. Ich fahr also nach Neapel, klingle frühmorgens an der Haustür von dem Künstler und finde sie in seinem Bett! Einem gigantischen Bett mitten in seinem Atelier. Und sie ist nackt, Leo, mit seiner Wichse im Schoß liegt sie da völlig nackt auf dem großen Bett und fängt an zu schreien. Ich hätt diesem Kerl am liebsten in die Eier getreten. Aber als der gesittete

Mensch, der ich trotz allem bin, mach ich das natürlich nicht, sondern fang auch an zu schreien, daß sie sich anziehen und mitkommen soll. Als sie nicht will, zerr ich sie aus dem Bett. Jetzt mischt sich auch der Künstler ein, schiebt mich zur Seite und meint, Sandra solle selbst entscheiden. Da hab ich's nicht mehr ausgehalten und bin auf die Straße rausgerannt, bin gerannt und gerannt, bis ich nicht mehr konnte und erschöpft in eine Kneipe gestolpert bin, wo ich mich hab vollaufen lassen. Irgendwie haben die Frauen sie nicht mehr alle, Leo, da kommen wir nicht mit. Sandra treibt mich noch in den Wahnsinn. Ich will das nicht. Ich will diese Bilder in meinem Kopf los sein. Ich will nicht mehr sehen, wie sie übereinander herfallen. Nachmittags bin ich dann mit besoffenem Kopf wieder in sein Atelier zurück. Sie waren auf und davon. Will sie mich in die Klapsmühle bringen? Die sind hier ziemlich übel. Aber mit einem Fuß steh ich schon drin. Nicht mehr lange, und Du findest mich in 'ner Zwangsjacke wieder. Ich will endlich mal wieder schlafen können und einen normalen Traum haben von wackelnden Zähnen oder einer Wendeltreppe ohne Ende. Ich hoffe, daß sie es da in New York auf 'ner Fensterbank treiben und aus dem tausendsten Stock runterklatschen. Ruf mich an, sobald Du in der Stadt bist. Ich brauch 'nen Saufkumpan. Dein Freund Rudy Kohn.«

Das erste Interview, das Kaplan zu Beginn seiner Schriftstellerlaufbahn gegeben hatte, war von einem Geschichtsstudenten mit semitischem Gesicht und starker Brille Wort für Wort auf einem Notizblock vom Kaufhaus HEMA mitgeschrieben worden. Dieser Rudy Kohn schrieb für ein Blättchen seiner Fakultät, und er hatte mit einem höflichen Brief bei dem jungen Autor angefragt, ob er zu einem Interview bereit sei. Von da an waren sie in Kontakt geblieben, und im Laufe der Jahre war Rudy zu einem der wenigen Freunde geworden, zu denen Kaplan Vertrauen hatte und von denen er sich verstanden fühlte.

Kaplans erstes Buch war herausgekommen, als er zweiundzwanzig war. Es handelte sich um eine Auswahl der Erzählungen, die er an dem Tisch mit Blick auf den Sarphatipark geschrieben und am Rande des Swimmingpools von Julias toskanischer Villa überarbeitet hatte. Leo hatte dem Erzählungsband einen für ihn ironisch klingenden Titel gegeben: *Die leere Welt*.

Doch nach Erscheinen des Buches mußte er feststellen, daß die meisten Kritiker den Titel in seiner ganzen Gewichtigkeit todernst auffaßten. Der Debütant fiel heftiger Verwirrung zum Opfer. Der eine Kritiker ließ kein gutes Haar an ihm und lehnte das Büchlein ab, weil es sich allzusehr an Kaplans großes Vorbild Kafka anlehne (der Mann zog einen abartigen Vergleich zwischen beider Namen), ein anderer hob den Debütanten in den Himmel, weil er Kafkas Motive in, man höre, intelligenter Weise aufgegriffen und mit der eigenen Thematik verquickt habe.

Als Kaplan einige Jahre später sein Debüt besser einschätzen konnte als jeder andere, bat er seinen Verleger, *Die leere Welt* nach Ausverkauf von zwei Auflagen nicht mehr nachdrucken zu lassen. Das Buch war zwar nicht so schlecht, wie der eine Kritiker geschrieben hatte, aber es war auch nicht so gut, wie der andere behauptet hatte. Es standen einfach gelungene und mißglückte Erzählungen darin. Was ihn vor allem erstaunt hatte, war die Gereiztheit, die der abfällige Kritiker an den Tag gelegt hatte. Wie ein Wolf hatte er sich auf den frischgebackenen Schriftsteller gestürzt. Leo verstand nicht, was den Zorn des Mannes ausgelöst haben konnte. Das Lob des anderen ging ebenfalls fehl – beide Kritiker hatten sein Debüt durch eine Zerrbrille gelesen. Kaplan hatte gehofft, daß die literarische Fachwelt ihm sagen würde, mit was er da eigentlich befaßt war. Er selbst wußte es nämlich absolut nicht. Die Erzählungen, die er schrieb, kamen von weither, von den Vorfahren seiner Eltern, die durch Osteuropa vagabundiert waren, und aus seinem Gefühl heraus, in einer unbegreiflichen, absurden Welt umherzuirren, die von einer blinden Macht (mit oder ohne Uniform) regiert wurde.

Rudy Kohn, jüdischer Geschichtsstudent, hatte ihm genauestens sagen können, wie der Sammelband auf ihn gewirkt hatte, und Kaplan, für den das öffentliche Interesse, das ihm plötzlich zuteil wurde, immer noch ungewohnt war, hatte erkannt, daß dieser Rudy ein scharfsichtiger Leser war. »Du schöpfst dein Material nicht nur aus der eigenen Phantasie«, hatte er Kaplan erzählt, »sondern auch aus dem, was deine Eltern erlebt haben, und allem, was du gelesen hast und was dir in der Zeitung ins Auge springt. Im Grunde genommen möchtest du ein klassischer Dorfgeschichtenerzähler sein. Du möchtest das Leben der Menschen, mit denen du zu tun hast, in seinem ganzen Umfang schildern. Darum schreibst du mal über einen Vertreter, mal über einen Hundefänger, mal über einen Mörder und mal über einen Verrückten.« Leo wußte zwar nicht, ob Rudy recht hatte, aber es hörte sich wunderbar an. Über die Jahre hinweg setzten sie ihren Dialog über Literatur und die Aufgabe des Schriftstellers fort. Anfangs sah sich Kaplan als Streiter gegen die Slogans und die Rhetorik der MACHT (er dachte damals in großgeschriebenen Begriffen). Mit zunehmendem Alter wandelte sich die Natur seines Kampfes. Heute kämpfte er gegen die eigene Ohnmacht an.

Im vergangenen Sommer, noch bevor Kaplans Ehe ihrerseits gestrandet war, hatte Rudy Frau und Kinder verlassen, um in Rom in einem kleinen Appartement in Trastevere seine zweite Jugend auszukosten. Bei der Eröffnung einer Ausstellung mit Bildern junger italienischer Maler in der Galerie Espace hatte Rudy ein Fotomodell kennengelernt. Sie war in einem Troß kunstsinniger Italiener, der den mitgliederstarken Fanclub jener lateinischen Nachfahren des Expressionismus bildete, mit nach Amsterdam gereist. Rudy, der wie Kaplan Karriere gemacht hatte (er war Kritiker, Essayist und Lektor bei einem bedeutenden Literaturverlag), verlor im Hotelbett von Fotomodell Sandra den Kopf.

»Ich bin total verrückt nach dieser Frau, Leo, sie hat den schönsten Körper, den ich je anfassen durfte, sie hat Augen, die... einfach wundervoll! Wundervoll!« schrie er Kaplan durch den Telefonhörer zu. »Es ist Liebe auf den ersten Blick, wir sind alle beide Feuer und Flamme! So was hab ich noch nie erlebt. Sie will, daß ich mit ihr nach Italien geh. Und weißt du was? Was glaubst du, was ich will? Verdammt, ich kann sie jetzt nicht einfach wieder ziehen lassen! Sie ist schön, und sie ist jung! Ich fühl mich wieder wie zwanzig und nicht mehr wie so'n gesetzter alter Sack von beinahe vierzig! Was soll ich jetzt machen, Leo? Du denkst doch über solche Sachen nach, Junge, was soll ich tun? Sie hat mich zum Friseur geschleift, und da haben sie mir 'nen italienischen Schnitt verpaßt. Ich hab 'nen ganz neuen Kopf und 'ne neue Seele, und ich bin mir sicher, daß ich die Frau meines Lebens gefunden hab! Meinen alten Kopf hab ich abgeschüttelt, als wir gevögelt haben. Sie möchte, daß wir zusammenleben. Ich kann bei ihr noch einmal neu anfangen. Was soll ich tun, Leo?«

Kaplan hatte geantwortet: »Überleg's dir gut, ehe du etwas tust. Karin wird das nicht lustig finden. Und du hast zwei Kinder. Willst du das alles für sie aufgeben? Du kennst sie doch erst seit drei Tagen. Überleg's dir also gut.« Aber Rudy war verliebt. »Überlegen? Ich liebe sie! Sie liebt mich! Warum sollte ich es mir überlegen? Ich muß nur dem folgen, was ich fühle! Ich hab genug von der ewigen Nörgelei und der ganzen Verantwortung! Überlegen? Ich will nicht mehr überlegen! Ich will fühlen! Fühlen!«

Eine Woche danach war Rudy seiner Familie entflohen und in Sandras Wohnung im Schatten der Kirche von Santa Maria di Trastevere eingezogen, ganz in der Nähe der Piazza di San Cosimato, wo er jeden Morgen auf dem Gemüsemarkt *spinaci* oder *carciofi* oder *funghi* kaufte, wie er Kaplan schrieb. Doch nun hatte er sich den »neuen Kopf« an ihrer Schlafzimmerwand eingerammt. Kaplan hatte ihm vor fünf Wochen geschrieben, daß er nach Rom kommen werde. Kurz vor seiner Abreise hatte Rudy ihm mit dem Brief geantwortet, den er jetzt zehn Kilometer über der Erde in Händen hielt. Kaplan hatte Bewunderung für Rudys Frau Karin empfunden. Nach anfänglichem Unglauben waren Wochen blinder Panik gefolgt. Und dann hatte Karin die Kraft gefunden, sich ihr Leben ohne Rudy, einen dominanten, anspruchsvollen Mann, einzurichten. Sie hatte eine Stelle an einer Schule bekommen und unterrichtete wieder. Vor zwei Monaten hatte Kaplan sie auf einer Party getroffen. Sie war in Begleitung eines Freundes gewesen. Sie hatte gestrahlt und die Hand festgehalten, die ihr der Mann auf die nackte Schulter gelegt hatte.

Nach wenigen Monaten waren in verschiedenen Zeitungen und Zeitschriften wieder Artikel von Rudy erschienen, geschrieben an einem Tisch mit Aussicht auf einen malerischen Platz mit einem versiegten Springbrunnen. Anfang dieses Jahres hatte Rudy von Rom aus anläßlich von Harry Mulischs Huizinga-Vortrag über »Das Eine« eine scharfe Attacke gegen den Autor abgefeuert. In seinem Artikel hatte er den philosophierenden Autor konsequent Harry Fulisch (zu lesen wie: *foolish*) genannt und sich darüber ausgelassen, wie man in den Niederlanden berühmt wurde: »Man nehme Größenwahn als Grundlage, füge eine ordentliche Portion als Philosophie verpacktes verworrenes Zeug sowie einen Schuß echt holländischer Spießigkeit hinzu, schmore das Ganze in Gewandtheit und, zugegeben, einer gewissen Kreativität und serviere die Berühmtheit mit ergrauenden Schläfen und (sehr wichtig!) Pfeife.« Noch vor gut einem Jahr hätte Rudy nie und nimmer einen solchen Artikel geschrieben. Damals ächzten seine tiefsinnigen Artikel unter Zitaten von Klassikern und allerlei unbekannten Franzosen, von denen Kaplan nie gehört hatte, die Rudy aber hinter den Kulissen zu

Trendsettern schmiedete und dann als die großen Literaten lancierte, von denen noch nie etwas in »unser Froschland« und »unsere Bauernschädel« durchgedrungen war.

Kaplan hatte Rudy wegen seines Artikels über Mulisch einen kritischen Brief geschickt. Ihm wäre es lieber gewesen, wenn sein Freund den berühmtesten Autor der Niederlande bei seinem richtigen Namen genannt und den dummen Scherz seingelassen hätte. Aber Rudy war der Meinung, daß man jemanden nur richtig angreifen konnte, wenn man auch seinen Namen verballhornte. Kaplan ging das zu weit. Für ihn war es ein persönlicher Angriff, wenn der Name verunglimpft wurde. Das Wort ist Fleisch. Es gehe bei so etwas um die Ideen, nicht um die Personen. Rudy fand, das sei blödes Gewäsch. Er war oft gnadenlos. Kaplan witterte bei ihm ein klammheimliches Vergnügen, wenn er jemanden verreißen konnte. Wenn Rudy mit sich selbst behutsamer umgegangen wäre als mit manchen seiner Opfer, hätte sich Kaplan von ihm distanziert. Doch Rudy betrachtete sich selbst als den schlechtesten Schreiberling in ganz Westeuropa. Nur ein einziges Mal hatte er sich an eine Kurzgeschichte herangewagt und war anschließend, als er konstatiert hatte, daß sein schriftstellerisches Talent in etwa so groß war wie das Tanzvermögen eines amputierten Beins, in tagelange Niedergeschlagenheit verfallen.

Und jetzt hatte Rudy versucht, sich seinen ein Jahr alten italienischen Kopf an der Wand eines jahrhundertealten römischen Hauses einzurammen. Glücklicherweise war ihm das nicht gelungen. Vielleicht sollte Kaplan ihn nach Amsterdam zurückholen.

Der Kapitän des Flugzeugs meldete sich über Lautsprecher zu Wort. Er machte einige Angaben zu Höhe, Geschwindigkeit, Ankunftszeit in Rom und den dort herrschenden Temperaturen und wiederholte das Ganze dann auf englisch. Kaplan hatte das monotone, vertrauenerweckende Brummen der Düsentriebwerke in den Ohren. Der Flugkapitän hatte alles unter Kontrolle. Ein

Routineflug. Keine Luftlöcher, keine Turbulenzen, sondern ein glatter Flug über Frankreich und die italienische Küste. Unter sich sah Kaplan die Miniaturwelt, in der sein eigenes Miniaturleben zu mehr als der Hälfte vorüber war. Binnen kurzem würde er durch Rom spazieren. Es wurde Zeit, daß er sich mal auf seine Zukunft besann. Dazu sollte er seinen Romaufenthalt nutzen. Keine Scherereien mit einer zwanzigjährigen Stewardeß, sondern eine Woche der Besinnung und vielleicht eine kleine Reise nach Florenz, um sich die Wälder dieses Monstrums anzusehen. Sein Freund Rudy war völlig am Ende, er selbst hatte Hannah verloren und glitt irgendwo hoch oben über der Erde mit dem Gefühl dahin, sich selten so sehr nach festem Boden unter den Füßen gesehnt zu haben wie im Verlauf dieses Jahres. Am Neujahrstag des Jahres 2000 würde der Autor von *La Fame di Hoffman* dreiundfünfzig Jahre alt sein. Er wollte dann keinen verbitterten alten Mann sehen, wenn er in den Spiegel schaute.

Er bestellte sich noch einen Whisky.

Beim Landeanflug hatte Paula wieder den Sicherheitsgurt im Sitz neben Kaplan angelegt, und sie hatten sich für den Tag darauf auf der Piazza Navona verabredet. Daran war Kaplan ganz unschuldig. Paula hatte ihn zu dieser Verabredung verführt. Sie hatte erzählt, daß sie noch ein paar Tage in Rom bleiben werde. Und da würde sie ihm gern mit ihren Italienischkenntnissen behilflich sein. Sie hatte ihn sogar dazu überredet, ihr die Druckfahnen von *La Fame di Hoffman* und ein Exemplar der niederländischen Ausgabe zu geben, die sie dann noch am gleichen Nachmittag und Abend miteinander vergleichen könne. Kaplan, auch nur ein Mensch und stets danach schmachtend, sich bei einer Frau anlehnen zu können, hatte nachgegeben und am Ausstieg gewartet, bis sie im Gepäckfach vom Personal ihre Tasche gefunden und den Namen ihres Hotels über die Krone der KLM auf eine Serviette geschrieben hatte.

Der Schriftsteller war der letzte Passagier, der unter der gleißenden Sonne die Gangway hinabging und in den vollen Bus stieg. Die Türen klappten direkt hinter ihm zu, und er mußte während der kurzen Fahrt zum Flughafengebäude auf den Stufen stehenbleiben. Obwohl er nur ein dünnes Baumwollsakko trug, geriet er sogleich heftig ins Schwitzen. Es war kochendheiß im Bus, aber er hatte nicht genug Platz, um sein Jackett auszuziehen. Er konnte den Bus als erster verlassen und eilte durch eine große Glastür ins Gebäude. Hier war es noch wärmer als draußen und stickig, und es stank nach etwas, das ihn an faule Eier erinnerte. Er blieb einen Moment stehen, zog sein Sakko aus und lief mit den anderen Passagieren mit, die den Schildern Richtung Zoll folgten. Beim Einchecken hatte er einen Koffer mit Kleidung und Unterwäsche abgegeben, und als Handgepäck hatte er seinen Diplomatenkoffer, einen flachen schwarzen Samsonite mit seinen Initialen auf den beiden Schlössern, mit in die Maschine genommen. Er war schon häufiger auf diesem Flughafen gewesen und ging davon aus, daß der Mitarbeiter von Editore Zefiro am Hauptausgang hinter der Gepäckausgabe auf ihn warten würde. Bei kürzeren Reisen zog Kaplan es vor, nur einen Koffer in erlaubter Größe als Handgepäck mitzunehmen, aber er hatte schon Vorsorge dafür getroffen, daß er eventuell länger in Italien bleiben würde. Nicht, weil er erwartet hatte, daß eine Stewardeß Interesse für ihn zeigen würde, sondern weil er nach Renovierung seiner neuen Wohnung Ruhe und Besinnung suchte. Er mußte wieder an die Arbeit, die Erzählung über Nabokov hatte ihm das noch einmal verdeutlicht. Seinen Aufenthalt hier konnte er nutzen, um über *Der Erlöser von Florenz* nachzudenken. Er brauchte ein paar Tage, damit sich die Idee setzen konnte. Wenn er danach noch die gleiche Begeisterung verspürte, die ihn bei der Lektüre des Zeitungsartikels erfaßt hatte, würde er den nächsten Schritt tun und nach Florenz fahren. Begeisterung – das war der Brennstoff für seine Phantasie. Er befand sich zwar in einer Lebensphase, in der er noch etwas anderes als Begeisterung benötigte, aber wenn er in ein paar Tagen beim Gedanken an den Mörder sich liebender »Verlobter« immer noch in Wallung geriet, würde er wissen, daß er etwas Substantielles in Händen hatte. Dann würde der Kampf einsetzen, die Ursache für dieses Feuer zu ergründen. (Was will ich mit dieser Geschichte? Was berührt mich so sehr daran?) Er wußte nicht, ob er einem solchen Kampf gewachsen war. Er war zwar gut genährt, sah gesund und kräftig aus. Aber trotzdem hatte er das Gefühl, sich stärken zu müssen, ehe er sein zehntes Buch schreiben konnte.

Kaplan gelangte in eine Halle mit einer Reihe kleiner Kabinen, in denen sowohl uniformierte als auch in Zivil gekleidete Zollbeamte saßen. Gelangweilt blätterten sie zerfledderte Pässe durch und verrichteten dann und wann irgendeine nicht erkennbare Handlung unterhalb des Sichtfensters. Kaplan wußte, daß dort Monitore standen, die mit einem Zentralcomputer mit den Daten über alle Rechtsbrecher innerhalb der EG verbunden waren. Obgleich er nichts zu befürchten hatte, fragte sich Kaplan bei jeder Paßkontrolle, ob er nicht doch wegen diesem oder jenem verhaftet werden könnte. Die Macht der Zollbeamten ließ ihn unruhig werden. Womöglich wurde er eines Tages verhaftet, weil ihnen die Streifen seines Oberhemds nicht genehm waren. Unwillkürlich begann sein Herz schneller zu schlagen. Er versuchte, so ruhig wie möglich auszusehen.

Während er in einer Schlange anstand, wurde er angesprochen.

»Herr Kaplan?«

Er drehte sich um und blickte in das Gesicht derselben Frau, die er in Kairo gesehen hatte. Genau wie damals sah er in ihr Züge des Mädchens, in das er verliebt gewesen war, das er aber eines Tages verlassen hatte. Es war Ellen. Sie war älter, erwachsener, aber er hätte sie unter hundert Millionen Frauen wiedererkannt. Verblüfft starrte er sie an, ohne zu wissen, wie er auf ihre Frage reagieren sollte. Ihr blondes Haar hing offen am Hals herab und war auf Schulterhöhe schnurgerade abgeschnitten. Sie war ganz leicht und raffiniert geschminkt, ihre Lippen schimmerten im Neonlicht, obwohl sie kaum Farbe aufgetragen hatte, ihre blauen Augen hatten dieselbe Klarheit und Tiefe wie der Himmel in zehn Kilometer Höhe. Sie trug eine hellgelbe Seidenbluse zu einem dunkelblauen Rock. In der linken Hand hielt sie ein kleines rotes Ledertäschchen. Sie sah toll aus. Der Schriftsteller suchte nach Worten, fand aber keine.

»Die Botschaft hat mich gebeten, Sie abzuholen. Ich hoffe, Sie hatten eine angenehme Reise?«

Kaplan nickte. Er erinnerte sich wieder an Ellens Stimme. Er hörte die südniederländischen Rundungen in ihrer Aussprache. Die Stimme dieser Frau glich der von Ellen, klang aber eine Nuance tiefer. Auch wenn sie sich nicht anmerken ließ, daß sie zwanzig Monate lang mit ihm in einem Zimmer in Amsterdam gelebt hatte, es war Ellen. Sie streckte ihm die Hand hin.

»Frau Jonker. Mein Mann ist Erster Sekretär bei der niederländischen Botschaft.«

Kaplan legte sein Sakko über den linken Arm, ergriff ihre Hand und versuchte sich diese Hand aus früherer Zeit zu vergegenwärtigen. Er tappte im dunkeln. Ihre Hände waren ihm entfallen. Sie ließen sich wieder los. Er verstand nicht, wieso sie ihm kein Zeichen des Erkennens gönnte. Wenn es Ellen war, dann hatte sie doch gewußt, wen sie vom Flughafen abholte? Aber ihr Gesicht verriet nicht die geringste Regung.

»Kommen Sie bitte mit? Sie brauchen nicht vor der Paßkontrolle zu warten.«

Er folgte ihr an den Schaltern entlang zu einer Seite der Halle. Sie trug hochhackige Pumps, die auf dem Marmorfußboden ein scharfes Ticken von sich gaben. Er besah sich die Konturen ihrer Beine und Hüften und forschte in seinem Gedächtnis nach Bildern von früher. Doch er war zu verwirrt, um sich in den achtzehnjährigen Jungen zurückversetzen zu können, der er damals gewesen war, hoffnungslos verliebt in ein Mädchen, das in einer Kneipe Steaks briet.

Sie hielt einem uniformierten Mann ihren Diplomatenausweis hin. Der Mann winkte sie durch. Sie gingen zur Gepäckausgabe weiter, wo sich die Förderbänder drehten.

»Bleiben Sie lange in der Stadt?«

Sie bewegte sich elegant und selbstsicher. Aber sie blieb auf Distanz und sah ihn nicht länger an, als unbedingt notwendig.

»Eine Woche, vielleicht länger«, sagte er mit heiserer Stimme.

»Sie sind früher schon einmal hiergewesen?«

»Ja, ja.«

Er schaute kurz zur Seite, auf ihr Profil, und war überzeugt, daß er neben Ellen herging. Alles an ihr war reifer, voller, zur Blüte gekommen. Er sah, wie sich ihre Brüste im Rhythmus ihrer Schritte mitbewegten. Er begriff nicht, wieso sie ihn nicht erkannte. Das war doch Irrsinn.

»Haben Sie viel Gepäck?«

»Nein. Nur einen Koffer.«

»Dort auf dem Band kommt das Gepäck aus Amsterdam herein.«

Sie stellten sich an einer mit Gummilamellen verschlossenen Öffnung in der Wand auf. Das Band drehte sich noch nicht.

»Sind Sie öfter auf Reisen, um für Ihre Bücher zu werben?«

In ihrer Aussprache klang alles an, was Ellen je zu ihm gesagt hatte. Und dennoch verhielt sie sich, als wäre sie ihm gerade zum erstenmal im Leben begegnet.

»Nein. So etwas gehört für mich zu den kleinen Bonbons. Meine Bücher werden nicht wie wild übersetzt.«

»Ich habe mich hier in ein paar Buchhandlungen umgeschaut, aber sie hatten nichts von Ihnen vorrätig.«

»Mein letztes Buch ist das erste, das auf italienisch erscheint.«

»Ich habe mit Ihrem Verleger telefoniert. Sie sind im Hotel Commodore in der Via Torino untergebracht, richtig?«

»Ja. Es sollte auch noch jemand von Zefiro hier auf mich warten.«

»Nein, das ist schon geregelt. Ich bringe Sie in Ihr Hotel.«

Kaplan nickte. Sie hatte diesen Empfang gründlich vorbereitet. Gehörte dazu auch das jetzt so gekonnt von ihr gespielte Spielchen, zu tun, als wären sie Fremde füreinander? Und mit einem Mal wurde ihm bewußt, daß das ja auch so war. Sie war jetzt doppelt so alt wie damals, sie hatte ihr eigenes Leben gelebt und während der vergangenen neunzehn Jahre Lieben und Siege und Niederlagen erlebt, von denen er nichts wußte. Er war für sie ein Fremder. Vielleicht hatte sie ihn vergessen, weil die Geschichte mit ihm nur eine von vielen gewesen war, er nur einer von zahllosen Männern war, die sie nach so vielen Jahren nicht mehr auseinanderhalten konnte. Er selbst hatte nach Ellen ja auch zig Frauen gehabt, die er nicht mehr wiedererkennen würde – ihre Gesichter schon, aber nicht mit dem dazugehörigen Namen –, doch an seine erste große Liebe würde er sich bis an sein Grab erinnern.

Was hatte sie gemacht, seit jenem Abend im Jahre 1966, als er sie verlassen hatte? Im Geiste sah er sich mit der Fahrkarte der Fähre nach Dover in der Hand dastehen. Ellen hatte abgetrieben. Hals über Kopf war er aus dem Zimmer gestürzt, das er mit ihr geteilt hatte. Mit dem letzten Zug war er nach Den Bosch gefahren und am nächsten Tag über Roosendaal weiter nach Paris. Dort hatte er seine Bestürzung zu überwinden gehofft. Sein Vater hatte ihm fünfhundert Gulden geliehen, als ihm aufging, daß sein Sohn die blonde Schickse verlassen hatte.

Zwei Tage war Leo durch Montmartre geirrt. Nachts starrte er auf die Kakerlaken in seinem schmutzigen Hotelzimmer an der Place de Clichy. Es zerriß ihn schier vor Wut und Sehnsucht. Er phantasierte von Faustschlägen, mit denen er sie traktieren würde (er hatte Schuldgefühle, daß er zu solchen Phantasien imstande war), und zugleich wünschte er sich nichts sehnlicher als ihre Liebe. Mit der Abtreibung hatte sie ihn von sich gestoßen. Mit diesem Akt hatte sie ihm klargemacht, daß sie keine gemeinsame Zukunft mit ihm wollte. Erschöpft vom Schlafdefizit und einem kilometerlangen nächtlichen Spaziergang entlang der Seine hatte er am dritten Tag fast vierundzwanzig Stunden am Stück geschlafen. Am darauffolgenden Morgen hatte er sich an die Ausfallstraße nach Lyon gestellt. Er wollte noch weiter weg von Amsterdam, noch weiter weg von Ellen, nach der er sich eigentlich sehnte. Als es ihn nach Nizza verschlug, machten ihn die Erinnerungen an den Urlaub, den er dort mit Ellen und Johan und Elisabeth verbracht hatte, noch wahnsinniger. Wieder stellte er sich an die Straße und wurde von einer Italienerin aufgelesen, die ihn hemmungslos anmachte. Sie fuhr einen offenen Wagen, einen weißen Lancia, glaubte er sich zu erinnern, er sah sie noch am Lenkrad sitzen, mit dunkler Schmetterlingssonnenbrille und flatterndem Seidenschal um das schwarze Haar. Sie war viel älter als er, aber er klammerte sich an das Abenteuer, zu dem sie ihn mit dem Öffnen der Beifahrertür ihres Sportwagens einlud. Von Julia, der zweiten Frau, mit der er geschlafen hatte, hatte er sich wie ein Gigolo verwöhnen lassen. Sie überhäufte ihn mit Geschenken und hielt ihn in ihrer toskanischen Villa aus, als wäre er Sohn und Liebhaber zugleich. Auch damals schon hatte er die Wochen mit Julia als unwirklich empfunden, es war ein Abenteuer, das man eigentlich nur im Film erleben konnte, das anderen widerfuhr, aber nicht einem selbst. Ohne Julia hätte er es nicht ausgehalten. Sie ermöglichte ihm, die zwanghaften Gedanken an Ellen zu ersticken, so wie man einen Deckel auf einen Topf legt, in dem sich etwas entzündet hat. Nach zwei Monaten war er nach Amsterdam zurückgekehrt. Julia war in die Staaten gereist. Von dort hatte sie ihm später an die Adresse seiner Eltern in Den Bosch, die er ihr als seinen Aufenthaltsort angegeben hatte, eine Ansichtskarte von der Freiheitsstatue geschickt. *Grazie* war das einzige, was sie draufgeschrieben hatte.

»Arbeiten Sie wieder an einem neuen Buch?« fragte die Frau, mit der Kaplan in der Gepäckausgabe von Fiumicino stand. Ellen sah ihn interessiert, aber völlig neutral an. Er fing jetzt allmählich an zu akzeptieren, daß sie ihn vergessen hatte. Sie hatte die Erinnerung an ihre Liebe aus dem Kopf gespült. Ein Stich von Wehmut durchfuhr ihn, und plötzlich erfaßte ihn trostlose Einsamkeit.

»Nein«, antwortete er flüsternd.

Am liebsten hätte er ihr zugeschrien, daß sie Augen und Gedächtnis aufmachen solle und die Arme um ihn schlingen! Doch er schluckte nur und wandte sich von ihr ab, überblickte das aufgeregte Gedränge rund um ein anderes Gepäckband mit Kartons und altmodischen Koffern, die einen Flug aus Kairo überlebt hatten. Es war undenkbar, daß sie seinen Namen vergessen hatte. Es sei denn, sie hätte eine Krankheit gehabt, die ihr Gedächtnis ausgelöscht hatte. Aber er wußte nicht, ob es solche Krankheiten gab. Er könnte Hannah anrufen und fragen, ob es so eine Krankheit gab. Oder vielleicht, vielleicht war das ja gar nicht Ellen. Sondern eine Cousine, irgendwer, der ihr seltsamerweise unheimlich ähnlich sah. Denn wenn es Ellen war, hätte sie ihn anders angesprochen. Er sah sie an, fing ihren Blick auf und brachte ein krampfhaftes Lächeln hervor. Sie lächelte zurück.

Es war Ellen.

»Wohnen Sie schon lange in Rom?« fragte er mit sich beinahe überschlagender Stimme.

»Wir sind jetzt gut drei Jahre hier. In Kürze werden wir versetzt. Es hat mir hier gut gefallen. Aber irgendwie ist ein Posten in einem Entwicklungsland doch befriedigender.«

»Wo gehen Sie hin?«

»Nach Ottawa. Da gibt es leider auch nichts zu entwickeln.«

Sie blickte sich kurz um, als sich das Gepäckband nach einem trockenen Klicken in Bewegung setzte. Andere Passagiere, die er in der Maschine gesehen hatte, hatten sich um das Band geschart. Kaplan stand am dichtesten an der Öffnung, er hatte die erste Wahl.

»Und wo waren Sie, bevor Sie nach Rom kamen?«

»Rabat. Marokko.«

Kaplan nickte. Er wollte sie fragen, ob sie vor ein paar Jahren im Anglo-American Hospital in Kairo an einem Mann mit Turban vorbeigekommen sei. Aber er hielt den Mund.

»Was für einen Koffer haben Sie?«

»Einen schwarzen Delsey. Nicht zu übersehen.«

Aus der Öffnung kamen die ersten Gepäckstücke hervor. Die Gummilamellen wurden von den Koffern beiseite geschoben, und dahinter wurde eine Art Röhre sichtbar, durch die sich das Gepäck bewegte.

»Sie selbst sind auch bei der Botschaft tätig?« fragte Kaplan. Er hielt das nicht mehr aus. Er wollte mehr wissen.

»Nein, nein. Mein Mann ist Diplomat und macht die eigentliche Arbeit. Aber wenn man mit jemandem in einem solchen Beruf verheiratet ist, wird man unweigerlich für die eine oder andere Aufgabe eingespannt. Man bildet ein Team.«

Wer war der Mann, mit dem sie verheiratet war? War sie ihm immer treu gewesen? Hatte sie andere Ehen hinter sich? Hatten sie Kinder? War sie glücklich?

»Sie wohnen in Amsterdam?«

Kaplan achtete scharf auf ihre Mimik. Sie gab nichts preis. Nicht einen Moment ließ sie ihn in die Tiefe ihrer Augen hinein.

»Ja. Schon seit mehr als zwanzig Jahren. Fast einundzwanzig, um genau zu sein.«

Ellen nickte, förmlich, zuvorkommend. Sie reagierte nicht auf die Anspielung auf seine und ihre Jugend. Vor zwanzig Jahren hatten sie sich jede Nacht geliebt. Wie oft waren sie in den Armen des anderen zum Höhepunkt gekommen!

»Für mich ist es kaum mehr vorstellbar, so lange an ein und demselben Ort zu wohnen. Es ist Teil meines Lebens geworden, alle drei, vier Jahre in ein anderes Land zu ziehen. Das ist jedesmal wie eine Spritze. Alles neu. Neue Häuser, neue Menschen, eine neue Sprache, neue Gerüche.« Sie lachte. »Ich bin, glaub ich, zu so was wie einer Nomadin geworden.«

Kaplan erwiderte ihr Lachen. Warum hatte sie ihn nicht auf eine Art begrüßt, die ihrer Liebe nach so vielen Jahren die nötige Reverenz erwies? Oder wollte sie ihm mit diesem Empfang vielmehr zu verstehen geben, daß sie die Erinnerung an jene Zeit nicht hochhielt? Auch Kaplan sah den Verlauf ihrer Beziehung mit gemischten Gefühlen. Jetzt wurde ihm bewußt, daß er seinerzeit Entscheidungen getroffen hatte, deren Konsequenzen bis zum heutigen Tag spürbar waren. Gerade eben erwachsen, hatte er das Leben damals für genauso launisch gehalten wie das Wetter. Mal schien die Sonne, mal regnete es. Da blieb man am besten im Haus. Jetzt aber sah er, daß er nicht wohlüberlegt, nicht nach reiflichen Erwägungen entschieden hatte, sondern intuitiv, von Träumen und ihm irgendwo in den Knochen steckenden Ängsten geleitet. Er wußte jetzt, daß er Ellen hätte finden können, wenn er sich wirklich darum bemüht hätte.

Als er nach dem italienischen Abenteuer mit Julia wieder in Amsterdam zurück gewesen war, hatten ihn seine Beine automatisch zum Sarphatipark getragen. Ellen hatte die Wohnung verlassen. Ein paar Tage später lief er in der Uni Elisabeth über den Weg. Sie erzählte ihm, daß Johan Rooks gestorben sei. Er sei in Norwegen von einem Felsen gestürzt, einer Steilwand an einem Fjord, die er mit Freunden bestiegen hatte. Johan sei mit Ellen dort gewesen. Ellen? Es war, als hätte Elisabeth ihm mit einem Vorschlaghammer unters Kinn geschlagen. Ellen mit Johan? *Mit Johan?* Aber Leo konnte nicht zu Johan rennen, um ihn zur Rechenschaft zu ziehen. Johan lag in einem Sarg in der kalten norwegischen Erde. Johan mußte die ganzen Monate über auf seine Chance gewartet haben. Und dann hatte Ellen bei ihm Verständnis, Trost, Bestätigung und Wärme gesucht. Und sie hatte gewiß sein können, daß es Leo verletzen würde, wenn es ihm zu Ohren kam. Doch es war schlimmer als das. Es war genauso verrückt und widersinnig wie der Schmerz, den er auf dem Weg nach Nizza verspürt hatte. Zuerst hatte sie ihm sein Kind genommen und ihm damit den Boden unter den Füßen weggezogen und um die Zukunftsperspektiven gebracht, und nun besudelte sie ihre Liebe und seine Freundschaft mit Johan auch noch *post mortem.* Leo zog ins Jordaan-Viertel um. Im Laufe des darauffolgenden Jahres hängte er das Studium an den Nagel. Er hielt sich mit Artikeln für Zeitungen und Wochenblätter über Wasser und lehnte es ab, einen Zuschuß von seinem Vater anzunehmen. Er hatte gehört, daß auch Ellen ihr Studium gesteckt hatte. Sie wohnte jetzt in Den Haag, hieß es, aber er suchte nicht nach ihr, sondern vergrub sich in seine Arbeit, verliebte sich in andere Frauen und lernte, mit einer Narbe auf seiner Seele zu leben. Doch einer Krokodilsseele sieht man nicht an, was Narbe ist und was angeborene Häßlichkeit. Und dennoch – dennoch hatte er das Gefühl, daß auch alles hätte anders kommen können. Sein Leben hätte einen anderen Verlauf nehmen können. Im Anglo-American Hospital in Kairo hatte er beim Anblick von Ellen, die da plötzlich aufgetaucht war, erkannt, daß er etwas abgebrochen hatte, das nach einem Schluß, einer Versöhnung verlangte.

Das Gepäckband trug einen Koffer nach dem anderen seinem Besitzer zu. Doch immer noch nicht Kaplans schwarzen Delsey.

Er verstand nicht, wieso sie ihn bei der Paßkontrolle nicht mit: »Hallo, Leo. Wie geht's dir? Wie viele Jahre ist das jetzt her?« begrüßt hatte. Dann hätte er alles oder fast alles sagen können, was ihm nun die Kehle zuzuschnüren drohte. Ihre Unterkühltheit, ihr betont zur Schau getragenes Selbstbewußtsein konnten nur eines bedeuten. Diese Frau Jonker war nicht Ellen. Seine Phantasie spielte ihm einen Streich. Diese Frau, dieselbe, die er in

Kairo gesehen hatte, hatte unverkennbar Ellens Züge, aber sie konnte es nicht sein. Ellen hätte ihn geküßt, zwar auf die Wangen, aber sie hätte ihm zu verstehen gegeben, daß auch sie noch wußte, daß sich ihre Leben irgendwann in der Vergangenheit einmal gekreuzt hatten.

»Ich habe von einem ermordeten Diplomaten gelesen«, sagte Kaplan. »Kannten Sie den?«

Frau Jonker nickte. »Ja. Bob Govers. Eine absurde Geschichte. Ich verstehe immer noch nicht, wie so etwas passieren konnte. Es ist ja schon schwer genug, mit der Möglichkeit zu rechnen, daß jemand verunglücken kann, unter einen Zug kommen oder so, aber Mord? Er war ein netter junger Mann, erst kurze Zeit im Auswärtigen Dienst. Vorgestern sind wieder zwei Menschen von diesem Irren getötet worden.«

»Ja, ich hab's gelesen. Ich dachte, Massenmörder wären eher eine englische Spezialität. Milchbauern in Manchester, die dreiundzwanzig Schuljungen unter den Rosen in ihrem Garten begraben. Aber hier gibt es sie demnach auch.«

»Ich weiß nicht. Ehrlich gesagt, habe ich mich mit der kriminellen Seite der italienischen Gesellschaft noch nicht so befaßt.«

»Und mit welcher dann...?«

»Als Frau eines Diplomaten hat man über kulturelle Veranstaltungen und dergleichen auf dem laufenden zu sein. Empfänge, Ausstellungen, Theater, Oper.«

»Ist das nicht auf die Dauer langweilig?«

»Das kann ich nicht leugnen.«

Das Lachen, das sie ihm nun schenkte, war weniger ausdruckslos als das vorherige. Er witterte versteckten Unmut, Resignation.

»In Ottawa dürfte das aber wiederum Ihr Los sein.«

»Natürlich. Aber wieder anders. Jeder neue Posten bringt seine eigenen Überraschungen mit sich. So dürfte das doch auch mit jedem neuen Buch sein, das Sie schreiben, oder nicht?«

Kaplan nickte. Mit dieser rhetorischen Frage kappte sie die unterschwellige Annäherung. Sie waren Fremde. Er durfte sich keinerlei Illusionen hingeben.

Minutenlang standen sie schweigend nebeneinander. Das Gepäckband leerte sich. Kaplan konnte sich des Gefühls nicht erwehren, daß er häufiger als andere Fluggäste auf den Moment warten mußte, da er endlich – meist als letzter – die Hand um den breiten Griff seines Koffer schließen konnte. Sein Koffer hatte im Laderaum der DC-9 offenbar ganz hinten gelegen.

Ellen sagte, sie werde kurz hinausgehen, um dem Fahrer ihres Wagens Bescheid zu geben, daß der Gast noch auf seinen Koffer warten müsse, und entfernte sich. Wenn es Ellen war, hatte sie jetzt zur Genüge demonstriert, daß sie an nichts erinnert werden wollte. Auf Wehmut und süßen Schmerz konnte sie offenkundig verzichten. Er sah sie zwischen den zum Ausgang drängenden Geschäftsleuten und Touristen untertauchen. Aber wenn es so war, konnte er nicht verstehen, was sie dazu bewogen hatte, ihn abzuholen. Das hätte sie doch jemand anderem überlassen können. Neugierde auf sein Aussehen hätte sie mit einem Blick auf die Rückseite seines letzten Buches befriedigen können. Und es war auch noch nicht so schrecklich lange her, daß er in einigen niederländischen Zeitungen abgebildet gewesen war, als er anläßlich der Verfilmung von *Hoffman* interviewt worden war. Diese Zeitungen wurden jeder Botschaft zugeschickt. Vielleicht hatte sie ja seine Stimme hören wollen. Seine Hand fühlen. Die Krähenfüße um seine Augen sehen. Nein. Diese Frau war nicht Ellen.

Er ließ sich auf einen Plastikstuhl nieder, obwohl er versucht war, wegzulaufen und allein ein Taxi zu nehmen. Auf das hier war er nicht gefaßt gewesen. Er wollte nicht, daß es Ellen war. Er wollte nicht hier sein. Aber er mußte auf seinen Koffer warten.

Nach zehn Minuten war sie wieder da. Sie hatte sich ganz offensichtlich Zeit genommen. Er wußte, daß es zum Ausgang des

Gebäudes höchstens zwei Minuten zu Fuß waren. Vielleicht war sie auf der Toilette gewesen.

»Noch immer kein Koffer?«

»Nein.«

Er erhob sich und sah wieder diese irrsinnige Ähnlichkeit mit Ellen. Sie schaute sich um.

»Wir sind die letzten«, sagte sie. »Sie haben auch niemanden mit dem Koffer vorbeikommen sehen?«

»Nein.«

»Wir sind hier in Italien. Auf dem Flughafen wimmelt es von Taschendieben.«

»Mein Koffer ist leicht zu erkennen. Ich habe ihn nicht gesehen.«

»Dann müssen wir uns wohl so langsam mit einem unangenehmen Gedanken anfreunden.«

»Ist mir aber gar nicht lieb. Wir geben ihnen noch fünf Minuten. In Ordnung?«

»Natürlich. Wir gehen hier nicht ohne Ihren Koffer weg.«

Sie sahen sich kurz an und lächelten unsicher.

»Vor ein paar Jahren war ich in Kairo. Um einige Recherchen für mein letztes Buch zu machen. Kann es sein, daß ich Sie dort gesehen habe?« Er hörte, daß seine Stimme zitterte.

Sie sah ihn verdutzt an, zog nachdenklich die Brauen zusammen.

»Wann?«

»Vor drei Jahren. Im Mai 1982.«

Sie schwieg einen Moment. Er fragte sich, ob er besser den Mund gehalten hätte.

»Ja. Da bin ich auch in Kairo gewesen. Wo haben Sie mich gesehen?«

»Im Anglo-American Hospital. In der Eingangshalle. Sie liefen dort mit einem etwa fünfzehnjährigen Jungen an mir vorbei.«

Jetzt sah sie ihn scharf an. »Komisch, daß Sie sich daran erinnern.«

Er wollte sagen: »Natürlich, wie könnte ich dich vergessen?« – aber er sagte es nicht. Sie wandte sich plötzlich von ihm ab und ging langsam am Gepäckband entlang. Das drehte sich immer noch, quietschend, ächzend, aber ohne seinen Koffer. Er fühlte sich müde, stand da mit seinem Sakko über dem Arm, seinen Samsonite zwischen den Füßen, und fürchtete, sich nicht mehr von der Stelle rühren zu können, als hätte ihn der Mut verlassen, auch nur noch einen Schritt in diese fremde Welt zu tun. Das Oberhemd klebte ihm am verschwitzten Rücken. Seine Lippen waren trocken. Er hatte sich verirrt. Verirrt in diesen Körper. Verirrt auf diesen Flughafen. Er gehörte in ein weißes Haus in 's-Hertogenbosch, wo er mit Schere und Klebstoff aus einer Pappvorlage ein Schiff zu basteln hatte, am Küchentisch sitzend und hin und wieder an einem Glas Milch nippend. Er roch die Hühnersuppe, die schon seit dem Vormittag auf dem Herd zog, lauschte der Stimme seiner Mutter, die in der Waschküche mit dem Gemüsehändler über den Preis von zwanzig Kilo Kartoffeln aus Hedel verhandelte. Das sind die besten. Er hörte es seine Mutter noch sagen.

Frau Jonker stand reglos, mit dem Rücken zu ihm, am Ende des Gepäckbands. Er schaute zu ihr hinüber und empfand plötzlich heftiges Verlangen nach ihrem Körper.

Das Gepäckband blieb mit einem Ruck stehen. Frau Jonker drehte sich um und sah ihn an. Er machte mit der freien Hand eine Gebärde der Hilflosigkeit und verzog das Gesicht zu einem schmerzlichen Lächeln. Sie kam zu ihm zurück.

»Ich fürchte, da ist etwas schiefgelaufen«, sagte er.

Sie nickte. »Vielleicht ist Ihr Koffer auf dem falschen Band gelandet.«

»Ärgerlich. Vielleicht ist es am besten, wenn Sie einfach fahren. Ich werde hier von einem Schalter zum nächsten müssen. Das wird wohl ein Weilchen dauern. Ich nehm dann schon ein Taxi ins Hotel.«

»Nein, ich bringe Sie«, sagte sie.

»Sie brauchen sich wirklich keine Mühe zu machen. Es ist sehr freundlich von Ihnen, daß Sie warten wollen, aber ich komm schon zurecht.«

Sie sah ihn schweigend an. Aber mit Augen, die ihm etwas zuriefen. Er schluckte. »Ich bin für solche Fälle versichert«, hörte er sich sagen. Lächerlich. War er gegen Mutlosigkeit versichert? Warum starrte Frau Jonker ihn so rätselhaft an? Was wollten ihre Augen ihm sagen? »Ich hab die Goldcard von American Express«, kam es aus seinem Mund, »solche Kalamitäten sind abgedeckt.«

Sie schüttelte verneinend den Kopf, langsam und entschieden, als kenne sie die Konditionen seiner Kreditkarte besser als er.

»Mistkerl«, flüsterte sie dann, »Mistkerl, Mistkerl.«

Kaplan sah sie verblüfft an und spürte, wie ihm das Blut aus dem Gesicht wich.

»Leo, warum hast du nichts gesagt? Warum hast du mich nicht wiedererkannt? Warum tust du so? Warum willst du, daß ich eine Fremde für dich bin?«

Kaplan ließ sein Sakko fallen und schlug die Hände vors Gesicht. Das Herz hämmerte ihm gegen die Rippen, als wollte es ihm aus dem Körper springen. O mein Gott, dachte er. *Adonái Elohénu,* Gott im Himmel und Gott auf Erden, Gott des Lebens und des Todes.

»Leo?«

Er ließ die Hände sinken und sah sie an. »Tut mir leid«, sagte er, »tut mir leid, daß ich nichts gesagt hab. Ich hab's gesehen, ich wußte es, aber ich fürchtete, du könntest doch jemand anders sein.«

»Warum hast du nichts gesagt?«

»Du hast dich als… als Frau Jonker vorgestellt. Da wußte ich nicht mehr, wie ich mich verhalten sollte. Ich dachte: Wenn du Ellen wärst, hättest du mich anders begrüßt.«

»Ich hatte gehofft, daß du etwas sagen würdest.«

»Ich wollte, daß du es sagst.«

Sie schüttelte wehmütig den Kopf.

»Leo...«

Er spürte, daß ihm die Tränen kamen. Aber er zwang sich zu einem Lachen. »Wie schön, dich wiederzusehen.«

»Nimm mich in die Arme.«

Kaplan machte zwei Schritte auf sie zu und drückte sie an sich. Ellen schlang die Arme um seinen Rücken. So standen sie einige Sekunden still aneinandergepreßt. Beide reisten sie im Geiste Jahre zurück.

2

Via Carlo Alberto

Lügen versteinern, wenn sie nur lange genug liegenbleiben. Hat man sie gerade erst ausgesprochen, dampfen sie noch vor Frische und glänzen vom Speichel, mit dem sie aus dem Mund gekommen sind. Doch mit der Zeit werden sie härter und fester, wie Stein. Bis es den Anschein hat, als wären sie immer dagewesen und nicht irgendwann einmal erfunden worden. So erging es auch Ellens Lüge.

Ihre Lüge war aus Verzweiflung geboren worden. Leo hatte sie verlassen. Seine Achtlosigkeit und sein Desinteresse hatten sie aufgebracht. Ohnmächtig, wie sie war, hatte sie ihn verletzen wollen und daher die Lüge von der Abtreibung erzählt. Aber nicht um diese Lüge geht es hier.

Leo war aus Amsterdam geflohen. Ellen rief seinen Vater an, doch der gab vor, nicht zu wissen, wo sein Sohn war. Da bat sie Johan Rooks, ihr zu helfen. Nach jenem Urlaub in Nizza hatte man sich zögernd wieder angenähert, und als genügend Monate darüber hinweggegangen waren, hatten Johan und Leo über ihr gemeinsames Interesse an Vervielfältigungsapparaten und Kaffeemaschinen wieder zusammengefunden. Beide hatten sie auf einmal ihre Anschauungen über die Gesellschaft und die Verteilung der irdischen Güter gehabt. Johan rief in Den Bosch an und erhielt die Adresse vom Hotel de Tunis in Paris. Ellen nahm den Nachtzug und fand am nächsten Morgen die farblose Fassade der düsteren Pension hinter der Place de Clichy. Doch Leo war wenige Stunden vor ihrem Eintreffen abgereist, ohne eine Adresse zu hinterlassen. Tagelang streunte Ellen durch die Stadt, fragte in jedem Hotel und jeder Pension, woran sie vorbeikam, nach Leo, doch der blieb verschwunden.

Johan nahm sich ihrer an. Sie erzählte ihm nicht die ganze Wahrheit, nur, daß Leo nach einem Streit auf und davon sei und sie sich Sorgen mache, fürchtete, er könne sich etwas antun.

Leo ließ nichts von sich hören, und auch sein Vater verriet Johan weiter nichts, aus Angst, daß der die Adresse in Italien an Ellen weitergeben könnte. Ellen merkte, daß Johans Liebe zu ihr wieder aufflammte, doch er bedrängte sie nicht, sondern bot ihr Trost und Ablenkung. Der Jonkheer wußte genau, wie weit er gehen konnte. Er wartete, bis Ellen sich damit abgefunden hatte, daß Leo weg war, und damit Raum dafür sein würde, seine Gefühle zuzulassen. Nach einigen Wochen meinte er, lange genug gewartet zu haben, und fragte sie, ob sie mit nach Norwegen komme. Er wolle mit Freunden zum Bergsteigen dorthin, und sie könnten in Bergen im Haus von Bekannten seiner Eltern wohnen. Ellen sagte ja. Sie hielt es am Sarphatipark nicht mehr aus.

In der neuen Umgebung konnte sie wieder frei atmen. Sie gab sich der überwältigenden Schönheit der Natur hin. Doch bei Johan waren die Illusionen entfacht, und er gab ihr zu verstehen, daß er sie begehrte. Er bedrängte sie in ihrem Schlafzimmer, rannte ihr nach, wenn sie allein spazierengehen wollte, versuchte sie zu küssen und platzte vor Wut, wenn sie ihn abwies. Nach anderthalb Wochen beschloß sie, Johan reinen Wein einzuschenken. Er durfte sich keine Hoffnungen machen. Freundschaft ja, aber keine Liebe – die alte Leier.

Eines Morgens forderte sie ihn zu einem Spaziergang auf, und er begleitete sie auf die Spitze eines der Hügel rund um ihr Holzhaus hinauf. Sie spulte die alte Leier ab. Aber Johan gab nicht auf. Krampfhaft suchte er nach einem Halt, einer Hoffnung. Er ergriff ihre Hand. Er sprach von seiner verzehrenden Liebe, seinen Träumen – noch so eine alte Leier. Unter den Föhren auf der

Hügelspitze nahm er sie in die Arme und preßte seine Lippen auf ihren Mund. Ellen wehrte sich, versuchte ihn von sich zu stoßen, doch seine Arme hielten sie eisern fest. Wild drehte sie den Mund von ihm weg, zog ihm an den Haaren den Kopf nach hinten, schrie. Da ließ er sie los und starrte niedergeschmettert zu Boden. Sie schrie: »Kapierst du denn nicht? Ich trage sein Kind in mir! Ich bin schwanger!«

Johan rannte davon, den Hügel hinunter. Sie sah ihn unten im Tal auf das Holzhaus zulaufen.

Mittags gingen die jungen Männer zum Bergsteigen, und Ellen fuhr mit der Freundin von einem von ihnen in die Stadt zum Einkaufen. Auf der Rückfahrt hielten sie kurz an der Steilwand, die bezwungen werden sollte.

Ellen sah ihn abstürzen, ein Püppchen, das sich in der Ferne von der Wand löste und kurz zu fliegen schien, ungelenk und putzig wie ein junger Vogel, der zum erstenmal das Nest verläßt. Aber er prallte auf die Felsen, stürzte senkrecht nach unten und dotzte dann den Hang hinab.

Johan wurde in Bergen beerdigt. Ellen reiste mit seinen Eltern zusammen nach Den Haag zurück. Sie blieb ein paar Wochen im Gästezimmer des großen Hauses an der Koninginnegracht. Und kurzzeitig erwog sie eine Lüge. Sie könnte sagen, daß sie von Johan schwanger sei. Ihr Kind könnte Erbe der Rooks werden. Doch das wäre eine gar zu grobe Lüge gewesen. Schließlich fand sie eine kleine Wohnung in Scheveningen, kam durch Vermittlung von Johans Eltern an einen Job und brachte vier Monate später einen Sohn zur Welt. Sie nannte ihn Maurits, nach einem der verschollenen Brüder von Leos Mutter, ein Name, den Leo in der ersten am Sarphatipark geschriebenen Erzählung verwendet hatte.

Ellen hatte längst erfahren, daß Leo nach Amsterdam zurückgekehrt war. Doch sie suchte ihn nicht auf. Zu groß war der Schmerz, zu groß der Kummer, als daß jetzt noch eine Versöhnung möglich gewesen wäre. Sie war stark, es gelang ihr, den Job als Schreibkraft in einem Versicherungsbüro und die Betreuung von Maurits unter einen Hut zu bringen. Sie brauchte ihn mit niemandem zu teilen. Er war allein ihr Kind. Jedes Lächeln, jeder Schrei, jede Handbewegung galten ihr. Und was ihre Armut, die Dürftigkeit der beiden Zimmer, die sie bewohnte, die Erinnerungen, den Wahnsinn und die Absurdität des Schicksals, das Bewußtsein, daß Leo nur fünfzig Kilometer von ihr entfernt war, und den bitteren Gedanken, daß Johan Selbstmord begangen hatte, betraf, um das in den Griff zu bekommen, dabei halfen ihr das Füttern ihres Sohnes, Spaziergänge mit dem gebrauchten Kinderwagen auf der Promenade entlang Kurhaus und Grand Hotel (das später abgerissen werden sollte), und die Kinderkleidung, die sie von Kollegen im Büro geschenkt bekam. Zu Den Bosch hatte sie alle Verbindungen abgebrochen. Ihre Mutter hatte geschworen, sie keines Blickes mehr zu würdigen, ihre Brüder schämten sich der Schwester mit dem unehelichen Kind.

Frank Jonker lernte sie in einer Kneipe kennen. Irgendwer vom Büro hatte Geburtstag, und sie durften eine halbe Stunde früher Schluß machen als sonst, um noch was zusammen trinken zu gehen. Und dort war Frank. Mittelgroß, blond, mit offenem Gesicht und aufrichtigem Blick. Er besuchte die Diplomatenklasse vom Auswärtigen Amt. Seine Kleidung wirkte gediegen, einen Hauch zu förmlich, aber er war intelligent und auf amüsante Art ungeschickt, und so nahm sie seine Einladung an, in der Woche darauf mit ihm essen zu gehen. Bei ihrer dritten Verabredung, als sie im Kino gewesen waren, erzählte sie ihm von Maurits' Vater. Doch Leo Kaplan erwähnte sie dabei mit keinem Wort. Ellen suchte sich einen toten Vater für ihr Kind aus, einen Vater, der ein Kind gezeugt hatte und gestorben war, einen Vater ohne Worte und ohne Hände – sie erzählte von Johan, von seinem Tod in Norwegen. Darüber brach sie in Tränen aus, und Frank tröstete sie. Und es entstand etwas, was sie nicht vorausgesehen hatte.

Als sie Frank die Lüge erzählte, war er nicht mehr als ein freundlicher junger Mann, der sich um sie bemühte und sie ins Kino und in Restaurants einlud, die sie sich nicht hätte leisten können. Er war ein Unbekannter – sie wollte ihn nicht mit einer Geschichte von einem jüdischen Jungen belasten, den sie verloren hatte, aber immer noch liebte. Und da sie von Leo nicht reden konnte, sprach sie von Johan. Sie tischte Frank eine Lüge auf. Doch dann wurde ihre Verbindung intimer. Frank brachte Geschenke mit, verhätschelte Maurits, verliebte sich bis über beide Ohren in sie. Er wurde der erste, mit dem sie nach Leo die Nacht verbrachte. Jedesmal wenn sie Frank erwartete, nahm sie sich vor, es ihm zu sagen, das von Leo, doch es wurde von Tag zu Tag schwieriger, die Lüge offen und nackt auf den Tisch zu legen. Sie bekam Angst, daß sie Frank verlieren würde, wenn sie erzählte, daß die Geschichte mit Johan gelogen war und die wahre Geschichte von einem handelte, der Leo Kaplan hieß und irgendwo in Amsterdam lebte. Je länger die Lüge liegenblieb, desto schwieriger wurde es, sie aus der Welt zu schaffen. Die Lüge hatte sie einem Unbekannten erzählt, die Wahrheit aber mußte sie einem erzählen, den sie zu lieben begann.

Und was das Ganze noch schwieriger machte, war das Gefühl, daß Frank sich mit der Lüge arrangiert hatte. Mit einem toten Vater brauchte er sich nicht zu messen. Und auch für Maurits würde es leichter sein, mit einem toten Vater zu leben, der von einem Felsen gestürzt war, als mit einem lebendigen, der sich nach Paris abgesetzt hatte. Je größer Ellens Liebe zu Frank wurde, desto unmöglicher wurde es ihr, ihm die Wahrheit zu sagen. So begann die Lüge zu versteinern, während die Beziehung zu Frank ihren Lauf nahm.

Der eine Schritt zog den nächsten nach sich. Frank nahm Kontakt zu Johans Eltern auf. Maurits wurde als ihr Enkel anerkannt; »wir haben es immer gewußt, Ellen«, sagten sie. Ellen spielte das Spiel mit, bedrückt, ratlos, aber sie hatte das Gefühl, keine andere Wahl zu haben und weitermachen zu müssen. Acht Monate später heirateten sie. Das Leben ging in Afrika und Südamerika weiter. Die Lüge wurde härter und härter und verwandelte sich in Granit. Man konnte ihr nicht mehr ansehen, daß sie irgendwann einmal naß vom Speichel aus einem Mund gerutscht war. Und weil sie immer massiver und schwerer wurde, versank sie langsam, aber sicher im Sumpf von Ellens Gedächtnis. Manchmal vergingen zwei, drei Jahre, ohne daß Ellen an sie dachte; und sah sie die versteinerte Lüge in einer schlaflosen Nacht unvermittelt doch wieder einmal daliegen, dann stampfte sie sie, zitternd vor Scham, mit aller Kraft noch tiefer in den Sumpf hinein.

Als Ellen erfahren hatte, daß Leo nach Rom kommen würde, hatte sie sich zunächst verstecken wollen. Denn mit einem Mal erkannte sie klar und deutlich, daß ihr Leben auf einer Lüge gründete. Sie nahm sich vor, die Stadt während der Woche von Leos Aufenthalt zu verlassen und in einem Hotel in Neapel oder Ostia zu warten, bis der Schriftsteller wieder im Flugzeug saß. Sie suchte nach einem Versteck. Ihre immer noch innig in den Turnlehrer Carlo verliebte Freundin Lucie, die in einem Reisebüro arbeitete, gab ihr einige Adressen von romantisch gelegenen kleinen Hotels. Was sollte sie Frank sagen, wenn sie für eine Woche aus Rom verschwand? Sie würde erneut lügen müssen. Nach der Affäre mit dem Kellner Dino würde sie Frank ein weiteres Mal hintergehen.

Doch mit dem Näherrücken von Leos Eintreffen hatte sie einzusehen begonnen, daß sie dableiben mußte und nicht vor einer Konfrontation davonlaufen durfte. In gewissem Sinne hatte sie ja auch gar nichts zu verbergen. Die Lüge lag in ihrem Kopf, unantastbar. Nur sie wußte, daß sie dort war, spürte bei jeder Kopfbewegung deren Gewicht. Anstatt zu flüchten, mußte sie Leo aufsuchen. Nach neunzehn Jahren würde sie ihn wieder treffen. Wenn sie der Konfrontation standhielt, würde sich die Lüge verflüchtigen, würde endgültig im Morast ihres Gedächtnisses versinken.

Sie hatte Frank erzählt, daß sie Leo Kaplan noch von früher her kenne, daß Johan und Leo befreundet gewesen seien. Sie sei daher gern bereit, Leo vom Flugzeug abzuholen.

Nun saß Ellen neben Leo auf dem Rücksitz des schwarzen Botschafts-Mercedes. Ein Chauffeur mit flacher Mütze lenkte den Wagen. Er war Italiener, konnte ihrem Gespräch also nicht folgen.

Die Verlustanzeige von Kaplans Koffer hatte eine Dreiviertelstunde gedauert. Der schwarze Delsey war unauffindbar, und es gab keinerlei Anhaltspunkte für seinen Verbleib. Wenn nicht ein Flughafendieb den Koffer hatte mitgehen lassen, konnte er binnen weniger Stunden in Fiumicino oder sonstwo in Europa auftauchen, denkbar war aber auch, daß der Koffer erst nach Wochen, womöglich in irgendeiner Gepäckausgabe auf dem Flughafen von Hawaii, entdeckt wurde. Nicht mal eine saubere Socke zum Wechseln hatte Kaplan jetzt bei sich. Ellen bot an, ihn zu einem Textilgeschäft zu bringen, wo er sich Unterwäsche für die kommenden Tage kaufen konnte.

Sie war während seines Gangs durch die Instanzen in Fiumicino an seiner Seite geblieben. Wenn er es nicht sah, beobachtete sie ihn. Sie stellte fest, daß ihre Erinnerung an ihn in den vergangenen neunzehn Jahren nicht mitgewachsen war. Er hatte sich verändert. Er sah sicher nicht älter aus, als er war, aber verglichen mit dem jungen Mann, den sie geliebt hatte, war sein Gesicht in gewissem Sinne gezeichnet. Er machte auf sie den Eindruck, als habe er viel erlebt – ein weltmännischer Typ, gut gekleidet, mit teuren Schuhen und einer Frisur, der man die Hand eines Modefriseurs ansah. In niederländischen Zeitungen war sie regelmäßig auf Interviews mit ihm gestoßen, und sie wußte, daß es ihm gutging: Schriftsteller mit eingeschworener Lesergemeinde und Büchern, die verfilmt wurden. Sie hatte nicht ein einziges davon gelesen. Sie mied die niederländische Literatur und las lieber englische und französische Romane. Als sie ihn in der Schlange vor der Paßkontrolle hatte stehen sehen, hatte sie mit leichtem Erschrecken gedacht: »Da steht der Vater meines Kindes.« Sie fand ihn attraktiv, diesen dunkelhaarigen Mann mit dem arroganten Blick und dem gelangweilten Habitus. Mit heftig pochendem Herzen hatte sie sich unter ihrem jetzigen Nachnamen vorgestellt, und als er sie nicht erkannte, hatte sie die kalte Wut gepackt, und ernüchtert hatte sie ihn zur Gepäckausgabe geführt. Alles war vorbei, vorüber, die versteinerte Lüge bewies Konsistenz. Sie hatte ihn sogar kurz am Gepäckband allein gelassen und draußen eine Zigarette geraucht, war dem angespannten Schweigen zwischen ihnen entflohen und hatte sich mit der Tatsache abgefunden, daß er nicht mehr wußte, wer sie war. Oder hatte sie sich so sehr verändert, daß er sie ganz einfach nicht mit dem jungen Mädchen von damals in Zusammenhang bringen konnte? Sie hatte die Wärme seines Körpers gespürt, als sie einander berührten.

»Was hast du damals in Kairo gemacht?« fragte Kaplan, während der Wagen auf die Autobahn nach Rom fuhr.

»Urlaub«, antwortete sie.

»Und der Junge? Dein Sohn?«

»Ja.«

Sie sahen sich nicht an, starrten beide durch die Windschutzscheibe, als trauten sie dem Fahrer nicht und müßten den Verkehr im Auge behalten.

Ellen fragte: »Hast du Kinder?«

»Nein.«

»Hättest du welche gewollt?«

»Nein.«

»Bist du verheiratet, lebst du mit einer Frau zusammen?«

»Zwei Ehen, zwei Scheidungen. Im Moment bin ich solo.«

Ellen hätte so vieles fragen wollen, über damals, über die Zeit danach, über jetzt, aber sie beherrschte sich und vertraute darauf, daß der richtige Moment schon noch kommen würde.

»Warst du dafür zuständig, mich abzuholen, oder hast du es von dir aus angeboten?«

Sie spürte, daß er sie ansah, hörte die Bewegtheit in seiner Stimme.

»Ich habe es von mir aus angeboten.«

»Warum?«

»Es wurde Zeit. Nach all den Jahren. Zuerst hab ich mich davor gescheut. Ich wollte sogar die Stadt verlassen, solange du dasein würdest. Aber dann dachte ich – nein, wir sollten uns treffen. Uns noch ein einziges Mal in die Augen sehen und dann weiterleben.«

»Ich merke jetzt... wie sehr ich mich danach gesehnt habe«, sagte er.

Sie schaute nicht zu ihm hoch, sondern starrte auf den Mercedesstern vorn auf der Motorhaube.

»Ich nicht, Leo«, sagte sie. Sie fühlte seine Augen von ihr abgleiten und warf ihm einen schnellen Blick zu. Er schaute durch das Seitenfenster nach draußen, auf das sonnenverbrannte Land der Tiefebene, die sich von Rom bis an die Küste erstreckte. Als er den Kopf bewegte, wandte sie sich rasch von ihm ab und fixierte wieder den Stern vorn am Wagen.

»Wie lange bist du mit Jonker verheiratet?«

»Siebzehn Jahre. Du wirst ihn noch kennenlernen.«

»Das ist lange. Ich bewundere das.«

»Und deine Ehen?«

»Nicht länger als fünf Jahre.«

Mehr sagte er nicht. Sie war neugierig auf seine Frauen, wollte Fotos von ihnen sehen, doch er war nicht der Typ Mann, der Schnappschüsse von Familienmitgliedern in der Brieftasche mit sich herumtrug.

»Lebt deine Mutter noch?« fragte er.

»Nein. Sie ist 1979 gestorben. Und deine Eltern?«

»Beide unter der Erde.«

Mit einem Mal wurde ihr bewußt, daß er keine Angehörigen mehr hatte. Keine Eltern, keine Brüder oder Schwestern. Zwei Exfrauen, sonst niemanden.

Er hatte einen Sohn, aber das konnte sie ihm nicht sagen.

Er schwenkte zu Unverfänglicherem über, fragte, ob es in Rom ein American-Express-Büro gebe. Ellen entsann sich, daß es eins an der Piazza di Spagna gab. Sie redeten über seinen verschollenen Koffer und danach über die Stadt, die Ellen so gut kennengelernt hatte. Dann langes Schweigen. Zügig durchquerten sie die Vororte, gerieten dann aber ins Gedränge des mittäglichen Stoßverkehrs. Kaplan fragte, ob sie Rudy Kohn kenne, einen Freund von ihm, der in Rom wohne. Ellen kannte ihn nicht. Dann fragte er: »Hast du je... hast du vielleicht etwas von mir gelesen?«

»Nein. Ich hab mich nicht getraut.«

»Verstehe«, sagte er. »Ich hab mich manchmal gefragt, was du wohl davon halten würdest. Nicht so wichtig.«

»Ich werde jetzt ein Buch von dir lesen. Jetzt geht das. Welches empfiehlst du mir?«

»Ich weiß nicht. Vielleicht das letzte. *Hoffmans Hunger.* Handelt übrigens von einem Diplomaten. Ich hatte ein Exemplar bei mir, aber das hab ich verschenkt. Nicht so wichtig.«

»An einen Bewunderer im Flugzeug?«

»Ja.«

Sie lachte, er lachte spöttisch mit. Die Spannung zwischen ihnen löste sich ein wenig.

»Machst du irgend etwas Kreatives, Ellen?« Sie hörte die Ironie in seiner Stimme.

»Nein, nicht so, wie du es meinst. Aber Diplomatenfrau zu sein ist ein Beruf, der hohe Anforderungen an deine Erfindungsgabe stellt. Ich hab kein stupides Leben, im Gegenteil. Ich hab viel gesehen, viel erlebt. Aber ich hab keinen Hang zum Malen oder zum Schreiben. Ich hab auch nie verstanden, was dich damals umtrieb, als du wochenlang dagesessen und geschrieben hast.«

»Ich wußte es selbst auch nicht.«

»Und jetzt?«

»Wenn ich es wüßte, würde ich vermutlich nicht schreiben.«

Das klang kryptisch. Aber sie wollte nicht weiter in ihn dringen.

»Hast du eine schöne Wohnung, Ellen?«

Sie erzählte von dem Appartement in der noblen Wohnanlage, von der Aussicht aufs Kolosseum. Und er? Kaplan sagte, daß er sich vor kurzem eine Wohnung in Amsterdam-Zuid gekauft und sie mit einem arbeitslosen Psychologen zusammen renoviert habe. Er erkundigte sich nach der Beschäftigungslage von Psychologen in Italien, und sie unterhielten sich über Unterschiede zwischen den beiden Ländern, über die starken Familienbande hier und das System der Hilfe untereinander, das sich doch erheblich von dem des holländischen Beihilfewesens unterschied.

»Dein Sohn wohnt bei euch?«

Sie fühlte, wie ihr Herz schneller zu schlagen begann. Ihr Körper verhielt sich unruhig, als rebellierte er gegen die Lüge in ihrem Kopf.

»Er wohnt in Amsterdam. Er studiert.«

»Wie habt ihr das die ganzen Jahre gemacht? Internat?«

»Nein. Er ist immer bei uns gewesen. In englische Schulen gegangen. Dadurch ist er zweisprachig aufgewachsen. Zu Hause Niederländisch, in der Schule Englisch.«

»Als ich an *Hoffman* schrieb, hab ich mich mit ein paar Diplomaten und ihren Frauen unterhalten. Soweit ich verstanden habe, ist das normale Familienleben in eurer kleinen Welt harten Belastungsproben ausgesetzt.«

»Man muß sich eben Mühe geben. Aber das gilt doch für alles, oder?«

Er nickte, schien in Gedanken versunken.

»Dein Sohn ist älter als deine Ehe?«

»Ja.« Sie schluckte nervös.

»Er ist nicht von deinem Mann?«

»Nein. Von Johan.«

Die Lüge verrichtete ihr Werk. Ellen sah ihn nicht an und preßte die Hände zwischen den Knien zusammen, um ihr Zittern zu verbergen.

Erneut langes Schweigen. Der Mercedes fuhr ums Kolosseum herum den Ruinen des Forum entgegen.

»Hier irgendwo wohnst du also?« hörte sie ihn in munterem Ton fragen. Er tat sein Bestes. Sie spürte, daß es ihm weh tat. Wieder schwenkten sie auf Themen ohne Vergangenheit über. Die Annehmlichkeiten der Siesta, den Tagesrhythmus in diesem Mittelmeerland. Als sie sich der Kirche Santa Maria Maggiore näherten, fragte Ellen, nach was für einer Art von Geschäft er suche, was er kaufen wolle.

»Unterhosen, Socken, Oberhemden. Braucht nichts Exklusives zu sein.«

Ellen wies den Chauffeur an, in die Via Carlo Alberto zu fahren. An der Ecke zur Piazza Vittorio Emanuele II stiegen sie aus und betraten ein großes Herrenmodengeschäft. Es war absurd, den Mann, den sie vor neunzehn Jahren mit einer aus Wut geborenen Lüge nach Paris verjagt hatte, in einem Laden bei der Hemdenauswahl zu beraten. Als wenn sie verheiratet wären.

»Wie gefällt dir das hier, Ellen?«

»Hübsch. Das mit den Streifen gefällt mir allerdings besser. Aber du mußt nach deinem eigenen Geschmack gehen.«

»Ich möchte wissen, ob sie dir gefallen.«

»Wie viele willst du denn?«

»Sechs oder so?«

»Sechs? Warum so viele?«

»Bei dieser Hitze brauch ich zwei pro Tag. Ich schwitz wie verrückt.«

»Du kannst sie doch waschen. Du hast ein Waschbecken im Zimmer.«

»Mach ich ja doch nicht.«

»Das hellgraue ist schön.«

»Ja. Soll ich ein paar Krawatten dazu kaufen?«

»Mußt du hier zu irgendwelchen Empfängen?«

»Weiß ich nicht. Ein paar Interviews und irgendwas beim Fernsehen.«

»Wart doch noch. Vielleicht ist dein Koffer ja morgen schon wieder da. Du könntest also auch damit warten, dir so viele Oberhemden zu kaufen.«

»Es sind schöne Hemden. Ich kauf sie sowieso.«

»Es ist dein Geld.«

»Geld von der Versicherung.«

Er kaufte sechs Oberhemden, ein Dutzend Unterhosen und ein Dutzend Paar Socken.

»Eigentlich brauch ich auch Hosen«, sagte er, als sie draußen standen.

»Jetzt wart doch bis morgen. Sonst brauchst du, falls dein Koffer da ist, am Ende womöglich einen zweiten, um die ganzen neuen Sachen mitnehmen zu können.«

»Handtücher?«

»Sind im Hotel.«

»Toilettenartikel?«

»Ja.«

Ganz in der Nähe war eine Drogerie. Zahnbürste, Kamm, Rasierer und dergleichen. Ellen übermittelte Kaplans Wünsche auf italienisch. Sie sah, daß er sie bei seinen Einkäufen absichtlich mit einbezog. Warum er das machte, war klar. Gemeinsam Unterhosen kaufen – er wollte ihr zeigen, daß er keine Geheimnisse vor ihr hatte. Die hatte sie aber vor ihm. Und sie würde sich von ihm zu nichts hinreißen lassen. Doch sie konnte nicht leugnen, daß es etwas Befreiendes hatte, mit ihm Rasierseife und ein Rasiermesser und Aftershave zu kaufen, so alltäglich, so normal. Sie spürte, daß die Entscheidung, in der Stadt zu bleiben und ihn abzuholen, richtig gewesen war. Nun konnte sie ihre Erinnerungen mit Bildern von einem unbekannten Mann anfüllen. In seinem Gesicht, seiner Statur erkannte sie den Jungen von vor zwanzig Jahren wieder, aber er war anders. Wenn sie sich weiterhin in der Gewalt hatte, konnte sie jene Zeit mit ihm ein für allemal abschließen. Nach der Nervosität der vergangenen Wochen war diese Feststellung erleichternd.

Sie stiegen wieder in den blitzenden Mercedes und fuhren zur Via Torino, unmittelbar hinter der Santa Maria Maggiore.

»Wollen wir zusammen essen, Ellen?«

»Ja?«

»Warum nicht? Wäre da nicht noch was zu sagen?«

»Ich weiß nicht. Was ich damals zu fragen hatte, als du weg warst, habe ich mir inzwischen selbst beantwortet.«

»Deine Antworten würde ich gern hören.«

Sie schüttelte lächelnd den Kopf.

»Ellen – du bist mir sehr wichtig gewesen. Ich möchte einfach mit dir essen, über irgendwelchen Unsinn reden.«

Erneut entzog sie sich seinen Blicken. Sie fragte: »Was willst du denn eigentlich, Leo? Daß ich dich um Vergebung bitte?«

»Nein.« Er verstummte für einen Moment. »Ich muß dich um Vergebung bitten.«

»Die habe ich dir schon vor langer Zeit erteilt. Vor so langer Zeit, daß ich nicht mehr daran erinnert werden möchte.«

Es dauerte noch eine Minute, ehe der Wagen vor dem Hotel Commodore hielt. Schweigend starrten sie vor sich hin. Er zögerte mit dem Aussteigen.

»Ellen?«

Sie sah ihn an, sah, wie unsicher er war, beinahe verzweifelt.

»Warum hast du auf dem Flughafen nicht einfach gesagt, wer du bist?«

»Das hab ich dir doch schon erklärt!«

»Tut mir leid, aber ich hab deine Erklärung nicht verstanden.«

Sie seufzte, befürchtete ein mühsames Gespräch. Der Chauffeur öffnete die Wagentür auf Leos Seite.

»Ich weiß nicht«, sagte sie, »ich wollte irgendwas bei dir ablesen, eine bestimmte Reaktion, ein Gefühl. Laß doch, Leo, das ist doch nicht wirklich wichtig, oder?«

»Ich bin da am Gepäckband schier gestorben«, sagte er.

Er beugte sich zu ihr hinüber, sie küßten einander auf die Wange. Der Chauffeur war ihm mit seinen Päckchen behilflich. Leo stieg aus, wandte sich Ellen aber noch einmal kurz zu.

»Heute abend zum Essen?«

»Nein, Leo. Ich kann nicht.«

»Morgen?«

»Ich weiß es nicht. Ich verspreche, daß ich dich anrufe.«

»Wie kann ich dich erreichen?«

»Über die Botschaft.«

»Gut. Danke fürs Mitnehmen.«

»Ciao, Leo.«

Ellen ließ sich nach Hause fahren. Sie hatte es hinter sich. Ihr hatte vor dieser Begegnung gegraut. Aber sie war nicht in Panik geraten. Sie konnte ihm in die Augen schauen, ohne das Gefühl zu haben, daß sie ihm etwas schuldig war. In gewisser Hinsicht hatte sie sich beherrschter verhalten als er. Sie hatte gewußt, daß er kommen würde, und hatte sich darauf vorbereitet, ihn aber hatte ihre plötzliche Anwesenheit auf dem Flughafen überrumpelt, sie hatte seine Verwirrung gesehen. Sie hatte nun bewiesen, wie stark und selbstbewußt sie war, daß sie es gewagt hatte, ein Aufeinandertreffen herbeizuführen. Natürlich hatte er recht gehabt, als er sagte, daß noch vieles zu erklären sei. Sie würde auch nicht davor weglaufen. Nur: Sie wählte den Moment, wann es stattfinden würde, nicht er. Auf der mit grauem Velours bezogenen Rückbank des Mercedes sitzend, auf halbem Wege zwischen dem ›Commodore‹ und ihrer Wohnung, schwelgte sie kurz in einem Gefühl des Triumphs. Sie war kein bedauernswertes Frauchen geworden, gebeugt von einem Schicksalsschlag, den sie in ihrer Jugend erlitten hatte. Nein, sie hatte sich und ihre Umgebung fest im Griff. Sie hatte den Mut und die Kraft gehabt, die blinden Spielchen jenes Schicksals zu Ende zu spielen. Ob sie dabei gewonnen hatte, wußte sie nicht, aber verloren hatte sie ganz gewiß nicht.

In der Eingangshalle ihres Appartementhauses wurde Ellen vom Pförtner begrüßt. Sie fuhr mit dem Fahrstuhl hinauf. Als sie die Wohnung betrat, sah sie, daß Isolde, Maurits' Freundin, den Mittagstisch gedeckt hatte. Vor vier Tagen waren sie gekommen. Im Laufe der folgenden Woche würden sie mit dem Mirafiori zu einer Spritztour durch Italien aufbrechen und das Auto anschließend in die Niederlande mitnehmen. Ellen und Frank selbst würden das Land in einem Monat verlassen, um zunächst nach Den Haag zu gehen, wo Frank den letzten Schliff fürs Botschaftersein erhalten würde, und dann Ende August, Anfang September nach Kanada.

In den zurückliegenden Wochen hatte Ellen ihr Hab und Gut zum x-ten Mal eingepackt. Das hatte sie von den Gedanken an das Wiedersehen mit Leo abgelenkt. Mit Carmela, ihrer Putzfrau, hatte sie Bücher, Kleidung, Lampen, Platten, Haushaltsgeräte in den Kartons und Kisten vom Auswärtigen Dienst verstaut. Und obwohl sie erst die Hälfte geschafft hatten, machte die Wohnung schon jetzt einen verlassenen Eindruck.

Isolde hatte Suppe und einen Salat gemacht. Sie und Maurits hatten sich in Amsterdam kennengelernt, sie waren Kommilitonen. Vor vier Tagen hatte Ellen Isolde zum erstenmal gesehen, ein hochgewachsenes Mädchen mit millimeterkurzem dunklem Haar in verschlissenen Männerkleidern, eine Erscheinung, die ihr und Frank nicht unmittelbar gefiel. Aber sie waren übereingekommen, daß sie akzeptieren würden, wen immer Maurits mit nach Hause bringen mochte. Isolde erwies sich als intelligente und handfeste

Freundin. Sie legte diese eigenartige Kombination aus Gleichmut, Nüchternheit und Glauben an das eigene Können an den Tag, die für ihre Generation vermutlich kennzeichnend war. Den Eltern ihres Freundes begegnete Isolde sofort mit großer Offenheit und Direktheit. Unter ihrem Einfluß hatte sich Maurits im letzten halben Jahr verändert. Seine Steifheit und seine Tendenz zur Arroganz – Erblasten der elitären Schulen, die er besucht hatte – hatte er abgelegt, und Ellen erkannte etwas von dem sensiblen Kind wieder, das er bis zu seiner Pubertät gewesen war. Isolde brachte seinen Charakter ins Gleichgewicht. Frank und Ellen wurde klar, daß sie ihren Sohn ins Erwachsensein führte.

Ellen half Isolde in der Küche, bis Frank und Maurits hereinkamen. Maurits hatte vor einem Monat seinen Führerschein gemacht und war Frank zufolge ein lebensgefährlicher Raser, doch Maurits konterte schmunzelnd, daß er seinem Vater eine kleine Lektion im römischen Fahrstil erteilt habe. Maurits war blond wie Ellen, aber sie erkannte in ihm Leos Nase und Lippen und eine gewisse Ähnlichkeit im Augenaufschlag wieder.

Zu viert setzten sie sich zu Tisch. Frank erkundigte sich nach Leo Kaplan. Ellen erzählte so neutral wie möglich von dem Wiedersehen, von Kaplan, der von ihrer Anwesenheit angenehm überrascht gewesen sei. Frank schlug vor, ihn für den kommenden Abend einzuladen. Ellen protestierte leicht, führte an, daß doch schon so gut wie alles eingepackt sei und die Wohnung so kahl und ungemütlich aussehe, sträubte sich aber nicht wirklich dagegen. Auch das würde sie aushalten müssen. Maurits und Isolde pflichteten Frank bei. Ellen gab nach und versprach, Leo Kaplan anzurufen.

Ihr wurde bewußt, daß jeder einzelne Tag von Leos Aufenthalt in Rom eine Prüfung sein würde. Und sie war gewillt, allem standzuhalten. Selbst wenn Leo seinem unbekannten Sohn begegnete, würde sie nicht wanken, sondern die Festigkeit der Lüge erproben.

3

Via Torino

Nachdem sich Kaplan an der Hotelrezeption eingeschrieben hatte, wurde er von einem der Portiers in sein Zimmer, ein kleines, geschmackvoll eingerichtetes Logis mit Blick auf die fensterlose Mauer eines benachbarten Bürogebäudes geführt. Er nahm gleich eine Dusche und zog nach Entfernung der Stecknadeln eines der neuen Oberhemden an. Allein in diesem Zimmer, einen Kilometer von Ellens Wohnung entfernt, ohne jemanden, in dessen Ohr er die Geschichte dieser irrsinnigen Begegnung schreien konnte, fühlte er sich hundsmiserabel.

Er rief Rudy an, doch per Anrufbeantworter gab Rudys Stimme in nuscheligem Italienisch zu verstehen, daß er nicht da war. Kaplan sprach ihm auf Band, daß er jetzt in seinem Hotel sei und noch einmal anrufen werde. Anschließend trank er, unruhig, gereizt, unten an der Bar in der Lounge einen Wodka. Dort wurde er ans Telefon gerufen. Es war jemand von Zefiro. Nach ein paar Nettigkeiten fragte der Mann, ob der Autor um vier Uhr einen Journalisten empfangen könne. Natürlich, dazu war er ja nach Rom gekommen. Nach einem zweiten Wodka, der ihn auch nicht von dem Sausen in den Gliedern erlöste, verließ Kaplan das Hotel und ging in Richtung Via Nazionale.

Der Alkohol schien ihm in die Beine zu sacken, sie wurden schwer und träge, und mit Mühe schleppte er sich an geschlossenen Läden entlang. Die Straßen waren verlassen. Ihm fiel ein, daß in Rom samstags nachmittags alles zuhatte. Ihm war nach Menschen, Betrieb, Lebendigkeit zumute. Er hielt ein Taxi an und ließ sich zur Piazza Navona fahren.

Während der Wagen durch die leeren Straßen flitzte, über ein holpriges Pflaster, das ihm leichte Übelkeit verursachte, kam ihm zu Bewußtsein, daß diese Ankunft seine schönen Vorsätze zunichte gemacht hatte, während des Aufenthalts über sein zehntes Buch nachzudenken. Neben Ellen, in dem schwarzen Mercedes, hatte er kurz mit dem Gedanken gespielt, am besten gleich wieder abzureisen. Er war auf so etwas nicht eingestellt gewesen, wußte nicht, wie er sich neben der Frau verhalten sollte, von der er sich damals entfernt hatte, um sich seinem Vervielfältigungsapparat zu weihen. Ja, genauso hatte er das damals empfunden, wie ein Priester. Erst Jahre danach hatte er einzusehen begonnen, daß er seinem schnöden Drang nach Ansehen und Anerkennung einen magischen Anstrich hatte geben wollen. Er hatte die Illusion gehegt, in seinen Büchern wohnen zu können. Tatsächlich hatte ihm seine Schreiberei eine gewisse Unverletzlichkeit verliehen, mit der er jede Erschütterung aufgefangen hatte. Den Tod seines Vaters und seiner Mutter und die Scheidung von Evelien hatte er nicht durchlebt, sondern als Material betrachtet. Sinnlosen Ereignissen, dem nichtigen Leben auf dieser Erde eigen (wie konnte er als ungläubiger Jude den Tod seiner Eltern anders sehen?), hatte er mit literarischen Mitteln zu Sinn und Bedeutung verholfen. Quatsch! Humbug! Die KUNST hatte ihn gehindert, wirklich zu trauern, als seine Eltern starben! Er hatte damals zwar geflennt, aber eher über den erbärmlichen Umstand, daß er keinen Kummer verspürte. Und zu seiner Bestürzung hatte er da so etwas wie Befreiung empfunden, eine Last war von ihm abgefallen. Nun endlich hatte ihn die Katastrophe, die er seit frühester Kindheit gefürchtet hatte – der Tod seiner Eltern würde ihn zur Waise machen, ganz allein auf der Welt –, wirklich ereilt. Etwas Schlimmeres konnte ihm in seinem ganzen Leben nicht mehr widerfahren. Er war frei, unverletzlich.

Er hatte sich geirrt.

In Kairo, bei Ellens Anblick, war die Erkenntnis durchgebrochen, daß er mit dem Schreiben etwas zu erlangen versucht hatte, wonach er unter lebendigen Menschen hätte suchen müssen. Nie war in all den Jahren die Frage in ihm aufgekommen, ob diese papierne Existenz denn nun wirklich seine Bestimmung war. Dort in dem Krankenhaus aber, einen Verband um den brennenden Kopf, hatte er gespürt, daß er nach Ellen das Feuer in seiner Krokodilsseele erstickt hatte. Wenn er schrieb, flammte es auf, heftig, verzehrend, doch bei allen seinen Beziehungen hatte er verhindert, daß ihm die Flammen aus den Ohren schlugen.

Warum?

Warum blieb er ständig auf der Hut und lebte wie ein entlaufener Sträfling, immer auf die Schritte eines Verfolgers bedacht? Eine so gleißende Liebe wie die zu Ellen, eine so grenzenlose Hingabe wie die, zu der sie ihn bewogen hatte, hatte er seit seinem zwanzigsten Lebensjahr nur noch auf dem Papier erlebt. War er ein Golem? Na, und ob!

Wie gern wäre er ein *rechter Mensch* gewesen, der ganz dem Mitempfinden, der Zuwendung und der Leidenschaft lebte. Aber konnte er das, ohne an Gott oder das Gute im Menschen zu glauben?

Er glaubte an Ellen.

Jetzt, so viele Jahre danach, begriff er, daß sie guten Grund gehabt hatte, sich gegen das Kind zu entscheiden. Ihr Alter, die Umstände, unter denen sie damals lebten, sein Flirt mit *Tat* und *Aktion,* die Mißlichkeiten im Zusammenhang mit ihren Familien und ihrem Studium hatten sie zur Abtreibung bewogen. Er war wütend gewesen, daß sie ihm die Vaterschaft versagte, als versagte sie ihm damit auch eine Zukunft. Er hatte Jahre gebraucht, ihren Entschluß zu begreifen. Wenn sie Eltern eines Kindes geworden wären, hätte sich ihre Liebe verändert, wäre sie von Sorgen und Verantwortungen und finanziellem Druck beeinträchtigt worden – dieser Gedanke war ihm erst zig Jahre danach gekommen. Wenn Ellen damals kein Monstrum gewesen war (und er war zutiefst davon überzeugt, daß sie das nicht war, ein Monstrum konnte er selbst im Zug auf dem Weg nach Paris, ins Hotel de Tunis, wo er nachts glänzende Kakerlaken über die Tapete krabbeln sah, nicht in ihr sehen, höchstens eine Wahnsinnige), wenn sie also kein Monstrum gewesen war, dann hatte sie den Gedanken gehabt, den er mit über dreißig endlich denken konnte: Die Abtreibung resultierte aus Liebe, nicht aus Haß. Und er hatte die Frau, die so radikal ihrer Leidenschaft gehorchte, aus seinem Leben verbannt. Sie hätte das Gegengewicht zu seiner Berufung darstellen können, das er jetzt so verzweifelt vermißte. Er konnte nicht in seinen Büchern wohnen.

Die Mitteilung, daß Ellen ein Kind von Johan bekommen hatte, hatte ihn tief in der Seele getroffen. Davon hatte er nichts gewußt, obwohl er damals gehört hatte, daß sie mit Johan nach Norwegen gefahren war. Warum hatte sie das nicht auch wegmachen lassen? Weil Johan gestorben war?

Auf der Piazza Navona bezahlte Kaplan das Taxi und nahm auf der Terrasse eines der Restaurants Platz. Er bestellte *minestrone* und *vitello tonnato* und eine Flasche Wein. Unter dem breiten Baldachin sitzend, der die gesamte Terrasse der Sonne entzog, blickte er auf die Touristen um den Brunnen von Bernini und aß bedächtig, was ihm serviert wurde. Im Kopf führte er ein endloses Gespräch mit sich selbst. Warum konnte er nicht mehr schreiben? Weil ihm keine Form mehr einfiel? Welche Bedeutung hatte denn Form für ihn? Und was hatte das mit Ellen zu tun? Und so weiter. Plötzlich legte ihm jemand die Hand auf die Schulter.

Paula.

Sie trug einen weißen Baumwollrock mit weißer Bluse und hatte einen kleinen Nylonrucksack umgehängt. Das schwarze Haar wallte ihr über den Rücken. Kaplan erhob sich und küßte sie unverfroren auf den Mund. Sie roch frisch, jugendlich, vital.

»Eine große Stadt, dieses Rom«, sagte er.

»Aber es gibt nur eine Piazza Navona.«

»Setz dich. Möchtest du was essen?«

»Nein, danke. Ein Glas Wein.«

Kaplan winkte einem der Ober und bat um ein zweites Glas. Paula ließ den Rucksack von ihren Schultern gleiten.

»Du hattest erzählt, daß du hier essen gehen würdest«, sagte sie, »und mein Hotel ist ganz in der Nähe. Ich wollte sehen, ob du auch tust, was du dir vorgenommen hast.«

»Immer.« Er war ihr dankbar, daß sie ihn gefunden hatte, und versuchte sich auf sie zu konzentrieren.

»Warst du nicht mit einer Freundin verabredet?«

Paula nickte. »Betty. Die kommt heut abend.«

»Und dann?«

»Wir bleiben erst noch ein paar Tage hier, fahren dann nach Pompeji und bewegen uns danach um Rom herum allmählich weiter nach oben, in die Toskana. Ein Onkel von mir hat dort ein Haus.«

»Hat Betty ein Auto?«

»Wir fahren mit dem Zug. Und ansonsten nehmen wir den Bus oder trampen, wenn es wirklich schwierig wird.«

»Als junge Frau?«

»Warum nicht? Ich hab sechs Jahre Judo gemacht. Und Betty macht Karate. Wir setzen jeden Kerl im Handumdrehen außer Gefecht.«

»Da muß ich mich wohl vor dir in acht nehmen.«

»Ja. Ich kann gefährlich sein.«

Sie lachte, Kaplan ging darauf ein. Sie wollte ihn verführen. Er sträubte sich nicht dagegen.

Sie fragte: »Und wie sehen deine Pläne aus?«

Er erzählte, daß er gleich zu einem Interview müsse und in den kommenden Tagen allerlei Verpflichtungen habe. »Aber morgen essen wir hier an gleicher Stelle zu Mittag!« mahnte ihn Paula.

»Ich würde jetzt gar nicht mehr wagen, dir das abzuschlagen«, antwortete Kaplan.

»Ich hab deine Bücher dabei. Werde den Rest des Nachmittags von einer Terrasse zur nächsten wandern und mir die Übersetzung ansehen.«

»Du siehst so südländisch aus«, sagte er. »Hast du vielleicht spanisches Blut?«

»Meine Mutter ist Italienerin.«

»Das erklärt deine Studienwahl.«

»Ich konnte es schon, bevor ich anfing zu studieren.«

»Wo wohnen deine Eltern?«

»Zutphen. Da hab ich gewohnt, bis ich achtzehn war.«

»Das heißt bis… vor drei Jahren?«

»Ja.« Sie lachte. »Du kannst mich ruhig auch direkt fragen, wie alt ich bin.«

»Es gibt Frauen, denen das nicht so lieb ist.«

»Alte Schrullen.«

»Was machen deine Eltern?«

»Mein Vater lehrt in Utrecht über das Mittelalter und die Renaissance, meine Mutter kümmert sich um den Garten und übersetzt so dann und wann etwas ins Italienische.«

»Haben sie sich in den Niederlanden kennengelernt?«

»In Venedig. Mein Vater arbeitete an seiner Doktorarbeit, und sie begegneten sich im Museum. Liebe auf den ersten Blick. Nach drei Monaten verheiratet und jetzt schon dreißig Jahre mehr oder weniger zufrieden zusammen.«

»Wenn ich hätte raten müssen, hätt ich getippt, daß dein Vater Zahnarzt ist.«

»Wieso?«

»Deine Zähne. Prachtvoll.«

»Eine Frage lebenslangen Putzens.«

»Und deine Mutter könnte Schauspielerin sein.«

»Wieso?«

»Deine Augen, dein Mund, dein Haar.« Der Schleim triefte ihm nur so übers Kinn.

»Man braucht sich nur die richtige Mutter auszusuchen.« Sie lachte, ein wenig spöttisch. Er trug schon reichlich dick auf.

»Du hast also Verwandte hier?«

»In Mailand. Da hab ich drei Tanten und einen Onkel. Den Norden kenn ich gut. Bin oft in den Ferien dort gewesen. Viele Cousins und Cousinen. Voriges Jahr hat einer von den Cousins geheiratet. Ein phantastisches Fest, Hunderte von Leuten im Garten des Hotels, und so ein tragikomisches kleines Orchester schmetterte eine italienische Schnulze nach der andern über die Tische hinweg. Es war furchtbar laut und theatralisch, aber mir hat's unheimlich gut gefallen. Es hatte eine Wärme, wie du sie in den Niederlanden nirgendwo spürst.«

Zu diesem Thema konnte Kaplan auch das Seine beitragen. Er erzählte von den vielen Reisen, die er durch Mittelitalien gemacht hatte, und wie sehr ihn das oft animiert hatte.

Er fragte, ob sie nicht irgendwie zwischen den beiden Kulturen hänge, zwischen den Niederlanden und Italien. Paula verneinte. Sie war davon überzeugt, daß sie in Mailand ebenso problemlos würde leben können wie in Utrecht, wo sie sich mit Betty eine Etagenwohnung teilte. Die Vergangenheit ihrer Eltern behinderte sie nicht. Ihre Jugend war in Zutphen angesiedelt, ihr Vater kam aus Zwolle, ihre Mutter aus Mailand. Sie behauptete, daß sie an jedem Ort auf der Welt leben könne, an dem sie Freundschaften schließen könne.

Kaplan war neidisch auf ihren jugendlichen Übermut, hörte sich mit vagem Lächeln ihre Ideale an, ihre Wunschvorstellungen, und ließ sie. Wieso sollte er Paulas wunderbare Erwartungen an das Leben auch kurzerhand ins Pflaster der Piazza Navona stampfen? Sie standen ihr zu, genau wie ihm damals mit zwanzig. Nur hatten sie ihn in ein Krokodil verwandelt. Er wollte Paula nicht in Zweifel stürzen.

Er bestellte Kaffee, sie nahm ein Eis. Sie eröffnete, daß sie fürs Abitur zwei Bücher von ihm gelesen habe. *Hoffmans Hunger* habe sie gleich nach Erscheinen gekauft und während der Ferien in Mailand gelesen, im Sommer vor drei Jahren. Sie war eine Bewunderin seiner Werke, fragte, ob er an einem neuen Buch arbeite. Kaplan erzählte von *Der Erlöser von Florenz,* tat, als würde sein neues Buch diesen Titel tragen. Er verschwieg, daß es noch eine ganz frische und verschwommene Idee war, und ließ sich von ihrem Enthusiasmus und ihrer Neugierde mitreißen. Sie wickelte ihn um ihre schlanken Finger. Wenn sie einen Löffel von ihrem Eis nahm, sah er, wie sich ihre Lippen darum schlossen, und er fühlte regelrecht, wie ihre Zunge die weiche Vanille im Mund verteilte. Er hätte gern von ihrer kühlen Zunge gekostet. Sie trug keinen BH. Ihre kleinen Brustwarzen schimmerten durch die steife Baumwollbluse hindurch. Paula war im richtigen Moment aufgetaucht. Gerade als er es brauchte, hatte sie ihm die Hand auf die Schulter gelegt und ihn mit einem unerträglich unschuldigen Lächeln begrüßt. Mochte es für sie auch ein Flirt sein, für ihn war es Ernst. Nur mußte er seine Krokodilkiefer zubehalten und Paula unversehrt nach Pompeji fahren lassen. Er wollte sich nur auf ihre Schultern stützen.

Sie verließen die Terrasse und gingen in Richtung Pantheon. Paula hängte sich den Rucksack unter die dichte schwarze Haartracht.

»Hast du keinen Freund, keinen Liebhaber?« fragte Kaplan.

Paula machte ein paar Hüpfschritte an seiner Seite, schmunzelnd, ausgelassen.

»Ich ziehe heftige Affären vor. Aber die sind offenbar immer nur von kurzer Dauer. So als könnte jedesmal nur aus einem ganz bestimmten Becher Liebe ausgeschenkt werden. Du kannst dran nippen, oder du kannst ihn in einem Zug leeren. Schön gesagt?«

Wieder machte sie einen kleinen Hüpfer, als wollte sie sich selbst für diese Umschreibung belohnen.

»Schön. Ein Hauch zu gewichtig, aber für eine Anfängerin ganz nett.«

»Komm!« sagte sie. Sie faßte seine Hand, und ehe er sich's versah, hüpfte er Hand in Hand mit Paula über die Piazza Navona und überquerte springend wie ein verliebter Schuljunge den Corso Rinascimento, im Gleichschritt mit Paula, der Fee in weißer Baumwolle, die ihn von seinen trübsinnigen Gedanken erlöste. Es war lange her, daß er so durch die Straßen gehüpft war, mit diesen Bewegungen, die ihm das Gefühl vermittelten, daß er leicht war und jung und nach einer Mädchenhand verlangte! Der Rock schwang Paula um die Beine, die langen Haare tanzten auf ihren Schultern, und sie lachte die Stadt und die schwitzenden Passanten und Kaplans verdutztes Gesicht an.

»Du bewegst dich wie ein Sandsack!« rief sie. »Du bist hier in Rom! Nicht auf dem Dam!«

Kaplan hielt ihre Hand und paßte sich ihren Schritten an. Mit dem Bein, das man aufsetzte, machte man einen kleinen Hüpfer, während man das andere weit nach vorn warf. Dann verlagerte man das Gewicht auf dieses Bein, das man nun aufsetzte, machte einen Hüpfer damit, und währenddessen schoß das erste Bein schon wieder vor. Es mochte fünfundzwanzig Jahre her sein, daß er so etwas zum letztenmal gemacht hatte, doch seine Beine wußten noch, wie es ging, und so bewegte er sich springend und hüpfend neben Paula dem Pantheon entgegen.

Auf dem Platz vor der Säulenhalle, inmitten Hunderter von Touristen auf den vielen Caféterrassen rundum, mußte Kaplan erst einmal zu Atem kommen. Er suchte kurz nach Halt, als er erschöpft nach Luft schnappte, und Paula bot ihm ihre Schulter an.

»Kein Sport, was?« hörte er sie strafend fragen.

Er schüttelte den Kopf.

»Schwimmen?«

»Selten«, flüsterte er.

»Rauchen und trinken?«

Er nickte. »Ja.«

»Üppiges Essen?«

Wieder nickte er, während er sich allmählich von dem kurzen Lauf erholte.

»Dann solltest du mir dankbar sein«, sagte Paula, »daß ich dich mal auf Trab bringe. Das muß anders werden mit dir, Herr Schriftsteller.«

Dieser Satz hallte in Kaplan nach, als er sich von ihr verabschiedet hatte und in eines der gelben Taxis gestiegen war, die vor Paulas Hotel aufgereiht standen. Sie hatte ein Zimmer im ›Del Senato‹, seitlich vom Pantheon, mit Blick auf den belebten Platz mit den verschiedenfarbigen Stühlen, auf denen bis tief in die Nacht die Hintern von Touristen und Italienern, die Nordeuropäerinnen nachjagten, herumrutschten. Es mußte anders werden mit ihm, zweifellos, aber wie? Er hatte nicht die Ruhe, an *Der Erlöser von Florenz* zu denken. Er mußte sich eine Frage beantworten, die durch Ellens Gegenwart dringlich geworden war: Warum wurde er durch Ellen derart aus der Bahn geworfen? Wie schon vor drei Jahren in Kairo brachte ihr Auftauchen ihn auch jetzt hier in Rom ins Straucheln. Reue, Schuldgefühle, Beschämung, so ungefähr alles, was ihm bei Alpträumen durch den Kopf raste, befiel ihn, wenn er Ellen sah, am hellichten Tag. Sie wühlte etwas auf, was er in den vergangenen neunzehn Jahren mit zig Frauen und neun Büchern hatte zudecken wollen. Doch was genau war dieses Etwas?

In der Lounge seines Hotels wartete eine Frau, die das noble Flair römischen Chics ausstrahlte. Sie trug einen hinreißenden zartrosa Rock mit Jacke aus dem gleichen luftigen Stoff, dazu eine dunkelblaue Bluse und dunkelblaue Stöckelschuhe eines Modells, wie es nur italienische Hände hervorbringen konnten; sie hatte eine perfekte Figur, aber auf ihrem Rumpf saß ein Kopf, der ihn sofort an ein Pferd erinnerte. Der Schriftsteller konnte sich nicht helfen, aber er sah über dem sündhaft teuren Deux-pièces den Kopf eines trainierten Rennpferds. Ein schmaler, länglicher Kopf, ein breiter Mund mit einem Gebiß aus übergroßen Zähnen, Glupschaugen, die ihn ziemlich verschreckt ansahen, glänzende schwarze Haare wie eine Mähne auf dem Rücken. Als sie Laute von sich zu geben begann, erwartete er, daß sie wiehern würde, doch sie beherrschte die Menschensprache. Sie war die Journalistin, die das von Zefiro versprochene Interview machen wollte.

Sie nahmen in einer Ecke der Lounge Platz. Schon nach wenigen Minuten spürte er, daß da etwas gewaltig schiefging. Sie hatte sich auf englisch vorgestellt, und Kaplan hatte dem entnommen, daß sie für eine »Frauenzeitschrift« schrieb, doch nachdem sie über große Umschweife zu ihrer ersten Frage kam, ging ihm auf, daß sie »feministische Zeitschrift« gemeint hatte (er hatte *»feminine«* statt *»feminist«* verstanden). Gleich mit ihrer ersten Frage, die im Grunde nichts anderes war als der erste Punkt einer langen Anklage, beschuldigte sie ihn der Verherrlichung des Frauenhasses. Ehe er zu seiner Verteidigung ansetzte, erkundigte er sich, um Zeit zu gewinnen und sich auf sein Plädoyer zu besinnen, ob sie etwas trinken wolle, und bestellte an der Bar einen Espresso für sie und ein Glas Wodka für sich selbst.

Dann fragte er, was sie denn eigentlich damit meine. Die Frau verwies ihn auf die Passage, in der Felix Hoffman in Nairobi zu einer Hure ging und dabei deren neunjähriges Töchterchen vergewaltigte. Kaplan schüttelte verwundert den Kopf und erläuterte, daß diese Passage zwar schockierend sein mochte, später jedoch ihren tieferen Sinn bekomme. Die Frau hatte das Buch aber nach dieser Passage zugeschlagen. Ein solcher Akt konnte in ihren Augen nie und nimmer einen tieferen Sinn bekommen.

Er versuchte ihr zu erklären, daß Hoffman den Tod seiner eigenen kleinen Tochter nie verwunden habe und sich mittels dieses anderen Mädchens, das dem Diplomaten von der eigenen Mutter offeriert wurde, fast schon rituell mit seinem Kind vereinigte. Die Frau schüttelte schnaubend die Mähne. *»Bullshit!«* rief sie. *»You think we are so innocent? Come on!«*

»Who is we?« fragte Kaplan.

»Us. Women, of course!« erklärte sie.

Kaplan versuchte es noch einmal, erzählte vom sinnlosen Leidensweg des Kindes von Hoffman, von dem ohnmächtigen Kummer, als das Mädchen, vom Krebs zerfressen, schließlich stirbt, von den zwanzig Jahren, die Hoffman seither traumlos, Nacht für Nacht ohne Schlaf, verbracht habe, von den Besuchen bei Prostituierten. Aber die Frau weigerte sich, diesen Kontext zu akzeptieren.

»Rape is rape. I don't mind what is the symbolic value of rape in your book. Rape always means one thing: disdain for women!«

Kaplan bestritt, daß er Frauen mißachte, erinnerte die Journalistin an die Stärke von Hoffmans Frau. Die Journalistin lachte verächtlich: *»You made that woman crippled«*, sagte sie, *»you gave this man a wife with paralysed legs!«* Kaplan verteidigte sich, sein Gesicht halb hinter der Faust verbergend, mit der er das Wodkaglas umklammerte: *»She can't walk, but she feels, she observes, she knows what's going on. She knows what's the drive of her husband.«*

»Yes, I know too what's the drive. His prick, his hot, itchy prick! You know, what interested me, and that's why I asked Zefiro for this interview, is the question whether you knew what you were writing. I mean, I wondered whether you were conscious of the very stupid, masculine man you described. If you did it on purpose or if you did it because you didn't know better. I got the answer now.«

Kaplan nahm noch einen Schluck Wodka und fragte sich, welchem Umstand er dieses Gespräch zu verdanken hatte. Seiner

Krokodilsseele? Seinem Mangel an Menschlichkeit? Die Frau war aufrichtig empört über seinen Roman. Sie haßte seine Schilderung des unglücklichen Diplomaten, der seinem Lebensende entgegengeht und, in der Tat, nur noch von dem einen besessen ist. Hoffman will ficken, bis er tot umfällt, Hoffman will ficken und sterben. Die Frau konnte Kaplans bittere Ironie nicht nachempfinden. Er hatte gedacht, daß es die bittere Ironie des Lebens an sich sei.

Er saß in einem tiefen Sessel, in die Lederkissen zurückgelehnt, stützte das Kinn auf den Handrücken und sah die Pferdefrau an, die ihm den Vorwurf machte, daß er Hoffmans Geliebte Irena (im Film so wundervoll von Jana dargestellt!) als eine Art Mannweib beschrieben habe – und dann tat die Journalistin etwas, das Kaplan die Kehle zuschnürte.

Sie hatte ihr Espressotäßchen bereits geleert, hob es aber, während sie sprach, hoch, um es nach einem flüchtigen Blick wieder auf die Tischplatte aus Rauchglas zurückzustellen. Dann griff sie zu einem Zuckerwürfel, wickelte ihn, immer noch munter weiterredend, aus seinem Papierchen und steckte ihn sich schnurstracks in den Pferdemund! Sie kaute darauf herum und machte mit dem Unterkiefer seitliche Mahlbewegungen. Für einen Moment sah er sie mit Steigbügeln auf den Hüften und mit Sattel auf dem Rücken vor sich; er fürchtete, sich nicht mehr beherrschen zu können und mitten in ihrer Anklage plötzlich loszubrüllen und ihr die ganze Unbegreiflichkeit dieses Tages ins verschreckte Pferdegesicht zu schreien.

Daher stand er abrupt auf und sagte schroff, daß er sich kurz die Hände waschen wolle. Im Waschraum der Toiletten ließ er Wasser in die hohlen Hände laufen und klatschte es sich ins Gesicht, wieder und wieder, nach Wasser lechzend, das ihm bis in den Schädel drang und die Hitze dort verringerte. Behutsam trocknete er sich das rot gewordene Gesicht ab, strich die nassen Haare nach hinten, hielt die Hände unter den Heißlufttrockner und spürte, wie er in diesem weißen, sterilen Raum im Kellergeschoß des Hotels zur Ruhe kam. Es war warm in der Stadt, und er trank zuviel Alkohol. Es mußte anders werden mit ihm. Unbedingt. Kein Alkohol mehr. Sich nicht mehr von Pferden abkanzeln lassen.

Als er sich wieder der Journalistin gegenüber niederließ und sie ihre Tirade mit einer Attacke gegen Hoffmans phallozentrische Denkart fortsetzte (er hörte dieses Wort zum erstenmal), ohne auch nur ein Komma davon aufzuschreiben – was seine Vermutung untermauerte, daß sie ausschließlich deswegen erschienen war, um eine vernichtende Rezension in ihrem Blatt mit ein wenig Lokalkolorit auszuschmücken –, sagte Kaplan unvermittelt: *»I don't mind a shit what you think of my book. Really. I don't mind whether you like it or not.«*

Sie verstummte und warf ihm über das Tischchen hinweg einen feindseligen Blick zu.

»I don't regret the book. No. I love it. I love the phallocentric character of it. I like the way Hoffman fucks the whore and fucks the Czech girl. They suck him. I love it. You know why I love it? Because I like to be sucked too. I prefer whores. I prefer little girls. I prefer children. They have such soft lips. Use your lips, not your hips! You know what I mean? Oral sex is the future! You have the right mouth for it. Let's go upstairs. Give me a blow job. Let me fuck your mouth. Okay? Why do you leave? You're afraid of it? Afraid of my prick on your tongue? Hey! Stay! Come on, don't be afraid! I'm clean! I've got a sterile prick! Really! Let me fill your mouth! When you have a hollow tooth I'll fill it. Kaplan the dentist. With my prick a lot of glick! You know that glick is Yiddish for happiness? Use your lips, not your hips! With my prick a lot of glick!«

Sie hatte die Lounge verlassen. Müde ließ sich Kaplan in seinen Sessel zurücksinken. Er hob die Hand und winkte dem Barkeeper. Es mußte anders werden mit ihm. Er hatte einen Anfang gemacht.

4

Penang, Malaysia

Paula war pünktlich auf die Minute. Ein Uhr auf der Piazza Navona, selbe Terrasse. Kaplan hatte sich nach einem Spaziergang durch die stille sonntägliche Stadt schon eine Viertelstunde vor dem vereinbarten Zeitpunkt an dem Tischchen niedergelassen.

Im Gegensatz zum Vortag zweifelte er sehr am Sinn dieser Verabredung. Ellen hatte seine Pläne zerschlagen. Sie hatte ihn am vorigen Abend im Hotel angerufen und ihn zu sich zum Essen eingeladen. Daß sie ihn bei sich zu Hause empfangen würde, hatte er nicht erwartet.

Was sollte er mit Paula? Aus unerfindlichem Grund zielte die Stewardeß auf etwas ab, das nur in eine neuerliche Katastrophe münden konnte. Er bedauerte, daß er es so weit hatte kommen lassen.

Am Tag zuvor war ihm die Aussicht, daß Paula ihn aus der Verlassenheit dieses Sonntags erlösen würde, noch verlockend erschienen. Er wollte sich auf ihre Jugend und ihre Begeisterungsfähigkeit stützen, doch nun wäre ihm ein ruhiger Nachmittag, der ihn langsam dem Abend bei Ellen zu Hause entgegentrug, lieber gewesen. In Paulas Gegenwart konnte er sich nicht darauf vorbereiten. Er wußte noch nicht, was er Ellen sagen würde und was nicht. Wär er doch nur ein anderer, einer, der wußte, was er tat, oder einer, für den das Wiedersehen mit seiner Jugendliebe so sein konnte, als kramte er in einem Karton mit alten Fotos! Aber er war der, der er war, *Kaplan the prick.*

Nach Ellens kurzem Anruf am vorigen Abend hatte er noch

einmal Rudy zu erreichen versucht. Wieder hatte sich der Anrufbeantworter gemeldet. Danach war Kaplan in Trastevere essen gegangen und hatte nach der Straße gesucht, in der Rudy wohnte, was ihm in dem Gewirr dunkler Gäßchen aber nicht gelang. Beim Essen hatte er sich vollaufen lassen und war um halb eins betrunken zu Bett gegangen. Zum Glück keine Kopfschmerzen am Morgen, als er aufwachte. Nach dem Duschen hatte er bei der KLM angerufen, wo ihm aber niemand etwas über seinen Koffer sagen konnte. »Es ist Sonntag, Meneer«, beschied ihn eine Frau mit Groninger Akzent. Also wieder Stecknadeln aus einem Oberhemd herausgezupft, Pappstreifen entfernt, mit einer Rasierklinge das Garn durchtrennt, das die Socken zusammenhielt. Um zwölf Uhr mittags hatte er, ohne gefrühstückt zu haben, draußen auf der Via Torino, einer langen, schmalen Straße mit Hotels, Geschäften, Restaurants, gestanden. Sonntags wirkte die Via Torino wie ausgestorben. Es war warm. Sein Jackett lose über der Schulter, war er zur Piazza Barberini geschlendert, wo er in einer Bar, an einer Theke aus Chromstahl stehend, einen Espresso und ein Glas Mineralwasser getrunken hatte. Die Sonne stand hoch am Himmel und brannte ihm auf den Schädel. Er hatte sich soweit wie möglich auf den schmalen Schattenseiten der Straßen, dicht an den Schaufenstern und heruntergelassenen Rolläden gehalten. Er wollte Paula zum Mittagessen einladen und ihr dann, wenn sie ging, verantwortungsbewußt ade sagen, nahm er sich vor. Was sollte sie auch mit so einem alten Sack wie ihm? Und was sollte er mit so einer jungen Frau wie – nein, das war offensichtlich. Keine Sprüche, Kaplan. Er wußte, daß er mit ihr vögeln könnte, und er hatte auf seinem Gang zur Piazza Navona nichts anderes getan, als im voraus nach einer Rechtfertigung für den sich anbahnenden Urlaubsflirt mit einer Studentin aus Zutphen zu suchen. Wenn sie es darauf anlegte, war er mit von der Partie. Aber er würde nicht die treibende Kraft sein. Das Mittagessen gehörte zum Balzgehabe. Ein kleiner Bummel, ein

Drink in einem Straßencafé, ein weiterer kleiner Bummel, die Sonne würde allmählich hinter den Dächern versinken, der Himmel würde sich rot färben, und sie würden sich in einem der beiden Hotels lieben. »Die Liebe betreiben« sagte man, wörtlich übersetzt, im Niederländischen. Das klang nach Arbeit, Pflichterfüllung. Die alten Kalvinisten hatten anscheinend wenig Spaß daran gehabt. Wenn er nicht mit ihr schlafen wollte, hätte er ein anderes Restaurant ansteuern und Paula aus dem Weg gehen müssen. Aber er war weitergegangen. Sie hätte seine Tochter sein können. Wenn Ellen damals – nein, Unsinn, so etwas zu denken.

Als Paula an seinem Tisch unter der rosa Markise der Terrasse auftauchte, war klar, daß sie es ihm schwermachen würde. Sie trug ein dünnes, ärmelloses schwarzes Hemdchen, das, von der Seite her, die gebräunte Haut unter ihren Achseln und hin und wieder die weichen Rundungen ihrer Brüste sehen ließ. Ihre Beine umspielte der weite Baumwollrock, den sie auch gestern getragen hatte.

»Hast du Betty nicht mitgebracht?« fragte er.

»Nein, dies ist ein Tête-à-tête. Da hätte sie sich nur gelangweilt.«

»Sie hätte ruhig mitkommen können. Du hättest doch bestimmt gern deine Freundin dabeigehabt, kann ich mir vorstellen.«

»Ich hab sie natürlich gefragt. Aber sie ist jetzt lieber allein in die Stadt gegangen. Sie war noch nie in Rom.«

Er erkundigte sich, was sie am vorigen Abend gemacht habe, und Paula erzählte von einem Restaurant in der Nähe ihres Hotels, von den geilen Machos, die sie verfolgt hätten.

»Immer dasselbe hier. Wenn du in 'nem vollen Bus stehst, fassen sie dir immer ganz aus Versehen an die Titten, oder du fühlst plötzlich, wie sich einer mit steifem Schwanz gegen deinen Hintern drückt. Du kriegst hier das Gefühl, nichts als ein Stück Fleisch zu sein.«

Sie bestellten bei einem Ober, der ihr unters Hemdchen zu schielen versuchte. Beide Kalbsmedaillons in Weißweinsauce, Salat, kalten Spinat. Paula fragte, wie das Interview gelaufen sei. Kaplan erzählte von der Frau, die in der Lounge des ›Commodore‹ auf ihn gewartet hatte, von dem Gewieher, das sie ausgestoßen hatte.

»Aber irgendwie hat sie natürlich recht«, sagte Paula.

»Findest du?«

»Ja. Dein Hoffman geht schon ziemlich weit. Er vergewaltigt ein neunjähriges Mädchen!«

»Eine kleine Hure in spe«, wandte Kaplan ein.

»Ach, komm! Was er da macht, ist widerlich. Wie kannst du bloß einen Kinderschänder verteidigen?«

»Ich verteidige ihn nicht. Ich beschreibe sein Verhalten, versuche mich in seinen Charakter zu vertiefen. Ein Mann, der ausgebrannt ist. Seine Karriere geht dem Ende entgegen, seine Ehe ist kaputt, keine Kinder, die ihm Enkel schenken könnten, ein Mann auf der Suche nach Trost.«

»Trost in 'ner Möse, meinst du.«

»Ist diese Form des Trosts etwa minderwertig?«

»Verschafft ein Orgasmus dir denn Trost?«

Er sah sie erstaunt an, beeindruckt von ihrer Direktheit. »Vielleicht«, murmelte er, während er die Augen von ihr abwandte und auf den Platz mit dem barocken Brunnen blickte.

»Ich find das Buch toll, versteh mich nicht falsch«, sagte Paula, »ich hab's gestern auf italienisch gelesen und fand's wieder sehr eindrücklich. Aber ich hab mich jetzt, beim zweiten Lesen, gefragt, wie du wohl darauf gekommen bist.«

»Durch einen Artikel in der *Sunday Times.* Der handelte von einem britischen Diplomaten, der in Moskau in einen Skandal verwickelt war. Er hatte eine Affäre mit einer jungen Russin gehabt, obwohl er wußte, daß sie für den KGB arbeitete. Er wußte es! Schlief mit ihr in Hotelzimmern und nahm bewußt das

Risiko in Kauf, durch einen *one-way-mirror* fotografiert zu werden.«

»*One-way* was?«

»Na, so ein Spiegel, durch den du von der anderen Seite hindurchschauen kannst.«

»Ah, ich verstehe.«

»Dieser Brite war meine Vorlage für Hoffman. Ich war fasziniert von dem Mann, der für den Körper einer Frau alles aufs Spiel setzt. Als der Brite eines schönen Tages erwischt wurde, behauptete er, das Ganze sei ein abgekartetes Spiel gewesen, um ihn erpreßbar zu machen. Aber in dem Artikel in der *Sunday Times* stand, er habe von vornherein gewußt, daß die Russin eine Agentin war. Das perfekte Thema für ein Buch.«

»Und das hast du dann mit anderen Elementen angereichert.«

»Ja. Mit Hoffmans Frau, der kleinen Tochter, die sie vor langer Zeit gehabt haben, die aber gestorben ist, Hoffmans Schlaflosigkeit, seinen Freßanfällen und so weiter und so fort.«

»Klingt so, wie du jetzt darüber redest, eigentlich ganz simpel.«

»Das ist es auch. Aber wenn es simpel aussehen soll, kostet das harte Arbeit.«

»Eines Tages schreib ich auch ein Buch«, sagte Paula.

Ihr Essen kam. Schön auf einer Schale angerichtet. Auf einem Tischchen, das an das ihre herangeschoben wurde, wurde das Fleisch auf zwei Teller gelegt. Der Spinat war *al dente,* mit Olivenöl und reichlich Zitronensaft überträufelt. Sie tranken Wein. Kaplan lauschte Paulas Erzählungen über ihr Studium, ihre Eltern, ihre Verwandten in Mailand. Nachdem sie bemerkt hatte, daß er gar keinen Ehering trage, erzählte er von Hannah und der Scheidung. Nach und nach belebte sich der Platz, Touristen schlenderten in Grüppchen umher und machten Fotos vom Brunnen und voneinander, ein paar Maler stellten Staffeleien mit ihren Werken auf, Straßenmusiker okkupierten ihr jeweiliges Territorium, Spielzeug- und Luftballonverkäufer gingen ans Werk. Kaplan war schon oft abends auf diesem Platz gewesen. In einem der Straßencafés sitzend, einen Cocktail in Reichweite und eine Freundin neben sich, beobachtete er dann die Hunderte von Menschen, die wie in einer Prozession um den ovalen Platz liefen, redend, lachend, flirtend. Während er mit Paula am Tisch saß, sah er, wie der Platz am Ende der Siesta zum Leben erwachte, sich für das abendliche Treiben rüstete.

Paula wollte sich die Beine vertreten. Kaplan zahlte, und sie verließen die Terrasse. Er merkte, daß er wieder einmal zuviel getrunken hatte, sein Körper fühlte sich an, als wäre er aus Lehm. Paula nahm seine Hand, und so schlenderten sie wie ein Liebespaar oder wie Vater und Tochter über den Platz in Richtung Piazza Campo dei Fiori.

Wie ein Liebespaar – wußte er zwei Stunden später. Paula lag in seinem Bett im Hotel Commodore. Sie hatte einen tollen Körper, mit Mädchenbrüsten, einem anmutigen kleinen Tuff pechschwarzen Schamhaars, langen Beinen, straffer, bronzefarbener Haut. Auf der Piazza Mattei, im alten Judenviertel, hatten sie sich geküßt, plötzlich, ohne Anlaß. Sie hatten sich gegenseitig in die Nische eines Hauseingangs gezogen, mit hungrigen Mündern, zitternd vor Erregung. Minutenlang hatten sie ihre Unterleiber aneinander gerieben. Paula hatte ihm ins Ohr geflüstert: »In dein Hotel. Ja?« Sie waren in ein Taxi gestiegen, Hand in Hand, und hatten auf der Rückbank erneut einer aus des anderen Mund getrunken. Sie hatte sich rasch ausgezogen und sehnsüchtig die Arme ausgebreitet, als er zu ihr aufs Bett gekrochen war. Es war kurz, aber erlösend gewesen.

Kaplan hätte sich am liebsten bei ihr bedankt, doch das hätte spöttisch geklungen, und so hielt er wohlweislich den Mund. Lange blieb es still. Paula lag halb auf ihm, mit geschlossenen Augen, den Kopf auf seiner Brust. Er streichelte ihren Rücken, die Rundung ihrer Hüften.

»Was hast du gedacht, als du mich zum erstenmal gesehen hast?« fragte Paula plötzlich, in beinahe kindlichem Ton.

Kaplan kannte diese Frage. Viele Frauen, mit denen er zusammengewesen war, hatten ihn so etwas gefragt, nachdem sie miteinander geschlafen hatten.

»Du hast mir gefallen. Ich fand dich anziehend.«

»Aber was hast du empfunden?«

»Ich empfand... ich dachte: Das ist eine, in die ich mich verlieben könnte.«

»Was hast du *wirklich* empfunden?«

Er schwieg einen Moment, spürte jetzt den Altersunterschied. In Paula steckte noch ein unsicheres Mädchen, das nach Aufmerksamkeit heischte und voller Mucken war.

»Was ich *wirklich* empfunden habe? Ich hatte Schiß. In Flugzeugen ängstige ich mich immer zu Tode.«

Sie kicherte. »Irgendwie bist du noch ein richtiger kleiner Junge«, sagte sie.

»Ach, ja?«

»Ja. Aber das gefällt mir gerade so gut an dir.«

»Was hast *du* gedacht, als du mich gesehen hast?«

»Ich hab dich schon ins Flugzeug kommen sehen. Du hast mich nicht angeschaut, aber ich hab dich sehr wohl registriert. Ich wußte, wer du bist. Du bist an mir vorbeigegangen, ohne mich zu sehen, und ich... ich weiß nicht... ich *mußte* einfach mit dir in Kontakt kommen, ich hatte das Gefühl, ohnmächtig zu werden, keine Luft mehr zu bekommen. Verrückt. Ich hab das so noch nie erlebt.«

»Wirklich nicht?«

»Nein. Es war ganz komisch. Als wenn etwas in mir aufgeplatzt wäre oder so. Von einer Sekunde auf die andere fühlte ich mich... verloren. Ich mußte unbedingt mit dir reden. Weißt du, daß in der Maschine eigentlich jemand neben dir sitzen sollte?«

»Nein?«

»Einer von den letzten Passagieren. Ich hab ihm einen anderen Sitzplatz gegeben.«

»Lassen die Vorschriften das denn zu?«

»Die können mich mal mit ihren Vorschriften.«

Sie lachten beide. Er ließ seine Hand von ihrem Rücken zu ihrem Hintern hinabwandern und tätschelte ihre Pobacken. Sie fragte: »Und warum wär ich wohl sonst gestern in das Straßencafé gekommen?«

»Weil du zufällig dort vorbeigekommen bist, mich an einem Tisch hast sitzen sehen und auf ein Gratismittagessen aus warst.«

»Das ist nicht wahr!« rief sie, die Beleidigte spielend. »Wenn ich das gewollt hätte, hätt ich bestimmt mehr bestellt. Ich hab ja nur ein kleines Eis gegessen.«

»Was wolltest du dann?« fragte er. Das mußte er jetzt fragen. Es gehörte zum Spiel. Er hatte es schon oft gespielt. Es wurde nie langweilig.

»Ich wollte dich sehen. Ich hatte Angst, daß du heute nicht aufkreuzen würdest. Und ich wußte nicht, in welchem Hotel du bist.«

Paula hob den Kopf, und er beugte sich zu ihr und küßte sie auf die vorgestülpten Lippen. Danach legte sie den Kopf zufrieden wieder auf seine Schulter.

»Ich möchte dich richtig kennenlernen«, sagte sie. »Ich möchte wissen, was du schön und was du häßlich findest, was du nicht leiden kannst und was du magst. Ich kenne ein paar von deinen Büchern, aber das ist nicht genug. Wer bist du, wie sehen deine Träume aus?«

Kaplan wußte nicht, was er darauf antworten sollte.

»Erzähl mir was von deinen Eltern.«

»Die sind beide tot.«

»Erzähl.«

»Was?«

»Von ihrem Todestag.«

»Nein, Paula, nicht jetzt.«

»Wieso nicht? Ich stell es mir schrecklich vor, wenn man das erlebt. Solange man Eltern hat, ist man irgendwie noch Kind. Aber wenn die Eltern tot sind, fühlt man sich doch bestimmt ungeborgen. Hab ich recht?«

»Ich weiß nicht.«

»Wieso willst du nicht darüber reden?« Sie preßte sich noch fester an ihn, um ihm zu vermitteln, daß sie ihn nicht mit seinen Gefühlen allein lassen würde, wenn es ihm zu sehr an die Nieren gehen sollte.

»Weil ich nicht gern daran zurückdenke.«

»Klar, ist ja auch hart. Aber ich möchte dich kennenlernen. Ich möchte, daß du mir alles erzählst, was wichtig für dich ist.«

Kaplan lachte verzweifelt auf, schüttelte den Kopf. »Alles braucht seine Zeit, Paula. Du solltest das Ganze nicht überstürzen.«

»Das Ganze?« fragte sie.

Er kniff ihr in den Po. »Das Ganze, ja.«

»Sind sie schon lange tot, Leo?«

»Ja.«

»Wie lange?«

»Mein Vater fast fünfzehn Jahre, meine Mutter neun.«

»Warst du dabei?«

»Nein. Bei keinem von beiden… Paula, muß das sein?«

»Ja. War dein Vater krank?«

»Nein. Herzinfarkt. Er war im Geschäft, bei der Arbeit, da wurde ihm plötzlich schwindelig. Irgendwer hat einen Krankenwagen gerufen, aber im Krankenhaus ist er dann nach einem weiteren Infarkt gestorben. Der diensthabende Arzt sagte, daß er zwischendurch noch einen echt jiddischen Witz erzählt hat.«

»Hat der Arzt auch erzählt, was für einen?«

»Ja.«

»Erzähl.«

Kaplan mußte kurz überlegen, wie der Anfang war, und stieß einen Seufzer aus.

»Wenn ein Franzose ein Buch über Elefanten schreibt, wie nennt er das Buch dann wohl?«

»Na?«

»*L'éléphant et la culture.* Und wie würde ein Deutscher das Buch nennen?«

»Keine Ahnung«, antwortete Paula lachend.

»*Die Elefanten von der Prähistorie bis zur Gegenwart, mit Kommentar und Illustrationen.* Und wenn ein Jude das Buch schreiben würde, wie würde es dann heißen?«

»Ich weiß es wirklich nicht.«

»Ein Jude gäbe dem Buch den Titel *The Elephant and the Jewish Problem.* Gut, nicht?«

»Mmh«, bestätigte Paula bewundernd. »Obwohl ich mir nicht ganz sicher bin, ob ich ihn richtig verstanden habe.«

»Einen Witz darf man nicht erklären. Entweder er kommt an oder eben nicht.«

»Und dann?«

»Was dann?«

»Wann hast du das mit deinem Vater erfahren?«

»Ein Freund von ihm rief mich an, und ich bin sofort nach Den Bosch gefahren.«

»Schrecklich«, sagte sie.

In Gedanken sah er seine Mutter vor sich. Ihre Ratlosigkeit. Sie lag auf dem Bett, weinend, schreiend. Er konnte sie nicht trösten.

»Hast du Geschwister?«

»Nein. Es mußte gleich alles mögliche organisiert werden. Die Beerdigung, das Geschäft.«

»Was hat er beruflich gemacht?«

»Er war Geschäftsmann.« So umschrieb er den Beruf seines Vaters, des Schacherers Jud Kaplan, dessen letzte Worte gelautet hatten: *»The Elephant and the Jewish Problem.«*

»Komischerweise hat meine Mutter eine Zeitlang versucht, das Geschäft weiterzuführen. Sie entwickelte plötzlich eine ungeheure Tatkraft, blühte auf. Aber das hielt nicht lange an, nur so etwa zwei Jahre. Da mußte das Geschäft aufgelöst werden.«

»War er reich?«

»Ja. Wohlhabend.«

»Und du bist also sein einziger Erbe?«

»Ja. Aber ich mußte fünfzehn Jahre auf die Erbschaft warten.«

»Wieso?«

»Weil ich keinen beschnittenen Sohn hatte.«

»Waas?«

Paula richtete sich auf und sah ihn verdutzt an. »Keinen beschnittenen Sohn hattest? Wieso denn das?«

»Im Testament stand, daß ich einen beschnittenen Sohn vorweisen müsse, wenn ich über die Erbschaft verfügen wolle. Falls nicht, müsse ich fünfzehn Jahre warten.«

Sie grinste breit und schüttelte verständnislos den Kopf. »Das find ich total verrückt«, sagte sie belustigt.

»Verrückt?« wiederholte Kaplan. »Wieso drückst du dich denn plötzlich so zurückhaltend aus? Kompletter Irrsinn war das, hirnverbrannt.«

Paula ließ den Kopf wieder auf seine Brust sinken.

»Ich war stinkwütend, als der Notar das Testament eröffnete. Daß ich nicht an den Besitz meines Vaters herankam, ließ mich damals kalt, zumal meine Mutter bis zu ihrem Tod den sogenannten Nießbrauch davon hatte, aber ich fand es einfach unerhört, daß mein Vater mich verpflichten wollte, einen etwaigen Sohn beschneiden zu lassen. Ich hatte keinen Sohn, und falls ich binnen dieser fünfzehn Jahre nach seinem Tod die Erbschaft hätte haben wollen, hätte ich einen Sohn zeugen und diesen dann auch noch beschneiden lassen müssen. Das stand da im Grunde. Er versuchte mich noch aus seinem Grab heraus zu erpressen. Mindestens ein Jahr lang hab ich mich jeden Tag darüber aufgeregt.«

»Hattet ihr denn damals Divergenzen über das Judesein?«

»Natürlich. Er konnte es nicht ertragen, daß ich nicht in die Schul ging. Schul ist das jiddische Wort für Synagoge. Ich hielt die Feiertage nicht ein. Er verlangte von mir, eine jüdische Frau zu heiraten. Immer wenn ich in Den Bosch war, gerieten wir uns in die Haare. Jedesmal. Sein ewiges Gemecker machte mich wahnsinnig. Und schließlich hat er dann versucht, mich mit dem Testament dranzukriegen. Er hat es kurz vor seinem Tod aufsetzen lassen. Es hat ihn sogar noch einige Mühe gekostet, einen Notar zu finden, der verrückt genug war, es für ihn zu Papier zu bringen. Was erwartete er eigentlich? Daß ich mit einem kleinen Sohn zum Notar gehen würde, um ihm dort die Hose runterzuziehen und auf seinen beschnittenen Pimmel zu zeigen? Da, sehen Sie, Herr Notar, beschnitten, ohne Vorhaut, wie die alten Juden in der Wüste!«

»Aber du hast keine Kinder.«

»Nein.«

»Aus dem Grund?«

»Welchem?«

»Widerstand gegen den Auftrag deines Vaters?«

Kaplan verstummte, spürte, daß sie einen Punkt traf, der ihm noch nie in den Sinn gekommen war.

»Vielleicht«, sagte er, »ich weiß es nicht.«

Wenn er allein war, würde er dem auf den Grund gehen. Paula war nicht auf den Kopf gefallen.

»Deine Mutter ist sechs Jahre später gestorben.«

»Ja.«

»Erzähl.«

»Nein, das ist eine unerquickliche Geschichte.«

Paula schwieg, suchte nach einem Grund. Da ihr aber keiner einfiel, sagte sie nur: »Bitte, mir zuliebe.« Er kannte sie kaum, lag mit ihr im Bett, sie hatte ihn mit ihrer Möse getröstet. Offenbar hatte sie das Gefühl, ihn erst richtig ergründen zu können, wenn er ihr die dunklen Momente in seinem Leben offenbart hatte. Erst dann würde sie wissen, wer er war. Seine Bücher und sein Schwanz genügten ihr nicht.

»Mein Vater war vom einen auf den anderen Tag nicht mehr da. Meine Mutter habe ich ganz allmählich dahinsiechen sehen. Ein Jahr nach dem Tod meines Vaters blühte sie zunächst auf. Sie hatte immer in seinem Schatten gelebt und war damit, glaube ich, auch glücklich gewesen. Aber jetzt wollte sie es plötzlich auf eigene Faust versuchen. Sie übernahm die Leitung des Geschäfts, und das machte sie gut und geschickt. Dann ist sie eines Tages ausgerutscht, an einem Freitagabend. Und weißt du, worauf sie ausgerutscht ist?«

»Nein?«

»Auf Hühnersuppe! Mein Gott! Auf Hühnersuppe, die sie auf dem glatten Linoleumboden der Küche verschüttet hatte! Sie brach sich die Hüfte. Hat ihr Leben lang Hühnersuppe gekocht und wird dann eines Tages dafür bestraft! Hühnersuppe!«

Kaplan hielt für einen Moment inne, um das Wüten in seiner Brust abebben zu lassen. Paula strich mit der Wange über seine Schulter, aus Solidarität. Er wußte nicht, ob sie begriff, was Hühnersuppe für ihn bedeutete.

»Sie brach sich die Hüfte. Wieder wurde ich angerufen, wie damals bei meinem Vater. Solche Katastrophen werden heutzutage immer telefonisch übermittelt. Sie wurde operiert. Aber als sie aus der Narkose erwachte, war sie ein anderer Mensch. Das scheint bei älteren Leuten häufiger vorzukommen. Sie benahm sich merkwürdig, erkannte den Arzt nicht mehr wieder, fing oft ganz unvermittelt an zu weinen, rief nach ihrer Mutter, die schon über dreißig Jahre tot war, wollte nichts essen und war lästig wie ein kleines Kind. Sie hat sich von dieser Operation nie mehr erholt. Ich hab mich oft gefragt, ob nicht vielleicht irgendwas bei der Narkose schiefgelaufen ist, ob sie eine zu hohe Dosis bekommen hat oder so, wodurch ihr Gehirn geschädigt wurde.

Das Gehen fiel ihr schwer, sie vereinsamte. Bei einem der letzten Male, die ich sie gesehen habe, saß sie in einem Sessel im Wintergarten, eine Decke über den Beinen, und schaute in den Garten. Ich gab ihr einen Kuß, als ich hereinkam, aber sie sah mich nur erstaunt an. ›Wer sind Sie?‹ fragte sie mit liebenswürdigem Lächeln. Da bin ich flennend rausgerannt. Als ich wieder zu ihr zurückkam, sagte sie: ›Ach, junger Mann, könnten Sie bitte dem Dienstmädchen sagen, daß sie Teewasser aufsetzen soll?‹ Ich sagte: ›Ich bin Leo, dein Sohn! Erkennst du mich denn nicht?‹ Sie musterte mich skeptisch von oben bis unten und schüttelte dann ihr bleiches Köpfchen. ›Nein‹, sagte sie, ›mein Sohn sieht anders aus. Ich möchte Sie ja nicht beleidigen, aber mein Sohn ist ein gutaussehender, hochgewachsener junger Mann. Er schreibt Bücher. Sie halten mich zum Narren, nicht?‹ Ich bin fast durchgedreht, hab sie davon zu überzeugen versucht, daß ich ihr Sohn bin, aber sie blieb dabei, daß ich ein Unbekannter sei, halb so groß und halb so schön wie ihr Supersohn. Und dann wurde ihr plötzlich etwas bewußt und sie fragte: ›Wie sind Sie eigentlich hier hereingekommen? Wer hat Sie hereingelassen? Was machen Sie hier?‹ Sie bekam es mit der Angst zu tun und rief das Dienstmädchen. ›Schick den Mann da weg. Er ist hier eingedrungen. Ruf die Polizei an! Ruf Leo an! Mein Sohn wird ihn schon hinausbefördern! Gehen Sie! Lassen Sie mich in Ruhe! Wenn Sie nicht gehen, rufe ich meinen Sohn!‹«

Kaplan schloß den Mund und versuchte den ohnmächtigen Kummer abzuwehren, der in ihm aufwallte. Paula richtete sich auf und rutschte zu ihm hoch, küßte ihn auf die Wangen, die Stirn, zärtliche, behutsame kleine Küsse. Als sie seinen Mund, dem all diese Worte entströmt waren, mit den Lippen zu trösten begann, beantwortete er das leise Lecken ihrer Zunge. Er schlang die Arme um sie, sie legte sich auf seinen Bauch und sein Glied, beschnitten und willig, und nahm die Liebesstellung ein. *Attenoje,* wie lieb sie war! Ihre Zärtlichkeit legte sich wie ein Pflaster auf seine Seele. Während es in seinem Innern schluchzte, liebte er sie mit ganzer Leidenschaft.

Kaplan schreckte hoch. Das Telefon. Er schaute auf seine Armbanduhr. Halb acht. Auch Paula schlug die Augen auf. Er beugte sich über sie, küßte sie flüchtig und griff zum Telefonhörer.

»Leo? Ich bin unten. Kommst du?«

Ellen. *Shit.* Sie wollte ihn abholen.

Er entschuldigte sich, sagte, er habe nicht auf die Zeit geachtet, werde in fünf Minuten unten sein.

»Wer war das?« fragte Paula, als er aufstand. Er hatte ihr erzählt, daß er abends irgendwo zum Essen eingeladen sei, und erklärte nun, daß jemand da sei, um ihn abzuholen. »Wir sind richtig schön eingeschlafen«, sagte Paula und rekelte sich genüßlich. Hastig zupfte er die Stecknadeln aus einem neuen Oberhemd, dem dritten. »Sind das Niederländer, zu denen du gehst?« fragte Paula mit verschlafener Stimme. Er erzählte, daß er gestern eine Frau getroffen habe, die er vor neunzehn Jahren aus den Augen verloren habe. »Hattet ihr was miteinander?« fragte Paula. »Ja. Sie war meine erste große Liebe.« Paula seufzte: »Romantisch.« Keine Spur von Eifersucht. »Ich hätte dich ja gern mitgenommen«, sagte er, »aber ich weiß nicht, ob sie darauf eingestellt sind.« Paula, schon halb wieder eingenickt, gab ein leises Stöhnen von sich. »Macht nichts«, murmelte sie, »ich war doch sowieso mit Betty verabredet.« Ein säuerlicher Geruch hing ihm unter der Nase, Paulas Schoß. Rasch nahm er eine Dusche. Dann zog er den neuen Kamm durchs Haar und schlüpfte in seine Kleider. Bevor er das Zimmer verließ, setzte er sich noch kurz zu Paula aufs Bett.

»Paula, ich gehe«, flüsterte er ihr ins Ohr. »Ich weiß nicht, wie spät ich zurück sein werde. Ich ruf dich morgen früh an.«

»Ja«, sagte sie mit Piepsstimmchen wie ein Kind, das jammert, weil man es allein läßt. »Kuß«, befahl sie. Er küßte sie auf die Wange, wie er seine Tochter geküßt hätte, wenn er eine gehabt hätte.

Aber Ellen! Als er sie nun wieder vor sich hatte, schoß ihm die Wehmut ins Blut. Er vergriff sich an Schulmädchen (Paula war lieb und intelligent, und sie hatte einen erwachsenen Körper, aber sie war und blieb zwanzig Jahre jünger als er), weil er einst diese wundervolle Frau verlassen hatte. Während er auf sie zuging, wurde in seinem Kopf der Gedanke laut, daß sie seine Bestimmung gewesen war. Mit einem Mal war er sich ganz sicher, daß es im Leben Momente gibt, da man seinen tiefinneren Triebfedern sehr nahe kommt – doch er war davor weggelaufen, hatte Ellen den Rücken gekehrt und sich seiner Bestimmung widersetzt.

Sie küßten sich vorsichtig auf die Wange. Er entschuldigte sich nochmals. Dann stiegen sie in einen weißen Fiat Mirafiori und fuhren in Richtung Kolosseum. Ellen erkundigte sich, wie sein bisheriger Aufenthalt verlaufen sei. Er sagte, er habe sich ein wenig umgesehen, verschwieg Paula. Und sein Koffer? Nichts, er werde morgen noch mal bei der KLM anrufen.

Er sagte: »Ich freue mich, dein Zuhause kennenzulernen, Ellen.«

Sie sagte einen Moment nichts und fragte dann, wieso.

»Ich hab dich all die Jahre nicht vergessen. Ich hab mich oft gefragt, wie dein Leben wohl weitergegangen ist, ob du Kinder hast, was du machst. Dieser Besuch befriedigt einen langgehegten Wunsch.«

»Die Idee dazu stammt von meinem Mann«, sagte sie nüchtern.

»Dir ist es also nicht so lieb?«

»Na, ja... vielleicht ist es gut, daß das jetzt alles passiert.«

»Wie heißt dein Mann?«

»Frank.«

»Er muß es schon wert sein, wenn du es so lange mit ihm ausgehalten hast.«

»Ja, das ist er gewiß. Aber waren deine Ehefrauen es nicht wert?«

»Bei der ersten hab ich da so meine Zweifel. Die war ein Irrtum. Ein stürmischer Anfang, gefolgt von einem stürmischen Ende. Aber Hannah, meine zweite Exfrau, ist ein wundervoller Mensch.«

»Wieso bist du dann von ihr geschieden?«

»Meine Schuld. Rastlosigkeit, Mißverständnisse, Dinge, die man schwer in Worte fassen kann. Es kann auch schiefgehen, wenn du es nicht willst.«

»War es nicht mehr zu kitten?«

»Dafür war es zu spät.«

Sie fuhren durch stille Straßen. Bis auf einige wenige Örtlichkeiten, wie etwa die Piazza Navona und Trastevere, hatte Rom am Abend die Verlassenheit eines friesischen Dorfes.

»Mein Sohn ist auch da«, sagte Ellen. »Er ist gekommen, um diesen Wagen hier in die Niederlande zu fahren. Ich hab ihm gestern abend erzählt, daß du seinen Vater gekannt hast.«

»Du hast Johan besser gekannt.«

»Anders. Du dürftest damals eine andere Art von Umgang mit ihm gehabt haben als ich. Ich hatte nur kurz… Umgang mit ihm.«

»Ich hab das nie verstanden. Als du gestern sagtest, daß dein Sohn von…«

»Jetzt nicht, Leo. Später.«

Kaum eine Minute später parkte sie den Wagen vor dem Appartementgebäude, in dem sie wohnte. Während sie im Fahrstuhl lautlos aufwärts schwebten, erzählte Ellen von den anderen Hausbewohnern, angesehenen Leuten.

In der Tür zu ihrem Appartement wurde Leo von Frank Jonker begrüßt. Ein hochgewachsener, blonder Mann um die fünfundvierzig mit kräftigem Händedruck, schmalem, aristokratischem Gesicht und klaren Augen. Kaplan fand ihn sympathisch. Ellen verschwand in der Küche, und Frank führte Leo in das geräumige Wohnzimmer, erklärte, warum Stehlampen und Bilder und persönliche Ziergegenstände weitgehend fehlten, erzählte von dem bevorstehenden Umzug. Wodka hatte er nicht im Haus, er goß Kaplan statt dessen ein ordentliches Glas Whisky ein. Sie nahmen direkt vor dem großen Fenster mit Blick auf das erleuchtete Kolosseum in schwarzen Ledersesseln Platz. Leo rühmte die Lage des Appartements. Frank ließ sich über die Ausstattung der Dienstwohnungen durch das Auswärtige Amt aus, die verschlissenen Möbel aus den fünfziger Jahren, den mangelnden Sinn für Repräsentativität. Dann betrat Ellen das Zimmer, von zwei jungen Leuten gefolgt.

»Mein Sohn Maurits«, sagte Frank, »und seine Freundin Isolde.«

Kaplan erhob sich, schüttelte dem Jungen, Johans Sohn, die Hand und begrüßte das junge Mädchen. Er spürte, daß Ellen ihn fixierte, mit den Augen unruhig sein Gesicht abtastete. Sie setzte sich in den dritten Sessel, Maurits und Isolde nahmen auf dem breiten Sofa Platz. Ehe sie sich in einer anderen Ecke des Zimmers zu Tisch setzten, tranken sie hier etwas, unterhielten sich über Leos Besuch, entspannt, angeregt. Bis zum Beginn des Essens – es gab zunächst kalte italienische Vorspeisen – an einem mit einem rosa Tischtuch gedeckten Tisch hatte Kaplan einen Eindruck von der Art von Eheleben gewonnen, wie es ihm bisher versagt geblieben war. Er erlebte hier eine funktionierende Familie, Eltern und ein Sohn, die einander respektierten, kein Argwohn, kein *gekreisch,* nichts von dem leidigen Generationskonflikt, den er bei Freunden so oft miterlebt hatte, nein, eine normale Familie, in der die gegenseitige Zuneigung nicht verhehlt wurde und man sich auch nicht zu falscher Höflichkeit verbog, nein, verflixt, das war eine Familie, wie er sie sich gewünscht hätte. Er beneidete Frank. Hin und wieder fing er einen Blick von Ellen auf. Sie beobachtete ihn. Was mochte sie denken? Das gleiche wie er, daß er an Franks Stelle hätte sein können? Er blickte zu Maurits. Als er Ellen kennengelernt hatte, war er in Maurits' Alter gewesen. Er hätte ein Kind gehabt, wenn Ellen es nicht hätte wegmachen lassen. Einen Sohn wie Maurits. Er erkannte Züge von Ellen im Gesicht des jungen Mannes. Während der Abend so dahinplätscherte, fühlte Kaplan stets wieder Ellens Blick auf sich ruhen. Doch wenn er sie dabei ertappte, wandte sie rasch das Gesicht ab. Auch sie quälten sicher Erinnerungen, quälte all das, was die Phantasie so heraufbeschwören konnte. Doch da war noch etwas anderes.

Es überfiel ihn völlig unvorbereitet. Er hatte es zwar schon kommen gefühlt, konnte sich aber nicht dagegen wehren. Eine Mischung aus Angst und Verlangen. Angst, sich zu verlieben. Nach all den Jahren! Er mußte sich vor etwas so Stumpfsinnigem wie Verliebtheit schützen. Es kam auch dadurch, daß Ellen ihn so ansah. Natürlich, er war hier zu Gast. Sie sah ihn an, wie auch die anderen am Tisch es taten. Doch irgendwo in seinem Hinterkopf begannen sich die Illusionen zu verdichten. Nein, Unsinn, er wollte das nicht. Das war alles viel zu lange her. Man konnte nicht noch mal neu anfangen. Ellen war eine verheiratete Frau, die er nach diesen Tagen nie mehr wiedersehen würde. Er mußte endlich lernen zu vergessen. Er hatte noch dreißig, vierzig Jahre vor sich. Er wollte jetzt endlich einmal ein freier Mensch sein. In seinem erwachsenen Körper hauste immer noch ein verliebter Halbwüchsiger, der nach dem Mädchen seiner Träume schmachtete.

Seine Abwehr gegen die Liebeskrämpfe in seinem Leib wurde in seinem launischen Beitrag zu dem Gespräch laut, das gegen Ende des Essens von den beiden Geschichtsstudenten in Gang gesetzt wurde. Isolde, ein schlankes junges Mädchen mit *crew cut,* jenem in der amerikanischen Armee obligatorischen Kurzhaarschnitt, in Männerkleidern und mit stark geschminkten Augen, schaltete sich in Franks Anekdoten über ihre Posten in Afrika ein. Frank hatte über den Resten der Mahlzeit die Armut, das Elend, den Hunger dort zur Sprache gebracht.

Kaplan kannte das Muster solcher Gespräche.

»Das ist auf ein gestörtes Gleichgewicht zurückzuführen«, sagte Isolde. »Was wir zuviel haben, haben sie zuwenig. Wie war es, da so mittendrin zu leben?«

»Schwierig«, antwortete Ellen, »aber, ehrlich gesagt, bekommt man wenig davon mit. Wir lebten dort wie auf einer kleinen Schutzinsel.«

Frank sagte: »Vergiß nicht, daß wir eine spezielle Aufgabe hatten. Wir arbeiteten an großen Projekten, hinter den Kulissen. Zwar nur auf dem Papier, aber unverzichtbar.«

Maurits erklärte, er werde nie begreifen können, wieso der Westen nicht mal zurückstecke. Wenn wir nur auf einen Teil von unserem unglaublichen Luxus verzichten würden, könnte damit der Hunger auf der ganzen Welt ausgeräumt werden. Isolde wandte sich an Kaplan und fragte, wieso solche Themen nicht in niederländischen Romanen behandelt würden.

Der Schriftsteller rang sich mit Mühe zu dem alten Sermon durch: »Die meisten niederländischen Schriftsteller leben in Verhältnissen, die weit von diesem Elend entfernt sind. Aus einem Roman darüber würde also leicht modisches Gewäsch oder platter Sozialrealismus werden.«

»Hast du denn nie ein Buch über diese lächerlichen Gegensätze in der Welt schreiben wollen?« fragte Isolde.

»Nein, tut mir leid. Ich kann nur über Dinge schreiben, die für mich von persönlicher Bedeutung sind. Es würde ein geheucheltes Buch werden.«

»Nicht, wenn du es aufrichtig schreibst«, entgegnete Isolde.

»Aufrichtig würde in dem Fall bedeuten, daß ich mein Unvermögen beschreiben müßte, mich tatsächlich für so etwas einzusetzen. Dieses Unvermögen schmerzt zwar hin und wieder, aber das ist ein luxuriöser Schmerz. Wenn ich in der Zeitung blättere und etwas über Hunger und dergleichen lese, nehme ich's zur Kenntnis und blättere weiter, um danach einen Artikel über Arbeitszeitverkürzung und PCs zu lesen, und auf der folgenden Seite stehen dann die Sportberichte. Wenn ich für alles Mitgefühl aufbringen müßte, wär ich binnen einer Woche komplett verrückt.« Er mußte sich deutlich ausdrücken. Er war kein Weltverbesserer mehr. Er war älter geworden.

»Muß man sich nicht gerade deswegen für das eine oder andere entscheiden, sich auf *ein* Problem konzentrieren?« fragte Maurits.

»Auf welches von den vielen denn?«

»Südafrika zum Beispiel«, sagte Ellen.

»Wieso nicht Lateinamerika, Afghanistan, Kambodscha? Und dann?« Kaplan war solche zwecklosen Diskussionen gewohnt. Bei Lesungen in Schulen oder vor Studenten gehörte das zum Standard.

»Verdeutlichen, wo man steht, wofür man eintritt.«

»Das sollte man in Pamphleten tun, nicht in Romanen.«

»Wenn Multatuli auch so gedacht hätte, wär der *Max Havelaar* nie geschrieben worden«, sagte Ellen.

»Wär er nicht persönlich gekränkt und wütend gewesen, daß man ihn derart verkannte, hätte Multatuli das Buch auch nicht geschrieben.«

»Zum Glück gibt es Menschen, die anders darüber denken«, attackierte ihn Isolde. »Schließlich geht es doch darum, daß man etwas *tut.*«

»Ich schreibe.«

»Davon haben sie in Afrika leider nur wenig«, sagte sie.

»Die Bedeutung von Kunst kann man nicht an ihrem gesellschaftlichen Nutzen oder dergleichen ablesen. Kunst versucht etwas greifbar zu machen, was wir alle erfahren, womit wir aber anscheinend nur durch Vermittlung der Kunst umgehen können.«

»Aber soweit ich verstanden habe, wirst du nie einen Roman über Umweltverschmutzung oder das Wettrüsten schreiben, oder?« fragte Maurits.

»Wenn ich über so etwas wie das Wettrüsten schreiben würde, müßte ich mich erst mal für ein Ding entscheiden.«

»Genau. Für einen Standpunkt«, sagte Ellen.

»Ich könnte wahnsinnig werden von all diesem Nicaragua, Afghanistan und was sonst noch alles nach meinem Interesse, meinem Mitgefühl, meiner Mitmenschlichkeit schreit. Wenn ich mich für ein Ding entscheide, und das muß ich, wenn ich schreibe, hieße das, daß ich wüßte, was die Wahrheit ist. Ich würde dann zu einem, der als *fellow-traveller* die kubanische Revolution propagiert und mit selektiver Blindheit geschlagen ist. Ich würde dann die Kulturrevolution des Genossen Mao in den Himmel heben und Massenmord sanktionieren. Aber ich denke nicht dran. Ich weigere mich, *für* etwas zu sein. Ich bin gegen alles, was falsch ist. Aber ich bin *für* gar nichts.«

»Erbärmlich«, bemerkte Isolde scharf.

Kaplan sah, daß Ellen ihr einen verdutzten Blick zuwarf. Die Freundin ihres Sohnes nahm kein Blatt vor den Mund.

»Das bleibt also anderen überlassen?« fragte Maurits.

Ehe Kaplan antworten konnte, bemerkte Frank: »Aus deinen Worten spricht ein furchtbarer Pessimismus. Hast du die Hoffnung verloren, daß wir diese Welt gerechter machen können?«

»Ja.«

»Warum?« Ellen sah ihn mit fragendem Blick an, besorgt.

»Ich drücke mich vielleicht nicht richtig aus. Angenommen, ich wollte diese Welt gerechter machen. Nach welcher Auffassung von Gerechtigkeit bitte? Es gibt schon viel zu viele Gerechte in dieser Welt, zu viele Stalins, zu viele Maos, zu viele Pinochets. Die Welt sollte weniger ungerecht werden, aber nicht gerechter.«

»Ist das jetzt nicht eine linguistische Spielerei?« fragte Frank.

»Nein. Ich weigere mich, anderen meine Form von Gerechtigkeit aufzuzwingen. Ich bin mir darin nicht mehr sicher. Das ist die Quintessenz. Und ich will es auch nicht mehr. Ich will keine Wahrheiten mehr, keine Gerechtigkeiten, kein Heil.«

»Also das Recht dem Stärksten lassen?« bemerkte Ellen.

»Nein!« rief Kaplan ungeduldig aus, irritiert über das Unverständnis, das ihm entgegenschlug. »Recht dem Zweifel! Recht der Unsicherheit! Eine Welt verzweifelter Individuen, die nicht wissen, ob sie nach links oder nach rechts gehen sollen! Das ist meine ideale Welt!«

Es blieb einen Moment still am Tisch. Kaplan schlug die Augen nieder. Er wußte nicht, ob er recht hatte. Aber spielte das denn eine Rolle? Er hatte formuliert, wie er sich fühlte. Isolde durchbrach die Stille.

»Wenn ich in deinem Alter solche Ansichten hätte, würd ich mir 'ne Kugel in den Kopf schießen«, sagte sie und strich sich mit der flachen Hand über das Stoppelhaar, als setzte sie ein Ausrufezeichen.

Die vergnügliche Stimmung war danach nicht mehr zurückgekehrt. Hinten im Taxi, auf der Fahrt in sein Hotel, fragte sich Kaplan, ob er nicht besser den Mund gehalten hätte. Vielleicht war das, was er gesagt hatte, ja wirklich schwer verständlich. Sie hatten ihn peinlich berührt angestarrt, und Ellen war aufgestanden, um Kaffee zu kochen. Er hatte gemeint: Ich möchte mein eigenes Leben leben, ich möchte ein Mensch sein, der Verrückte, Gorillas, Krokodile achtet, ich möchte mich nicht länger von einem blinden Verlangen nach Wahrheit bestimmen lassen! So was in der Art. Aber er war sehr wohl auf der Suche nach Wahrheiten. Er wußte, daß es sie gab. Die Wahrheit des Todes, der Geburt, der Liebe. Die wollte er kennen, aus ihrer Verpackung nehmen, so wie das Pferd gestern seinen Zuckerwürfel aus dem Papierchen geklaubt hatte.

Er hatte gehofft, noch kurz mit Ellen allein sein zu können, unter vier Augen, doch das war ihm nicht vergönnt gewesen. Eine halbe Stunde hatte er nach Isoldes Schlußwort noch mit einem Glas Whisky in der Hand in dem Ledersessel vor dem großen Fenster gesessen und auf seine Chance gelauert. Er hatte den Eindruck gewonnen, daß Ellen sich von ihm fernhielt. Vielleicht hatten seine Ansichten sie abgeschreckt. Sie lebte in einer anderen Welt, hatte einen Ehemann, einen Sohn, ihr tägliches Dies und Das. Seine Haltung war die eines Mannes ohne Bindungen, der seine Eltern begraben und nie ein Kind ins Geburtenbuch einzutragen gehabt hatte. Verdammt, hier stieß er schon wieder auf etwas, über das es sich nachzudenken lohnte. Er mußte sich irgendwohin zurückziehen und diese Einfälle notieren und von allen Seiten beleuchten.

In der Halle des ›Commodore‹ kam Rudy Kohn auf ihn zugelaufen, mit ausgebreiteten Armen. Rudy hatte große dunkle Augen, die von der starken Brille auf seiner Nase zu kleinen Pünktchen reduziert wurden. Er war gebräunt, und ihm stand ein mehrere Tage alter Bart auf dem Kinn. Rudy Kohn. Kaplan, der grübelnd, sorgenvoll, mit gequältem Gesicht aus dem Taxi gestiegen war, spürte, wie ihn eine Woge der Freude durchströmte.

»Leo, mein Freund!« rief Rudy.

Sie umarmten sich wie Brüder, küßten sich auf beide Wangen.

»Ich warte schon seit einer Stunde auf dich. Wer ist denn das Mädchen in deinem Zimmer?«

Sie hielten sich fest umarmt, einer die Hände auf der Schulter des anderen. So aus nächster Nähe sah Kaplan, wie ausgemergelt das Gesicht seines Freundes war.

»Welches Mädchen?«

»Also komm, du willst doch wohl nicht behaupten, daß du nicht weißt, wer die Frau ist, die in deinem Bett liegt?«

Paula war also geblieben. Oder sie war wiedergekommen. Kaplan schwante, daß es noch schwierig werden würde, sie nach Pompeji zu kriegen.

»Ich hab sie im Flugzeug kennengelernt. Sie kannte meine Bücher.«

»Sie hat in deinem Zimmer den Hörer abgenommen. Hab dort angerufen, als ich herkam. Erzähl mir alles über sie.«

Rudy dirigierte ihn zur Lounge und hielt ihn dabei am Arm fest, als fürchte er, Leo könne weglaufen. Sie setzten sich in dieselbe Ecke, die Kaplan mit der Journalistin eingenommen hatte. Es war ruhig im Hotel. Höchstens fünfzehn Leute saßen in verschiedenen Grüppchen über die Sessel und Sofas verteilt. Kaplan erzählte kurz, wie er Paula kennengelernt hatte, immer noch mit dem Freudestrahlen über Rudys plötzliches Erscheinen in den Augen. Rudy hörte zu, nickte dann und wann verstehend, doch der Autor merkte, daß sein Freund müde und ausgepumpt in seinem Sessel hing, völlig fertig. Leo hatte Rudy ein Jahr lang nicht gesehen, und ein intensiver Briefwechsel hatte sich nicht entwickeln können, da beide keine Liebhaber dieses Genres waren.

»Wie alt ist sie?« fragte Rudy, besorgt über Kaplans Urlaubsflirt.

»Einundzwanzig.«

Rudy schüttelte mißbilligend den Kopf. »Zu jung«, sagte er. »Kerle unseres Alters können einfach nicht akzeptieren, daß das Ende näher ist als der Anfang. Solange du die Halbzeit noch vor dir hast, ist alles bestens. Aber ab fünfunddreißig beginnst du zu zählen. Dann suchen wir nach dem Trost eines jungen Körpers.«

»Wie alt ist Sandra?«

»Siebenundzwanzig. Vorige Woche hatte sie Geburtstag.«

»Wie geht's denn inzwischen?«

»Keine Ahnung. Sie ist noch mit diesem Steinhauer in New York.«

Rudy kappte das Thema und erkundigte sich bei Kaplan nach Hannah, nach seiner neuen Wohnung, nach Karin, seiner eigenen Exfrau. Kaplan erzählte, daß er sie kürzlich auf einer Party getroffen habe.

»Ihr geht's besser als mir«, sagte Rudy. »Wir haben in den letzten Monaten oft miteinander telefoniert.«

»Weiß sie, daß Sandra weg ist?«

»Nein. Du bist der einzige.«

»Möchtest du, daß sie zurückkommt?«

»Ich weiß es nicht. Es macht mich ganz verrückt. Seit sie weg ist, hab ich nicht mehr geschlafen.«

»Du hast abgenommen.«

»Fast zehn Kilo. Ich war ohnehin zu dick. Arbeitest du gerade an etwas?«

»Nein.«

»Blödmann. Du mußt schreiben. Irgendwer muß doch erzählen, wie unsereins in den achtziger Jahren durchdreht. Das ist deine Aufgabe, Kaplan.«

»Vielleicht solltest lieber du das tun, Rudy.«

»Kann ich nicht. Ich bin Betrachter und nicht einer, der sich was ausdenkt. In den vergangenen Wochen hab ich Tagebuch geführt, und sogar das ist Mist. *Cameriere!*«

Rudy winkte einem Ober und bestellte ihnen einen Wodka. Er nahm die Brille ab, rieb sich die Augen und befühlte die roten Dellen, die ihm die Brille in die Nase gedrückt hatte. Er sagte: »Ich bin völlig groggy. Hundemüde. Aber ich kann nicht schlafen. Krieg irgendwie nicht die Kurve. Kann nicht aufhören zu grübeln. Saufen, rumtigern, abends im Kino hängen, nachts die Wand anstarren. Und mit dem Verstand kommst du dem nicht bei. Du denkst: Hirnrissig, es gibt doch andere Frauen, genauso schöne mit genau so 'ner weichen Möse. Aber dein Körper schreit nach der einen, die nicht erreichbar ist. Seltsame Ängste. Das Gefühl, daß dein Leben hinüber ist. Jeder rationale Trick ist da machtlos. Du willst das in den Griff kriegen, diesen Schmerz, diesen Irrsinn, aber du weißt, daß es dafür nur eine Medizin gibt. Sie muß zurückkommen. Und dabei weißt du, daß das nichts helfen würde. Es ist schon zuviel kaputt. Aber du hoffst, daß die Grübelei aufhört, wenn sie wieder da ist. Daß die dummen Phantasien dann ein Ende haben. Wie sie's mit diesem Steinhauer macht und so. Du fühlst dich betrogen, tief, bis in die Knochen.«

Rudy schob sich die Brille wieder auf die Nase, als der Ober das Bestellte auf den runden Tisch stellte, zwei Gläser, vom eiskalten Wodka weiß beschlagen, zwei Schälchen gemischte Nüsse. Sie hoben das Glas und prosteten sich zu.

»Wenn ich dich nerve, mußt du's sagen«, sagte Rudy. »Ich kann mir vorstellen, daß du genügend anderes am Hals hast.«

Kaplan verneinte. Das einzige, was er tun konnte, war zuhören. Er konnte Rudy nicht helfen, genausowenig wie Rudy ihm helfen konnte. Sich ausquatschen und zuhören, was anderes blieb ihnen nicht übrig. Kaplan sagte: »Verlieb dich in eine andere. Wir sind in Rom! Hier wimmelt es von tollen Frauen, die einen schmucken Niederländer einem schmierigen Italiener vorziehen.«

»Sieh mich doch an. Brillengläser wie Flaschenböden, 'ne Nase wie Max Tailleur, Pausbäckchen wie ein Säugling. Sandra war ein Geschenk des Himmels. So 'ne Frau krieg ich nie wieder.«

»Laß dir die Haare schneiden. Rasier dir die Stoppeln vom Kinn. Leg dir Kontaktlinsen zu.«

Rudy schüttelte heftig den Kopf und nahm einen Schluck Wodka. »Setz dir 'nen andern Kopf auf«, ergänzte er Kaplans Empfehlungen.

»Frauen fliegen auf häßliche Kerle wie dich.«

»Ich bin kein Aufreißer. Ich bin Karin immer treu gewesen. So gut wie treu. Bis Sandra auftauchte. Da hat's mich voll erwischt. Die Klischees stimmen. Es traf mich wie ein Blitz. Leute, die unbedingt ihren Gefühlen gehorchen mußten, fand ich immer bescheuert. Aber ich konnte auch nichts anderes tun als das. Es war auch eigentlich nicht so, daß ich eine Wahl zwischen Karin und Sandra gehabt hätte. Ich *mußte* tun, was ich getan hab. Hätt ich es nicht getan, wär ich von da an wie amputiert durchs

Leben gegangen. Aber wohin hat es mich gebracht? Nach Rom, an den Wodka.«

Kaplan bewunderte Rudy. Sein Freund hatte einen Mittelpunkt im Leben. Die Leidenschaft für Sandra. Rudy gab sich etwas hin, wogegen Kaplan sich seit seinem zwanzigsten Lebensjahr abgeschottet hatte. Kaplan hatte vor der Leidenschaft Reißaus genommen. Liebeskummer war für den Schriftsteller im Grunde nie etwas anderes gewesen als gekränkter Stolz, eine Antastung seines Selbstverständnisses. Rudy litt, wie Kaplan nie gelitten hatte. Die sinnlose, bittere Trübsal, die Rudy jetzt erfaßt hatte, hatte Kaplan immer in Material für seine literarischen Ambitionen umgemünzt. Es hatte anders zu werden mit ihm.

»Wie kommt's, daß du so braun bist?« fragte der Schriftsteller.

»Penang«, sagte Rudy.

»Wo liegt das?«

»Malaysia.«

»Wann bist du denn da gewesen?«

»Ich bin heute nachmittag zurückgekommen. Bekloppte Verzweiflungstat. Dachte, daß ich dort zur Ruhe kommen würde. Meschugge.«

Rudy hatte sein Glas leergetrunken und bat den Kellner um ein weiteres.

»Wieso bist du denn ausgerechnet dorthin gefahren? Wieso nicht nach Nairobi oder Rio?«

»Ich wollte natürlich nach New York. Diesem Bildhauer eine Kugel in den Kopf jagen. Ich bin schier verrückt geworden in der Wohnung, mußte weg. Da bin ich dann vor zwei Wochen in ein Reisebüro gegangen und hab gesagt: Das erstbeste Flugzeug, das weit weg fliegt. Und das ging nach Kuala Lumpur.«

Kaplan mußte lachen, schüttelte ungläubig den Kopf. Rudy grinste ebenfalls, mit ohnmächtigem Blick.

»Aber als ich in Kuala Lumpur landete, dachte ich: Nein, ich muß noch weiter weg, in den Busch. Also ein Flugzeug nach

Penang genommen, eine Insel in der Straße von Malakka. Ich hatte mir vorgenommen, keinen Tropfen Alkohol mehr zu trinken. Ich kam dort in einem Hotel am Meer unter, im britischen Kolonialstil, mit *lawn* und Veranden. Ein Paradies, wenn es dir gutgeht. Palmen, Strand, alles. Aber ich konnte mich nicht auf die Bücher konzentrieren, die ich mitgenommen hatte. Ich hatte nicht die Ruhe im Hintern, um am Strand zu liegen. Ich konnte nicht schlafen. Aber ich verbot mir zu trinken. Da bin ich dann rumgelaufen, Tag und Nacht, durch einen Ort, der aussah wie die Kulissen in einem alten chinesischen Film. Gedränge, Armut, Geschrei auf der Straße, Händler, eine Million kleiner Restaurants, Bordelle. Dann und wann konnte ich vor Erschöpfung kurz schlafen, aber nie lange, vielleicht zwei Stunden pro Tag. Und weißt du, was das einzige war, das mich auf den Beinen hielt?«

Rudy nahm das Glas entgegen, das der Kellner auf den Tisch stellen wollte.

»Du noch, Leo?«

»Ja.«

Rudy bestellte noch zwei Wodkas, starrte kurz stumm vor sich hin.

»Der Gedanke, daß ich Selbstmord begehen könnte, hielt mich aufrecht. Ich konnte dem Ganzen ja immer noch ein Ende machen. Das war der letzte Ausweg. Ich hatte die Freiheit, mich an einem Balken aufzuhängen, in diesem alten Hotelzimmer, vergangene britische Pracht. Ich kaufte mir einen Strick, eins a Sisal, und den legte ich mir aufs Nachtkästchen im Empirestil. Mitunter saß ich eine Viertelstunde lang da und sah ihn mir an. Anstatt mich mit Phantasien über Sandras Geschlechtsleben rumzuschlagen, konnte ich mich jetzt mit einem Strick rumschlagen. War sie diesen Strick wert? Das war die Frage. Nach acht Tagen oder so begann ich dann zu denken: Schlemihl, tu was, häng dich nicht auf, sondern tu was, schieß einen Elefanten oder fang ein Verhältnis mit einer dieser amerikanischen Tanten an, die am Strand in der Sonne braten, tu was, um Himmels willen.«

Er nahm einen ordentlichen Schluck Wodka, behielt den brennenden Alkohol kurz im Mund und schluckte das russische Volksgetränk dann mit hochgerecktem Kinn runter.

»Bin da zum erstenmal im Leben in 'nem Bordell gewesen. Genauso, wie man es in Filmen sieht. Kleine asiatische Mädchen in 'ner schlecht beleuchteten Kaschemme, Ventilator an der Decke, alles klebrig und schmuddelig. Ich such mir eins der Mädchen aus und geh mit ihr in ein winziges Stundenzimmer. Sie wäscht mir den Schniedel, und ich darf kurz auf sie drauf, auf so 'nen zerbrechlichen kleinen Körper. Ich komm im Nu. Aber ich fühl mich dreckig. Ich renn in mein Hotel zurück, stell mich gleich unter die Dusche und schrubb meinen Schniedel, bis fast keine Haut mehr dran ist. Jetzt hab ich ein zusätzliches Problem: die Angst, mir die Siff geholt zu haben. Alle fünf Minuten kontrollieren, ob ich schon irgendwelche Geschwüre entdecken kann. Jede Stunde waschen und schrubben und jedes kleine Fältchen nach einem tückischen Knubbel absuchen. Dieser Schwanz hat mich wahnsinnig gemacht. Und da hab ich gemacht, was ich schon gleich am ersten Tag hätte machen sollen. Ich hab mir 'ne Flasche Whisky gekauft und sie leergesoffen. Endlich geschlafen, fünfzehn Stunden lang weg. Weg von der Siff, weg vom Strick, weg von Sandra. Die restlichen Tage hab ich mit Saufen verbracht. Als ich nach Hause kam, hörte ich deine Stimme auf dem Anrufbeantworter. Da bin ich gleich hergefahren. Hab noch nicht mal den Koffer ausgepackt.«

Für Kaplan klangen Rudys Worte nach einer etwa dreißig Seiten langen Erzählung, doch er bäumte sich gegen diesen zwanghaften Mechanismus auf. Er sagte: »Laß dich nicht verrückt machen. Du mußt wieder an die Arbeit.«

»Ich kann mich auf nichts konzentrieren. Kann den Kopf

nicht dabeibehalten. Auf dem Rückflug hab ich das Tagebuch gelesen, das ich auf Penang geführt habe. Ich dachte, es wär vielleicht vernünftig, so was zu machen. Nur konfuses Zeug. Was ist das, Leo, Leidenschaft?«

»Ich weiß es nicht. Etwas, was die Mühe lohnt.« Kaplan hörte, wie hilflos ungenau und unbeholfen seine Antwort klang. »Nicht mehr lange, und du blickst auf diese Zeit zurück und denkst: Wie konnte ich mich bloß so aufführen.«

»Glaubst du?«

»Sicher.«

»Ich wollte, ich hätte deine Nüchternheit. Du bist Schriftsteller. Du beobachtest, bleibst auf Distanz. Ich komm mir verdammt noch mal wie ein Gefangener meiner eigenen Empfindungen vor.«

»Diese Distanziertheit ist auch nicht mehr zu ertragen«, sagte Kaplan plötzlich mit einem rauhen Krächzen in der Kehle.

Rudy schien diese Bemerkung nicht zu verstehen. Er sagte: »Das Elend ist, daß mich das nirgendwohin bringt. Ich denk dauernd: Lern ich was draus? Bringt mir das was? Pustekuchen! Ich krieg graue Haare, mein Bauch wird schlaff, manchmal kommt es mir vor, als hätt ich 'nen Felsklotz auf der Brust, und das Elend ist, daß ich keinen Gott mehr habe, zu dem ich beten kann. War ich für sie nur ein kleines Intermezzo, mal was Holländisches zur Abwechslung, um die Muskulatur geschmeidig zu halten? Ich träum mit offenen Augen von New York, wie ich dort ein Blutbad anrichte.«

»Du bleibst hier oder kommst mit mir mit. Was anderes tust du nicht.«

»Ich bleibe.«

Rudy schaute wieder auf den Boden seines Glases. Dann sagte er: »Ich bin müde, Leo, sehr müde.«

»Rudy, ich bekomme im Oktober die Erbschaft von meinem Pa. Laß uns eine Weltreise zusammen machen.«

Rudy schlug die Augen zu ihm auf. »Halt ich nicht für vernünftig.«

»Ich mein's ernst. Es wird uns beiden guttun.«

Rudy lächelte, dankbar. »Das bringt nichts. *Hier* muß was passieren.« Er tippte sich mit dem Zeigefinger an die Stirn. »Ich weiß jetzt, warum manche Leute in Sekten eintreten. Du kannst dein Elend auf niemanden und nichts abladen. Ich muß das ganz allein lösen. Es ist nicht leicht, ein modernes, unabhängiges, säkularisiertes Individuum zu sein.« Rudy grinste über seine eigenen Worte, aber seine Augen sahen Kaplan unverändert traurig an. Er murmelte: »Erst kommt das Fressen und dann keine Moral.«

Es war halb fünf, als Kaplan seine Zimmertür aufschloß. Er hatte zuviel getrunken, fühlte sich dessenungeachtet aber hellwach. Er sah Paula auf dem Bett liegen, im ersten Morgenlicht. Das Bettuch bedeckte ihren Körper bis zu den Hüften, mit hochgezogenen Armen schützte sie ihre kleinen Brüste. Sie schlief ganz fest.

Kaplan ließ sich in einen Sessel fallen, der in einer Ecke des Zimmers stand, und betrachtete die junge Frau in seinem Bett. Die Fenster waren geschlossen, es miefte. Er genoß Paulas Leib, doch es war falsch, Illusionen bei ihr zu wecken. Er mußte es ihr morgen, nein, heute sagen: Es hatte keinen Sinn.

Er rief sich Bilder vom Essen bei Ellen ins Gedächtnis, warf sich vor, Dummheiten von sich gegeben zu haben. Er hatte etwas anderes gemeint. Ein kurioser Tag. Rudys Schmerz erinnerte ihn an seine Flucht nach Paris, nachdem Ellen ihm erzählt hatte, daß sie das Kind habe wegmachen lassen. Rudy hatte sein Paradies verloren, genau wie Kaplan. Der Schriftsteller hatte Ellen und ihrer Familie deutlich machen wollen, daß das Leben für einen normalen Sterblichen wie ihn zu schwer sei. Er konnte diese Last nicht mehr tragen. So etwas hatte er sagen wollen. Rudy hatte recht. Ohne Gott war es schwer. Aber er beneidete Rudy. Kompromißlos hatte sein Freund sich für die Liebe entschieden. Kaplan hatte sich nach Ellen für seine Arbeit entschieden. Eine falsche Entscheidung. Durch das Schreiben von *Hoffmans Hunger*, dadurch, daß er sich in einen Mann vertieft hatte, der nicht so furchtbar viel Zeit mehr hatte, war allmählich in seinen harten Schädel eingesickert, daß er selbst die Hälfte seines Lebens abgestreift hatte. Und obwohl es keinen Gott gab, hielt er an dem Glauben an eine Richtung, ein Ziel fest. War seine Lebensbestimmung das Schreiben von Büchern oder die Liebe zu einer Frau und die Sorge für Kinder? Vor fünfzehn Jahren hatte er letzteres »kleinbürgerlich« genannt – jetzt sehnte er sich danach. Im Badezimmer nahm er eine Dusche, unter dünnem Strahl und mit leisen Bewegungen, um Paula nicht zu wecken. Sie hatte ihn gefragt, ob dieses lächerliche Testament Grund dafür gewesen sei, daß er keine Kinder haben wollte. Vielleicht, vielleicht. Bei Ellen war es ihm passiert. Sie hatte aus seinem Samen plötzlich eine Frucht getragen. Danach hatte er sich nicht mehr getraut. Er hatte Angst vor der Entscheidung, vor der Hingabe, vor Leidenschaft.

Nachdem er geduscht hatte, setzte er sich nackt wieder in den Sessel. Im Zimmer roch es irgendwie eigenartig. Paulas Intimgeruch? Etwas Säuerliches. Er bückte sich und schnupperte an seinen Socken, die er auf den Fußboden geworfen hatte. Nein. Sein Blick fiel auf die kurzen weißen Söckchen, die Paula heute getragen hatte. Sie träumte, unerreichbar. Er schob sich aus seinem Sessel und kroch zu den schwarzen Leinenschuhen, in die sie die Söckchen gestopft hatte. Als seine Nase über den Schuhen hing, hatte er die Quelle für den Gestank gefunden. Paula hatte Schweißfüße. Er lächelte. Der Geruch, der aus den feinen Strümpfen dieser schönen jungen Frau aufstieg, weckte die Erinnerung an die Turnhalle seiner Schule. Leise öffnete er ein Fenster und setzte sich wieder in den Sessel.

Er wollte Ellen sehen, allein. Es gab nur eine Lösung. Er mußte mit ihr schlafen. Nur einmal noch. Nur eine Nacht.

5

Via Nazionale

Ellen kam zu spät. Leise schlüpfte sie in den Saal des Istituto Olandese, in dem Leo seine Lesung hatte. Doch ihre Absätze klackten laut auf dem Steinfußboden. Einige Köpfe drehten sich zu ihr um. Auch Leo schaute kurz von dem Buch auf, das auf dem Pult lag, und lächelte, als er sah, wer den Lärm verursachte. Er las den Satz, den er mittendrin abgebrochen hatte, noch einmal von vorn.

Ellen setzte sich auf einen der Stühle in der hintersten Reihe. Die Lesung des bekannten Schriftstellers aus Holland hatte nur wenig Interesse geweckt. Ellen zählte fünfunddreißig Zuhörer, die dichtgedrängt direkt vor dem Pult saßen, in erster Linie Frauen. Leo sprach ab und an den Namen Hoffman aus, und das verriet ihr, daß er aus seinem letzten Buch las. Ganz vorn entdeckte sie auch Kulturattaché Dini Verhoeven, die Organisatorin dieser Lesung war. Die meisten Zuhörer kannte Ellen. Ein wenig abseits im Saal, ihr selbst am nächsten, sah sie aber ein dunkelhaariges junges Mädchen sitzen, das sie noch nie gesehen hatte, augenscheinlich eine Italienerin.

Der vorige Abend war für Ellen die Hölle gewesen. Sie hatte sich verflucht. Vater und Sohn hatten an ein und demselben Tisch gesessen und in gereiztem Ton ein verqueres Gespräch über Politik und Literatur geführt. Und ihr hatte die versteinerte Lüge in der Kehle gesteckt und die Luft abgeschnürt.

Mißverständnisse, aneinander vorbeireden, das kam in jeder Familie vor, und auch sie hatte ihr Quentchen davon abbekommen – aber dies war etwas anderes gewesen. Es erinnerte sie an die ratlosen Besuche, die sie Johans Eltern mit Frank und Maurits zusammen abgestattet hatte. Johans Vater war hoher Beamter, seine Frau eine begabte Pianistin; das stattliche Haus an der Haager Koninginnegracht hatte Kultur und Bildung geatmet. Doch Johans Eltern waren naiv wie kleine Kinder gewesen. Ohne Wenn und Aber hatten sie Maurits als ihren Enkel akzeptiert. Mühelos hatte Ellen Fragen umschifft und ihnen die Illusion geschenkt, die sie ihr hungrig aus den Händen gerissen hatten. Ihr verstorbener Sohn hatte ihnen einen Enkelsohn hinterlassen.

Bis sie schließlich das Land verließen, hatte Ellen mit Mann und Kind sonntags regelmäßig in dem vornehmen Eßzimmer an der Koninginnegracht gegessen. Nervenaufreibende Mahlzeiten, immerfort das Gefühl, daß beim nächsten Gang ihre Lüge serviert würde. Damit hatte Ellen eine Geschichte von Schmerz und Verlangen vertuschen, nicht aber irgend jemanden täuschen wollen. Was sie sich jedoch zum Vorwurf machen mußte, war ihre mangelnde Gegenwehr, als das dann doch geschah. Aber da war sie schon in der Zwickmühle zwischen der erwachenden Liebe zu Frank und den Erinnerungen an Leo gewesen. Sie hatte zwar Einwände geltend gemacht, als Frank vorschlug, Johans Eltern von Maurits' Existenz in Kenntnis zu setzen. Doch sie hatte nachgegeben; nicht Franks sachlicher Argumente wegen (er fand, daß das Kind später ein Recht auf den Namen seines Vaters habe), sondern weil sie dachte, das sei die am wenigsten schlechte aller Möglichkeiten. Nicht die beste, aber die am wenigsten schlechte.

Mit den Sonntagsessen bei den Rooks' war sie dafür bestraft worden. Und gestern abend hatte sie dasselbe gedacht: Das ist die Strafe, die Hölle in meinem Kopf (für niemanden sichtbar, hinter ihren Augen verborgen) ist die Buße, die ich ableisten muß.

Nachdem Leo gegangen war, hatten sie noch über ihn geredet. Maurits und Isolde urteilten die Ansichten des Schriftstellers gnadenlos ab. Ellen hatte Maurits zugeschrien, daß dieser Mann, dieser Schriftsteller mit den lächerlichen Ansichten, sein Vater sei, doch ihre Stimme war nur in ihren eigenen Ohren zu hören gewesen. Zu ihrem Erstaunen hatte Frank sich in seinem Urteil milder gezeigt. Und sie selbst? Sie erahnte hinter Kaplans Worten das Fiebern nach einem zeitlosen Ort ohne Vergangenheit und Zukunft, ohne Straßenlärm, nach so etwas wie dem durch eine Art Glasglocke geschützten Bett am Sarphatipark. Sie hätte ihn gern ausgefragt und von seiner Bitterkeit befreit, doch ihn in ihrer eigenen Wohnung, unter den Blicken von Frank und Maurits zu umarmen und zu trösten, wäre unmöglich gewesen. Trost, Versöhnung, war es das, was er suchte? Auch damals schon, früher, hatte er nicht akzeptieren können, daß das Leben von Unbegreiflichkeiten und Absurditäten wimmelte, und hatte sich verbissene Auseinandersetzungen mit längst Verstorbenen und ungreifbaren Größen wie »der Obrigkeit« geliefert. Don Quijote auf jüdisch. (Sie konnte natürlich nicht wissen, daß Leo selbst sich als Golem mit Krokodilsseele sah.)

Sie war davon überzeugt, daß er mit ihr glücklich gewesen war, so wie sie mit ihm. Glücklich – damit meinte sie: ohne Sehnsüchte, die einen ruhelos vorwärtstreiben, ohne Gelüste nach dem nicht Vorhandenen, weil sich alles, was das Verlangen befriedigen kann, in Reichweite befindet. Eine derart berückende Liebe hatte sie nach der Zeit mit Leo nie mehr erlebt. Sie schrieb das nicht Frank zu. Ihre Ehe war gut. Nein, sie hatte diese erste große Jugendliebe einfach in einem Alter erlebt, da das Leben noch nicht von Verantwortungen und Lügen und all den Kompromissen einer dauerhaften Ehe in Mitleidenschaft gezogen war. Was wäre geschehen, wenn sie damals mit Leo weitergelebt hätte (eine Vorstellung, die längst unter der versteinerten Lüge zerschmettert war)? Vielleicht Heirat, vielleicht der schmerzliche Zerfall ihrer Gefühle, doch egal wie, sie hätten einen organischen Verlauf erlebt. Nun aber rieben sich noch immer die Fetzen einer zerrissenen Liebe in ihrer Brust.

Ellen konnte sich nicht auf Leos Vortrag konzentrieren. Ihre Gedanken entführten sie in das Königreich der Glasglocke, in die Tage nach ihrer Rückkehr aus dem Dorf in Zeeland (wie hieß es noch?), zu der Wut, die sie zu der zerstörerischen Lüge von einer Abtreibung veranlaßt hatte.

Sie dachte: Lügen bestehen aus Worten. Meine Mutter hatte ihr Leben auf die Worte des Neuen Testaments gegründet. Auf ihrem Sterbebett, nachdem der Krebs ihren Körper zerfressen hatte, gab ihr ein Priester das letzte Sakrament. Worte. Worte regieren die Welt. Mein Leben gründet auf einer Lüge. Bin ich ein Monstrum? Sehe ich in den Augen des Mannes dort am Pult die Ruinen meiner monströsen Worte? Hätte ich ihm damals nach Maurits' Geburt sein Kind bringen und damit die Lüge brechen sollen, anstatt mich in meiner hehren Unabhängigkeit und Duldsamkeit und katholischer Schicksalsergebenheit zu suhlen? (Ellen dachte das in Wirklichkeit natürlich in weniger hochtrabenden Worten, doch im Kern wird hier wiedergegeben, was ihr während der Lesung durch den Kopf schwirrte, eine Wolke von Gedanken.)

Es wurde Beifall geklatscht. Dini Verhoeven erhob sich aus dem Zuschauerkreis und schritt zum Rednerpult. Sie sagte, daß nun eine kurze Pause folge, wonach der Gast aus Holland Fragen beantworten werde. Kaplan stand, sein Buch in der Hand, mit müdem, formellem Lächeln neben Dini und schaute über die Köpfe der Zuhörer hinweg zu Ellen herüber. Sie lächelte. Er machte eine kleine Kopfbewegung, ein kurzes Nicken, wobei er kurz die Augen zukniff, als wolle er zu erkennen geben, daß er ein unsichtbares Zeichen von ihr verstanden habe. Täuschte sie sich, oder strahlte er wirklich die tiefe Traurigkeit aus, als leide er unter dieser sinnlosen Versammlung? Hätte sie Hände gehabt, die wie Vögel fliegen konnten, dann hätte sie sie durch den Saal zu seinen Wangen, seiner Stirn geschickt, hätte sie tröstend auf seine Lippen gelegt.

Die Zuhörer erhoben sich von ihren Sitzplätzen und nahmen ihr die Sicht auf Kaplan. Auch Ellen stand auf. Sie lief um die Stuhlreihen herum zum vorderen Teil des Saals. Kaplan unterhielt sich mit Dini. Ellen bemerkte, daß auch die unbekannte junge Italienerin auf Kaplan zulief. Alle anderen verließen den Saal unter lebhaftem Stimmengewirr, um sich in einem angrenzenden Raum etwas zu trinken zu holen. Als das junge Mädchen neben Kaplan stand, sagte sie etwas, das bei ihm ein Lächeln hervorrief. Er legte ihr vertraulich eine Hand auf die Schulter, und daraufhin küßte sie ihn voll auf den Mund. Höflich senkte Dini den Blick. Ellen blieb stehen, überrascht durch diesen Kuß, der größere Intimität verriet. Sie merkte, daß Kaplan sich nach ihr umschaute, unsicher, und ihr ein Lächeln schenkte, als wolle er ihr verdeutlichen, daß er sie auch nach dem Kuß dieses Mädchens nicht vergessen habe. Am meisten überraschte Ellen jedoch der Stich, der ihr beim Anblick dieses Kusses seltsamerweise in die Brust gefahren war. Sie war eifersüchtig.

»Schön, daß du gekommen bist«, sagte Leo, als Ellen sich zu ihnen stellte. Sie merkte, daß er ihr die Hand geben wollte, aber sie hielt mit beiden Händen ihr Täschchen umklammert und machte keine Anstalten, ihn noch irgendwie anders zu begrüßen. Sie entschuldigte sich für ihr Zuspätkommen. Kaplan sagte, sie habe nichts verpaßt.

»War das nicht eine der schönsten Passagen aus *Hoffman*?« sagte das Mädchen.

Eine Niederländerin also. Eine blendende Erscheinung, dunkle Augen, rotgeschminkte Lippen. Sie tat, als existierte Ellen nicht, sah sie nicht an. Dini stimmte dem Mädchen zu, sagte, wie gut es ihr gefallen habe, die Sätze aus dem Mund des Schriftstellers persönlich zu hören.

»Man hört, daß du das öfter machst«, fuhr das Mädchen fort, »so, wie du die Stimme veränderst, wenn du einen Dialog vorliest.«

»Wollen wir etwas trinken gehen?« Dini machte eine einladende Handbewegung zum angrenzenden Saal hinüber. Kaplan nickte, und sie setzten sich in Bewegung. Das Mädchen faßte seine Hand, aber Kaplan blieb mit einem Mal stehen und sagte: »Geh schon mal vor. Ich muß Ellen noch kurz etwas sagen.«

Nun sah das Mädchen sie doch an, forschend, und ließ Kaplans Hand los.

»Sie sind Ellen?« fragte sie mit einer Betonung, die Ellen darauf hinweisen sollte, daß Kaplan sie in bezug auf das Essen und vielleicht auch auf früher eingeweiht hatte.

»Ellen, das ist Paula Veltman«, sagte Kaplan mit hoher Stimme, nervös. Und zu dem Mädchen: »Ellen de Waal.«

»Ellen Jonker«, verbesserte Ellen ihn. Er entschuldigte sich. Ellen wartete, ob Paula ihr zur Begrüßung die Hand reichen würde, was sie jedoch unterließ.

»Leo hat erzählt, daß Sie sich noch von früher kennen«, sagte Paula.

»Als wir noch viel jünger waren«, spielte Ellen den Ball an Kaplan weiter.

»Das stell ich mir unheimlich spannend vor, sich nach so langer Zeit wieder zu treffen.« Paula lächelte nun freundlich, selbstbewußt.

»Nostalgische Jugenderinnerungen«, entgegnete Ellen trocken.

Kaplan wandte sich an Paula: »Ich komm gleich nach.« Das Mädchen gehorchte.

»Nett, Sie kennengelernt zu haben«, sagte sie zu Ellen, machte eine elegante Drehung und schritt durch den Saal davon. Sie trug einen kurzen Rock, zeigte ihre schlanken, gebräunten Beine. Am Ausgang wandte sie sich um: »Was soll ich für dich bestellen, Leo?«

Er machte eine Handbewegung, daß es ihm egal sei. »Mineralwasser«, rief er, »bis gleich.« Paula verließ den Saal.

Ellen fragte: »Wie alt ist sie?«

Kaplan sah sie mit ironischem Lächeln an. »Jung«, sagte er. »Eine hübsche junge Frau. Gratuliere.«

Kaplan schlug die Augen nieder, nickte. Mit leichtem Unbehagen standen sie einander gegenüber. Ellen hielt mit beiden Händen ihr Täschchen vor sich, als wäre es ein Schild. Kaplan legte das Buch aufs Pult und steckte die Hände in die Taschen. Mit dem einen Bein machte er eine Bewegung, als wollte er ein Steinchen wegkicken. Vom anderen Saal her wurden Stimmen laut, Gläserklirren. Kaplan holte tief Luft und sah sie erneut an.

»Der gestrige Abend macht mir zu schaffen«, sagte er, »ich hab dummes Zeug geredet. Ich hab das Gefühl, daß ich den Abend verdorben habe. Ich wollte dir sagen, daß es mir leid tut. Ich hab einfach irgendwas gefaselt, wirres Zeug.«

»Das glaubst du doch selber nicht. Das war kein wirres Zeug.«

»Zumindest war es nicht klar verständlich.«

»Auch dem möchte ich widersprechen. Für mein Gefühl hast du dich sehr deutlich ausgedrückt.«

Kaplan sah sie fragend an, mit hochgezogenen Augenbrauen, und ließ seinen Blick dann über die leeren Stuhlreihen schweifen.

»Mach kein Problem draus, Leo. So was kommt öfter mal vor.«

»Ach, hast du denn viele alte Liebhaber, die zu Besuch kommen?«

»Komm mir bitte nicht mit solchen Bemerkungen.«

Er zog die Hände aus den Hosentaschen und machte eine entschuldigende Gebärde. »Entschuldige. Ich hab's nicht so gemeint.«

»Warum muß das so sein?«

»Was?«

Sie sah seinem Blick an, daß er verdammt gut wußte, wovon sie sprach, es aber von ihr hören wollte.

»Das hier. Unser Wiedersehen«, sagte sie. »Das Ganze ist so mühsam. Als ob jedes Wort wer weiß was für eine Bedeutung hätte. Wir haben einander offenbar viel vorzuwerfen.«

»Ich werf dir gar nichts vor.«

»Ich dir auch nicht. Es ist neunzehn Jahre her, eine ganze Generation. Bis auf das Ende war es eine phantastische Zeit. Ich hab nicht vergessen, wie schön es war.«

Er starrte auf seine Schuhe, schob die Hände wieder in die Hosentaschen. »Es hat mir viel gegeben«, sagte er ernst. Dann lächelte er plötzlich und schaute zu ihr hoch. »Welche Dramatik! Komm, laß uns noch mal von vorn anfangen. Hol mich morgen vom Flughafen ab, wir werden einander fröhlich begrüßen, mein Koffer wird ganz normal auf diesem verfluchten Gepäckband ankommen, wir essen schön zusammen zu Mittag, und abends haben wir bei dir zu Hause ein grandioses Mahl. In Ordnung?«

Ellen lächelte wehmütig.

»Ich wünschte, das wäre möglich«, sagte sie, »aber es gibt nur wenige Dinge, die man ein zweites Mal machen kann. Einmal geschieht es eben. Man muß sich entscheiden. Dann ist der Moment vorbei.«

»Ich fand diese Lebenseinstellung schon immer grausam. Warum sollte man etwas nicht ein zweites Mal machen? Warum sollte man etwas, das schiefgelaufen ist, nicht besser machen können?«

»Spinn nicht rum, Leo. Was willst du denn? Schau dich doch an. Du bist ein erwachsener Mann geworden. Du hast dein eigenes Leben gelebt. Genau wie ich.«

»Für mich war es mehr als eine Jugendliebe. Wir waren jung, gut, wir wußten noch nicht so recht, was wir taten, zugegeben, aber jetzt, im nachhinein, weiß ich, welche Bedeutung es hatte.«

»Welche?« Nun wollte sie ihn aus der Reserve locken. Er schlug die Augen nieder, stieß das unsichtbare Steinchen an.

»Große. Sehr große.«

Das war alles, mehr kam nicht. Ellen sagte: »Deine Freundin wartet auf dich.« Er enttäuschte sie. Er forderte sie heraus, verleitete sie zu etwas, blieb selbst aber vage.

»Findest du, daß sie zu jung für mich ist?«

Ellen zuckte die Achseln. »Das mußt du wissen.«

»Sie ist einundzwanzig. Ich hab sie im Flugzeug kennengelernt. Sie jobbt im Sommer als Stewardeß. Studiert Italienisch.«

»Du brauchst mir nichts zu erklären.«

»Nein. Ich wollte nur – sie ist nicht meine Freundin –, ich meine: Ich kenne sie noch nicht lange.«

»Sie ist in dich verliebt. Siehst du das nicht? Mir gegenüber tust du so, als bedeute sie dir nichts, aber vorhin sah das ganz anders aus.«

Er schüttelte irritiert den Kopf, ging ein paar Schritte und gestikulierte mit einer Hand: »Du verstehst mich nicht richtig. Wenn ich es nicht gewollt hätte, hätte ich sie mir vom Leib gehalten. Ich bin froh, daß sie da ist. Ohne sie hätte ich die Begegnung mit dir nicht ausgehalten. Ich wollte sagen: Ich weiß, daß sie viel jünger ist, ich weiß, daß das keine Zukunft hat. Aber ich will sie dir gegenüber keineswegs herabwürdigen.«

»Gut, ich verstehe.«

Sie sahen sich kurz an. Ellen hatte vorgehabt, anschließend mit ihm zu Mittag essen zu gehen, sie war gekommen, um ihn einzuladen. Doch es fiel ihr nicht ein, mit einer Einundzwanzigjährigen zu konkurrieren. Kaplan stieß einen tiefen Seufzer aus. Er sagte: »Warum schwafeln wir derart aneinander vorbei? Ein Mißverständnis nach dem andern. Ich hab ständig das Gefühl, daß wir zwei verschiedene Sprachen sprechen.«

»Das ist auch so. Begreifst du denn nicht, daß wir mit Bildern im Kopf herumlaufen, die nun wirklich Vergangenheit sind? Wir haben uns verändert, wir sind andere Menschen geworden.«

»Ich weiß nicht, natürlich. Nur... ich habe Fragen. Ich möchte ein paar Dinge wissen, ehe das alles definitiv aus meinem Kopf verbannt werden kann.«

»Das gilt auch für mich«, sagte Ellen.

Er kam auf sie zu, legte ihr die Hände auf die Schultern. »Ich beneide deinen Mann. Du bist vernünftiger gewesen. Ich wollte, ich wäre Frank.«

Ellen rückte von ihm los und wandte sich von ihm ab. Was er da sagte, war unerträglich. Denken konnte er das ja von ihr aus, aber nicht aussprechen.

»Ich hab dich abgeholt und dir gezeigt, daß ich noch lebe, weil ich fand, daß wir endlich einen Punkt hinter diese... diese Geschichte setzen müssen«, sagte sie. »All diese losen Enden müssen mal zusammengeführt werden. Aber dann muß ein Punkt dahinter gemacht werden. Ein Schlußstrich gesetzt.« Sie drehte sich wieder zu ihm um, sah ihn an, unruhig, aufgewühlt. »Aber ansonsten mußt du mich in Ruhe lassen. Finger weg von meiner Ehe. Laß uns dieses Wiedersehen als Dank für das, was wir mal miteinander gehabt haben, auffassen. Aber verschon mich mit *beneiden* und Sätzen, die mit *wenn, wenn, wenn* anfangen.«

»Das hab ich auch gar nicht gesagt.«

»So habe ich es aber verstanden.«

»Aber hast du dir denn nie ausgemalt, wie es gewesen wäre?«

»Doch. Natürlich. Aber viel wichtiger finde ich, daß damals Knall auf Fall etwas abgebrochen worden ist. Ich habe eine ganze Weile gebraucht, um damit fertigzuwerden.«

Er sagte: »Du hattest als erste etwas abgebrochen. Dann ich.«

»Ich weiß«, sagte sie mit zitternder Stimme. Sie schluckte das Zuviel an Speichel hinunter, das ihr in den Mund strömte.

»Ich bin seit damals kein besserer Mensch geworden«, sagte er, »ich habe damals etwas verloren.«

»Quatsch. Was ich dir vorwerfe...«

»... Also doch?«

»Ja. Doch.« Jetzt gab es kein Halten mehr. Jetzt würde sie es sagen. »Was ich dir vorwerfe, ist Feigheit.«

Kaplan sah sie betroffen an, mit gerunzelten Augenbrauen.

»Ich glaube, daß es in dieser absurden Welt nur eine einzige wichtige Regel gibt.«

»Welche?«

»Es ist bezeichnend, daß du danach fragen mußt. Wenn du spürst, daß du dich jemandem hingeben kannst, wenn Liebe möglich ist, dann mußt du dich fallenlassen und bis zum Letzten gehen. *All the way.* Aber du hast aufgegeben. Das werfe ich dir vor. Auch heute noch. Du hast damals etwas beschädigt, was man nicht folgenlos beschädigen kann. Wie konntest du, verdammt noch mal, allem, was zwischen uns gewesen war, einfach den Rücken kehren?«

»Das hab ich nicht ohne Grund getan.« Seine Stimme klang dünn, verzweifelt.

»Das spielt keine Rolle. Du bist davongelaufen wie ein ängstliches Kind.«

»Ich *war* ein Kind.«

»Mach dich doch nicht lächerlich.«

Er starrte auf seine Schuhe. Dieselben, die er getragen hatte, als sie ihn in Fiumicino hatte stehen sehen. Dieselbe Hose, ein anderes Hemd. Dann sagte er kaum hörbar: »Wenn ich etwas auf den Tod nicht ausstehen kann, dann ein derartiges Gestammel.«

Ellen spürte, wie ihr Gesicht rot anlief. Einen Moment lang fürchtete sie, die Beine könnten ihr den Dienst versagen. Sie drehte sich um und lief weg. »Ellen, nein, so mein ich es nicht!« hörte sie ihn rufen. Sie hörte seine Schritte hinter sich, er faßte sie beim Arm, doch sie wehrte ihn ab, ohne sich umzusehen. »Ellen, bitte, bleib. Sieh mir mein Gestotter bitte nach.« Sie hörte, daß er stehenblieb, als Paula in der Türöffnung erschien, mit breitem Grinsen, ein Glas Mineralwasser in der Hand. Sie warf einen Blick auf Ellen.

»Gehen Sie?«

»Ja. Ich muß weg.«

»Schade. Ich hätte mich gern noch mit Ihnen unterhalten.«

»Wenn Sie etwas wissen wollen, fragen Sie Leo. Er weiß alles über mich.«

Leos Stimme wurde laut: »Ellen, bitte. Bleib doch.«

Aber Ellen ging an Paula vorbei, deren Augen forschend zu Leo schwenkten, und verließ den Raum.

Draußen in der Hitze verspürte sie die Neigung, in lautes Schluchzen auszubrechen. Doch sie biß sich auf die Lippen und entfernte sich eilig von dem Gebäude, während sie hoffte, daß er ihr nachkommen würde. Er blieb weg.

Das Istituto Olandese befand sich in einer Villa am Rande des Parks der Villa Borghese. Es war Mittagszeit. Unter der ausdörrenden Sonne lief Ellen in Richtung Piazza del Popolo, an Grünflächen entlang, auf denen sich Touristen, Studenten, Tagediebe, Büroangestellte ausgestreckt hatten. Nach einigen hundert Metern, als sie sich sicher war, daß er ihr nicht nachkam, verlangsamte sie ihre Schritte.

Auf der Piazza del Popolo, zu Füßen der Pension, die sie einst mit dem Fernrohr bespäht hatte, nahm sie ein Taxi zur Via Nazionale. Dort bummelte sie an den geschlossenen Geschäften entlang, bis sie an einer gut besuchten Bar vorbeikam und beschloß, dort einen Grappa zu trinken. Es war noch früh am Tag, aber sie brauchte jetzt etwas Alkoholisches.

Im Lokal erkannte sie unter den Verkäufern und Verkäuferinnen, die hier mittags einkehrten, das Gesicht eines jungen Mannes wieder. Sie wußte nicht gleich, wo sie ihn schon einmal gesehen hatte. Doch binnen zwanzig Minuten hatte sie sein Interesse geweckt, und da kam ihr auch wieder zu Bewußtsein, woher sie ihn kannte. Er hieß Roberto Fabri und arbeitete in dem Textilgeschäft in der Via Torino, wo Ellen mal ein rosa Tischtuch gekauft hatte. Sie fixierte den jungen Mann, und er erlag ihren Blicken und kam zur Theke, um sich noch etwas zu trinken zu bestellen, und zwar just dort, wo Ellen stand. Sie machte ihm Platz, damit er die Aufmerksamkeit eines der Ober auf sich lenken konnte.

Sie sagte: »Hallo. Ich kenne dich von irgendwoher«, das Ganze natürlich auf italienisch.

Der junge Mann antwortete: »Ja. Aber woher?«

Ellen: »Dein Gesicht kommt mir bekannt vor. Hab ich dich vielleicht mal im Fernsehen gesehen?«

Der junge Mann lächelte breit und auch einigermaßen verblüfft und sagte: »Nein. Ich bin nicht berühmt. Aber ich hab dich auch schon irgendwo gesehen.«

Nach einigen Minuten fanden sie das verbindende Element: das rosa Tischtuch. Er hatte einen zweiten Grappa für sie bestellt, sie fühlte sich leicht, beinahe schwebend, sie lauschte verwundert ihren eigenen zweideutigen Bemerkungen, las vom Gesicht des Jungen die erregenden Gedanken ab, die sie bei ihm auslöste, und taxierte seinen Körper, malte ihn sich aus. Aber Roberto war Italiener, und sie war geistesgegenwärtig genug, den vorletzten Satz ihm zu überlassen.

»Wollen wir noch was bei dir trinken?« fragte er. »Ich muß erst um halb vier wieder im Laden sein.«

Sie hörte sich sagen: »Nicht bei mir zu Hause. Ich weiß was anderes.«

Sie zahlten. Draußen auf dem Gehsteig der Via Nazionale überfielen Ellen, während sie eines der vielen kleinen Hotels ansteuerten, die sich in den Stockwerken oberhalb der Geschäftsetagen befanden, Zweifel. Was trieb sie hier eigentlich? Was mußte sie denn so dringend demonstrieren? Unter der sengenden Sonne war die vage Erregung, die ihren Körper mit dem Grappa durchflutet hatte, im Nu verdampft. Trotzdem stieß sie unter einem Aushängeschild mit dem verblichenen Schriftzug HOTEL CALABRIA eine schwere Tür auf, zog den Jungen in ein düsteres Treppenhaus, stieg mit ihm in einen klapprigen Fahrstuhl, kostete von seinen Lippen, als er sie umarmte, führte an der Rezeption des verwahrlosten Hotels selbstbewußt das Wort, als hätte sie so etwas schon oft gemacht, und zog sich unter seinen nervösen Blicken, sein ungeduldiges Jünglingsglied vor Augen, schweigend aus.

Es war ein kleines Zimmer, hinter den staubigen Fenstern lag die Via Nazionale in der Siestaruhe. Ohne die geringste Scham führte sie den Jungen zum Waschbecken. Mit dem kleinen Stück Seife, das neben dem Wasserhahn lag, wusch sie ihm, wie sie es im Film gesehen hatte, den Schwanz, Bordellhygiene. Doch da hatte er plötzlich einen Samenerguß. Aus seinem eingeseiften Schwanz rann es ihr stoßweise über die Hände. Sein Unterleib zitterte, und er gab ein liebes, knabenhaftes Wimmern von sich.

»Macht nichts«, sagte sie, »komm ruhig, nur zu.«

Er hielt sich am Waschbecken fest und verharrte so einen Moment mit geschlossenen Augen, während Ellen die Hände unters Wasser hielt und sich Seife und Samen abspülte. Sie umarmte ihn, spürte, daß der Junge sich wegen seiner Ohnmacht und Erregung schämte. Sie nahm ihn mit zum Bett, küßte ihn, lächelte, versuchte ihm wortlos zu verstehen zu geben, daß es ihr nichts ausmachte, daß er seinen Samen vergeudet hatte. Sie streichelte seine jungen Schultern, seinen jungen Rücken, seinen jungen Hintern, und über ihre Hände kehrten die Erinnerungen an Leo zurück, Bilder von vor zwanzig Jahren.

Während sie spürte, wie sich der Tischtuchverkäufer beruhigte und seine Hände schüchtern ihre Brüste und ihren Bauch erkundeten, versuchte sie sich vorzustellen, daß Leo hier läge – und als sie sich dessen bewußt wurde, war ihr auch klar, daß sie sich nur auf eine Art und Weise von ihrer Jugendliebe freimachen konnte: Sie mußte mit Leo schlafen, Abschied von ihm nehmen, während sie sich in den Armen lagen. Sie schloß die Augen, schlief ein und nahm entfernt die Geräusche wahr, die Roberto machte, als er sich leise anzog und das Zimmer verließ.

Sie schreckte hoch, als der Verkehr wieder durch die Via Nazionale rauschte, setzte sich mit laut pochendem Herzen auf, als sie das unbekannte Zimmer sah. Hastig zog sie sich an. Verwundert und zugleich mit einem Gefühl des Triumphs schlich Ellen sich, ohne zu bezahlen, aus dem Hotel und tauchte im Getriebe der Straße unter.

6

Via del Pantheon

Nach der Lesung im Istituto Olandese ging Kaplan mit Paula in eines seiner Lieblingsrestaurants in Rom, die Trattoria del Pantheon, ganz in der Nähe von Paulas Hotel. Honoratioren, Politiker, Künstler und Wichtigtuer bildeten dort das Stammpublikum. Es war der ideale Ort, sich von ihr zu verabschieden. Von hier konnte sie binnen zehn Sekunden mit Tränen in den Augen in ihr Hotel rennen.

Nach der Pause waren ihm einige Fragen gestellt worden. Die gleichen wie immer. Er hatte seine lauen Antworten formuliert, ein paar relativierende Scherze gemacht, das Spielchen gespielt, dessentwegen er hergekommen war. Dini Verhoeven versicherte ihm, daß das Ganze äußerst interessant und informativ gewesen sei, eine andere Frau sagte, sie habe es genossen, »wirklich«. Er dankte Dini und floh mit Paula in den Park der Villa Borghese.

»Wie oft hast du so was in deinem Leben jetzt schon gemacht?« fragte sie.

»Zu oft«, antwortete er.

»Mir hat's gefallen, dich dort vorlesen zu sehen und deinen Antworten zuzuhören, aber deinem Verhalten hab ich eine gewisse Routiniertheit entnommen.«

»Natürlich. In manchen Jahren hab ich das zwei-, dreimal die Woche gemacht.«

»Immer die gleichen Fragen, macht dich das nicht wahnsinnig?«

»Und wie. Aber andere Fragen gibt's offenbar nicht. Es dreht sich immer um die gleichen Dinge.«

»Leben, Liebe, Tod«, hatte sie neckisch geträllert und dazu ein paar Hüpfer auf dem sonnenverbrannten Gras gemacht.

Das Interieur des Restaurants hatte sich verändert. Der Fußboden war mit glänzenden neuen Marmorfliesen ausgelegt, die Wände waren frisch verputzt, und man hatte einen zweiten Saal zum Bewirtungsbereich hinzugezogen. Der Ober, der ihnen die Speisekarten brachte, entschuldigte sich für den Farbgeruch, der Umbau sei erst in der vergangenen Woche fertiggestellt worden. Kaplan bestellte Minestrone und kaltes Fleisch. Paula hatte Appetit und begann mit Melone und Schinken, nahm Tagliatelle mit Lachs als zweite Vorspeise und wollte Ossobuco als Hauptgericht.

»Du hattest Streit mit dieser Frau«, sagte Paula, als der Ober ihre Bestellung notiert hatte, »sie war sauer, als sie wegging.«

»Sie ist schnell eingeschnappt.«

»Hattest du was Verkehrtes gesagt?«

»Offensichtlich.«

»Was?«

»Sie hat mich falsch verstanden. Es kam mir so vor, als *wollte* sie mich falsch verstehen. Als wollte sie etwas provozieren.«

»Wieso? Es ist doch schön, wenn man nach so vielen Jahren einer alten Flamme wiederbegegnet, oder?«

»Kommt drauf an, wie diese alte Flamme seinerzeit erstickt wurde.« Er wußte, daß sie immer weitergebrannt hatte, ein kleines, aber hartnäckiges Feuerchen, das jetzt wieder gehörig aufzulodern begann.

»Wie war das denn damals?«

Der Ober verschaffte Kaplan Bedenkzeit. Er stellte einen Korb Brot und ein paar Tütchen Brotstangen auf den Tisch. Paula nahm ein Stück Brot, pflückte das weiße Innere heraus und schob es sich zwischen die Lippen. »Los, erzähl!« sagte sie. Sie konnte das sagen wie ein zehnjähriges Mädchen. Aber sie war einundzwanzig. Morgens hatte sie sich nach dem Duschen, vor dem Waschbecken im Bad stehend, die nasse gebräunte Haut abgetrocknet. Vom Bett aus hatte Kaplan ihr zugeschaut, während er bei der KLM anrief. Sie war fast genauso groß wie er und besaß wohlgeformte Beine, die auf der Vorderseite faltenlos in den festen Venushügel und den flachen Bauch übergingen und auf der Rückseite zwei perfekte Pobacken trugen. Ihre Brüste saßen ziemlich hoch und waren von noch makellosen Brustwarzen gekrönt, das nasse Haar klebte ihr in Strähnen auf dem Rücken. Im gleichen Moment, als eine Stimme im Hörer ihm mitteilte, daß sein Koffer noch nicht gefunden worden sei, hatte sie belustigt, als das zehnjährige Mädchen, das sie auch war, ausgerufen: »Du Spanner! Das ist nicht erlaubt!« Und dann war sie kurz in die Hocke gegangen, hatte die Schenkel leicht gespreizt und sich mit dem Handtuch die Muschi abgetrocknet. »Mal riechen?« hatte sie gefragt.

Und trotzdem mußte er ihr sagen, daß es nicht ging. Sie hätte seine Tochter sein können. Er weckte Erwartungen, nutzte ihre Verliebtheit aus. Er war nicht fair.

»Was willst du hören?« fragte er.

»Wie es mit euch zu Ende gegangen ist.«

»Das hab ich dir doch schon erzählt.«

»Nur in groben Zügen. Jetzt möchte ich alle Details hören. So leicht kommst du mir nicht davon.«

»Laß uns zuerst von was anderem reden.«

Sie schüttelte lächelnd den Kopf. »Nein, nein. Erzähl mir erst mal haarklein, warum es schiefgegangen ist zwischen euch.«

»Wo ist Betty?«

»Die weiß sich schon zu unterhalten, um die brauchst du dir keine Sorgen zu machen.«

»Du wolltest doch mit ihr Urlaub machen, nicht mit mir.«

»Worauf willst du eigentlich hinaus?«

»Ich frage mich, wie es mit uns weitergehen soll.«

Sie schlug die Augen nieder, klaubte eine schlanke Brotstange aus einem der länglichen Tütchen heraus.

»Leo...«, sie sah ihn nicht an, dachte über die Worte nach, mit welchen sie ihre Gefühle umschreiben konnte, »...Leo, ich glaube, daß ich sehr in dich verliebt bin. Ich hab dir das ja schon gesagt.« Jetzt hob sie den Kopf, sah ihn mit der ganzen Intensität an, derer sie fähig war, und das war viel. »Ich bin verrückt nach dir. Merkst du das denn nicht? Klar, ist das scheiße für Betty, aber ich möchte bei dir sein. Ich möchte dich anfassen, deine Stimme hören, deinen Schwanz wachsen sehen.«

»Wir kennen uns erst drei Tage!«

»Na und? Reicht das nicht? Gibt es da irgendwelche festgelegten Kriterien? Kann es erst nach drei Monaten was Richtiges sein? Ich fühle, was ich fühle. Denkst du vielleicht, ich hätt mich schon öfter an 'nen Passagier rangeschmissen?«

»Das hab ich doch gar nicht behauptet.«

»Nie! Ich sah dich und wollte dich nie wieder gehen lassen. So einfach ist das. Ich genieße jede Sekunde, die wir zusammen sind. Es ist herrlich, endlich mal mit einem normalen Mann zusammenzusein. Die Typen, die ich bis jetzt gekannt habe, waren alle noch halbe Kinder, quengelnde kleine Jungs, die nach einer mütterlichen Schwester suchten. Du gibst mir das Gefühl, eine erwachsene Frau zu sein.«

»Ich bin viel älter als du.«

»Ausgezeichnet. Kein Problem für mich. Für dich?«

»Nein, für mich eigentlich auch nicht«, räumte er kleinlaut ein. »Aber wie soll es weitergehen?«

»Das werden wir dann schon sehen! Wie lange bleibst du noch in Rom?«

»Ein paar Tage, ich weiß nicht.«

»Und danach?«

»Florenz. Toskana.«

»Ich komme mit.«

»Und Betty?«

»Betty auch. Wenn sie will. Und wenn du nichts dagegen hast.«

»Paula... ich bin achtunddreißig. Ich bin ein arriviertes bürgerliches Arschloch. Du bist einundzwanzig, du studierst noch. Da ist so vieles, was uns trennt.«

»Aber auch vieles, was uns verbindet.«

»Natürlich. Aber...«

»Aber?«

Sie sah ihn beunruhigt an, mit großen, traurigen Augen.

Der Ober erschien und zeigte Kaplan die Flasche Barolo, die er bestellt hatte. Kaplan nickte. Der Ober entkorkte sie, schenkte etwas in ein Glas. Der Schriftsteller kostete. *»Sì, buonissimo«*, sagte er. Paula starrte auf das Tischtuch, kehrte mit einem Messer die Brotkrümelchen zusammen. Kaplan hob sein Glas.

»Auf die Tage, die wir gehabt haben.«

Sie sah ihn erschrocken an, ließ ihr Glas stehen.

»Und die Tage, die noch kommen?« fragte sie.

Er nahm einen Schluck, stellte das Glas theatralisch wieder ab.

»Ich weiß nicht, ob es vernünftig wäre, Paula, ich weiß nicht, ob ich das gleiche empfinde, was du empfindest.«

»Ich dachte, du wärst auch verliebt.« Ihre Stimme klang jetzt tief betrübt, ihr Blick irrte verloren über die Gegenstände auf ihrem Tisch, zu dem Messer in ihrer Hand.

»Ich mag dich sehr. Du bist hübsch, sehr hübsch sogar. Du bist intelligent.«

»Aber...?« ergänzte sie nun selbst.

»Aber ich bezweifle, daß es für mich mehr ist als ein Urlaubsflirt.«

»Das kann sich doch noch ändern! Wir können es doch einfach auf uns zukommen lassen, und dann sehen wir schon weiter! Jeder weitere Tag ist ein gewonnener Tag!«

»Wär das vernünftig?«

»Vernünftig? *Who cares?* Was ich jetzt empfinde, entzieht sich meinem Verstand. Zum Glück. Bitte, mach nicht kaputt, was wir miteinander haben.«

Sie ließ das Messer los und umfaßte die Hand, mit der er den Fuß seines Glases festhielt.

»Seit Samstag morgen hab ich mich wundervoll gefühlt. Ich bin noch nie so... glücklich gewesen. Wirklich. Mit dir in Rom. Warum willst du das kaputtmachen?«

»Ich will nichts kaputtmachen. Ich bin nur nicht scharf auf das ganze Elend am Schluß. Ich hab das Gefühl, dich zu mißbrauchen, Illusionen zu wecken.«

»Aber das ist doch meine Sache, oder? Denk nicht für mich! Laß uns hier so richtig schön verliebt sein. Jetzt geht das noch, Leo. In ein paar Minuten nicht mehr. Dann hast du zuviel zerstört. Aber jetzt, wenn du jetzt sagst: Ach, Quatsch, ich sag das ja alles nur, weil ich mir nicht sicher war, was du eigentlich empfindest, wenn du jetzt so etwas sagst, dann können wir zusammen weitermachen. Nach Florenz gehen. Ich hab Geld bei mir. Ich bezahl alles selbst.«

Sie sah ihn flehend an. Er zögerte. Wenn er jünger gewesen wäre, oder wenn Ellen sich ihm nicht eröffnet hätte, oder wenn er ein etwas größeres Arschloch gewesen wäre, hätte er etwas anderes gesagt als das, was er jetzt sagen mußte. Er wollte Paula nicht ins Unglück stürzen. Und sich selbst genausowenig. Denn es war nicht ausgeschlossen, daß er sich in sie verknallte.

»Ich will mich nicht in dich verlieben, Paula.«

Sie zog ihre Hand zurück und ließ seine behaarte Hand schutzlos auf dem Tisch liegen. Plötzlich sah er die Hand seines Vaters vor sich, die gleiche Form, die gleichen Finger, der gleiche Haarwuchs. Er sah seinen Vater am Küchentisch sitzen, oft kam er erst um acht, neun Uhr abends nach Hause, müde, besorgt, im Unterhemd saß er am Tisch und aß, und sein Sohn leistete ihm Gesellschaft und blickte stumm auf die muskulösen Oberarme, das Brusthaar, das aus dem ärmellosen Hemd hervorkräuselte, die bedächtige Art, wie er aß. Er hatte die Hände von seinem Vater, Jud Kaplan. Er hatte ihm nie sagen können, daß er ihn liebte.

»Wenn wir hier zusammenbleiben, werde ich dir total verfallen. Ich *weiß*, daß das in einer Katastrophe enden wird. Ich *weiß* es. Natürlich wäre es wundervoll, anschließend mit dir nach Florenz zu fahren. Aber ich werde mich in dich verlieben. Wir werden zusammen in die Niederlande zurückgehen. Und dann?«

»Dann nichts«, sagte sie mit erstickter Stimme. »Vielleicht ist es dann vorbei, vielleicht auch nicht.«

»Und deine Eltern? Dein Studium?«

»Was zerbrichst du dir denn über das alles den Kopf?«

»Wenn ich eine Frau liebe, möchte ich mit ihr zusammensein. Jede Nacht, jeden Tag. Aber wir haben so verschiedene Leben, daß wir die niemals aufeinander abstimmen könnten.«

»Das ist doch jetzt alles verdammt schnurz!« Sie schrie. Kaplan sah, daß man an anderen Tischen ungehalten reagierte, spürte die Blicke. Sie weinte lautlos und senkte den Kopf. Sie sagte: »Ich möchte bei dir sein.«

»Es geht nicht, Paula, es geht nicht.«

Er flüsterte, von dem Gedanken gequält, sie doch lieber bei sich zu behalten. Heute morgen, nachdem sie geduscht hatte, hatte er sich in ihr ergossen, und sie hatte gestöhnt: »Ja, o ja.« Und sie war auch gekommen, als sie spürte, wie sich ihr Schoß mit seinem Samen füllte. Sie hatte ihr Gesicht unter dem seinen von der einen Schulter auf die andere geworfen, ihr Mund hatte lautlose Schreie ausgestoßen, er hatte gespürt, wie sie ganz lange und ganz tief, mit kleinen Rucken, Luft in ihre Lungen sog, sie hatte seine Pobacken festgehalten und ihn so weit wie möglich in sich hineingedrückt – es war lange her, daß er auf so befreiende Art Liebe gemacht hatte.

Jetzt saß sie regungslos da. Sie hatte Schweißfüße. Er wäre bereit, ihr die Zehen zu lecken.

»Gemeiner Schuft!« schrie sie und stand ruckartig auf. Seine Hand schoß zu ihrem Glas, doch der Wein ergoß sich bereits über das Tischtuch.

»Gemeiner Schuft!«

Die römischen Honoratioren drehten sich empört zu ihnen um. Kaplan sagte nervös: »Setz dich. Spiel nicht verrückt.« Aber Paula griff zu ihrem Rucksack, ließ ihren Tränen freien Lauf und schrie laut:

»Du bist ein Monstrum! Du gottverdammter Mistkerl! Ich liebe dich, du Schuft! Ich liebe dich!«

Er hörte ihr Schluchzen, als sie hinter ihm dem Ausgang zulief. Die Honoratioren starrten ihn weiterhin an, erwarteten eine Reaktion, doch er blieb sitzen und sah zu, wie der Ober Salz auf den Weinfleck streute. Der Mann trug ein weißes Jackett mit hochgeschlossenem Kragen und goldenen Epauletten. Auf englisch fragte er den Schriftsteller: »Soll ich die Bestellung der Dame dann streichen?« Kaplan nickte: *»Yes, please.«*

In der American-Express-Niederlassung an der Piazza di Spagna meldete Kaplan den Verlust seines Koffers. Er wies sich an einem der Schalter mit seiner Goldcard, dem Plastikzahlungsmittel der *happy few,* aus und erledigte einige Formalitäten, um in den Genuß der kostenlosen Gepäckversicherung zu kommen, die er als Halter einer Goldcard in Anspruch nehmen konnte. Er legte sein Flugticket vor.

»Haben Sie Ihr Ticket mit dieser Karte bezahlt?« fragte der junge Amerikaner, der ihn bediente. Er sprach mit texanischem Akzent.

»Nein«, antwortete Kaplan.

»Dann tut es mir leid. Dann gilt die Versicherung nicht. Wenn Sie mit der Goldcard bezahlt hätten, wäre Ihr Gepäck gegen Verlust versichert gewesen, beziehungsweise Sie hätten bis zum Wiederauffinden Ihres Koffers auf unsere Rechnung in begrenzter Höhe die notwendige Kleidung kaufen können. So aber leider nicht.«

Kaplan verstand. Zefiro hatte das Ticket nach Amsterdam geschickt. Er konnte keinerlei Ansprüche geltend machen.

In der Via Condotti betrat er das erstbeste Herrenmodengeschäft. Er kaufte sich vier Hosen, einen Sommeranzug aus Leinen und Seide und noch einmal sechs Oberhemden und drei Krawatten. Im Oktober würde er ein reicher Mann sein, was spielte es also für eine Rolle? Er beglich die Rechnung von umgerechnet mehr als dreitausend Gulden mit seiner Kreditkarte. Mit vier großen Papiertragetaschen in der Hand betrat er einige Häuser weiter ein Schuhgeschäft. Er setzte sich in einen weichen Louis-Seize-Sessel und stellte die Tragetaschen neben sich auf den dicken Teppichflor. Ein beleibter, fast kahlköpfiger Mann in Nadelstreifenanzug zeigte ihm die Kollektion. Kaplan probierte fünf verschiedene Paare an, machte vor einer Spiegelwand kleine Spaziergänge über den Teppich, um den Sitz zu prüfen.

»Sie sind alle gleich schön«, sagte er, als er das sechste Paar anprobiert hatte, »aber ich habe schlechte Füße und weiß nicht, ob solche Schuhe für mich geeignet sind.«

Der Schriftsteller ließ sich wieder im Sessel nieder und sah entschuldigend zu dem Italiener hoch, der sich wohl im stillen ärgerte. Kaplan war sich darüber im klaren, daß er in dessen Augen ein lästiger Kunde sein mußte. Doch mit einem Mal erschien ein Lächeln um die Lippen des Verkäufers. Der Mann öffnete einen der oberen Knöpfe seines Oberhemds, fingerte nach etwas, das an seiner Brust versteckt lag, und zog dann ein dünnes Kettchen hervor. Er nahm es zwischen Daumen und Zeigefinger und zeigte Kaplan einen kleinen goldenen Davidstern.

»Ich weiß, wovon Sie sprechen«, sagte er in seinem italienisch angehauchten Englisch, »nennen Sie mir auch nur einen Juden mit gesunden Füßen.« Er ließ das Sternchen wieder unter seinem Oberhemd verschwinden. »Glauben Sie mir, diese Schuhe können allesamt auch von jüdischen Füßen getragen werden.«

Kaplan kaufte drei Paar.

In seinem Hotel nahm er eine Dusche. Mit geschlossenen Augen stand er unter dem kräftigen Wasserstrahl. Was hatte er heute morgen nun wieder bei Ellen und heute mittag bei Paula verbrochen? In der vergangenen Nacht, als er Paula in ihrem unschuldigen Schlaf in seinem Bett hatte liegen sehen, war ihm aufgegangen, daß er auf rituelle Art von Ellen Abschied nehmen mußte. Versöhnung – das war die Essenz des Rituals, das er vollziehen wollte. Dazu konnte er Ellen natürlich nicht in sein Bett zerren, das wäre Blödsinn. So etwas mußte sich entwickeln, zwischen ihnen wachsen. Er war davon überzeugt, daß ihr Körper ihm etwas schenken konnte, was er irgendwo unterwegs seit seinem zwanzigsten Lebensjahr verloren hatte: Ruhe, Klarheit, Gewalt über den Wahnsinn in seinem Kopf und den Wahnsinn um ihn herum, ein Leben in Achtbarkeit und Nachsicht. Er wußte nicht, ob er vor seinem zwanzigsten Lebensjahr über all das verfügt hatte, doch im Gegensatz zu damals wußte er jetzt, daß es ihm an all dem fehlte.

Wenn das Leben Bestimmungen hatte, dann lautete die seine: frommer *chaser* in einem polnischen Schtetl zu sein, mit liebender Frau und acht zauberhaften Töchtern, ein kleines Leben zu leben, mit kleinen Gedanken, in einer Welt, die nicht größer war als das kleine Dorf, in dem er lebte, Tag für Tag einen wehmütigen Monolog an einen Gott richtend, der sich unsichtbar gemacht hatte. Aber er hatte ja unbedingt den Schriftsteller raushängen und sich gleich im ganzen Land Ansehen verschaffen müssen. Mit der nimmermüden Liebe seiner Eltern hatte er sich nicht zufriedengegeben, und nicht einmal Ellens Liebe hatte seine Ruhmsucht stillen können. Wie bang ihm doch war, tief in seiner Krokodilsseele.

Er kämpfte jetzt gegen den bangen kleinen Jungen an, der in seinem erwachsenen Männerleib steckte. Er hatte diesem *mammser* den Krieg erklärt. Er brauchte eine Schulter, auf die er sich stützen konnte, doch Paula hätte er unter seinem Gewicht zerdrückt. Sie war weg. Dann eben wanken, dann lieber in Kauf nehmen, furchtbar auf die Seele zu fallen. Sollte er eine Seele haben, dann saß sie bei ihm zwischen den Beinen, und da konnte es weh tun, wenn man verkehrt fiel.

In den Stoff des Hotelhandtuchs, mit dem er sich abtrocknete, war der Name »Commodore« eingewebt. Er hob kurz seine auf dem weißen Handtuch liegenden Hoden in die Höhe und fragte sich, ob in einem Roman das Bild einer Krokodilsseele mit dem einer hier beheimateten Seele in Einklang zu bringen wäre. Nein. Doch er war fortwährend auf der Suche nach Bildern, die es ihm ermöglichen würden, etwas zu erfassen, das ohne diese Bilder nicht greifbar war. Denn wovon redete er da eigentlich? Von abstrakten Begriffen wie Nachsicht, Wahnsinn, Unruhe, nicht greifbaren Dingen, die er in einem sichtbaren Bild widerspiegeln mußte. Durch diesen Prozeß der Verbildlichung versuchte er die rätselhaften Empfindungen, die durch seinen Körper irrten, mit einem Etikett zu versehen. Möglich, daß er gelegentlich ein falsches Etikett anbrachte und die Verwirrung dadurch noch vergrößerte. Krokodilsseele – was meinte er damit eigentlich? Er kämmte sich, immer noch nackt im Badezimmer stehend, das Haar straff nach hinten, suchte nach einer Definition für sein tiefstes Inneres – und mußte passen. Dieses Wort mußte ihm reichen. Ein anderes hatte er nicht.

Eine Stunde später saß der Schriftsteller in der Lounge Franco Ranzato gegenüber. Kaplan trug neue Kleider, neue Schuhe.

Ranzato war ein großer, aufgedunsener Mann mit roten Wangen und einer kleinen Schnittwunde am Kinn. Er saß mit geradem Rücken in seinem Sessel und sah Kaplan mit unbefangenem Blick an. Nachdem er einen Kassettenrecorder auf das niedrige Tischchen gestellt hatte, sagte er: »Ich habe eine *human-interest*-Kolumne in einer überregionalen Zeitung. Meine guten Freunde bei Zefiro sagten, daß der Film *La Fame* auf Ihrem Buch basiert. Und in dem Film spielte die berühmte Aktrice Jana Wiznewski ihre erste große Rolle. Sind Sie ihr auch persönlich begegnet?« – »Ist sie wirklich eine so faszinierende Persönlichkeit?« – »Was empfanden Sie, als Sie sie zum erstenmal sahen?« – »Ist sie ein warmherziger Mensch?« – »Was ist Ihrer Meinung nach das Besondere an ihr?« – »Hat sie Ihr Herz schneller schlagen lassen?« – »Waren Sie bei den Aufnahmen zu der Nacktszene dabei?« – »Hat sie dem Regisseur wirklich ins Gesicht geschlagen?« – »In einer amerikanischen Zeitschrift hat sie gesagt: ›Wenn man ein Buch verfilmen will, muß man ein schlechtes nehmen, denn mehr als den Plot braucht man nicht. Das galt auch für meinen ersten Film.‹ Was halten Sie von dieser Aussage Janas?« – »Hab ich irgend etwas zu fragen vergessen, was für meine Leser interessant sein könnte?«

Nach einer halben Stunde war Ranzato wieder weg. Es ging auf acht Uhr zu. Der Abend hatte sich über die Stadt gesenkt. Kaplans neue Schuhe ließen auf dem Marmorfußboden des Hotels ein wohlklingendes Klacken ertönen. Vor den Drehtüren, auf dem Teppich mit dem kunstvoll verschlungenen H und C, über das die Gäste das Hotel betraten, geriet er kurz aus dem Gleichgewicht, als die glatten Ledersohlen keinen Widerstand fanden. Die Via Torino war leer, nichts als dicht hintereinander geparkte Autos, die allesamt mit der Nase zur Via Nazionale zeigten – Einbahnstraße. Kaplan folgte dem von den Autos angewiesenen Weg und betrat dreihundert Meter von seinem Hotel entfernt das Ristorante Da Giglio, ein Lokal, das vor allem von wohlsituierten älteren Herrschaften und neugierigen Touristen aufgesucht wurde. Kaplan gehörte zur Kategorie der verlorenen Seelen.

Er hatte keinen Hunger und bestellte daher eine *mezza porzione* Pasta mit Muscheln und einen gemischten Salat. Und Wein, einen Montepulciano. Er vermißte Paula nicht; vielleicht würde er später, wenn er allein im Bett lag und auf den unter der Fensterbank in seinem Zimmer befestigten Lüftungsmotor lauschte, ihr Atmen vermissen. Aber Ellen – er konnte unmöglich weiterleben, ohne Abschied von ihr genommen zu haben.

Bedächtig und mit kleinen Bissen aß er die *spaghetti alle vongole,* trank den kräftigen Montepulciano und sann darüber nach, wie er den morgendlichen Streit mit Ellen in einem anderen Licht erscheinen lassen konnte. Aber das war nicht so einfach. Dieser Streit war real, keine Romanpassage, die er nach Belieben zurechtbiegen konnte. Er erwog einen Brief, ein Telegramm, einen Blumenstrauß – alles Quark. Nein, er mußte zu ihr, jetzt sofort, und geradebiegen, was er heute morgen im Istituto Olandese unter Paulas Blicken verbockt hatte!

Er ließ Gabel und Löffel auf den noch halbvollen Teller fallen. In einem Zug kippte er den Inhalt seines Glases hinunter und rief den Ober herbei. *»Il conto, prego!«* Ja, so freiheraus mußte er leben! Schluß mit diesem lahmen Im-Kopf-Gestochere! Ein erregendes, prickelndes Gefühl verbreitete sich in seinem Körper. Los, mach's! dachte er. Los, los, los! Er fühlte sich energiegeladen, beflügelt, wie das Kind, das am *Sinterklaas*-Abend unter buntem Geschenkpapier das heißersehnte Fahrrad entdeckt hat. Er hörte seine Mutter sagen: »Am Hinterrad sind so kleine Stützräder, da kannst du nicht fallen, Liebling!« Ein Fahrrad, ein richtiges Fahrrad, das einen ohne die kleinste Schramme über Straßen und Gehwege flitzen ließ! So hatte man sich seinen Eltern zufolge durchs Leben zu bewegen! Auf einem Fahrrad, mit dem man nicht fallen konnte! Doch jetzt traute er sich zu fallen! Endlich!

Er konnte seine Ungeduld kaum bezähmen, wartete nicht auf das Wechselgeld und hinterließ dem Kellner ein viel zu hohes Trinkgeld. Der Mann eilte ihm nach, rief ihm hinterher: *»Grazie, signore! Molto grazie!«*

Der Schriftsteller rannte zur Via Nazionale, um sich dort ein Taxi zu nehmen, flog mit Riesenschritten über das dunkle Trottoir, mit leichtem Herzen, erwartungsfroh, furchtlos.

Da tauchte plötzlich direkt vor ihm eine Gestalt auf.

Mit einem Sprung zur Seite, bei dem er sich elegant wie ein

Tänzer in der Luft drehte, konnte Kaplan gerade noch einen Zusammenprall vermeiden, landete mit einigen verlorenen, strauchelnden Schritten auf dem Boden und spürte, wie ihm ein Stromstoß durch den linken Knöchel fuhr. Hinkend und keuchend kam er, ohne zu fallen, zum Stillstand. Mit schmerzendem Knöchel wandte er sich verärgert dem Rücken des Mannes zu, der regungslos an der Stelle stand, wo der Beinahezusammenstoß stattgefunden hatte. Kaplan befühlte seinen Fuß, wußte, daß da etwas im argen war. Doch als er vorsichtig auftrat und das fragliche Bein belastete, spürte er, wie sich der Schmerz verflüchtigte, als fügten sich auch seine Füße dem heiligen Auftrag, den er zu erfüllen hatte. Er warf dem Mann einen Blick zu, fühlte seine Aufgebrachtheit durch die Füße in die Erde abfließen und sah, daß der Mann wankend auf ihn zugeschlurft kam.

»Signore, prego! Signore!« hörte er ihn murmeln.

Der Mann hatte Ähnlichkeit mit Ben Gurion – dieses zerfurchte, altersweise Gesicht, die Halbglatze mit dem weißen, wolligen Haarkranz, um die siebzig Jahre alt. Kaplan verschaffte sich ein schnelles Bild von ihm. Kein Penner, kein Zechbruder. Traurige Verzweiflung stand ihm ins Gesicht geschrieben. So mußte Ben Gurion dreingeblickt haben, als er 1956 vernahm, daß die USA von Israel verlangten, den Sinai zu räumen. Der Mann streckte hilfesuchend die Hand nach Kaplan aus.

»Il mio cuore«, sagte er flehend.

Es half alles nichts. Ellen mußte warten.

Kaplan ging zu dem Mann hin, faßte ihn stützend unter den Arm und hielt ihn so auf den Beinen. Mit seinen paar Brocken Italienisch fragte er den Mann, wo er wohne. Der Mann wies mit zitternder, schwacher Hand die Richtung.

»Novantatre. Grazie.«

Langsam half er Ben Gurion, der kleine, schlurfende Schrittchen machte, welche ihn jeweils zehn Zentimeter voranbrachten, die drei Häuser zurück bis zu einer Haustür neben einem Textilgeschäft, an dem er gerade vorbeigerannt war. Er nahm den willenlosen, zerbrechlichen Körper des Mannes wahr, als er ihn anhob, damit er die Eingangsstufe bezwingen konnte. Sein eigener Knöchel protestierte, aber was hatte er angesichts dieses Mannes schon zu klagen. Er stieß gegen die Tür. Sie war nicht verschlossen. Während er mit einer Schulter die Tür aufhielt, führte er den kranken Mann in das dämmrige, nur von einer nackten Glühbirne beleuchtete Treppenhaus. Über den schwarzen Fliesenboden schoben sie sich zu einem alten Fahrstuhl, der in einem Gitterköcher eingesperrt war. Darin flammte ein Lämpchen auf, als Kaplan die beiden schmalen Türen geöffnet hatte. Er hörte den Mann schwer atmen, mit geöffnetem Mund, halb durch die Nase, als schnarche er. Speichel lief ihm aus dem Mund. Kaplan wollte nicht, daß der Mann hier starb, in seinen Armen, auf dem Fußboden eines hölzernen Fahrstuhls.

Er ließ ihn auf die glattgesessene Bank im Fahrstuhl hinunter, schloß die Türen und fragte den Staatsmann, in welchem Stockwerk er wohne. *»Terzo«*, flüsterte dieser, nachdem er mit den Lippen geschmatzt hatte, als müsse er sie erst probelaufen lassen, ehe er ein Wort sagen konnte. Kaplan drückte auf den Knopf mit der Drei, aber nichts geschah. Er drückte noch einmal. Wieder nichts. Er kontrollierte, ob die Türen auch richtig zu waren, und drückte noch einmal auf die Drei. Der Fahrstuhl rührte sich partout nicht vom Fleck. Kaplan sah fragend den Mann an, der mit geschlossenen Augen, eine Hand auf der Brust, in sich zusammengesunken auf der Bank hing. Der Schriftsteller sah sich ihn schon auf den Armen nach oben tragen, so wie er, verrückt, wie er damals gewesen war, Evelien in ihrer Hochzeitsnacht in die Brautsuite getragen hatte. In den dritten Stock. Das mußte zu schaffen sein. Wenn er nur nicht selbst einen Herzinfarkt bekam.

Dann fiel sein Blick auf das schwarze Kästchen neben den Bedienungsknöpfen. Darin befand sich ein Schlitz, unter der nur noch schwach lesbaren Beschriftung *20 l.* Ein Automat. Jede Fahrt mit dem Fahrstuhl kostete offenbar zwanzig Lire. Sogleich suchte er in seinen Taschen nach einer Münze, fand aber keine. Er wandte sich an den Mann. Der wimmerte, blieb aber eine Antwort schuldig. Wenn er den Mann nicht tragen wollte, brauchte er eine Zwanzig-Lire-Münze. Er beugte sich zu ihm hinunter, schob behutsam seinen Arm zur Seite und griff in eine seiner Jackettaschen. Schöner, edler Stoff, feines Kammgarn. Eine Handvoll Münzen. Kaplan fischte ein Zwanzig-Lire-Stück heraus und steckte es in den Automaten. Sogleich ertönte unter dem Fahrstuhl, irgendwo im Keller, ein Zischen und Brummen. Er drückte erneut auf die Drei, und der Lift begann zu rütteln, die alten Bretter ächzten und quietschten, und nach einem heftigen Ruck und einem metallischen Knall begann der Fahrstuhl aufwärts zu kriechen.

Kaplan behielt den Mann im Auge. Ein tiefsitzender, verborgener Schmerz verzerrte dessen Gesicht. Kaplan sah diesen unbekannten Mann leiden und fühlte sich hilflos, dem Ganzen nicht gewachsen. Dieser Schmerz ängstigte ihn.

Der Fahrstuhl erzitterte und kam zum Stillstand. Kaplan öffnete die Türen. Der Mann schien bewußtlos zu sein. Kaplan faßte ihm mit den Händen unter die Achseln und zog ihn hoch. Der Mann wankte, blieb aber stehen. Kaplan stemmte ihn aus dem Fahrstuhl heraus und bugsierte ihn zu einer der beiden Türen auf diesem Stockwerk. Der alte Mann gab sein Bestes, schnappte hörbar nach Luft und steuerte die linke Tür an.

Eine geraume Weile drückte Kaplan auf den Klingelknopf. Niemand da. Den Mann weiterhin festhaltend, stellte er sich hinter ihn, so daß er sich rücklings an Kaplans Brust lehnen konnte, und suchte in den Taschen des Mannes nach Schlüsseln. Er fand sie in einer Hosentasche. Es war feucht dort. O Gott! Der Mann hatte seinen Urin laufen lassen. Sich seitlich der Tür entgegenschiebend, wobei er den Mann am Schlafittchen hielt, tastete Kaplan nach dem Türschloß, probierte alle Schlüssel des dicken Bundes durch. Natürlich war es der letzte. Er stieß mit der Schulter gegen die Tür, drückte sie auf und sah aus den Augenwinkeln ein kupfernes Namensschild. *J. Levi.* Auch das noch!

In der dunklen kleinen Diele hinter der Tür machte er die Umrisse eines Stuhls aus. Er schob Levi in diese Richtung, faßte ihn erneut unter den Achseln und ließ ihn vorsichtig auf den Stuhl hinunter. Dann suchte er nach dem Lichtschalter und knipste die Lampe an.

Bernsteinfarbener Marmor auf dem Fußboden, ein antikes Dielentischchen mit Handschuhfach, ein Spiegel in vergoldetem Rahmen, zwei Reproduktionen von Zeichnungen Michelangelos. Drei Türen, alle geschlossen, gingen von der Diele ab, und dann war da noch ein offener Durchgang zu einem größeren, in tiefes Dunkel gehüllten Raum. Konnte er den Mann allein lassen?

Kaplan rief auf niederländisch: »Ist da jemand? Hallo, ist da jemand?«

Es blieb still.

Der Kopf des Mannes war auf die eine Schulter gesunken, seine Arme hingen schlapp zu den Seiten herab. Kaplan erfaßte panische Ratlosigkeit. Was sollte er tun? Mund-zu-Mund-Beatmung? Herzmassage? Er wußte nicht, wie das ging! Er legte eine Hand auf Levis Arm, schüttelte ihn und sah, daß der Mann den Mund öffnete und mit den Lippen schmatzte. Er lebte noch. Das war ein Fall für einen Arzt, ein Schriftsteller konnte diesem Levi nicht helfen. Kaplan hatte keine magischen Worte zur Verfügung, die dem verlöschenden Körper des alten Mannes neues Leben einhauchen konnten. Wenn Hannah doch nur bei ihm wäre.

Kaplan fragte: *»What's the name of your doctor? I have to call him.«*

Levi schmatzte mit den Lippen, konnte aber keine Worte mehr bilden.

»The name of your doctor!« drängte Kaplan.

Levi rang nach Atem, brachte aber keine verständlichen Töne hervor. Nervös faßte Kaplan mit einer Hand unter Levis Jackett und fühlte in die Innentasche. Er fand eine schöne Lederbrieftasche und las auf einer Visitenkarte den vollständigen Namen des Mannes, Jakub Menachim Levi. Unter seinem Namen stand TESSUTI, TESSILE, VESTITI. Levi war also in der Textilbranche. Aber einen Terminkalender fand Kaplan nicht.

Er betrat den dunklen Raum, machte eine Stehlampe an. Ein geräumiges Wohnzimmer, komfortabel, mit stilvollen Möbeln, italienisch gutbürgerlich. Auf einem niedrigen Couchtischchen stand das Telefon. Er stürzte sich darauf, las auf der Wählscheibe die Nummer von der Polizei und wählte sie.

Es wurde sofort abgenommen, und hastig erzählte Kaplan der Stimme, wo er sei, daß sich dort ein todkranker Mann befinde und sofort ein Krankenwagen kommen müsse. Der Mann am anderen Ende der Leitung wiederholte ruhig die gemachten Angaben und versicherte, daß Hilfe kommen werde. Kaplan legte den Hörer auf und ging in die Diele zurück.

Jakub Levi hing wie tot auf seinem Stuhl. Kaplan gingen die Nerven durch, seine Hände zitterten, sein Mund war ganz trocken. Mußte er jetzt irgend etwas Bestimmtes machen? Levi die Stirn befeuchten? Er beugte sich über den Mann, machte dessen obersten Hemdknopf auf und löste die Krawatte mit den Speicheltropfen aus dem Kragen. Er hörte, daß der Mann noch immer atmete. Verzweifelt, ratlos richtete sich der Schriftsteller auf und lief aufgeregt auf dem Marmor hin und her, sah sich die Michelangelos an und öffnete schließlich eine der drei Türen. Dann aber machte er plötzlich kehrt und rannte aus der Wohnung. Die Fahrstuhltüren standen noch offen!

Als er im Treppenhaus die beiden Türen schloß, kam ihm zu

Bewußtsein, daß die Leute vom Krankenwagen ja eine Zwanzig-Lire-Münze bei sich haben mußten, sonst ging der Fahrstuhl nicht. Dann mußten sie eben zu Fuß die Treppe heraufkommen. Er ließ die Wohnungstür offen und fand in der Diele die Tür, die ins Schlafzimmer führte. Vielleicht war es besser, wenn Levi lag. Den einen Arm unter dessen Kniekehlen, den anderen unter dessen Schulterblättern, hob Kaplan den Mann hoch. Er spürte, wie sein Rücken gegen diese Last aufbegehrte. Levi war schwerer, als er aussah. Wie eine Braut trug Kaplan den alten Mann ins Schlafzimmer und legte ihn auf die bordeauxrote Tagesdecke des Betts. Levi blieb regungslos liegen. Kaplan streckte Levis Beine aus, legte ihm die Arme an den Körper. War er jetzt tot? Der Schriftsteller wußte es nicht. Er horchte ganz genau hin, vernahm aber nur sein eigenes laut pochendes Herz. *Attenoje,* der Mann mußte am Leben bleiben, dieses weise, gepeinigte Gesicht mußte auf dieser Welt bleiben.

Im Badezimmer fand er einen kleinen Spiegel, den er Levi vor den Mund hielt, wie er das mal in einem Film gesehen hatte, doch der Spiegel beschlug nicht. Da nahm er das Handgelenk des Mannes hoch und fühlte mit zugekniffenen Augen, konzentriert. Ja, ein Pulsschlag, ziemlich schnell. Aber stammte dieses Ticken nicht vielleicht von ihm selbst?

Der Schriftsteller blickte auf Levi, Textilien, hinab, und ihm wurde bewußt, daß er noch nie einen Toten gesehen hatte. Weder seinen Vater noch seine Mutter hatte er als Leichnam ansehen wollen. Er wollte nicht, daß Levi der erste sein würde. Die Toten Kaplans waren Schemen in seinem Kopf.

War der Mann verheiratet? Er schaute auf seine breiten Altmännerhände, sah zwei zusammengeschobene Eheringe an einem Finger. Witwer. Hatte er Kinder? Kaplan wußte nichts über diesen Mann, einen Fremden, der Jakub Levi hieß und in der Textilbranche war und jetzt zu sterben drohte, allein, im Beisein eines Schlemihl aus Holland.

Levis Augenlider zitterten. Zu seiner Erleichterung sah Kaplan, daß der Mann wieder zu sich kam und die Hände bewegte, eine davon auf seine Brust legte und sich damit übers Herz strich.

Kaplan beugte sich wieder zu ihm hinunter.

»Kann ich etwas für Sie tun?« flüsterte er.

Langsam wandte der Mann den Kopf. Seine blaßbraunen Augen suchten das Gesicht des Schlemihls.

Kaplan wiederholte seine Frage, jetzt auf englisch. Er sah, daß Levi ihn nicht begreifend, ängstlich anblickte. Er schmatzte mit den Lippen und schluckte mühsam, die Augen dabei schließend. Dann holte er tief Luft und sagte: *»Bitte, nemmt ir di hant.«*

Sprach der Mann nun Jiddisch oder falsches Deutsch? Levi nahm die Hand von seiner Brust und streckte sie Kaplan hin, der die zitternde Hand mit seinen starken, gesunden Fingern umschloß. Der Mann sah ihn ängstlich an, schutzlos, wie ein Kind.

Levi rang wieder nach Luft, fragte: *»Wos is ajer nomen?«*

Levi sprach also Jiddisch. Die Sprache der Familien seiner Eltern, hier in Rom?

»Kaplan.«

Levi starrte ihn unverwandt an, mit verlassenen Augen. *»Es tut mir wej in di brußt.«*

Kaplan nickte verständnisvoll, wie er einem kranken Kind zugenickt hätte, als fühlte er selbst diesen Schmerz. Er sagte: *»Ir wert schnell gesunt wern. Ich hob dem dokter gerufn. Hot Ir kinder?«*

Levi schüttelte nur einmal müde den Kopf. *»Nejn.«*

Die weiche, breite Hand lag kraftlos in Kaplans Faust. Was hatte Levi in seinem Leben wohl schon alles geschleppt? Stoffballen, Tischdecken, Handtücher.

»Hot Ir familljе?« fragte Kaplan.

Levi schloß die Augen und röchelte, oder war es ein Schluchzer?

»Nejn.«

Kaplan setzte sich auf die Bettkante und drückte Levis Hand. *»Ich bin baj Ir.«*

Wieder versuchte Levi zu schlucken. Angestrengt, mit nach innen gesogenen Lippen und abgewandtem Kopf gelang ihm das endlich. Er fragte: *»Wo sajt Ir gebojrn?«*

Kaplan antwortete: *»In Den Bosch. In Holland. Ich wojn in Amsterdam. Un Ir?«*

»Lublin.«

Das Sprechen kostete Levi Mühe. Kaplan roch etwas, blickte auf Levis Schritt. Levi hatte auch die Gewalt über seinen Schließmuskel verloren. Er wandte den Kopf dem Schriftsteller zu. *»Wos wet sajn morgn?«*

Kaplan lächelte den alten Mann betrübt an.

»Morgn sajt Ir gesunt«, sagte der Schriftsteller wider besseres Wissen.

Levi schloß die Augen. Bis die Sanitäter hereinkamen, rang der Mann nach Atem, piepsend, röchelnd. Sie hoben ihn auf eine faltbare Krankentrage und trugen ihn eilig die Treppe hinunter.

Kaplan löschte das Licht und schloß die Tür ab. Anschließend warf er den Schlüssel in den Briefkasten.

In der Lounge des ›Commodore‹ betrank er sich. Um halb eins rief er Ellen an.

7

Leidsekade, Amsterdam, Holland, Europa, Erde, Weltall

Fulisch behauptet also in seinem Huizinga-Vortrag über »Das Eine«, eine sinnvolle Betrachtung der Menschheitsgeschichte sei nur im Licht des vor achtzehn Milliarden Jahren mit dem *Big Bang* eingeschlagenen Wegs möglich. Seiner Meinung nach haben wir immer noch das Echo des Urknalls im Ohr. Seiner Meinung nach gründet unser Verlangen nach Einheit und Ordnung auf der Tatsache, daß alles Vorhandene einst aus diesem einen kleinen Ei von Urmaterie gespritzt ist. Er schreibt – wirklich, ungelogen – das folgende: »Solange die Geschichtswissenschaft irgendwo bei der Archäologie, also der jüngsten Zeit, anfängt und nicht beim Anfang, bleiben ihr die immanenten Gesetzmäßigkeiten verborgen.«

Die Historiker müßten zum Urei zurück, ruft Fulisch, denn erst wenn sie auf jenes Ei blickten wie die Wahrsagerin auf ihre Glaskugel, seien die wahren Gesetzmäßigkeiten, die diese Welt regieren, erkennbar.

Ist er denn nun wirklich verrückt geworden?

Und was sollen das für Gesetzmäßigkeiten sein? Haben wir denn in diesem Abschnitt unseres Millenniums mit Marx, Stalin und Hitler nicht schon genügend Gesetzemacher gehabt?

Fulisch fährt unverdrossen fort, wo Platon und Plotin aufgehört haben. Wer kennt die Ordnung, die unsere Welt regiert? *Er.* »Ich weiß es«, schreibt er. Diese Ordnung gehe auf die »rätselhafte Einheit von einem Ton und seinem Oktavton zurück«. Unsere Geschichte entwickle sich, so Fulisch, wie der Aufbau von Grundton zu Oktave. Ungelogen, das steht wirklich da, ausgesprochen in der Pieterskerk in Leiden am 7. Dezember 1984, einen Tag später im *NRC-Handelsblad* abgedruckt, gelesen und gehört von Tausenden von Menschen, allesamt mit Kacke in den Ohren und Schleim vor den Augen, Menschen, die den Stuß von Hollands ernstzunehmendstem Größenwahnsinnigen schlucken wie das Löffelchen Lebertran, das wir früher alle runterwürgen mußten, eklig, aber es schien eine heilsame Wirkung zu haben. Das Heil nach Fulisch, dem Großen Dirigenten, der in einem unlesbaren, unverständlichen, wirrköpfigen und, einmal mehr, größenwahnsinnigen Buch, das er *Die Komposition der Welt* genannt hat, das Welträtsel entschlüsselt. Ohne das kleinste Fünkchen Ironie, dem unbezähmbaren Drang erlegen, in jeden Satz dreihundert lateinische Wörter zu stopfen, versucht er uns weiszumachen, daß ER, Fulisch der Große, das musikologische Fundament der Welt ausgegraben habe. Welche Chuzpe!

Er schreibt: »Überall [wird] Einheit gesucht, gefunden und hergestellt.« Das sagt auch meine Freundin, wenn sie sich auf mich legt, das sagt meine Frau, wenn sie den Kugl in den Ofen schiebt, das sagt meine kleine Tochter, wenn sie ein Legohaus gebaut hat. Aber stimmt es denn auch? »Die Welt hat nur einen Ursprung«, schreibt Fulisch, denn schau doch, schon Thales van Milet habe gesagt: »Alles ist Wasser.«

Dieses »Alles ist...« ist beliebig, doch er, Harry van Haarlem, weiß, was an die Stelle der drei Pünktchen gehört. Nicht »Wasser«, auch nicht »Lego« oder »Kugl«, nein, Harry weiß verdammt gut, welches Wörtchen da gelesen zu werden hat: Alles ist ICH, Fulisch.

Ist er denn nun wirklich verrückt geworden?

Wir sind allesamt aus dem Urei geschlüpft, das Geräusch der zerbrechenden Schale klingt nach, wenn wir einen Grundton mit seiner Oktave hören, und erst jetzt, da wir das endlich wissen, können wir die Menschheitsgeschichte richtig durchschauen. Ja, diese Erkenntnis wird sogar »zu Vorhersagen (...) führen«, unter Fulischs inspirierender Leitung wird die Zukunft zu einem weichgekochten Ei zusammenschrumpfen, das nach simplem Anticken mit dem Löffel seinen Inhalt preisgeben wird. Harry Fulisch, der Große Dirigent mit dem Magischen Eierlöffel, dirigiert das Weltorchester.

Das Weltall ist schätzungsweise achtzehn Milliarden Jahre alt. Und es gibt Theorien, daß unser Weltall in weiteren achtzehn Milliarden Jahren implodieren wird, alles wieder zu dem Urei zusammenschrumpfen wird, mit dem alles begann.

He! Wir befinden uns also genau auf der Hälfte? Wenn es uns auf ein paar hundert Millionen Jahre mehr oder weniger nicht so genau ankommt, ja, verflixt, dann befinden wir uns auf der Hälfte. Und jetzt dies. Wenn wir eine Gitarrensaite genau in der Mitte des Halses andrücken und einen Ton erzeugen, dann hören wir exakt die Oktave des Tons, den wir hören, wenn wir die Saite frei anzupfen. Vergleichen wir nun einmal den Lauf des Weltalls mit den Abschnitten der Saite. Mein Gott! So ein Zufall aber auch! Auf halbem Wege zur Oktave! Und von wem ist der Finger, der die Kosmische Oktave ertönen läßt? Harry!

Das konfuse Zeug, das er derzeit verkündet – vergessen wir nicht, daß er Wunderbares geschrieben hat –, entspringt seiner Sehnsucht, als Großer Dirigent unsterblich zu werden. Gerade aus Kuba zurück, um die permanente Revolution zu lehren, und schon wieder emsig mit dem permanenten Ruhm zugange. Wie man einen Kugl bäckt, habe ich von meiner Mutter gelernt. Wie man zum Großen Dirigenten wird, weiß ich nach dem Huizinga-Vortrag. »Man nehme Größenwahn als Grundlage, füge eine ordentliche Portion als Philosophie verpacktes verworrenes Zeug sowie einen Schuß echt holländischer Spießigkeit hinzu, schmore das Ganze in Gewandtheit und, zugegeben, einer gewissen Kreativität und serviere die Berühmtheit mit ergrauenden Schläfen und (sehr wichtig!) Pfeife.« Garantiert ein Erfolg! Ihre Gäste werden in Ohnmacht fallen.

(*Auszug aus dem Artikel von Rudy Kohn, erschienen in* Intermediair).

8

Florenz

Blöder Hund. Fauler Hund. Feiger Hund. Hundsfott. Hundsgemeiner Kerl. Schweinehund.

Was seht ihr nur in uns? Da nehmt ihr uns seit wer weiß wie lange zu euch und wir halten euch Gesindel vom Leib, aber bei der kleinsten Kleinigkeit wird unser Artname zur Bezeichnung des Minderwertigsten und Dreckigsten benutzt, das ihr euch vorstellen könnt. *That's not fair.* Solange wir brav Sitz! machen und Pfötchen geben, ist offenbar alles in bester Ordnung. Aber wehe, wir geben mal für einen Moment zu erkennen, daß wir auch einen Willen haben und nicht alles mit uns machen lassen, da können wir uns auf einen Tritt in den Magen oder einen Hieb mit der Leine gefaßt machen.

Seid ihr denn so erhaben, seid ihr denn so edel und makellos?

Ehrlich gesagt, ich trau euch nicht über den Weg. Meine Familie heißt Schäferhund, und manche unter euch trauen uns nicht – aber ich kann euch versichern, daß das auf Gegenseitigkeit beruht. Unter euch gibt es Typen, die mieser sind als die hinterhältigsten Bouviers. Auf eurer Seite ist so mancher nicht mal seine eigene Scheiße wert.

I know what I'm talking about, das könnt ihr mir glauben.

Ich scheine aus England zu kommen. Was ich hier in Italien soll, ist mir schleierhaft. Ich war noch sehr jung, als mich ein britisches Ehepaar im Wohnwagen hierher mitgenommen hat. Und als sie wieder nach Hause fuhren, haben sie mich einfach sitzenlassen, mich rausgescheucht aus ihrem kleinen Morris. Menschlich? Ja. Was ihr hundsgemein nennt, ist für uns menschlich.

Kam dann in ein Tierheim. Nicht schlecht. Daran erinnere ich mich noch. Wurde von einem Typ mit schwarzer Lederjacke und pomadetriefendem Haar dort herausgeholt. Hab gleich Unrat gewittert. Dieser *prick* hatte irgendwas mit mir vor, dieser *fucker* sah aus wie der reinste Gangster.

Mußte in Pornofilmen Mösen lecken. Ich geniere mich richtig, das zu sagen. Wie kommt einer nur auf so was? So'n junger Hund wie ich, der von nichts 'ne Ahnung hatte, mußte mit der Zunge über die Muschi von irgend so 'ner dreckigen Hure fahren. Wenn ich mich weigerte, kriegte ich die Hucke voll. Mir schießt heute noch die Wut ins Blut, wenn ich dran denke. Was für ein *scum*! Aber dieses Pornoherrchen, Pietro hieß dieser Wichser, konnte mich nicht mehr halten, als ich größer wurde. Sie drehten die Filme im Keller eines Mietshauses am Stadtrand. Mich hatten sie in einem Verschlag in einer Art Schrebergarten eingesperrt, der dem Vater von diesem *jerk* gehörte. Wurde da ganz verrückt, bellte mir die Lunge aus dem Leib.

Eines schönen Tages bin ich dann ab. Hab mich ganz still verhalten, als dieses *asshole* mit seinem öligen Kopf die Tür aufmachte, um mich zu einer neuen Leckpartie abzuholen, und schoß an ihm vorbei in die Freiheit.

Bin ich gerannt! Wie ein Windhund, quer durch die Gärten, über eine Straße, rennen, rennen, rennen, auf in ein Leben ohne Pornohuren und ungenießbare Spaghetti, die sie sich selbst nicht mehr reinschieben konnten und die daher für mich, den Hund, gut genug waren.

Irrte ein paar Tage umher. Und dann hatte ich Glück. Einen Dusel, wie man ihn nur einmal im Leben hat. Ein altes Mütterchen fühlte sich zu mir hingezogen. Caterina, ein gutmütiges Frauchen, im Innern eigentlich mehr Hund als Mensch, nahm mich zu sich, als ich wirklich nicht mehr konnte und hinter ihrem Haus zwei Tage lang ernstlich an mein Ende gedacht hab, ein tragisches Ende mit Hunger und Durst und allerlei schrecklichen Krankheiten im Leib. Ich krepierte da regelrecht vor mich hin. Sie päppelte mich auf. Ein wirklich durch und durch gutes Wesen. Sie lebte allein, hatte ein kleines Kurzwarengeschäft. Sie hatte es nicht so dick, aber es reichte für sie und mich. Sie nannte mich Nero, weil ich für einen Schäferhund ziemlich dunkel bin. Nicht gerade originell, aber sie war ja auch nicht mehr die jüngste. Ich hatte bei ihr eine tolle Zeit, hübsche Weibchen in der Nachbarschaft, anständige Mahlzeiten und eine liebe, alte Hand, die mich streichelte.

Als Caterina starb, war ich völlig fertig. Wirklich, ich hab mir die Zunge aus dem Hals gejault. *Fucking death!* Ich hatte es so gut gehabt, und plötzlich war alles vorbei. Caterina tot! Alle möglichen Heinis wollten ihrem armen toten Körper zu Leibe rücken, aber ich sorgte dafür, daß sie schön die Finger von ihr ließen, diese Leichenfledderer. Als sie dann aber ein Netz über mich warfen, konnte ich nichts mehr machen. Bin dann von irgendeinem Mistkerl zu meinem jetzigen Herrchen gebracht worden. Mußte mich erst an ihn gewöhnen, und er sich an mich. Sein vorheriger Hund war gerade gestorben, und er hatte ziemlich an dem Tier gehangen. Er war kein übler Kerl. Auf den ersten Blick jedenfalls. Er schlug mich nicht, füllte regelmäßig meinen Napf.

Eines Tages, das ist nun schon wieder ein paar Jahre her, gehen wir im Wald spazieren. So richtig schön rennen und rumtollen, ich spiel ein bißchen mit 'nem Stück Holz, womit er aus irgendeinem Grund gern herumwirft und das ich ihm dann wieder zurückbringen soll. An dem Tag scheint die Sonne auf die Bäume, hübsche Schatten auf dem Boden, und wißt ihr, was er macht? Er flüstert, daß ich mich ganz still hinsetzen soll. Das tu ich. Und wißt ihr, was er dann macht? Er nimmt die Pistole aus der Tasche, mit der er zu Hause immer spielt, und schießt ein Stück weiter weg zwei Menschen über den Haufen. Einfach so! Hopsassa, peng, peng, mitten durch den Kopf. Ist so was noch normal?

Menschlich? Wenn ich das Wort höre, könnt ich schreien vor Elend. Mein Herrchen, Bruno Bovin, ist ein achtbarer Unternehmer und in seiner Freizeit Mörder. Bei uns wird man solchen Psychopathen nicht begegnen. So dann und wann schießt er irgendwem durch die Stirn. *Holy shit,* eine schöne Welt ist das bei euch.

Manchmal, wenn ich im Auto auf ihn warte und zufällig kurz auf den Fahrersitz gerate, seh ich ein paar von diesen Witzbolden, die auf mich zeigen und sich gar nicht mehr einkriegen vor Lachen. Dann hör ich sie hinter der Scheibe zueinander sagen: »Siehst du den Hund da? Als ob der Auto fahren könnte!«

Natürlich ist es komisch, wenn ich in dieser dummen Blechkiste sitze. Aber habt ihr euch selbst mal gesehen, wie ihr am Steuer sitzt? Blöder Mensch! Fauler Mensch! Feiger Mensch! Menschsfott! Schweinemensch!

9

Lago di Bracciano

Sie waren auf dem Weg zum Braccianosee, dreißig Kilometer nördlich von Rom. Die Fahrt aus der Stadt heraus führte sie in dieser Richtung durch ein chaotisches Konglomerat von Wohnblocks, Villen und Einkaufszentren, die inmitten dichter Wälder und auf kleinen runden Hügeln errichtet waren, über welche sich schmale, dem lebhaften Verkehr nicht gewachsene Sträßchen schlängelten. Von einer nur im Kriechtempo vorankommenden Autoschlange aus sahen sie sich die Stadt an, die hier aus dem Boden gestampft wurde. Größtenteils fehlten die Bürgersteige, überall Baugruben, Kräne, Zementmischmaschinen, doch alles in eher intimem Rahmen und abgeschirmt durch dichtbelaubte Bäume und das wellige Gelände.

Eine Zeitlang fuhr der Mirafiori direkt hinter einem hellblauen Stadtbus her. Sie schlossen die Fenster, damit die Auspuffgase des Busses nicht ins Wageninnere kamen. Es war drükkend heiß. Kaplan hatte das Jackett seines neuen silbergrauen Sommeranzugs auf die Rückbank gelegt und die Ärmel seines weißen Oberhemds hochgekrempelt. Ellen trug eine dünne dunkelrote Bluse mit kurzen Ärmeln und einen schwarzen Rock, der von einem breiten gelben Gürtel, beinahe in der gleichen Farbe wie ihre Haare, gehalten wurde.

Ellen sah, als Kaplan sich vorbeugte, um für sie den elektrischen Zigarettenanzünder aus dem Armaturenbrett zu ziehen, daß sein Oberhemd auf dem Rücken völlig durchweicht war. Sie sprachen kaum.

In der vergangenen Nacht hatte er sie angerufen. Sie hatte schon auf diesen Anruf gewartet. Er wolle mit ihr reden, alle Mißverständnisse zwischen ihnen aus der Welt schaffen. Sie hatte gehört, daß er Mühe mit dem Sprechen hatte. Er hatte getrunken.

Endlich lag die Stadt hinter ihnen. Es wurde ruhiger auf der Straße, die nun durch eine liebliche Kulturlandschaft führte, ein wenig wie in Südengland, leicht hügelig, überschaubar, in perfekter Ausgewogenheit zwischen ursprünglicher Natur und den Eingriffen vieler Generationen von Bauern. Sie liebte dieses Stückchen Italien. Es war weniger pathetisch und überwältigend als die Toskana, aber es verlieh einem das Gefühl, hier die Zeit berühren zu können, als würde sie in den Häusern und Weiden und Kornfeldern und uralten Wäldern greifbar, Alt und Neu in harmonischem Nebeneinander, in einem fließenden Übergang, der die Zeit sichtbar machte.

Sie hatten die Fenster wieder hinuntergekurbelt. Der warme Fahrtwind strich Ellen über den Hals. Sie vermieden es, sich anzusehen. Nur kurz, nur für einen Augenblick jeweils, kreuzten sich ihre Blicke. Ellen scheute sich vor der überwältigenden Traurigkeit, die er ausstrahlte. Und sie wollte auch nicht, daß er ihren Augen die Sehnsucht nach der Erlösung von ihren Geheimnissen ablas. Geheimnisse mußten geheim bleiben.

Die Landschaft wurde mit einem Mal karger und flacher. Sie wußte, daß sie jetzt nicht mehr weit vom See entfernt waren. Dort würden sich Fruchtbarkeit und Farben kraß gegen die dürren, baumlosen Felder abheben, durch die sie nun fuhren. Von Rom an den See war es nur ein Katzensprung. Aber trotzdem hatte die Fahrt Ausflugscharakter: vom antiken Herzen der Stadt durch die neuen, unordentlichen, aber lebendigen Vororte hinein in die perfekt ausbalancierte »englische« Landschaft, gefolgt von zehn Kilometern sonnenverbrannten Feldern mit vereinzelten armseligen Sträuchern, und am Ende dann der blaue See in der Tiefe, umringt von den allergrünsten Hügeln, die sie kannte.

Sie näherten sich Bracciano. Der Bewuchs wurde üppiger. Noch war nichts vom See zu sehen, er lag hinter Bäumen, dem kleinen Ort, leichten Steigungen in der Landschaft versteckt. Die dürren Felder überzogen eine Hochebene, und der See lag viel tiefer, in einer Art Schüssel. Man erblickte ihn erst, wenn man durch Bracciano hindurch war und unter sich plötzlich die Bäume und Häuser auseinanderweichen sah. Dann raubte es einem schier den Atem angesichts des großen runden Sees, der schemenhaften Konturen der Hügel an dessen jenseitigem Ufer, des Grüns der Erde, des tiefen Blaus des Wassers und der bunten Sonnenschirme auf dem kleinen Strand zu Füßen von Bracciano.

»Mein Gott. Das ist wunderschön«, sagte Kaplan, als sie Bracciano hinter sich gelassen hatten. Das Auto stand am höchsten Punkt der Serpentinenstraße, die den steilen Hügel, auf dem der Ort lag, mit den Strandbuden unten am See verband.

Ellen sagte: »Das ist mein Ort. Das ist für mich Italien.«

Sie trat die Kupplung und ließ den Fiat langsam abwärts rollen, über eine neue, braun glänzende Straßendecke. Hin und wieder warf sie Leo einen raschen Blick zu, um zu taxieren, was wohl in ihm vorging, während sie zum See hinabfuhren, wo sie Mißverständnisse bereinigen würden. Er nahm den Ort fasziniert in sich auf. Während sich sein Kopf in jeder Kurve zum See hinwandte, lenkte Ellen den Fiat geschmeidig abwärts, bis sie an einen vielleicht fünfhundert Meter breiten ebenen Streifen Land mit Olivenbäumen gelangten, der sich bis an den See hin erstreckte.

Dicht am Wasser standen etwa zehn kleine Gebäude aus Holz und Stein, unauffällig genug, um die Aussicht nicht zu verstellen. Das waren die Restaurants. Im See wurde noch gefischt, und Ellen hatte hier oft auf Holzkohle gegrillten Süßwasserfisch gegessen, mit Frank oder Lucie zusammen, inmitten italienischer Familien, die hier den Sonntag verbrachten. Die Römer zog es sonntags eher ins überfüllte Castel Gandolfo oder nach Ostia, aber nicht an den bescheidenen Lago di Bracciano, wo es keine Nachtclubs oder schicken Hotels gab. Die Badestellen rund um den See wurden von Leuten aus der näheren Umgebung aufgesucht, großen Familien mit dicken Mamas und Vätern mit rotverbrannten Schultern und Wangen vom ganzen Tag in der Sonne; auf den langen Holztischen der Restaurants große Töpfe Spaghetti, in den Gläsern einfacher Chianti, sich zankende, spielende, gelangweilte Kinder, die zwischen ihren Eltern und dem Wasser hin und her rannten, Liebespärchen, Grüppchen von jungen Männern, die hungrig um Grüppchen von jungen Mädchen herumstrichen.

Ellen stellte den Wagen auf dem Parkplatz nahe dem schmalen Strand ab. Es war ein ruhiger Nachmittag an einem gewöhnlichen Wochentag. Kaplan legte den Arm auf die Kopfstütze von Ellens Sitz und sah sie an.

»Das ist also der Ort, zu dem du wolltest?«

»*Chiaro.* Steigen wir aus?«

Sie stiegen aus dem Wagen. Ellen fühlte, daß ihr der Baumwollrock an der Rückseite der Oberschenkel haftenblieb. Kaplan öffnete die hintere Tür und nahm sein Jackett aus dem Wagen.

»Kann ich die Jacke in den Kofferraum legen?« fragte er.

Sie öffnete den Kofferraumdeckel, schloß danach die Türen ab und stellte die Alarmanlage an. Kaplan lehnte bäuchlings am Eisengeländer, das sich am Strand entlangzog.

Seesand lag hier nicht, sondern eine Art feiner, dunkler Staub, der an den Füßen weh tat, wenn man barfuß darüberlief. Mit ein paar Schritten war man am Wasser, der Strand war nicht mehr als etwa acht Meter breit, doch er erstreckte sich weit um den See herum.

Der Parkplatz lag zwischen zwei Restaurants. In dem auf der rechten Seite, auf einer großen, von einem riesigen Sonnenschirm aus Kletterpflanzen überdachten Terrasse, rückten sonntags die umfangreichen Familien an langen, rustikalen Tischen zusammen. Links war ein besseres Restaurant, das auf den Strand hinausgebaut war und eine wacklige hölzerne Speiseplattform über dem Wasser besaß, unter deren Bohlen man den See schimmern sehen konnte. Ellen wies nach links. »Das da«, sagte sie. »In Ordnung?«

»Du bist die Expertin.«

Es war zwei Uhr. Die Sonne stand hoch über dem See. Am Strand, unter Sonnenschirmen, lag gerade mal eine Handvoll Menschen. Und neben dem Fiat standen höchstens zehn andere Autos auf dem Streifen Asphalt, der als Parkplatz diente. Sie schlenderten zu dem Restaurant mit der überdachten Holzplattform hinüber. Die Tische dort trugen rot-weiß karierte Tischdecken. Sie schwiegen. Unterwegs hatten sie einander geschont und von ihren Italienreisen erzählt, trocken und effizient, als ginge es um die Erfahrungen dritter.

Frank war mit Maurits und Isolde zum Palio nach Siena gefahren, und sie würden erst spät zurückkommen. Es war Ellen schwergefallen, sie allein ziehen zu lassen. Sie hätte das primitive Pferderennen auf dem großen muschelförmigen Platz auch gern miterlebt, inmitten von Tausenden von Zuschauern, die sich beim Gerangel der Männer auf den Pferden vor Aufregung heiser schrien. Bei diesem Rennen war alles erlaubt. Die Reiter schlugen sich und spuckten einander ins Gesicht, während ihre Pferde in atemberaubendem Tempo über die provisorische Rennbahn – ein beidseitig mit hölzernen Schutzwällen versehenes, aus Sand aufgeworfenes Rund – preschten. Um die Arena herum, zu den Häusern rings um den Platz hin, wurden einfache Tribünen aufgestellt, und hierfür hatte Frank vier Karten ergattern können, was schwierig war, weil die gesamte Toskana den Wettstreit aus nächster Nähe miterleben wollte.

Trotzdem hatte sich Ellen nach Leos Anruf am Vorabend entschieden, nicht mitzufahren. Sie hatte vorgeschützt, daß sie sich krank fühle – sie fühlte sich auch krank. Krank vor Unruhe, vor Nervosität, vor Lügen.

Ein junges Mädchen führte sie über einen Steg auf die quadratische Plattform, ein auf Holzpfählen im Boden verankertes Konstrukt mit Balkengerüst und Strohdach. Sie bekamen einen Tisch an der Balustrade zum offenen See hin und nahmen einander gegenüber auf den knarrenden Stühlen Platz. Die Tischplatte war hoch. Beide legten die Arme darauf.

Kaplan fragte: »Findest du den Tisch nicht zu hoch? Wir könnten um einen anderen bitten.«

»Ach, mich stört das nicht. Es erinnert mich an früher, an den Küchentisch.«

Er lächelte, stützte sich mit dem Ellenbogen aufs Geländer und blickte über das Wasser. Sie sah den Schweißfleck in seiner Achselhöhle. Die Haut seines Gesichts war glattrasiert, die Haut eines erwachsenen Mannes. Wer sollte den Anfang machen?

Er sagte: »Tut mir leid, daß ich gestern so spät noch angerufen hab.«

»Kein guter Zeitpunkt, ja.« Frank hatte den Hörer aufgenommen, und sie hatte vom Apparat im Schlafzimmer aus mit Leo gesprochen.

»Ich hielt es für an der Zeit, daß wir uns mal wie zwei erwachsene Menschen zusammensetzen.«

Er sah sie mit entschuldigendem Lächeln an.

»Erwachsen oder nicht, aber der Meinung bin ich auch, ja«, antwortete sie.

»Ob anderen das auch so geht, daß sie ihrer Jugendliebe so nachhängen?«

»Spielt das irgendeine Rolle?«

»Nein. Nur... dann bräuchten wir uns nicht so allein zu fühlen.«

»Ich fühl mich nicht allein.«

»Ich schon. Gestern abend. Letzte Nacht.«

»Du siehst aus, als hättest du kein Auge zugetan.«

»Ich hab gar nicht geschlafen.«

»Hättest sie eben nicht aus dem Flugzeug mitnehmen sollen.«

»Paula ist weg. Gestern, nach der Lesung. Ich war allein. Eine schwierige Nacht. Ich hab versucht, mich in den Schlaf zu trinken.«

»Daß du betrunken warst, hab ich gehört.«

»Ich hatte getrunken, aber ich war nicht betrunken. Ich hab verdammt genau gewußt, was ich zu dir sage. Soll ich's wiederholen?«

Sie schüttelte den Kopf. »Nein, ich glaube dir.«

Das Mädchen, das sie an den Tisch geführt hatte, brachte eine Speisekarte. Ellen wollte Weißwein. Kaplan bestellte einen Orvieto.

»Ist doch gut, oder?« fragte er.

»Der Wein?«

»Nein. Das hier. Wir beide. Zusammen an diesem Tisch.«

»Wir haben vor zwei Tagen auch schon zusammen an einem Tisch gesessen.«

»Das war was anderes. Und ich war anders. Hinterher wurde mir klar, daß ich Probleme damit hatte, mit deiner Familie am Tisch.«

»Was ist daran auszusetzen?«

»Nichts. An euch nichts. An mir.«

»Nicht so dramatisch. Bitte.«

»Ich mache es nicht dramatischer, als es ist. Mir ging plötzlich auf, daß ich es falsch gemacht habe.«

»Du hattest deine Chancen.«

»Hatte, ja. Aber kann man sich ändern, lernen? Mache ich nicht immer wieder die gleichen Fehler? Welche Lehren ziehe ich aus meinen gescheiterten Beziehungen? Bei den Frauen, mit denen ich zusammen war, habe ich nach etwas gesucht, das sie mir nicht geben konnten. Verlange ich zuviel? Waren sie nicht die Menschen, von denen ich es hätte verlangen können?«

»Vielleicht hattest du die falschen Ansprüche, und es ist keine Frage von zuviel oder zuwenig verlangen. Und ich weiß nicht, ob ausgerechnet ich die geeignete Person bin, mit der du ein abstraktes Gespräch über *Beziehungen* und *Ansprüche* führen solltest. Ich habe ein stinknormales Leben gelebt, Leo. Ich habe an vielen fremden Orten gelebt, ich habe viel gesehen und komfortabel gelebt, aber emotional habe ich im großen und ganzen ein alltägliches, vielleicht sogar langweiliges Dasein gehabt. Anders als du.«

Sie hatte ihre Lüge. Aber die hatte jeder auf seine Art. Eine furchtbare Wahrheit, die im verborgenen zu bleiben hatte. Eine heimliche Liebe oder ein nie zu verwirklichender Traum – so hatte jeder irgend etwas, das ihm gelegentlich den Schlaf raubte.

»Ich hab mein Leben dem Schreiben gewidmet. Ich hab der *Kunst* gedient. Aber erst jetzt wird mir klar, daß dieses Dienen eine Wurzel hatte.«

»Deine Kindheit? Deine Eltern? Nenn mir einen einzigen Menschen, der damit so mir nichts, dir nichts ins reine käme.«

»Du.«

Sie sah ihn verwundert an, wußte nicht, was sie darauf entgegnen sollte, und ließ den Blick über die Speisekarte wandern.

»Irre ich mich?« Er hakte noch einmal nach.

»Ja. Was wollen wir essen?«

Sie sah, daß er über diesen Schlenker enttäuscht war. Erneut ergriff sie das Wort. »Fisch? Hier gibt es köstlichen gegrillten Fisch, fangfrisch aus dem See.«

Er nickte. »Gut.«

Sie winkte dem Mädchen, bestellte für sie beide. Die Bedienung schrieb die Gerichte andächtig auf. Als sie weg war, sagte Kaplan: »Du hättest meine Frau sein können.«

Ellen schluckte, schlug die Augen nieder und starrte auf das karierte Tischtuch mit dem in eine Papierserviette gerollten Besteck.

»Was möchtest du darauf von mir hören?«

»Ich weiß nicht. Vielleicht… ›ja, du hättest mein Mann sein können‹.«

»Aber so ist es nicht. Wir haben uns damals getrennt. Vor fast zwanzig Jahren! Ich bin nur sehr schwer wieder auf die Beine gekommen, Leo, das hat Jahre gedauert. Bis heute. Ich kann nicht über Hypothesen reden. Darüber nachdenken… vielleicht, ja. Aber ich habe einen Mann und einen Sohn, die mir am Herzen liegen. Mehr als Hypothesen.«

»Als ich dich in Kairo sah – mit deinem Sohn, als ich dich dort in dem Krankenhaus sah, war mir plötzlich erschreckend klar: Mein Gott, da geht meine Frau. Es war, als hätte neben der Welt, in der ich mich bewegt hatte, noch eine zweite existiert, in der wir zusammengeblieben waren. Du gingst dort an mir vorbei, und ich dachte, ich würde durchdrehen. Wie auf dem Flughafen. Der Gedanke, daß ich eine Bestimmung hatte, mit dir, eine Symbiose, eine Einheit, mir das aber entglitten ist – das zermürbt mich. Dummheiten. Fehler.«

»Wieso Dummheiten? Vielleicht haben wir uns geirrt. Vielleicht war das, was geschehen ist, unausweichlich. Versuchten wir etwas zu forcieren, was gar nicht zu vereinbaren war.«

»Glaubst du das wirklich?«

»Es ist für uns beide die erste Liebe gewesen.«

»Mir bedeutete es mehr als das. In den Frauen, die ich später kennengelernt habe, habe ich immer nach dir gesucht.«

»Hör auf, mir zu schmeicheln…«

»Das tue ich nicht. Ich stelle nur fest.«

»Du verklärst das Ganze. Du willst eine Erklärung für deine hoffnungslosen Lieben, deine beiden Ehen, die gescheitert sind. Schön. Du hast dir eine Erklärung zurechtgebastelt: Schau, damals, in der Zeit zwischen meinem achtzehnten und meinem zwanzigsten Lebensjahr, da ist es schiefgelaufen.«

»Nein. Da war alles gut. Ich hätte dich niemals verlassen dürfen.«

Ellen wollte sagen: Ja, das stimmt, du hättest bei mir bleiben und dein Kind aufwachsen sehen sollen. Aber natürlich schluckte sie diese Worte hinunter.

»Wie kann ich das beenden, Ellen?«

»Was?«

»Diese Ruhelosigkeit. Dieses Rattern im Kopf.«

»Indem du jetzt dein Herz erleichterst.«

»Mehr nicht?«

Sie verstand, worauf er anspielte. Gestern, in dem kleinen Hotel an der Via Nazionale, war auch ihr der Gedanke gekommen, daß ein Trost nur körperlich herbeizuführen war. Aber jetzt, anderthalb Meter über dem Wasser, in der warmen Brise, die von den umliegenden Hügeln herabstrich, an einem zu hohen Tisch, der sie wie Kinder dasitzen ließ, jetzt war sie im Zweifel.

»Ich hab viel zu verlieren, Leo.«

»Du kannst auch gewinnen.«

»Was? Ich liebe Frank. Ohne ihn hätte ich es nicht geschafft. Du hättest es wahrscheinlich nicht ohne dein schriftstellerisches Talent geschafft. Ich nicht ohne Frank.«

»Wir müssen etwas tun.«

»Wir tun doch auch etwas. Wir sind jetzt hier zusammen. Hättest du das vor einer Woche geglaubt? Das ist das Höchste der Gefühle, Leo, mehr ist nicht drin.«

»Doch. Du mußt nur wollen.«

»Ich will aber nicht. Tut mir leid.«

Der goldene Wein erschien auf dem Tisch. Das junge Mädchen drehte die Gläser um, die auf dem Kopf auf dem Tischtuch gestanden hatten, und schenkte ein, ohne sie vorher kosten zu lassen. Kaplan hob das Glas. Ellen ebenfalls. Sie erwartete, daß er auf etwas anstoßen würde, doch er machte nur eine kleine Bewegung mit dem Glas und nickte kurz. Sie kostete den Wein – vollmundig, weich.

»Hast du Johan geliebt?«

Ellen wich seinem Blick aus, wandte das Gesicht dem Wasser zu. Sie hatte sich den richtigen Ort ausgesucht. Jeder abgewandte Blick hatte ein Alibi, das Wasser, die Hügel, die Boote auf dem See mit ihren farbenfrohen Segeln.

»Nein.«

»Aber du hast ein Kind von ihm bekommen.«

»Ein Unfall.«

»Wie bei uns? Aber diesmal hast du es nicht wegmachen lassen. Das war der Grund, warum ich dich damals nicht gesucht habe.«

»Welcher? Das Kind?«

»Nein. Daß du ein Kind von Johan hast, wußte ich bis zum vergangenen Samstag nicht. Das hast du mir erzählt, als du mich vom Flughafen abgeholt hast. Nein, ich meine: Johan. Ich hab dich nicht mehr gesucht, als ich hörte, daß du mit Johan zusammengewesen warst. Warum er? Warum nicht irgend jemand anders?«

»Er hat mir Halt gegeben.«

»Er war verrückt nach dir. Die ganze Zeit schon. Für mich warst du damals eine miese kleine Opportunistin. Ich hab dich gehaßt.«

»Du warst weg. Ich hatte die Freiheit, zu tun und zu lassen, was ich wollte.«

»Nein. Es gibt Grenzen. Manche Dinge tut man einfach nicht. Wie das zum Beispiel oder die Eltern bestehlen.«

»Ich war allein. Du warst abgehauen. Ich war total von dir abhängig gewesen. Da hab ich eben zugegriffen, als mir eine helfende Hand geboten wurde.«

»Was wolltest du mit dieser Abtreibung beweisen?«

Sie nahm einen Schluck Wein und hoffte, daß er ihre zitternde Hand nicht bemerken würde.

»Ich hatte dich verloren. Du warst von anderen Dingen besessen. Es hätte sonst eine Katastrophe gegeben.«

Während sie das sagte, war sie von der Richtigkeit ihrer Argumentation überzeugt. Daß die Abtreibung nur aus Worten bestanden hatte, war irrelevant. Seine damalige Reaktion hatte bewiesen, daß seine Liebe zu ihr nachgelassen hatte. Doch seine jetzige Entgegnung zeugte vom Gegenteil.

»Ich hätte das Kind gewollt. Dich und das Kind. Ich hatte Illusionen. Und im nachhinein wurde mir auch klar, wie wundervoll es war, daß diese Schwangerschaft über uns hereingebrochen war. Wir brauchten nicht mal zu entscheiden. Das wurde uns einfach zugeworfen. Ein Unfall, aber ein toller Unfall.«

Es blieb einen Moment lang still. Sie sah ihn nachdenken und unterbrach sein Schweigen nicht. Sie schaute zu den anderen Tischen hinüber. Sechs waren besetzt. An dreien davon saßen jeweils ein Mann und eine Frau, an einem vier Männer, und an zweien Familien mit Kindern.

»Wieso hast du von Frank keine Kinder?«

Das war leicht zu beantworten. »Er ist unfruchtbar. Mit neunzehn hatte er Mumps.«

»Wußtest du das, bevor du ihn geheiratet hast?«

»Ja. Er hat es mir erzählt, als wir gerade erst zusammen waren. Ich konnte damit leben. Und du?«

»Ich konnte mich nicht dazu durchringen. Meine erste Ehe ist daran zerbrochen. Konnte den Gedanken nicht ertragen, daß jemand *Vater* zu mir sagen würde. Aber auch Egoismus. Wenn ich ein Kind hätte, wär ich bestimmt total zerrissen. Ich würde zu nichts mehr kommen. Keinen Satz mehr schreiben. Ich hab meiner Arbeit den Vorzug gegeben.«

»Und jetzt... Bedauern?«

»Wenn ich dich so sehe, mit Mann und Sohn, ja, Bedauern, tiefes Bedauern.«

Sie zögerte, sagte es dann, vorsichtig formulierend, aber doch: »Ich werde das Gefühl nicht los, daß dir etwas ganz anderes im Kopf herumgeht. Daß deine Ruhelosigkeit mit was anderem zu tun hat. Nicht mit mir, nicht mit uns.«

»Sondern...?«

Er sah sie scharf an, kritisch, aber empfänglich.

»Ich weiß es nicht. Ich sehe in dir den Jungen, der du früher warst. Aber jetzt bist du für mich ein Fremder. Natürlich nicht so, wie die anderen Leute hier draußen Fremde sind. Hin und wieder hab ich in einer Zeitung etwas über dich gelesen und mir vorgestellt, was für ein Mann du wohl geworden bist. In Fiumicino dachte ich: Aha, das ist er also. Ein attraktiver Mann von um die vierzig. Ein *connaisseur.* Ein Mann von Welt. Deine Erfahrungen gehen nicht spurlos an dir vorüber. Du bist zweimal verheiratet gewesen. Du bist öffentlich bekannt...«

»In den Niederlanden weltberühmt.«

»Und deine Bücher stehen in Bibliotheken, du bist im Fernsehen. Ich bin eine einfache Hausfrau. Im Vergleich zu dir bin ich stinklangweilig.«

»Nein. Ich bitte dich. Diesen Hang, dich kleiner zu machen, als du bist, hattest du damals auch schon. Im Kern hab ich mich nicht verändert. Genausowenig wie du. Du bist dieselbe Frau geblieben, so wundervoll wie eh und je, aber reifer, optimal.«

Wieder wich sie seinem Blick aus. Er flehte, versuchte sie zu verführen. Sie sagte: »Sei ehrlich, Leo. Du brauchst mich nicht wirklich. Damals vielleicht schon, so, wie ich dich gebraucht habe. Wir fanden etwas beieinander, was wir offenbar nirgendwo sonst finden konnten.«

»Was meintest du vorhin mit dieser Ruhelosigkeit? Daß die nichts mit dir zu tun hat?«

Sie besann sich zurück, fragte sich, was sie gemeint hatte.

»Du willst nicht älter werden. Du kämpfst gegen die Zeit an. Ich soll das Mädchen von damals sein. Damals lag die Zukunft noch offen vor uns. Jetzt ist sie beschrieben. Die Muster sind festgelegt.«

»Ich weigere mich, das so einfach hinzunehmen. Und ich glaube auch nicht, daß es stimmt. Ich bin froh, daß ich nicht mehr zwanzig bin. Froh, daß ich die meisten Dummheiten hinter mir habe. Aber mir fehlt das Gefühl, irgendwo angekommen zu sein. Ich bin immer noch unterwegs. Wohin? Ich denke, jetzt weiß ich es: zu dir. Aber glaub mir: Ich will nicht an dir zerren. Ich will mich nicht wie ein Strauchdieb in dein Leben stehlen und alles zerschlagen.«

»Das würde ich auch nicht zulassen.«

»Aber wir sind unserer Vergangenheit etwas schuldig. Unseren Erinnerungen.«

»Diese Verpflichtung lösen wir jetzt ein. Durch dieses Essen. Das übrigens lange auf sich warten läßt.« Sie hielt sehnsüchtig nach der Bedienung Ausschau, sah sie aber nirgends. Er sprach weiter.

»Als es wirklich drauf ankam, haben wir es nicht wirklich versucht. Du hast es wegmachen lassen, ich bin abgehauen.«

»Ich bin dir noch nachgefahren. Nach Paris. Hab dich dort gesucht. Aber du warst unauffindbar.«

»Ich bin nach Italien weitergereist. Wenn ich gewußt hätte, daß du mich suchen würdest... ich wollte damals eigentlich nur zu dir zurück. Statt dessen fuhr ich immer weiter weg. Im Grunde bin ich heute noch unterwegs.«

»Akzeptier doch einfach mal die Unmöglichkeiten, die Beschränkungen. Ich kann mit den Beschränkungen meiner Ehe, die nun mal dazugehören, leben. Manchmal nur schwer, meist aber ohne Probleme. Du bist, wer du bist, und es dürfte eine Menge Leute geben, die dich beneiden.«

»So im Sinne von: daß ich es doch gut habe, daß ich wer bin und dieser ganze Quatsch? Hör mir bloß damit auf! Mein Unfriede hat mit dir zu tun. Mit dir als verpaßter Chance. Einer zu einem wichtigen Zeitpunkt verpaßten Chance. Wie wichtig, das weiß man erst später, wenn der Vorhang schon zu und die Vorstellung beendet ist. Die Chance ist verpaßt, und zugleich bist du zutiefst davon überzeugt, daß diese Chance *der* Moment deines Lebens war. Natürlich sehe ich, wieviel wir einander damals abverlangt haben. Aber trotzdem. Was wir einander angetan haben, ist unverzeihlich, und gerade weil es unverzeihlich ist, müssen wir einander verzeihen. Und was du vorhin in puncto akzeptieren gesagt hast... ich kann mir vorstellen, wie sich dein Leben nach Johans Tod entwickelt hat. Aber bei mir sieht das ganz anders aus. Ich saß nicht mit dem lebendigen Erbe von ein paar Dummheiten da. Bei mir steckte dieses Erbe ungreifbar im Kopf. Es ist verdammt schwer, etwas zu akzeptieren, was du einfach nicht fassen kannst. Und was sich in einem fort ein neues Mäntelchen umhängt und eine Maske aufsetzt. Bis in Kairo. Ich kann dir gar nicht sagen, wie das war. Wie ein ernüchternder, vernichtender Schlag ins Gesicht. Als wenn ich plötzlich aus dem Schlaf geschreckt wäre. Von dem Moment an hab ich auf dich gewartet, Ellen. Ich konnte mich nicht damit abfinden, daß das alles gewesen sein sollte. Diese Sonne, dieses Wasser, diese Aussicht – aber ohne dich. Diese Schönheit, ohne dich – nein. Und warum? Mag sein, daß meine Gefühle zu einem großen Teil mit Chemie zu tun haben, aber genau wie vor all den Jahren finde ich dich schön, werd ich verrückt vor Erregung, wenn ich dich seh. Genau wie damals. Aber komplett verrückt bin ich noch nicht. Ich bin mir darüber im klaren, daß du einen Mann hast und für mich eigentlich unberührbar bist, aber ich denke... wir müssen deswegen nicht Abschied voneinander nehmen.«

Ellen, bedrückt, außerstande, seine Zweifel auszuräumen, hatte still zugehört, mit niedergeschlagenen Augen, hin und wieder kurz in sein Gesicht hochschauend, das bei seinen Worten vor Intensität und Beflügelung aufleuchtete. Sie wußte nicht, was sie sagen sollte, und versuchte sich daher auf das Gespräch zu konzentrieren, das die vier Männer hinter Leo führten, doch sie konnte die Laute nicht entschlüsseln, das Italienisch, das sie hörte, war plötzlich zu einer ihr fremden Sprache geworden.

Sie sagte: »Ich weiß nicht, was dir so alles im Magen liegt, Leo.

Aber ich bin nicht das Allheilmittel, nach dem du suchst. Das würde nie was werden… zwischen uns. Ich kann Frank nicht verlassen. Selbst wenn ich mich in dich verlieben würde… nein, selbst dann nicht. Frank und ich haben unsere Welt, unsere Kodes, und das aufzugeben, würde ich nicht mehr fertigbringen. Er hat mir so viel gegeben, mehr vermutlich als ich ihm. Was du und ich miteinander hatten… Wenn ich daran zurückdenke, empfinde ich Wehmut, hat das für mich etwas vom Paradies. Aber die Folgen waren verheerend. Für uns beide. Der sinnlose Schmerz, den das nach sich zog, hat mich jahrelang… gelähmt. Frank hat mich wieder laufen gelehrt. Im wahrsten Sinne des Wortes. Ich konnte mich nur noch verkrampft, ruckartig, wie ein Invalide bewegen. Ich möchte nicht auf das verzichten, was ich jetzt habe. Versteh das doch. Wir müssen vergessen.«

Letzteres sagte Ellen auch zu sich selbst.

»Wie? Wie vergißt du?«

»Das weiß ich nicht. Ich weiß nur: Manchmal vergehen Monate, ja, Jahre, ohne daß ich daran denke. Einfach indem ich lebe, mich dem widme, was ich mache.«

»Das, was *ich* mache, beschwört das Ganze immer wieder herauf. Das ist der große Unterschied zwischen uns.«

Sie sahen sich jetzt offen an. Leo hatte die Arme auf den Tisch gelegt, seine behaarten Hände lagen flach auf dem Tischtuch. Er hatte seinen obersten Hemdenknopf aufgemacht und die schwarz-silberweiß gestreifte Krawatte ein wenig gelockert. Er war attraktiver als Frank, körperlicher, von ihm ging Erotik aus. Aber sie spürte auch die Angespanntheit seiner Muskulatur, die aufgestaute Energie, die nur über seinen Mund herauskam.

»Es tut mir leid, daß ich dich so unter Druck setze.«

Sie schüttelte den Kopf. »Das tust du nicht. Du bringst mich zum Nachdenken.«

»Ich kann nicht vergessen, Ellen. Es geht mir ununterbrochen im Kopf herum. Du, meine Eltern. Alles.«

Er blickte auf seine Hände, rieb mit der linken über die Härchen auf dem Rücken der rechten Hand.

»Eine rätselhafte Perfektion«, sagte er, mehr zu seinen Händen als zu ihr. »Was wir hatten, hab ich danach nie mehr erlebt. Nie mehr... dieses Gefühl totaler Geborgenheit, totaler Verzückung. Danach nur noch wachsende Unsicherheit.« Er sah sie jetzt wieder an, mit einem Lächeln, als wollte er sich im voraus für das entschuldigen, was er jetzt sagte. »Ich hab immer gedacht, daß man mit dem Älterwerden zu Einsichten gelangen würde, und mit diesen Einsichten zu Sicherheit, Klarheit, dem Vermögen, zu untergliedern und zu ordnen. Aber so hab ich es nicht erlebt. Vielmehr wurde das Chaos – von einem gelegentlichen Rausch abgesehen, wenn mir ein Buch gelungen war – nur immer größer. Ich bin unschlüssiger als damals. Hab mehr verloren als gewonnen. Und ich bin mir sicher, daß das anders gewesen wäre, wenn wir zusammengeblieben wären.«

»Das kannst du nicht sagen. Das ist wieder eine deiner Hypothesen.«

»Für mich eine Gewißheit.«

»Eine unnütze Gewißheit. Eine, die dir nichts bringt. Ich weiß noch, daß du früher auch manchmal solche diffusen Gedanken hattest, wenn du von der Familie deiner Eltern gesprochen hast. Das typische Wenn-dann-Spielchen.«

»Damit hab ich mich bis zum heutigen Tag beschäftigt. Schreiben besteht zu einem großen Teil aus diesem Spielchen. Mit dir wär's mir besser ergangen. Wär ich ein besserer Mensch geworden. Du hättest mir einiges beigebracht. Deine Liebe hätte mich reiner gemacht.«

»Jetzt tust du so, als wenn die ganze Geschichte uneigennützig gewesen wäre. Als wenn das, was wir miteinander hatten, gar nichts mit unserer Herkunft zu tun gehabt hätte und mit den Fragen, auf die wir uns unsere eigenen Antworten zurechtgereimt haben.«

»Wir hatten unsere Glasglocke.«

Ellen lächelte, als sie das Wort hörte, ihren Namen für ihr Bett, ihre Wohnung. Mit diesem Lächeln versuchte sie dem Ganzen etwas von seiner Melancholie zu nehmen.

»Aber diese Glasglocke stand in einer realen Welt«, sagte sie, »wir waren beide vor etwas auf der Flucht. Fanden einen sicheren Unterschlupf beieinander, unsere Glasglocke.«

»Das hab ich mir im nachhinein auch überlegt. Du gabst mir die Möglichkeit, meine Eltern abzuschütteln, diesen Wahnsinn, den sie mir einbleuten. Was ich ihnen heute übrigens nicht vorwerfe. Damals schon. Du warst nicht nur ein bildhübsches junges Mädchen, sondern noch dazu jüngste Vertreterin einer nazistisch vorbelasteten Familie. Und gerade deswegen warst du meine Verbündete. Das Gefühl hab ich nicht mal bei meiner zweiten Frau gehabt, und die war Jüdin. Du hattest den perfekten Hintergrund. Gerade wegen dieser Nazi-Eltern. Wir beide zusammen haben das gesamte Spektrum abgedeckt.«

»So haben wir damals nicht darüber reden können.«

»Nein. Aber irgendwie waren wir uns darüber im klaren, daß das eine Rolle spielte.«

»Also hat dir das Älterwerden doch etwas zu Bewußtsein gebracht?«

Er lächelte, legte erneut einen Arm auf die Balustrade, blickte mit zugekniffenen Augen über das hell glitzernde Wasser und sagte: »Ich weiß nicht, ob es ein Gewinn ist, wenn man heute formulieren kann, was uns damals verband. Lieber wär mir, ich wüßte es nicht und wär statt dessen bei dir geblieben.«

»Unschuld? Naivität? Die Einfalt des Herzens als Entgegnung auf den komplexen Wahnsinn?«

»Nein. Was ich meine, ist: die Selbstverständlichkeit, mit der wir zueinanderfanden, gedankenlos fast, nachdem wir einander, wenn ich mich recht entsinne, erzählt hatten, woher wir kamen, wer unsere Eltern waren, diese Selbstverständlichkeit ist unter einer noch näher zu bestimmenden Menge von Mist und Scheiße begraben worden. Nach dir hatte ich bei Frauen nicht mehr diese... diese Unbefangenheit. Unbefangenheit, das ist das Wort. Mit offenen Augen, ohne Vergleiche und Erinnerungen an jemandes Seite leben. Weg.«

»Es war das erste Mal, Leo. Wir waren zwar auch vorher schon mal verknallt gewesen, aber wie es wirklich losgeht, das haben wir beide miteinander erlebt.«

»Nachdem es richtig losging, hat meine Rakete unser Sonnensystem verlassen.«

»Traurig. Und im übrigen ist das Unsinn. Du willst mir wohl Schuldgefühle machen, was? Sieh her, hier schwebe ich, der Faschingsprinz aus Oeteldonk, schwerelos durch den unendlichen Weltraum, und kann nirgendwo ankommen. Du bist jetzt hier, auf diesem wackligen kleinen Steg, an einem herrlichen Julinachmittag, und du sitzt der Frau gegenüber, mit der du früher einen ziemlichen Schlamassel angerichtet hast. Aber einen Schlamassel, den wir überlebt haben. Der uns, vielleicht, ich glaube es jedenfalls, stärker gemacht hat. Der uns eine Ahnung von einer idealen Liebe vermittelt hat. Und von den Möglichkeiten, so eine ideale Liebe am Leben zu erhalten.«

»Bei mir hat er vor allem schmerzliche Verlustgefühle hinterlassen. Keine Stärke.«

»Verlustgefühle sind doch ein grandioser Nährboden für einen Schriftsteller, scheint mir.«

Ihr Sarkasmus saß. Er drehte sich halb von ihr weg, den Rükken dem See zugewandt, und schaute zu den anderen Tischen hinüber.

Ellen sagte: »Glaubst du nicht auch, daß genau das, was uns mehr als ein Jahr lang so stark zusammenhielt, letztlich auch das war, woran alles scheiterte?«

»Und das wäre?«

»Na, zum Beispiel die Rückzugsgefechte in Den Bosch. Der

ganze Zinnober, den wir in Amsterdam um uns herum hatten. Die Abstraktionen, mit denen wir uns herumquälten, weil sie für uns weniger konkret waren als für unsere Eltern!«

»Was meinst du damit?«

»Hotel De Wereld in Wageningen.«

Er starrte auf sein Glas, hob es plötzlich und trank es aus, schenkte auch ihr dann aus der kühlen grünen Flasche nach, auf der sich eine Kondensschicht gebildet hatte.

»Mein Fehler«, sagte er, als er die Flasche abstellte und seine Handfläche am Tischtuch trockenrieb, »mein Fehler war, daß ich dich im entscheidenden Moment nicht in mein Schattenspiel mit einbezogen habe. Ich wiegte mich in der Illusion, daß ich allein damit fertigwerden müßte, daß es besser für uns wäre, wenn ich dich nicht damit belastete. Das ewige Gejammere wegen Onkel Leo…«

»…Das war kein Gejammere.«

»Ich hielt es jedenfalls für Gejammere. Ich hab etwas vor dir verschlossen, was für mich offenbar sehr wichtig war. So wichtig, daß es gefährlich wird, wenn man es für sich behält. Und außerdem kam es mir so vor – das wird mir jetzt plötzlich bewußt –, als ob deine Liebe von so etwas wie… wie einer Schuld gefärbt war, die du bei mir wiedergutmachen konntest.«

Obgleich er sie nicht ansah, sondern auf seine Hände schaute, schlug sie die Augen nieder.

»Ich glaube, du hast recht«, sagte sie leise. »Ich glaube, daß das in den ersten Monaten sehr stark war. Aber es hat sich dann gegeben. Deinetwegen. Aufgrund unserer Glasglocke. Irgendwann fühlte ich mich dann nicht mehr als die Tochter meiner Eltern. Sondern einzig und allein als deine Freundin. Mit dir zusammen wollte ich alt werden. Mich total an dich zu binden, machte mich frei. Wenn das ausgeglichen gewesen wäre, wenn du es genauso gemacht hättest, vollkommene Hingabe, dann…«

»Wenn, wenn«, sagte er, während er aufschaute und ihr fest in die Augen sah. Sie lächelten sich an. Ellen kam sich plötzlich wie das junge Mädchen von vor zwanzig Jahren vor, mit dieser grenzenlosen Verliebtheit und der tiefen Überzeugung, daß er der Mann für immer und ewig sei. Sie entzog sich seinem Lächeln und nahm einen Schluck Wein. Er sagte: »Es ginge immer noch, Ellen. So gerade eben noch. Heute noch. Morgen nicht mehr. Wir können in dein Auto steigen und wegfahren, wir können dort weitermachen, wo es aufgehört hat. Ich weiß jetzt, daß die Katastrophe nicht wirklich alles zerstört hat. Wenn du willst – ich will, das *weiß* ich –, können wir das, Ellen.«

Sie hatte ihn nicht angesehen, hörte aber, wie bewegt er war, wie die Worte auf der Emotion tanzten. Er versuchte ihre Ehe zu zerstören. Wenn sie mit ihm gehen würde, würde sie eine weitere Katastrophe verursachen. Hoffentlich konnte sie das eines Tages rechtfertigen.

»Nein, Leo. Nein. Bitte. Sag das nicht. Ich will nicht, daß du das sagst.«

»Es wär doch blödsinnig, wenn ich das jetzt nicht herauslassen würde. Noch wär es machbar. Das weiß ich. Und du weißt es auch. Wir könnten noch einmal neu anfangen. Irgendwo. Wir finden schon einen Ort. Ich bin dazu bereit. Und du auch. Sag es, Ellen. Du brauchst es nur zu sagen.«

Sie kniff die Augen zu und schüttelte den Kopf. Ihre Hände lagen auf dem Tisch, fest ineinandergeschlungen, und Ellen fühlte, wie er seine Hand auf sie legte.

»Dräng mich nicht, Leo.«

»Ich werde es immer wieder sagen.«

»Nein. Ich will's nicht hören. Es geht nicht.«

»Doch. So verwunderlich es klingt, es geht.«

»Nein, Leo. Es ist unmöglich. Ich kann dir nicht erklären, warum, aber es geht nicht.«

Ihre Stimme klang rauh, als hätte sie geschrien, doch sie hatte nur geflüstert.

»Das hier ist wichtig, Ellen. Das Wichtigste, was mir seit langer, langer Zeit passiert ist. Dieser Augenblick. Mit dir. Und das Bewußtsein, daß Raum dafür ist, daß eine Chance vorhanden ist, die wir ergreifen können.«

Sie hatte sich wieder in der Gewalt, öffnete die Augen und zog eine Hand unter der seinen hervor, um sie oben auf die seine zu legen.

»Nein. Ich kann nicht. Ich will nicht. Hör auf damit. Es tut nur weh, weil ich... weil ich spüre, daß du recht hast.«

Sie sah, daß er den Mund öffnete, gierig, mit einem hoffnungsvollen Leuchten in den Augen.

»Nein, Leo. Auch wenn ich das empfinde, ich werde es nicht tun. Es geht nicht.«

»Aber es ist doch...«

»Nein, Leo. Wirklich nicht. Laß uns davon aufhören. Es hat keinen Sinn. Mach dir das bitte ganz klar. Was ich jetzt empfinde, werde ich wieder in den Griff bekommen, verdrängen.«

»Du treibst dich noch selbst in den Wahnsinn.«

»Nein. Eine unangenehme Erinnerung wird bleiben. Eine, bei der einem ein Stich in die Magengrube fährt. Ich muß bei Frank bleiben. Das bin ich ihm schuldig. Für all die Jahre.«

»Und was ist mit dem, was wir miteinander hatten? Kann man das ohne Verbindlichkeiten abhaken?«

»Nein. Aber es geht nicht anders. Ich werde damit... ich werde damit leben müssen.«

Er sagte: »Es tut mir leid. Verzeih mir, Ellen. Vermutlich bist du bei Frank glücklicher als bei mir. Wenn du mit mir gehen würdest, würdest du Frank ins Unglück stürzen.«

»Und das möchte ich ihm nicht antun. Lieber belasse ich es dabei, nur von dir zu träumen, als ihm weh zu tun.«

Er zog seine Hand aus dem Muschelgehäuse, das ihre Hände bildeten, zurück und zwischen den Weingläsern hindurch. Er legte sie an seinen Kopf und drückte sie gegen seine Schläfen.

»Kopfschmerzen?«

Er nickte, mit geschlossenen Augen. Hinter seinem Gesicht wütete ein Wirbelsturm.

In dem Moment kam das Essen. Ellen hatte die Bedienung gar nicht kommen sehen. Ein kleiner Fisch, in zwei Hälften zerteilt, gegrillt, mit frischem Basilikum und Thymian und mit ein paar Tropfen Olivenöl beträufelt. Auch die zwei Kopfhälften lagen mit der Innenseite nach oben auf dem ovalen Teller. Zwei kleine Labyrinthe mit Zwischenwänden, Gängen, Kammern. Sie hatten nichts Abstoßendes. Fossilien. Auf Kaplans Teller lag der gleiche, in zwei Hälften zerschnittene Fisch, der gespaltene Kopf. Er rollte sein Besteck aus der Papierserviette, spießte mit der Gabel ein Scheibchen Zitrone auf, kniff hinein und ließ den Saft auf den Fisch spritzen. Sie schwiegen. Er nahm den ersten Bissen, sie tat es ihm nach.

»Gut«, sagte er, »ein leckerer Fisch.«

Doch sie bezweifelte, daß er überhaupt schmeckte, was er aß. Er schaute abwesend auf seinen Teller, kaute langsam.

Sie fragte: »Möchtest du kein Salz und keinen Pfeffer drauf?«

Das registrierte er erst jetzt. »Ach, ja.«

Minutenlang blieb es still. Bruchstücke ihres Gesprächs wirbelten ihr durch den Kopf. Hin und wieder schaute sie kurz zu ihm hoch, vermutete, daß bei ihm das gleiche stattfand.

Plötzlich spürte sie einen kalten Luftzug. Sie hatten sich bestimmt acht Minuten lang schweigend gegenübergesessen, beide in Gedanken versunken, essend, am Wein nippend. Sie schauten gleichzeitig auf.

»Kalt auf einmal«, sagte sie.

Er nickte, blickte an ihr vorbei.

»Es bewölkt sich.«

Sie drehte sich um. Über den Hügeln näherte sich eine dunkelgraue, beinahe schwarze Wolkenbank.

»Gewitter«, sagte er.

»Ob wir hier wohl im Trockenen sitzen?«

Er schaute zum Strohdach hinauf.

»Durchlässig wie ein Sieb.«

»Wenn es zu regnen anfängt, setzen wir uns rein«, sagte sie mit einer Kopfbewegung zum anderen Teil des Restaurants, einem flachen Steingebäude am Ufer mit großen Fenstern.

Die Leute an den anderen Tischen hatten die Gewitterwolken auch bemerkt. Eine der Familien erhob sich bereits, und alle fünf liefen mit Teller und Glas über den Steg zum Ufer.

Ellen und Leo blieben sitzen, die ersten Tropfen abwartend. Den Salat im Schälchen zwischen sich hatten sie nicht angerührt, als wäre hier Sperrgebiet. Dann wehte Ellen die Papierserviette weg. Ein Windstoß erfaßte sie und trug sie über das Geländer. Ellen sah sie über das Wasser segeln wie ein großer Schmetterling und zwanzig Meter weiter in den plätschernden Wellen landen. Kaplan hatte es auch gesehen und vergeblich nach der Serviette gegriffen, als sie über das Geländer hüpfte.

»Hier, nimm meine.«

»Nein, ich bitte um eine neue.«

Ellen hob die Hand und winkte dem jungen Mädchen. Die Bedienung fragte auf italienisch, ob sie auch nach drinnen wollten. Ellen entgegnete, daß sie nur eine Serviette wolle, sie würden es noch ein Weilchen versuchen. Das junge Mädchen nahm eine Serviette von einem unbesetzten Tisch und gab sie ihr. Ellen wandte sich wieder Leo zu, sah, daß er in sich herumirrte, nach einem neuen Halt suchte.

»Wie lange bist du noch in der Stadt?« fragte sie.

Sie sah, daß er schluckte und sich zu einem bemühten Lächeln zwang, um ihr zu demonstrieren, daß er sich im Griff habe. »Ein paar Tage«, antwortete er. Sie stellte ihm noch einige unverfängliche Fragen und ließ ihn reden, in der Hoffnung, daß sie die leise Gespanntheit zwischen ihnen mit Lauten würden aufheben können. Doch irgend etwas hatte sich zwischen sie gesenkt, eine

Scheibe aus kugelsicherem Glas, die ihn jetzt auf Distanz hielt, weitaus mehr als der Meter Tisch, der sie trennte.

Der Wind verstärkte sich. Die Wellen auf dem See wurden höher und wilder, langsam schob sich die Wolkendecke über ihre Plattform. Alle anderen Gäste hatten inzwischen im Steingebäude am Strand Zuflucht gesucht. Ellen sah sie hinter den Fenstern sitzen, wo sie sich mit Tellern und Gläsern wieder eingerichtet hatten. Sie blieb sitzen, als bedeutete ein Umzug nach drinnen mehr als nur die Flucht vor einem sommerlichen Regenschauer. Auch Kaplan schienen der dunkle Himmel und die drohenden grauen Wolken ungerührt zu lassen. Weit entfernt war ein dumpfes Trommeln zu hören, das widerhallend weiterrollte. Das Gewitter kam näher.

Sie fragte: »Möchtest du keinen Salat?«

Er griff zu dem Schälchen und legte sich einige Tomatenscheiben auf den Teller.

Der Wind strich über ihre Arme. Sie nahm das Schälchen von ihm entgegen und spießte sich mit einer Gabel ein paar Salatblätter heraus.

»Wann geht ihr weg?« fragte er.

»In zwei Wochen.«

»Gleich nach Kanada?«

»Nein. Zuerst nach Den Haag. Da wird Frank für seinen neuen Job präpariert.«

»Unterscheidet der sich denn von dem, was er bis jetzt gemacht hat?«

»Ja. Ein Botschafter unterhält seine Kontakte auf höherer Ebene. Das bedeutet auch mehr Etikette, mehr Repräsentatives.«

»Du mußt also auch wieder ran?«

»Ja.«

Mit dem nun zur Schau gestellten Interesse versuchte Leo seine Desillusionierung zu bekämpfen, darüber hinwegzureden.

Ellen erzählte von Franks Arbeit, von den verschiedenen Funktionen, die dieser im Laufe der Jahre bekleidet hatte.

Bei einem neuerlichen Windstoß fröstelte sie unwillkürlich. Er fragte, ob sie hineingehen wolle. Sie nickte. Sie standen auf und verließen die Plattform, den Ort, an dem sie sich ausgesprochen hatten, neunzehn Jahre danach.

Im anderen Teil des Restaurants angelangt, fragte er: »Möchtest du Kaffee? Nachtisch?«

»Nein. Du?«

»Nein. Ich auch nicht.«

Sie standen sich einen Augenblick schweigend gegenüber. Er krempelte die Ärmel hinunter, knöpfte die Manschetten zu, zog die Krawatte fest. Das Oberhemd, das er trug, kannte sie nicht, ebensowenig wie seine Hose. Das war ihr gar nicht aufgefallen, als sie ihn im Hotel abgeholt hatte.

»Ist dein Koffer gekommen?«

»Nein. Wieso?«

»Du trägst andere Sachen.«

»Gestern gekauft.«

»Geld von der Versicherung?«

»Nein.«

Er ging zu der jungen Bedienung und bat um die Rechnung. Während das Mädchen mit krampfhaft seriösem Gesicht die Kosten für ihr Essen zusammenrechnete, wahrte Kaplan Distanz zu Ellen. Er starrte nach draußen, auf den See, der jetzt vollends unter der Wolkendecke lag. Mit einem Mal war es ein grauer, kühler Tag geworden. Ellen fühlte sich müde, sehnte sich nach starken Armen, die sie umfaßten, wärmten. Er bezahlte mit Kreditkarte. Als sie hinausgingen, sagte er: »Vielleicht können wir ja unterwegs noch irgendwo einen Kaffee trinken?«

Sie wußte nicht genau, was er meinte, ob er nach einer Möglichkeit suchte, ihr Gespräch fortzusetzen, nach einem Hoffnungsschimmer.

»Ja«, sagte sie, »ich wüßte da ein Café, irgendwo auf halber Strecke.«

Er lächelte überrascht, als habe er nicht damit gerechnet, daß sein letzter verzweifelter Versuch Erfolg haben könnte.

Draußen rieb sie sich mit den Händen über die nackten Oberarme. Und dann, unverhofft, erlösend, spürte sie, wie er sie umfaßte, den Arm um sie legte. Sie schaute zu ihm hoch, bedankte sich mit einem Lächeln.

Sie gingen zum Fiat.

»Mein Jackett liegt noch im Kofferraum.«

Ellen öffnete den Kofferraumdeckel, und sofort ertönte ein durchdringendes Heulen. Sie schlug den Deckel wieder zu und lachte erschrocken auf. »Die Alarmanlage. Immer dasselbe.«

Kurz darauf lenkte sie den Wagen vom Parkplatz. Sie fuhren wieder über die Straße zwischen den Olivenhainen, einige hundert Meter Ebene, ehe die Serpentine begann, die sich nach Bracciano hinaufschraubte, das Städtchen oben auf dem steilen Hügel, das sie von hier aus nicht sehen konnten. Leo hatte sein Jackett angezogen. Sie sah, daß es ein teurer Anzug war, toll geschnitten, edler Stoff. Zur Linken, kurz vor einer Haarnadelkurve, lag das Hotel Bellavista. Sie war nie dortgewesen, aber schon oft daran vorbeigefahren. Es war nicht groß, eher eine geräumige Villa, und hatte eine schöne Sonnenterrasse, die man von der Straße aus sehen konnte, manchmal voller Gäste, gelegentlich auch ganz verlassen, so wie jetzt. Sie tat es, ohne nachzudenken. Sie riß das Steuer herum, und der Wagen fuhr auf den mit Kies bestreuten Parkplatz hinter dem Hotel. Dort zog sie den Schlüssel aus dem Zündschloß und sah Leo an. Verwirrt besah er sich das Hotel.

»Willst du hier Kaffee trinken?«

Sie spürte, wie die Spannung durch ihren Körper brandete, erregend, prickelnd.

»Warte mal eben hier«, sagte sie.

Er drehte sich weiter zu ihr hin, immer noch verwirrt.

»Mußt du…?«

»Nur kurz«, sagte sie, »ein paar Minuten.«

Er sah sie fragend an.

Ellen stieg aus. Mit Handtasche eilte sie über den Kies zum Eingang, auf den Zehenspitzen laufend, um die Absätze ihrer Pumps zu schonen. In dem kleinen, mit dunklem Holz vertäfelten Empfangsraum sah sie hinter dem Rezeptionstresen die Zimmerschlüssel an den Haken hängen, mit mächtigen Gummibirnen beschwert.

Sie rief: *»C'è qualcuno?«*

Sofort erschien ein kleiner, dicker Mann mit müdem Gesicht.

»Sì?«

Ellen fragte nach einem Zimmer. Er nickte. Für wie lange? Eine Nacht, für zwei Personen.

Es war ein einfaches Zimmer im ersten Stock. Sie öffnete die Fensterläden, blickte über den See und zu den Hügeln am jenseitigen Ufer, über denen Wolkenschleier hingen. Dort regnete es bereits. Sie drehte sich zu dem Mann um, der am Doppelbett stehengeblieben war und fragte, ob auch ein Badezimmer vorhanden sei. Der Mann öffnete eine Falttür hinter sich, zeigte ihr Dusche und Toilette.

»Benissimo«, flüsterte sie.

Der Mann fragte, ob sie Gepäck habe. Wenig, sagte sie. Und in beherrschtem Ton bat sie ihn, dem Mann, der in dem weißen Fiat auf dem Parkplatz wartete, in zehn Minuten Bescheid zu geben. Nicht früher, in zehn Minuten. Der Mann zuckte die Achseln, na gut. Er wollte ihren Paß. Sie öffnete ihre Handtasche und gab ihn ihm. Der Mann verließ das Zimmer und schloß die Tür.

Im Badezimmer zog sie sich aus. Sie wusch sich flüchtig, wischte sich den Lippenstift ab. Über das blaue Linoleum ging sie zum Bett. Sie zog die Wolldecke weg und schlüpfte unter das Bettuch. Dann wartete sie.

Draußen, über dem See, donnerte es. Und ein leichtes Rauschen wurde laut, der Regen. Im Zimmer hatte sich die Wärme gehalten, behaglich, mediterran. Auf einmal öffnete sich die Tür. Sie schaute auf, mit leichtem Erschrecken, als hätte sie es vergessen. Seinen Blick würde sie nie vergessen. Sie sah, daß er keuchte, seine Verwirrung zu bezähmen versuchte.

»Ellen, ich…«

»Nein. Nichts sagen. Mach die Tür zu.«

Er drehte sich langsam um und schloß die Tür. Als sie bereits zu war, drückte er noch einmal dagegen. Wieder blieb er stehen, den Blick auf sie gerichtet. Sie lag ausgestreckt im Bett, den Rücken auf der harten Matratze. Das gestärkte Bettuch kratzte an ihrem Kinn. Sie streckte einen Arm aus, mit geöffneter Hand – eine Einladung.

Er zog sein Jackett aus und hängte es über einen Stuhl. Sie sah ein paar Regentröpfchen auf dem Stoff, kleine dunkle Flecken, die trocknen und verschwinden würden. Sie sah zu, wie er sich auszog, sein Oberhemd über das Jackett warf, seine Hose auf den Stuhlsitz legte. Er hatte einen behaarten Körper.

Er drehte sich zu ihr um, nackt, und sie richtete sich auf, fühlte, wie das Bettuch herunterglitt und ihre Brüste entblößte. Sie streckte die Arme nach ihm aus, und er ließ sich halb über sie in ihre Arme fallen. Sie waren nicht älter geworden. Sie waren immer noch neunzehn. Kein Tag war vergangen. Sie lagen unter ihrer Glasglocke.

Sie spürte, wie schwer er atmete, als er sie auf den Hals küßte. Er preßte sie an sich, hielt sie fest in den Armen, es tat beinahe weh. Sie ließ ihre Hände zu seinem Kopf wandern und drückte ihn behutsam von sich, so daß sie ihn ansehen konnte. Er lächelte, einen traurigen Schimmer in den Augen.

»Leo.«

»Ellen.«

Sie hörte die Stille des Sees. Es war, als hätte sie tagelang geschlafen, doch als sie auf ihre Kleinmädchen-Swatch schaute, sah sie, daß es erst halb elf war. Es war dunkel im Zimmer. Sie drehte sich leise zu ihm um. Er schlief, entspannt, mit regelmäßigen Atemzügen. Von unten aus dem Hotel hörte sie Geräusche, gedämpfte Stimmen, das Zuschlagen einer Tür. Ohne ihn zu wecken, stand sie auf. Sie öffnete die Fensterläden. Er hatte sie geschlossen, als das Gewitter über dem Hotel hing und der Wind sie erfaßte. Es war eine klare, milde Nacht, wolkenlos, voller Sterne. Über das abgekühlte Linoleum lief sie ins Badezimmer. Hinter der geschlossenen Badezimmertür wusch sie sich mit lautlosen Bewegungen unter einem schwachen Wasserstrahl. Dann zog sie sich an, schminkte sich die Augen, legte einen Hauch Lippenstift auf. Anschließend nahm sie einen kleinen Notizblock aus ihrer Handtasche und riß ein Blatt heraus. Sie schrieb: »Leb wohl, Liebster, ruf mich nicht an, schreib mir nicht, denk an mich, so wie ich an dich denke. Deine Ellen.«

Sie löschte das Licht im Badezimmer und öffnete behutsam die Tür. Er lag immer noch in derselben Haltung da, auf der linken Seite, das Gesicht zum Fenster, in einen Traum versunken, den sie niemals würde sehen können. Sie zog ihm das Bettuch bis über die Schulter hinauf. Das Zettelchen legte sie auf ihr beschlafenes Kopfkissen, in die Kuhle, die ihr Kopf in die Federn gedrückt hatte. Eilig huschte sie über den Flur davon, ihre Pumps in der Hand. An der Treppe angelangt, schlüpfte sie in die Schuhe und lief rasch nach unten.

An der Rezeption dauerte es noch ein paar Minuten. Sie bezahlte, bekam ihren Paß zurück. Unruhig, ängstlich und zugleich von unerträglicher Sehnsucht erfüllt, sah sie sich fortwährend zu der Tür um, die zur Treppe zu den Zimmern führte, eine Glastür, hinter der er jeden Moment auftauchen konnte, halb angezogen, mit schläfrigem, erschrockenem Gesicht.

Sie lief über den Kies zu ihrem Auto. Es roch frisch draußen, der Regen hatte die Luft gereinigt, und die Natur atmete und duftete. Sie stieg in den Fiat und blieb noch ein Weilchen sitzen, nahm die Schachtel Marlboro aus ihrer Tasche, gewährte ihm noch die Spanne einer Zigarette. Sie rauchte, bis der Filter zu brennen begann.

Dann startete sie den Wagen und fuhr weg, die kurvenreiche Straße hügelan, hinter den Lichtkegeln der Scheinwerfer her.

10

Ferrara

Es war jetzt mehr als acht Jahre her, daß Kaplan in der Umgebung von Assisi eine Zirkusvorstellung besucht hatte.

Die Trapeznummer wurde dort von zwei Männern und einer Frau geboten, in enge weiße Trikots gehüllten Luftakrobaten. Kaplan war aufgefallen, daß die Frau und einer der beiden Männer sich auf besondere Weise anfaßten. Der Mann, ein schnurrbärtiger Casanova, war aber nicht der Ehemann der Frau gewesen, das war der andere, ein sehniger Typ mit sich lichtendem Haar, ohne das frauenverschlingende Etwas des Casanovas.

Was war aus diesen Artisten geworden?

Es ließ sich nicht leugnen, Casanova und Bianca hatten was miteinander. Der ganze Zirkus witterte es, nur Biancas Mann Alessandro merkte nichts. War er denn ein solcher Trottel, daß er nicht sah, was sich zwischen seiner Frau und Casanova abspielte?

Nein, er war kein Trottel. Keiner wagte Alessandro über Biancas vermeintliche Untreue aufzuklären, weil man fürchtete, er könnte Casanova während ihrer Nummer in die Manege hinunterbefördern. Und oben vom Trapez aus konnte man nicht sehen, was man von den Tribünen her sehr wohl sehen konnte, wenn Bianca neben Casanova auf den Artistenstand sprang, wie ihre liebliche Hand um seine Taille glitt, wie seine muskulöse Hand ihren nackten Rücken tätschelte.

Trotzdem entdeckte Alessandro eines Tages, daß die Beziehungen zwischen seiner Frau und Casanova nicht ausschließlich kollegialer Natur waren. Wodurch, wie? Zufall natürlich, dummer, dummer Zufall.

Alessandro hatte sich das Fußgelenk verletzt. Das war ihm, seit er mit Casanova und Bianca am Trapez hing, noch nie passiert. Er war ein gelenkiger, athletischer Mensch, der jeden Tag trainierte und nie krank war. Seinem Spitznamen »Der Adler« machte er wirklich alle Ehre. Er ernährte sich gesund, rauchte nicht, trank nicht, lebte für seine Frau und seinen Beruf – na ja, Beruf, es war eher eine Lebensart. Wenn er nach den Gefahren seiner Arbeit gefragt wurde, antwortete er, die gebe es nicht. Er war Perfektionist. Timing, Gelenkigkeit, Disziplin, das war ihm in die Wiege gelegt, und diese Eigenschaften vereinigten sich bei ihm mit einer großen Liebe zu Vögeln.

Der Wohnwagen, in dem er mit Bianca lebte, stand voller ausgestopfter Vögel. Die staubte er jeden Tag mit einem Staubwedel ab. Im Grunde seines Herzens war er davon überzeugt, ein reinkarnierter Adler zu sein, der im Himmel versehentlich mit dem Körper eines Menschen ausgestattet worden war. So sagte er es gelegentlich im Scherz, doch in Wirklichkeit entsprach dieser Gedanke seinem persönlichen Glauben. Alessandro war ein Adler.

Eines schönen Tages war er nun also ein Adler mit verstauchtem Knöchel. Und zum erstenmal seit Jahren konnte er nicht trainieren. Niedergeschlagen, verärgert über die dummen Menschenfüße, die er schon zweiundvierzig Jahre mit sich herumschleppte, saß er in seinem Wohnwagen zwischen den ausgestopften Tieren, während Bianca und Casanova ihre Übungen am Trapez machten. Alessandro hielt es nicht aus. Er hinkte zu dem neuen Zelt hinüber, das der Zirkus nach dem Feuer gekauft hatte, und schaute seiner Frau und dem dritten Luftakrobaten von unten her zu.

Alessandro spürte, daß irgend etwas nicht stimmte. Aber was? Die beiden dort oben faßten sich anders an, als es im Interesse von Sicherheit und Eleganz unbedingt notwendig gewesen wäre. Die Arbeit auf dem Trapez hatte seit jeher etwas Körperliches, man faßte einander an, war vom Körper des anderen abhängig. Doch Bianca und Casanova schienen bei jeder Berührung vor Wonne zu erbeben. Dem Adler kam eine beunruhigende Vermutung.

Während der zwei Wochen, die sie ihre Nummer nicht zeigen konnten, verfolgte Alessandro von einem versteckten Ort zwischen den Tribünen aus das Training von seiner Frau und diesem Charmeur. Seine Vermutung gewann schmerzlich an Konturen. Bianca war ihm untreu. Er versuchte sie bei intimen Handlungen zu ertappen, hinkte hinter Bianca her, wenn sie den Wohnwagen verließ und Besorgungen machte oder eine Freundin in einem anderen Wohnwagen besuchen ging.

Es wurmte ihn, den stolzen Trapezkünstler, daß man ihn vor seiner Nase betrog, ohne daß er einen schlüssigen Beweis dafür finden konnte. Könnte er sie ertappen, bei einer Umarmung oder Schlimmerem, hätte er eine Antwort parat. Der Adler würde Casanova vernichten, den Liebhaber seiner Frau mit nur einer Bewegung auf seinen letzten Flug ins Sägemehl hinabbefördern. Doch abgesehen von den zweideutigen Zärtlichkeiten unter der Kuppel des Zirkuszelts konnte Alessandro nichts ausfindig machen.

Sein Knöchel heilte, und ihre Nummer wurde wieder zum festen Bestandteil des Programms. Nun fiel ihm auch oben, am Trapez hängend, auf, wie sie sich anfaßten, einander kaum verhohlen streichelten. Aber unten am Boden bekam er sie nicht zu fassen. Bianca gegenüber sagte er kein Wort. Er war davon überzeugt, daß sie alles abstreiten würde, und auch Casanova konnte er ohne einen überzeugenden Beweis nicht beikommen.

Die Ruhe, mit der er früher ins Scheinwerferlicht über den faszinierten Gesichtern der Zuschauer, die auf einen tödlichen Sturz warteten, hinaufgestiegen war, war einem Gefühl des Unbehagens gewichen. Er war der größte Luftakrobat Italiens, aber er war unfähig, die Untreue seiner Frau aufzudecken.

Der Adler begann kleine Fehler zu machen, von niemandem bemerkt, doch er selbst erschrak darüber. Seine Wut auf Bianca und deren Liebhaber wuchs. Sie waren die Ursache für seine Flüchtigkeitsfehler. Noch krampfhafter als zuvor bespitzelte er seine Frau, folgte er Casanovas Spuren. Aber Fehlanzeige.

Eines Abends dann stürzte Alessandro während einer Vorstellung in Ferrara ab. Er ließ wie sonst auch sein Trapez los, drehte sich in der Luft akrobatisch um die eigene Achse und schwebte auf Casanova zu, der mit dem Kopf nach unten am anderen Trapez hing und Alessandro mit ausgestreckten Händen entgegenschwang. Da fühlte der Adler sich plötzlich von tiefem Haß erfaßt, von einem Widerwillen, der alles überstieg, was sein Körper noch ertragen konnte, und er versagte sich Casanovas einladenden Händen und schoß an ihm vorbei. Er hörte dessen erschrockenen Aufschrei und nahm sich vor, noch ein letztes Mal über der Manege zu kreisen, ehe er das Zelt durch das Loch in der Kuppel verlassen würde. Doch aus irgendeinem Grund wurde der Adler vom Boden angezogen. Er versuchte zu fliegen, diesem Ehebruchtheater den Rücken zu kehren, doch es schien, als wäre er in einer eisernen Rüstung gefangen und würde von einem unter dem Sägemehl versteckten Magneten angezogen. Er hörte das Aufschreien der Zuschauer, die endlich bekamen, weswegen sie gekommen waren, und er brach sich auf dem harten Boden Genick und Schädel und alles, was sonst noch zu brechen war.

Bianca weinte sich bei seiner Beerdigung die Augen aus.

Aufrichtig oder gespielt?

Aufrichtig. Sie war ihm niemals untreu gewesen. In den ganzen zehn Jahren ihrer Ehe hatte sie nie mit einem anderen geschlafen. Gewiß, sie war in Casanova verliebt, und in der Luft, unmittelbar unter dem Zirkuszelt, liebkosten sie einander, doch ihren Schoß hatte sie ihm nie geschenkt. Sie hatte ihren Mann *und* Casanova geliebt. Ihrem Mann hatte sie im Wohnwagen gehört, ihrem Liebhaber auf dem Trapez. Die krankhafte Eifersucht, der Alessandro zum Opfer fiel, war zugleich begründet und unbegründet gewesen. Bianca war ihm treu und untreu gewesen. Die krampfhafte Suche nach einem nicht zu findenden Beweis für ihren Ehebruch hatte ihn am Ende ins Sägemehl befördert. Er hatte nicht erkannt, daß die ganze Untreue seiner Frau in dem bestand, was dort oben zu sehen gewesen war. Dem Adler war das nicht klar gewesen. Uns jetzt schon.

11

Hotel Hühnersuppe

Kaplan saß Paula gegenüber in einem vollbesetzten Lokal in der Via del Corso. Er hatte sein viertes Glas Moskovskaya vor sich und lauschte Paulas Bericht von ihren Erlebnissen in Pompeji, wo sie gestern mit ihrer Freundin gewesen war – ein Tag ohne ihn, sie war fast durchgedreht.

Paula hatte ihn im ›Commodore‹ getroffen, als er bereits seit zehn Minuten in der beengten Telefonzelle in der Lounge stand. Er hatte bei Ellen angerufen, aber immer nur das Besetztzeichen erhalten. Durch das runde Fenster in der Tür, eine Art Bullauge, hatte er Paula ins Hotel kommen sehen, in denselben Sachen, die sie vor zwei Tagen bei der Lesung angehabt hatte. Auf ihren in weißen Turnschuhen steckenden Schweißfüßen war sie über den Teppich mit dem H und dem C gegangen und hatte jemanden an der Rezeption angesprochen. Der Mann hatte zur Telefonkabine gezeigt, in der Kaplan stand. Mit verhaltenen Schritten war sie zu ihm herübergekommen, hatte das Gesicht ans Bullauge gedrückt und mit flehendem Blick Lippen und Nase gegen die Scheibe gepreßt. Kaplan hatte aufgehängt und die Tür geöffnet. Er hatte sie so stürmisch umarmt, als umarmte er Ellen. Sie waren vor dem Hotel in ein Taxi gestiegen und in dieses Restaurant gefahren, ein geräumiges Lokal mit separater Abteilung für Delikatessen und Weine, ja, sogar Fertiggerichte zum Mitnehmen. Sie wurden von einem gutaussehenden Ober bedient, der Dino hieß, einem versierten Verführer mit Augen für Paulas Beine.

Kaplan hörte Paula zu und versuchte zugleich zu ordnen, was in den letzten vierundzwanzig Stunden über ihn hereingebrochen war. Gestern nachmittag das Gespräch mit Ellen am See; anschließend die zeitlosen Stunden in dem Zimmer im Hotel Bellavista, während über ihnen ein heftiges Gewitter und schwere Schauer tobten; heute morgen das verwirrende Erwachen in dem verlassenen Bett, Ellens Zettel; danach die Taxifahrt zurück nach Rom, wo im ›Commodore‹ ein Team vom *Rai*-Fernsehen auf ihn gewartet hatte; und dann die Nachricht, daß Rudy sich erhängt hatte. Zuviel.

Der Schriftsteller hätte morgens um elf in der Lounge des ›Commodore‹ sein müssen. Er war mit jemandem vom Fernsehen verabredet gewesen, aber mehr als eine Stunde zu spät gekommen. Die Kamera hatte schon bereitgestanden, die Lampen waren in Position gebracht, und er war unrasiert und mit ungekämmten Haaren in die Lounge gestolpert gekommen.

Im ›Bellavista‹ hatte er fast fünfzehn Stunden geschlafen. Von acht Uhr abends bis elf Uhr morgens, tief, heilsam, wie eine lange Reise in einem Unterseeboot, das ihn von einem exotischen Tiefseetraum zum nächsten gebracht hatte. Nur ganz allmählich und in Etappen war er wach geworden. Zuerst hatte er gedacht, er läge in seinem Zimmer im ›Commodore‹ und hätte einen rätselhaften Traum von Ellen gehabt. Dann hatte er gedacht, er schliefe immer noch und träumte nur, wach geworden zu sein. Danach war ihm dreißig Sekunden lang überhaupt nichts mehr klar gewesen und er hatte nicht einmal mehr die Möglichkeit ausgeschlossen, daß er gestorben und nun in der Hölle gelandet sei, für immer und ewig in einem Hotelzimmer mit Aussicht auf einen wunderschönen, aber unerreichbaren See eingesperrt. Dann aber war das Tageslicht zu ihm durchgedrungen, und er hatte sich daran erinnert, daß er mit Ellen geschlafen hatte. Aber auch das war so unwirklich geblieben wie der Anblick des Hotelzimmers und seiner neuen Kleider auf dem Stuhl. Das unwirkliche Gefühl hatte ihn nicht verlassen. Auch nach dem Duschen und seiner hastigen Abreise aus dem Hotel hatte er im

Taxi zurück nach Rom beharrlich an der Echtheit der Bilder in seinem Kopf und der Fahrt durch die sonnenüberflutete Landschaft gezweifelt. Es war ihm so vorgekommen, als sei ein Teil seines Geistes immer noch in tiefen Schlaf versunken gewesen oder, um das Bild von dem Unterseeboot fortzuführen, als bewegte er sich immer noch unter Wasser dahin und ragte nur das Periskop aus den Wellen.

Nun saß er Paula gegenüber und fing so ab und an ein Wort von ihrem Monolog auf – er konnte einfach nicht fassen, daß Rudy tot war. Paula konnte nicht sehen, daß er hinter den Augen weinte. Am Sonntagabend hatten sie noch zusammen getrunken. Rudy hatte ihm von seiner Reise nach Penang erzählt. Ob er sich mit dem reißfesten Sisalstrick aufgehängt hatte, den er sich dort gekauft hatte? Kaplan hatte es kommen sehen, aber nichts unternommen. Nun kannte Rudy das Welträtsel, jegliche verborgene Ordnung. Wenn er es doch nur Mulisch sagen könnte!

»Ich hab eigentlich kaum was von Pompeji gesehen«, sagte Paula, »wir haben uns da irgendwo hingesetzt, mit Tomaten und Brot und Mozzarella, und die ganze Zeit über dich geredet. Ich mußte dich wiedersehen, Leo, ich mußte zu dir zurück. Ich war so glücklich, als ich dich da stehen sah. Warst du auch froh, als du mich gesehen hast?«

»Ja«, sagte Kaplan. Er freute sich wirklich. Mit ihrer Hilfe würde er irgendwie durch diesen Tag, diese Woche, diesen ganzen Aufenthalt kommen.

»Hast du dich nach mir gesehnt?«

Das konnte er nicht bejahen. Aber er durfte ihre Gefühle nicht verletzen. Er wußte, wie sich unerwiderte Liebe anfühlte.

»Du bist gerade im richtigen Augenblick gekommen«, sagte er.

Sie strahlte, ergriff seine Hand, die neben dem Moskovskaya lag, und preßte sie an ihre Lippen.

»Ich wußte es«, sagte sie, »ich war mir total sicher, daß du es nicht wirklich so gemeint hattest. Daß das irgendeiner Art falsch verstandenem Beschützerinstinkt entsprang. Betty war ganz meiner Meinung. Ich mußte einfach vergessen, was du damals gesagt hast. Es *konnte* nicht wahr sein. Es war schön in Pompeji, aber es hatte auch was Gruseliges. Wenn nun was passieren würde, ein Erdbeben oder so, und einer von uns würde sterben, wie mies würde es dem anderen da gehen. Es ist vielleicht ein bißchen übertrieben, so zu denken, aber ich konnte nicht anders. Ich *mußte* zurückkommen. Zu dir. Ich bin so erleichtert, Leo.«

Wieder küßte sie seine Hand und nahm dann einen Schluck von ihrem Amaretto. Es war ihr vierter. Er hatte ihr nichts gesagt. Nichts von Ellen, nichts von Rudy. Und auch über die Aufnahmen für diese Fernsehsendung hatte er kein Wort verloren.

Er hatte ziemlich derangiert ausgesehen, aber sie hatten ihn gleich in einer Ecke der Lounge in einen Sessel gedrückt und die Lampen angemacht. Sie hatten es eilig gehabt, denn sie mußten noch drei weitere Interviews aufnehmen. Der Interviewer, ein Mann in seinem Alter, hatte trotz der Hitze jene weiche braune Lederjacke mit Pelzkragen angehabt, die in der Filmbranche bevorzugtes männliches Kleidungsstück war. Neben diesem gesund, kräftig und geschniegelt aussehenden Mann hatte Kaplan wie betäubt und ausgebrannt gewirkt. Aber er war zu spät dran gewesen und hatte keine Zeit gehabt, sich zu rasieren und ein sauberes Oberhemd anzuziehen. Die Erinnerung an Ellen lag ihm noch auf der Seele. Als die Lampen aufblitzten, hatte er unwillkürlich die Augen zugekniffen.

»Ich kann nichts sehen!« rief er dem Mann zu, der vermutlich der Regisseur des Kamerateams war, ein gesetzter Typ mit Bartkranz rund ums Gesicht. Daraufhin kam dieser zu ihm und fischte eine Sonnenbrille aus der Brusttasche seines Oberhemds.

»Setzen Sie diese Brille auf.«

»Dann seh ich endgültig wie ein Gangster aus.«

»Ihre Entscheidung. Für eine Filmaufnahme brauchen wir Licht. Das wissen Sie doch auch.«

Kaplan hätte aufstehen, ihm den Stinkefinger zeigen und rufen können: »*Screw yourself, fucking shmuck!*«, doch er blieb sitzen und setzte sich die Sonnenbrille auf die Nase, so eine hypermoderne mit breiten Bügeln, in denen sich runde Lüftungslöcher befanden, und dem Namenszug ›Porsche‹ auf dem Steg über der Nase. Wenn man sich den Wagen schon nicht leisten konnte, konnte man sich immerhin noch die Sonnenbrille gleicher Marke zulegen. Der Interviewer zupfte seine Lederjacke zurecht, strich mit koketten Handbewegungen noch kurz seinen kurzen Lokkenschopf in Form, und los ging's.

»*Motore!*«

»*Sì!*«

Der Interviewer setzte plötzlich ein verführerisches Lächeln auf und sprach in flinkem Italienisch in die Kameralinse. Über seinem Kopf hing die Gabel mit dem Mikrofon, bedient von einem Typen mit langen blonden Haaren. Ein Althippie oder ein moderner Trendsetter? Lange Haare waren wieder in, hatte Kaplan irgendwo gelesen. Mitte der achtziger Jahre, nach zwanzig Jahren, hatten sich die langen Haare bei Männern also vom subkulturellen Protestsymbol zur up-to-daten Modeerscheinung hinentwickelt. Der Interviewer wandte sich mit aufgesetztem *smile* an Kaplan und stellte ihm auf englisch die erste Frage.

»*Mister Kaplan...* Sie sind sowohl Verfasser des Buches *La Fame di Hoffman* als auch Drehbuchautor des gleichnamigen Films. Was ist Ihrer Meinung nach besser gelungen, das Buch oder der Film?«

Kaplan schob die Sonnenbrille hoch. Das Ding war für ihn zu breit und rutschte ihm von der Nase. Eine fiese Frage hatte ihm dieser Heini da gestellt. Klar, die hatte man ihm früher schon mal um die Ohren gehauen, auch in den Niederlanden. Der Film war platt, vulgär, bediente billige Gefühle; der Roman war literarisch, tiefsinnig, subtil. Kaplan hatte immer geantwortet, daß man nicht Äpfel und Birnen miteinander vergleichen sollte. Er hatte sich nie dazu verleiten lassen, sich für das eine oder das andere auszusprechen. Jetzt aber beschloß er, es einmal anders zu machen. Er sehnte sich nach Ellen.

»Den Film finde ich besser«, sagte er, den Porsche erneut auf seine Nase zurückschiebend, »der Film ist klarer als der Roman. Der Regisseur von *La Fame* versteht mehr von seinem Fach als ich von meinem.«

Der Interviewer warf ihm einen verwirrten Blick zu, das hatte er nicht erwartet. Aber er war ein schlaues Kerlchen, das schnell schalten konnte.

»In verschiedenen Ländern wurde der Film von Kritikern als banal bezeichnet. Hatten Sie das auch mit Ihrem Roman angestrebt?«

»Je banaler, desto besser. Die Wirklichkeit ist eine höchst banale Angelegenheit. Scheißen und Pimpern, darum geht es im Leben.« (Kaplan sagte: *»Life is a matter of shit and cunt.«*) »In einem Opernhaus komm ich mir immer vor, als wär ich in einer Nervenheilanstalt gelandet. Keinerlei Sinn für die Wirklichkeit. Ein Bordell ist da was ganz anderes. Da spürt man den Puls der Erde. Geld und ein Ständer. Darum dreht sich alles. Wer das abstreitet, kann nicht richtig gucken. Daß ich selbst jetzt eine Brille trage, kommt daher, daß ihr so grelle Lampen auf mich gerichtet habt. Ich hab wenig geschlafen, und das macht die Augen empfindlicher, verstehst du? Geld und ein Ständer – merk dir das, es ist der Titel meines neuen Buches. Das sind die wahren Symbole des Lebens. Nicht Hammer und...« – ihm fiel das englische Wort nicht ein, und er sagte es daher auf niederländisch – »...Schniedel, nicht *stars and stripes,* sondern *money and a hard-on.* Ich werde die Freunde ästhetisch-esoterischer Literatur mit einem Roman nach ihrem Geschmack verwöhnen.«

Während er das sagte, merkte er, wie sehr er sich nach Ellen sehnte, nach den Stunden in dem Bett im Bellavista.

Der Zettel, den er auf ihrem Kopfkissen gefunden hatte und

der jetzt in seiner Jackettasche steckte, bedeutete das endgültige Ade. Er hatte erwartet, daß nach einer letzten körperlichen Annäherung eine friedliche Versöhnung zustande kommen würde und vielleicht ein Vulkanausbruch glühender Liebesströme, die sie zu einem Leben irgendwo am Strand auf den Bahamas oder Hawaii oder den Malediven hätten hinreißen können. Doch die Verwirrung war nur noch größer geworden. Nachdem seine Mutter gestorben war und er sich offiziell Waise hatte nennen können, hatte er geglaubt, das Schlimmste hinter sich zu haben. Seine Eltern waren tot, und er konnte sich nichts vorstellen, was schlimmer wäre als deren Beerdigungen. Im Laufe der Monate war er dann auf die unzusammenhängenden Fetzen von den Gesprächen und Streitigkeiten und nie zur Sprache gebrachten Emotionen gestoßen, die nach einem letzten Ausrufezeichen schrien. Die Unmöglichkeit, das setzen zu können, war vielleicht noch schlimmer gewesen. Und nun war Ellen weg, für immer, hatte ihm verboten, Kontakt mit ihr aufzunehmen. Aber trotzdem suchte er noch immer, noch genauso dringlich nach dem Ausrufezeichen hinter seiner Sehnsucht.

»Wer kennt schon jemanden, der bei *Ulysses* von Joyce geweint hätte? Doch beim Anblick von ein paar knospenden Mädchentitten, einem Hintern aus Pfirsichhaut, einer feingeschnittenen Möse und eines vollen Portemonnaies kommen einem die Tränen. Seien wir doch ehrlich – hast du bei einem Bild von Willem de Kooning oder Mondriaan je das Gefühl gehabt, daß die Begeisterung dir die Hose sprengt? Aber bei einem properen Cheer-Girl aus Albuquerque, das auf dem *Playboy-Centerfold* seine ganze Pracht enthüllt und Ikebana und japanische Haikus liebt, da knallen einem doch die Knöpfe vom Hosenstall.«

Er brach seinen Monolog ab, als es hinter der Kamera, um den Regisseur herum, einige Unruhe gab.

»Cut! Cut!« rief irgendwer.

»Wir müssen kurz stoppen«, sagte der Interviewer, »können Sie dann bitte gleich dort fortfahren, wo Sie aufgehört haben?«

Kaplan las von den Augen des Mannes das Erstaunen über den Verlauf des Gesprächs ab, das dieser nicht ganz verbergen konnte. Das war mal was anderes als Godards Gefasel über die Wirklichkeit des Films oder den Film von der Wirklichkeit. Verärgert, mit entschuldigender Gebärde kam der Regisseur zu Kaplan herüber und sagte: »Telefon für Sie. Der *stronzo* sollte Ihnen unbedingt sofort den Hörer geben.«

Kaplan erhob sich und ging zu dem Mann von der Rezeption, der hinter der Kamera auf ihn wartete.

»*Mister Kaplan,* Telefon für Sie. Die Polizei. Es sei dringend, hieß es.«

Es war die Nachricht gewesen, daß Rudy Kohn sich aufgeknüpft hatte, an einem Baum am Tiber.

Paula hatte ihren vierten Amaretto ausgetrunken. Kaplan goß den kleinen Rest Wodka hinunter und bestellte das für beide jeweils fünfte Glas.

»Wann fahren wir nach Florenz, Leo?« fragte Paula.

Sie war beschwipst. Kaplan blieb ganz klar. Von dem Alkohol, den er im Blut hatte, wäre ein anderer schwer benebelt gewesen. Er bemerkte nur, daß sein Gedächtnis anders funktionierte. Erinnerungen tauchten auf, unzusammenhängende Bilder, Satzfetzen. Ellen, seine Eltern, Rudy, Hannah, Bas, der Superman.

»Morgen.«

»Da ist Betty noch nicht wieder da.«

»Wo ist sie denn?«

»Die wollte heute noch in Pompeji bleiben.«

»Dann muß Betty sich beeilen.«

»Jetzt sei doch nicht so, Leo. Wir können doch wohl noch einen Tag warten, oder?«

»Mit wem willst du denn nun eigentlich nach Florenz? Mit mir oder mit Betty?«

»Mit dir natürlich. Aber du hast selbst gesagt, daß ich Betty doch nicht einfach ihrem Schicksal überlassen kann, daß das schofel wär.«

»Schofel – was für ein komisches Wort, findest du nicht?«

Paula prustete los. »Hab ich das wirklich gesagt? Pofel!« Sie grinste breit. »Ach, komm, Leo. Laß uns auf Betty warten.«

Draußen vor dem Lokal fuhr auf der Via del Corso eine Kolonne graublauer Polizeiwagen vorüber, vollbesetzt mit Polizisten in Kriegsmontur.

»Da muß irgendwo was los sein«, sagte Leo.

»Gestern auch schon«, erwiderte Paula, »ich hab's heut morgen in der Zeitung gelesen. Hast du nichts mitgekriegt?«

»Nein.«

Wenn es in Amsterdam irgendwelche Krawalle gab, bekam er meist auch nichts davon mit. Manchmal gab es auf dem Koningsplein heftige Gefechte zwischen Bereitschaftspolizei und Reformisten oder Anarchisten oder wahrhaftigen Revolutionären, während gerade um die Ecke, auf dem Spui oder in der Leidsestraat das bürgerliche Leben ungestört weiterging. Am frühen Abend flauten die Krawalle in der Regel ab. Da gingen alle zum Essen nach Hause, und im Anschluß an den Nachtisch, so gegen acht, wurde das Patt dann wieder aufgehoben und man kämpfte weiter. Man hielt sich eben an die Regeln.

»Wer ist denn diesmal unglücklich?«

Paula zuckte die Achseln. »Studenten, glaub ich.«

»Was paßt ihnen denn nicht?«

»Ich weiß nicht genau. Es war irgendwas zwischen verschiedenen Studentengruppen. Antikommunisten und Antikapitalisten oder so.«

»Und die Anti-Antis? Wo sind die?«

»Ach, komm, Leo, wir nehmen Betty mit, ja? In Ordnung? Wir warten morgen auf sie und fahren dann zu dritt nach Florenz.«

»In Ordnung.«

»Du bist ein Schatz. Wenn hier nicht so viel los wär, müßtest du mal kurz meine Muschi anfühlen. So naß wie ein Schwamm im Wasser. Bist du auch geil auf mich, Leo?«

»Nicht mehr lange, und ich hab von unten ein Loch durch die Tischplatte gebohrt.«

Sie lachte schallend.

Als er im ›Commodore‹ ans Telefon gerufen worden war, hatte Kaplan nicht gewußt, was die Polizei von ihm wollte. Ellen? War ihr etwas zugestoßen? Oder in den Niederlanden? Hannah vielleicht? Ein Unfall? Oder Jakub Levi, der Mann, den er nach Hause gebracht hatte? Aber bei dem hatte Kaplan keinen Namen und keine Adresse hinterlassen. In der Telefonkabine hatte der Hörer für ihn bereitgelegen. Er hatte sich mit seinem Namen gemeldet. Der Polizist hatte ihm trocken mitgeteilt, daß sie am Morgen den Leichnam eines Mannes gefunden hätten. »Wer!« hatte Kaplan gerufen. Rudolf David Kohn. In seiner Wohnung hätten sie eine Reihe von Abschiedsbriefen gefunden. Auf einem davon habe Kaplans Name und der Name seines Hotels gestanden.

»Kommen Sie den Brief abholen?«

Es war eine Weile still geblieben, eine furchtbare Stille.

Kaplan hatte den Porsche hochgeschoben, gefragt, wie sie Rudy gefunden hätten und wo. Am Tiber. Mit einem Strick. Eine große Platane, hatte der Polizist präzisiert, Kohn sei mit Hilfe einer Trittleiter hinaufgestiegen und habe den Strick – Sisal, hatte der Mann gesagt – an einem Ast festgeknotet. Dann habe er sich fallen lassen. Ein Strick von weniger guter Qualität wäre bei Rudys Sprung vermutlich gerissen, dieser aber habe gehalten. Er sei sofort tot gewesen. Genick gebrochen. »Sie kommen den Brief abholen?«

Kaplan, bestürzt, verloren, hatte gesagt, daß er den Brief heute oder morgen abholen werde.

»Waren Sie ein guter Freund von ihm?« hatte der Mann gefragt.

»Ja«, hatte Kaplan traurig gesagt, »er war ein guter Freund.«

Der Mann hatte noch eine Frage gehabt. »Auf einem der Briefe stand keine Adresse. Können Sie ihn der betreffenden Person zukommen lassen?«

»Natürlich. Wie viele Briefe hat er hinterlassen?«

»Acht.«

Rudy hatte noch fleißig geschrieben. Dann Strick und Trittleiter genommen und an den Tiber. Dort standen ausgewachsene, stämmige Platanen.

»Wie heißt diese Person?«

»Fulisch. H. – nur ein Initial. Kennen Sie den?«

»Ja«, hatte Kaplan gesagt, »ich komme die Briefe abholen.« Dann hatte er den Hörer aufgelegt.

Er war zu seinem Sessel vor der Kamera zurückgegangen. Erneut hatte man die Lampen angemacht, und er hatte sich gesetzt. Das konnte doch alles nicht sein, er mußte noch im ›Bellavista‹ liegen und schlafen, und wenn er aufwachte, würde er Ellen neben sich liegen sehen, er würde eine Hand auf ihre Schulter legen, sie würde sich schläfrig zu ihm umdrehen und lächeln, wenn sie seinen verlangenden Blick sah, und Rudy wäre ganz einfach noch am Leben, und Paula würde sich in Pompeji in den Kassierer des dortigen Selbstbedienungsrestaurants verlieben, und heute, an dem Tag, den er träumte, würde er mit Ellen ein Flugzeug nach Penang besteigen.

Der Interviewer fragte: »Könnten Sie bitte wieder dort anfangen, wo Sie aufgehört hatten?«

Kaplan sagte nichts, aber der Ton begann zu laufen und dann die Kamera, und er saß wieder in einer Fernsehsendung über Filme. Was machte er da? Was hatte er gesagt?

»Sie sprachen gerade von einem Cheer-Girl aus Albuquerque«, drängte der Interviewer.

Kaplan erinnerte sich. Ikebana, Haikus. Er brabbelte irgendwas drauflos. Die Worte lagen bereit, er brauchte nicht groß nachzudenken.

»Die Wirklichkeit des Films oder der Film von der Wirklichkeit – aus dem Geschwafel moderner Filmemacher wird doch kein Mensch mehr schlau.« Er verstummte kurz, sah Rudy hängen. »Alles ist so verdammt kompliziert geworden. Politik, Liebe, Sex. Wir brauchen Künstler, die mit ihrer Vorstellungskraft Wege durch den Dschungel bahnen können. So jemanden wie den Regisseur von *La Fame.* Ich kann das nicht mehr.«

»Aber Sie haben uns doch gerade den Titel Ihres neuen Buches genannt! *Money and a hard-on!*«

Hatte er das? *Money and a hard-on?* Aber er wollte doch etwas über das Monstrum von Florenz schreiben? Er würde sich entscheiden müssen. Für eines von beidem. Er wollte das mit Rudy besprechen.

Und da war er zusammengebrochen. Eine schmerzliche Grimasse hatte sein Gesicht verzogen. Einen Moment lang hatte es so ausgesehen, als würde er in Lachen ausbrechen, aber dann waren die Tränen gegen die Scheiben seines Porsche gespritzt. Er hatte tief und keuchend Luft geholt und losgeplärrt wie ein verlassenes Kind.

Paula fragte: »Hast du deinen Koffer wieder?«

»Nein. Wieso?«

»Du hast andere Sachen an.«

»Vorgestern gekauft. Nachdem du weg warst.«

Paula nickte verständnisvoll. »Das geht mir auch manchmal so. Wenn ich mich mies fühle, muß ich mir was kaufen. Einen Rock oder eine Bluse oder so. Dann versucht man sich selbst wieder aufzurichten, indem man sich ein kleines Geschenk macht, und dann redet man sich die ganze Zeit ein: Ist ja alles halb so schlimm. Hab ich recht?«

»Warum sollte eine so schöne Frau wie du sich mies fühlen?«

»Herrje, was ist denn das für eine Frage? Jeder hat doch mal Tage, an denen alles danebengeht! Da schlägst du morgens die Augen auf, und gleich ist alles verkorkst. Du weißt nicht, warum, aber es fühlt sich so an. Am liebsten würdest du dann den ganzen Tag im Bett bleiben, aber du mußt aufstehen, weil du alles mögliche zu erledigen hast. Sinnloses Zeug. Zur Vorlesung, Klausuren, einem Freund sagen, daß du ihn eigentlich doch bescheuert findest...«

»Das steht mir also auch noch bevor?«

»Niemals. *Never.* Wenn einer von uns beiden Schluß macht, wirst du es sein. Das spüre ich. Nicht ich.«

»Ich brauche dich, Paula.«

Sie sah ihn lieb und dankbar an, begann wieder seine Hand zu küssen.

»Mit dieser Hand streichelst du mich heute noch, ja, Leo?«

»Und die andere?«

»Die binden wir dir auf den Rücken«, sagte sie mit mysteriösem Lächeln.

Als er in Tränen ausgebrochen war, hatte der Regisseur die Aufnahme abgebrochen. Das Team hatte den Schriftsteller verblüfft angestarrt und gewartet, daß er sich wieder beruhigen würde. Doch Kaplan hatte sich nicht wieder beruhigt. Während ihm die Tränen über die Wangen strömten, stotterte er, an den Regisseur gewandt: »Warum haben Sie aufgehört?«

»Ich kann doch so keine Aufnahme machen!«

»Warum nicht?« fragte Kaplan schniefend.

»Weil Sie – tut mir leid, daß ich das sagen muß – weil Sie Ihre Gefühle nicht im Griff haben. Wir machen hier eine Filmsendung!«

»Und da darf keiner weinen?«

»Möchten Sie nicht ein paar Minuten Pause machen?«

»Nein.« Die Tränenflut, die hinter dem Porsche aus seinen Augen quoll und ihm über die Wangen zum Kinn rann, wollte und wollte kein Ende nehmen. Von ihm aus konnten sie die Kamera ruhig laufen lassen. Wenn er hier saß und plärrte, war das seine Sache! Wir befassen uns hier mit einem ernsten Thema! Keine gespielten Tränen eitler Akteure, nein, verdammt, *Money, a hard on and tears,* so wird mein neues Buch heißen! Nein! *Tears, money and a hard on!* Wenn sie Mumm haben, machen wir jetzt weiter! Es muß sein! Keine Maskerade mehr! Die nackte Wahrheit! Nackter als nackt! Schluß mit der Verfälschung! Rudy hat seine Schlußfolgerung daraus gezogen! Seine Schlußfolgerung in Gestalt von ein paar Metern Strick! Gottverdammt noch mal, mußte er sich unbedingt an seiner Schlußfolgerung aufhängen? Er hätte doch zu Karin zurückgehen können. Verdammt. Frauen gibt es doch genug!

Aber es gab nur eine Ellen. Der Schriftsteller verbarg das Gesicht in den Händen und schluchzte haltlos.

Als er aufschaute, waren sie dabei, ihre Apparaturen einzupacken. Der Regisseur kam zu ihm und sagte: »Tut mir leid, *Mister Kaplan.* Das paßt einfach nicht in unser Konzept. Ich weiß nicht, warum Sie plötzlich in Tränen ausgebrochen sind, aber damit können wir nichts anfangen. Schade. Sie hatten so gut angefangen. Nach dieser Unterbrechung… Sie haben wohl eine unangenehme Nachricht erhalten. Na, dann vielleicht ein andermal.«

Der Mann hatte das Hotel verlassen, ohne seinen Porsche zurückzuverlangen. Kaplan hatte die Brille noch immer auf der Nase. In der Nacht nach Levi hatte er kein Auge zugetan. Und dann war er in Ellens Armen eingeschlafen und hatte nicht gemerkt, daß sie das Zimmer verließ. O *Kaplan the prick!* Er war eingeschlafen! EINGESCHLAFEN! Auf ihrem Zettel, diesem elenden Zettel, stand unzweideutig zu lesen: Bleib mir vom Leib, ich will nicht, daß du dich in mein Leben drängst. Und doch bedeutete es auch noch etwas anderes. Auf dem Zettel stand auch, daß sie seine Gegenwart als bedrohlich empfand. Bedrohlich, weil sie sich nicht sicher war, ob sie seinem Drängen, seinem Bohren, doch noch mal neu anzufangen, widerstehen konnte – deswegen sollte er sich fernhalten. Und vielleicht bedeutete derselbe Zettel sogar: »Wenn du kommst, geh ich mit dir. Aber du trägst die Konsequenzen.«

Nun saß er mit Paula in einem gepflegten Lokal in der Via del Corso. Immer noch kam ihm dieser Tag vor, als befände er sich in einem Unterseeboot. Aber er wußte nicht, wie man das Mistding an die Wasseroberfläche steuerte. Und wieviel Sauerstoff hatte er noch? Die Scheiben seines Porsche waren sein Periskop, er hatte nur ein begrenztes Blickfeld. Verdammt, er warf schon wieder einige Bilder gewaltig durcheinander.

»Ich hab heut noch nichts gegessen, Leo.«

»Ich auch nicht. Wollen wir was bestellen?«

»Dieser Amaretto steigt mir ganz schön zu Kopf!«

»Unvernünftig, auf leeren Magen zu trinken.«

»Und was ist mit deinem Wodka?«

»Auch unvernünftig.«

»Am Montag hast du auch schon von vernünftig und unvernünftig geredet. Ich glaub, du liegst mir dauernd damit in den Ohren, weil du selbst nicht weißt, wo's langgeht. Du hoffst, daß dir, wenn du nur oft genug darüber redest, auf einmal klarwird, was du selbst denkst.«

Manchmal verblüffte ihn ihr Scharfsinn. Sie würde es noch weit bringen. Er konnte sich nicht entsinnen, in ihrem Alter über ein solches Beobachtungsvermögen verfügt zu haben. Vielleicht brauchte ihre Generation ja gar nicht erst erwachsen zu werden, so wie die seine. Paula war es bereits mit Einsetzen der Menstruation gewesen.

»Manchmal weiß man verdammt gut, was vernünftig und was unvernünftig ist«, antwortete er, »und macht trotzdem was anderes.«

»Das ist ziemlich dumm.«

»Nein. Manchmal möchte man etwas, wovon man die Finger lassen sollte. Dann wird's vertrackt.«

»Eine Frage der Risikoabwägung. Wenn du es wirklich gerne möchtest, wenn du dir die Nachteile in vollem Umfang bewußt machst und es trotzdem noch möchtest, dann tust du's auch. Egal, welchen Preis du dafür bezahlst.«

»Ich wünschte, es wäre so.«

Er dachte an Ellen, an den Zettel in seiner Jackentasche und die Minuten in der Telefonkabine, nachdem das Fernsehteam gegangen war. Er hatte sich beruhigt und war davon überzeugt gewesen, daß er Ellens dringendem Ersuchen, sie in Frieden zu lassen, keine Beachtung schenken durfte. Doch dann hatte er nur dieses lange, lange Besetztzeichen erhalten. Und dann war Paula in der Hotelhalle aufgetaucht, mit schlanken braunen Beinen und wildem schwarzem Haar und der Botschaft in den Augen, daß sie ihm gehörte, *take me.* Rudy weg, Ellen weg, Paula dafür zurück. Er hatte lediglich zu nehmen, was ihm über den Weg lief. Das war eine seiner vielen Schwächen: das Unvermögen, etwas einfach hinzunehmen.

»Wink mal dem Ober. Bei dir genügt's, wenn du die Hand hebst und deine wundervolle ausrasierte Achselhöhle herzeigst.«

Paula reckte in bewußter Übertreibung beide Arme hoch und winkte Dino. (Wie konnten sie wissen, daß dieser Ober Dino hieß? Sie wußten es nicht. Wir schon.) Der Mann stand in Null Komma nichts bei ihnen am Tisch. Für Paula einen Salat Niçoise, für ihn ein Steak, blutig. Draußen rasten einige Wagen der Bereitschaftspolizei durch die Via del Corso. Doch im Restaurant kümmerte das niemanden. Auch die Menge der Einkaufenden draußen auf der Straße bewegte sich ungerührt weiter, mit Päckchen, Tragetaschen, quengelnden Kindern, entlang an vollbesetzten Terrassen, Straßenverkäufern mit Luftballons oder haarigen Spielzeugtieren, die einem über die Hand krabbeln konnten, hupenden Taxis, qualmenden Bussen. Ein jeder irgendwohin unterwegs. Ein jeder mit seiner heiligen Aufgabe. Ein jeder von Trauer und einer unerfüllbaren Liebe verzehrt. Kaplan war reif für seinen sechsten Wodka.

Eine Stunde später liefen Kaplan und Paula über die Piazza del Popolo. Auf dem Platz standen rund um den Obelisken mindestens zwanzig Polizeibusse. Die Männer von der italienischen Bereitschaftspolizei hatten die Fahrzeuge verlassen und lehnten entspannt an dem Zaun, der die griechische Säule umgab, oder schlenderten in Grüppchen umher. Ihre Helme hatten sie abgesetzt. Die lagen neben den großen Plexiglasschilden um die Fahrzeuge herum.

Wie viele Amarettos hatte Paula intus? Kaplan hatte mindestens eine halbe Flasche Wodka getrunken, doch nur sein Körper bewegte sich dadurch etwas schwerfälliger. Sein Geist funktionierte präzise und reibungslos, der IBM-Computer im Unterseeboot.

»Kennst du das Gedicht von Pasolini über die Studentenkrawalle?« fragte er.

»Nein?«

»Damals gab es in Italien Krawalle, Studentenkrawalle. Und da hat er ein Gedicht geschrieben, in dem er sich auf die Seite der Polizisten stellte. Die wahren Söhne des Proletariats. Die Studenten waren für ihn die Bürgersöhnchen, die sich zum Zeitvertreib, bevor sie ihre guten Anstellungen bekommen würden, noch mal so richtig austoben konnten.«

»Überspitzt«, sagte Paula. Sie hing an seinem Arm. Sie war betrunken.

»Nein. In den sechziger Jahren gehörte schon Mut dazu, so etwas zu vertreten. Er hat damals schon erkannt, daß mit den Roel van Duyns von Italien irgend etwas gründlich im argen lag. Und weißt du auch, warum?«

»Nein«, sagte sie gelangweilt.

»Weil er sich seiner eigenen Triebfedern verdammt bewußt

war. Er war ein Masochist, ein *cruiser*, der nachts durch die Vororte zog, um jungen Knaben nachzujagen. Katholisch erzogen, schwul und von einem irrsinnigen Bedürfnis nach Strafe und Buße gezeichnet. Schuldbewußtsein. Wie der Mann gelitten hat! Wieder und wieder suchte er die Hölle auf. Und zugleich war er Neomarxist. Träumte vom wissenschaftlich fundierten Paradies. Als einer Welt, in der er von seinem Schuldgefühl und seiner Todessehnsucht erlöst sein würde.«

»Er ist doch ermordet worden, nicht?«

»Von so 'nem Knaben aus einem dieser unseligen Vororte.«

»Borgata«, bot Paula ihm an, das italienische Wort dafür.

»Ich glaube, er war sich genau darüber bewußt, daß seine politischen Stellungnahmen etwas mit seinen eigenen Wurzeln zu tun hatten.«

»Du redest wie ein schlechter Kritiker«, sagte Paula. Zum Glück trug sie Turnschuhe. Auf hohen Absätzen wäre sie bei jedem Schritt umgeknickt. »Worauf willst du eigentlich hinaus?«

»Ich will, glaube ich, sagen, daß... daß...«

»Nein, nix *glaube* ich. *Sag's* mir«, befahl Paula.

»Du bist betrunken.«

»Ja, und du auch.«

»Nein, ich nicht«, sagte er. »Du stützt dich auf mich. Ich halte dich auf den Beinen. Das ginge nicht, wenn ich betrunken wäre.«

»Quatsch. Wir stützen uns gegenseitig. Wenn ich nicht wäre, würdest du umfallen.«

»Könnte sein.« Er wußte, daß sie recht hatte.

»Was wolltest du denn nun sagen?« fragte Paula.

»Daß man immer schön die Augen aufhalten muß.«

»Dann solltest du nicht so viel saufen.« Sie lachte.

»Dieser Pasolini hat alles umgekrempelt. Und das in der damaligen Zeit!«

»Ist das denn so schwer? Ich kann doch auch sagen: Es lebe die Neutronenbombe!«

»Das ist ein Spielchen. Er konnte über seine Zeit hinausschauen.«

»Und das würdest du auch gerne? Stell ich mir gar nicht schön vor.«

»Ich hab in den sechziger Jahren auch 'ne Zeitlang gedacht, daß ich gegen die Obrigkeit auf die Straße gehen müßte.«

»Ha! Jetzt ist die Katze aus dem Sack!«

»Aber im Grunde wollte ich mich nur gegen meinen eigenen Vater auflehnen.«

»Na, das hättest du dann auch tun sollen, du Schussel.«

Er fuhr nicht nur auf ihren Körper ab, sondern auch auf ihre deutlichen Worte.

»Ich hätte ihn nie besiegt. Väter kann man nicht besiegen. Man muß erst selbst einer werden.«

»Mein Gott, bist du auf einmal ernst. Ich möchte noch was trinken.«

Sie blieb stehen und drehte ihm den Rücken zu. Sie trug ihren Nylonrucksack, in dem außer ihrem Geldbeutel und einem Make-up-Täschchen eine Flasche Amaretto und eine Flasche Wodka hingen. Kaplan band den Rucksack auf und gab ihr ihre Flasche. Aus seiner eigenen Flasche nahm auch er einen Schluck.

Sie standen jetzt dicht am Tiber. Dem Fluß des Selbstmörders.

Sie gingen weiter. Paula fragte: »Wo gehen wir eigentlich hin?«

»Wo möchtest du hin?«

»Wo du hingehst.«

»Ich weiß es nicht. Zum Petersdom?«

»Was? Nein.«

»Ins Vatikanmuseum?«

»Ich hab Urlaub. Keine Museen.«

»Weil dich dein Vater immer in Museen geschleppt hat?«

»Ach wo. Weil ich keine Lust hab, vor so totem Zeugs rumzuhängen. Hab ich gestern schon zur Genüge gemacht. Laß uns in 'ne Disco gehen.«

»Es ist erst Viertel vor vier.«

»Dann laufen wir so lange rum, bis die erste aufmacht.«

»Aber wir brauchen eine Richtung.«

»Laß uns am Fluß entlanglaufen. Aber am anderen Ufer. Das ist, soweit ich weiß, schöner.«

Er sagte nichts von Rudy. Sie würden an der Platane vorbeigehen, an der er sich aufgehängt hatte. Wie weit hatte er mit seiner Trittleiter laufen müssen? Fünfhundert Meter? Was war ihm durch den Kopf gegangen? Vermutlich so etwas wie: Das Leben ist sinnlos geworden. Seltsamerweise hörte Kaplan plötzlich ein Zitat von Roland Barthes, aus einem Buch, das er vor Jahren gelesen hatte. Über die Katastrophe, als die es der Liebende empfindet, wenn der, den er liebt, für ihn unerreichbar geworden ist. Das Gefühl, das einen dann überkommt, in der Psychoselehre »panisch« genannt, die Überzeugung, daß die Situation, in der man sich befindet, einen unwiderruflich umbringen wird. Aussichtslos, schmählich, unentwirrbar. Kaplan konnte Rudys Verzweiflung nachvollziehen. Doch ihm war der Gedanke an Selbstmord fremd. Noch an den finstersten Tagen, und dieser sommerliche Tag in Rom war einer davon, hatte er das Empfinden, daß es schon irgendwie weitergehen würde. Kaplan hatte Mühe, das Unabwendbare zu akzeptieren, und das war vielleicht die starke Seite seiner Schwäche. Darüber mußte er mal nachdenken, später, wenn dieser Tag Erinnerung geworden war.

Sie gingen auf die Brücke hinauf, die in Höhe der Engelsburg den Tiber überspannte. Es war fast vier Uhr. Bald würde sich die Siestaruhe verflüchtigen, und die Stadt würde wieder zum Leben erwachen. Wenn der Tod doch nur etwas von einer Siesta hätte, dachte Kaplan, dann würde Rudy bald im Gefrierfach der Leichenhalle erwachen. Oder war es zu kalt dort und sein Körper gefroren? Er hatte mal von amerikanischen Millionären gelesen, die sich einfrieren ließen. Wenn die Wissenschaft so weit fortgeschritten war, daß man den Tod besiegen konnte, wollten sie wieder aufgetaut werden. Kaplan würde im Oktober auch Millionär sein. Ob es wohl teuer wäre, Rudy in einer Gefrierzelle konservieren zu lassen? Nein, Quatsch. Die einzige Wissenschaft, die den Tod verhindern konnte, war die Wissenschaft vom Nichtgeborenwerden. Aber was hatte man davon, wenn man bereits geboren war? Und wenn man noch nicht geboren war, bekam man nichts davon mit.

Mitten auf der Brücke blieb Paula stehen. »Ich hab Durst«, sagte sie. Es war drückend heiß hier, sie standen in der prallen Sonne. »Wenn wir doch nur einen Sonnenschirm dabeihätten«, jammerte sie, während er ihren Rucksack aufmachte. Sie schwankte, hielt sich aber auf den Beinen. »Ob wir morgen einen Kater haben, Leo? Ich hatte noch nie einen.« Er gab ihr die Flasche Amaretto. »Dann wird's Zeit, daß du einen kriegst.« Sie lehnten sich an die Brüstung und schauten auf den Fluß hinunter, der zu einem schmalen Bächlein geschrumpft war. Sie waren die einzigen Passanten auf der Brücke an diesem stillen, heißen Nachmittag Anfang Juli 1985.

Plötzlich schauten sie beide gleichzeitig auf, in entgegengesetzte Richtungen.

Auf beiden Uferseiten wurde die Brücke von Polizisten abgesperrt. Dutzende Uniformen, Helme, Stiefel, Schilde und Knüppel bildeten zwei undurchdringliche Kordons. Eine Art Brummen war zu hören, die Luft wurde von einem rasch lauter werdenden aufgeregten Surren erfüllt, das die Atmosphäre wie mit Elektrizität aufzuladen schien. Reglos standen die Bereitschaftspolizisten an den beiden Brückenköpfen, mit dem Rücken zu Kaplan und Paula. Die Schweißflecken auf ihren blauen Hemden verrieten, daß sie menschlich waren. Das Brummen schwoll an. Auf der zur Piazza del Popolo hin gelegenen Seite erschien eine große Gruppe von Demonstranten mit Transparenten und Schildern. Sie schrien wütend, aufgepeitscht durcheinander. Kaplan wandte den Kopf zur anderen Seite und sah, daß dort, nahe der Engelsburg, eine zweite Gruppe von Demonstranten den Tiber erreicht hatte. Auch sie waren von einer rätselhaften Erregtheit erfaßt. Sie schwenkten Transparente und fuchtelten wild mit ihren Protestschildern.

Die zwei Gruppen konnten nicht zueinander gelangen. Schulter an Schulter und in doppelter Reihe verbarrikadierten die Polizisten die Brücke zu beiden Seiten. Kaplan drehte in einem fort den Kopf von links nach rechts, als verfolge er ein Tennisspiel. Vor den Polizisten auf der zur Piazza del Popolo hin gelegenen Seite bildete sich ein Demonstrantenstau wie eine Schlange, die sich einrollt, ehe sie auf ihre Beute losschießt, doch dann fächerte sich die Gruppe auf, und die Menge bewegte sich am Tiber entlang stromabwärts. Auf der zur Engelsburg hin gelegenen Seite war der Demonstrantenstrom gleich zum Ufer abgebogen; der Kopf des Zugs hatte nun bereits einen gewissen Vorsprung, obwohl diese Gruppe den Tiber später erreicht hatte. In der Ferne sah Kaplan andere Polizeieinheiten auch auf der nächsten Brücke die Begegnung der beiden Demonstrantengruppen unterbinden. Es sah beinahe wie ein Wettkampf aus. Welche Gruppe würde zuerst in Ostia am Meer stehen, an jenem Strand, wo Pasolini ermordet worden war?

Paula fragte: »Ist das jetzt wahr, oder bin ich im Delirium?«

»Keins von beidem, glaub ich. Ich hab einen Moment lang gefürchtet, sie würden die Polizisten überrennen. Dann hätten wir hier mitten im Kriegsgetümmel gesessen.«

Genau wie Paula hatte er seine Flasche noch in der Hand. Mitten auf der leeren Brücke, zwischen den blaugewandeten Robotern nahmen sie beide einen großen Schluck.

Die Demonstrantengruppen glitten wie zwei kompakte, aber bewegliche Substanzen, beängstigend abstrakt und zugleich bebend vor sichtlicher Wut, über die breiten Uferpromenaden der folgenden Brücke entgegen. Paula lachte auf.

»Sieht ulkig aus, was?«

Die Luft dröhnte von dem Getöse, das aus den beiden Zügen aufstieg. Vereinzelt lösten sich Menschen aus der Menge, beugten sich über das Geländer am Fluß und schüttelten, irgend etwas Unverständliches rufend, die geballten Fäuste gegen das jenseitige Ufer. Am einen Ufer die eine Sorte Antis, am anderen Ufer eine andere.

»Auf *der* Seite«, Paula zeigte zu der Seite, auf der die Piazza del Popolo und das Pantheon und das Forum Romanum und das Kolosseum lagen – Kaplan hörte, daß sie mit schleppender, alkoholgetränkter Stimme sprach –, »laufen die Demonstranten, die gegen die Besetzung Afghanistans sind, und *da* demonstrieren sie gegen die Amerikaner, weil die Nicaragua bedrohen.«

»Und wir stehen hier.«

»Wollen wir auch protestieren gehen?« fragte sie kichernd.

»Gegen was?«

»Ich weiß nicht. Gegen das Ende unserer Liebe. Denn das darf es nicht geben.«

Kaplan küßte sie in den Nacken, unter den dicken schwarzen Pferdeschwanz, der in einem anmutigen Bogen herabhing, wie es gelegentlich bei scheißenden Pferden zu sehen ist.

»Unsere eigene Demonstration«, phantasierte sie weiter, sich gegen Kaplan zurücklehnend, der ihr Gewicht auffangen mußte, »mit unserem eigenen Schlachtruf.« Sie reckte die Hand mit der Flasche empor. »Gegen die Lieblosigkeit«, lallte sie. »Los, du auch!«

Kaplan grinste gequält. »Muß das sein?«

»Nicht kneifen, mitmachen. Gegen die Lieblosigkeit! Los!«

Verhalten stimmte er ein.

»Lauter! Sie sollen es hören!«

Er holte Luft und rief mit ihr zusammen: »Gegen die Lieblosigkeit!«

»Noch mal!«

»Gegen die Lieblosigkeit!«

»Sollten wir nicht besser *für* etwas sein?« fragte sie.

»Ja, aber für was?«

»Für *uns.*«

»Das klingt so egoistisch.«

»Es lebe die Zukunft!« ließ sie sich einfallen.

»Schön«, sagte Kaplan, »aber die Zukunft von was? Es lebe die Zukunft des Seepferdchens?«

»Von mir aus. Es lebe die Zukunft des Seepferdchens!«

Beide Uferseiten waren jetzt bis zur nächsten Brücke hin mit Demonstranten besetzt. Doch allmählich wurde das Ende der Schlangen sichtbar. Der Zuwachs von den Zufahrtsstraßen her hatte nachgelassen, und jedem Zug folgte ein Dutzend große Polizeibusse, dicht nebeneinander und vollbesetzt mit geharnischten Polizisten.

Paula fragte: »Wie viele sind es, was schätzt du?«

»Zwei-, dreitausend auf jeder Seite?«

»Mehr nicht? Man könnte meinen, es sind Hunderttausende. Eine Million.«

»Du hast keine Erfahrung mit Demonstrationen.«

»Und ob!«

»Woher denn?«

»Na, damals, als der Papst in Utrecht war.«

»Das war doch keine Demonstration.«

»Und ob! Ich hab's doch selbst gesehen!«

Sie sprach im Ton eines unartigen sechsjährigen Mädchens, mit Piepsstimmchen, schmeichelnd und quengelnd zugleich.

»Leo…?«

»Ja?«

»Es ist so waaarm hier!«

»Komm, wir suchen uns ein Café.«

Die Polizisten, die die Brücke bewacht hatten, stiegen in Busse und wurden abtransportiert. Im Hintergrund bewegten sich die kompakten Massen der Demonstranten unter Transparenten und Protestschildern weiter am Fluß entlang, gefolgt von den Polizeifahrzeugen.

Kaplan dachte an Ellen.

Gestern hatte er etwa um die gleiche Zeit mit ihr am See gesessen, danach hatten sie miteinander geschlafen. Und jetzt torkelte er hier schon wieder mit einer anderen Frau herum. War das kennzeichnend für seine Lieblosigkeit? Oder für sein Übermaß an Leidenschaft? Er verabscheute sich.

Vielleicht schaute sich Ellen an einem anderen Ort in der Stadt auch gerade diese Protestzüge an. Er wußte nicht, was sie dabei denken mochte. In dieser Hinsicht war sie eine völlig Fremde für ihn. Was sie verband, war die Vergangenheit, so, wie sie auch damals mit achtzehn ihre Vergangenheit miteinander verbunden hatte, und jetzt stellten vielleicht die Demonstrationen, die sie beide vorbeiziehen sahen, auf unsichtbare Weise eine Verbindung zwischen ihnen her. Was würde geschehen, wenn er sie anriefe? Würde sie gleich wieder auflegen, oder würde sie ihm sagen, daß sie schon den ganzen Vormittag auf seinen Anruf gewartet hatte? Sie hatte sich aufgerichtet und die Hände nach ihm ausgestreckt, als er sich ausgezogen hatte. Ihre Brüste waren klein und fest, sie war breiter geworden, ihre Haut dünner. Sie hatten sich umarmt, und er war sich sicher, daß die Zeit stillgestanden hatte und alle anderen Frauen, mit denen er je geschlafen hatte, zu dieser einen Frau verschmolzen waren, die ihn nun umarmte. Sie hatte seinen Namen geflüstert, als wollte sie sich davon überzeugen, daß es wahr war, und danach hatte er ihren Namen gesagt. Sie waren lange so aneinandergeschmiegt liegengeblieben, schweigend, mit tastenden Händen. Er hatte das Schweigen gebrochen und heiser geflüstert: »Hattest du das vorgehabt?«

»Nein. Der Gedanke kam mir ganz plötzlich. Als ich das Hotel sah.«

»Du bist so weise.«

»Nein. Schwach vielleicht.«

»Wieso schwach? Man muß stark und weise sein, wenn man so etwas kann. Du bist verheiratet. Du hast Verpflichtungen.«

Sie sprachen leise, die Köpfe dicht nebeneinander auf den Kissen. Draußen donnerte es, ein schwerer Regenschauer erreichte das Hotel.

Sie lächelte still.

»Jetzt siehst du es mal von meiner Seite«, sagte sie, »das hast du vorhin beim Essen nicht getan.«

»Ich habe versucht, es von *unserer* Seite aus zu sehen.«

»Die gibt es nicht, Leo.«

»Doch. Jetzt schon.«

Sie küßten sich, zum erstenmal, zärtlich, es tat beinahe weh.

»Es war sehr klug von dir, daß du zuerst allein ins Hotel gegangen bist und das nervöse Herumgemache mit der Ausziehe-rei übersprungen hast«, sagte er. »Ich hab mich so sehr nach dem hier gesehnt, Ellen.«

Sie strich ihm mit einer Hand über die Brust.

»Du bist ein Mann geworden.«

»Du nicht«, sagte er.

Sie lächelte.

»Hast du viele Frauen gehabt?«

»Ich weiß nicht. Mehr als dich und die beiden Ehefrauen jedenfalls. Aber ich bin kein Simenon. Der hatte Tausende. Spielt das irgendeine Rolle?«

»Es macht mich ein bißchen unsicher.«

»Und du?«

»Wenige. Ich bin Frank treu.«

Doch als wollte sie das Lügen strafen, suchten ihre Lippen seine Zunge. Erneut küßten sie sich. Die Fensterläden begannen zu klappern, der Wind spielte mit ihnen. Kaplan befreite sich aus ihrer Umarmung und schloß die Läden. Als er zu ihr zurückkam, küßte sie ihn und spreizte die Beine. Bevor sie ihn in sich hineinließ, hielt sie mit beiden Händen seinen Kopf fest und sah ihn mit erstaunten Augen an, als könne sie immer noch nicht glauben, daß sie wirklich beide in diesem Bett lagen. Dann schloß sie die Augen und umklammerte ihn. Hin und wieder leuchtete ihr Gesicht auf, wenn draußen ein Blitz über den See schoß.

Immer noch fuhr Kaplan in seinem Unterseeboot unter Wasser dahin. Über sich sah er das Glitzern der Sonne, doch es gelang ihm nicht, den Ballast aus seinen Tanks zu pumpen und aufzutauchen. Eng umschlungen lief er mit Paula von der Brücke hinunter und in eine Bar Ecke Via della Conciliazone. Er wußte, daß er sich in gleißender Sonne auf der Straße bewegte, wurde aber dennoch das Gefühl nicht los, sich in der Enge eines Unterseeboots zu befinden. Er wußte, daß er durch Rom torkelte und nichts weiter, doch es fühlte sich anders an. Tja, gegen Gefühl ist kein Kraut gewachsen. Er war noch immer nicht aus dem bewußtlosen Schlaf im ›Bellavista‹ erwacht. Das war ein verdammt realistischer Traum. Er hatte Ellen nicht verloren. Wenn er endlich die Wasseroberfläche erreichte, würde er in ihr Schlauchboot steigen. Gemeinsam würden sie ans Ufer paddeln und auf einer Holzplattform über dem Wasser ein gegrilltes Seepferdchen essen. Wirklichkeit, was war das? Das war die Welt, an die man glaubte. Er wollte glauben, daß er immer noch schlief. Lassen wir ihn.

In der Bar sagte Paula: »Jetzt möcht ich aber mal was anderes trinken. Dieser Amaretto macht mich ganz krank.«

»Wodka?«

»Nein, ich bin doch keine Jüdin.«

»Whisky? Gin?«

»Ich hab Durst gekriegt von dem Zeug. Ich nehm ein Pils.«

Er bestellte. Paula ließ sich erschöpft auf einen Stuhl plumpsen, die schönen Beine von sich gestreckt, die Turnschuhe schräg in die Höhe. An der Theke lehnend, fiel Kaplan Ellens Zettel wieder ein. Er durfte keinen Kontakt mehr zu ihr aufnehmen. Natürlich, wenn sie wirklich gewollt hätte, wär sie bei ihm geblieben. *Attenoje,* was, wenn das alles wahr war? Rudy tot, an einem Ast am Tiber baumelnd? Während Tausende von Demonstranten schreiend für oder gegen die Besetzung Kanadas aufmarschierten und sich nicht einmal die Mühe machten, den ehrenwerten Kritiker abzuknüpfen? War es nun Kanada oder Afghanistan? Ach, was spielte das schon für eine Rolle. Wenn er wieder im Hotel war, würde er sich mal erkundigen, wie teuer so eine Gefrierzelle war. Er mußte Rudy eine Chance geben. Dumm, daß er daran nicht gedacht hatte, als seine Eltern starben. Zuerst sein Vater, dann seine Mutter. Man stelle sich vor, daß sein Vater wieder aufgetaut wurde! Er würde sich aufsetzen und seinen Sohn grinsend fragen: »Wenn ein Franzose ein Buch über Elefanten schreibt, welchen Titel würde er ihm geben?« Und seine Mutter, mit Eis in den Augenbrauen, hörte er schon sagen: »Was möchtest du morgen essen, mein lieber Junge? Dein Leibgericht? Hühnersuppe mit Mazzeknödeln? Gehackte Leber? Kugl mit Birnen? Oder *Chremslach*? Du darfst es dir aussuchen, schließlich hast du morgen Geburtstag.« Morgen schon? Nicht erst im Oktober? So eine Gefrierzelle war die Lösung. Sein Vater hätte sich schon darum kümmern müssen. Rackerte sich zu Tode und vergaß, sich eine Gefrierzelle zuzulegen. Dachte nur an seine Frau und seinen Sohn, den Professor in moderner und allerältester Geschichte, der sich mit einer Schickse in die Dialektik des Vervielfältigungsapparats vertiefte. Was kostete ein gewöhnlicher Kühlschrank? So 'ne Gefrierzelle konnte nicht viel teurer sein. In seiner neuen Wohnung hatte er Platz dafür. Konnte in einem der Schlafzimmer installiert werden. Platz genug für Rudy. Er hatte sich das Genick gebrochen, doch bis er aufgetaut werden würde, würde Professor Cohen aus New York natürlich längst ein Plastikgenick erfunden haben. Sein Vater hatte nicht mit Plastik, sondern mit Schrott und Papier und Lumpen gehandelt.

Auch mit alten Kühlschränken. Vergilbten Zeitungen und Zeitschriften. Manchmal auch einer Palette Bücher. Brachte eine komplette Ausgabe des Winkler-Prins-Lexikons mit nach Hause, so daß sein Sohn zum Professor der Niederlande und ihrer Tropischen Gebiete aufsteigen konnte. Mit Klopapier hatte Moos nichts im Sinn. Das verschwand samt und sonders in der Kanalisation. Mein Gott, all das Papier inmitten von Scheiße, was für eine Vergeudung, die Millionen von Rollen, die Tag für Tag in die Kloschüssel wanderten. Wenn sein Vater damit gehandelt hätte, hätte er sich nicht kaputtzuschuften brauchen. Da hätte er sich zur Ruhe setzen und beizeiten nach einer Gefrierzelle aus rostfreiem Stahl, Marke Levi aus Lublin, erkundigen können. Das gesamte Klopapier verschwand durch ein riesiges Kanalisationsrohr unter dem Meer hindurch nach Nicaragua. Was, um Himmels willen, machten sie dort bloß damit? Bananen züchten? Die Revolution exportieren? Rudy war Fachmann in Sachen Revolution. Und in Trittleitern und Sisalstricken. Die exportierte er aus Malaysia. Testete das Zeug in Rom, am Tiber. Dumm, hätte er anderen überlassen sollen. Trapezkünstlern aus Assisi, die kannten sich da aus. Schleppte sich 'n Bruch mit der Trittleiter zu einem Baum, setzte sich da auf einen Ast und sprang runter, um zu sehen, ob die Saite reißen würde. Wieso nicht kurz Fulisch angerufen? Der wußte alles über Saiten. Und über das Welträtsel. Ob Fulisch eine Gefrierzelle besaß? Die Ewigkeit lag in einem Ei verborgen. Aber man hatte mit seinem Samen hübsch von dem Ei fernzubleiben. *With my prick a lot of glick. Use your lips, not your hips.* Hatten seine Eltern das gewußt? Unmöglich, daß seine Mutter seinem Vater je einen geblasen hatte. Mit dem Mund, der Worte wie *Hühnersuppe* und *baalbu'es* sagte? Nein. Ihre Lippen um den Schwanz von Jud Kaplan, An- und Verkauf von Lexika und Elefanten? Unmöglich. Sein eigener Samen war in das Welträtsel von Ellen eingedrungen. Aber sie hatte das Ei zerspringen lassen. Der *big bang* hatte ihn durchs All geschleudert. Er hatte noch den Knall im Ohr, ein Heidenlärm. Er mußte Hannah mal seine Ohren nachsehen lassen. Wenn er sich einfrieren ließ, konnte er sich später Plastikohren zulegen. Mit seinen Eltern und Rudy und Ellen und ihrem Ei in einer großen Gefrierzelle. Kalt natürlich, aber sie hätten noch ein Leben vor sich und könnten sich dann ja ein Haus mit Zentralheizung und Kamin und Fußbodenheizung und Solarzellen kaufen und dann würde er längst Professor der Zukunftsgeschichte sein. Wie wäre das dann mit seiner Erbschaft, wenn sein Vater aufgetaut würde? Er würde das Geld zurückgeben. Er brauchte es nicht. Auf die Idee hätte er vor fünfzehn Jahren kommen müssen. »Mam, was haltet ihr von einer Gefrierzelle?« Seine Mutter hätte gelächelt. »Aber Leo, wir haben doch schon einen Kühlschrank. Der tut es doch noch.« – »Ja, aber dieser wäre für den Fall, daß ihr sterbt. Dann werdet ihr eingefroren und in fünftausend Jahren wieder aufgetaut.« Seine Mutter hätte ihn stirnrunzelnd angesehen. »Ich weiß nicht, ob das was für deinen Vater wäre, Leo, du weißt ja, wie er ist.« – »Man bekommt gar nichts davon mit! Man wird tiefgefroren!« – »Dein Vater bekommt alles mit. Davon kriegt er Ausschlag.« – »Red doch mal mit ihm, Mam.« – »Wir werden sehen, Junge. Wird schon alles klappen mit dem Tod.« Eine Gefrierzelle würde ihm jetzt guttun. Konnte man in diesen Unterseebooten nicht für eine bessere Kühlung sorgen? Hatten sie bei der Marine denn nie von Levi, Kühltechnik, aus Lublin gehört? *Wos wet sajn morgen?* stand auf der Tür jeder Gefrierzelle, die dort vom Band rollte. Fulisch kannte die Antwort auf diese Frage. Das ewige Leben. Was würde mit den Überbleibseln von Onkel Leo in einer Gefrierzelle passieren? Würde die Wissenschaft ihn in fünftausend Jahren aus den kleinen Resten polnischer Erde, in der er verschwunden war, wieder zusammensetzen können? Zum Glück vertrat die Wissenschaft keine bestimmte Seite. Wenn er Professor geworden wäre, hätte er auch Wissenschaft betrieben. Hätte er alle Welträtsel gelöst. Hätte er seinem

Vater wieder schönes, kräftiges Haar gegeben, da ja die vielen Töpfchen Endenshampoo nichts geholfen hatten. Kann man auch Gorillas in solche Zellen stecken? Kann Professor Cohen aus New York auch einem Krokodil ein Plastikgenick geben? Wenn ein Chinese ein Buch über Juden schreibt, welchen Titel hätte es dann wohl? Wenn du den Strick, an dem Rudy hing, genau in der Mitte gegen den Stamm gedrückt hättest, hättest du dann die Oktave des Grundtons hören können? Fragen, Fragen, Fragen. In seinem Periskop war es dunkel. Aber er fuhr jetzt in seinem Porsche durch die Nacht. Gekauft von seiner Erbschaft. Ellen erwartete ihn im Hotel Hühnersuppe. Streng koscher. Sein Vater lieferte dort das Klopapier. Er wollte nicht zu spät kommen. Ellen erwartete ihn. Sie lag schon im Bett, und draußen regnete es Tränen. Er liebte sie. Er würde eine Doppelgefrierzelle bauen lassen. Für Ellen und sich. Und was war mit dem Ei? Und mit Rudy? Und mit seinem Vater und seiner Mutter und Onkel Leo? Er würde sie allesamt mitnehmen ins Hotel Hühnersuppe, unter rabbinischer Aufsicht. Alle, die er liebte. Alle. Alle.

Epilog

's-Hertogenbosch revisited

Am 17. Oktober 1970, neun Tage vor Leos vierundzwanzigstem Geburtstag, war sein Vater im Groot-Ziekengasthuis in 's-Hertogenbosch gestorben, wenige Minuten nachdem er die Pointe seines Lieblingswitzes, *The Elephant and the Jewish Problem,* zum besten gegeben hatte. Sein Sohn hatte damals bereits sein erstes Buch, *Die Leere Welt,* veröffentlicht. Moses Kaplan hatte es mit Stolz und doch auch mit einer gewissen Reserviertheit entgegengenommen.

»*Leere* Welt? Was ist denn so leer daran? Ich fühle mich nie leer. Schon gar nicht nach einem Essen deiner Mutter.«

»Lies es doch erst mal, Pa.«

Jud Kaplan hatte den Erzählungsband seines Sohnes zwischen die Bildbände über Israel in den Schrank gestellt, an einen erlesenen Ort also. Danach hatte er aber mit dem frischgebackenen Schriftsteller kein Wort mehr darüber gewechselt. Leo bezweifelte, daß er es je gelesen hatte. Vermutlich hatte er es Geschäftsfreunden gezeigt (»Ja, das hat mein Sohn geschrieben, nein, kein Professor, sondern mehr als ein Professor, ein Sprachkünstler«), war im Grunde seines Herzens aber tief enttäuscht gewesen. Sein Sohn hatte sich nicht für eine akademische Laufbahn entschieden, sondern für eine unsichere Schriftstellerexistenz.

»Verdienst du denn auch was?«

»Mach dir keine Sorgen, Pa.«

»Wenn du etwas brauchst, dann sag's.«

»Ich brauche nichts. Ich verdiene selbst.«

»Gib nicht so an. Ißt du auch richtig?«

»Pap, mein Buch ist in so gut wie allen Zeitungen in den Niederlanden und Belgien besprochen worden, ich schreibe Artikel für Zeitschriften, und ich komm schon zurecht.«

»Ja, aber *wie* ist es besprochen worden? Und was sind das für Zeitschriften, für die du schreibst?«

Sein Vater hatte das *Brabants Dagblad, De Telegraaf,* das *Handelsblad* und *Het Parool* abonniert, aber nur das *Nieuw Israelitisch Weekblad* las er wirklich, und darin hatte nichts gestanden.

»Die meisten Rezensionen waren gut. Und für die Artikel, die ich schreibe, werde ich gut bezahlt.«

»Wenn es nicht so wäre, würdest du es ja ohnehin nicht sagen. Du bist ein Dickkopf. Wenn du lieber Hunger leidest, als mich...«

»Ich habe keinen Hunger! Ich verdiene gut! Ich bin reich!«

Das war zwar gelogen gewesen, denn er hatte es damals nicht so dicke gehabt und manchmal wochenlang nur Spaghetti mit Tomatensoße gegessen, weil er sonst die Miete nicht hätte bezahlen können, doch er hatte beschlossen, ein unabhängiges Leben zu führen.

»Reich? Wie denn das? Kann man mit Büchern reich werden?«

»Es sind fast zweieinhalbtausend davon verkauft worden, Pa. Das ist für einen Erstling unheimlich gut.«

»Aber zuwenig, um davon zu leben. Im Laden kosten sie zwanzig Gulden das Stück, zehn Prozent für dich, das sind also fünf Mille. Wie willst du dich davon ernähren? Dein nächstes Buch solltest du erst mir zu lesen geben. Ich werde dir dann schon ein paar Ratschläge geben. *Die Leere Welt*! Du hättest dir einen anderen Titel ausdenken sollen. *Die meschugge Welt.* Dann hättest du fünfundzwanzigtausend Bücher verkauft! Oder: *The world and the jewish problem.* Fünfundzwanzig Millionen! Wie wird dein neues Buch heißen?«

»Weiß ich noch nicht.«

»Laß es zuerst mich wissen. Ich bin dein Vater, ich werde dir helfen. Und ich schick dir Geld...«

»Ich schick's sofort zurück!«

»Nein, das tust du nicht. Glaubst du denn, ich krieg auch nur einen Bissen runter, wenn ich weiß, daß du da in Amsterdam am Verhungern bist?«

»Ich eß nur noch Lachs und Kaviar und trink den ganzen Tag lang Champagner.«

»Den ganzen Tag *schikker*? Da wird wohl nicht mehr viel aus der Arbeit. Ich schick dir fünfzehnhundert Gulden. Das reicht dir für den kommenden Monat.«

»Ich will dein Geld nicht, Pa!«

»Na, fein. Typisch mein Sohn. Da versucht man, ihm was Gutes zu tun, versucht, seinem Kind zu helfen, versucht jemandem dabei zu helfen, den Kopf über Wasser zu halten.«

»Pa... das ist wirklich ganz lieb von dir... wirklich... aber ich brauche das nicht.«

»Brauchst das nicht? Wieso brauchst du das nicht? Wenn ich so mir nichts, dir nichts fünfzehnhundert Gulden von jemandem bekommen könnte, würde ich sie nehmen! Ich schicke sie dir!«

»Nein, Pa.«

Sein Vater hatte ihm das Geld trotzdem überwiesen. Eine Woche später hatte Leo es auf seinem Konto entdeckt und sofort zurücküberwiesen. Als seinem Vater der Betrag auf einem Kontoauszug unter die Augen gekommen war, hatte er seinen Sohn sofort angerufen.

»Du bist nicht nur ein Dickkopf, du bist auch noch undankbar.«

»Ich werde in diesem Jahr vierundzwanzig. Ich bin kein Kind mehr, Pa.«

»Aber du bist immer noch mein Sohn. Oder etwa auch das nicht mehr?«

»Doch. Das schon.«

»Gut. Und als dein Vater habe ich das Recht, dir Geld zu schenken, und du als mein Sohn hast die Pflicht, es anzunehmen.«

»Nein, Pa.«

Ein halbes Jahr danach war sein Vater gestorben.

Fünfzehn Jahre danach nahm Leo bei einem Notar in Geertruidenberg, dem einzigen Notar in Nordbrabant, der die Konditionen seines Vaters in ein Testament hatte aufnehmen wollen, die Erbschaft seines Vaters an. Damit war Leo in jeder Hinsicht – juristisch, gesetzlich, steuerrechtlich – legitimierter Eigentümer eines Kapitals geworden, das er sich niemals mit Büchern hätte zusammenschreiben können. Er war jetzt Millionär. An Bargeld, Aktien und Wertpapieren besaß er die Summe von 2 631 893,14 Gulden. Und dabei war der Verkehrswert der Betriebsgebäude im Industriegebiet von Den Bosch, die sein Vater in den fünfziger Jahren hatte bauen lassen, und der weißen Villa, in der Leo aufgewachsen war, noch gar nicht mit eingerechnet, der sich zusammen auf etwa anderthalb Millionen belief. An Mieten brachte das alles mehr als einhundertfünfzigtausend Gulden im Jahr ein, wovon zwar ein großer Teil ans Finanzamt ging, aber immer noch so viel übrig blieb, daß er jeden Monat fünftausend Gulden netto für sich behielt. Hinzu kamen noch die Zinsen aus dem Kapital, das still vor sich hin wuchs und sich in Kürze – die Expansionswut des Kapitalismus untermauernd – auf die Dreimillionenmarke zubewegen würde.

Die ganzen Jahre über hatte der frühere Rechnungsprüfer seines Vaters, Ad Coppens, das Erbe verwaltet, gewissenhaft, loyal, dem Mann verbunden, der es mit bloßen Händen zu Reichtum gebracht hatte. Einmal im Jahr hatte Leo sich mit Coppens getroffen und war in der dazwischenliegenden Zeit brieflich von ihm über den Stand der Dinge auf dem laufenden gehalten worden. Oft hatte Kaplan diese Briefe ungeöffnet weggeworfen, doch im zurückliegenden Jahr hatte er sie jedesmal sorgfältig gelesen. Denn nun war es bald soweit, am 17. Oktober 1985, neun Tage bevor er neununddreißig Jahre alt werden würde. Angenommen, er würde siebzig, dann hätte er noch dreißig Jahre in großem Wohlstand vor sich. Mein Gott, wie gern hätte er endlich einmal »danke« zu seinem Vater gesagt – wie gern hätte er Jud Kaplan, notfalls mit Toupet, quicklebendig in so einem dicken amerikanischen Schlitten, für die er so ein Faible hatte (einem Chrysler oder einem Dodge oder einem Buick), vorbeifahren sehen.

Der Notar in Geertruidenberg sah ziemlich halbseiden aus, wie einer von diesen Herren, die Schwarzgeld auf den Antillen anlegten. Vielleicht war er ja grundehrlich, aber vom Äußeren her glich er eher einem Mafiaboss. Anzug aus viel zu edlem Tuch, glänzende Platte, mindestens ein Kilo Gold an Handgelenken und Fingern, zwei Reihen Stiftzähne von unnatürlicher Regelmäßigkeit, die bei jedem Grinsen aufblitzten, Krawattennadel mit faustgroßem Diamanten.

Kaplan war in Begleitung von Ad Coppens und Philip Weiss, seinem eigenen Anwalt. Philip hatte ihn in seinem silbergrauen BMW mit nach Den Bosch genommen, wo sie mit Ad Coppens im Hotel Central am Markt zu Mittag gegessen hatten. Es war Freitag, der 18. Oktober. Coppens erläuterte, daß Leos Vater seinerzeit, nach Leos einundzwanzigstem Geburtstag, seinen gesamten Besitz auf seinen Sohn überschrieben habe, dies jedoch unter gewissen Einschränkungen. Der Nießbrauch sollte nach seinem Tod zunächst seiner Frau zufallen. Sein Sohn sollte erst nach dem Tod seiner Frau in den Genuß der Erbschaft kommen. Auch dies allerdings unter zwei wesentlichen Bedingungen: Leo müsse einen beschnittenen Sohn haben, und das von einer jüdischen Frau – falls nicht, müsse er warten, bis fünfzehn Jahre verstrichen seien. Die seien nun um.

Kaplans Unmut über das Testament war noch genauso groß wie vor fünfzehn Jahren, genauso groß wie seine erstickende Dankbarkeit.

»War er nicht ganz beisammen, als er das aufstellen ließ?« fragte Leo Ad Coppens.

»Dein Vater war voll und ganz beisammen. Wenn er mehr als nur die Volksschule hätte besuchen können und eine bessere Ausbildung genossen hätte, wäre er ein großer Mann geworden. Was er im übrigen auch so war.«

»Hat er wirklich erwartet, daß ich mir angesichts dieses Testaments gleich 'ne jüdische Frau schnappen und einen Sohn zeugen würde, um sein Geld einstreichen zu können?«

»Ich weiß es nicht. Ich habe ihm damals davon abgeraten. Aber er sagte: ›Leo wird mir später dankbar dafür sein.‹ Und nach all den Jahren muß ich mich jetzt fragen, ob er nicht vielleicht recht gehabt hat.«

»Das ist nicht dein Ernst, Ad.«

»Doch. Was bedeutet denn diese reichlich ungewöhnlich formulierte Erbschaft anderes als: ›Hierfür stehe ich ein, das ist es, was ich möchte.‹ Er hat dir fünfzehn Jahre Bedenkzeit gegeben. Es war ja klar, daß du irgendwann alles bekommen würdest. Ich glaube, er hoffte, du würdest eines Tages einsehen, daß seine Wünsche nicht ganz ohne Bedeutung waren.«

»So was kann man seinem Kind doch nicht antun!«

»Was verlangt er denn im Grunde schon von dir? Nichts als: Erziehe deine Kinder in der jüdischen Tradition.«

Kaplan schüttelte noch einmal verständnislos den Kopf und wandte sich Philip Weiss zu, dem Anwalt mit dem vornehm zurückhaltenden, beinahe aristokratischen Gesicht, Sohn eines koscheren Fleischers aus Enschede. »Was meinst du dazu, Philip?«

»Es war das gute Recht deines Vaters, mit dem Geschenk, das er dir hinterließ, Ansprüche und Bedingungen zu verknüpfen.

Ich kann mir zwar vorstellen, daß es dich wahnsinnig gemacht hat, als du das hörtest, aber so sind nun mal die Spielregeln.«

»Und wie hätte ich das wohl anstellen sollen? Meinen kleinen Sohn, wenn ich denn einen gehabt hätte, beim Notar auf den Tisch legen? Soweit kommt's noch!«

»Attest vom Arzt«, sagte Philip, »oder Zertifikat vom *mohel*. Das ist der Beschneider, der Mann mit dem Messer«, fügte er, an Ad gewandt, hinzu.

Ad sagte: »Du hattest damals oft Streit mit ihm, soweit ich mich erinnere. Er hat hin und wieder davon erzählt, daß du genauso einen Dickschädel hättest wie er.«

»Dein Vater muß gefürchtet haben, daß du eine nichtjüdische Frau heiraten könntest«, ergänzte Philip. »Du bist doch nach seinem Bruder benannt worden, nicht?«

»Ja.«

»Er liebte seinen Bruder über alles«, sagte Ad. »Ich denke, daß er in dir seinen Bruder fortleben sah. Dein Vater hat mir mal Fotos von ihm gezeigt. Und eine Karte, die sie noch während des Krieges aus Polen von ihm erhalten haben. Er war einer der ersten gewesen, die einen Aufruf bekamen. Mußte eine Ansichtskarte schreiben, um seine Familie irrezuführen, damit die auch alle seelenruhig in den Zug stiegen, wenn sie den Aufruf kriegten.«

»Die Fotos und die Karte hab ich nie gesehen«, sagte Kaplan erstaunt, »erinnerst du dich noch, wo er die hatte?«

»Ja, in der Synagoge. Nach deiner Bar-Mizwa, das ist mir unvergeßlich geblieben. Er nahm sie aus einem kleinen Fach in einer Sitzbank.«

Kaplan sah die Bänke in der Schul von Den Bosch vor sich, schmale Kirchenbänke mit hohen Rückenlehnen, lila oder violett gepolstert. Die einzelnen Sitzflächen konnte man hochklappen, und darunter befand sich jeweils ein Aufbewahrungsfach. Sein Vater hatte zwei von diesen Sitzplätzen genutzt, hatte immer seinen *tallit* darin aufbewahrt, den prachtvollen Gebetsmantel mit Kragen aus silbernen Kettengliedern, den Leo auch nicht mehr wiedergesehen hatte, und die Gebetsbücher, die der Kaufmann mit seinem Namen in Gold auf dem Umschlag hatte einbinden lassen.

Zu dritt fuhren sie in Philips BMW nach Geertruidenberg. Und nachdem beim Notar dort die Formalitäten erledigt waren und sie wieder draußen standen, fragte Philip: »Kaufst du dir jetzt ein Auto?«

»Wieso? Ich kann mich doch für den Rest meines Lebens im Taxi herumkutschieren lassen«, entgegnete Kaplan.

»Das könnte ins Auge gehen. Vier Millionen besitzt du jetzt, aber über die Stränge schlagen kannst du damit nicht.«

»Was dann?«

Ad sagte: »Ernähre und kleide dich von dem Geld, aber laß das Kapital nicht schrumpfen. Denk an deine Kinder.«

»Die hab ich nicht.«

»Das weiß ich, aber die kannst du noch kriegen.«

»Anders ausgedrückt: Ich hab mir eine zusätzliche Last aufgebürdet?«

Ad lächelte: »Keine Last, eher eine Verantwortung. Dein Vater hat dafür gesorgt, daß du nie wieder Geldsorgen zu haben brauchst. Aber du hast auch die moralische Verpflichtung übernommen, sein Erbe zu bewahren.«

Sie stiegen ins Auto und fuhren nach Den Bosch zurück.

Die Tür der Synagoge war abgeschlossen. Kaplan klopfte, klingelte, doch das Haus Gottes blieb ihm verschlossen.

Die Synagoge stand in der Prins Bernhardstraat, in der von Wällen eingeschnürten Altstadt, war von außen aber kaum als Kirche zu erkennen. Der Zugang zur Synagoge, zwei Holztüren, befand sich nämlich auf der Straßenseite eines vielleicht etwa fünfzig Jahre alten, unscheinbaren Miethauses. In der Mitte des rechteckigen Gebäudes aus schmucklosem Backstein war die Fassade mit hebräischen Schriftzeichen und einem Davidstern versehen. Und unter diesem versuchte Kaplan sich nun Zugang zur Synagoge zu verschaffen. Der eigentliche Andachtsraum befand sich auf der Rückseite und war wesentlich älter als das relativ moderne Mietshaus, das vor und zum Teil auch über die Synagoge gebaut worden war. Die Gottesdienste hatten aber auch in Kaplans Kindheit schon häufig in einem kleinen Saal auf der Vorderseite stattgefunden, der leichter zu heizen war und den elf oder zwölf Männern, die hier am Samstagvormittag zu ihren Gebeten zusammenkamen, genügend Platz bot. Doch auch als Leo an die Milchglasscheiben dieses kleinen Saals klopfte, erfolgte keinerlei Reaktion. Er kam nicht hinein. Wenn er die Fotos und die Ansichtskarte jenes anderen Leo Kaplan suchen wollte, mußte er noch einmal wiederkommen, an einem Samstagvormittag, wenn Gottesdienst war.

Warum hatte sein Vater seinem Sohn diese Fotos nie gezeigt? Und die Ansichtskarte mit der Handschrift von Onkel Leo, warum hatte er die für sich behalten? Der Schriftsteller hatte sich in seiner Kindheit alles mögliche über den unsichtbaren Onkel, nach dem er benannt worden war, zurechtgesponnen. Die Erzählungen, die er über ihn gehört hatte, hatte er in seiner Phantasie mit Bildern ausgeschmückt. Onkel Leo hatte seinem Vater ähnlich gesehen, die gleiche kräftige, robuste Statur, aber mit Bart. Wieso ein Bart? Er wußte nicht mehr, wieso, aber er hatte sich Onkel Leo nun mal mit Bart ausgemalt.

Es traf ihn, daß sein Vater Ad Coppens die Fotos gezeigt hatte, nicht aber seinem eigenen Sohn. Wenige Wochen nachdem sein Vater sich mit dem in die Endenpaste gespritzten Samen seines Sohnes gesalbt hatte, am Tag von Leos Bar-Mizwa, hatte er seinem Rechnungsprüfer einen Blick auf die Fotos von seinem Bruder gewährt. Und das auch noch in der Synagoge, wo jegliche Abbildung tabu war. Der Herr der Juden und des Universums hielt nichts von Bildern. Er hüllte sich entweder in Dunkelheit oder in blendendes Licht, niemand konnte sich eine Vorstellung von Seinem Antlitz machen. Hören konnte man ihn dagegen schon, mit dröhnender Stimme wetterte er manchmal aus dem Himmel herab, aber sonst – nein, nichts. Trotzdem hatte der junge Leo sich oft vorgestellt, wie es wohl wäre, Sein Antlitz zu schauen. Ein weiser, grauhaariger Mann mit Bart würde er sein, so ein wenig wie Onkel Leo. Beide waren verschwunden, ohne eine Spur zu hinterlassen, doch im Köpfchen des Schriftstellers in spe tauchten sie gelegentlich mit ansehnlichem Bart auf, der von Onkel Leo etwas dunkler und kürzer als der Bart der Reife und Lebenserfahrung vom Schöpfer.

Ad hatte nicht mehr gewußt, wie viele Fotos es gewesen waren, so um die acht vielleicht. Fotos, die das Phantasiegesicht aus seinem Kopf vertreiben konnten, Fotos, welche die dem Phantasiegesicht anhaftende Ungewißheit ausräumen konnten. Er hatte Ad noch einmal danach gefragt, im Anschluß an den Besuch beim Notar, und Ad hatte bekräftigt, daß Leos Vater die Fotos aus diesem Fach in der Sitzbank hervorgeholt hatte. Dort wollte Kaplan jetzt nachsehen.

Er war auf dem Bahnhofsvorplatz aus Philips BMW ausgestiegen und zu Fuß in die Prins Bernhardstraat gelaufen. Nach dem Tod seiner Mutter hatte er die Stadt jahrelang gemieden. Dann war er einmal im Jahr zu der Unterredung mit Ad hergekommen, meist in ein Restaurant.

Das Stadtzentrum hatte allmählich immer mehr Ähnlichkeit mit den Zentren anderer Provinzstädte angenommen – überall die gleichen sogenannten Einkaufszonen, die gleichen weißen Kugellampen als Straßenbeleuchtung, die gleichen Pflanztröge aus Beton. Groningen, Heerlen, ’s-Hertogenbosch, ganz gleich wo, in jeder Stadt waren die Straßen rund ums örtliche Kaufhaus auf die Mobilität des modernen Konsumenten zugeschnitten. Kaplan sollte es recht sein. Nur zu. Dank der Neuen Häßlichkeit konnte man sich überall in den Niederlanden wie in ein und derselben Stadt wähnen. Für Kaplan war diese Stadt Den Bosch. In jeder Stadt die gleichen Erinnerungen, die gleiche Melancholie.

Das Viertel rund um die Synagoge hatte sich, seit er hier vor acht oder neun Jahren zum letztenmal umhergegangen war, kaum verändert. Ganz in der Nähe, auf einem Gelände, das seit Kriegsende brachgelegen hatte, war ein gewaltiges Parkhaus emporgewachsen, aber ansonsten war bis auf die Modelle der geparkten Autos noch alles genauso wie früher.

Rechts neben dem Mietshaus befand sich das plumpe, massige Gebäude der PTT-Telefonzentrale, links ein kleiner Platz mit bescheidener Parkfläche. Auf diesen Platz mündete ein Sträßchen, das hinter Synagoge und PTT-Gebäude entlangführte, ein Sträßchen mit Kopfsteinpflaster und Mauern zu beiden Seiten. In das bog Kaplan nun ein, denn er erinnerte sich, daß hinter der Synagoge ein ungepflegter Garten gelegen hatte, der sich bis an die Mauer auf dieser Seite des Sträßchens hinzog. Sein Vater und er waren am Samstagvormittag meist mit dem Auto gefahren (was eigentlich nicht erlaubt war, denn um den Wagen in Bewegung zu setzen, mußte man den Motor anmachen, und das war dem Schöpfer zufolge Arbeit), aber hin und wieder, bei schönem Wetter, waren sie auch zu Fuß gegangen und hatten dann den Weg durch dieses schmale, verlassene Seitengäßchen eingeschlagen. Hier kam selten jemand hindurch, auch kaum einmal ein Auto oder ein Radfahrer, irgendwie unheimlich, diese ganz von blinden Mauern eingefaßte Straße.

Die Mauer hinter der Synagoge war nicht so hoch wie die, die er in der Erinnerung vor sich gesehen hatte. Er würde ohne nennenswerte Anstrengung hinüberklettern können. Er wußte, daß vor fünfundzwanzig Jahren mehrere Türen auf den Garten hinausgeführt hatten, aber es mußte schon ein merkwürdiger Zufall sein, wenn eine davon nicht abgeschlossen war. Er könnte ja vielleicht ein Fenster einschlagen. Nein, Quatsch. Doch die Neugier ließ ihn nicht los, und unwillkürlich machte er ein paar Schritte zurück, um mit Anlauf an der Mauer hochspringen zu können. Er trug den Anzug, den er sich vor einigen Monaten in Rom gekauft hatte, ein Paar dunkelgraue, handgefertigte Grensons, ein weißes Oberhemd mit schwarzer Seidenkrawatte und einen graublauen Regenmantel von Austin Reed. Was er jetzt tat, geschah völlig gedankenlos. Er rannte unversehens auf die Mauer zu, sprang daran empor, bekam mit beiden Händen den oberen Rand zu fassen und blieb so eine Weile hängen, kaum einen Meter über dem Boden mit den Beinen zappelnd, ehe ihm aufging, daß er sich mit den Schuhen an der Mauer abstoßen und so nach oben stemmen konnte. Er zog sich hinauf, schlug ein Bein über die Mauer und saß nun rittlings obendrauf.

Ein Garten war das nicht, da unten, auf der anderen Seite. Da lagen vermodernde Bretter herum, da stand ein verrosteter Zementmischer, und da war ein Stapel verwitterter Steine, Überbleibsel von einem abgebrochenen oder niemals begonnenen Umbau. Hier und da wuchs ein Büschelchen Gras, eine Leiter lag auf der Erde. Kaplan sah aber auch drei Türen, die ihn zu dem Fach in der Schul führen konnten. Er schwang das andere Bein über die Mauer und sprang hinunter.

Die erste Tür, bei der er es versuchte, hatte früher in eine kleine Küche geführt. Die hatte neben dem Saal gelegen, in dem die kleineren Gottesdienste abgehalten worden waren. Dort war er vom siebten bis zum vierzehnten Lebensjahr im Jüdischen unterrichtet worden, hatte Hebräisch gelernt, war im Talmud unterwiesen worden. Der Tee, den er dort in einem feuerfesten Glas ohne Henkel zu trinken bekommen hatte, war von Mevrouw Kaneel in dieser Küche zubereitet worden. Ob sie wohl noch lebte? Sie hatte ihm bei seinen ersten Schritten im Hebräischen geholfen, beim Alphabet, beim Lesenlernen (*alef, bet, gimel, dalet, he, kaf* und so weiter). Ihr Mann, Meneer Kaneel, hatte ihn auf seine Bar-Mizwa vorbereitet. War das ein glanzvoller Tag gewesen! Sein Vater hatte gestrahlt vor Stolz, Leo hatte seine Thorapassage fehlerlos vorgetragen, und alle, die gesamte jüdische Gemeinde und die nichtjüdischen Freunde und Bekannten dazu, hatten dem zukünftigen Professor der ewigen Geschichte bewundernd gelauscht. Die Küchentür war verschlossen.

Die zweite Tür hatte in eine Art Wintergarten geführt, in der früher das Laubhüttenfest gefeiert worden war, das Fest der Weinlese. Im Wintergarten war dann ein Dach aus Zweigen und Stroh errichtet worden, eine »Laubhütte«, die, so entsann sich Kaplan, die Hütte symbolisieren sollte, in der sich eines Tages alle Menschenkinder verbrüdern würden. Ebenfalls verschlossen.

Die dritte Tür hatte direkt in die Synagoge geführt. Und auch diese war verschlossen. Hatte er etwas anderes erwartet?

Er lehnte die Leiter gegen die Mauer, stellte den Fuß auf die unterste Sprosse und testete die Festigkeit des Holzes. Es hielt. Aber er blieb noch einen Moment stehen und überlegte, ob er nicht doch ein Fenster einschlagen sollte. Er wollte die Fotos sehen, so schnell wie möglich. Aber konnte er deswegen ins Haus Gottes einbrechen? Ging das nicht zu weit?

Er stellte den rechten Fuß auf die zweite Sprosse, verlagerte das Gewicht und spürte, daß sich die Sprosse durchbog. Rasch ließ er sich wieder auf den linken Fuß zurückfallen und probierte die dritte Sprosse aus. Die trug sein Gewicht. Und die vierte auch. Besser, wenn er von hier verschwand. Als er ein Bein über die Mauer schwang und sich anschickte, von dort hinunterzuspringen, sah er vier Polizisten auf dem Kopfsteinpflaster stehen, mit gezückten Pistolen und nervösen Gesichtern.

»Hands up!« schrie einer von ihnen.

Kaplan hob sofort die Arme. Es war nicht einfach, so auf der Mauer das Gleichgewicht zu halten. Er war schließlich kein Seiltänzer.

»*What's the matter?*« fragte er. Und wieso sprachen sie englisch?

»*Take off your coat!*«

»*How?*« fragte Kaplan, die Arme immer noch senkrecht erhoben. Die vier jungen Polizisten behielten ihn mit verschrecktem Blick weiterhin im Visier, alle vier hatten mit beiden Händen ihre Kanone angelegt, genau wie in *Polizeirevier Hill Street.*

»*With your hands!*«

Na, gut. Kaplan zog seinen schönen Regenmantel aus.

»Und jetzt?«

Diese Frage stiftete einige Verwirrung, er sah, wie sie sich gegenseitig anguckten. Mit einem Niederländer hatten sie offenbar nicht gerechnet.

»Was jetzt?« wiederholte er.

»Wirf den Mantel runter!«

Der, der das Wort führte, war vermutlich der ranghöchste von ihnen, ein hochgeschossener, blonder junger Mann mit dünnem Milchbubischnauzbart.

»Die Reinigung geht auf eure Kosten!« rief Kaplan, als er den Mantel fallen ließ.

»Und jetzt das Jackett! Ausziehen!«

Auf der Mauer balancierend, entledigte sich Kaplan seines teuren Jacketts.

»Fallen lassen!« rief der Anführer.

»Noch mehr ausziehen?« erkundigte sich der Schriftsteller.

»Runterkommen!«

Kaplan hob das linke Bein und machte eine Vierteldrehung. Er saß nun mit beiden Beinen zur Straßenseite oben auf der Mauer.

»Springen!« wurde ihm befohlen.

Er sprang, und das hübsch neben seine Kleidungsstücke. Um den Aufprall abzufedern, ging er dabei gymnastisch in die Hocke. Doch noch bevor er sich aufrichten konnte, wurde er von vier

Paar Händen gepackt. Man riß ihn hoch und drückte ihn unsanft mit dem Gesicht gegen die Mauer. Die Arme wurden ihm auf den Rücken gezerrt.

»Verdammte Scheiße!« fluchte Kaplan. »Ich bin kein Verbrecher!«

»Wir können hier keine Terroristen brauchen!« schnauzte ihn ein anderer der Polizisten in Boschschem Akzent an.

»Was?« schrie Kaplan. »Ihr seid wohl verrückt geworden!«

»Das laß mal unsere Sorge sein.«

Kaplan fühlte, wie ihm Handschellen angelegt wurden, Hände seinen Körper abtasteten.

»Nichts. Keine Waffen«, sagte der mit dem Boschschen Akzent.

Sie drehten ihn um. Vier junge Polizisten, Anfang zwanzig, mit dummen Gesichtern, die dachten, das hier sei das größte Ding ihrer Karriere. Ein Terrorist, der die Schul von ’s-Hertogenbosch überfallen wollte.

»Was hattest du da zu suchen?« fragte der Anführer.

»Wenn du mich das gleich gefragt hättest, hätten wir uns diesen Zirkus sparen können«, entgegnete Kaplan verärgert, mit schmerzenden Handgelenken. Die Handschellen saßen zu fest.

»Auch noch ein Spaßvogel, was?« meinte der mit dem Boschschen Akzent. Einer der anderen durchblätterte Kaplans Brieftasche.

»Wie heißt du?« fragte er.

»Wenn du die Hauptschule beendet hättest, könntest du das lesen.«

Der mit dem Boschschen Akzent verpaßte Kaplan einen Stoß in den Magen. Nicht fest, aber er saß. Kaplan erfaßte bebende Wut.

»Das kommt dich teuer zu stehen, Bürschchen! Deine Visage merk ich mir! Wenn ich die Hände frei hätte, wär dir das nicht gelungen, du Arsch!«

Tränen standen ihm in den Augen, vor Ohnmacht, Demütigung, Einsamkeit.

»Mitkommen«, sagte der Boss. Er hatte einen Streifen mehr auf den Ärmeln seiner Uniformjacke. Sie zogen ihn mit auf den Parkplatz zur Linken, wo zwei Polizeifahrzeuge und etwa dreißig Schaulustige standen. Kaplan senkte den Kopf und wandte das Gesicht ab. Er kannte diese Kopfbewegung. Die hatte er oft im Fernsehen gesehen, bei italienischen Terroristenprozessen. Die Bewegung der Scham. Was hatte er verbrochen? Er wußte es nicht. Vielleicht war er über eine Mauer geklettert, die unantastbar war. War er schuldig? Ja. Er war sich sicher, daß er schuldig war, wie immer die Beschuldigung auch lauten mochte. Leo K. Auf frischer Tat ertappt, als er versuchte sich in den Tempel Gottes einzuschleichen.

Es kostete Kaplan fünf Minuten, die beiden Kriminalbeamten, die ihn hinsichtlich seiner vermeintlichen terroristischen Aktivitäten verhörten, dazu zu bewegen, den Vorsitzenden der jüdischen Gemeinde anzurufen. Er wußte nicht, wer das derzeit war, doch er würde ihn zweifellos noch kennen, Leo, den Sohn von Moos. Die Kriminalbeamten, beide in den Fünfzigern, schon lange dabei und auf bestem Wege, bald in Rente zu gehen, begriffen schnell, daß es sich bei diesem Fang eher um einen Verrückten als um einen gefährlichen Extremisten handelte. Er habe in die Synagoge gewollt, um die Fotos von seinem Onkel zu suchen – eine so fadenscheinige Lüge konnte man sich gar nicht ausdenken, wußten die Herren aus Erfahrung, nein, der Ärmste hatte bestimmt nicht vorgehabt, in der Judenkirche von Den Bosch eine Sprengladung anzubringen.

Eine halbe Stunde später wurde Kaplan von Ben van Gelder in der Arrestzelle, wo man ihn hinter Schloß und Riegel gesetzt hatte, aus seinen Grübeleien erlöst. Vor drei Monaten, im Anschluß an die Wochen in Italien, hatte sich eine gewisse Erleichterung bei ihm eingestellt. Es hatte ihn Mühe gekostet, gewiß. Er hatte sich damit abfinden müssen, daß das Mädchen seiner Jugend zu einer Frau geworden war, an die er nie mehr herankommen würde. Er hatte sich damit abgefunden, beziehungsweise: Er hatte eingesehen, daß er verloren hatte. Er war sich darüber bewußt geworden, daß er bis an sein Lebensende ein unglücklicher Mensch sein würde. Bei der Beerdigung von Rudy in Rom hatte er sich die Seele aus dem Leib geheult. Aber irgendwie hatte er es dann doch gepackt, dank Betty, die er durch Paula kennengelernt hatte. Er war froh über jede Hand, die ihm gereicht wurde. Er hatte wieder gearbeitet, hatte Notizen zu einem Roman über einen florentinischen Liebespaarmörder gemacht und auf diesen Tag hin gelebt, ohne sich große Gedanken zu machen. Diesen Tag, an dem er Millionär wurde und zum erstenmal im Leben eine Polizeizelle von innen sah.

Hier hatte er entdeckt, daß immer noch Reste der alten Unruhe durch seine Seele schwirrten. Staubteilchen von Bedauern, Reue, Schuldgefühl – nicht mehr viel, aber immer noch genug, um ihm gehörig zu schaffen zu machen. Die Fotos, die Ad erwähnt hatte, hatten sie aufgewirbelt. Noch stets Staub in den Winkeln seiner Seele. Dem kam kein Staubsauger bei. Hinter der verriegelten Tür seiner Polizeizelle, unter einem Fenster aus Sicherheitsmattglas, glimmte der Gedanke auf, daß er sich wohl besser an Staub und Schmutz gewöhnte, daß da etwas nicht stimmte mit seinem unbezähmbaren Verlangen nach Sauberkeit und Reinheit, als wäre er eine gestörte Hausfrau, die angesichts eines Körnchens Sand auf ihrem blitzblanken Küchenfußboden laut aufschrie. Dreck gehörte dazu, sagte er sich, es wurde Zeit, daß er erwachsen wurde, daß er lernte zu schlucken. Doch kaum hatte er das gedacht, kam ihm ein Einwand. Warum sollte er schlucken? Wie konnte man sich mit dem Unversöhnlichen versöhnen? Warum sollte er sich damit abfinden müssen, daß vom Bruder seines Vaters nicht einmal ein Bild auf einem Blatt Fotopapier geblieben war? *Attenoje,* es gab eben Dinge im Leben, die nie ein stilles Ende finden konnten. War es nicht besser, daß er weiterhin Tamtam machte wie ein Judenjunge auf dem Markt?

Van Gelder, Besitzer einer kleinen Farbenfabrik, war seit wenigen Jahren Vorsitzender der örtlichen jüdischen Gemeinde, ein nicht sehr großer Mann von an die siebzig mit sanftem Gesicht, fleischigen Wangen und Augen, die hinter einer Brille mit Plusgläsern den ganzen Tag um das Los dieser Welt trauerten. Kopfschüttelnd war er nach dem Öffnen der Zellentür auf Kaplan zugelaufen. »Mißverständnisse«, sagte er, »Mißverständnisse. So ein berühmter Mann wie du auf dem Polizeirevier von Den Bosch. Welche Schande. Die Schlemihle hier finden nicht mal den eigenen Hosenstall, wie woll'n sie da einen echten Gauner fangen.«

Kaplan schüttelte Van Gelders weiche Hand und schaute ihm in die bekümmerten Augen. »Danke, Onkel Ben.« Er redete ihn wie früher mit »Onkel« an, der Anrede für die Männer, die er als Kind immer samstags vormittags in der Synagoge gesehen hatte. Ben nahm auch die linke Hand zur Begrüßung hinzu, legte sie väterlich auf den Rücken von Leos Rechter und drückte diese. Kaplan hatte ihn seit vielen Jahren nicht gesehen. Aber Ben tat, als wären sie sich erst am vergangenen Samstag noch in der Schul begegnet.

»Warum hast du mich nicht angerufen?«

»Ich wußte doch nicht, daß Sie hier jetzt der große Mann sind.«

»Der große Mann einer dreiundvierzigköpfigen Gemeinde, wirklich beeindruckend. Was hast du da an der Mauer gemacht, Junge? Hat die Blase gedrückt?«

»Ich wollte nachsehen, ob eine der rückwärtigen Türen offenstand. *Meschugass.*«

Kaplan erklärte, daß er über den Rechnungsprüfer seines Vaters von der Existenz von Fotos seines Onkels Leo erfahren habe. Und die hätten vor sechsundzwanzig Jahren im Fach seines Vaters in der Schul gelegen.

»Das ist lange her, Junge.«

»Vielleicht liegen sie ja noch da.«

»Vielleicht. Möchtest du jetzt gleich nachsehen?«

»Ja. Gern.«

»Tust du mir dann auch einen Gefallen?«

»Natürlich.«

»Komm heute abend zum Essen zu uns. Es ist Freitag. Erweist du mir die Ehre?«

»Es ist *mir* eine Ehre«, sagte Leo.

Einer der Kriminalbeamten, die ihn verhört hatten, gab ihm seine Krawatte, die Brieftasche und die Schlüssel zurück. Der Mann entschuldigte sich, schwächte das aber gleich dadurch ab, daß er Kaplan auf sein unbesonnenes Verhalten hinwies.

»Sie müssen die Fotos ja dringend gebraucht haben, wenn Sie dafür einen Einbruch riskieren wollten«, sagte er.

Während Kaplan sich die Krawatte band, erwiderte er, daß es sich um ganz besondere Fotos handele, einmalige Aufnahmen, die ihm viel bedeuteten.

Der Beamte führte ihn auf den Flur hinaus, wo Ben van Gelder auf ihn wartete.

»Sind Sie vielleicht mit Jud Kaplan verwandt? Das war ein großer Kaufmann hier in Den Bosch.«

»Mein Vater«, antwortete Kaplan kurz. »Einer Ihrer Leute hat mich geschlagen. Ich werde über meinen Anwalt Anzeige gegen ihn erstatten.«

»Soweit ich gehört habe, haben Sie Widerstand geleistet.«

»Ach, ja? Haben sie das in ihren Bericht geschrieben? Ich soll Widerstand geleistet haben? Na, dann machen Sie sich mal auf was gefaßt. Jetzt werd ich erst richtig Widerstand leisten.«

Grußlos ließ Kaplan den Mann stehen.

Van Gelder fuhr ihn in seinem Renault 20 in die Prins Bernhardstraat, ans andere Ende des Altstadtkerns zurück. Sie war aufgrund des Einbahnstraßensystems nur auf großen Umwegen zu erreichen. Dort, wo sich jetzt das Polizeirevier befand, war früher das Armeleuteviertel hinter dem Markt gewesen. Seine Eltern waren dort aufgewachsen, in schmalen Gassen, dunklen Häusern, und irgendwo dort hatte Onkel Leo seinen letzten Gang zum Zug angetreten.

»Wie geht es deiner Frau?« fragte van Gelder.

Kaplan erzählte, daß er von Hannah geschieden sei.

»Ach...«, lautete die überraschte Entgegnung von Onkel Ben, »sie kam doch aus einer guten Familie. Meine Frau hatte das damals im NIW gelesen.«

Das war die Abkürzung für das *Nieuw Israelitisch Weekblad,* in dem eine Heiratsanzeige gestanden hatte.

»Du bist jetzt also Junggeselle?«

»Ja.« Kaplan verschwieg Betty Polak, die vor drei Wochen bei ihm eingezogen war. Er mußte sie anrufen, sagen, daß er spät nach Hause kommen würde.

»Wie gehen die Geschäfte?« fragte Ben.

Mit dieser Art von Fragen kam Kaplan schlecht zu Rande. Van Gelder dachte offenbar, daß es in Kaplans wunderbarer Welt Geschäfte gab und in einiger Entfernung davon private Sorgen. Doch auch bei Kaplan bildete das alles ein unentwirrbares Ganzes. Er versuchte eine Antwort zu formulieren, ließ durchblicken, daß er eine schwierige Zeit hinter sich habe, aber jetzt wieder arbeite, und stellte gleich eine Gegenfrage, erkundigte sich nach den Geschäften von Onkel Ben. Dessen Antwort zog sich bis an die Eingangstür der Schul hin. Farbe hing irgendwie mit Öl zusammen, mit dem Nahen Osten, dem Dollarkurs, der Regierung von Venezuela, ja, nahezu die gesamte Weltwirtschaft steckte in einer Büchse Farbe der Firma ROVAGEL, benannt nach Bens Tochter ROOsje VAN GELder. Ben hatte eine Tochter, das hatte Kaplan schon fast vergessen. Ein häßliches, dünnes Mädchen, erinnerte er sich, gehemmt, immer mit zwei langen Zöpfen auf dem Rücken und jahrelang mit einer Zahnspange im Mund, vier oder fünf Jahre älter als er. Früher war er oft froh gewesen, daß Roosje einer anderen Altersgruppe angehörte und zu alt für ihn war. Da mußte schon ein anderer das häßliche Mädchen heiraten. Wie grausam man doch war, wenn man jung war. Kaplan erkundigte sich nach Roosje. Ihr Vater erzählte, daß sie eine gute Anstellung in Utrecht habe, sie fahre jeden Tag mit der Bahn dorthin, sie habe zwar ein eigenes Auto, aber mit der Bahn sei es geruhsamer, da könne sie auch gut arbeiten, sie fahre erste Klasse, auf Kosten des Arbeitgebers. Kaplan entnahm daraus, daß sie noch zu Hause wohnte. Wie alt mochte sie wohl jetzt sein? Anfang vierzig? Und immer noch jeden Tag mit Papa Ben und Mama Essie zusammen am Tisch? War sie geschieden? Nie verheiratet gewesen? Roosje würde nachher auch beim freitäglichen Abendessen mit dabeisein. Kaplan hoffte, daß mit ihren Zähnen alles in Ordnung gekommen war. Onkel Ben hatte außer der Weltwirtschaft also noch eine zweite Sorge: Wie kam seine Tochter in dem Alter noch an einen Mann?

Die Eingangstür zur Schul öffnete sich ohne weiteres. Sie betraten einen kleinen Vorraum, in dem eine Marmortafel mit den Namen aller Boschschen Juden angebracht war, die von den Germanen deportiert worden waren (er hatte als Kind oft davorgestanden und auf seinen eigenen Namen gestarrt, den Namen eines Onkels), und stießen die Schwingtüren zur Eingangshalle auf. Links ging es in den Raum, in dem die kleinen Gottesdienste abgehalten wurden, rechts befand sich eine Treppe, die auf die Empore der großen Synagoge hinaufführte, und direkt vor ihm die beiden Türen, die die Synagoge von der Halle trennten. Van Gelder schloß auch diese Türen auf.

»Ich weiß noch genau, wo dein Vater gesessen hat«, sagte er, »ich sehe ihn noch vor mir. Und dich übrigens auch. Als kleinen Jungen. Ja, die Zeit rast.«

In der Schul war es dämmrig, durch die Fenster fiel nur wenig Licht herein. Es roch feucht, nach Schimmel. Und es war kalt.

»Wie sehr wir hier heizen müssen, um es ein bißchen warm zu bekommen«, sagte Ben, »ist unschwer nachzuempfinden, was? Nur bei einer Hitzewelle ist es hier auszuhalten. Aber wann gibt's die bei uns schon mal? Wir benutzen daher meist die kleine Schul.«

Sie liefen an den Bänken des von der Empore überdachten Frauenteils entlang zum großen, offenen Raum der Männer. Im Mittelpunkt dieses Raums stand auf einer quadratischen Erhöhung, die von einem Holzgeländer mit jeweils einer schlanken weißen Kerze – elektrisch allerdings – auf den vier Ecken eingefaßt war, die *almemor*, das Pult, auf dem die Thorarollen ausgebreitet wurden, um verlesen zu werden. Links und rechts davon Bänke und genau in der Mitte der östlichen Wand, Richtung Jerusalem, der geschnitzte Schrein, in dem die Thorarollen in kunstvoll gearbeiteten Samthüllen mit Silberschmuck aufbewahrt wurden. Schlichte weiße Wände. Kaplan lief gleich auf die Bank zu, auf der er immer neben seinem Vater Platz genommen hatte, dritte Reihe, die beiden Plätze ganz links, so nah wie möglich an der *almemor*.

»Ja, da war's«, sagte Ben.

Noch genau dieselben Bänke wie damals. Aufrecht und gerade, mit zu schmalen, durch dünne Eisenstangen voneinander getrennten Sitzflächen, die man hochklappen konnte. Auf der Rückseite der Bänke waren Bretter befestigt, die man mit einem Stift in einem bestimmten Neigungswinkel aufstellen konnte, um ein Buch daraufzulegen. Unter den Sitzflächen befanden sich kleine Aufbewahrungsfächer. Kaplan klappte den Sitz ganz am Ende, Stammplatz seines Vaters, hoch. Leer, nichts.

Ben war in einiger Entfernung stehengeblieben. Er fragte: »Na? Ist es da?«

Kaplan schüttelte enttäuscht den Kopf.

»Nein.«

Er klappte den Sitz hoch, auf dem er selbst jahrelang gesessen hatte. Auch dort nichts. Eine eigenartige Traurigkeit kribbelte ihm in den Augen.

»Liegt da was drin?« fragte der Farbenfabrikant.

»Nein.« Kaplan hielt seine Enttäuschung im Zaum. Seine Stimme klang fest. »Das ist doch die richtige Bankreihe, oder?«

Ben nickte.

»Na, und ob. Da an der Ecke saß immer dein Vater, hinter Joop Meyer und Frits de Jong. Alle tot.« Auf jiddisch fügte er etwas hinzu, was soviel hieß wie: Mögen sie in Frieden ruhen.

Trotzdem klappte Kaplan auch die übrigen Sitze in dieser Bankreihe hoch. In einem der Fächer fand er Bücher, aber nicht in den Einbänden von seinem Vater. Keine Fotos.

Er fragte: »Und wo ist sein *tallit* geblieben?«

»Der von deinem Vater?«

»Ja?«

»Darin ist er doch beerdigt worden!«

Natürlich, das hätte Kaplan wissen müssen. Sein Vater war in seinen Gebetsmantel gehüllt worden, sein Kopf hatte auf einem Häuflein Erde geruht, das aus dem Heiligen Land zu stammen hatte, und dann hatten sie Sand vom Friedhof auf den Gebetsmantel geworfen. Vor fünfzehn Jahren. Natürlich längst vermodert. Nur der Kragen aus den silbernen Kettengliedern würde vielleicht noch dasein, grün angelaufen.

Kaplan ließ die Sitzflächen wieder herunterklappen und versuchte zu lächeln.

Ben sagte: »Weißt du, daß alle Bücher, die wir hier benutzen, von deinem Vater gestiftet wurden?«

»Nein!« Kaplan sah überrascht auf.

»Nach dem Krieg hatte dein Vater irgendwo eine Ladung Papier gekauft. Darunter war auch eine Gefängnisbibliothek.«

»Ich entsinne mich, daß in allen Gebetsbüchern ein Stempel mit der Aufschrift *Reichsanstalt Hoorn* war. Aber daran hatte ich mich so gewöhnt, daß ich nie danach gefragt habe.«

»Vor dem Krieg gab es natürlich auch viele jüdische Straftäter in den Gefängnissen. Die hatten ein Recht auf ihr eigenes Gebetsbuch. Und die Bücher hat dein Vater hierhergebracht. Wir benutzen sie noch heute.«

»Gefängnisbücher«, sagte Kaplan. »Toll.«

»Darüber solltest du mal schreiben«, empfahl ihm Ben, »über die alten Jidden in Den Bosch, die aus Gefängnisbüchern beten.«

Kaplan lächelte milde. »Ich werd's mir überlegen.«

Man ging früh zu Bett bei den van Gelders. Kaplan hatte das Gästezimmer bekommen, ein schmales Kämmerchen neben dem Bad. Er hatte keine Toilettenartikel bei sich, aber Roosje – ach, Roosje, die Dreiundvierzigjährige mit dem noch unverdorbenen Augenaufschlag eines dreizehnjährigen Mädchens – hatte ihm einen sauberen Kamm und eine neue, noch in Zellophan verpackte Zahnbürste geschenkt.

Nach dem freitäglichen Abendessen hatte jemand angerufen. Der alte Erich Topel konnte am nächsten Tag nicht kommen, krank. Der Gottesdienst in der Schul drohte daran zu scheitern. Wenn Topel ausfiel, waren sie einer zuwenig, dann fehlte der zehnte Mann, der für einen jüdischen Gottesdienst notwendig war. Und Kaplan, dem noch der Anblick der leeren Fächer in der Bankreihe nachging, der das Verlangen hatte, das Kaddisch für seinen Vater zu sprechen, der Ruhe und Versöhnung herbeisehnte, Kaplan hatte gesagt: »Ich werde bis morgen bleiben. Kein Problem.« Van Gelder hatte gestrahlt und ihm gedankt. »Das freut mich, Leo. Sonst hätten wir morgen keinen Gottesdienst gehabt.« Roosje hatte sich gleich erhoben und gesagt: »Ich richte das Gästezimmer.« Doch ihre Mutter ermahnte sie, bis nach dem Dessert damit zu warten, und Roosje hatte ihren knochigen Leib wieder auf den Stuhl zurücksinken lassen. Ihr hochgestecktes Haar war schon stark ergraut.

Ein altmodischer Freitagabend. Hühnersuppe (ungelogen!)

und Kalbsroulade und Pfirsiche und Pudding. Die van Gelders wohnten immer noch in demselben Haus, einer geräumigen Doppelhaushälfte am Nordrand der Altstadt, mit Möbeln, die 1952 modern gewesen waren und nun bei der Avantgarde schon wieder im Kommen waren. Doch die Gegenwart der Familie Gelder rückte das Interieur in die richtige Perspektive. Bei Tisch saß Kaplan, von Rückblenden gepeinigt, Roosje gegenüber, unverheiratet, kinderlos, Chefsekretärin bei Textilimport Ratex. Sieben Sprachen konnte sie lesen und schreiben – und in sieben Sprachen träumen.

»Eigentlich acht«, sagte ihr Vater, während sich seine Tochter verlegen und unbehaglich über ihren Teller Hühnersuppe beugte. »Aber Iwrit kann sie nur lesen. Das zählt also nicht richtig. Welche Sprachen sind es noch mal?«

»Ach, komm, Papa, das weißt du doch ganz genau.«

»Es sind so viele, daß ich sie immer vergesse! Also, Roos, Deutsch, Englisch, Französisch, Spanisch, Italienisch... und?«

Roosje schaute zu Kaplan hoch, machte eine entschuldigende Gebärde und tauchte ihren Löffel wieder in die Suppe.

»Na, Roos?« fragte ihr Vater.

Roos schwieg, und da wandte sich Ben direkt an den berühmten Schriftsteller.

»Sie ist viel zu bescheiden. Im Grunde schmeißt sie dort den ganzen Laden. Viel zu bescheiden. Ohne sie läuft da doch gar nichts mehr. Mit ihrem Köpfchen könnte sie Professorin werden. Sie verdient gut, so ist es nicht, aber ich glaube, die wollen nicht, daß sie in die Geschäftsleitung aufsteigt. Dann würde nämlich offensichtlich werden, wer Ratex im Grunde leitet. Sie! Sieben Sprachen beherrscht sie, eigentlich sogar acht, und alle zwei Jahre kommt noch eine dazu. Sie braucht so einen Kursus nur zu lesen, und schon kann sie's. Ein Gedächtnis! Einmal hingeguckt, und sie weiß alles! Aber sie hat einen Fehler. Sie ist viel zu bescheiden.«

Ben legte eine Pause ein und widmete sich wieder seiner

Suppe. Roosje war noch genauso häßlich wie vor zwanzig, fünfundzwanzig Jahren, aber jetzt, da sie älter geworden war, fiel ihre Häßlichkeit nicht mehr so auf. Früher war der krasse Kontrast zwischen ihrem zarten Alter und ihrer müde wirkenden Häßlichkeit ins Auge gesprungen, welche ihr selbst offenbar so bewußt war, daß jede Ausgelassenheit dadurch im Keim erstickt wurde. Jetzt hatte sich das Ganze, so schien es, eingependelt. Roosje erinnerte Kaplan an das Pferd von Journalistin, die ihn in Rom aufgesucht hatte – der gleiche längliche Kopf, das gleiche Gebiß, der gleiche verschreckte Blick.

Als sie ins Wohnzimmer gekommen war, hatte sie einen grauen Wollrock und einen grauen Rollkragenpullover, ihre elegante Bürokleidung, angehabt, war aber, als sie plötzlich Kaplan gegenüberstand, hinausgegangen, um kurz darauf in einem mit abscheulichen großen Blumen bedruckten Kleid wieder aufzutauchen. Und sie hatte sich leicht die Lippen geschminkt.

Ihre Mutter Essie blieb genauso schweigsam wie die Tochter. Untersetzt, aber weniger häßlich als ihre Tochter, war auch sie mit einer offenbar vererblichen Form von Verlegenheit behaftet. Roosje war einziges Kind der van Gelders. Ben und Essie gingen auf die siebzig zu.

»Ein Professor mit ihrem Köpfchen würde sofort in der Regierung sitzen. Und wieviel sie liest! Zwei, drei Bücher jede Woche. In allen möglichen Sprachen. Deutsch, Englisch, Französisch, Spanisch, Italienisch… und… und?«

Roosje legte ihren Löffel hin, zog ihre Serviette aus dem silbernen Serviettenring und drückte sie mit gesenktem Kopf an ihren breiten Mund.

»Na, Es, dann sag du's. Deutsch, Englisch, Französisch, Spanisch, Italienisch… und?«

Seine Frau lächelte Kaplan unsicher an, wie ein Mädchen, das zum erstenmal zum Tanz aufgefordert wird. Sie sagte: »Und Russisch und…«

»… Hast du gehört, Leo? Russisch! Köpfchen hat *die kalle*! Und was noch, Es?«

»Und Kenianisch«, sagte Essie mit verzücktem Blick.

»Kenianisch!« wiederholte Ben laut, als sei Kaplan taub. »Kenianisch! Versteh ich auch nur ein Wort davon? Auch nur ein einziges Wort? Und du, Leo, und du bist doch Schriftsteller? Verstehst du auch nur ein einziges Wort Kenianisch?«

Kaplan schüttelte ohnmächtig den Kopf.

»Aber sie! Fließend! Als wenn es ihre Muttersprache wär. Kenianisch! Ich weiß, daß das in Afrika liegt, aber mehr auch nicht. Sie weiß nicht nur, wo das liegt, sie kann da sogar mitreden! Kenianisch! Und weißt du, was? Ratex macht dort Geschäfte. Und weißt du, wer den obersten Chef dorthin begleitet? Na, was meinst du, Leo?«

Leo zog die Schultern hoch und blickte mit bemühtem Lächeln von Ben zu Essie und dann wieder zu Roosje. Sie starrte auf die Serviette in ihren Händen, auf den Abdruck ihres Lippenstiftmunds.

»Na, was meinst du, wer?«

Onkel Ben grinste breit und sah Kaplan triumphierend an. Und dann sagte er ganz langsam, jede Silbe betonend: »Ro-sa van Gel-der. Die Chefsekretärin. Die. Sie kommen nicht ohne sie aus. Überall könnte sie sich ihren Lebensunterhalt verdienen. Sie *muß* nicht in diesem Land bleiben, sie *kann*. Sie? Sie könnte gleich morgen in Spanien anfangen. Sie kann jeden Posten bekommen. Überall. In Italien, in Paris, ja, sogar in Rußland. Bis hin nach Kenia. Kenia! Ich weiß nicht mal, wer da an der Regierung ist! Und sie spricht die Sprache! Ist das nicht ein Wunder, Leo, daß jemand all diese Sprachen im Kopf hat? Und weißt du, womit sie jetzt zugange ist? Was meinst du?«

Kaplan schüttelte den Kopf. Er dachte gar nichts.

»Sie ist jetzt mit ihrer achten Sprache zugange, oder eigentlich ihrer achteinhalbten, wenn man das Iwrit mitrechnet. Nicht irgendeine Sprache, nein, eine Weltsprache! Was denkst du, was sie sich jetzt ins Köpfchen saugt? Na? Das rätst du nie!«

Kaplan lächelte noch immer, müde, an den weiteren Verlauf des Abends denkend.

»Chinesisch! Chi-ne-sisch! CHINESISCH! Sie! Unglaublich! Ein Sprachgenie! Ihr ganzes Köpfchen einfach genial! Chinesisch! Kenianisch!«

Jetzt flüsterte Roosje etwas.

»So heißt das nicht, Pap.«

Ben sah sie verstört an. »Spielt keine Rolle, wie es heißt. Du sprichst es. Glaub mir, Leo, sie ist ein Sprachwunder.«

»Es heißt Suaheli«, sagte Roosje, Kaplan einen schüchternen Blick zuwerfend. »Ich kann mich dort verständlich machen. Aber es gibt sehr viele Dialekte.«

»Fließend, Leo!« rief Ben. »Sie ist viel zu bescheiden! Sie spricht es besser als die Menschen dort!«

»Gar nicht wahr.« Roosje sprach zu ihrer Serviette, zu den stummen Lippen auf ihrer Serviette. »Gerade genug, um dort Geschäfte zu machen.«

»Als wenn das nichts wäre! Wenn man Geschäfte damit machen kann, kann man alles damit machen. Hab ich nicht recht, Leo?«

Kaplan fiel keine Antwort ein, den ganzen Abend lang nicht. Ben hatte weiterhin das Wort, ganz gelegentlich einmal von Essie unterbrochen. Einmal floh Kaplan aus dem Zimmer, um Betty anzurufen. Er erklärte ihr, daß er als zehnter Mann für den morgigen Gottesdienst in der Schul in Den Bosch bleiben müsse.

»Du bleibst also über Nacht?« fragte Betty.

»Ja. Ich erzähl's dir dann morgen.«

»Kannst du nicht frei sprechen, wo du jetzt bist?«

»Schwer«, sagte er. Er stand im Flur und vermutete, daß sie hinter der Tür mithörten. Jedenfalls war es im Wohnzimmer so still, daß sie jedes Wort von ihm haargenau verstehen konnten. Betty lachte.

»Ich finde, das sind immer komische Situationen«, sagte sie. »Ich kann sagen, was ich will, und du mußt den Mund halten. Ich hätt dich heut nacht gern vernascht, Leo... das nur mal zur Einleitung.«

»Ja, Betty, aber jetzt muß ich...«

»Nein! Nicht auflegen! Ich hätt mich auf dein Gesicht gesetzt, einen halben Liter Schlagsahne zwischen den Beinen, und dann...«

»Betty. Ich bin morgen wieder zu Hause.«

»Und dann rührst du die Sahne steif. Erst mit der Zunge und...«

Kaplan hatte rasch aufgelegt. Essie stellte Erdnüsse, Feigen, Apfelkuchen, Obsttörtchen, Mandeln und Käsespieße mit Ingwer auf den Couchtisch vor dem Fernseher. Ben wollte für den berühmten Gast eine Flasche Wein entkorken, doch Kaplan lehnte ab. Seit jenem Tag in Rom hatte er keinen Tropfen Alkohol mehr getrunken, seit fast dreieinhalb Monaten nicht mehr.

Um elf durfte er sich ins Gästezimmer zurückziehen, einen kahlen Raum mit einem Tisch und einem Stuhl und einem altmodischen Holzbett, das Roosje für ihn bezogen hatte. Sie brachte ihm ein Handtuch, einen Kamm und eine nagelneue Zahnbürste. Sie stand im Zimmer, behielt die Hand aber an der Türklinke.

»Hast du dich gelangweilt?« fragte sie.

»O nein. Es war nett, euch nach all den Jahren mal wieder zu sehen.«

»Mein Vater redet ein bißchen viel.«

»Manche Menschen drücken sich eben ziemlich umständlich aus.«

»Er übertreibt. Immer übertreibt er. Ich schäme mich zu Tode.«

»Warum denn? Er ist stolz auf dich. Du bist die Blüte seines Lebens. Er bringt nur zum Ausdruck, daß du ihm viel bedeutest.«

Roos, in ihrem geblümten Kleid, nickte mit dem in ihrem Pferdegesicht eingegrabenen Ernst, als habe sie sich das auch schon überlegt. Sie schwieg eine Weile und sagte dann: »Wir haben nicht oft Besuch. Er übertreibt immer ein wenig, aber so schlimm wie heute abend war es noch nie. Auch meiner Mutter hab ich angemerkt, daß du da warst. So ein berühmter Gast.«

Sie schaute kurz auf, verlegen, flehentlich. Und dann drehte sie sich unvermittelt um und verließ das Zimmer. »Gute Nacht«, hörte er sie noch sagen.

Kaplan setzte sich aufs Bett und lauschte auf die Geräusche im Badezimmer. Als es dort still wurde, ging er hinein, wusch sich flüchtig und putzte sich die Zähne.

Wieder in seinem Zimmer, zog er sich bis auf die Unterhose aus. Müde. Und obwohl er in einem fremden Bett in einem unbekannten Zimmer lag, schlief er praktisch auf der Stelle ein.

Unbestimmte Zeit später, nach bewußtlosem Schlaf, wurde er plötzlich wieder gewahr, daß er zwischen gestärkten Bettüchern in einem schmalen Bett lag. Er brauchte einige Augenblicke, um sich die Situation, in der er sich hier befand, zu vergegenwärtigen und die Frau zu erkennen, die im Dunkeln auf seiner Bettkante dicht neben ihm saß. Roos. Das Sprachwunder. Schockartig war er hellwach.

»Roosje!« flüsterte er. »Ist irgend etwas?«

Er dachte sofort an ihre Eltern, die schließlich nicht mehr die Jüngsten waren, doch sie schüttelte den Kopf und lächelte.

»Ich wollte nur kurz mit dir reden«, sagte sie.

Im Licht der Straßenlaternen, das durch die dünnen Vorhänge des Gästezimmers fiel, sah Kaplan ihr gebürstetes langes Haar mit den grauen, beinahe schon weißen Strähnen. Er riß die Augen auf und machte Schminke auf ihren Augenlidern aus. Und er roch schweres Parfüm. Das hatte ihn wach gemacht. Er blickte auf seine Armbanduhr.

»Es ist zwei Uhr nachts«, sagte er.

»Ich dachte, du wärst ein Nachtmensch.«

Kaplan richtete sich etwas weiter auf und stützte sich auf einen Ellenbogen, preßte aber sittsam die Bettdecke an die Brust. Roos trug einen geschlossenen Morgenmantel. Stocksteif, die Hände im Schoß, saß sie auf dem Holzrand der Liege.

Er flüsterte: »Worüber wolltest du reden, Roos?«

»Über...« Sie zögerte, schlug die Augen nieder und schaute auf ihre Hände. »... Über die Liebe.«

»Und das möchtest du unbedingt jetzt? Geht das nicht auch beim Frühstück?«

Sie antwortete nicht. Kaplan konnte sich beim besten Willen nicht vorstellen, was sie denn nun eigentlich wollte.

»Na gut, Roos. Die Liebe. Womit sollen wir uns befassen? Mit welchem Aspekt der Liebe?«

Er war jetzt völlig wach. Da mußte er jetzt durch. Roos schluckte, die Augenbrauen zusammengezogen, den Blick immer noch auf ihre Hände gesenkt. Ihre Fingernägel waren lackiert.

Sie sagte: »Die Liebe zwischen Mann und Frau.«

»Ein schönes Thema, Roos.«

Sie nickte, mit kurzen, heftigen Kopfbewegungen.

»Bist du verlobt?«

Sie schüttelte den Kopf. »Nein.«

»Hast du einen Freund, Roos?«

Wieder schüttelte sie den Kopf, zog aber auch die Schultern hoch, was die Verneinung abschwächte. Also mehr so etwas wie: Ich weiß nicht. Er mußte weiterfragen. Deswegen war sie gekommen.

»Ist es ein verheirateter Mann?«

Nun blieb es einen Moment still. Dann nickte sie, einmal.

»Ein Mann bei dir in der Firma?«

»Ja«, seufzte sie.

»Aber er will seine Kinder nicht im Stich lassen?«

Sie sah ihn erstaunt an, überrascht, wie gut er sich in dieser Materie auskannte. Sie nickte.

»Jag ihn zum Teufel«, riet Kaplan.

»Und dann?« fragte sie ängstlich.

»Dann suchst du dir 'nen anderen.«

Sie machte ein betrübtes Gesicht, starrte auf die angestrahlten Vorhänge.

»Ich hatte noch nicht so viele Freunde, Leo. Ich weiß nicht, ob ich auf ihn verzichten möchte. Vielleicht besser so... als gar nichts.«

Wieder verstummte sie kurz und blickte auf ihre Hände.

»Leo...?«

Ihre Stimme klang tief, aufgeregt.

»Ja?« Kaplan setzte sich ganz auf und zog das Bettuch bis zum Kinn hoch.

Roos stand auf. Kaplan sah nun auch, was für eine Art von Morgenmantel sie trug, so einen langen Nylonmantel mit Blümchenmuster.

»Leo...?« sagte sie noch einmal.

»Ja, Roos?«

Und dann wanderten ihre Hände zu den drei Knöpfen, mit denen der Morgenmantel verschlossen war. Mit niedergeschlagenen Augen öffnete sie den Mantel. Atemlos schaute der Schriftsteller zu. Der Morgenmantel glitt von ihren Schultern und enthüllte den Körper von Rosa van Gelder, dreiundvierzig, die sich in siebeneinhalb Sprachen beim Bäcker Brot kaufen konnte. Doch sie war nicht nackt. Sie trug einen schwarzen Tangaslip und schwarze Strapse, an denen durchscheinende, ebenfalls schwarze Nylonstrümpfe befestigt waren. Kaplan ließ den Blick über ihre Beine wandern und entdeckte, daß sie auf Stöckelschuhen stand. Um ihren Bauch war der Strumpfgürtel gespannt, und über der nackten Magenregion trug sie einen tief ausgeschnittenen BH, der nur so gerade eben ihre Brustwarzen verbarg. Sie hatte breite, knochige Hüften, und ihre Haltung war wenig elegant, aber häßlich war ihr Körper nicht. Sie hatte schöne Beine und schöne Brüste.

Regungslos, das Bettuch fest an sich gedrückt, wartete Kaplan ihren nächsten Schritt ab. Sie ließ den Mantel zu Boden fallen und setzte sich wieder neben ihn. Erst jetzt wagte sie ihn wieder anzusehen.

»Bin ich wirklich so häßlich, Leo?«

Mein Gott, sie sagte das so herzzerreißend, daß Kaplan sie beinahe umarmt hätte.

»Nein, gar nicht. Du bist eine schöne, erwachsene Frau.«

»Soll ich... sollen wir... ich meine... soll ich zu dir kommen?« stotterte sie mit abgewandtem Blick.

»Und dein Freund?«

»Er ist verheiratet. Das wird sowieso nie was.«

Sie schwiegen beide.

»Möchtest du nicht, Leo?«

»Roos...« Er suchte nach Worten, die nicht vorhanden waren. »...Roos! Ich... das kommt so überraschend... ich... wir kennen einander kaum... ich weiß nicht, ob du nicht ein bißchen voreilig... ich meine...«

Sie erhob sich, stieg rasendschnell aus ihren Stöckelschuhen, bückte sich schamvoll, mit geradem Rücken und leicht in die Hocke gehend, um Schuhe und Morgenmantel aufzuheben, und hastete auf Zehenspitzen zur Tür.

»Roos!« flüsterte er zu ihrem Gesicht hin. Ohne zu antworten, verließ sie lautlos weinend das Zimmer. Er hörte sie ins angrenzende Zimmer gehen, hörte ihr leises Schniefen auf der anderen Seite der Wand.

Er blieb still liegen, ohne irgendwelche Gedanken eigentlich, auf Roos' Weinen und vereinzelte Autos horchend, die draußen vorbeifuhren und einen Lichtschein durchs Zimmer schweifen ließen. Nach einigen Minuten stand er auf. Während er die Füße auf den Bettvorleger stellte, dachte er: »Für früher. Für damals. Für all das Schlimme, das ich beim Anblick ihrer Zahnspange und ihres Pferdegesichts gedacht habe.« Er zog sein Oberhemd an und ging zur Tür. Auf dem Flur war es dunkler, aber seine Augen hatten sich schon auf die nächtlichen Lichtverhältnisse eingestellt. Leise drückte er die Klinke der ersten Tür, auf die er stieß, hinunter. Die Tür öffnete sich, ohne zu quietschen. Roos saß auf einem geraden Stuhl vor dem Fenster, immer noch in den Femme-fatale-Dessous, die sie vor seiner Liege enthüllt hatte. Mit verweintem Gesicht und verlaufenem Make-up schaute sie zu ihm hoch. Leise schloß er die Tür hinter sich.

»Roosje... ich... soll ich zu dir kommen?«

Sie schüttelte den Kopf.

»Nein. Geh weg.«

Ein Schluchzer stieg ihm in die Kehle.

»Roos... es tut mir leid.«

»Ich will dein Mitleid nicht.«

Sie stand auf, ohne Scham, und blickte ihn voller Abscheu an.

»Geh weg, Leo. Es demütigt mich, wie du mich ansiehst.«

Kaplan schüttelte den Kopf, plötzlich von brennendem Verlangen nach Roosje van Gelder erfaßt, sehnsüchtig nach ihrer Vergebung.

»Du bist schön, Roos«, sagte er mit vor Ernst zitternder Stimme.

»Ich glaube kein einziges Wort aus deinem Mund. Du bist unaufrichtig. Du kannst überhaupt niemanden lieben.«

Er wußte, daß sie recht hatte. Ratlos (vor Liebe) stand er in Roosjes Zimmer auf der Matte. Er liebte seine Eltern, er liebte Ellen, Hannah, aber er wußte noch immer nicht, wie er seine Liebe zeigen konnte. Er wußte es nicht! Noch stets ein Krokodil, mein Gott, noch stets ein Golem!

Mit einem Mal wurde ihm bewußt, daß er weinte. Er schlug die Hände vors Gesicht. Da fühlte er Roos' Arme. Ihr Parfüm kitzelte ihm in der Nase. Sie nahm ihn in die Arme, streichelte ihm über den Rücken. Eine Minute, und er hatte sich beruhigt. Sie drückte die Lippen auf seinen Mund und ihre Zunge ging auf die Suche nach der seinen. Im Bett sorgte ihre Bekleidung kurz darauf für die entsprechenden Komplikationen. Sie bat ihn flüsternd, sie auszuziehen. Er tat es – Strapse, Strümpfe, Tanga, BH, alles von der Firma Ratex aus Utrecht, *made in South Korea.* Sie wollte, daß er sich auf sie legte. Er tat es, zärtlich, behutsam, mit der ganzen Zuneigung, die er empfand.

Um halb sechs weckte sie ihn.

»Du mußt in dein Zimmer zurück«, sagte sie.

Er nickte, schläfrig, einen nicht zu Ende gebrachten Traum von Onkel Leo im Kopf. Er stand auf und sah, daß sie geblutet hatte, zögerte.

»War es das erste...?« fragte er heiser, mit trockener Kehle. Sie nickte und sagte: »Mach dir keine Sorgen wegen des Lakens. Versuch noch kurz in deinem Zimmer zu schlafen.« Verwirrt zog er seine Unterhose und sein Oberhemd an. Er beugte sich zu ihr hinunter und küßte sie auf die Stirn. »Du bist lieb«, flüsterte er. Um halb acht klopfte ihr Vater an Kaplans Tür.

An diesem sonnigen Samstag vormittag geht Kaplan neben Ben van Gelder in die Schul. Wenn es regnet, nimmt Ben immer den Wagen, aber jetzt zieht er es vor, zu Fuß zu gehen. Ein frischer, duftender Herbsttag. Die Sonne streichelt die unrasierte Haut von Kaplans Gesicht. Ben erzählt, wie die Möglichkeiten stünden, am Samstag zehn jüdische Männer zusammenzubekommen – viele kranke, alte Männer, kaum jüngere. Doch Leo habe diesen Tag gerettet.

Kaplan winkt ab. Er will keine Dankbarkeit. Wie vor fünfundzwanzig Jahren geht er in die Schul. Er erinnert sich, wie sehr er das früher genossen hatte, so neben seinem Vater herlaufend, sicher, geborgen, behütet. Und obwohl ihm sein Vater fehlt, verspürt er plötzlich jenes alte Gefühl der Geborgenheit. Sein Körper prickelt vor Kraft und Sensibilität. Der Nebel in seinem Kopf hat sich verzogen, und sein Leben breitet sich nun wie eine gut überschaubare niederländische Landschaft vor seinem geistigen Auge aus. Er ist seinem Vater dankbar, daß er ihm diesen Vormittag geschenkt hat, ein letztes Mal auf dem Weg in die Schul, wo er das Kaddisch für Jud Kaplan sprechen wird.

Ben van Gelder sagt: »Wenn ein Franzose ein Buch über Krokodile schreibt, weißt du, wie er es nennen würde?«

Kaplan bleibt kurz stehen, dreht Ben den Rücken zu und schluckt die plötzliche Gerührtheit hinunter.

»Na?« fragt er, nachdem er sich Ben wieder zugewandt hat.